JN141391

新☆ハヤカワ・SF・シリーズ

5045

翡翠城市

JADE CITY

BY

FONDA LEE

フォンダ・リー
大谷真弓訳

A HAYAKAWA
SCIENCE FICTION SERIES

カバーデザイン　川名 潤

わたしのきょうだい(ブラザー)へ

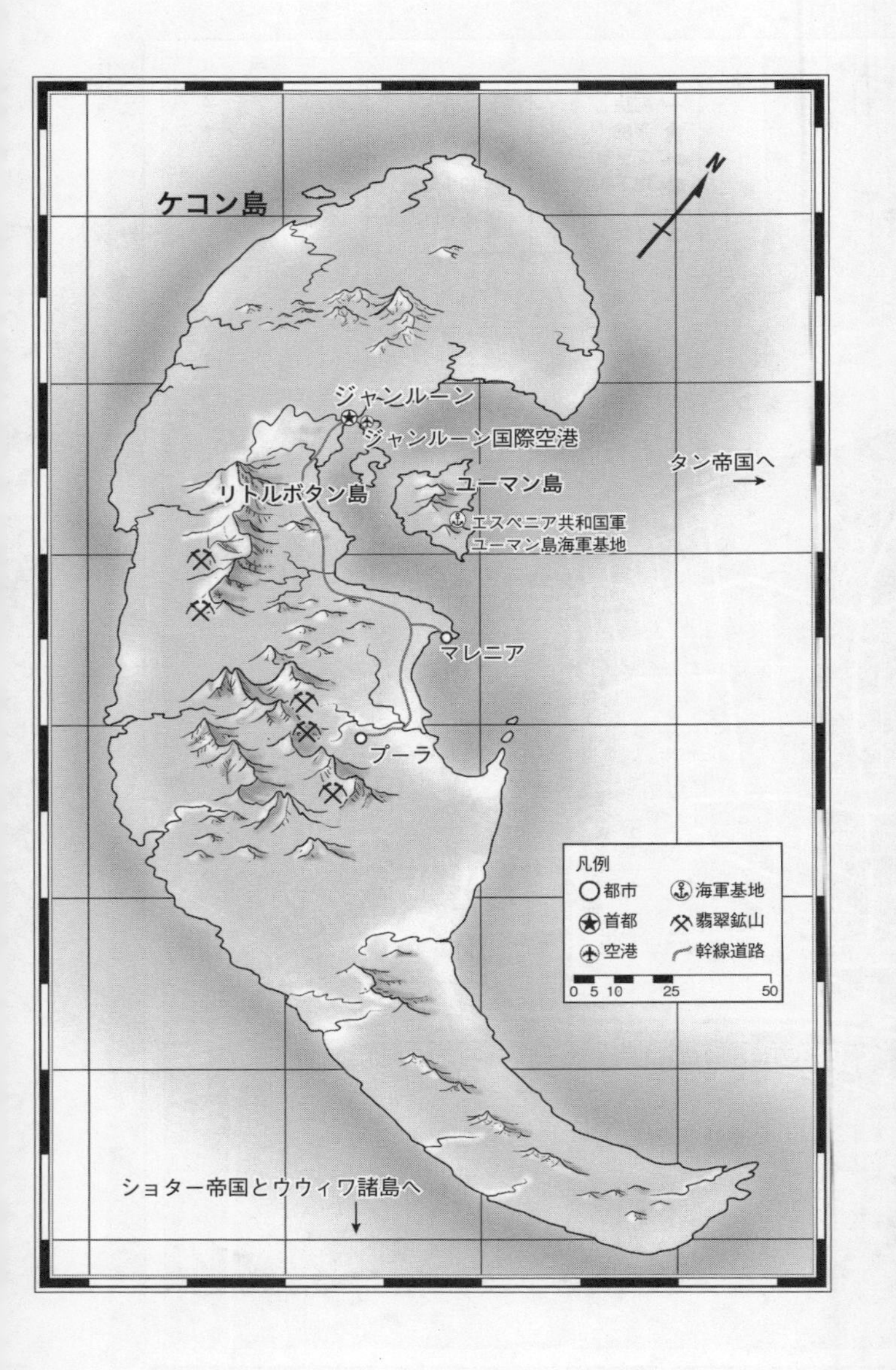
ケコン島
N
ジャンルーン
ジャンルーン国際空港
タン帝国へ
ユーマン島
リトルボタン島
エスペニア共和国軍
ユーマン島海軍基地
マレニア
プーラ
凡例
都市
海軍基地
首都
翡翠鉱山
空港
幹線道路
0 5 10 25 50
ショター帝国とウウィワ諸島へ

★〈ジャンルーン神の帰還寺院〉

ジャンルーンの街

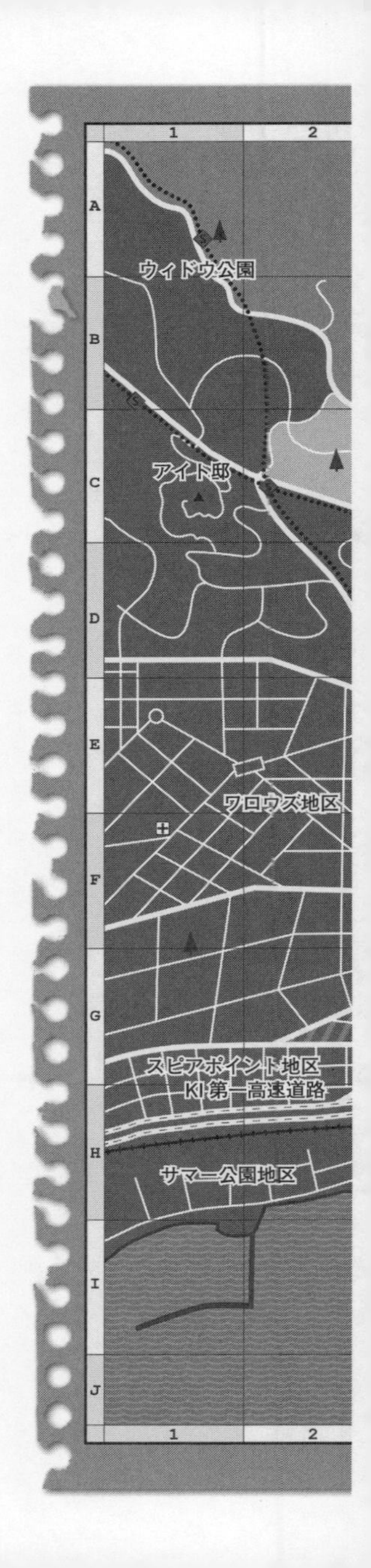

この地図は細心の注意を払って正確性を検証しておりますが、各地域の情報は出版当時のものであり、現在は変わっている可能性があります。旅行の際は、現地当局に最新の情報を問い合わせることを強く推奨します。

翡翠城市

おもな登場人物

〈無峰会〉

コール・ヒロシュドン
（ヒロ）……………………………コール家次男。無峰会の〈角〉
コール・ランシンワン
（ラン）……………………………コール家長男。無峰会の〈柱〉
コール・シェイリンサン
（シェイ）…………………………コール家長女。ヒロとランの妹
コール・セニンタン
（セン）……………………………コールきょうだいの祖父。先代の〈柱〉
ユン・ドルポン
（ドル）……………………………〈日和見〉。センの盟友
メイク・ケーン……………………〈拳〉でヒロの部下。メイク兄弟の兄
メイク・ター………………………〈拳〉でヒロの部下。メイク兄弟の弟

〈山岳会〉

アイト・マダーシ
（マダ）……………………………〈柱〉。ユーゴンティンの養女
アイト・ユーゴンティン
（ユー）……………………………先代の〈柱〉。センの旧友

エメリー・アンデン………………コールきょうだいの従弟。コール・ドゥシュロン学園の生徒
メイク・ウェン……………………ヒロの恋人。メイク兄弟の妹

ベロ…………………………………不良少年

1 〈トゥワイス・ラッキー〉

翡翠泥棒をもくろむふたりは〈トゥワイス・ラッキー〉の厨房で汗をかいていた。ホールでは窓が開け放たれ、夜の始まりが連れてきた海辺のそよ風が食事客を涼ませているが、厨房では二台のシーリングファンがあるだけで、一日じゅう回していてもほとんど涼しくない。夏は始まったばかりだが、ジャンルーンの街はすでに疲れた恋人のようだ——汗ばんでいて、香しい。

ベロとサンパは十六歳。三週間かけて計画を練った末に、今夜、人生を変えようと決意していた。ベロは黒いズボンに白いシャツという給仕の格好で、シャツが汗ばむ背中に貼りついている。青白い顔とひび割れた唇は、たくらみを押し隠して強ばっている。汚れたグラスを載せたトレイを厨房へ運んで流しに置くと、布巾で手をふき、共謀者のほうへ身を乗り出した。サンパは噴霧ホースで皿を洗い流しては水切り棚に並べている。

「今は、あいつひとりだ」ベロは声をひそめた。

サンパは顔を上げた。アブケイ人で、赤銅色の肌に量の多いごわつく髪、少しぽっちゃりした頬が、どことなく無邪気な天使のように見える。サンパは素早く瞬きすると、流しに目を戻した。「あと五分であがれる」

「今やるしかない、ケケ」ベロは言った。「あれをよこせ」

サンパはシャツの前で手をぬぐい、ポケットから小さな封筒を引っぱり出した。それを素早くベロの手のなかに滑らせる。ベロは片手をエプロンの内側に入れ、空のトレイを持って厨房から出ていった。

バーカウンターで、ベロはラム酒のロックにチリパウダーとライムを加えたもの――ション・ジュドンルーの好物――を注文した。飲み物を受け取ると、壁際の空いたテーブルへ行ってトレイを置き、ホールに背を向けてかがみこんだ。布巾でテーブルをふくふりをしながら、グラスに封筒の中身を入れる。それはたちまち泡を出して琥珀色の液体に溶けていった。

ベロは体を起こし、隅のバーテーブルへ歩いていった。ション・ジュは巨体を小さな椅子にねじこんで、まだひとりですわっている。夕方頃はメイク・ケーンもそのテーブルにいたが、ベロにとってはじつにありがたいことに、ホールの反対側のブース席にいる弟のところへ戻っていた。ベロはションの前にグラスを置いた。「店のおごりです、ション－ジェン」

ションは飲み物を受け取り、顔を上げずに眠そうにうなずいた。この店の常連の大酒飲みだ。禿げた頭頂部が店の明かりでピンク色に見える。ベロの目が抗いがたく引きつけられるのは、もっと下、男の左耳に並ぶ三つの緑色の石だ。

ベロは見つめているのを気づかれる前に立ち去った。こんなに泥酔したデブの年寄りがグリーンボーンとは、馬鹿げている。正直、ションはちっぽけな翡翠しか持っていない冴えないやつだから、遅かれ早かれ誰かに翡翠を奪われ、ついでに命も奪われるだろう。なら、俺がその誰かになればいいじゃないか――ベロは思った――そのとおりだ。ベロはただの港湾労働者の子で、ワイ・ロン寺院学校やコール・ドゥシュロン学園で武術を学べる身分ではないが、少なくとも生粋のケコン人だ。度胸と根性があり、何者かになれるだけの力は備わっている。翡翠を持てば、人は只者ではなくなる。

ベロはメイク兄弟のいるブース席のそばを歩いていった。そこには三人目の若者がいる。ベロは歩く速度をわずかに落とし、三人をよく見た。メイク・ケーンとメイク・ター――彼らは本物のグリーンボーンだ。

翡翠の指輪をいくつもはめたたくましい男たちで、戦うときは腰につないであるタロンナイフ（刃が鉤爪のように曲がったナイフ）を使う。タロンナイフの柄(つか)にも、翡翠がはめこまれている。ふたりは身なりもいい——襟付きの黒っぽいシャツ、あつらえ物のベージュのジャケット、輝く黒い靴、ひさしのついたキャップ。メイク兄弟は無峰会の有名なメンバーだ。無峰会は、街のこちら側一帯のほとんどを支配している。兄弟のひとりがベロのほうをちらりと見た。

ベロは忙しそうに皿を片づけながら、すぐ目をそらした。今夜は、メイク兄弟の注意を引くことだけはしたくない。ベロは拳銃に手を伸ばして確かめたい衝動と闘った。ズボンのポケットに小口径拳銃を入れ、エプロンで隠してある。ここは我慢だ。今夜が終われば、俺はもうこの給仕の制服を着ることはない。もう、誰にも使われることはない。

厨房に戻ると、サンパは夜のシフトを終え、退勤のサインをしていた。問いかけるような視線を向けるサンパに、ベロはするべきことはしたとうなずく。サンパの白い小さな前歯が現れ、下唇を押しつぶす。「こんなこと、本当にうまくいくと思うか？」サンパは小声で言った。

ベロはサンパの顔に自分の顔を近づけた。「やめろ、ケケ。すでに始めちまったんだ。後戻りはできない。おまえは自分の役割を果たせ！」

「わかってるよ、ケケ、わかってる。やるさ」サンパは傷ついてへそを曲げた顔になる。

「金のことを考えろ」ベロはサンパを軽く押しやった。「ほら、行け」

サンパは最後に一度、不安げに後ろを見てから、厨房のドアを押し開けた。ベロは彼の後ろから目を光らせながら思った。こんなにどんくさい相棒が必要じゃなかったらいいのに。そう思うのは百回目だ。だが、ほかに方法はない。翡翠を持って、混み合うレストランからばれずに出ていくことができるのは、純血のアブケイ人――彼らは翡翠に免疫がある――だけだ。サンパを仲間にするのは、なかなか苦労した。多くのアブケイ人と同じように、サンパも川で賭けをしていて、週末ははるか上流から流れてくる翡翠のおこぼれ目当てに川にもぐっていた。これは危険なことだ――雨で増水していると、奔流にのまれる不運なダイヴァーは少なくない。たとえ運良く翡翠が見つかったとしても（サンパは握り拳大の翡翠を見つけたことがあると自慢していた）、捕まる可能性がある。その場合、運がよければ監獄ですごすことになり、悪ければ病院ですごすことになる。

そんなのは勝ち目のないゲームだと、ベロはサンパに断言した。なぜ、翡翠の原石を漁らなきゃならないんだ？　ブラックマーケットのブローカーに売ったって、ブローカーは小さく切り分けて島外へ密輸したあと、手に入れた金のほんの一部しかおまえに払わないんだぞ？　俺たちみたいに頭の切れるやつが手を組めば――もっとマシなことができる。翡翠を手に入れる賭けをするなら、でかい賭けをしよう。ベロは言った。アフターマーケットの翡翠、つまりカットと加工を済ませた商品だ――それなら大金になる。

ベロはホールに戻り、皿の片づけとテーブルのセッティングに追われながら、数分おきに時計に目をやった。サンパを見捨てるのは、必要なものを手に入れたあとでいい。

＊

「ジョン・ジュの話じゃ、アームピット地区でトラブルが起きているらしい」メイク・ケーンが身を乗り出し、周囲の喧騒にまぎれて小声で言った。「ガキの一団が商売を引っかき回しているようです」

弟のメイク・ターがテーブルの向こうから箸を伸ば

し、揚げたイカ団子の皿をつついた。「どんなガキどもなんだ?」

「下級の〈指〉。翡翠が一、二個程度の悪ガキさ」

同じテーブルの三人目の男は、柄にもなく哀愁漂うしかめっ面をしている。「最下級の〈指〉でも、組織の戦士だ。彼らは〈拳〉から命令を受け、〈拳〉は〈角〉から命令を受けているものだ」アームピット地区はずっと紛争地域だったが、無峰会系列の店や企業を直接脅すというのは、軽はずみな不良少年どもの仕業にしては大胆すぎる。「どうやら、何者かが俺たちに恥をかかせようとしているようだな」

メイク兄弟はちらりと男を見てから、顔を見合わせた。「どうしたんです、ヒロ-ジェン?」ケーンが訊ねる。「今夜は元気がないようですが」

「俺が?」コール・ヒロシュドンはブース席の壁にもたれ、急速にぬるくなっていくビールのグラスを回し、手持ち無沙汰にグラスの水滴をぬぐった。「暑さのせいだろう」

ケーンは給仕のひとりに合図し、三人の飲み物を追加した。その青白い十代の少年は飲み物を注ぐあいだ、ずっと目を伏せていた。顔を上げて一瞬ヒロを見たが、誰かはわからなかったようだ。コール・ヒロシュドンと面識のない人間は、彼がここまで若い男だとはまず思わない。無峰会の〈角〉にして、兄に次ぐ権力を誇りながらも、外では最初のうちは気づかれないことが多い。ヒロはこれに気分を害することもあれば、都合がいいと考えることもあった。

「奇妙なことはもうひとつあります」給仕がいなくなると、ケーンは言った。「〝三本指のジー〟の姿を見たやつもいなけりゃ、連絡を受けたやつもいないんです」

「〝三本指のジー〟の行方がわからなくなるなんて、ありえるか?」ターは首をひねった。そのブラックマーケットの翡翠加工職人は、せり出した腹が、指がないのと同じくらい目立つ人物だ。

「廃業したんだろう」

ターは鼻で笑った。「翡翠ビジネスを抜ける方法は、どんなやつでもひとつしかない」

ヒロの耳元で声がした。「コール－ジェン、今夜のご機嫌はいかがですか？　何もかもご満足いただいておりますでしょうか？」ミスター・ウネがいつのまにか彼らのテーブルのそばにいて、例のごとく気をもむような案じるような笑顔を作っていた。

「すべて申し分ない、いつもと変わらん」ヒロは表情をゆるめ、ゆがんだ笑みを浮かべた。こっちのほうが普段のお決まりの表情だ。

〈トゥワイス・ラッキー〉のオーナーは、厨房で負った傷のある手でもみ手をして、笑顔でぺこぺこしながら礼を言っている。ミスター・ウネは六十代の頭の禿げた太った男で、三代目の店主だ。祖父が古めかしい趣のあるこの店を作り、戦時中は父親がずっと店を守り抜いた。先代たちと同じように、ミスター・ウネは無峰会の忠実な〈灯籠持ち〉だ。ヒロが来店するたびに、店主みずから挨拶に出てくる。「ほかにご用意できるものがありましたら、なんなりとお申しつけください」店主は熱心に言った。

ミスター・ウネがいなくなると、ヒロは真顔に戻った。「訊きこみをつづけろ。ジーに何があったか、突き止めるんだ」

「どうして、ジーのことなんか気にするんです？」ケーンは訊いた。生意気な口調ではなく、ただ興味を引かれているようだ。「いなくなってよかったじゃないですか。俺たちの翡翠を、こっそり弱いやつらや外国人に横流ししていた二流の加工職人ですよ」

「気になるだけだ」ヒロは浅くすわり直し、最後のイカ団子を口に運んだ。「通りから野良犬の姿が消えはじめて、いいことが起きた試しはない」

＊

ベロはぴりぴりしはじめていた。薬を入れておいた飲み物を、ション・ジュはほとんど飲んでいた。あの薬は味も臭いもないはずだが、もしションがグリーンボーンの強化された感覚で気づいてしまったとしたら？ あるいは薬の効果が出ず、ベロが狙っている翡翠を身に着けたまま、出ていってしまったら？ サンパが結局、怖気づいてしまったらどうする？ テーブルに置こうとしているスプーンが、ベロの手のなかで震える――余計なことは考えるな、男になれ。

隅にある蓄音機が苦しそうにスローテンポのロマンティックなオペラ音楽を流しているが、とぎれることのないおしゃべりでほとんど聞こえない。煙草の煙と香辛料のきいた料理の匂いが、赤いテーブルクロスの上に物憂く漂っている。

ション・ジュが体を揺らし、急いで立ち上がった。よろよろと店の奥へ向かい、男子トイレに入っていく。

ベロは頭のなかでゆっくり十かぞえてから、トレイを置き、さりげなくあとを追った。男子トイレに忍びこみ、片手をポケットに滑りこませて小さい拳銃を握る。ドアを閉め、後ろ手に鍵をかけ、奥の壁にはりつく。

個室のひとつから、ひとしきり嘔吐する音がした。酒の混じった嘔吐物のむかつく臭いに、吐きそうになる。水が流され、嘔吐の音がやんだ。重いものがタイルの床にぶつかる鈍い音がしたあと、不気味に静まりかえった。ベロは数歩進んだ。胸の鼓動が耳のなかで激しく響いている。

個室のドアは開いていた。なかで、ション・ジュの巨体が手脚を広げて倒れていた。小さいいびきに合わせて胸が上下し、口の端からよだれが細く流れている。

奥の個室で汚れたズック靴が動いたかと思うと、サンパが待ち伏せしていた隅から顔をのぞかせた。拳銃を見て目を丸くしたが、ベロの隣にそっと近づいてくると、気を失っている男をふたりで見下ろした。

わお、うまくいったぞ。

「ぐずぐずしてんじゃねえよ」ベロは拳銃でションを指した。「ほら！　早く盗れ！」

サンパは半分ドアの開いた個室にしぶしぶ体をねじこんだ。ション・ジュは頭を左に傾けていて、翡翠を着けた耳が個室の壁のあいだにはさまっている。サンパは送電線に触れようとする人のように顔をゆがめ、両手でションの頭をはさんだ。そのまま少し待ってみたが、ションは身じろぎもしない。だらしなく口を開けたその顔を反対側へ向け、サンパは震える手でひとつめの翡翠のピアスをつまみ、留め具を外した。

「ほらよ、こいつを使え」ベロが空の封筒を手渡した。サンパは翡翠を封筒に入れ、ふたつめのピアスに取りかかる。ベロは視線を翡翠へ、ション・ジュへ、拳銃へ、サンパへ、そしてまた翡翠へと動かした。一歩前に出て、うつ伏せになった男のこめかみから十センチほどのところで拳銃を構える。拳銃はどうしようもなく小さく役立たずに見えた――庶民の武器だ。だが問題はない。この状態では、ション・ジュは〝鋼鉄〟も〝跳ね返し〟も使えない。サンパは翡翠を手に入れ、誰にも気づかれることなく裏口から出ていくだろう。ベロは店でのシフトを終えたら、サンパに合流する。数時間は、誰もション・ジュに構わないはずだ。この男が酔ってトイレで気を失うのは、初めてのことじゃない。

「急げ」ベロは言った。

サンパはふたつの翡翠を外してみっつめに取りかかり、男の入り組んだ厚い耳を指で探っていた。「こいつが取れないんだよ」

「なら、引きちぎれ、いいから引きちぎれって！」

サンパはなかなか外れないピアスを最後に勢いよく引っぱった。肉に埋もれかけていたピアスが外れた。

ジョン・ジュがびくっと動き、目を開けた。

「まずい」とサンパ。

　馬鹿でかい怒声を上げ、ジョンは両腕を頭のまわりでふり回し、ベロが拳銃の引き金を引く直前、その腕を上に払った。耳を聾する銃声が響いたが、弾は外れ、漆喰の天井にめりこんだ。

　サンパは慌てて逃げようと、ジョンにつまずきそうになりながら個室のドアへ突進した。ジョンは両手でサンパの片脚にしがみつく。目は血走り、見当識障害と憤りで焦点が合っていない。サンパは床へつんのめり、着地の衝撃を和らげようと両手を突き出した。手から封筒が飛び出し、タイル張りの床を滑ってベロの脚のあいだを抜けていく。

「泥棒め！」ジョン・ジュの怒声が言葉になったが、ベロには聞こえていない。頭のなかでいつまでも銃声が響いていて、何もかもが無響室で起きているかのようだった。ベロの目の前で、赤い顔をしたグリーンボーンが地獄から現れた強欲な悪魔のように、おびえたアブケイ人の少年を引きずり寄せている。

　ベロはかがんでくしゃくしゃの封筒を素早く拾うと、ドアへ走った。

　鍵をかけておいたのを忘れ、一瞬、焦ってドアを押したり引いたりしてから、鍵を開けて男子トイレから飛び出した。銃声は店の客にも聞こえていて、数十人が驚いた顔でベロを見た。ベロは拳銃をポケットに押しこんでおくだけの心の余裕はあったので、男子トイレのほうを指さして叫んだ。「あそこに翡翠泥棒がいる！」

　そして、ベロはテーブルのあいだを縫うようにホールを駆け抜けた。左手に握りしめた封筒越しに、ふたつの小さな石が手のひらに食いこむ。人々はベロから飛びのいた。たくさんの顔がぼやけて通りすぎていく。ベロは椅子を倒し、転び、起き上がって、走りつづけた。

顔が熱い。突然、これまで感じたことのない熱と力が湧き上がってきたかと思うと、電流のようにベロの体を走り抜けた。二階へ伸びるカーヴした広い階段に来ると、食事客が立ち上がってバルコニーの手すりから身を乗り出し、何の騒ぎかと下をのぞいていた。ベロは階段を駆け上がった。足をほとんど床につけずに、階段全体をたった二、三歩でのぼりきる。人々は息をのんだ。ベロの驚きは一気に恍惚へと変わった。彼は首をのけぞらせて大笑いした。こいつは〝敏捷〟に違いない。

目と耳から薄い膜が取り除かれたようだった。椅子の脚が床をこする音、皿が割れる音、舌に感じる空気の味――何もかもがひどくはっきりと感じられる。誰かがベロをつかもうと手を伸ばしてきたが、その動きは遅すぎ、ベロの動きは速すぎた。ベロはその手を易々とかわし、テーブルを飛び越えた。飛び散る皿に、広がる悲鳴。前方には引き戸タイプの網戸があり、その向こうは港を見渡せる中庭になっている。考えることも、ためらうこともなく、ベロは突進する牡牛のように網戸を突き破った。木製の格子が壊れ、ベロは自分の体の形に空いた穴から狂喜の雄叫びとともに転がり出た。痛みはまったく感じない。感じるのは、獰猛で荒々しい無敵の感覚だけ。

これが翡翠の力だ。

夜気に肌がぞくぞくする。眼下では、きらめく海が抗いがたい魅力で手招きしている。心地よい熱気がベロの血管を駆けめぐっているようだった。海はとても冷たそうで、気分を爽快にしてくれそうに見える。すごく気持ちがよさそうだ。ベロは中庭をかこむ手すりに向かって飛んだ。

誰かに両肩をつかまれ、いきなり止められた。つながれた鎖がぴんと張ったかのように後ろに引き戻され、ベロがくるりとふり向くと、そこにはメイク・ターがいた。

2　無峰会の〈角〉

　ホールの向こう側で、くぐもった銃声が響いた。そして一、二秒後、ヒロは感じた――頭のなかで突然、抑えきれない翡翠のオーラが、フォークでガラスを引っかいたような耳ざわりな悲鳴を上げたのだ。ケーンとターが体をひねってそっちを見ると、十代の給仕がトイレから飛び出して階段へ走っていった。

「ター」ヒロは口を開いたが、その必要はなかった。メイク兄弟はふたりとも、すでに行動を起こしていた。兄のケーンはトイレへ向かい、弟のターは階段の上へ跳び、中庭で泥棒を捕らえると、壊れた網戸の穴から犯人の体を引き戻した。食事客がいっせいに息をのみ、何人かの悲鳴が上がるなか、店内に飛ばされてきた少年が床にぶつかり、そのまま滑って階段のてっぺんで止まった。

　ターは少年のあとから、かがんで通路の残骸を片づけながら入ってきた。少年は慌てて立ち上がろうとしたが、ターが頭をつかんで床に押さえつける。泥棒が武器――小さい拳銃――に手を伸ばすと、ターはそれをもぎとり、壊れた網戸の穴から港へ投げ捨てた。少年がカーペットにさえぎられたくぐもった叫び声を上げる。グリーンボーンの膝で前腕を押さえつけられ、指の関節が白くなるほど握りしめていた封筒を奪われたのだ。すべてはあっというまの出来事で、ほとんどの見物人には見えてもいない。

　ターの足元で、十代の少年は体を痙攣（けいれん）させてうめいている。凄まじい翡翠の力が、急激に体から抜けていくのだ。ターは翡翠の入った封筒を持って立ち上がり、それとともにヒロの頭のなかのうるさい音はやんだ。ターはシャツの後ろを引っぱって泥棒を立たせると、階段を下りてメインフロアに連れてきた。テーブルを離れていた興奮したようすの食事客は、黙って彼に道を空ける。男子トイレから出てきた兄のケーンは、静かにべそをかいているアブケイ人の少年の腕をつかんで連れてきた。そして少年に両膝をつかせると、弟のターもその横に泥棒を押しやった。

ケーンの後ろから、ション・ジュドンルーが椅子の背につかまりながらよろよろ歩いてきた。自分がどこにいるのか、どうしてこんなことになっているのか、完全にはわかっていないようだが、怒りを感じる程度には頭がはっきりしている。焦点の合わない目を大きく見開き、片方の耳を手でぴしゃりと叩いた。「泥棒どもが」ろれつの回らない口で言うと、上着の下につけたショルダー・ホルスターに差してあるタロンナイフの柄に手を伸ばした。「ふたりとも、腹をかっさばいてやる」

店主のミスター・ウネが両手をふって抗議しながら、駆けつけた。「ション‐ジェン、お願いですから、店のなかではおやめください！」突き出した両手を震わせ、二重あごの顔は信じられないというように青ざめている。〈トゥワイス・ラッキー〉の名に泥を塗られるのも、この店の厨房に翡翠泥棒がひそんでいたことも、とんでもないことではあるが、ふたりの少年がデザートビュッフェのすぐ横で公開処刑されることになれば――そんな縁起の悪い店がつぶれずにすむわけがない。店主は恐ろしそうにション・ジュの武器をちらりと見て、メイク兄弟と周囲で凍りついている客の目を見た。そして口を開いた。「お怒りはごもっともですが、旦那方、どうか――」

「ミスター・ウネ！」ヒロがテーブル席から立ち上がった。「まさか、ライヴショーを用意していたとは知らなかったよ」すべての視線が集まるなか、ヒロは店内を横切った。そういうことかという納得が、人々のあいだに広がっていく。いちばん近くの客が、ベロが最初にヒロを見たときには気づかなかったことに気づいた――コール・ヒロの灰色のジャケットと上のふたつのボタンを外したベビーブルーのシャツの下に、小さな翡翠が連なっている。まるでネックレスが溶けて体にはりついたように、鎖骨にそってたくさんの翡翠が埋めこまれているのだ。

ミスター・ウネはヒロに駆け寄ると、並んで歩きながらもみ手をした。「コール－ジェン、あなたの夜を台無しにしてしまうほど申し訳ないことはございません。あんなどうしようもない盗人どもが、どうやってこの店の厨房に入りこんだのか、見当もつきません。この埋め合わせに、何かできることはありませんか？　何でもいたします。もちろん、お食事とお飲み物は好きなだけ召し上がってください……」

「こういうこともあるさ」ヒロは愛敬のある笑顔を見せたが、店主のほうは緊張を解かない。それどころか、ますます緊張したようすでうなずき、汗ばんだ額をぬぐった。

ヒロは言った。「タロンナイフをしまってください、ジュ伯父さん。ミスター・ウネには、カーペットについた血以外にも掃除しなきゃならないところがたくさんある。それに、楽しいディナーに金を払っている客だって、食欲がなくなるようなものは見たくないはずだ」

ション・ジュは迷った。ヒロは彼を伯父さんと呼び、明らかに人前で恥をかくことになるにもかかわらず、彼に敬意を示してくれた。しかし、それでもション・ジュの怒りを和らげるには足りなかったらしい。ションはベロとサンパのほうへ、ナイフを突き出した。

「こいつらは翡翠泥棒だ！　俺にはこいつらの命を奪う権利がある。誰にも止めさせはしねえ！」

ヒロがターに手を差し出すと、ターは彼に封筒を渡した。ヒロは封筒をふって、手のひらにふたつの石を出した。ケーンがみっつめのピアスを差し出す。ヒロは考え深げにみっつの緑色の石を手のなかで転がし、とがめるように目を細めてションを見た。

ション・ジュの顔から怒りが消え、代わりに不安の色が表れた。ションは他人の手のなかにある自分の翡翠を見つめた。その石の力は今や、自分ではなく、コール・ヒロに流れこんでいる。ションは黙りこんだ。誰もしゃべらない。突然、静けさに包まれた。

ションはかすれた咳払いをした。「コール‐ジェン、俺はあんたの〈角〉としての地位を軽んじるつもりで言ったわけじゃない」今度は、年上の人物に対するような敬意を示す。「もちろん、何が正しいかってことに関しては組織の判断に従う」

ヒロは笑顔でションの手を取ると、手のひらにみっつの翡翠を載せた。そして、優しく翡翠を握らせた。「つまり、重大な被害はなかったってことだな。ケーンとターが気を抜けない理由があるのはいいことだ」学校で冗談を交わすように、ヒロは兄弟ふたりにウィンクしたが、ション・ジュに向き直ったときには、その顔からユーモアが消えていた。「伯父さんはそろそろ、飲む量を少し減らして、自分の翡翠にもう少し気をつけたほうがいい」

ション・ジュは返された翡翠をつかみ、その拳を胸に当て、心から安堵した。太い首は屈辱で赤くなっているが、それ以上は何も言わなかった。まだ酔いの残るぼんやりした状態でも、彼は馬鹿ではなかった——自分が警告されたことはわかっているし、今夜、惨めな失態を演じた自分がグリーンボーンでいられるのは、コール・ヒロが許してくれたからにすぎないことも理解している。ションは後ずさり、おびえてしゃがみこんだ。

ヒロはふり向き、茫然としている人々に両手をふった。「ショーは終わりです、皆さん。今夜のショーは無料です。さあ、ミスター・ウネの素晴らしい料理と飲み物のお代わりをご注文ください!」

神経質な笑いが店内に広がり、人々はその言葉に従ってそれぞれの食事と連れに向き直ったが、コール・ヒロとメイク兄弟と床にひざまずくふたりの気の毒な少年をちらちら盗み見るのはやめなかった。翡翠を持たない普通の市民にとって、グリーンボーンの能力をこんな派手な形で目撃することは、それほどよくあることではない。彼らは家に帰ったら、さっき見たことを友人に話して聞かせるだろう。泥棒が普通の人間には不可能な速さで動き、格子の入った網戸を突き破ったこと。それよりはるかに素早く、力の強いメイク兄弟のこと。そして彼らが完全に若い〈角〉に従っていたことを。

ケーンとターはふたりの泥棒を店の外へ運び出した。ヒロがそのあとから歩きだすと、ミスター・ウネが小走りでついてきて、小声でつっかえながら言った。「もう一度、言わせてください。誠に申し訳ございませんでした。従業員については、全員、慎重に審査していています。なぜあんなことになったのか、さっぱり……」

ヒロは店主の肩に手を置いた。「あんたのせいじゃない。誰が翡翠熱に取りつかれて悪事に走るか、あんたはいつも見分けられるわけじゃない。そういうことは、俺たちが外で目を光らせておく」

ミスター・ウネは安堵で力強くうなずいた。その表情は、轢かれると思っていたバスが、ぎりぎりでそれてくれたうえに、足元に金の入ったスーツケースが落ちてきた人のようだった。もし、今夜、ヒロとメイク兄弟がいなかったら、店主はふたりの少年の死体と激怒したグリーンボーンの酔っ払いに対処しなくてはならないところだったのだ。ともあれ、〈角〉のうまい宣伝のおかげで、〈トゥワイス・ラッキー〉は壊滅的な悪評をまぬかれ、敬意を集めた。今夜の出来事の噂が広がれば、レストランはしばらく繁盛するだろう。

そう考えると、ヒロの気分はいくらかよくなった。

〈トゥワイス・ラッキー〉はこの界隈で無峰会の息がかかった店というだけでなく、規模も儲けも大きい店のひとつなのだ。組織にはこの店の献金が必要だ。店がつぶれたり他人の手に渡ったりして組織の面目を失うことだけは、絶対に避けなくてはならない。もし、ミスター・ウネのように忠実な〈灯籠持ち〉が生計を立てる手段や命を失うことになれば、ヒロの責任になる。

ヒロはミスター・ウネを信頼しているが、一般人は一般人にすぎない。力のある側につく。〈トゥワイス・ラッキー〉は、今日は無峰会のものかもしれないが、最悪の事態が起こって店主が家業と自分の命を守るために忠誠を誓う相手を替えざるを得なくなれば、ヒロは店主がするであろう選択に幻想を抱いてはいない。結局のところ、〈灯籠持ち〉は翡翠を持たない一般市民だ――組織に属し、組織の仕組みに不可欠な存在だが、組織のために死んだりはしない。彼らはグリーンボーンではないのだ。

ヒロは立ち止まって、壊れた網戸を指さした。「修理費の請求書を送ってくれ。俺が払う」

ミスター・ウネは目を瞬かせてから、両手を組み合わせ、それを何度も額につけてうやうやしく感謝した。「なんと気前のいい方でしょう、コール－ジェン。その必要はございません……」

「馬鹿を言うな」ヒロは店主のほうを向いた。「それより教えてくれ。最近、このあたりでほかにトラブルは起きていないか？」

店主は急に目を泳がせると、不安げにヒロの顔に目を戻した。「トラブルと言いますと？」

「ほかの組織のグリーンボーンが関わるトラブルだ」

ミスター・ウネはためらってから、ヒロを脇へ引っぱっていき、声を落とした。「ここ港湾地区では、まだありません。ですが、わたしの甥の友人が、アームピット地区にある〈ダンシング・ガール〉でバーテンダーをやっておりまして、こんなことを言っていました。山岳会の連中が毎晩のようにやってきては、好きなところにすわってタダ酒を要求する。しかも、それは献金の一部で、アームピット地区は山岳会の縄張りだと言っているそうなんです」ミスター・ウネはヒロの表情にびくっとして、一歩下がった。「ただの噂話かもしれませんが、旦那に訊かれたので……」

ヒロは店主の腕を軽く叩いた。「火の気のないところに煙は立たん。ほかに何か耳に入ってきたら、教えてくれないか？　いざというときは連絡してくれ」

「もちろんですとも。もちろんご連絡します、コールージェン」ミスター・ウネはもう一度、組んだ両手を額につけた。

ヒロは最後に店主の肩を力強くぽんと叩くと、レストランをあとにした。

＊

外に出ると、ヒロは立ち止まってポケットから煙草のパックを取り出した。高価なエスペニア製の煙草だ。ヒロはこれに目がない。一本くわえて、あたりを見回す。「そっちはどうだ」

メイク兄弟は〈トゥワイス・ラッキー〉から引きずり出したふたりの少年を、水際へ下りていく砂利道へ押しやった。そこなら、通りから見えない。ぽっちゃりしたアブケイ人の少年は、ずっと叫んでもがいている。もうひとりはぐったりして黙ったままだ。メイク兄弟はふたりの泥棒を地面に突き飛ばすと、殴りだした。ボディへリズミカルにくり出される重いパンチが、肋骨を、腹を、背中を殴打する。平手打ちは、顔が腫れ上がって誰かわからなくなるまでつづく。ただし喉や後頭部といった急所は攻撃しなかった。ケーンとターは優秀な〈拳〉だ——けっして油断せず、血に興奮して我を忘れることもない。

ヒロは煙草を吸いながら見物した。

すでに日はとっぷりと暮れているが、暗くはない。海沿いにずらりと並ぶ街灯が煌々とあたりを照らし、通りすぎる車のヘッドライトが道路に点々と白い光を浴びせている。はるか沖では、ゆっくりと移動する輸送船のライトが、海霧と都会からの汚れた煙霧ににじんでいる。空気は暖かく、煙と、熟しすぎた果物の甘い匂いと、九十万人の汗ばむ住人の悪臭でむっとしている。

ヒロは二十七歳だが、ジャンルーンで車やテレビが目新しいものだった時代を覚えている。そんなものは今ではどこにでもあり、それと一緒にたくさんの人々や新しい工場、テンプラやミートボールや香辛料のきいたチーズフライといった異国風の食べ物も入ってきた。この大都市には人があふれ、すべての人が――グリーンボーンも例外ではない――そのことにぴりぴりしている。何もかもが少し危険すぎるほどの速度で動いている気がする。ヒロは思った。まるでこの街は最大出力で動いている新しい機械で、制御不能寸前の状態にあり、物事の秩序を破壊しようとしているかのようだ。訓練も受けていない不器用な不良少年ふたりが、グリーンボーンから翡翠を盗もうとたくらむとは――しかも、危うく成功するところだった――世の中はいったいどうなっていくのだろう？

実際、今回の件でション・ジュドンルーは翡翠を失うことになるだろう。彼の愚行に対する正当な罰として、ヒロ自身がションの三つの翡翠を手に入れることもできる。手の上で翡翠を転がしたとき、温かい液体のように体に入ってくる翡翠の力に、確かに心を引かれた。

だが、哀れな年寄りからわずかばかりの翡翠を取り上げるのは、敬意に欠ける行為だ。あのふたりの泥棒がわかっていないのは、そこだ――翡翠を持つだけでグリーンボーンになれるわけではない。血統と訓練と組織が、翡翠の戦士を作るのだ。昔からずっとそうだった。ヒロは日頃から自分と組織両方の評判を守る努力をしている。ションジュドンルーは大酒飲みの愚かな老いぼれで、滑稽な落ち目のグリーンボーンだが、まだ無峰会に所属する〈指〉であることに変わりはなく、彼に対する違法行為はヒロの心配事になっていた。

ヒロは煙草を放り、足でもみ消した。「それでいい」

ケーンは即座に下がった。ター――兄弟のうち、常により勤勉なほう――は、ふたりの少年にそれぞれ最後の蹴りを入れてから下がった。ヒロは少年たちをもっと近くでよく見た。給仕のシャツを着た少年には、典型的なケコン人の特徴がある――細い体に長い腕、髪と目の色は黒っぽい。瀕死の状態で倒れているが、その理由としてより大きいのは翡翠の副作用なのか殴打なのかよくわからない。丸顔のアブケイ人の少年のほうは、静かにすすり泣きながらずっと懇願している。

「ぼくがやろうって言ったんじゃないんです、違うんです、ぼくはやりたくなかったんだ、勘弁してください、お願いします、もう二度としません、絶対に……」

ヒロは考えてみた。このふたりが見た目どおりの馬鹿ではなく、山岳会や比較的小さい組織のスパイか雇われた犯罪者だという可能性はあるだろうか？　いいや、その可能性は低い。ヒロはしゃがんで、アブケイ人の少年の汗ばむ額にはりついた髪をどけた。少年はぎょっとして身を縮める。ヒロは首を横にふり、ため息をついた。「何をたくらんでいた？」

「こいつに、大金が手に入ると言われたんです」少年はひどい誤解だと言うように訴える。「あのじいさんはべろべろに酔ってるから気づきもしないって、こいつが言うから。買い取ってくれるやつも知ってると言ってました。信頼できるやつで、加工済みの翡翠を何も訊かずに最高値で買い取ってくれるって」

「で、おまえはこいつを信じたのか？　グリーンボーンから翡翠を盗むほどイカれたやつが、その翡翠を売るわけがないだろう」ヒロは立ち上がった。ケコン人の少年にしてやれることは何もない。怒れる若者は翡翠熱に浮かされやすい――ヒロはさんざん見てきた。貧しく、世間知らずで、獰猛なエネルギーと野心に満ちた者は、蜂蜜にたかるアリのように翡翠に惹きつけられる。彼らは、漫画や映画で山ほど偉業を描かれてきた伝説の英雄にして無法者のグリーンボーンたちを美化する。そして、人々が大きな敬意とかすかな恐怖をこめて〝ジェン〟という敬称を使うことに気づき、自分もそうなりたいと思うようになる。長年の厳しい武術訓練なしに、翡翠のもたらす力を制御するのは不可能だということは、気にもしない。彼らは燃え上がり、正気を失って、自分と周囲の人間を破壊する。

だめだ、そっちの少年に望みはない。

しかし、アブケイ人の少年は愚かだっただけだ。その愚かさは致命的か？　川にもぐって賭けをした程度なら、許すことはできる。だが、組織に対して悪質な行為をした者を許すことはできない。

ヒロの心を読んだかのように、アブケイ人の少年の口調が速くなった。「お願いです、コール‐ジェン。馬鹿なことをしました、ぼくが馬鹿でした。あんなことは二度としません、誓います。今までは川から翡翠を拾ったことしかありませんでした。新しい加工職人がジーを追い出したりしなかったら、ほかのことをしようなんて考えもしませんでした。今回のことで身に沁みました。祖母の墓に誓って、二度と翡翠には手を出しません、約束します――」

「今、何と言った？」ヒロはまたしゃがんで身を乗り出した。目が険しくなる。

少年は恐怖で混乱した目を上げた。「ぼ、ぼくが何か――」

「新しい加工職人のことだ」

ヒロの揺るぎない視線に、少年はひるんだ。「ぼ、ぼく、川で見つけたものを三本指のジーに売っていたんです。翡翠の原石を持っていくと、その場で現金をくれるから。高くはないけど、それでもいい値段でした。街のこっち側にいる加工職人では、ぼくたちのほとんどがジーに――」

「彼が何者かは知っている」ヒロはしびれを切らして言った。「彼に何があった？」

ゆっくりと、抜け目ない希望が、少年の目に浮かび上がってくる。自分が無峰会の〈角〉も知らない情報を持っていることに気づいたのだ。「ジーは消えました。先月、新しい加工職人が現れて、こう言ったんです。彼のところに翡翠を持ってくれれば、原石でも加工済みでも、何個でも何も訊かずに買い取るって。彼は三本指のジーに一緒にやらないかと持ちかけたんだけど、ジーは自分の商売を新参者と分け合う気はなくて、それで新しい男がジーを殺したんです」少年は鼻水と鼻血を服の袖でぬぐった。「噂では、新しい男がジーを電話のコードで絞め殺したあと、ジーの残っていた指を切り落として、街のほかの加工職人たちに警告として送りつけたらしいです。今では、ぼくたちが川で見つけたものは、すべて新しい加工職人のところに持ちこみ、彼はジーが払ってくれた金額の半分しか出さない。それで、ぼくは川にもぐるのはやめようと――」

「その男に会ったことはあるか？」ヒロは訊ねた。

少年は口ごもった。どう答えれば命が助かり、どう答えれば殺されるのか考えているようだ。「は、はい。一度だけ」

ヒロは〈拳〉たちと視線を交わした。アブケイ人の少年は彼らにとって厄介な謎をひとつ解き明かしてくれたが、代わりにべつの謎をもたらした。三本指のジーはブラックマーケットの翡翠加工職人かもしれないが、よく知っている人物であり、周知の存在であり、ヒロの庭でゴミ箱を漁る野良犬で、殺さなくてはならないほど厄介な男ではなかった。アブケイ人から翡翠の原石を買う商売だけに徹しているかぎり、組織は彼のちょっとした密輸には目をつぶり、ときどきもっとでかい秘密情報を提供させていた。彼を殺して無峰会の権威を踏みにじるやつは、いったい誰だ？

ヒロは少年に向き直った。「そいつの特徴を説明できるか――その新しい加工職人の？」

少年はまたためらった。「はい。できる……と思います」

少年がつっかえつっかえ説明を終えると、ヒロは立ち上がってケーンに命じた。「車を回せ。このふたりを〈柱〉のところへ連れていく」

3 眠れない〈柱〉

コール・ランシンワンは眠れなかった。かつては寝つきがよかったのに、ここ三カ月間、少なくとも週に一度は眠れないことがある。コール家の母屋の上階にある東に面した寝室は、不適切なほど広くがらんとしている。ベッドもそうだ。夜明けの光が街の輪郭をぼんやりと浮かび上がらせるまで、窓の外を見つめている夜もある。ランは気持ちを落ち着かせるため、寝る前に瞑想を試みた。ハーブティーを飲み、入浴剤を入れた湯につかった。医者に診てもらうべきかもしれない。おそらく、グリーンボーンの医者なら、どういったエネルギーの偏りがあるかを突き止め、流れを妨げているものを取り除き、バランスを取り戻すのに役立つ正しい食事を指示してくれるだろう。

ランは我慢した。三十五歳の彼は、健康上もっとも充実した時期で、能力の最盛期にあると考えられている。だからこそ、祖父はようやく彼に指揮権を譲ることに同意したのだし、だからこそ無峰会のほかの者たちも、伝説的人物ではあるが老いて病を抱えるコール・センタンから孫へ、あのマントが譲り渡されることを受け入れたのだ。一族の〈柱〉に健康上の問題があるという噂が立つのは、名誉なことではない。眠れないというごく日常的なことでも、憶測を招きかねない——彼は精神的に不安定なのだろうか？　翡翠を身に着けられないほど？　弱さに感づかれれば、命に関わる。

ランは起き上がり、シャツを着て、階下へ向かった。するりと靴をはいて庭に出る。外に出ると、すぐに気分がよくなった。屋敷はジャンルーンの中心近くにあり、王立議会の赤い屋根と凱旋宮殿の段々になった円錐状の屋根が見えるが、コール家の所有する建物や整備された敷地は五エーカーの広さがあり、周囲を高いレンガ塀にかこまれ、都会の喧騒からは隔てられている。それでも静かとは言えない——グリーンボーンにとっては、ランには草むらを走るネズミの音や、池の上を飛ぶ小さな虫の羽音や、砂利道を踏みしめる自分の靴の音が聞こえる——が、やむことのない都会のざわめきはかすかにしか聞こえない。庭は穏やかなオアシスだ。この小さな自然のなかにひとりでいると——ほかの翡翠のオーラの激しい渦から離れていると——心がほぐれる。

彼は石のベンチに腰を下ろして目を閉じた。脈拍と呼吸を落ち着かせ、規則正しい血のめぐりを意識しながら、ゆっくりと探索する。頭上のコウモリの羽音をたどると、コウモリはこっちへ飛んだりあっちへ飛んだりしながら、空中の昆虫を捕らえている。小さな池を渡るそよ風からは花の香りがする——オレンジ、モクレン、スイカズラ。彼はさっき感知したネズミを求めて地面を捜索し、見つけだした——鼓動する命のひそむ場所が、暗い芝生のなかでくっきりと明るく光っている。

コール・ドゥシュロン学園の生徒だった頃、ランはだだっ広い真っ暗な地下室に三匹のネズミと閉じこめられて夜をすごしたことがある。翡翠をつけた訓練を始めたばかりの十四歳の生徒に課せられる〝感知〟試験のひとつだ。ランは冷たい石の壁に沿ってやみくもに手探りしながら、聞こえるはずもないネズミの引っかくかすかな音に耳をそばだて、ヘビのように生き物の体温を探した。考えられるのはこれだけ——鋭い歯を持つ三匹のネズミをすべて素手で殺すことができれば、その場合だけ、試験が終わる。当時の記憶に、ランの背中が強ばった。

意識の隅に鋭い刺激を覚えた——ドルが庭を横切って近づいてくる。目には見えないが、独特の翡翠のオーラが煙を貫く赤い光線のように夜を切り開いてくる。

ランは息を吐いて目を開け、口の端を上げたゆがんだ笑みを作った。夜の庭でネズミを捕まえているところをドルに見つかったら、ただの不眠症よりはるかに深刻な精神不安の症状だと思われるだろう。だがランはひとりの時間を邪魔されたことに苛立ち、立ち上がってドルに挨拶するのはやめた。

ユン・ドルポンの声は小さく、しゃがれている。小石を入れた鍋をふっているように聞こえる、薬臭い声だ。「こんなところにひとりでいるのか？ どうした、ラン-サ？」

家族が親しみをこめて使う呼びかけに、ランは顔をしかめた——〝-サ〟は子どもや年寄りに呼びかける言葉で、自分の上司に使うものではない。〈日和見(ひよりみ)〉が〈柱〉に対してその言葉を使うのは、それとなく反抗心をほのめかしていることになる。ランはドルに悪気がないことはわかっていた——古い習慣を改めるのは難しいというだけのことだ。ドルはランを小さい頃から知っている。ランの記憶にあるかぎり、ドルはずっと組織で働き、コール家の屋敷で暮らしていた。しかし今は、ドルはランの参謀であり、信頼できる助言者であって、世話役でも伯父でもない。

「何でもない」ランはようやく立ち上がり、ドルのほうを向いた。「夜、庭のこのあたりですごすのが好きなんだ。ときには、ひとりで考え事をする時間も大切だろう」邪魔をしたことをやんわりと非難する。

ドルはそれには気づかないようだった。「考えることが山ほどあるだろう」〈日和見〉は卵形の頭にとがったあごをしたひどくやせた男で、夏のうだるような暑さでもセーターと黒い上着で着ぶくれている。堅苦しい物腰が学者のような雰囲気を醸し出しているが、実際はまったく違う。数十年前、ドルは一山会のメンバーだった。一山会とは、コール・セニンタンとアイト・ユーゴンティンが率いていた不屈の反乱グループのひとつだ。彼らは抵抗の末、ついに外国によるケコン占領を終わらせた。ドルは多国大戦の最後の年をショターの監獄ですごしたという。みすぼらしい服の下では、脚と腕の肉があちこち欠け、睾丸をふたつとも失っているという噂だ。

ドルは言った。「KJAは月末までに最終輸出案を決定しなくてはならん。最終投票で承認するかどうか、検討したか？」ケコン翡翠連合では、海外――エスペニアとその同盟国――に対する国による翡翠の販売量を増やすかどうかの議論が、春じゅうつづいていた。

「俺の考えは知っているじゃないか」

「それをコール・ジェンに話したか？」ドルが言っているのは、もちろんコール・セニンタンのことだ。家族には三人の若いグリーンボーンがいるが、ドルにとって〝コール・ジェン〟はひとりしかいない。

ランは腹立たしさを隠した。「必要もないのに、おじいさんをわずらわせることはない」重大な決定はすべて祖父に相談してほしいと思っている者は、無峰会のなかでドルひとりではないだろう。だが、いつまでもそんなことをしているわけにはいかない。ランが〈柱〉としてひとりで責任を負っているというメッセージを送る時期は、もう過ぎていた。「エスペニア人は要求が多すぎる。彼らに要求されるたびに受け入れていたら、そのうちこの島の翡翠はひと粒残らずエスペニア軍の金庫に入ってしまう」

〈日和見〉はしばらく黙っていたが、うなずいた。「それもそうだな」

ランの頭にふと、ある考えが浮かんだ——ドルはかなりの年だ、この年では変われないのも無理はない。彼は祖父の〈日和見〉で、この先もずっとそのつもりでいるだろう。早めに代わりを探さなくてはならない。

ランは冷たい考えをふり払った。優れた〝感知〟能力を持つグリーンボーンでも人の心を読むことはできないが、磨き上げられた能力を持つ者は、かすかな身体上の変化から相手の感情や意図を読み取ることができる。ドルが身に着けている翡翠は両手の親指にはめた地味な指輪しか見当たらないが、じつはほとんどの翡翠を見えないところに着けていて、見た目よりかなりの強者であることをランは知っていた。たとえ表情に出ていなくても、ランの突然の心変わりを〝感知〟しているかもしれない。

ランは考えられる過ちを苛立ちと同じように隠した。「こんなところに出てきたのは、KJAのことで俺を悩ませるためじゃないだろう。ほかに話があるんじゃないのか?」

門の投光照明が点灯し、屋敷の正面と長い私道が黄色い光に照らされた。ドルは言った。「ヒロが到着した。今すぐ会いたいそうだ」

ランは庭を横切り、見間違いようのないヒロの馬鹿でかい白いセダンのほうへ足早に向かった。ヒロを補佐する兄弟のひとり、メイク・ケーンが〈ドゥシェース・プリザ〉の運転席側のドアにもたれて腕時計を確かめている。メイク・ターは離れたところにヒロと並んで立っている。足元には、ふたつの塊。ランが近づいていくと、塊はふたりの少年だとわかった。十代の少年が前かがみになって、額をアスファルトにつけている。

「おねむの前につかまえられてよかったよ」ヒロがからかう。若い弟はよく夜明けまで街をうろついていて、それも立派な〈角〉の仕事だと主張していた――夜間に自分という脅威がいれば、日が落ちてから組織の縄張りで商売に励む悪党どもににらみをきかせられる。コール・ヒロが仕事熱心ではないとは、誰にも言えなかった。特に、食事と酒ときれいな女、騒々しい音楽、バーに賭博場、ときおり発生する激しい暴力事件がからんでくれば。

ランはからかいを無視して、ふたりの少年を見下ろした。さんざん殴られたあと、車でここに運ばれ、舗道に下ろされたのだろう。「どういうことだ?」

「あの大酒飲みのジョン・ジュが、なけなしの翡翠をこの悪ガキどもに盗られそうになったんだ。けど、こいつが――」ヒロは太ったほうの少年を足でつついた。「――興味深い話を知っていたんで、兄貴に直接聞かせるべきだと思って連れてきた。ほら、小僧、〈柱〉に知っていることを話せ」

少年が顔を上げた。両目とも黒いあざにかこまれ、唇が切れている。鼻血のせいで鼻声になりながら、三本指のジーがやっていた翡翠の原石の商売が、突然ほかの男に乗っ取られたことをランに話した。「新しい男の名前は知りません。ただ加工職人と呼ばれています」

「そいつはアブケイ人なのか?」ランは訊ねた。

「いいえ」少年は腫れた唇の隙間からもごもご答える。「外国人のストーンアイです。イグタン風のコートを着て、よくあるスクエアハットをかぶってます」そして相棒が身動きしてうめくと、不安そうにちらりと目をやった。

「その加工職人の特徴を話せ」ヒロが命じる。

「あいつを見たのは、たった一度、数分だけなんです」少年はヒロの鋭い口調にまた怖くなり、言葉をにごした。「背が低くて、少し太ってる。口ひげを生やしていて、顔にシミがある。イグタン人みたいな格好をして銃を持ってるけど、訛りのないケコン語を話します」

「そいつの縄張りは？」

アブケイ人の少年は尋問に汗ばんでいる。あざにかこまれた目で懇願するようにランを見上げた。「わ、わかりません。鍛冶場地区のほとんど。ポーポー地区と港湾地区の一部。それからたぶん、コインウォッシュ地区とフィッシュタウンも」少年は地面に額を押しつけ、声がくぐもった。「コール-ジェン。〈柱〉の旦那。ぼくはあなたにとって、まったく何の価値もありません。馬鹿な過ちを犯した、ただの愚かな子どもです。知ってることは全部、お話ししました」

もうひとりの少年も意識を取り戻していたが、黙って苦しそうに息をしている。ランは言った。「俺を見ろ」少年は頭を上げた。白目の毛細血管が破れて赤くなっている。憔悴して、取りつかれたような表情——それはもはや少年の顔ではなく、誤った方法で翡翠を味わい、そのために破滅した者の顔だ。ひどい痛みを感じているに違いないが、まだ内から怒りを放っている。心のなかでは、怒りがガス灯のように燃えているのだろう。

ランは少年が少し気の毒になった。彼は混乱する時代の犠牲者だ。昔は自然の法則が明確だった。アブケイ人は翡翠に免疫がある。ほとんどの外国人は敏感すぎて翡翠に触れることができない——たとえ、ショター人やエスペニア人が翡翠の身体的、精神的な力をコントロールするすべを学んだとしても、いずれは、ほぼ確実に〝渇望〟の犠牲になる。ケコン人――先住民族のアブケイ人と、昔この島にやってきたタン人のふたつの血をひく血統から、何百年も世代をつないできた外界と隔絶された人種――だけが、翡翠を使いこなす生まれながらの能力を持ち、彼らでさえ何年もの厳しい訓練が必要なのだ。

残念なことに、最近では、独学で翡翠を身に着けていると思われる外国人の誇張された話に、ケコンの子どもたちが誤った認識を持つようになっていた。彼らは少しばかり喧嘩の腕を上げ、正しい薬の助けを借りるだけで、翡翠を使いこなせると誤解している。ランは言った。「翡翠はおまえたちのような連中には死を招く。翡翠を盗んでも、密輸しても、身に着けても、その先にはすべて同じ結末が待っている――死だ」そして、非情な目で少年を見据えた。「ふたりとも出ていけ。二度と俺の弟に顔を見せるな」

アブケイ人の少年はなんとか立ち上がり、もうひとりもランが思っていたより速く立ち上がった。ふたりは一緒に足を引きずりながら、ふり向きもせずに去っていった。

ランはメイク・ケーンに言った。「警備員に門を開けるように伝えろ」ケーンは許可を求めてちらりとヒロを見てから、指示に従った。その小さい仕草に、ランは苛立ちを覚えた。メイク兄弟は奴隷のようにヒロに忠実だ。兄弟は去っていくふたりの少年を見つめながら、ふたりの顔を頭に刻みつけている。

ヒロの笑みが消えた。笑っていないと、年相応に見える。彼が痛めつけたさっきの少年たちとそう変わらない年には、もう見えない。「俺もアブケイの少年は生かしておいただろう。けど、もうひとりは――兄貴の判断は間違ってる。あいつはまた来るぞ。そういう顔をしていた。まあ、俺があとで始末すりゃいいだけだが」

ヒロの言うとおりかもしれない。翡翠泥棒は二種類いる。ほとんどは、翡翠がもたらすと信じているもの――富や名声、権力――を求めている連中だが、なかには翡翠そのものがほしいという馬鹿げた欲求を抱く連中もいて、その妄想をひたすらふくらませていく。

ヒロはたった一度の盗みで判断を下して始末することを何とも思っていないようだが、ランのほうは、あの少年が愚かな野心をほかへ向ける可能性がまったくないとは思えなかった。「彼らは充分懲りたはずだ。学ぶチャンスをあたえるべきだ。だいたい、ふたりともただのガキじゃないか――愚かなガキだ」

「俺がガキの頃は、このへんじゃ愚かさは言い訳にならなかったと思うがね」

ランは弟を見た。ヒロは両手をポケットに突っこんで肘を張り、背中をわずかに丸めてどことなく傲慢な態度だ。おまえこそ、まだガキじゃないか――ランは心の狭いことを思った。〈角〉は一族の二番手で、〈日和見〉と同等の地位であり、ヒロは熟練した戦士とみなされている。ヒロは史上最年少の〈角〉だが、それにもかかわらず、彼がその地位に就くことに疑問を持つ者は誰もいないようだった。彼がコール家の人間で、高い翡翠の能力を使いこなせるからか、あるいはおそらく、一年半前に先代の〈角〉が引退したとき、祖父がヒロの指名を、肩をすくめただけで承認したからだろう。「ほかに、ヒロに向いていることがあるか？」祖父のコール・センはそう言った。

ランは話題を変えた。「おまえは、新しい加工職人はテム・ベンだと思っているんだな」質問ではなく、意見だ。

「ほかにいねえだろ」とヒロ。

テム家は、広い縄張りを持つ勢力の強い山岳会のメンバーだ。グリーンボーンの名家だが、テム・ベンはストーンアイだった。ときどきあることだ――潜性遺伝によって、アブケイ人と同じように翡翠に反応しないケコン人の子が生まれることがある。テム・ベンは一族の恥であり馬鹿な乱暴者として、何年も前に家族によって荒涼とした北イグタンへ勉強と仕事に送り出されていた。その彼が突然ケコンに戻り、翡翠原石のビジネスに荒っぽく参入してきたと考えれば、ある程度は辻褄が合う。翡翠を買い、貯蔵し、加工して、街で売ることができるのは、翡翠に免疫のあるストーンアイだけだ。彼の動きが何を意味するのか——そっちのほうが問題だ。

「家族が戻れと言わないかぎり、やつは戻ってこないはずだ」ヒロは結論づけた。「それに、テム家がアイト家の許可なく何かをすることはない」かーっと喉を鳴らし、草むらに痰を吐く。ヒロが言っているのがアイト・マダのことであるのは明らかだ。アイト・マダは偉大なアイト・ユーゴンティンの養女で、今は山岳会の〈柱〉になっている。「俺の翡翠を賭けてもいい。あのがめつい女はこのことを知っているだけじゃなく、後ろで糸を引いているはずだ」

それまでずっと目立たないようにしていたドルが、幽霊のようにするりと前に出てきて会話に加わった。「山岳会の〈柱〉が、ブラックマーケットのくず翡翠の加工職人と関わっているだと？」疑念を隠さずに言う。「おびえたアブケイ人の少年の話から、ずいぶん飛躍したものだな」

ヒロはふり向き、年配の男のうっすらと軽蔑を浮かべた顔を見た。「ション・ジュは馬鹿な大酒飲みかもしれないが、敵の動きには常に注意している。彼の話じゃ、アームピット地区の〈灯籠持ち〉たちの商売が苦しくなっているらしい。〈トゥワイス・ラッキー〉の店主からも同じことを聞いた。山岳会の〈指〉どもから金を絞り取られているというんだ。もし山岳会がアームピット地区から俺たちを力ずくで追い出そうとしているとしたら、やつらが俺たちの縄張り内で情報を流してくれる人間を求めていると考えるのは、そう難しいことか？　やつらは、俺たちが新しい加工職人には構わず、少々の密輸くらいでテム家を敵に回すわけがないと高をくくっているんだ」

「ずいぶんたくさんの結論に飛びつくんだな、ヒローサ」ドルの声はヒロとは対照的に冷静だ。「アイト家とコール家は、ずっと昔からともにやってきた。山岳会は、おまえの祖父が存命のあいだは、彼に刃向かうような真似はしない」

「俺は知ってることを話しているだけだ」ヒロはふたりの年上の男の前をうろうろ歩き回った。隠しもせず興奮を発しているのが、ランに伝わってくる。ヒロの翡翠のオーラは、ドルの濃い煙のようなオーラの横で明るい液体のように見える。「おじいさんとアイト・ユーゴンティンは、敵どうしだった頃もたがいを尊敬していた。けど、そんなのは全部、過去の話だ。ユー老人はもう死んでるし、アイト・マダは自分の意思で行動を起こしている」

ランは大きく広がったコール家の屋敷を見上げ、弟の言葉を考えた。「無峰会は長年、山岳会より急速に成長してきた」ランは認めた。「彼らは、自分たちにとって脅威になるのは俺たち無峰会だけだとわかっている」

ヒロは歩き回るのをやめ、兄の腕をつかんだ。「俺の〈拳〉五人をアームピット地区に行かせてくれ。アイトは俺たちを試している。下っ端の〈指〉を送りこんで面倒を起こし、こっちの出方を見ているんだ。だから、やつらを何人か始末して、死体袋に入れて彼女に送り返してやろう。俺たちの縄張りは荒らさせないという意思表示だ」

ドルの薄い唇がライムを噛んだかのように引き結ばれた。とがった頭をくるりと回し、信じられないという軽蔑の目でヒロをにらむ。「彼らがわれわれの仲間を誰か殺したか？　グリーンボーンや〈灯籠持ち〉をひとりでも殺したか？　おまえは、われわれが先に流血沙汰を起こすべきだと言っているのか？　向こうの人間を殺し、平和を乱そうというのか？〈角〉の役割には多少の残虐性は必要だが、そんな子どもじみた過剰反応は〈柱〉にとって迷惑だ」

ヒロのオーラが風にあおられた炎のように燃え上がった。ランが熱気に打たれるのを感じたあと、ヒロがそれとは合わない冷たい声で言った。「迷惑をこうむっているかどうかくらい、〈柱〉は自分で判断できる」

「いいかげんにしろ」ランはふたりをにらみつけた。「ここに集まっているのは、どうするか話し合うためで、喧嘩するためじゃない」

ドルは言った。「ラン-サ、今回の件はアームピット地区の血の気の多い喧嘩っ早い若者のもめごとに聞こえる。あそこはいつだって面倒な地区だ」〈日和見〉の翡翠のオーラは、古い石炭のように安定した輝きを放っている。残されたエネルギーがゆっくりと燃えているのだ。多くの戦火を生き延びてきた彼は、さらなる戦闘は望んでいない。「平和的な解決策があるはずだ。組織間の古くからの敬意を守る方法が」

ランは〈角〉と〈日和見〉に目をやった。ふたりの役割は〈柱〉の右手と左手であり、それぞれ組織の軍事部門と経済部門を担っている。〈角〉は目立つ存在で、抜け目がなく、組織でもっとも手強い戦士であり、〈拳〉と〈指〉のリーダーでもある。〈拳〉と〈指〉は見回りをして、縄張りとそこの住人をほかの組織や路上犯罪から守る。〈日和見〉は戦略と経営に長け、裏で活躍する参謀として、有能な〈招福者〉がひしめくオフィスを通じて献金や支援や投資といった重大な金の流れを管理している。〈角〉と〈日和見〉というふたつの重要な役割のあいだに、ある程度の対立があるのは、それほど驚くことではない——むしろ、あって当然だ。だが、ヒロとドルは立場上だけでなく、性格上もはっきりと対立している。ふたりを見ながら、ランは何を頼りにすべきだろうかと悩んだ――ヒロの力と街なかでの直感か、ドルの経験と慎重な姿勢か。

「アイト家がテム・ベンを支援しているかどうか調べてみてくれ」ランはヒロに言った。「そのあいだ、おまえの〈拳〉を何人かアームピット地区に送りこめ。ただし」ランは弟の期待に満ちた顔を見て、首を横にふった。「うちの〈灯籠持ち〉を安心させてやり、彼らの商売を守ってやるだけだ。攻撃も、仕返しも、〝名前を囁く〟のもナシだ。誰であろうと、一族の許可なく血を流すことは許さない。〝清廉の刃〟を申し込まれたとしてもだ」

「慎重な判断だ」ドルはうなずいている。

ヒロは顔をしかめたが、ある程度は妥協してくれそうだった。「わかった。けど言っておくが、こんなんじゃ状況は悪くなるだけで、よくなることはないぞ。いつまでもおじいさんの名声に頼っちゃいられない」ヒロは右の耳たぶを引っぱった。悪運を払う習慣的な仕草だ。「願わくは、祖父に三百年の命を」ヒロは礼儀上つぶやいたが、心はこもっていない。「実際のところ、アイトは〈柱〉としての自分の力を誇示しようとしている。無峰会はそんなことには屈しないと主張しないと、兄貴も同じことをしなきゃならなくなるぞ」

ランは鋭く言い返した。「弟のくせに、偉そうに講釈するな」

ヒロは叱責に頭を下げた。それから満面の笑みを浮かべると、表情ががらりと変わって率直な少年っぽさが戻ってきた。「確かに。兄貴はここですでにたっぷり講釈されたあとみたいだもんな」優しい顔で肩をすくめると、ヒロは背を向けて巨大な白の〈ドゥシェース〉へ戻っていった。車のそばではメイク・ケーンとメイク・ターが一本の煙草を分け合いながら、ボスの帰りを辛抱強く待っている。ヒロの温かい翡翠のオーラが、夏の川のようにさらさらと遠ざかっていく。ヒロは衝突のあと、いつまでも根に持つタイプではない。子どもの頃に受けたコール・ドゥシュロン学園での過酷な訓練が弟の底抜けの明るさを少しも損なわなかったことに、ランは驚いていた。世界が自分の周囲に作られたセットであるかのように、ヒロはのんびりと歩いていく。

ドルが静かに言った。「今夜の彼に対するわたしの無礼を謝っておいてくれ、ラン-サ。彼は恐ろしい〈角〉だ――厳しく監督する必要がある」そして引き結んだ唇の端を上げた。まるで、ランが同じことを考えていたのを知っているかのようだ。「今夜、ほかに用事はあるかね？」

「いいや。おやすみ、ドル」

年配の参謀は頭を下げると、静かに自分の住まいへつづく脇道を帰っていった。

ランは遠ざかっていくドルの後ろ姿を見つめていたが、やがて私道をたどって屋敷へ引き返した。そこは敷地内でもっとも大きく、もっとも立派な建物だ。清潔で、現代風の対称的な造りの屋敷は、伝統的なケコン産ウッドパネルを使用し、屋根は緑色の瓦ぶき、コンクリート舗装には砕いた貝殻がきらめいている。建ち並ぶ白い柱がいくぶん仰々しい外国風のアクセントになっていて、壮大さを醸し出しているが、もしランに決定権があればはぶいていただろう。祖父は財産の多くを家族の屋敷の設計と建設につぎこんできた。祖父にはこの建物の象徴性も自慢で、これはグリーンボーンがどれだけはるかな道のりを歩んできたかというしるしだと言っている。一族は今でこそ、こうして裕福に暮らしているが、ほんの一世代前は、山奥のジャングルで野営する逃亡者として追われながら、身を隠し、自分たちの機知と一般市民の〈灯籠持ち〉の助けのみで生き延びてきたのだ。

ランは屋敷を見上げ、上階の左端にある窓を見た。室内の明かりで、椅子にすわった男の影が浮かび上がっている。こんな夜更けでも、祖父はまだ起きている。

ランはなかに入り、玄関ホールでためらった。認めたくはないが、ヒロの言っていたことは正しい——俺は〈柱〉としての力をもっと毅然と示す必要がある。難しい決断を下すのは、ランの責任だ。今夜は眠れそうにない以上、そういった決断のひとつを今から片づけたほうがいい。少なくない懸念を抱え、ランは階段をのぼった。

4 ケコンの炎

ランは祖父の部屋に入っていった。美しい家具と美術品で調えられた部屋には、ステペンランドから取り寄せたローズウッド材のテーブルや、タン帝国の五大専制君主時代にさかのぼる絹、南イグタン産のガラスのランプがある。壁という壁はほとんど、写真と思い出の品に覆われている。コール・セニンタンは国民的英雄にして猛々しいグリーンボーンのリーダーのひとりで、四半世紀以上前に抵抗軍を率い、最終的にショター帝国のケコン島支配を終わらせた。戦後、彼は政治にも権力にも興味はないと慎ましく表明し、裕福なビジネスマンにして影響力のある市民となった。部屋の壁では、さまざまな公式の催しや慈善イベントで握手をしたりポーズを取ったりしている写真が、名誉を証明する賞状と競い合っている。

かつて〝ケコンの炎〟と呼ばれた老人は、自分が成しとげてきたものの証拠や手に入れた贅沢品にこだわっているようには見えなかった。それどころか、ほとんどの時間を、街の向こうにある遠くの山々を見つめてすごしていた。山々は密林に覆われ、霧に閉ざされている。ランは思った——人生の黄昏（たそがれ）のなかで、祖父の心はこの街よりあの山々にあるのだろうか。この街は祖父の尽力で、戦後の焼け跡から現在の活気あふれる大都市になったが、島の奥地には、古代ケコン人が神聖な場所と考え、外国人は呪われた場所と考える地域がある。そこは若きコール・センが反逆の戦士として、仲間と栄光の日々をすごした場所だ。

ランは用心のため、祖父の椅子から少し離れたところで足を止めた。コール・センは昔から精力的で並外れて強い男だった——すぐにほめ、すぐに批判し、どちらの場合も熱烈な表現をする。けっして遠回しな言い方はせず、もっと危険を冒せば圧倒的勝利が見こめるときに小さい勝利に甘んじたりはしない。八十一歳になった今もなお、濃厚で強力な翡翠のオーラを発している。

とはいえ、かつての祖父とは違う。妻——彼女に神々のお導きがあらんことを——は三年前に他界し、その四カ月後にアイト・ユーゴンティンが脳卒中により六十五歳で亡くなった。〝ケコンの炎〟の不屈の精神の重要な部分が、その頃からゆっくりと失われていった。彼は小さな儀式を行ってランに家督を譲り、今ではしばしば引きこもって物思いにふけっているか、ひどく怒りっぽくなっているかだった。今はじっと椅子にすわり、暑い夏だというのに薄い肩に毛布をはおっている。

「おじいさん」ランは声をかけたが、自分が来たのを告げる必要がないことはわかっていた。年を取っても、家長の感覚は鈍っていない。祖父は今でも、一ブロック先にいるグリーンボーンを〝感知〟できる。

コール・センの視線は少し離れたところに据えられていた。最近、部屋の隅に設置されたカラーテレビを観ているのだろうか。テレビの音量は下げられているが、ランはひと目見て、多国大戦のドキュメンタリーだとわかった。あの戦争では、ケコンの独立戦争は付属的なものでしかなかった。画面の爆発シーンのまぶしい光が、壁にかけられたたくさんの額縁のガラスに反射した。

「ショター人どもは、山々に爆弾を落としてきたものだ」コール・センの声はゆっくりだが、まだ朗々と響いた。まるで、暗い窓ガラスにではなく、夢中になって耳を傾ける聴衆に向かって話しているかのようだ。「しかし、やつらは多くの山崩れを起こすことを恐れた。森林を一列になって進んだものさ、あのショターの兵士どもは。やつらは全員、アリのようにそっくりだった。それに無様だった。いっぽう、わしらは豹のようだった。ひとりずつ狙いを定めて襲いかかった」

コール・センは室内にいる見えないショター人兵士に印をつけるように、指で宙を突いた。「やつらの銃と手榴弾に対し、こっちは月形刀とタロンナイフだ。向こうとこっちじゃ人数は十対一だったが、それでもやつらはわしらを壊滅させられなかった。いくら頑張っても無駄だった。まったく、いくら頑張っても駄目だったんだ」

また、これか。いつもの戦争の話だ。ここは我慢だ、とランは覚悟を決めた。

「そこで、やつらは矛先を転じ、〈灯籠持ち〉を狙った。毎晩、わしらのために窓辺に緑色の灯籠を下げてくれた一般市民だ。男だろうが女だろうが、年寄りだろうが若者だろうが、金持ちだろうが貧乏だろうが——そんなことは関係ない。ショター人から一山会に関わりがあると疑われれば、何の警告もなく、その人物は消された」コール・センは深くすわり直し、重々しい慎重な口ぶりに変わった。「わしとユーを納屋に三晩かくまってくれた一家がいた。夫婦と娘ひとりの三人家族だ。彼らのおかげで、わしらは生きて野営地に戻ることができた。それから二、三週間後、わしは一家のようすを見にいったが、誰もいなかった。皿や家具はそのままで、コンロにはまだ鍋がかけられていたが、三人の姿は消えていたんだ」

ランは咳払いをした。「もう昔のことです」

「あのとき、おまえにいざというときにするべきことを教えたんだ――タロンナイフで自分の首を掻っ切る方法を。素早く、こんなふうに――」コール・センは自分の頸静脈を切る真似をした。「おまえは当時、十二歳くらいだっただろうが、完璧に理解した。覚えているか、ドゥ?」

「おじいさん」ランは顔をしかめた。「ドゥじゃありません。俺です――孫のランです」

コール・センは肩越しにふり返った。一瞬、混乱しているようだった――祖父が二十六年前に失った息子に話しかけるところを目撃するのは、ランにとって初めてではない。やがて祖父の目の曇りが晴れた。落胆で口を引き結ぶと、祖父はため息をついた。

「おまえはオーラまで父親にそっくりだ」祖父はぶつぶつ言って、また窓のほうを向く。「しかし、父親のオーラのほうが強かったがな」

ランは体の後ろで拳を握り、顔をそむけて苛立ちを隠した。ここに来て壁で栄誉の数を競っている父親の写真を見ると、心がうずく。しかも今は、ますます頻繁に祖父が口にする何気ない侮辱にも耐えなくてはならない。

子どもの頃、ランは父親の写真を大切にしていた。何時間も写真を眺めてすごした。それはいちばん大きい白黒写真で、コール・ドゥが軍用テントのなかでコール・センとアイト・ユーゴンティンのあいだに立っているものだ。三人は広げた地図を調べていた。腰にはタロンナイフ、肩からは月形刀を下げている。一山会の将官が着るゆったりした緑色のチュニック姿でまっすぐカメラを見つめ、コール・ドゥは革命への熱意と自信を放っていた。

だが、今のランには、写真の山が忌々しい残骸に見える。父親の写真を見ていると、過ぎ去った時と場所に閉じこめられた自分自身のありえない写真を見ている気分になる。ランは父親に瓜ふたつだ――あごの輪郭と鼻がそっくりで、集中しているときに左目が細くなる表情まで同じだった。少年時代は、父親に似ていると言われると誇らしかった。「お父さんにそっくりだ！　きっと偉大なグリーンボーンの戦士になるぞ」人々は声高に言ったものだ。「神々がわれわれに、息子という形で英雄を返してくださった」

今では写真も父親との比較も、ただ腹立たしいだけだ。ランは祖父に向き直り、話を現在に戻すことにした。「今週、シェイが家に来ます。四曜日の夕方に。敬意を示したいそうです」コール・センは椅子にすわったまま、くるりとふり向いた。「敬意だと？」憤慨して背すじを伸ばす。「二年前、彼女の敬意はどこにあった？　組織と国に背を向け、自分の身を娼婦のようにエスペニアに売ったときは？　シェイはまだあの男と一緒にいるのか？　あのショター人の男と？」

「ショターとエスペニアの血を引く男です」ランは訂正した。

「どうでもいい」

「シェイとジェラルドはもう別れています」

コール・センは少し深くすわり直した。「少なくとも、それはいい知らせだ。あんなことがうまくいくわけがない。われわれの民族に悪い血が入りすぎる。シェイには弱い子どもが生まれていただろう」

ランはシェイを弁護したい気持ちをこらえた。年寄りには不満を言わせてすっきりさせてやったほうがいい。子どもの頃から、シェイがずっとお気に入りの孫でなかったら、祖父はここまで怒らなかっただろう。

「シェイはここに滞在する予定です。少なくとも、しばらくは」ランは伝えた。「優しくしてやってください、おじいさん。彼女は俺宛ての手紙のなかで、おじいさんの長寿と健康を祈る言葉を添えてよろしく伝えてほしいと言ってきました」

「ふん」祖父は鼻を鳴らしたが、いくらか怒りが収まったようだ。「わしの長寿と健康だと。息子は死んだ。妻は死んだ。アイト・ユーも死んだ。全員、わしより若かったのに」テレビでは、何列もの兵士たちが逃げまどい、無音の銃撃に倒れている。「みんな死んだというのに、なぜわしは生きているのだ?」

ランはかすかにほほえんだ。「神々に愛されているんですよ、おじいさんは」

コール・センはせせら笑った。「仲たがいして別れてしまったんだ、わしとアイト・ユーは。戦争ではともに戦ったが、平和はふたりのあいだに商売を持ちこんだ。商売を」コール・センはその言葉を吐き捨てた。節くれだった手をふって部屋を示し、自分が建てたもののすべてを軽蔑とあきらめをこめて指さした。「ショター人は一山会を解散させることはできなかったが、わしらは解散した。わしらは組織を二分したのだ。わしはユーが死ぬ前に彼と話す機会すら持てなかった。ふたりとも、相当頑固だったからな。あの野郎は、まったく。あいつみたいなやつは、この先現れないだろう。あいつは真のグリーンボーンの戦士だった」

ここに来たのは間違いだった。ランはどういう言い方で退出するのがいいか考えながら、ちらりとドアをふり返った。祖父は、グリーンボーンが国家主義的な目的のもとで団結していた日々の思い出にどっぷりと浸っている。たとえこの場でヒロに証言させたとしても、祖父はかつて仲間だった組織が今は敵であるという話など聞きたがらないだろう。「もうこんな時間です、おじいさん」ランは言った。「では、また明日」

出ていこうとするランに、コール・センは声を張り上げた。「こんな時間にここへ来た目的は何だ？　言ってみろ」

ランはドアに片手を置いた。「急ぐ話ではありません」

「話しにきたのなら、話していけ。おまえは〈柱〉だ！　物事を後回しにするな」

ランは勢いよく息を吐いてから、ふり向いた。つかつかと歩いていってテレビを消し、祖父に向き合う。

「ドルのことです」

「彼がどうした？」

「そろそろ引退させたほうがいいと思います。新たな〈日和見〉を任命するときです」

コール・センは身を乗り出し、すっかり現在に戻ってきて険しい目をした。「おまえを失望させるようなことをしているのか？」

「いいえ、そういうことではありません。ただ、べつの人間に役割を任せたいんです。新しい物の見方ができる人物に」

「そんな人物がいるのか？」

「ウンならふさわしいと思います。あるいは、ハミか」

祖父は顔をしかめた。皺の描く地図が動いて、新たな不満の表情を形作る。「そのどちらかが、〈日和見〉としてユン・ドルポンと同等の能力と忠誠心を持っていると考えているのか？　ドルほど組織につくした者がほかにいるか？　彼はけっしてわしに道を誤らせなかった。戦争でも商売でも、わしを失望させたことは一度もなかった」

「それを疑ったことはありません」

「ドルはわしに忠実だった。彼は山岳会へ行くこともできた。アイト家は即座に彼を歓迎しただろう。ところが彼は、世界に対してオープンになる必要があるというわしの考えに賛同してくれた。そもそもわしらがショター人どもの支配に落ちたのは、閉鎖的な時代があまりに長かったせいだ。ドルはずっとわしに忠実で、その態度は揺らぐことがなかった。聡明な男だ。聡明で先見の明があった。それに抜け目がなかった」

そして彼は、今でもあなたに仕えています——ランは思った。「彼は二十年以上、おじいさんに仕えてきました。そろそろ引退の時期です。失礼ながら、彼には潔く引退してもらいたい。悪く思わないでください。おじいさんには、ドルの友人として彼に話をしていただきたいのです」

祖父はランに向かって指をさした。「おまえにはドルが必要だ。彼の経験が必要だ。変化のための変化を押しつけるな！　ドルはぶれない信頼できる男だ——ヒロとは違う。あんな頭のネジのゆるんだやつが〈角〉では、おまえも手に余るだろう。ドゥが国のために出征しているあいだ、おまえの母親の寝室に得体の知れん沼地の悪魔が忍びこんであれが生まれたのだ」

祖父がひどい態度を取るのは、自分をうろたえさせ、本来の目的から遠ざけるためだと、ランにはわかっていた。敵を間違った方向へ導くのは、祖父がいつも——戦場でも、そのあとは会議室でも——得意としていたことだ。それでも、ランは自分を抑えられなかった。「おじいさんがここまで成果を出してきたのは、自分の家族の半数の評判をまとめて落としてきたからじゃないですか。そこまでヒロを軽く見ているのなら、俺が彼を〈角〉に指名したとき、なぜ認めたんですか？」

コール・センは大きく鼻を鳴らした。「あれは激しい気性と濃い血を秘めているからだ。ヒロのことはこう思っておる。〈日和見〉は尊敬される人物であるべきだが、〈角〉は恐れられねばならん。あれは五十年前に生まれるべきだった。ショター人どもを震え上がらせていただろうに。それは恐ろしい戦士になっていただろう、ちょうどドゥのように」

　家長の目は険しくなり、吟味するような目つきに変わった。「ドゥは死んだとき、三十歳だった。百戦錬磨のリーダーだった。妻とふたりの息子を持ち、妻の胎内には三人目の子が宿っていた。神のように翡翠の光をまとっていた。おまえは父親に似ているかもしれんが、男としては父親の半分にも及ばないだろう。だから、ほかの組織から見くびられるのだ。だから、エイニーに捨てられたのだ」

　ランは一瞬、言葉を失った。それから鈍い怒りが生まれ、耳の後ろでドクンドクンと脈打った。「エイニーはこの話には関係ありません」

「おまえはあの男を殺しておくべきだったのだ！」コール・センは勢いよく両手を上げ、孫の愚かさが信じられないというように大きくふった。「おまえは翡翠も持たん外国人に、自分の妻を連れていかせた。だから組織のなかで面子（メンツ）を失ったのだ！」

　二階の窓から祖父を突き飛ばしてやりたいという恐ろしい衝動が、ランの心をよぎった。この年寄りが望んでいるのは、結局、そういうことだろ？　独善的で極悪非道の暴力。そうだ――ランは思った――エイニーの情夫に決闘を申し込み、戦って殺すこともできた。誇り高いケコンの男なら、誰でもその権利があると考える。たぶん、そのほうが〈柱〉にふさわしい行動だったのだろう。だが、無意味だ。うわべだけのジェスチャーにすぎない。ランにエイニーを引き止めるつもりはなかった――彼女はすでに出ていく決心をしていたのだ。ランにできたのは、エイニーの幸せを踏みにじり、彼女に自分を憎ませることだけだった。それに人を愛しているのなら、心から愛しているのなら、相手の幸せは自分の名誉よりはるかに大事なことであるべきじゃないのか？

「恋愛がらみの争いで相手の男を殺さなかったことが、

なぜ〈柱〉としてふさわしくないということになるんです？」ランは歯切れよく詰問した。「おじいさんは俺を後継者に指名しておきながら、まだ俺に支援も敬意も示していない。ドルの件で力添えを頼みにきただけなのに、とりとめのない昔話と侮辱を聞かされるとは」

　コール・センが立ち上がった。突然で、予想外に滑らかな動きだった。肩にはおっていた毛布が床に滑り落ちる。「おまえが〈柱〉にふさわしい人間だというなら、それを証明しろ」老人の目は黒曜石のようで、顔は乾いて荒涼とした砂漠のようだ。「おまえがどれだけのグリーンボーンか、見せてみろ」

　ランは祖父を見据えた。「ふざけないでください」

　コール・センはふたりのあいだの短い距離を一瞬で詰めてきた。体をヘビの背のように小さく波打たせ、両手で乱暴にランの胸を叩く。鞭で打たれたような強打に、ランは後ろによろけた。〝鋼鉄〟で身を守るのがやっとだ。激しい翡翠の力で、全身に衝撃がこだまする。ランは片膝をついてあえいだ。「何のつもりですか？」

　祖父は返事の代わりに、ランの顔へ骨ばった拳を突き出した。

　ランは立ち上がって、今度は簡単に攻撃をよけ、つづけざまに放たれた三発の攻撃もかわした。ふたりの翡翠のエネルギーがぶつかりあい、空気がうなっているのを感じる。

「おじいさん」ランはぴしゃりと言った。「やめてください」つづく攻撃を防ぎながら後ずさるうちに、テーブルにぶつかった。祖父のほとんど手に負えないスピードに、ランは顔をゆがめた――いいかげん、おじいさんは大量の翡翠を身に着けるのをやめるべきだ。自動車や銃と同じく、翡翠は衰えていく老人が所持していいものではない。とはいえ、コール・センは常に身に着けている腕輪や重いベルトについたごく小さい翡翠のかけらさえ、進んで手放そうとはしないだろう。

「老いぼれひとり、倒せんのか」祖父はアナグマのようだ。やせて筋張った体に、とてつもなく短気な性質。歯を剥いて挑発する目つきで、素早く拳を突き出しては左右によける。ランは祖父を避けて移動し、骨董品の鉢をなぎ倒した。鉢は堅い木の床に鈍い音を立てて落下し、転がった。「ほら、向かってこい」祖父は息を切らしている。「誇りはないのか？」そしてランの腕の下に素早く拳をくり出し、孫の肋骨のいちばん下の隙間に拳の先端を命中させた。

　ランは驚きと痛みにうめいた。考えずに反応し、水をすくうときのように片手を丸めて祖父の頭を叩く。コール・センはよろけた。目を回している。子どものようなとまどいの表情を浮かべて、床にへたりこむ。

　ランは恥ずかしくなった。祖父の肩をつかんで呼びかける。「大丈夫ですか？　おじいさん、すいません——」

　祖父は伸ばした二本の指で、ランのみぞおちを突いた。釘のように硬い指が急所に命中する。ランが激しく咳きこんですわりこむと、コール・センは床を転がってぱっと立ち上がり、孫を見下ろした。

「〈柱〉は注意力を最大限に働かせて行動しなくてはならん」一瞬、コール・センの老いが消え失せ、ふたたび偉大な〝ケコンの炎〟に戻った。まっすぐ伸びた背すじに、厳めしい顔。身に着けた翡翠のひとつひとつが強さを表し、敬意を要求する。少しのあいだ、ランは怒りと屈辱の靄を透かして、祖父のかつての姿である戦争の英雄を見つめた。

「最大の注意力、それだけだ！」コール・センは怒鳴った。「翡翠がおまえのなかにある力を増幅する。おまえの意志を増強するのだ」そう言って自分の胸を叩くと、瓢簞のような虚ろな音がした。「意志がなければ、いくら翡翠があっても強くはなれん」祖父は椅子に戻って腰を下ろした。「ドルは引退させん」

ランは黙って立ち上がった。落ちた鉢を拾ってテーブルに戻すと、不意に悲しみに襲われ、のろのろと壁に手をついた。これだけで、たった今、祖父はランを真の意味で〈柱〉にしたのだ――彼が孤独であることを、疑いの余地なく証明してみせることによって。

ランは静かに部屋を出て、後ろ手にドアを閉めた。

5 〈角〉の恋人

コール・ヒロが〈ドゥシェース〉の運転席に乗りこむと、ターが開いている助手席の窓に前腕を乗せて訊ねた。「で、なんと言われました？」

「アームピット地区の守りを強化するってさ」ヒロは答え、つけたした。「殺しはナシ。俺たちのものを守るだけ。こっちの〈灯籠持ち〉と経済活動を守るんだ」

「向こうが手を出してきたら？ それでもやり返さなくていいんですか？」ターのいぶかしむ口調には、自分のボスがそんな男じゃないことくらい知っているという響きがあった。ヒロはため息をつきそうになるのをこらえた。ケーンが訊き返してくることは滅多にないが、ターのほうはコール・ドゥ学園でヒロと同級生だったこともあり、ときどき口答えをする。ターー――メイク兄弟の弟のほう――は、自分の考えていることをまるで隠せていない。ランは用心深すぎ、コール兄弟で強いのはヒロのほうだと考えている。もちろん、それは利己的な考えだし、ヒロは認めていない。だが、ターはヒロも自分と同意見だと思っているふしがある。「殺しはナシだ」ヒロはきっぱり言い渡した。「おまえたちには明日話す」車を発進させ、屋敷の前の車回しを通って長い私道を引き返す。

門の前で曲がることなく、細いほうの私道を兄の住む屋敷の後ろの家――組織の〈角〉を任された者の住まい――へ向かった。先代の〈角〉は祖父に仕えた白髪交じりの男で、彼の調度品の好みはじつに残念なものだった。ヒロが移り住んだとき、その家は犬と煮魚の臭いがこもっていた。カーペットは緑色で、壁紙は格子柄。だが一年半が過ぎても、ヒロはまだリフォームしていない。するつもりだったが、その暇がなかったのだ。家で長い時間をすごすわけでもない。ヒロは、高い塀と閉まったドアの奥から指令を出し、仕事は〈拳〉たちに任せておくタイプの〈角〉ではなかった。したがって、家は眠る場所でしかない。

コール家の敷地から車を出しながら、ヒロは開いた窓に腕を乗せ、ラジオから流れる曲に合わせて指先でリズムを刻んでいた。ショターのクラブミュージックだ。エスペニアのダンス音楽や、残念なケコンの伝統音楽でないときは、ショターのクラブミュージックがかかる。古い世代では、まだショター産の製品を買ったり、ショターの音楽を聴いたり、ショターのテレビ番組を観たりするのを拒んでいる人が多い。だが終戦時に一歳にも満たなかったヒロは、違う。

もう、気分はよくなっていた。要求した自由をすべて認められたわけではないが、自分の考えは話したし、次にするべきこともわかっている。ターがわかっていないのは、ヒロが兄の地位を少しもうらやんでいないことだ。兄が扱うのは、気難しい祖父や、あの不気味なドル、ケコン翡翠連合での駆け引きに、王立議会……。兄のランにはそういうことに必要な忍耐力があるだろうが、ヒロには明らかにない。人生は短い。ヒロは自分の役割の単純さを理解し、歓迎していた――複数の〈拳〉を指揮して動かし、組織の縄張りを守り、無峰会を敵から防衛する。そして、その過程を楽しむ。

三十分ほど車を走らせ、コール家のある宮殿ヶ丘の富裕層が暮らす郊外をあとにして、スピードを上げて将軍街道を進み、それから片側一車線の通りに入り、最後にいよいよ狭くなる道を進んでポーポー地区に入った。労働者の住む古い地区で、小さい店や食べ物を売る怪しげな露店がひしめいている。曲がりくねった路地は、不注意な人力車や原付きのドライバー、そして野良犬まで迷子にさせる。ポーポー地区は戦時中、ほとんど被害を受けておらず、その頃から少しも変わっていない。探検する外国人からも、進歩の波からも、ほぼ無視されてきた。夜になると特に、街は迷宮になる。〈ドゥシェース〉のサイドミラーは、通りの両側に駐車されたずっと小さい錆(さび)だらけの車に当たるぎりぎりのところをかすめていく。通りをはさんで建つレンガ造りのアパートメントは、窓から身を乗り出せば向かいの壁に触れられそうなほど近い。

ヒロは目的地から五ブロック離れたところに車を停めた。といっても、不安があるわけではない。ここはコール家の縄張りのかなり奥だ。ただ、持ち主を知られているこの車が、毎晩同じところにあるのを気づかれたくなかった。自分の行動が決まりきっていることがわかってしまうし、いつどこに現れるか予測がつかないと思わせることが重要なのだ。それに、ヒロは歩くのが好きだった。気温もようやく下がってきて、すごしやすい夜だ。ヒロは車に上着を置いて、のんびり歩いていった。宵の口と夜更けのあいだの穏やかなひとときを楽しむ。

玄関は使わず、おんぼろの非常階段をのぼって五階へ向かった。その部屋は明かりが点いていた。暑いので、窓は掛け金を外して大きく開けてある。ところどころ欠けた窓枠をまたいで、ヒロはなかに入った。カーペットの敷かれた床を音もなく歩き、明かりの点いた寝室へ向かう。

彼女は膝の上に開いた本を載せたまま眠っていた。ベッド脇のライトが彼女の横顔にオレンジ色のヴェールを投げかけている。ヒロは寝室の入口から、彼女を見つめた。穏やかな息遣いに合わせて、胸が優しく上下している。ベッドカヴァーは膝までしかかかっていない。彼女が身に着けているのは、細い肩ひものついたノースリーヴの木綿のトップスに、白いレースに縁取られたブルーのショーツ。黒い髪がそれとは対照的な白い枕に広がり、色の白い滑らかな裸の肩にもかかっている。

ヒロは彼女に見惚れていたが、やがて待っていることに耐えられなくなると、部屋に入って彼女の手から本を取り、読んでいたページに印をつけてナイトテーブルに置いた。彼女は身じろぎもしない。ヒロは驚いた。彼女は起こりうる危険にまるで気づいていない。グリーンボーンとは、あまりに違う。ヒロとはまったく違う種類の生き物といってもいいくらいだ。

彼はライトを消し、部屋を真っ暗にした。それから彼女の上に覆いかぶさって押さえつけ、片手で彼女の口を覆った。彼女ははっと目を覚ました。目を見開き、ヒロの体の下でもがく。彼女がくぐもった悲鳴を上げると、ヒロは小声で笑い、耳元で囁いた。「もっと気をつけないと駄目じゃないか、ウェン。夜、窓を開けたままにしておくと、よからぬことを考える男が入ってくるかもしれないぞ」

ウェンはもがくのをやめた。まだどきどきしている彼女の心臓の鼓動が胸に伝わってきて、ヒロは興奮した。彼女は体の力を抜き、口を覆うヒロの手をどけた。「そっちが悪いんでしょ。あなたを待っているうちに眠りこんじゃったっていうのに、あたしを死ぬほど怖がらせるなんてひどい。どこにいたのよ？」

遅くまで自分を待っていてくれたと聞いて、ヒロはうれしくなった。「〈トゥワイス・ラッキー〉で、ちょっとした騒ぎを収めてきたんだ」

ウェンは驚いた顔をした。「騒ぎって、ギャンブルやストリッパーが関わるような？」

「そんな楽しいもんじゃない。信じられないなら、自分の兄弟に訊いてみろよ」

ウェンはヒロの下で挑発するように体をくねらせた。剝き出しの肩と太腿が彼の服にこすれる。「ケーンとターは何も教えてくれないわ。あなたにすごく忠実だもの」

「ちょっとは信用してやれよ」ヒロは彼女の耳たぶをくわえると、耳たぶを吸いながら自分のベルトを外し、ズボンを脱いだ。「あいつら、絶対、俺を殺そうとたくらんでたぞ。俺のおまえを見る目つきに気づいたとき。俺が自分たちの妹をものにしようとしていたことに、すぐ気づいた」彼女のショーツを下ろし、脚のあいだをなでると、二本の指を彼女のなかに滑りこませた。「だから、あいつらをいちばん身近な〈拳〉にするしかなかった。さもなきゃ、あいつらに腹を掻っさばかれていただろう」

「兄さんたちのせいにしないで」ウェンは励ますように腰を動かす。彼女のなかに出し入れしているヒロの指は、ぬめって温かい。ウェンは彼のシャツのボタンを三つ外し、頭から引っぱって脱がせた。「偉大なコール家の息子がストーンアイに――それも、うちみたいな不名誉な家の女に――望むことといったら、気軽なセックス以外に何があるっていうの？」

「たくさんの気軽なセックスかな？」ヒロは我慢できずに激しいキスをした。唇と舌で彼女の口に襲いかかる。陰茎が彼女の太腿の内側に当たって、痛いほど硬くなる。ウェンは手を伸ばして彼の髪に指を滑らせた。その指先を彼の首へ、胸へと走らせ、鎖骨に沿ってずらりと埋めこまれた翡翠の粒と両方の乳首についた翡翠をたどっていく。翡翠に触れて、なめる。恐れることも、うらやむことも、ほしがることも、まったくない。ただ彼の美しい部分として味わっている。ほかの女にはけっして翡翠に触れさせないヒロは、ウェンとのこんな恐れを知らない行為に、激しく欲情した。

ヒロはいきなり、彼女のなかに入った。ウェンは最高だ——感覚の洪水が押し寄せてくる。日光と海、夏の果物とムスク。ヒロは快感にうめき、ベッドのヘッドボードをつかんで、さらに求めた。翡翠で研ぎ澄まされた感覚が目のくらむ激しさで襲ってくる——彼女の胸の鼓動が激しい音を響かせ、彼女の息遣いはとどろき、彼女の肌は火のように熱い。ヒロは明かりを消したことを後悔した。ウェンの姿がもっとよく見えたらいいのに。体の隅々までこの目で見たい。

ウェンがマットレスから腰を浮かせ、彼を締めつけながら目を見つめた。彼女の目に映る街灯が、水に浮かぶ蠟燭のようだ。彼女の情熱がヒロを高く押し上げる。ヒロはチェリーのような乳首を吸った。ウェンの胸の谷間に飛びこんで、彼女の類まれな香りに溺れた。彼女はヒロの腰をつかみ、容赦なく駆り立てる。するとヒロは達し、抑えきれずに歓びで倒れこんだ。

ヒロは彼女の上に覆いかぶさったまま、軽やかに遠のいていく意識のなかで、彼女の柔らかい首元に囁く。

「おまえは俺にとって、世界でいちばん大事なものだ」

目が覚めると、夜明けだった。太陽がビルの隙間をぐんぐんのぼっていき、陽射しが窓から入りこんでくる。今日も暑い一日になりそうだ。

ヒロは隣で眠る美しい生き物を見つめ、湧き上がる強い衝動にとらわれた。彼女をつかまえ、包みこんでやりたい。そして何かの魔法で、彼女を自分自身に取りこんでしまいたい。そうすれば、どこへ行こうと、彼女を自分のなかで安全に守ることができる。ウェンと出会う前は、女たちと楽しみ、彼女たちに対して温かいもっと優しい感情を覚えたものだ。だが、そんなものは、ウェンへの気持ちとは比べものにならない。ウェンを幸せにしてやりたいという欲望は、肉体的な痛みに近い。誰かに彼女を傷つけられたり奪われたりしたらと考えるだけで、熱い怒りがこみ上げてくる。彼女に求められれば、俺は何だってするだろう。

真実の愛は――ヒロは思った――官能的で気分を高揚させるものだが、苦しく、横暴で、服従を要求してくる面もある。妹のシェイがあのエスペニア人に抱いていた、組織にそむく盲目的な愛とは明らかに違うし、兄のランと元妻エィニーのあいだにあった思慮深い愛情とも違う。

エイニーのことを思い出し、ヒロの気分は少し沈んだ。数週間かかったが、あの娼婦と、兄を手ひどく侮辱した男を、ヒロはついに見つけだした。ふたりはステペンランドのライボンで暮らしていた。人を雇って仕事をさせることも考えたが、組織に対する侮辱は、組織が直接手を下すべきだ。そこでヒロは、ターに偽名と偽造パスポートを使って航空券を取らせたのだが、〈柱〉である兄のランに計画を話すと、兄は喜ばなかったばかりか腹を立てた。

「そんなことを頼んだ覚えはない」ランはぴしゃりと言った。「もし俺が彼らの〝名前を囁いて〟やりたいと思ったら、自分でやる。俺がそんなことを望んでいないことくらい、わかるだろう。彼らのことは放っておけ。それから今後、俺のプライヴェートに首を突っこむな」

ヒロは努力が無駄になったことに、かなりむかついた。兄のためにひと肌脱ごうとした結果が、これだ。兄はいつだって自分の気持ちを見せようとしない。それで、どうやって俺に察しろというんだ？ウェンがもぞもぞ動いて、眠そうなかわいい音を立てた。ヒロは物思いを忘れてシーツの下にもぐりこみ、口と指で彼女を起こしにかかった。じっくりとかわいがり、彼女が体を震わせて絶頂を迎えると、満足してふたたび愛しはじめる。今度は急がず、もっとゆっくりと。

その後、汗でべとつく体をからませて横になっていると、ヒロは言った。「昨夜、おまえが言っていたこと――おまえの家族のこと――だけど、あんなふうに考えるべきじゃない。おまえの両親の身に起きたことは、何年も前の話だし、ケーンとターの忠誠を疑うやつは誰もいない。今じゃ、メイク家は無峰会のなかで評判のいい家柄だ」

ウェンは一瞬黙りこんだ。「組織の全員がそう思ってるわけじゃないわ。あなたの家族はどうなの？」

「俺の家族がどうかしたのか？」

ウェンはヒロの肩に頭を預けた。「シェイはあたしをぜんぜん信用していない」

ヒロは笑った。「シェイはエスペニアの海軍野郎と駆け落ちして、最近はカーペットにおもらしした子犬みたいに申し訳なさそうにしてるよ。人を非難できるような立場じゃない。どうして、彼女にどう思われるかなんて心配するんだ？」自分の冷たい口調に、ヒロはまだ妹を完全には許していないことに気づき、驚きと落胆を覚えた。

「あなたのおじいさんは、彼女の言うことにはいつも耳を傾けていた。たとえストーンアイじゃなかったとしても、あたしはあなたのおじいさんに認めてもらえないと思う」

「あんなの、耄碌じじいじゃないか。今は、ランが〈柱〉だぞ」ヒロは励ますように彼女のこめかみにキスをしたが、そこで態度が変わった。仰向けになり、天井で回転する黄色いシーリングファンを沈んだ面持ちで見つめる。

ウェンは横向きになって、心配そうに彼を見た。

「どうしたの？」

「何でもない」

「話して」

ヒロが昨夜の〈トゥワイス・ラッキー〉での事件とコール家の私道での会話を話して聞かせると、ウェンは片肘を立てて体を起こし、心配そうに口をすぼめた。

「なぜ、ランはその少年を逃がしてやったの？　そんな年で翡翠泥棒なんて、救いようがない。のちのち、もっと面倒な存在になるだけよ」

ヒロは肩をすくめた。「わかってるさ。だが、何て言えばいい？　兄貴は楽観主義者だ。まったく、どうしてあんなにやわになっちまったのか。いつも俺に身の程を思い知らせていた、タフな兄貴はどこへ行ったんだ？　兄貴は立派なグリーンボーンだが、殺し屋みたいな考え方はしない。いっぽう、アイトは間違いなく殺し屋だ。山岳会との抗争が迫っているのは明らかだ――兄貴にはそれがわからないのか？　あの偉そうなドルのじじいは、兄貴を正しい方向へ導こうとしちゃいない」

「確かに、ランはドルよりあなたの言うことに耳を傾けるべきだわ」

「ドルは一族に巻きついた古い蔓(つる)みたいな存在で、とても彼の裏をかくことはできない」

ウェンは体を起こした。つややかな黒髪が背中に落ち、朝日が非の打ちどころのない頬の曲線を照らす。

「なら、あなたひとりで無峰会を守る準備を始めなきゃ。ドルは自分の人脈と情報屋を使って、こそこそ動いているでしょう。でも、すべての〈拳〉とそれに仕える〈指〉は、あなたのもの。グリーンボーンは第一に戦士であって、経済活動はその次よ。抗争が迫っているなら、戦場は街になるはず――街は〈角〉の仕事場でしょ」

「かわいいやつだ」ヒロは後ろからウェンを抱きしめ、うなじにキスをした。彼女には、〈拳〉たちも顔負けだ。「おまえには翡翠の戦士の魂が宿っている」

「ストーンアイの体に？」声は悲痛でも、ウェンのため息は好ましかった。「あたしもグリーンボーンだったら、どんなにいいか。あなたを助けてあげられるし、あたしならあなたにいちばん忠実な〈拳〉になるのに」

「これ以上、〈拳〉はいらないよ。おまえはそのままで完璧だ。グリーンボーンの悩みは俺に任せておけ」ヒロは彼女の乳房を両手で持ち上げ、その重さを楽しみ、キスをしようと首を伸ばした。

ウェンは顔を引き、話をそらされるのを拒んだ。

「あなたに仕えている〈拳〉は何人いるの？　頼りになるまともな〈拳〉は何人？　ケーン兄さんが、なかにはやわな〈拳〉もいると言ってたから。平和慣れして、警備と金の徴収には慣れてるけど、戦闘から遠ざかってる人たちがいるって。決闘に勝ったことのある〈拳〉は何人いる？　くず石を二、三個着けてるだけじゃない、まともな〈拳〉は何人？」

ヒロはため息をついた。「精鋭もいれば、お荷物もいる。敵と同じだ」

ウェンはヒロに向き合った。一般的な美人とは違うが、いつまでも心惹かれる顔立ちをしている——猫のような大きい目に、黒い下がり眉、悪戯っぽいセクシーな口元に、ほとんど男性的なあごのライン。ちょうど今のように、大真面目なときの彼女は、アート写真の被写体にぴったりだと思う。まっすぐ見つめる真剣で謎めいた瞳は、彼女は何を考えているのだろう——セックスか、殺人か、それとも食料品の買い出しのことか——という鑑賞者の想像を拒む。

「最近、学園に立ち寄ったことは？」ウェンが訊ねた。「従弟に会いに行って、八年生を見てきたらいいじゃない。来年卒業したら使えそうな子を探しておくの」

ヒロは元気が出た。「おまえの言うとおりだ――ずいぶんアンデンに会っていない。よし、そうしてみるよ」ウェンの乳首を優しくつまみ、最後のキスをすると、ヒロは立ち上がって服に手を伸ばした。ハミングしながらズボンをはき、鞘に入ったタロンナイフの位置を調整する。「あいつはきっと大物になるぞ」クローゼットの鏡の前でシャツのボタンを留めていく。「自分の翡翠を手に入れたら、伝説から抜け出してきたようなグリーンボーンになるだろう」

ウェンはほほえみながら、髪をピンで留めている。「〈角〉と同じね」

その甘言にヒロはウィンクした。

6 帰郷

十三時間におよぶフライトで、コール・シェイリンサンは軽い二日酔いのようなぼうっとした頭で、ジャンルーン国際空港に到着した。大洋を横切る飛行機の窓から広大な青い水域を見つめているあいだ、シェイは時間をさかのぼっている気がした。外国で手に入れた新しい自分をあとに残し、子ども時代へ戻っていく気分。そして、かき立てられる感情――高揚感と敗北感が混ざり合った痛烈でほろ苦い気持ち――にとまどっていた。

回転式コンベアから自分の手荷物を取ったが、多くはない。エスペニアで二年間をすごし、異様に高くついた学位をとったあとでは、身のまわり品はすべて赤い革のスーツケースひとつに収まった。疲れきった彼女には、この哀れな皮肉にも笑えなかった。

公衆電話の受話器を取って硬貨を入れたところで、手を止める。自分で決めたことを思い出したのだ。ええ、わたしはジャンルーンに戻るけれど、自分のやり方で生きていく。〝ケコンの炎〟の孫娘としてではなく、一般市民として暮らすのだ。それなら、兄弟に空港まで迎えの車をよこしてほしいと電話するのは、間違っている。

シェイは受話器を戻した。ケコン島に降りたってほんの数分で、こんなにもやすやすとかつてのふるまいに戻ってしまうとは。シェイはしばらく手荷物受取所のベンチにすわっていた。急に、回転ドアから出ていくという最終段階に踏み出すのが億劫(おっくう)になってきた。回転ドアを回って外に押し出されたら最後、この旅はもう取り消せなくなる気がする。

とはいえ、これ以上引き延ばすことはできない。シェイは立ち上がり、ほかの乗客の流れに従って外に出ると、タクシーを待つ列に並んだ。

二年前に島を出たときは、戻るつもりはなかった。怒りと楽観に満ち、島外に広がる大きな進んだ世界で新たな生活を築き、自分で身を立てると決意していた。時代遅れの組織がはびこる島と、一族の度を越した男尊主義から離れるつもりだった。だがエスペニアに行ってみると、おもにひとつのこと——翡翠——で知られる小さな島から来たという汚名から逃れるのは、思っていたより困難だとわかった。さらに、ジャンルーンという名前に、人々はぽかんとする。外国人はジャンルーンをべつの名前で呼んでいたのだ——翡翠の街(ジェイド・シティ)。

シェイがケコン人だと知ったときの外国人の反応は、滑稽なほど同じだ。まず驚く。ほとんどのエスペニア人にとって、ケコン島はエキゾチックな架空の場所なのだ。戦後の世界規模の貿易ブームは、数世紀もの分断を覆(くつがえ)しつつあるが、まだ完全ではない。シェイは宇宙から来たと言ってもいいくらいだった。

次の反応は、しつこいからかい。「じゃあ、飛べるの？　拳骨で壁を突き破れる？　何かすごいことをやってみせてよ。そうだ、このテーブルを壊してみて！」

　シェイはそういう冗談を優雅に受け流すことを学んだ。初めは説明しようとした。翡翠はケコンに置いてきたから、今の自分はエスペニア人と何も変わらない。自分の腕力、敏捷性、反射神経がいくらかでも優れている理由は、今でも早起きして、毎朝アパートメントの中庭でトレーニングをしているからだ。長年の習慣は変わらない、それだけのことだ。

　翡翠を外して最初の二週間は、ほとんど耐えがたいものだった。自分の作った感覚遮断室に閉じこめられている気がした。何もかもが、それまでよりずっと刺激がなくなった感じがして――色はあせ、音はくぐもり、気持ちも動かない――色彩のない夢を見ているようだった。体は反応が鈍く、重く、痛い。何か重要なものを失ったのではないか――下を見たら片脚がなくなっているのではないか――という思いにさいなまれた。夜はパニックに襲われ、現実ではない世界をさまよっている気がした。

　騒がしいエスペニアの若者たちにかこまれていなかったら、最悪の事態になっていただろう。エスペニアの若者は集中力が猿並みで、話題は服、車、ポピュラー音楽、複雑で浅い人間関係の気まぐれな変化のことばかり。シェイは弱気になった――一学期が終わってからケコンへ帰る航空券の予約をしたほどだ。だが翡翠の離脱症状に対する衰弱するほどの恐怖より、プライドが勝った。さいわい、航空券は払い戻しがきいた。

　翡翠を持つことがどういうことか、グリーンボーンの家系に生まれるとはどういうことか、自分がなぜそれを放棄したかを大学のわずかな友人に説明するには、複雑すぎる。だからシェイはただ無邪気にほほえんで、彼らの好奇心が冷めるのを待った。ジェラルドにはいつもからかわれた。「普通の人間のふりをして歩き回ってるけど、ある日突然、とんでもないことをしてのけるんじゃないのか？」

まさか。とんでもないことなら、すでにしてしまったあとだ。彼はとんだお馬鹿さんだ。

空では、霞（かすみ）と薄れていく光が奇妙に混ざり合っていた。コンクリートは〝北の汗（ノーザン・スウェット）〟――モンスーンの時季にジャンルーンのある沿岸平地を覆う、絶え間ない霧雨と霞――でぬれている。時刻は遅く、夕食時を過ぎていた。シェイは列に並んでタクシーを待った。列に並ぶ人々は、シェイのことを気にも留めない。彼女は丈の短い色鮮やかな夏のワンピースを着ている。エスペニアではおしゃれに見える服だが、故郷では肌にはりつくうえに派手すぎる気がした。とはいえ、それ以外はほかの旅行者とほぼ変わらず、シェイも人々に溶けこんでいた。翡翠を着けていないからだ。わたしが何者か、気づかれる心配なんてないんだわ――シェイは安堵と自己憐憫（れんびん）とともに悟った。

次のタクシーが来た。運転手はシェイのスーツケースをトランクに積み、シェイは後部座席に乗りこんで窓を開けた。「お嬢さん、どちらへ？」運転手が訊ねた。

シェイはホテルへ行こうか考えた。シャワーを浴びて、長旅の疲れを癒し、しばらくひとりになりたい。だが、そんな無礼な行動は慎むことにした。「家へやってちょうだい」シェイが住所を見せると、運転手は車を出し、乗用車とバスがひしめきあう通りに入っていった。

タクシーが連絡橋を渡ると、鋼鉄とコンクリートでできた街の輪郭が見えてきた。シェイは懐かしさに襲われ、息が苦しくなった。開いた窓から入ってくる湿った空気、ラジオから聞こえる母語、ひどい交通事情さえ懐かしい……。シェイはぐっとこらえた。涙が出そうだ。ジャンルーンで何をするかについては漠然とした考えしかないが、帰ってきたことだけは確かだ。

宮殿ヶ丘付近に来ると、運転手はバックミラーでちらちらとシェイの顔をうかがいだした。数秒ごとにミラーに目をやる。タクシーがコール家の高い鉄の門の前に着くと、シェイは窓を下げて身を乗り出し、待機している警備員に声をかけた。

「お帰りなさいませ、シェイ＝ジェン」警備員は答えた。今ではふさわしくない「ジェン」という敬称にも、自分の名前につけられた敬称のなじみある感覚にも、シェイは驚いた。警備員は、ヒロに仕える〈指〉のひとりだ。シェイはその顔に見覚えがあったが名前は思い出せなかったので、ただ会釈を返した。

タクシーは門を通って、いちばん大きい建物の前の車寄せに入った。シェイがタクシー代を払おうと財布に手を伸ばすと、運転手が言った。「お代は結構です、コール＝ジェン。外国風の服装だったのですぐ気づかず、申し訳ありませんでした」そしてふり向くと、期待に満ちた顔で彼女に笑いかけた。「義父が忠実な〈灯籠持ち〉なんですが、最近、少し商売に苦戦しているんですよ。もしよければ、あなたに――」

シェイは運転手の手に金を押しつけた。「お金は受け取って。わたしはもう、ただのミス・コールなの。組織のなかで発言権はないわ。あなたのお義父さんには、ちゃんとした手順を踏んで〈日和見〉に伝えるように言ってちょうだい」運転手の落胆した顔に感じた後ろめたさを押し殺し、タクシーから降りると、シェイはスーツケースを持って玄関の階段をのぼった。

玄関ドアのところで、アブケイ人家政婦のキーアンラと出会った。「まあ、シェイ＝サ、すっかり見違えたこと！」キーアンラはシェイを抱きしめてから、少し離した。「それに、エスペニア人みたいな匂い」陽気に笑う。「でも、わたしは驚きませんよ。なにしろ、お嬢さまは今や、エスペニアの凄腕ビジネスウーマンなんですから」

シェイは弱々しく笑った。「からかわないで、キーアンラ」

持ち前の努力と根性を発揮し、シェイは第二言語で勉強していたにもかかわらず、クラスの上位三分の一の成績で卒業したのだ。コール・ドゥ学園で教育を受けた彼女は、エスペニアの教室にかなり当惑した。広い教室でだらだらしたりおしゃべりしたりする時間がふんだんにあり、生徒の誰もが教師になりたがっているようだった。春には、シェイはキャンパスで募集をかけていた大企業の面接をいくつか受けた。そのうちの一社からは採用通知も来た。だがシェイは、面接官たちが自分をどう見るかを知ってしまった。

シェイが室内に入ると、テーブルをかこむ男たち——面接官はいつだって男だ——は彼女がタン人かショター人だろうと推測し、最初のおぼろげな先入観が彼らの目に表れる。そして履歴書を見て、彼女がケコン人で、グリーンボーンになる教育を受けたことを知ると、あからさまな不信感で顔を曇らせるのだ。エスペニア人は自分たちの軍事力を誇りに思っているが、彼女の受けた武術教育にはほとんど関心を示さなかった。エスペニア企業のような文明化された職場で、そんなものが何の役に立つのか？　ここはケコンではない。コール家の名前に価値はないし、祖父からの口添えも何の役にも立たない。そういう面接の時間は、自立するというロマンティックな考えが馬鹿みたいに思えた。馬鹿みたいだし孤独だった。そして今、シェイはここにいる——二年前はなかなか出ていけなかった家に戻ってきた。

階段の下にランが立っていた。笑顔だ。「おかえり」

シェイは兄のところへ行き、ぎゅっと抱きしめた。二年間会っていなかった兄への愛情がこみ上げてきて、圧倒される。ランはシェイより九歳上で、一緒に遊んだことはなかったが、いつも優しくしてくれた。ヒロからも守ってくれた。シェイが家を出たとき、ランだけは彼女を非難せず、エスペニア留学中の彼女に手紙を書いてくれたのも、家族でランひとりだけだった。ときどき、兄の手紙——几帳面で整った手書きの文字——だけが自分とケコンをつなぐもので、自分に家族と過去がある唯一の証拠だという気がした。

最後の手紙で、ランはあっさりとこう締めくくっていた。おじいさんの調子があまりよくない。体より精神の衰えのほうが大きい。おじいさんはおまえの顔を見たいはずだ。悪いが、おじいさんに会いに帰ってきてくれないか？　それと母さんにも。卒業後でいいから。ジェラルドと別れた心の傷はまだ新しく、血のにじむ火傷（やけど）のようにうずいている。シェイは兄の手紙を読み返し、唯一の採用通知を断り、ジャンルーンに帰る飛行機のチケットを予約したのだ。

ランもシェイを抱きしめ、妹の額の真ん中にキスをした。「おじいさんのようすはどう？」シェイが訊ねるのと同時に、ランも言った。「おまえの髪」ふたりとも笑った。シェイは不意に、二年間詰めていた息をようやく吐いた気がした。

ランが言った。「おじいさんなら、おまえを待ってる。上へ行くか？」

シェイは深呼吸してから、うなずいた。「先延ばしにしても、状況がマシになるとは思えない」兄はシェイの肩に手を置いて、一緒に階段をのぼっていった。こんなに近くにいると、シェイにも兄の翡翠の引力が伝わってくる。空中に漂うごくかすかな感覚に、きゅんと胸を締めつけられてシェイの体が反応し、兄のほうへさらに身を乗り出してしまう。久しぶりに翡翠の影響を受け、シェイはめまいを感じた。無理に背すじを伸ばして兄から離れ、彼女は前方の両開きのドアを見た。

「最近はさらに悪化している」ランは言った。「けど、今日はいいほうだと思う」

シェイはノックした。ドアの向こうから、驚くほどはつらつとした祖父コール・センの声が返ってきた。

「おまえの存在は〝感知〟していた。おまえが翡翠を着けていなくても、わしにはわかる。玄関を入って、のろのろここへ上がってきたろう。さあ、入れ」

シェイはドアを開け、祖父の前に立った。先に着替えてシャワーを浴びておくべきだった。コール・センはシェイの派手な外国風の服装に刺すような視線を向け、目尻に深い皺を刻んでにらんだ。くさいと言わんばかりに鼻に皺を寄せ、椅子にもたれかかる。「やれやれ、この二年間はわしにも厳しかったが、おまえにも厳しかったようだな」

シェイは自分に言い聞かせた。祖父には横暴なところがあるが、それでもこの国でもっとも尊敬される英雄のひとりだ。それに今は年老い、孤独で、衰えてきているし、わたしは二年前に祖父の心を傷つけたのだ。

「空港からまっすぐここに来たんです、おじいさん」

シェイは組んだ両手を自分の額につけた。敬意を表す伝統的な仕草だ。そして祖父の椅子の前にひざまずいて視線を落とす。「わたしは帰ってまいりました。またあなたの孫娘として受け入れてくださいますか？」

顔を上げると、祖父の目が優しくなっていた。口元の強ばりも和らぎ、唇がかすかに震えている。「ああ、シェイ＝サ、もちろん許すとも」許しを乞われたわけでもないのに祖父はそう言うと、節くれだった両手を差し出した。シェイはその手を取って立ち上がる。祖父の手に触れると、電気が流れたような衝撃を感じた。これだけ高齢になっても祖父の翡翠のオーラは強烈で、シェイは思い出と翡翠への切望で腕の骨がちくちくした。

「おまえがいないと、コール家は完全ではない」祖父は言った。「おまえの居場所はここだ」

「はい、おじいさん」

「外国人と商売をするのは大いに結構。わしはさんざんそう言ってきた——誓って本当だ——みんなにそう言ってきた。われわれはケコンを外に向かって開き、外部からの影響を受け入れねばならん。その考えをめぐって、アイト・ユーゴンティンと決別することになった」コール・センは糾弾するように指をさした。「しかし、われわれは外国人のようにはならん。われわれは彼らとは違う。ケコン人であり、グリーンボーンだ。そのことをけっして忘れるでない」

　祖父はシェイの両手を自分の手のなかでひっくり返すと、孫の剝き出しの腕を非難するように、悲しそうに首をふった。「たとえ翡翠を外しても、おまえは彼らのようにはならん。彼らに受け入れられることはない。おまえは違うと、彼らは感じ取る。犬が、自分は狼より劣ると知っているのと同じだ。翡翠を使いこなす力はわれわれの遺伝的性質だ。われわれの血をほかの民族と混ぜてはならん」祖父はシェイの両手を握った。弱々しいなぐさめの仕草だ。

　シェイは祖父への怒りを隠して、おとなしく頭を下げた。祖父は、ジェラルドがもう過去の人になったことをあからさまに喜んでいる。シェイがジェラルドと出会ったのは、ケコンだった。当時、ジェラルドはユーマン島に駐屯していて、十五カ月後に任期が終わったら大学院へ進もうと計画していた。コール・センは孫娘と外国の水兵の関係を知るなり、烈火のごとく怒り、そんな関係がうまくいくはずがないと断言した。

　祖父の言い分はほとんど人種差別だった——ジェラルドは（エスペニア生まれだが）ショター人であり、薄い血を引く、シェイよりも劣る弱い人間で、薄っぺらい馬鹿者だ——とはいえ、祖父の予言が的中してしまったことに、シェイは苛立っていた。考えてみれば、薄っぺらい馬鹿者のくだりも正しかった。「おじいさんがとてもお元気そうで、うれしいです」シェイは穏やかに言い、祖父の長話をはばもうとした。

　祖父は孫娘の試みをはねつけた。「おまえの昔の部屋には、一切、手をつけておらん。時期が来れば帰ってくるとわかっていた。部屋はまだおまえのものだ」

シェイは機転を利かせて答えた。「おじいさん、わたしはおじいさんをとてもがっかりさせたから、この家に居場所はないと思っていました。それでここから遠くないところにアパートメントを借りたんです。荷物はすでにそこへ送ってあります」嘘だ。住まいを借りてなどいないし、荷物を送ってもいない。だが、コール家の屋敷にある子ども時代の自分の部屋で暮らしたいとは、とても思えなかった。それではまるで、海を隔てた外国にいたこの二年間で、自分は何も得られず、何も変わらなかったかのようではないか。ここで暮らすということは、出入りするグリーンボーンたちの翡翠のオーラと、祖父の恩着せがましい寛大さに耐えなくてはならないということだ。シェイはつけたした。「それに、落ち着くまで少しひとりでいたいんです。ひとりで、これからのことを決めたいんです」

「何を決めるというのだ？　どのビジネスをおまえに任せるか、わしがドルに相談しよう」

「おじいさん」ランが割って入った。それまで部屋の入口で、ふたりのようすを見守っていたのだ。「シェイは飛行機で長旅をしてきたんですよ。荷解きと休憩をさせてやりましょう。ビジネスの話なら、あとでいくらでも時間があります」

「ふん」コール・センは言ったものの、孫娘の手を放した。「それもそうだな」

「すぐ会いにきます」シェイはかがんで祖父の額にキスをした。「大好きよ、おじいさん」

祖父はうなり声をもらしたが、その顔は愛しさで輝いている。シェイがずっと恋しく思っていた表情だ。兄と違い、シェイは父親を知らない。小さい頃から、祖父がすべてだった。祖父はシェイを溺愛し、シェイも祖父が大好きだった。シェイが部屋を出るとき、祖父が後ろでつぶやいた。「頼むから、自分の翡翠を身に着けてくれ。おまえのそんな姿を見るのはつらい」

*

シェイは兄のランと外を歩いた。ほかには誰もいない。日は沈んだあとで、スモッグのかかった残光が中庭をかこむ建物の屋根を縁取っている。シェイはシダレカエデの横にある石のベンチにすわりこみ、深いため息をついた。兄も隣にすわった。一瞬、ふたりとも黙りこみ、たがいにちらりと目をやって、一緒に弱々しく笑った。

「あのくらいですんでよかった」シェイは言った。

「俺の言ったとおりだったろ、今日のおじいさんは調子がよかった。医者の話では、身に着ける翡翠の量を減らしていかなくてはならないらしい。けど、その闘いはずっと先延ばしにしている」ランは一瞬顔をそむけたが、シェイは兄の顔につらそうな表情がよぎるのを見逃さなかった。

「母さんはどうしてる?」

「元気にやってるよ。母さんはあそこにいるのが好きなんだ。じつに平和だからな」

昔、彼らの母はシングルマザーの生活に甘んじ、無峰会の幹部一族の立派な未亡人として安全で快適な生活を送ることを条件に、厳しい義父の要求に応じていた。シェイが十八になるとすぐ、母のコール・ワン・リアはコール家の所有する海辺の別荘に隠居した。ジャンルーンから南へ車で三時間のマレニアにある別荘だ。シェイの知るかぎり、それ以来、母が街に戻ってきたことはない。

ランは言った。「母さんに会いにいくべきだよ。急ぐことはないが――落ち着いたら」

「で、兄さんは? 兄さんは最近、どうなの?」

ランは妹のほうを向き、左の目を細めた。兄は父親似だとみんなに言われているが、シェイはそうは思わない。兄は誠実で思いやりがあり、祖父の部屋の壁に飾られた古い写真のなかの恐ろしげなゲリラ兵とは似ていない。兄は何か言おうとしてやめ、代わりにこう言った。「元気だよ、シェイ。組織の仕事でずっと忙しくしている」

罪悪感が押し寄せる。シェイはエスペニアにいるとき、兄の手紙にあまり返事を書かなかった。今になって兄に信用してもらえるとは思えない。シェイは兄に信用してもらいたいのかどうかすら、わからなかった。信用されるということが、縄張り争いや、不正を働いた〈灯籠持ち〉、決闘で殺された〈拳〉――もう距離を置こうと自分に言い聞かせてきた組織のあれこれ――を聞かされることなら、なおさらだ。それでも、兄がどんなふうに〈柱〉の重責を背負ってきたのかを考えずにはいられなかった。妻のエイニーに去られ、祖父は劇的に衰え、助けになるのは弟のヒロと厄介な年寄りのドルだけという状況なのだ。「わたしは兄さんの力にはなれない。ごめんなさい」

「おまえは自分の人生を生きろ、シェイ」

その声に非難の響きはなく、シェイは帰郷して最初に会った家族がランだったことを神に感謝した。兄はシェイに出ていったことを恥ずかしく思わせることもなければ、帰ってきたことを恥じ入らせることもなかった。それはシェイにはもったいない処遇――ほかの家族にはとうてい期待できないことだ。

時差ぼけが出てきて、シェイは疲れきっていた。屋敷のなかで明かりが点き、それから少し暗くなる。上階の窓辺にキーアンラの影が現れ、ブラインドを閉める。暗いなか、シェイが幼い頃に遊んだベンチと木々の動かない輪郭が、よそよそしい親戚のように、冷ややかに抗議している気がした。シェイはケコンに特別な匂いがあることに気づいた。ある種の何とも言えない、スパイシーな、汗のような香り。エスペニアのクラスメートたちは、わたしからこんな匂いを嗅ぎ取っていたのだろうか？　シェイはその香りが毛穴に沁みこんでくるのを想像した。兄の腕に手を置く。兄の翡翠のオーラが、震える重低音のようにシェイのまわりを流れていく。シェイは兄のほうへ、だが近づきすぎないように、体を寄せた。

＊

シェイは街のホテルに部屋を取り、その後三日間をアパートメント探しに費やした。あまりコール家の近くにはいたくないが、どこでも好きな場所に住めるわけではない。翡翠は外せても、顔や名前はそうはいかない。街には避けたほうがいい場所もある。無峰会の縄張りに限定しても、物件探しは夜明けから夕方すぎまでかかった。くさくて混み合う地下鉄をひと駅ずつ乗っては降り、夏の暑さに汗だくになりながら、シェイは一軒一軒見て回った。

もっとはるかに簡単にすますこともできたのに——そんな愚痴がこぼれたのも、二度や三度ではなかった。不動産業を手掛ける〈灯籠持ち〉に兄のランから声をかけてもらえば、設備の整ったアパートメントがあっというまに見つかるだろうし、家賃も本来の半分にしてもらえるはずだ。不動産業者にとっても、待たされている建築許可や建設契約がすぐに認められるという利点がある。それでも、シェイは家族の助けなしでやっていくという誓いを守った。学生の頃は倹約生活をしていたし、去年の夏にインターンシップで稼いで貯金しておいたエスペニアのお金をこちらのお金に両替すれば、ほどほどの住まいなら、ジャンルーンで半年分の家賃を払ってもまだお釣りがくる。物件探しの三日目が終わる頃には靴擦れができてへとへとだったが、北ソットー地区で寝室がひとつの質素だが便利な立地の物件を契約し、シェイは自分の働きに満足した。

ホテルに戻ると、ロビーで次兄のヒロが待っていた。

革張りのソファに前かがみの姿勢ですわっていたが、妹の姿を見ると体を起こし、連れの〈拳〉――メイク兄弟のひとりだが、シェイにはどちらか思い出せない――も隣のソファから立ち上がり、ヒロとシェイがふたりきりで話せるようにロビーの反対側へ歩いていった。

ヒロは最後に見た二年前とまったく変わっていない。シェイは思いがけない自意識を感じた。ヒロ兄さんの目には、わたしもまるで変わっていないように見えるのだろうか？ この髪型や服装では、もっと年上の外国人のように見えるだろうか？ ヒロとは十一カ月しか年が離れていない。シェイが島を出た頃は、ふたりにほとんど違いはなかった。今では、シェイは無職で恋人もなく、翡翠も着けていない。いっぽう、ヒロはジャンルーンの実力者のひとりで、数百人のグリーンボーンを指揮している。

シェイはこの瞬間を避けられないことはわかっていたが、もう少し先延ばしにできると思っていた。ヒロはランから居場所を聞いたのだろうか？ それとも、ホテルの従業員がヒロの〈指〉に情報を流したのか？ ヒロが立ち上がると、シェイは心の準備をした。それにしても、次兄との再会がホテルのロビーになるとは思いもしなかった。「ヒロ兄さん」

次兄は親しみをこめて妹を抱きしめた。「ホテルなんかで何をしているんだ？ 俺を避けているのか？」その声は本当に傷ついているように聞こえる。ヒロがときどきとても繊細になることを、シェイは忘れていた。ヒロは妹の顔を両手ではさみ、左右の頬と額にキスをした。

「過去のことは忘れる。全部、許す。もう帰ってきてくれたんだから。おまえはかわいい妹だ。許さずにいられるわけがないだろ？」

おじいさんにそっくり――シェイは思った――わたしを許すだなんて。自分には当然、許してもらうべき非などないと思っている。わたしのことを娼婦だの、組織の裏切り者だのと呼び、わたしとランと祖父の前で、命令されればジェラルドを殺すと志願したくせに。もしジェラルドがエスペニアの軍人ではなく、その場にいたランがみんなを説き伏せてくれなかったら、祖父はきっと殺害を命じていただろう。

シェイは心の片隅で、ヒロに対する怒りは消さないと決めていた。まだ妹に激怒していてくれたほうが、やりやすかった。だがヒロの寛大さは、身に着けている翡翠のオーラと同じく、明確で力強い。シェイは次兄の温もりが自分のなかに流れこみ、背中と肩をずっと鎧のように覆っていた強ばりをほぐしてくれるのを感じた。「避けていたわけじゃないわ。帰ってきたばかりで、落ち着くまで少し時間が必要だっただけ」

ヒロは妹の両肘をつかんだまま、一歩下がった。

「翡翠はどうした?」

「着けてない」

ヒロの顔がゆがんだ。次兄は身を乗り出し、声を落とした。「俺たちにはおまえが必要なんだ、シェイ」妹の目の高さまでかがみ、じっと見つめる。「山岳会が俺たちの縄張りを乗っ取ろうとしている。あらゆる兆候がそう示している。やつらは、俺たちが弱体化していると思ってるんだ。おじいさんは屋敷にこもって出てこない。ドルはまったく信用できない。けど、おまえが戻ってきたからには、状況は変わるだろう。おじいさんは昔からおまえをいちばんかわいがっていたし、俺たちふたりが協力してランを支え――」

「ヒロ兄さん。わたしを巻きこまないで。ジャンルーンに帰ってきたからといって、組織に関わるつもりはないわ」

ヒロは首をひねり、率直に言う。「けど、おまえが必要なんだ」

二言、三言きつい言葉を放てば、ヒロを追い払えるだろう。シェイはそうしたくてたまらなかった――ヒロを傷つけ、拒絶し、怒らせたい――が、かつての兄妹間の競争にはうんざりしていた。ヒロとの喧嘩は松葉杖のようなもので、シェイが生まれてからずっとやめられない悪い習慣だった。翡翠と一緒に置き去りにして、二度と戻るつもりはなかったのに。もう、ふたりとも大人だ。シェイは自分に念を押さなくてはならなかった――今の兄さんは無峰会の〈角〉なのよ。少しのあいだでもケコンで暮らすつもりなら、彼に嫌われるのはまずい。

　シェイは態度を和らげた。「心の準備ができていないの。しばらく、身のまわりのことを把握する時間が必要だわ。それくらいは尊重してくれてもいいでしょ?」ヒロの顔でいくつかの感情がせめぎ合うのが、はっきり見えた――落胆をこらえ、誠実に判断しようとしている。ヒロは兄らしい温かさと笑顔でシェイのところにやってきた。率直に自分の意見を言うとき、ヒロは相手にも同じことをするように望んでいる。中途半端な態度でヒロと会うのは危険だ。次に口を開いたとき、ヒロの口調はもっと慎重になっていた。

「わかった。おまえの言うように、必要なだけゆっくりすればいい。けど、把握しなきゃならないことなんか何もないぞ、シェイ。コール家の一員でいたくないなら、戻ってくるべきじゃなかった」シェイが何か言う前に、ヒロは人さし指を立てた。「口答えはなしだ。おまえを許したことを忘れたくない。今は放っておいてほしいと言うなら、そうする。けど、俺は兄貴ほど辛抱強くないからな」

　ヒロは去っていき、彼の翡翠のオーラが、大きな波が沖へ引いていくようにシェイの体から急速に抜けていく。「ヒロ兄さん」シェイは後ろから声を張り上げた。「アンデンによろしく言っておいて」

　次兄は半分だけ首を動かし、肩越しに言った。「自分で言いにいけよ」彼の〈拳〉がシェイにいさめるような視線を向けると、ヒロとともにホテルの玄関を出て、暖かい夜の街へ消えていった。

7 コール・ドゥシュロン学園

日陰にいても、八年生の生徒たちの背中と顔を汗が流れる。そのうちの十人は、それぞれ熱いレンガを積んだ低い塔の後ろで緊張して立っている。「もう一個」教官が言うと、助手の三年生たちがトングを持って炉へ走る。慎重に、だが速やかに、炎のなかからレンガを取り出し、十個のくすぶるレンガの山のてっぺんに置く。待機中の八年生のひとり、トンという生徒が、小声でつぶやいた。「ああ、激痛か落第か、どっちを選べばいいんだ？」

トンは明らかに同級生に聞かせるつもりで言ったのであって、教官に聞こえるとは思ってもいなかった。だが、セイン教官の五感は鋭い。「年末の卒業試験に落第すれば、死ぬまで二度と翡翠を身に着けることはできない。それを考えれば、あえて激痛と答えたいところだ」教官は素っ気なく言うと、ためらう生徒たちの列をにらんだ。「どうした？　レンガが冷めるのを待っているのか？」

エメリー・アンデンは左手首に着けた訓練用バンドをこすった。単なる癖で、革のバンドに埋めこまれた翡翠にさらに触れる必要があったわけではない。アンデンは目を閉じ、ごくわずかなケコン人しか扱いをマスターしていない並外れたエネルギーをとらえ、集中しようとした。トンが言っていたように、実際、激痛か落第かの二者択一だ。適切な〝怪力〟を放てばレンガを破壊できるし、〝鋼鉄〟を使えば猛烈に熱いレンガで火傷するのを防ぐことができる。ただし、この訓練の目的どおり、両方の技を使えたら話は変わってくる——〝怪力〟と〝鋼鉄〟を同時に使えばいいのだ。真に熟練したグリーンボーンなら、アンデンと同級生全員が目指しているタイプのグリーンボーンなら、六つの技——怪力、鋼鉄、感知、敏捷、跳ね返し、チャネリング——をどれでも、いつでも発揮することができる。

アンデンの横で、レンガの砕ける大きな音と、痛みで叫ぶトンのくぐもった声がした。こいつは代数学ほど難しくはない——アンデンは自分に言い聞かせると、いちばん上のレンガの真ん中に掌底を叩きつけた。レンガはすぐ下のレンガにめりこみ、すぐ下のレンガはさらにその下のレンガにめりこんで、力の波が連鎖的に伝わっていく。ほんの一瞬のことだったが、アンデンは一列のトランプがゆっくりと倒れていくような感覚をはっきりと感じた。レンガとは反対の方向に進む衝撃も感じた。衝撃は激しい振動とともに逆流してきて、アンデンの腕と肩と体に消えていった。アンデンはすぐに手を引っこめ、目を見開いて両手を調べた。

「手を前に出せ」セイン教官の口調は、ほとんど退屈そうだ。生徒の列の前を歩きながら、がっかりしたようすで、小さい翡翠がいくつも埋めこまれた首の後ろをさすっている。「何人かは休み時間を保健室ですごすことになりそうだな」火傷で水ぶくれのできた生徒たちの手を見て、鼻に皺を寄せる。そして地面に落ちている壊れていないレンガを蹴った。「ほかの者は〝怪力〟の補習訓練で、あざをこしらえることになるだろう」列の最後に来ると、教官はアンデンの破壊した六つのレンガと火傷を負っていない手を見下ろし、うなり声をもらした——この副校長にとって、もっとも賛辞に近い行動だ。

アンデンは謙虚に、目の前の壊れたレンガに目を落としたままでいる。笑ったり個人的な成功を喜んだりするのは見苦しいことだし、アンデンはケコン生まれで一度も島から出たことがないにもかかわらず、よそ者っぽい印象をあたえないようにいつも警戒していた。それは、生まれてからずっと抱えている古い無意識の衝動だった。

セイン教官が両手をパンと打ち鳴らした。「訓練用バンドを外せ。では、また来週。そのとき、もう一度この訓練を行う。おまえたちが上達するか、卒業できない体になるまでやるぞ」

生徒たちは組んだ両手を額に持っていき、うめき声をこらえながら、レンガを片づけに来た三年生のために足を引きずって脇へどいた。アンデンは背を向け、手首から訓練用バンドを外してケースにしまった。それからしゃがみこむと、壁に手をついて体を支え、ぎゅっと目を閉じた。翡翠の離脱症状に襲われたのだ。翡翠に対する感受性が高ければ、翡翠の効果が切れたときの症状もそれだけひどくなる。身に着ける時間が短くても関係ない。ときには、回復するのにほかの生徒の倍の時間がかかることもあるが、今ではだいぶ慣れてきた。呼吸しながら、なんとか力を抜いていく。足元から世界が引き剝がされるような見当識障害の衝撃のなか、何もかもがぼやけて輪郭が滅茶苦茶になったかと思うと、ようやく正常に戻り、退屈な普段の状態が帰ってくる。アンデンは一分足らずで回復すると、また立ち上がり、通学バッグを肩にかけた。

「さっき、セインのうなり声が聞こえたぞ」トンが洗面器の冷たい水に手をつけながら言った。三年生が律義に先輩のところに運んできたものだ。「見事だったよ、エメリー」ケコンの訛りで、エメリーがエムリーに聞こえる。

「ぼくのレンガのほうが薄かったのさ」エメリー・アンデンは謙遜して答えた。「おまえの手、大丈夫か？」

トンは痛そうな顔でいっぽうの手のひらをタオルでくるみ、その腕を胸の前でぎこちなく抱えた。トンはやせていてアンデンよりも背が低いのに、〝怪力〟はずば抜けている。それが翡翠の奇妙なところだ――細身の女が金属の棒を曲げたり、太った大男が壁を駆け上がったり屋根から跳んだりできるほどの〝敏捷〟を発揮することがある。翡翠の解き放つ能力が身体的なもの以上の何かであるという証拠は、必要ならいくらでもある。「医療〝チャネリング〟が、皮膚の怪我にもっと効いてくれたらいいのに」トンは浮かない顔で言った。「それと、船の日までには治ってほしい」そこで言葉を切って、ちらりとアンデンを見た。「そうだ、ケケ、俺たち何人かで、来週の船を沈める儀式の前に、港湾地区のバーへ行こうと思ってるんだ。もし用事がなかったら、おまえも来ないか？」

トンがとっさの思いつきで誘っている――たいていはそうだ――のは明らかだが、アンデンにはもちろん用事などなかったし、そのグループにはロット・ジンもいるだろうと思い、こう答えた。「うん、楽しそうだね」

「よし。じゃあ、またな」トンは火傷した手をそっと抱え、保健室へ向かって運動場を横切っていった。アンデンは反対の方向へ歩きだし、考え事をしながら寮へ向かった。この学園に来て七年以上がたち、すっかり慣れてきたが、アンデンは学園の交友関係で、一目置かれてはいるものの、ひとりだけどのグループにも入っていなかった。本気で仲間外れにされることもないが、積極的に仲間に入れてもらうこともない。同級生は全員、アンデンに誠実に接してくれる（というか、そうするしかなかった）し、アンデンはトンとほかの数人を本当の友人だと思っているが、自分と一緒にいると彼らがいろんな意味で居心地の悪い思いをすることを知っていたので、全面的に受け入れてほしいとまでは思わなかった。

　八年生のひとり、パウ・ノニが運動場を突っ切ってアンデンのところに走ってきた。昼の蒸し暑さに、顔がほてっている。「アンデン！　校舎の前でお客さんが待ってる」彼女は学園の正面の建物へつづく小道を指さした。

客？　アンデンは校門に目をこらし、汗ばむ鼻梁をずり落ちる眼鏡を押し上げた。近視があると、翡翠の離脱症状からの回復と〝感知〟を消すことが、さらに難しくなる。いったい誰だろう？　アンデンは肩にかけた通学バッグを弾ませながら、運動場をゆっくり走っていった。

小さい東運動場は、六十エーカーのキャンパスに複数ある運動場のひとつだ。コール・ドゥシュロン学園は、ウィドウ公園にある丘の上に建っている。ジャンルーンの活気あふれる街とその郊外にかこまれていても、学園の高い塀と、長い平屋建ての校舎に陰を落とすニレの老木とたくさんのクスノキが、大都市からキャンパスを隔絶し、伝統的なグリーンボーンの神聖な訓練所の雰囲気を守っている。この学園はコール・センが亡くなった息子を称えるために建てたものだが、それ以上に重要なのは、グリーンボーンの文化がケコン社会で中心的な地位を固めたという、もっとも明らかな証拠のひとつであることだ。アンデンは立ち止まってそう考えると、この学園は学校というだけでなく象徴的な存在でもあると気づいた。

正門の裏にある小さなロックガーデンに来ると、アンデンは歩く速度を落とした。低い擁壁のひとつに男が腰を下ろし、退屈そうにうつむいていた。すっきりしたベージュのズボンをはき、シャツの袖を前腕の中ほどまでまくり上げ、上着はすぐ横の壁にかけてある。アンデンが近づいていくと、男は気だるい優雅な動きで立ち上がった。コール・ヒロだ。

アンデンは緊張感に包まれた。

「俺を見て驚いているようだな」ヒロは言った。「俺がおまえの誕生日を祝いにくるのを忘れたとでも思ったか？」

アンデンは数日前に十八になっていた。その日は誰にも知られることなく過ぎた。個人的な祝い事をするのは未熟なことと考えられ、学園の教官たちの顰蹙をじ伏せた。アンデンは落ち着きを取り戻し、組んだ両手を額につけて敬意を表した。「いいえ、コール-ジェン、最近お忙しかっただけだと知っています。わざわざお越しいただいて光栄です」

「光栄です、コール-ジェン」ヒロはアンデンのぎこちない口調を大げさに真似した。口の左端を少し上げ、からかうように笑っている。「そんなにしゃちほこばってどうした、アンディ？ ここにいると、つまらない人間にされちまうのか？」ヒロは両手を大きく広げた。「俺には効かなかったけどな」

それは、ヒロがコール家の人間だからだ。そもそも、この学校にはヒロの父親の名前がついている。翡翠を持たない生徒たちのあいだでも、特別扱いはある――コール家以外の生徒や能力の低い生徒は、ヒロが生徒だった頃に犯した過ちと同じ数の問題を起こせば退学になる。その彼は今や、無峰会の〈角〉だ。信じられない。

アンデンは従兄の前で肩の力を抜こうとした。ヒロは九つ年上だが、卒業してからまったく年を取っていないように見える。通りがかりの人は、ふたりを同い年だと思うだろう。「おじいさんの具合はどうですか？」アンデンはコール家の若者を従兄姉と呼ぶように、コール・センのことはおじいさんと呼ぶ。「ラン-ジェンはどうしていますか？」

「ああ、ふたりとも、相変わらず〈柱〉らしくしているよ」ヒロはのんびりとアンデンのほうへ歩いてきた。

アンデンは肩から通学バッグを下ろし、慌てて眼鏡を取ってサイドポケットに押しこんだ。新しい眼鏡だから、壊したくない――

通学バッグをなんとか後ろに放ったとたん、サルが果物をひったくるような素早さで、ヒロがアンデンにつかみかかってきた。ふたつの手がアンデンの手首と肘を万力のようにがっしりつかみ、ぐいっとひねる。たった一度の乱暴なひねりで、ヒロは少年を地面にねじ伏せた。

アンデンは勢いよく倒れこみ、体重をかけてアームロックをゆるめようとした。一緒によろけながら、ヒロを引き寄せる。ヒロがアンデンの脇腹に力いっぱい二度、膝蹴りを入れると、アンデンはあえぎながら体を折り曲げ、ヒロの両腕をつかんで、足を引きずり、神に懇願する人のようにぐらぐら揺れた。アンデンの額がヒロの肩にあたって跳ね返る。

翡翠のエネルギーの刺激的な味が、アンデンの口に広がった。ヒロの翡翠の味だ。ここまで密着していると、翡翠のエネルギーがアンデンにも押し寄せてくる──低くうなり、ヒロの心臓の鼓動、息遣い、動きのひとつひとつに合わせてドクンドクンと脈打っている。アンデンの頭に血がのぼる。本当の翡翠の効果とは違うが、よく似ている。アンデンは必死にそれをつかもうとした。従兄のオーラのさざめく端っこにしがみつこうとした。蒸気にしがみつこうとするようなものだ。

ヒロがまた膝蹴りを食らわせようと動いたとき、アンデンはバランスを崩した一瞬を利用して、ヒロの胸骨を平手でまっすぐ突いた。その〝怪力〟にヒロはアンデンを放し、よろよろと数歩後ずさった。

ヒロの笑顔は変わらない。踊るように横へ二歩移動したかと思うと、驚異的な素早さでふたたびアンデンに向かってくる。アンデンは覚悟を決めた。ヒロから逃げることはできない──そんな選択肢はない。どんなにひどく痛めつけられるとわかっていても、逃げはしない。ヒロは目にも留まらぬ速さでアンデンの体を殴った。たわむれるような殴打の連続に、アンデンはふらつき、哀れっぽい声が出そうになるのを必死でこらえる。次のパンチは叩いて払いのけ、さっとななめに近づき、ヒロのパンチの射程距離内に入りこむと、ヒロの上腕二頭筋をかすめて素早く腕を伸ばし、ガードを突破してヒロのあごの下に手刀を見舞った。

勢いよく頭をのけぞらせ、ヒロはよろけて咳きこんだ。アンデンはためらわなかった——思いきり従兄の口を殴りつける。ヒロは「わお」と言うと、くるりと体をひねり、アンデンの腹に痛烈な蹴りを入れた。その凄まじい〝怪力〟に、アンデンは後ろにふっ飛び、砂利に背中を叩きつけられた。

アンデンはうめいた。なぜ、こんなことをしているんだ？　ぼくはただの生徒で、監督のついた訓練以外で翡翠を着けることは禁じられている。ヒロはかなり強いグリーンボーンだ。勝率は互角からは程遠い。とはいえ、もちろんそんなことは重要じゃない。アンデンはふらつきながら慌てて立ち上がると、戦いをつづけた——彼に選択肢はない。たとえ、こてんぱんに打ちのめされるのは回避したくても。

いつのまにか、人だかりができていた。近くにいた新入生たちが、学園トップの上級生が無峰会の〈角〉にぼこぼこにされるところをよく見ようと、たくさん集まっていた。ヒロは見られているのを楽しんでいるのか、ときどき寛大な悪戯っぽい目で生徒たちをちらりと見る。アンデンは不意に、馬鹿げた不安を覚えた——ヒロのことを知らない新入生たちは、ヒロが怒っているとか、いびっていると思っているかもしれない。新入生たちは、ヒロのリラックスした動きや友好的な思いやりの表情、殴り合っているというより昼食をとりながらおしゃべりしているような雰囲気には、気づかないだろう。

アンデンはヒロの強打を受けながら、できるかぎりの技を返す。肋骨と腎臓のあたりを攻撃し、従兄の顔から流血させ、しゃがんで膝と股間を狙いさえした。だが最終的には、ヒロがアンデンを地面に倒し、肩甲骨のあいだを膝で押さえつけた。アンデンは地面に伏せて横から世界を見つめながら埃(ほこり)っぽい空気を吸いこみ、動くこともできず、今日の午後に現れたのがヒロ以外のコール家の人間だったらよかったのにと思っていた。

ヒロはアンデンの上からどき、すぐ横で地面に脚を伸ばしてすわり、後ろに両手をついた。「ふうっ」と言いながら、高そうなシャツの前をつまんで顔をふく。シャツに汗と血の染みがついた。「卒業まで一年を切ったな、アンディ。俺はこの期間を利用できるうちに利用しないとな。兄貴には、俺がまだ翡翠を着けていないとき、さんざんぼこぼこにされたものさ。兄貴は翡翠を着けているのにだぞ。知ってたか？」

ランは――アンデンは声には出さなかった――ヒロのことを頭がおかしいと思ってるよ。アンデンは以前、ランにこう言われたことがある。ヒロはしょっちゅうランに勝負をしかけてきた。ランは八歳も年上で、体も大きく、翡翠を着けているというのに、ヒロはそれでもランと勝負すると言ってきかなかったという。ランがヒロを気絶寸前まで打ちのめすしかなかったのは、一度や二度ではない。

「翡翠を身に着けるようになれば、俺にリベンジできるぞ。おまえはすげえよ。俺はグリーンボーンだ。組織の〈角〉を務めている。その俺に、おまえはこれだけのダメージをあたえた」ヒロは血の出ている自分の唇を指し、「それに、これと」と頭のこぶに触れ、「これもだ」とシャツをめくり、上半身にできた青黒いあざを見せた。そしてシャツを下ろすと、ずいぶん楽しそうににやりと笑い、アンデンはその笑顔に見入ってしまう。「おまえに特別なところがあるのは、ずっと前から知っていた。おまえは俺の翡翠の力を感じ取れるんじゃないのか？　しかも、それを使うことができる。それがどれだけ珍しいことか知ってるか？　しかも、その年齢で。自分の翡翠を手に入れたらどうなるか、考えてみろ」

アンデンは従兄にほめられるのはうれしかったが、自分の戦いぶりにはそこまで満足できなかった。アンデンは傷ついていた。退屈しているトラに何時間もなぶられたネズミの気分だ。こういうことをヒロみたいに楽しめないのは、ぼくが純粋なケコン人じゃないからだろうか？　ケコン人は——かなり典型的なイメージでは——武勇に関わる勝負を持ちかけられると、ノーと言えない。大きな集まりがあれば、必ず体を使った勝負が始まる——口から種を飛ばしてカップに入れるといったものから、リレーボールの白熱した試合や、本格的な格闘技まで何でも。そういった勝負事——たいていは気軽なものだが、ときにはかなりの真剣勝負もある——のあとには、勝者が謙遜したコメント（「風向きが有利だったから」、「今日はいつもよりたっぷり食べてきたから」）を述べたり、勝負の相手が面子を保てるような賛辞（「君がもっといい靴をはいていたら、とうてい倒せなかっただろう」、「君が腕を痛めていたのが、こちらにはラッキーだった」）を口にしたりするのが習慣的な礼儀となっている。どんなに些細なことでも、ありえそうにないことでも構わない。

つまり、ヒロの賛辞は単に儀礼的なものだったのかもしれない。だが、アンデンにはそうは思えなかった。違う、あれはヒロがぼくを理解しようとしたり、実力を測ろうとしたりするときのいつものやり方だ。ぼくがあっさり負けるようなやつか、勝つ見込みがないとあきらめてしまう人間か、あるいは、もうどうにもならなくなるまで戦いつづける人間かを試していた。

ヒロは立ち上がって、ズボンを払った。「ちょっと散歩しよう」

アンデンは本当に保健室に行かなくてはならない状態だと説明したかった。だが、どうにか立ち上がると、汚れた通学バッグを拾い、足を引きずりながら黙って従兄と並んで歩いた。ヒロはロックガーデンの小道をのんびりと歩いていく。これで、話ができそうな状況になった。

ヒロは煙草を二本引っぱり出し、一本をアンデンに差し出すと、先にアンデンの煙草に火をつけてから自分の煙草に火をつけた。「おまえもみんなと同じように〈指〉から始めることになる。そういう決まりだ。だがうまくいけば、半年後に〈拳〉になれるだろう。そうなれば、おまえにも縄張りと部下を割り当ててやる」見物人はいなくなっていた。ヒロは運動場の向こうのはずれに目をやった。そこでは、年長の生徒たちが訓練のために整列している。「今年はしっかり注意を払い、同級生の誰がおまえの〈指〉にふさわしいか考えはじめなきゃならない。技能は重要だが、それがすべてじゃない。忠実で自制心のあるやつが必要だ。嘘をついたり騙したりしないやつが」

沸き立つアドレナリンとヒロの言葉に、アンデンの手が震える。アンデンは煙草を吸い、「コール－ジェン」と口を開いた。

「いいかげんにしてくれ、アンディ。まだ殴られたいのか？　そういう話し方はやめろ」ヒロはアンデンの肩に腕を回した。アンデンは尻ごみしたが、ヒロは彼を抱き寄せ、派手な音を立てて頬にキスをした。「おまえのことは、ランと同じように本当の兄弟だと思っている。わかってるだろ」

アンデンはその温もりに急に気恥ずかしくなった。ヒロの突然の愛情表現を誰かに見られていないか、周囲に目を走らせずにはいられなかった。

それに気づいたヒロがからかう。「どうした、やつらに誤解されるのを恐れてるのか？　おまえが男好きだってこと、バレてるのか？」アンデンがぎょっとしてヒロをにらむと、ヒロは噴きだした。「俺はバカじゃねえんだぞ、アンデン。歴代最強のグリーンボーンのなかには、何人か同性愛者がいる。俺がそんなことを気にすると思うか？　いいか、よく覚えとけ──じきに、一緒にすごす人間に気をつけなきゃならなくなるぞ。相手はおまえの翡翠目当てかもしれないからな」

アンデンは低い擁壁にぐったりとすわりこんだ。通学バッグのポケットから眼鏡を探し出し、顔にこびりついた汗まじりの土埃をふいてから、眼鏡をかける。従兄の助言は馬鹿々々しく思えた――アンデンは誰かと恋愛関係になったことは一度もないし、この先もずっとないだろうと何度も確信してあきらめている。だが、そんな気持ちを〈角〉に打ち明けるつもりはないし、そんなことより卒業をひかえた最後の年のもっと差し迫った心配事を抱えていた。「ヒロ」アンデンはゆっくりと言った。「もし、翡翠を操ることができなかったらどうなるんですか？ ぼくのなかにその力がなかったら？ ぼくはケコンの血が半分しか流れていないんです」

「半分で充分だ」ヒロは断言した。「外国の血が、おまえをさらに強くしているのかもしれない」

　翡翠に対する感受性は厄介な代物だ。ケコン人だけがグリーンボーンになれる最適の感受性を備えている。アンデンのようにケコン人と非ケコン人の血を引く者は、グリーンボーンになれるかなれないかのボーダーラインにいる。ケコン人より感受性が高いのは間違いない。適切な訓練を積めば、より強い能力を発揮するかもしれないが――翡翠への〝渇望〟で命を落とす可能性もある。「ぼくの家系のことは知ってますよね」アンデンは静かに言った。

　下級生の一団がバケツとシャベルを持って、教官のあとから運動場を横切っていく。暑い陽射しの下、疲れでふらついているが、文句を言うほどの馬鹿はいない。学園での最初の二年間は、絶え間ない勉強ときつい肉体労働、同じく絶え間なく行われる段階的な翡翠への曝露(ばくろ)から成る。この子たちは三年生になるまで、六つの技の訓練を始めることさえできない。翡翠への耐性は過酷な精神的、肉体的訓練を通して培(つちか)われる。筋肉を鍛えるのとよく似ているが、さらに運と遺伝的要素も必要だ。グリーンボーンのなかには、生まれつき人より多くの翡翠を身に着けてもひどい副作用に見舞われない者もいれば、そうでない者もいる。だが、その理由はわかっていない。

ヒロは親指で眉毛を掻いた。もういっぽうの手はアンデンの肩に置かれたままだ。「おまえの家系？　じいさんが戦争の英雄だったよな。それに、伯父さんたちは有名な〈拳〉だった。お袋さんは頭上を飛ぶ鳥を感知して、かなり遠くからその鳥と〝チャネリング〟し、空中で鳥の心臓を止められたって噂だよな」

アンデンは火のついた煙草の先を見つめた。彼が考えていたのは、そういうことではなかった。「母さんは〝気の触れた魔女〟と呼ばれてました」

アンデンが七歳の頃、ある晩、母親が真夜中にバスタブのなかで裸ですわっているのを見つけた。真夏の暑い一日が終わった夜だ――人々がシーツを氷で冷やしたり、扇風機の前にぬれタオルを吊るしたりする酷暑の夜だった。アンデンは小便をしようと起き上がった。バスルームの明かりが点いていて、入っていくと、母親がそこにすわっていたのだ。ぬれた髪がいくつもの束になって顔に垂れ、肩と頬が黄色い光の下で輝いていた。母親が身に着けていたのは、一度も外したことのない三連の翡翠のチョーカーだけ。バスタブに半分ためられた水は、血でピンク色になっていた。アンデンの母親は息子を見上げた。その表情は虚ろで混乱していた。アンデンは母親が手にチーズ下ろし器を持っているのに気づいた。母親の前腕は両方ともずたずたで、挽肉のようになった肉が見えていた。

永久に感じられた一瞬のあと、母親は息子に恥ずかしそうに小さく笑いかけた。「母さんったら、眠れなくて。かゆくてたまらなかったの。ぼうやはベッドに戻りなさい」

アンデンはバスルームを飛び出し、思いついた唯一の人を呼んだ。コール・ランシンワンだ。よくアンデンの家を訪れていた若者で、アンデンの伯父の同級生であり親友だった。といっても、伯父は前年の夏、ある日の早朝、連絡橋から身を投げていた。ランは祖父と一緒に来てくれて、アンデンの母親を病院へ運んでくれた。

だが、手遅れだった。医者が母親を落ち着かせ、着けていた翡翠をすべて外し、身のまわりからも翡翠を遠ざけたが、母親を救うことはできなかった。母親は目を覚ますと、拘束されたまま手足をばたつかせ、叫び、彼らを罵（ののし）った。おまえたちは犬だ、泥棒だと怒鳴り、翡翠を返せとわめいた。アンデンは母親の病室の前の廊下にすわり、両手で耳をふさぎ、涙を流していた。

母親は二、三日後に息を引き取ったが、最期まで叫びつづけていた。

それから十一年たっても、あのときの記憶がまだアンデンの夢に忍びこんでくる。不安なときや迷っているとき、意識の表面にふたたび浮かび上がってくるのだ。寮の自分の部屋で不安で眠れずにいると、立ち上がってバスルームに行くことができなくなる。そんなときは、ベッドのなかで膀胱（ぼうこう）の痛みと喉の渇きを抱えたまま闇を見つめる。この体に流れる呪われた血のせいで、自分も精神を病み、若くして死ぬのだという恐怖。そんな心身症的で油断ならない恐怖に、皮膚がちりちりしてくる。アンデンの一族の血には翡翠を扱う力が宿っているが、狂気も宿っていた。彼がコール家の人間にいくら勧められても絶対に姓を変えなかったのは、そのせいだ。他人には何の価値もないエメリーという外国の姓のほうが、偉大さと狂気を思わせる母方のアーンという姓よりいい。偉大さも狂気も、アンデンは望んでいなかった。

アンデンの母親の死後、ランは祖父と話をして、こういう取り決めをした。堅苦しいことは抜きでアンデンをコール家に引き取り、家族の一員として住む場所と食事をあたえ、十歳になったら、祖父コール・センの厚意と出費でコール・ドゥシュロン学園に入れる。

そういうわけで、無峰会のトップに立つコール家の人々が、アンデンにとって唯一の身内だった。母方の一族は悲劇のなかに消え去っていたし、父親は遠い記憶でしかない——制服を着た青い目の男は、遠く離れた自分の国へ、明るい髪の女性たちと速い車の国へ、飛んで帰っていった。

「おまえのお袋さんは、不幸な人生を送った——不幸に始まり、不幸に終わった」ヒロは言った。「けど、おまえはお袋さんのようにはならない。訓練を積んでいるし、俺たち全員がおまえに目を光らせている」ヒロは煙草をもみ消した。「それに、どうしても必要なら、今はSN1もある」

「シャインですね」アンデンは俗称で呼んだ。「ドラッグの」

ヒロは軽蔑で鼻に皺を寄せた。「俺が言ってるのは、翡翠熱に浮かされた馬鹿どもが汚ねえ部屋で作って、路上で弱いやつや外国人に売りつけているようなブツのことじゃねえ。軍用のSN1だ。エスペニア人が自国の特殊部隊のために作りだしたもので、翡翠に対する感受性を鈍らせるちょっとした緩衝材みたいなものだ。必要なら、そういうものもある」

「けど、有害で、過剰服用に陥りやすく、寿命が縮むという噂です」

「訓練を積んでいない血の薄い外国人なら、ジャンキーみたいに打ちまくる」ヒロはぴしゃりと言った。「だが、おまえは違う。人はそれぞれ違うもんだ。翡翠を身に着けることが自分にとってどういうことか、おまえはまだ知らない。おまえに助けが必要になると言ってるわけじゃない。そういうときはこいつがあると言ってるだけだ。もし必要になったら、何の問題もなくSN1を融通できる。おまえは特別だ。それを恥じることはない、アンディ」

その外国風のニックネームで呼ぶのを好むのは、ヒロだけだった。アンデンはその呼び方に最初はむっとしたが、もう気にしていない。ヒロがそれをふたりのあいだの特別なことと考えているのを感謝できるくらいには、大人になっていた。アンデンは自分の煙草が燃えつきていることに気づいた。地面に押しつけて火を完全に消し、吸い殻を吸い殻をポケットにしまう。ロックガーデンに吸い殻を捨てて叱られるのは避けたい。「シャインを使っていれば、母さんは死なずにすんだんでしょうか」

ヒロは肩をすくめた。「かもな。当時、手に入っていればだが。けど、おまえのお袋さんは、ほかにもたくさん問題を抱えていた。おまえの親父さんが出ていったり、伯父さんが自殺したり。そういうことで、結局は正気を保てなくなっていたかもしれない」ヒロは心配そうにアンデンを見つめた。「おい——なんで急にそんな心配症になったんだ？　もうすぐグリーンボーンになるってのに、そんなしけた面(つら)してんじゃねえよ。おまえはかわいい従弟だ、俺がちゃんと守ってやる」

アンデンはあざのできたヒロの体を、ぎゅっと抱きしめた。「わかってます」

「じゃあ、そいつを忘れるな」ヒロは壁にもたれた。「ところで、シェイがおまえによろしくと言ってた」

「彼女と話したんですか？」アンデンは驚いた。「戻ってきているんですか？」

ところが、ヒロはもう笑っていなかった。今の質問が聞こえたそぶりも見せず、代わりにこうつぶやいた。「近いうちにおまえが必要になる、アンディ」生徒たちの数をかぞえるように、運動場に目を走らせる。生徒のほとんどは、すでに何らかの形で無峰会に関わっている——彼らの親は、グリーンボーンか〈灯籠持ち〉だ。この学園は無峰会への大きな人材供給源であり、ライバルの山岳会にも同じような機関としてワイ・ロン寺院学校がある。

「じきに、ひとりでも多くの忠実な新入りが必要になる」ヒロはつづけた。「兄貴のランは、おまえには話さないほうがいいと思っている。けど、知っておくべきだ。じつは、おじいさんの頭のネジがますますゆるんできて、墓に片足を突っこんじまってる。アイト・ユーが死んで、あの煮ても焼いても食えない魔女マダが俺たちを追い出そうとしている。山岳会との抗争が迫っているんだ」

アンデンは心配そうにヒロを見たが、何と言っていいかわからなかった。夏のあいだずっと、組織間の緊張が高まっているらしいという噂が学園内で飛びかっていた。無峰会の〈指〉を務める誰それの兄が山岳会の誰かに侮辱され、もうすぐ決闘するらしいとか。誰それの伯母が自分の建物から立ち退かされ、山岳会の息のかかった不動産ディベロッパーに建物を奪われたとか。だが、そういった噂は、長年のあいだにときどき耳にしていた。組織間の小さないざこざはいつだって存在する。学園という閉ざされた世界にいると、ヒロの言う差し迫った危機も、アンデンにはどこか遠いところの話に聞こえた。従兄には重要なことでも、アンデンにとっては来春の卒業まで、個人的には何の影響もないことに思える。

だが、アンデンは間違っていた。それは来春ではなく、翌週に訪れた。

8 船の日の遭遇

発端は、ひとりで小便に行ったことだった。

ケコンの台風シーズンはいつも船の日から始まり、三カ月後の秋祭りで終わる。船の日は、怒りっぽい台風の神ヨーフォーへの捧げものを目的とした祝日で、来たる年のためにたっぷり破壊活動をして神を満足させ、地上の暴れん坊――木を根こそぎにしたり、村を壊滅させたり、地滑りを引き起こしたりするような大規模な嵐――の出現を防ぐ習わしだ。子どもも大人も紙の船(やマッチ棒の家や車の模型)を作り、盛大なファンファーレとともにそれらを破壊する。火をつけてからホースで水を浴びせて破壊するのが一般的な方法だが、高いところから投げ捨てたり、バケツ一杯の石や泥をぶちまけてつぶすこともある。船の日の夜、ジャンルーン港では海戦劇が催され、炎が燃え、大砲がとどろき、船外へ跳んで逃げる水兵が観られる。最後は一、二隻の古い船を沈める儀式で締めくくられる。

港の催しは子どもの頃にさんざん観たので、アンデンはまた観たいとは思わなかったが、トンの誘いを受け、同級生数人とどんちゃん騒ぎに参加しようと港湾地区にやってきた。厳格な精神と規律を身に着けさせるため、学園は生徒に質素で淡白な食事を出し、アルコールを禁じ、ほとんど休日をあたえない。だから特別な休日には、七年生と八年生――付き添いなしで学園を出ることが許されている生徒たち――ははめをはずす傾向にあった。気分が悪くなるほど飲み食いをして、翌日、無情な教官たちに脅されて白状させられ、罰を受けるというのが昔からの伝統だ。アンデン、トン、そしてほかの三人――ロット、ヘイケ、ドゥドー――は港湾地区の四軒のバーをはしごして、ボードウォークで屋台の食べ物を六種類食べ、午後三時頃には、残って船が沈むのを見物するか、押し寄せる見物客の波に逆らって帰るか話し合っていた。

トイレはどこにも見当たらず、アンデンの膀胱は破裂しそうだった。いつものように蒸し暑い日で、彼はここ三十分ほどで大量のソーダを飲みながら、少しばかりのホジ――ケコン産の椰子酒――で頭がくらくらしてしまうのを、エスペニアの弱い血が混ざっているせいにしていた。「帰ろうぜ。小便がしたい」アンデンはそう言ってから、誰も聞いていないことに気づいた。ドゥドは公共のゴミ箱に向かって嘔吐していて、トンはその横で励ましている。ヘイケとロットはというと、リレーボールの話に夢中だ。

アンデンはしばらくヘイケとロットを眺めた。ヘイケのほうが背が高く、たくましい腕をしていて、ロットよりほぼ間違いなくハンサムだが、ロット・ジンにはいつもアンデンを惹きつける何かがある。無愛想だが官能的な弓の形をした口、笑っていない目にかかるかすかにうねる髪、目を縁取る長い睫毛。均整の取れた体の動きに宿る一種動物的な怠惰さは、あらゆるものに対してかすかな軽蔑を抱いているかのようだ。

リレーボールの話は結論にたどりつく気配がなく、誰もすぐには動きそうにないので、アンデンは差し迫った用を足しにいったほうがいいと考えた。港がよく見える場所を求めて押し合いへし合いしている群集に逆らうよりはと、ボードウォークを進んでフェリーの船着き場まで行った。その船着き場からは、ユーマン島やリトルボタン島行きの船が出ている。船着き場なら当然トイレがありそうなものだが、そこにはなかった。アンデンは通りを渡り、さらに三ブロック走ったところで、角にある揚げパンの店を見つけた。すみませんとつぶやきながら、カウンターに並ぶ人々をかき分けてトイレに飛びこむ。ドアを閉め、安堵のため息をもらすと、アンデンは商いの神テーワンに短い祈りをつぶやき、〈ホット・ハット揚げパン食堂〉の経営者を祝福した。

小さな店から出ようと、ドアのそばでだらだらしているティーンエイジャーの集団を、アンデンはまたかき分けていった。すると、アンデンと同じくらいの年の少年が、乱暴に押し返してきた。「何か買いにきたんじゃねえのかよ？」

「え？」

少年はアンデンから目を離さずに、〈ホット・ハット〉をあごで指した。「トイレを借りといて、何も買わない気か？　揚げパンが嫌いなのか？　街でいちばんうまい店だぞ。あんまり失礼なことするなよな、ケケ」

「そいつは生粋のケケじゃない」べつの少年がだるそうに言い、熱々の揚げパンをかじってのみこみながら、あごを突き出してアンデンをじろじろ見た。「混血児で、街のあっち側に住んでるやつだ」

アンデンは〈ホット・ハット〉の窓にちらりと目をやり、すぐ自分のミスに気づいた。慌てるあまり、港湾地区を出てサマー公園地区に入っていたのだ。レジカウンターの上には紙の灯籠が下がっているが、その色は薄い緑で、白ではない。ここは山岳会の縄張りだ。しかも、アンデンはコール・ドゥシュロン学園のシンボルカラーのシャツを着ている。

所持金はほとんど残ってないし、胃袋はぱんぱんで揚げパンなどとうてい食べられない。「それもそうだな。戻って、パンを買ってくるよ」アンデンは言うと、客の列のほうへ一歩足を踏み出した。

最初の少年がアンデンの肩を押しやり、挑発するように立ちはだかった。「そのダサいシャツで行くんじゃねえ」ニキビ跡だらけの顔に、にやにや笑いが広がっていく。「シャツをよこせ。ワイ・ロン寺院学校への贈り物として受け取り、小便器の上に吊るしといてやる」

「シャツを渡す気はない」アンデンは言い返したが、不安になってきた。十八歳とはいえ、まだ自分の翡翠を持っていないただの生徒で、一人前のグリーンボーンではない。『アイショ』という行動規範を守るグリーンボーンは、敵の家族で翡翠を身に着けていない者を殺害することは禁じられている。だがあいにく、その決まりは、敵対関係にある組織や学校に所属する翡翠を着けていない者には拘束力がない。この少年たちはアンデンを好きにできる。アンデンは子どもの頃から、けっしてひとりで無峰会の縄張りを出てはいけないと言い聞かされてきた。彼は心のなかで、酔っ払った仲間と、五杯目のホジと、自分の不注意を罵った。

相手は三人——ニキビ面のリーダーとやせた友人、そして今のところ黙りこんでいる少年だ。三人目の少年は少し年下、おそらく十五、六歳だろうが、身長も体重もすでにほかのふたりを抜いている。三人はアンデンをかこんでじわじわと近づいてきた。自然にそれぞれの位置につくようすは、前にもこの三人で喧嘩をふっかけたことがあるに違いない。真ん中のリーダーがわずかに後ろに下がり、やせた少年と大きい少年が左右を固める。「頭を地面につけて、そのシャツをよこせ、混血野郎」リーダーが言った。「そしてこう言うんだ——コール・ドゥシュロン学園は、血の薄いくそったれとろくでなしの学校です」

ほかのふたりはくすくす笑った。血のついたコール・ドゥ学園のシャツと、相手をこてんぱんにした話を土産にして帰れば、ワイ・ロン寺院学校の仲間のあいだで一目置かれる存在になれるのだろう。アンデンは一歩も引かなかったが、ほかの人々は動いた——客の行列が右へ移動し、ヘビのように〈ホット・ハット〉に巻きつくと、歩道の四人に広いスペースができた。カウンターの正面で注文を取っている女が、つま先立ちになって怒鳴った。「しっ、しっ！　ガラスのドアの前で暴れるんじゃないよ！」少年たちを追い払うように、両手をふる。

アンデンはその隙をついて先制攻撃に出た。右へ動くと見せかけて左へ動き、やせた少年の顔に三発食らわせる。左の拳、左の肘、最後に右の掌底であごの下を突くと、相手はあっというまに倒れこんだ。

このほうがいい。逃げれば、自分の学校にも、ヒロの顔にも泥を塗ることになる。それに翡翠なしでは、三人――そのうちふたりは自分より大きい――を相手に勝つことはできない。とはいえ、相手は殴る以上のことはしてこないだろう。人目のある場所なら、船の日なら、そしてアンデンが一目置かれる程度の戦いぶりを見せれば、その程度ですむはずだ。

アンデンは倒れこんだ少年の両肩を抱えてその場で回転し、突っこんでくるリーダーの前に少年を投げ飛ばした。後ろからいちばん大きい少年が素早く突進してくると、アンデンをがっしりつかまえ、力いっぱい締めつけた。アンデンは両腕を体の脇から動かせない。そこへ、ニキビ面のリーダーが倒れた仲間を跳び越えてやってきて、アンデンの両脇と腹を殴りはじめた。アンデンは強烈な痛みにうめいた。勢いよく体を沈め、大きい少年の向こう脛を蹴り、かかとでスニーカーの上から思いきり踏みつける。大きい少年が悪態をつきながら自分の足を引っこめた瞬間、アンデンは両脚を高く上げ、リーダーの胸を蹴りつけた。

敵のリーダーは後ろの〈ホット・ハット〉のドアのほうへよろけ、倒れている仲間の脚につまずいたが、並ぶ人々にぶつかって押し戻された。大きい少年はバランスを崩してつんのめり、体勢を立て直すためにアンデンを放さなくてはならなかった。アンデンは大きい少年の上に飛び乗り、やみくもに肘打ちを食らわせると、確かな手ごたえがあった。アンデンは大きい少年の体から素早く転がって離れたが、慌てて立ち上がるより早く、少年の太い腕が腰に巻きついてきた。腕は錨のようにアンデンを地面に引っぱる。そうこうしているうちに、回復したリーダーがアンデンに向かって拳骨を浴びせてきた。

だが頬と耳の二ヵ所に命中しただけで攻撃はやみ、アンデンの体から急に少年たちの重みが消えた。「いったい、どういうつもりだ？」男の声がした。アンデンが顔を上げると、浅黒い顔の山岳会のグリーンボーンが、ワイ・ロン寺院学校の少年を三人まとめて引っぱって立たせていた。三人ともすっかりたじろぎ、おびえている。悪さをした子犬のように少年たちをまとめて引きずる男の〝怪力〟には、とうてい太刀打ちできない。「まったく、悪ガキどもが。今日は船の日だぞ。人でにぎわうあの公園を見ろ。ここには観光客がいるというのに、ワイ・ロン寺院学校の生徒が犬みたいに取っ組み合って転がっているとは。なんてざまだ」

「あいつを懲らしめてやっていたんです、ガム＝ジェン」リーダーが情けない声で弁解する。「コール・ドゥ学園のやつで、おまけに混血なんです。しかも、先に手を出してきたのはあっちです」

すると、べつの声がした。ゆっくりしたよく響く声は、目覚めたばかりの不機嫌なクマのようだ。「それが、未来の〈指〉の〈拳〉に対する口の利き方か？」

アンデンがそっちに目をやると、近づいてくるひとりの男が見えた。初めて見る男だが、それまで聞いたことのある噂だけですぐに何者かわかった。

少年たちは後悔し、「いいえ、ゴント＝ジェン」目を伏せて小声で答える。リーダーが少しふてくされて言った。「やりすぎたんなら、謝ります」

ゴント・アッシェントゥ——山岳会の〈角〉——は、その大柄な体格と厳めしい危険な雰囲気で人々を追い払った。厳つい顔を動かしてアンデンを見ると、ワイ・ロン寺院学校の少年たちのほうへ半分顔を向けた。

「とっとと行け」

三人は慌てて組んだ手を額につけて後ずさると、肩越しにふり返りながら去っていった。アンデンは立ち上がり、ゆがんだ眼鏡をまっすぐ戻そうとした。山岳会の〈角〉を目の前にすると、さっきの三人に戻ってきてほしくなる。アンデンは組んだ両手を上げ、慎重に深い敬意をこめて挨拶した。「ゴント-ジェン」

「アンデン・エメリーだな」ゴントから外国風に名字を後ろにして名前を呼ばれ、アンデンは内心縮み上がった。「アーン・ユルマイアーダの息子で、コール家の養子になった」

アンデンは口ごもった。「はい、ゴント-ジェン」

ゴント・アッシュの外見は独特だった。禿げ頭に、太い手脚に太い首、翡翠が埋めこまれた厚いアームガード。凄腕の殺し屋のような風貌は、命令と冒瀆的な言葉をわめき、まず相手を痛めつけてから質問するタイプの〈角〉に見える。だが実際は、穏やかに話すタイプで、その凶悪な外見には、鋭敏で辛抱強い抜け目なさが隠れていると言われていた。「おまえは学園でもっとも優秀な生徒だと聞いている」ゴントはアンデンを見据えたまま低い声で言うと、ガムのほうを向いた。「喧嘩を止めるとは、余計なことをしてくれたもんだ。俺は結果が見たかった」

「その少年がコール家の人間だとは知らなかったんです」とガム。

「血はつながっていないが、コール家の一員として扱われている」ゴントの声が狡猾さを帯びてきた。彼は棺のサイズを測りにきた葬儀屋のようにアンデンを見つめた。「実際、コール・ヒロはおまえのことを弟のようにかわいがっているんだろ?」

アンデンの心臓の鼓動がふたたび速くなる。ゴントとガムがこっちの恐怖を〝感知〟できることは知っている。アンデンはゆっくり静かに呼吸して、冷静さを装おうとした。ぼくは間違ったことはしていないし、罪を犯したわけでもない……このふたりにとって、ぼくを傷つけることは、とうてい考えられない『アイショ』違反だ。いくらぼくの従兄たちを傷つけたいと思っていたとしてもだ。「騒ぎを起こしてしまい、すみませんでした」アンデンは後ずさりながら言った。「港で仲間とはぐれて、探しているうちに少し遠くまで来すぎてしまいました。これからはもっと――」

山岳会の〈角〉の重い手が肩に置かれ、アンデンはそれ以上後ろに下がれなくなった。「話をしようじゃないか、アンデン。ここで会ったのも何かの縁だ」ゴントは〈拳〉に言った。「俺の車を回してくれ」

ガムはすぐ指示に従った。アンデンはその場に凍りつき、必死で考えを巡らせた。逃げてみることもできるが、ゴント・アッシュのようなグリーンボーンより速く動けると思うのは馬鹿げている。「怖がることはない」山岳会の〈角〉はどことなくおもしろがっているような低い声で言った。「おまえがまだ一人前じゃないことは知っている」

アンデンの顔がかっと熱くなり、高まっていた警戒心が消えた。ゆっくりと首を動かし、肩に置かれたゴントの腕を見つめる。彼のアームガードに埋めこまれた翡翠はひとつひとつ丁寧に並べられ、そのデザインは抽象的だがはっきり川とわかる。川は神聖なものだ。命の水をもたらし、力となる翡翠をもたらす。穏やかで調和が取れているが、モンスーンの豪雨でふくれ上がれば、止めようがなくなり、命を奪うこともある。アンデンは、ゴントのたくさんの翡翠が引力のように自分の血を引きつけるのを感じた。彼は目を上げてゴントの顔を見た。「怖がってはいません。けど、ぼくの従兄たちなら、あなたの言うことを信用しないと思います」

ゴントが小さく奇妙なくすくす笑いをもらしたとき、輝く〈ZTヴァラー〉が縁石に寄って停まった。「乗れ」彼は後部座席のドアを開けた。アンデンは突然膝に力が入らなくなった気がしたが、ゴントの腕が間違いなく彼を車内へ導いていく。「コール家の兄弟のことは心配するな。おまえが俺たちと一緒にいることは、ちゃんと伝えておく」

大きな不安を抱え、アンデンは箱型の黒いセダンの後部座席に乗りこんだ。つづいてゴントが乗りこみ、ドアを閉めると、車は動きだした。

＊

〈ZTヴァラー〉の運転手――くしゃくしゃの白髪頭から黒いシルクのシャツにフケが落ちている、イタチのような男――はたくさんの脇道を通ってサマー公園地区を出た。車は愛国者通りに入ると、西へ向かってスピードを上げはじめた。こんな状況にもかかわらず、アンデンは窓の外を興味津々で見つめた。ジャンルーンの街のいくつかの地区は敵の縄張りだと聞かされて育った彼は、そこもほかの地区と特に変わらないことにがっかりした。騒々しい通りに建ち並ぶ店、建設用クレーン、輝く真新しいビルにくすんだ古い小屋、日陰で眠る犬、自転車に危なっかしく荷物を積んだ人々の横を外国製の車が滑るように通りすぎる。普通の人々、つまりグリーンボーンではない人々は、ジャンルーンの街を自由に行き来しているのだ。なぜぼくは、ほかの地区が異国のように見えるなんて期待していたんだろう？

アンデンはひそかに座席の上で体をじわじわずらし、ゴント・アッシュの剝き出しの肩からもう少し離れようとした。大きな肩には、白く盛り上がった傷痕がびっしりと縦横（じゅうおう）に走っている。ゴントがその傷を負ったときの話は有名で、彼が袖のないシャツを着るのは、人々にその話を頻繁に思い出させると役に立つと思っているからだ。戦後すぐの混乱期、ジャンルーンにはたくさんの犯罪集団が発生し、街でいざこざを起こしたり、戦争に疲れ果てたグリーンボーンの生き残りに喧嘩を吹っかけたりしていた。そうした集団のいくつかが翡翠を手に入れた。当時、翡翠は現在のように厳しく管理されていなかったため、そういう集団に翡翠への〝渇望〟が伝染病のように蔓延したが、それでも翡翠を持つ集団は相当な力を持つようになっていた。まだ若かったゴント・アッシュはいつのまにかそういう集団のひとつに目をつけられ、ある晩、待ち伏せされて相手のリーダーの前に引きずり出された。

ゴントは〝清廉の刃〟と呼ばれる決闘を要求したが却下された。そこで拳をふり上げ、〝名誉の死〟を主張した。グリーンボーンにあたえられた、死刑の代わりに死ぬまで戦う権利のことだ。ゴントに武器はなく、相手の集団はナイフや鉈（マチェーテ）や戦斧を持っていた。集団のリーダーは若者の強がりに笑ったが、戦いが始まったとたん、その笑みは消えた。ゴントの〝鋼鉄〟の技はずば抜けていた。降りかかる刃物の嵐に抵抗し、敵の武器をひとつ奪ったかと思うと、リーダー以外の八人全員を次々に倒していった。リーダーは両膝をつき、組んだ両手を額に当てて敬意を示し、ゴント・アッシュと山岳会に忠誠を誓ったと言われている。ゴントだけが〝名誉の死〟の唯一の生存者であることを知らない者はいない。

「そいつを切ってくれ」山岳会の〈角〉が言うと、助手席からガムが手を伸ばし、オペラを流しているラジオを切った。たちまち車内に静けさが充満し、前の座席の窓を開けていても和らぐことのない夏の暑さとあいまって、不快な空気を醸し出す。ゴントは大柄な体を動かし、興味深そうにじっとアンデンを見ていたが、ようやくこう言った。「おまえのおじいさんに会ったことがある。おまえの母親にも。約二十年前のことだ。アーン家はじつに優れた戦士の家系だった。あまりに優れていたから、人間にそんな力があることをよしとしない神々が、あとになって彼らに不運を見舞ったんじゃないかと俺は思う。その頃の俺はまだ少年で、おまえより若かったが、すでに〈指〉として働いていた

——当時はいつまでも学校に行くような贅沢は許されなかったからな」

アンデンは話の展開に呆気にとられ、瞬きするだけで何も言えなかった。山岳会の〈角〉の穏やかで歯切れのいいバリトンの声に引きこまれずにいるのは難しい。とても友好的でゆったりした口調は、ラジオドラマの熟練したナレーターの声のようで、相手を不安にさせる巨体とは対照的だ。

ゴントはつづけた。「当時、この国は混沌としていた。猛烈な勢いで成長と復興に走っていたが、ひどい混乱状態だった。グリーンボーンたちが治安維持に努め、犯罪者や外国人に乗っ取られないよう気をつけていた。ところがその最中、アイト・ユーとコール・センが仲たがいして、大きな一山会を分断したんだ。アイトとコールがたがいの違いを認めて和解し、グリーンボーンたちがひとつの組織のもとで団結することをもっとも声高に求めていたのが、アーン家の人々だった。俺はそう記憶している。

最終的に、おまえのおじいさんはコール家側についたが、アーン家の忠誠はふたつに分かれてしまった。おまえの伯父さんはコール・ドゥシュロン学園に行き、コール・ランの親友になった。いっぽう、おまえの母親はワイ・ロン寺院学校に行った。もし彼女が生きていて自分の考えを言っていたら、おまえは今年、山岳会に忠誠を誓うことになっていただろう」

アンデンはじっと前を見つめたまま、歯を食いしばっていた。ゴントはいったい何が言いたいんだ？

「母は何も言っていませんでした。母が亡くなったあと、コール・センがぼくを引き取ってくれたんです。学校で学べるのは彼のおかげだし、卒業後に翡翠を身に着けられるのも彼のおかげです」

ゴントは肩をすくめた。その動きに肩の肉が揺れる。

「〝ケコンの炎〟も、今は老人だ。彼に対する恩義でコール・ヒロの部下になることを強いられるべきなのか、よく考えてみろ」それまでゴントの穏やかな口調からは本音がほとんどうかがえなかったが、ここへ来て、無峰会の〈角〉に対する軽蔑が露わになった。

　車は山地へつづく曲がりくねった道に入った。両側には緑豊かななだらかな丘が広がり、ときおり風雨で塗装のはげた売店や錆びた門に閉ざされた私道が現れる。アンデンはふくらんでいく不安が声に出ないように注意して訊ねた。「どこへ連れていくんですか？」

　ゴントは後ろにもたれ、ぐっとシートを沈めた。

「山岳会のトップのところだ」

9　違反すれすれ

ランがドルとふたりの有力な〈灯籠持ち〉と話し合っていると、ドルの秘書が申し訳なさそうにノックして、甲高い声で告げた。「コール‐ジェン、大変申し訳ありませんが、お電話が入っております。至急のご用件だそうです」

　無峰会の〈柱〉は顔をしかめた。おそらく、またエスペニア大使館からだ。翡翠の輸出量に対するこちらの考えを甘言や賄賂で変えさせたいのだろう。ランは三人に謝り、ドルの秘書が開けたまま支えているドアから出た。秘書は恥ずかしそうに笑いかけてきた。ランは彼女の名前を知らない。〈日和見〉は秘書を短期間で次々に変えているようだった。今度の秘書はとりわけ女の子らしいタイプで、ピンクの薄いブラウスから黒いブラが透けて見える。彼女はランの前に立って急いで自分の机へ行き、待たせている通話を彼のオフィスへ転送した。

ランはそこを自分のオフィスと考えているわけではなかったが、そこで仕事をしたいと思ったときはいつでも使えるように確保されている。それ以外のときは、誰にも使われていない。金融街の船舶通りにある、無峰会が所有する高層オフィスビルの最上階は、比類のない素晴らしい眺望が自慢だが、そこは〈日和見〉の仕事場だ。ランはコール家の屋敷にある自分の書斎のほうが好きだった。

受話器を取って、保留中の通話をつなぐ。「コール-ジェン」のんびりした低い声がした。「こっちに君の若い友人アンデンがいる。船の日のにぎわいで、偶然、出くわしてね。決まりは一切、破っちゃいない。ちょっと彼と話をしているだけだ。友好的で礼儀正しいおしゃべりさ。三時間後に、寺院地区の環状交差点付近で彼を解放する。彼の安全については心配いらない……無峰会の誰かが過剰反応をしないかぎりはな。そっちの〈角〉のことだ」

ランは言った。「わかった」相手が山岳会の一員であることはわかった。ほかにこんなことができる者はいない。電話の主はゴント・アッシュではないかと思うが、確信は持てない。ランは机に寄りかかって背すじを伸ばし、冷静な厳しい声で言った。「その件は信頼していい。そっちも約束は守ってもらう」

「アンデンのことは心配するな。これまでのところ、彼はじつに礼儀正しくしている。それより、おまえの弟がこの状況を悪化させることを心配しろ」そこで電話は切れた。

ランは受話器の受け台を押さえ、裏側に翡翠のついた腕時計を見て正確な時刻をメモした。そして受け台から手をどけ、すぐ弟の家の番号をダイヤルした。とはいえ、そこにヒロがいる可能性が低いことはわかっていた。案の定、誰も出ない。屋敷の母屋に電話して、家政婦のキーアンラに告げる。もしヒロから連絡があったら、船舶通りのオフィスにいる俺にすぐ電話するよう伝えてくれ。ランは電話を切ると、少しのあいだ、自分に落ち着く時間をあたえた。

山岳会の図太さに、ランは強い驚きと憤りを覚えた。もしアイト・マダーシから無峰会に伝えたいことがあるのなら、組織の〈日和見〉を通して会合をセッティングできるはずだ。あるいは、自分の組織のひとりをよこして会合を申し込むことで、敬意を示すこともできる。どちらも適切な方法だ。コール家に近い人間で唯一翡翠を持っていないアンデンを連れ去り、彼を仲介役として利用するのは、『アイショ』の規範を破るすれすれの行為だ。暴力を防ぐ責任は、不公平にもランが負うことになる。電話の主の言うとおりだ――ランは自分の〈角〉の心配をしなければならない。アンデンが山岳会に連れ去られたことをヒロが知ったら、怒りのあまり何をしでかすかわからない。

ランはアドレス帳を出し、メイク・ウェンのアパートメントの電話番号を調べた。こちらも応答はなく、メイク兄弟の両方に電話をかけてもつながらなかった時点で、今日は船の日だと思い出した。ヒロと部下たちは港湾地区一帯の店をパトロールすることになっている。ランは〈トゥワイス・ラッキー〉に電話して、店主のミスター・ウネに、店内かその周辺で目に入ったいちばん上級のグリーンボーンを電話に出すよう頼んだ。数分後、電話に出た男にランは訊ねた。「誰だ」

「ジュエン・ニューです」メイク・ケーンの部下のひとりだ。

「ジュエン-ジェン。〈柱〉だが、至急、〈角〉を探してくれ。居所がわかるなら、メイク兄弟のどちらかに連絡しろ。おまえが一緒にいる〈指〉の誰かを使いに出せ。そして俺の弟に連絡がついたら、すぐ〈日和見〉のオフィスにいる俺のところに電話させるんだ。いいか、パニックを起こすんじゃないぞ。すぐやれ」

「すぐやります、コール-ジェン」ジュエンは不安そうな声で返事をすると、電話を切った。

ランはドルのオフィスに戻った。ふたりの〈灯籠持ち〉――不動産ディベロッパーで、新しい複合型マンションの承認と金融支援と迅速な建設許可を無峰会に頼みに来ていた――に謝って腰を下ろすと、もう話にはほとんど身が入らなかった。アンデンのことが心配だ。あの少年は自分にとって本当の甥っ子のようなものだ。大きな責任を感じる。ランはあのときのことをまだよく覚えている。アンデンの手を取り、悲しむ少年をなぐさめ、コール家の屋敷に連れてきて、これからはここがおまえの家だと言ったときのことを。アンデンを傷つけはしないというゴントの言葉は本当だと思っているが、状況は変わる可能性がある。都合が悪くなれば、山岳会はアンデンを人質にするだろう。まったく、ヒロはどこにいるんだ？

ランの翡翠のオーラに怒りが混じっているのに気づかなかったら、ドルは〝感知〟能力をすっかり失ってしまったことになる。すると思ったとおり、〈日和見〉はあまり失礼にならない程度にできるだけ速やかに会合を切り上げた。彼はふたりの請願者に、無峰会がビジネスに必要なことは面倒をみると約束した。ここで便宜を図っておけば、将来、彼らから組織への献金が大いに期待できるのだから当然だ。〈灯籠持ち〉たちは書類をかき集め、ランに挨拶し、感謝して何度も忠誠を誓ってから部屋を出ていった。

「何があった、ラン-サ」ドルが訊ねた。

「アンデンが山岳会に捕まった」ランが状況を説明すると、ドルは瞬きして、いぶかしそうに舌打ちした。

「計画的な行動ではないな。あの少年はいつも学園内にいて、やつらの手には届かない。ゴントが機に乗じて独断でやったことだろう。しかし侮辱や危害をくわえるのが目的なら、わざわざこっちに電話で知らせたりはしないはずだ。ヒロが過剰反応しないようにしてくれという頼みは、本心に違いない」

「本当にそうだろうか?」ランはべつの一件を思い出していた。去年、山岳会とスリーラン会という小さい組織との取引がこじれて暴力沙汰になり、最終的にスリーラン会は山岳会に取りこまれてしまった。そのいきさつはこうだ。山岳会の男ふたりが、スリーラン会の〈柱〉の息子の婚約者を車に乗せ、ジャンルーンから二時間走ったところで道端に下ろし、彼女は夜道を靴もなしで歩いて帰ってきた。スリーラン会の後継者は激怒し、組織を率いてゴントに攻撃をしかけた。それはスリーラン会の後継者とその一族にとって、最悪の結末となった。

ヒロは山岳会のすること——ランが彼にほとんどを任せている、小競り合いや縄張り争い——によく声高に文句を言っている。だが、今回ゴントがアンデンを連れ去ったことは、山岳会がスリーラン会にしたことと同じではないか、とランは考えていた。明確な『アイショ』違反ではないが、敵対する組織を暴力に訴えるようそそのかし、先に攻撃してきたのは向こうだと主張して応戦し、相手の組織を壊滅させるのだ。

電話が鳴り、ランがすぐ受話器を取ると、ヒロが言った。「俺だ」

「どこにいる?」

「ゴントの甥っ子のアパートメントの前にある電話ボックス。リトルハンマー地区だ。二十人の部下も一緒だ」ヒロの低い声には、抑えきれない怒りがこもっている。「ゴントがアンディを拉致した。サマー公園地区の情報屋の目撃談によれば、喧嘩騒ぎがあって、あのムカつく野郎が俺の大事な従弟を車に乗せて連れ去ったらしい」

「落ち着け」ランはたしなめた。「そのことなら知っている。ゴントが電話で知らせてきた。二時間後、寺院地区の環状交差点でアンデンを解放すると言っている」ランはほとんど恐怖を覚えながら訊ねた。「状況を変えるようなことをしてないだろうな？」

少し間を置いて、ヒロは答えた。「ああ。けど、このくそアパートメントを包囲した。アンディが髪の毛一本失わずに戻ってくるまで、包囲を解くつもりはねえ。ゴントは明らかにやりすぎだ。俺のかわいい従弟に手を出しやがって！」

ランは無言で安堵の吐息をもらした。「あいつは俺の従弟でもあるんだぞ、ヒロ。山岳会が何をたくらんでいようと、こっちはやつらに『アイショ』を破る口実をあたえるわけにはいかない。うちの連中の行動をきっちり管理しろ。そして、やつらがアンデンを解放する場所へ向かえ。今重要なのは、アンデンを取り戻すことだ」

ヒロは受話器に荒っぽく息を吐くと、「わかってる」と電話を切った。

ドルが骨ばった手でいっぽうの膝をつかみ、動じない笑みを浮かべた。「うちの〈角〉がまだ戦いをしかけていなかったとは、神に感謝だな。山岳会が本気でこっちを挑発しようとすれば、ヒロはやつらの術中にまっすぐ飛びこんでいくだろう。冷静さを失わなかったあなたは正解だ」

〈柱〉は答えなかった。ドルの言葉にはうなずけるが、その口調はどことなく見下しているようだった。冷静で慎重な判断は優秀な〈日和見〉の特徴だが、おそらく組織間の平和を重んじる気持ちがドルの目を曇らせているのだろう。ヒロには性急なところがあるかもしれないが、少なくともランには信頼できることがある——ヒロがいちばんに心配しているのも、アンデンの身の安全だ。その点、ドルは養子になったアンデンとは一切、まともな関係を築こうとしなかった。今日の出来事についても、興味深いビジネス交渉のように考えているふしがあり、ランとは考え方が違う。ランはこれを目に余る威嚇行為と思っている。山岳会はコール家の人間にも手を出せるということを、見せつけてきたのだ。

ランは自分も寺院地区のヒロに合流しようかと考えたが、また山岳会が連絡を取ってきた場合に備え、ここに残っているほうが重要だと判断した。「今日の残りの会合はすべてキャンセルしてくれ。俺は自分のオフィスにいる」ドルに告げると、ランはひとりで〈角〉からの知らせを待つため、オフィスへ向かった。

10 山頂の屋敷

彼らは少年をアイト家の屋敷へ連れていった。

アイト・ユーゴンティンは、山岳会の〈柱〉だった頃、住まいを構えるのにふさわしい場所として、街でもっとも標高の高いところを選び、ワイ・ロン寺院学校のようなグリーンボーンの訓練施設の雰囲気を自宅に再現しようと注力した。敷地へ通じる道は森の要塞の入口のような外観だが、ゴントが車の窓を開け、ふたりの警備員――彼に仕える〈指〉に違いない――にうなずくと、分厚い両開きの扉が音もなく自動的に開いた。

アンデンはコール家の屋敷より立派な家を見たことがなかったが、アイト家の屋敷はそれとはまったく違うタイプの見事さだった。コール家の屋敷は大きくて現代的で、ケコン風と異国風の両方の建築様式が混ざっている。いっぽう、アイト家の屋敷は伝統的なケコン様式だ——石造りの正面構造(ファサード)を持つダークウッドを使った広大な平屋建ての建物に、緑色の瓦を使った急勾配の屋根、そして広い歩道。監視カメラとモーションセンサー、私道に並ぶ高級外車がなかったら、数百年前のケコンの地主の家に見えるだろう。

〈ZTヴァラー〉は屋敷の正面で停まった。ゴントが車から降りる。運転手がもうひとつの後部座席のドアを開けると、アンデンは恐るおそる車を降り、ゴントの後ろから玄関を入っていった。両側にふたりの〈指〉が立っていた。ふたりは自分たちの〈角〉に挨拶をしたが、アンデンにはちらりと目をくれただけだった——彼らはアンデンが翡翠を身に着けていないことを"感知"できるのだ。

ゴントは玄関に近い壁際のベンチを指さした。「ここで待っていろ。呼ばれるまで動くんじゃないぞ」アンデンに命じると、それ以上は説明せず、フローリングの玄関ホールをつかつかと横切り、廊下の奥へ消えた。

アンデンは言われたとおり、ベンチにすわった。周囲を見回すと、壁にかけられた風景画や骨董品の刀に感嘆せずにはいられなかった。手のひらはまだ汗ばみ、胃のあたりはそわそわと落ち着かないというのに。

ここに人質として連れてこられたのは確実だ。無峰会と山岳会のあいだで起きていること——先週、ヒロが言っていたいざこざ——が原因で、コール家に近い人間として人質にされたのだろう。抵抗するべきだろうか？　それとも逃げるべきか？　アンデンは、どっちも大して効果はない気がした。このことを知ったら、ランはどうするだろう？　ヒロは？　ぼくに危害を加えるとか、人質として捕らえておくという脅しは、ふたつの組織のあいだに暴力沙汰を引き起こしかねない。

それが山岳会の狙いなのか？　アンデンはここから逃げられるだろうかと周囲に目を走らせ、玄関のそばに警備員と一緒にガムが立っていることに気づいた。じっとこっちを見張っている。アンデンは山岳会の重要人物をすべて知っているわけではないが、ガムがゴントの二番目の〈拳〉で、恐るべき戦士という評判があるのは知っていた。アンデンはその場にとどまることにした。

かなりの時間がたった。おそらく、一時間くらいだろう。不安が退屈に変わり、さらに苛立ちに変化するには充分な長さだ。ようやく、ゴントが戻ってきた。「ついてこい」やはり説明はなく、廊下を引き返していく。大股で堂々と歩いていく彼に、アンデンは慌ててついていった。

途中、向こうから歩いてくるスーツ姿の男ふたりとすれ違った。彼らをちらりと見たアンデンは、そのうちのひとりが山岳会の〈日和見〉リー・トゥーラーフォではないかと思った。リーは背が低いと聞いたことがある。もうひとりは、たぶん、リーの部下か、重要な〈灯籠持ち〉だろう。ゴントとリーはたがいに気づいたそぶりも見せなかった。どういうことだろう？〈日和見〉と〈角〉の仲が悪い組織は、どうやら無峰会だけではないらしい。

ゴントは重厚なドアの前で足を止めると、少し間を置いてから、がっしりした大きな肩ごとアンデンのほうを向いた。「そんなにびくびくするな。彼女は臆病な男が嫌いだ」そう助言すると、彼はドアを押し開け、アンデンをなかへうながした。

＊

アイト・ユーゴンティンは跡継ぎのいないまま、亡くなった。妻と幼い息子は戦時中に死亡していた。ショター軍の爆撃で地滑りが起き、アイトの生まれた小さな村が破壊されたとき、容赦ない大量の土砂にのみこまれてしまったのだ。

戦時中、人々はアイトを〝ケコンの槍〟と呼んでいた。勇猛果敢で復讐心に燃えるグリーンボーンの戦士だった彼は、ショター人に恐れられ憎まれていた。口数は少ないが、占領軍を壊滅状態に陥れては、いつも陰に隠れて山岳地帯に逃げのびてきた。

彼のいちばんの盟友だったコール・センは、彼より年上で経験豊かな反逆者だった。抜け目ない熟練した策士で、息子のドゥとともに秘密の小冊子を配り、無線で破壊活動を呼びかけるメッセージを流した。それに奮い立った〈灯籠持ち〉たちが情報網を作り、やがて一山会成功の鍵となったのだ。

〝ケコンの槍〟と〝ケコンの炎〟。

戦争が終わって一年後、アイト・ユーゴンティンは三人の養子をとった。破壊された村の孤児だ。グリーンボーンの能力と伝統を守り、未来の世代に伝える必要があると主張し、三人全員――十代の少女ひとりと、年下の少年ふたり――にワイ・ロン寺院学校で武術教育を受けさせた。少女は訓練を始めるのが遅かったにもかかわらず、まぎれもない天賦の才能を秘めていた。ふたりの少年のうち年長のアイト・イムは、腕前以上の自尊心の持ち主で、二十三歳のとき〝清廉の刃〟の決闘で命を落とした。年下のアイト・イオードには充分な才能があったが、成長すると虚栄心が強くなり、組織の戦士よりもプレイボーイの美術品収集家になることに興味を持ってしまった。そして姉のアイト・マダーシは山岳会の〈日和見〉となった。

養父の死の一時間後、マダは長年山岳会の〈角〉を務めていた男を殺した。つづいて速やかにほかの三人のライバルを始末した。全員、〝ケコンの槍〟の親しい友人や助言者だった。グリーンボーンの社会に衝撃が走った。といっても衝撃の原因は、彼女がしたことではなく、養父の葬儀の前に速やかに公然とやってのけたことだ。〈日和見〉が実戦で〈角〉を負かすとは、誰も思いもしなかった。組織内でマダと敵対する者たちは、アイト・イオードに訴えた――風光明媚なケコン島南部の別荘から戻って、姉の暴挙を止めてくれ。

〝～の名前を囁く〟というケコン島の言い回しは、占領時代に暗殺の標的にされた外国政府職員の素性がひそかに抵抗軍の情報網に出回ったことが由来だ。アイト・マダは養子縁組で弟となったイオードの名前を囁いた。すると翌日、シャワーを浴びて出てきたイオードの情婦が、ベッドで死んでいるイオードを発見した。彼は喉を掻っ切られ、翡翠を奪われていた。

　流血沙汰が終わると、アイト・マダは養父と疎遠になっていた元同志のコール・センにメッセージを送り、深い敬意と最近亡くなった彼の妻への弔意を伝え、山岳会内部で暴力的な権力移行が避けられなかったことを遺憾に思っていること、組織間の平和はなんとしても維持したいと願っていることを訴えた。コール・センはドルに指示して、気前よく白いハートブロッサムとダンシングスターリリー――それぞれお悔やみと友情を表す花だ――を旧友の葬儀に送り、その娘である彼女に〈柱〉と呼びかけた。

　それから二年半のうちに、ふたつの小規模組織が山岳会に取りこまれた。緑風会は進んで併合された――家長はケコン島南部に引退し、残された幹部たちは山岳会のなかで役職を得た。もうひとつのスリーラン会は、ゴント・アッシュに自分たちの〈柱〉の首を切られ、道理をわきまえさせられた。

＊

　アイト・マダのオフィスは広々として明るく、雑然としていた。本と書類が、壁の棚や机や床に山積みになっている。大きな窓からは日光が降りそそぎ、室内はふたつに区切られている。オフィスとしてのスペースと、ソファと茶色い革張りの肘掛け椅子を備えた応接スペースだ。アイトは肘掛け椅子のひとつにすわり、膝の上に数冊のファイルフォルダーを抱えていた。四十歳近い女性で、ゆったりしたリネンのズボンと緑色のノースリーヴとサンダルという格好をしている。まるでエクササイズかブランチのあとに、まっすぐここに来たかのようだ。すっぴんで、長い髪は邪魔にならないように後ろでひとつに結んである。

何を期待していたのか、アンデンは自分でもよくわからなかった。それでも、山岳会の〈柱〉は華やかで危険な魔性の女だろうと思っていた。あるいは、強靭さと確固たる権威をにじませた、手強い女装の男かもしれないと思っていた。ところが、彼女は普通の身なりだった。例外は、両腕にたくさん並んだ翡翠だけ。前腕から上腕二頭筋までヘビのように巻きついた銀のブレスレットに、翡翠がちりばめられている。それぞれの腕に、少なくとも十二個はついているに違いない。大量の翡翠に、ひかえめな服装――グリーンボーンには、翡翠以外のステータスシンボルは必要ないのだ。

山岳会の〈柱〉は顔を上げずに言った。「電話してくれた？」

ゴントははいと答えた。「彼はわかってくれました。おっしゃるとおり、分別のある男でした。彼の弟がリトルハンマー地区に少しばかり兵隊を集結させていますが、今のところ、手を出してきてはいません」

アイト・マダは読んでいたファイルを閉じ、よく磨かれた木製の低いテーブルに放った。そして堅苦しい挨拶はなしで、アンデンに向かいのソファにすわるよう身ぶりで示した。テーブルひとつ分離れていても、アンデンには彼女の翡翠のオーラが感じ取れた――揺るぎない、赤く激しい力。テーブルの中央には、オレンジの入った深皿と鋳物のティーポットが置かれている。「お茶は？」アイトが訊ねた。

不意を衝かれ、アンデンはすぐには答えられなかった。アイトからオーラと同じく強烈な視線を向けられ、やっと口を開いた。「いただきます、ありがとうございます。アイト-ジェン」

アイトはテーブルの下のキャビネットを開け、ふたつの小さな陶器のカップを出した。ひとつをアンデンの前に、もうひとつを自分の前に置く。「淹れたてよ」まるで、人質に時間のたった出すぎたお茶ではなく、熱いお茶を出すのが重要なことのように説明する。まず自分のカップに注ぎ、それからアンデンのカップに注ぐ。大事な客――特に仲間のグリーンボーンなど――の場合、迎える側の主人の前でお茶を淹れるものだが、アンデンは賓客でもグリーンボーンでもない。アンデンはちらりとゴントを見た。ゴントはアイトの近くの肘掛け椅子に巨体を収めている。アイトはゴントにはお茶を勧めず、彼も自分でお茶を淹れようとはしない。どうやら、ゴントはこの会話には入らず、ただ無言で威圧する立会人としてこの場にとどまっているようだ。

「なぜここに連れてこられたのか、いぶかしく思っているでしょう」アイトは儀礼的な挨拶で時間を無駄にするようなことはしなかった。「わたしたちは大きな危険を冒して、こうしてあなたと話をする機会をつかんだ。なにしろ、あなたの養家は恥ずべき動機をわたしたちの行動のせいにする可能性があるんだから。本当は、あなたのためになることなのに」

アンデンは乾いた口を湿らせる程度にお茶をすすった。経験したことがないほど困惑していたが、動揺しつつも、今起きていることがそれまで予想していたものとは違うことに気づいていた。自分が連れ去られたのは、ただ無峰会との武力衝突を引き起こすためでも、何らかのもめごとで無峰会の譲歩を引き出すためでもない。もっと複雑な策略があるのだ。

「あなたはコール・ドゥシュロン学園でもっとも優秀な生徒だと聞いたわ」アイトはつづけた。「わたしが若い頃、父はワイ・ロン寺院学校に外国人の血を引く生徒を入れるのを許さなかった。けれど、もう時代は変わった。わたしは父とは違う。まっとうな理由があり、そうすることで利益があると思えば、伝統から脱却する。違いは克服できると信じているわ。過去の衝突は水に流せる。あなたの血筋は素晴らしい。コール家の血筋や家名などなくても、あなたは自分の一族の代表者なのよ。そこで、あなたに提案があるの。山岳会に入らない？」

　アンデンの心臓が早鐘を打ちはじめた。彼の恐怖をアイトもゴントも〝感知〟できるはずだが、どちらも表情には出さない。アンデンの反応は、彼がこの事態を、この話の真意を理解したというしるしだ。自分の後援者である養家を裏切って山岳会に乗りかえるなど、自殺行為だ。アンデンがそんな提案を受け入れられるわけがない。アイトたちはそれをわかって言っている。いいや、これは一皮むけば、アンデンに向けられたものではなく、コール家と無峰会に向けられたものなのだ。彼はきっかけにすぎない。

　アンデンは、ここに連れてこられたのは最高レベルの使者にさせられるためだと気づいた。アイトは彼に自分の言葉の重要性を察して、ランに直接伝えることを期待している。そう思うと、アンデンは少しほっとした。危害を加えられたり監禁されたりすることはなさそうだ。ところが安堵を感じたとたん、困惑と怒りが怒濤のように押し寄せてきた。それなら、どちらの縄張りでもない場所で話し合えばいいものを、なぜぼくを無理やり車に乗せたんだ？　なぜ、ランとヒロを戦い寸前に追いこむようなことをした？　そもそも、どうしてぼくを巻きこむ？

　アンデンは想像した。立ち上がってカップのお茶をアイト・マダの顔に浴びせ、冷たい嫌悪の声で言ってやる。「コール・ランはワイ・ロン寺院学校から翡翠も持たない生徒を誘拐したりはしない。良識ある無峰会の〈柱〉なら、こんな人の心をもてあそぶようなことはしない」

もちろん、ランはアンデンにそんな愚かなことをしてほしがるわけがない。冷静さを保ち、周囲に注意を払い、無事に戻ることを望んでいるはずだ。アンデンは身動きせず、表情も声も穏やかに保ち、慎重に答えた。「それは買いかぶりです、アイト‐ジェン」

アイトはアンデンのとまどいを笑った。「こんな思いがけない提案の重要性を理解してくれて、うれしいわ。あなたなら、たくさんの〈指〉を従える〈拳〉になるでしょう。相当の地位と責任のある立場よ。といっても、ここケコンではなく、イグタンで」

アンデンはきょとんとした。「イグタン？」

「イグタンで新しい重要な事業を立ち上げたの。あの国におけるわたしたちの事業拡大を任せられる、野心的で優秀なグリーンボーンが必要なの。あなたは〈角〉の下で働くことになるけれど、直属の上司はわたしよ」

イグタンは寒い荒涼とした土地で、食べ物はまずく、広大な国土には翡翠ひと粒落ちていない。いったいなぜ、山岳会はイグタンなんかに勢力を伸ばしたがっているんだ？ たぶんぼくの困惑を〝感知〟して、アイトは薄ら笑いを浮かべているのだろう。「世界はどんどん開けている。国際貿易は活況を呈しているわ。なぜわたしたちグリーンボーンは、ケコンのちっぽけな土地だけに関わっていなきゃならないの？ 海外には大きなビジネスチャンスが転がっているというのに」

「けど……イグタンに何があるんですか？」

アイトはティーカップを口の下につけたまま、少し間を置いた。「SN1の製造よ」ひと口すすって、カップを置く。「イグタン人にシャインを売ろうと考えているの」

アンデンは言葉を失った。シャインはケコンでは法律で禁じられているし、非難されている。外国人が作りだした薬物で、グリーンボーンが誇る苦労して獲得した翡翠に対する耐性を持たない人でも、シャインを摂取すれば手っ取り早く翡翠を身に着けられるようになる。翡翠はそれを身に着ける者を――かなり優秀なケコン人戦士以外は――破壊してしまう。その不可侵の真実をもとに、すべての文明と文化が成り立っているのだ。

ところが、エスペニア人――傲慢で、世界でも比類なき発明の才を持つ民族――がその真実の抜け道を見つけてしまった。表向きは同盟国の多国大戦後の防衛と復興に協力するという理由で、ケコンに軍事基地を設立すると、彼らはすぐに秘密の研究施設で、自国の兵士がグリーンボーンと同等の翡翠の能力を獲得する方法の解明に取りかかった。そして十年前、不完全ではあるが、SN1の発明によって成功した。

実験段階の薬液の製法がエスペニアの軍事基地からケコンにもれ、非合法のシャインの取引が急増した。どうやら多くの人々が――ケコンでも海外でも――数年の寿命と引き換えに、翡翠を身に着けられるようになる危険な薬を手に入れたがっているようだった。シャインを摂取すれば、ケコン人でなくても、何年ものきつい訓練を積まずとも、〝渇望〟で悲惨な死を迎えることなく翡翠を使えるのだ。あまり知られていないが、例外なく軽蔑される事実として、グリーンボーンのなかにもひそかにシャインを使用し、本来備わっている翡翠耐性を人工的に高めようとしている者がいるという。

SN1はグリーンボーンのあいだで論争になる話題だ。アンデンは学校でときどきその手の言い争いを聞いたことがあるし、コール家の屋敷でも議論になったことがある。いっぽうは、SN1はまぎれもない社会悪だと譲らず、もういっぽうは、かぎられた使い方なら受け入れられると主張した。グリーンボーンのように高度な訓練を積んだ人間が、例えば病気や怪我に見舞われたとき、一時的に薬で翡翠耐性を補強するという使い方なら構わないというのだ。

アンデンはどっちにつくべきかわからなかった。自分の家系のことを考えれば、なおさらだ。とはいえ、経験上、誰もがうなずくことは、シャインの非合法な蔓延がグリーンボーンの利益と価値を損なっている以上、根絶すべきだという点だ。ケコン最大のグリーンボーン組織、山岳会の〈柱〉であるアイト・マダがシャインを売ろうと考えていることは、アンデンにとっては衝撃で、なんとか口がきけるようになったときには、自分の役割も警戒心も忘れ、思わずこう口走っていた。「もっと多くの外国人に、翡翠を身に着ける力をあたえるつもりですか？　それは、ぼくたちがもっとも望まないことじゃないんですか？」

アンデンはきっと無作法と受け取られると思ったが、アイトはおもしろがっているようだった。「わたしたちが望んでいないのは、コントロールを失うことよ。エスペニア人はすでに自国の兵士にSN1を使っている。ほかの国々もあとにつづこうとするでしょう。じきに、翡翠を着けた外国人の数は増大していく」アイトは身を乗り出した。アンデンはそんなつもりはなかったのに、体を後ろに引いていた。彼女の翡翠のオーラとまっすぐな視線が、容赦なく迫ってくる壁のように感じられる。「これは今まで直面してきたなかで最大の脅威にもなれば、空前のチャンスにもなりうる。ケコンが近代化へのスピードを上げるほど、グリーンボーンが自分たちの資源を厳密にコントロールすることがより不可欠になってくる。わたしたちは自分たちにふさわしい場所から追い出される可能性もあれば、大きな利益を手にする可能性もあるのよ」

アイトはつづけた。「父は懸命に外国人を閉めだしてきたけれど、わたしたちは現実を受け入れましょう。外国人はすっかりここに定着している。ケコンはもはや文明から孤立した神秘の島じゃない。世界じゅうの人々が翡翠のことを知っていて、しかもSN1のおかげで、今では彼らも翡翠を持つことができる。避けられない事態に抗うより、彼らの欲しいものをあたえてやればいいのよ。わたしたちが決める値段と条件で。ケコンでのシャインの取引は、エスペニア人をのぞいて何よりもSN1製造の知識をもたらしてくれたし、わたしたちの建てた施設のセキュリティなら自分たちで確保できる。わたしたちがSN1の供給システムを開発すれば、外国人が使用できる翡翠の量はわたしたちが決められる」

アンデンにはさっぱりわからなかった。どうにかかがんでカップに手を伸ばし、すっかりぬるくなった液体を喉に流しこむ。そうするあいだも、すぐ近くにあるアイトの翡翠に一瞬、〝感知〟能力を刺激された。〈柱〉の愛想のいい口調には、断固とした響きがある。脅しているようには聞こえないが、アンデンは脅威を感じた。簡単にはあきらめない強欲さも。

「グリーンボーンはかつて、外国の脅威に対して一致団結していた。もう一度、そうなるべき時期だと思うの。各組織がひとつになって新たな同盟を結ぶ時期よ。あなたを山岳会に招きたいと思っているのも、そのため。あなたにはかなりの報酬を用意する」アイトは深くすわり直すと、表情を変えた。とりつくしまもない冷たい顔だ。「こちらが差し出している手を跳ねのけるなら、まあ、あなたは当然それを選ぶわよね。ただ、これだけは覚えておいて。わたしたちは誠意を持って真正直にこの提案をしている。あなたには、この敬意に報いて、将来わたしたちが反目しあうような立場に立たないことを強く勧めるわ」

心臓の鼓動が速くなっている。アンデンはそわそわと椅子の上で身動きした。首が熱い。アイトはまるで無峰会の〈柱〉に直接話しているかのように、提案の中身を明確にした。「アイト‐ジェン」アンデンは咳払いをした。アイトの声明を無峰会に伝えるため、無事に帰してもらえそうだ。その確信に近い思いが、それまではなかった力でアンデンに口を開く勇気をくれた。「あの……率直に訊いてもいいですか?」

アイトは驚いた顔をした。「どうぞ」

「ぼくはただの生徒です。もしわかっていないところがあったら、お許しください……なぜ、わざわざ危険を冒してまで、ぼくをここに連れてきて、この話に巻きこんだんですか? 無峰会と手を組もうと持ちかけたいなら、なぜ直接そうしないんですか?」

アイトは満足そうな笑みを浮かべたが、その謎めいた笑みに本当の温もりはこもっていない。「あなたは自分の力を見くびっている。わたしが直接あなたに持ちかけている提案は、きわめて現実的なものよ。組織間の平和を確立するうえで、あなたは将来重要な役割を担うことになる。そっちの〈柱〉がそれを認識していれば、だけれど。コール家との話し合いについては……」アイトは両手を開き、お手上げのジェスチャーをした。「コール・ランとの話し合いは歓迎するけれど、彼の〈角〉がわたしたちへの嫌がらせをやめないときにそんなことは不可能でしょう? そっちの〈角〉は縄張りの境界線をめぐって、機会さえあればこちらを困らせてくる。彼の〈拳〉たちが、どんな些細なことにも因縁をつけてくるのだから。こんな状態で、無峰会とまともな話し合いができると思う?」この会話のなかで初めて、アイト・マダはちらりと自分の〈角〉を見た。一瞬、ゴントと無言で目線を交わしてから、アンデンに目を戻す。「そっちの〈柱〉が真剣に和平を考えているという態度を示せば、事態は変わってくるでしょう」

アイトはさりげなく、すっと立ち上がった。ゴントも椅子から立ち、アンデンもすぐそれにつづいた。アイトはアンデンが思っていたより背が高かった。ほとんどのケコン人より背の高いアンデンと、彼女の目線は同じ高さだ。陽射しが彼女の腕に巻きつく翡翠に反射して、鋳物のティーセットにまだら模様の光を投げかける。「だいぶ時間を取らせてしまったわね。家まで送らせてちょうだい。誰かがあなたのことを……あまりひどく恋しがる前に」アイトの声にも口の動きにも嘲笑がにじんでいる。「あなたはこちらの提案を理解している。返事を待っているわ。次にどうすればいいかは、わかっているわね。ただし、そう長くは待てない」

アンデンは両手を組んで額につけた。「はい、アイトージェン」

11 〈角〉の立場

〈ZTヴァラー〉がカーヴする大通りの路肩に停まり、アンデンは寺院地区の工芸品市場の横にある広い緑地の前で降ろされた。車から足を踏み出すとすぐ、従兄のヒロが男たちを従えて待っているのが見えた。ヒロの顔は安堵と殺意で上気している。ほんの一瞬、馬鹿げたことだが、アンデンはゴントの運転手が心配になった。運転手は速やかに後部ドアを閉めてすぐ発車し、行きかう車にまぎれ、スピードを上げて縄張りの境界線の向こうへ消えていった。

ヒロがつかつかと歩いてきて、アンデンの首の後ろをつかみ、荒っぽく揺さぶった。「もう一発、食らわせないといかんな。サマー公園地区なんかで何をしていた？　グリーンボーンになるまで、一年もないんだぞ。一瞬たりとも気を抜くな。何かあっても、俺がいつも駆けつけてやれるわけじゃないんだ、わかったか？」アンデンは恥ずかしそうにうなずいた。ヒロは少年のあごをつかみ、険しい目で頬の腫れたあざを見つめた。うっかり山岳会の縄張りに入りこんだ土産として、ワイ・ロン寺院学校の三人組につけられたものだ。「やつらにやられたのか？」ヒロは訊いた。「ゴントか、やつの部下に痛めつけられたのか？」

「いえ、違います」アンデンは慌てて言った。「これは連れていかれる前に、ワイ・ロン寺院学校の連中とちょっと馬鹿なことをしてついたものです。ゴントの仲間には触れられてもいません」

ヒロは少年が正直に話しているか確かめるようにじっと顔を見つめてから、ようやく警戒を解き、アンデンを抱きしめた。その温もりに残りの緊張が解けていく。「おまえの顔を見てこんなにうれしかったことはないよ、アンデン」守るように片手をアンデンの背中に当て、ヒロは〈ドゥシェース〉へ歩いていった。その車は市場の荷積みエリアのなかでよく目立ち、べつの無峰会の車二台にはさまれて停まっている。落ち着かないようすでトランクにもたれていたメイク・ターが、さっと背すじを伸ばし、ふたりのために車のドアを開けた。「ランと話をしなくてはいけません」車に乗りこむと、アンデンは少し弱々しい声で言った。もう安全だと思うと、この数時間体のなかを流れていたわずかなアドレナリンが、豪雨のあとに溝へ流れ去る雨水のように急激に引いていき、体が震えてくる。

「ランなら〈日和見〉のオフィスにいる」ヒロは言った。

船舶通りまではほんの十分だ。到着すると、ヒロは部下たちに短い指示を飛ばした。「リトルハンマー地区の連中に退却するよう言ってこい」そしてターとともにアンデンを連れてタワービルに入ると、受付には立ち寄らず、まっすぐロビーを抜けていった。

アンデンは〈日和見〉のビルに入るのは初めてだった。無峰会のこっちの方面についてはほとんど知らない彼は、皺ひとつないスーツに身を包み、ブリーフケースやファイルフォルダーを持った〈招福者〉たちにたじろいだ。ヒロとターは場違いに見える——袖口と襟元をゆるめ、日向でアンデンを待っていたせいで汗ばみ、肩から月形刀を下げ、腰にタロンナイフを差したままだ。人々は立ち止まったり、すれ違いざまにふり返ったりする。軽く会釈する人もいた。

三人はエレベーターで最上階へ行った。彼らを待っていたランは、アンデンが見慣れている冷静な表情だったが、それでもうれしそうにアンデンを抱きしめた。「さあ、こっちに来てすわってくれ」と、アンデンを自分のオフィスに招き入れる。

「アイト・マダのところに連れていかれました」アンデンは言った。「ラン - ジェン……彼女から、すぐあなたに報告するように言われました」アンデンは〝あなた〟をかすかに強調した。

ランはわかってくれた。オフィスに入ると、ヒロのほうを向いて言った。「まず、アンデンとふたりで話したい。ドルを探して、ここで俺を待っていてくれ」ヒロはむっとしたようだったが、驚いてはいない。アンデンに向かって口元をゆがめ、そこまで不愉快に思っているわけではないことを示すと、ターにあごをしゃくって一緒に出ていった。ランはオフィスのドアを閉めた。

アンデンはいちばん近くの椅子にすわり、〈柱〉がミニ冷蔵庫から出して差し出したレモンの炭酸水をありがたく受け取った。「嘘じゃない。今日は全員、おまえに少しばかり心配させられた」ランは言うと、炭酸水をがぶ飲みするアンデンを眺めた。「ゆっくり飲め。それから、山岳会の目的を話してくれ」

＊

従弟が話し終えたとき、ランはしばらく黙っていた。それからこう言った。「よくやった、アンデン。おまえは冷静さを失わず、するべきことをした。せっかくの船の日が台無しになって、残念だったな。今後はもっと注意するように。そんなことは、ヒロからとっくに言われているか。ともあれ、おまえは最終的に無峰会のために勇敢なことをした」

「問題を起こしてすみませんでした。ラン‐ジェン」

ランはほほえんだ。この少年――いや、若者だ、とランは自分に言い聞かせた――はいつもこうだ。少し不安げで、堅苦しすぎるところがある。コール家の屋敷にいるときは、まだ客のようにふるまっている。すわるとき、食べるとき、意見を口にするときなど、ちょっとしたことにも許可を待つ。子どもの頃からこの屋敷で暮らし、今でも学園が休みのときには帰ってくるのに。「おまえには何の問題もないさ、アンデン」

ランは言った。「山岳会はこんなふうに揺さぶりをかける計画を立てていたのだろう。おまえはただ、ゴントにそれを実行するきっかけをあたえてしまっただけだ」ランが立ち上がると、アンデンも一緒に立った。

「どうするんですか？」アンデンは訊ねた。「アイトの提案のこと」

「その件は〈角〉と〈日和見〉に相談する。おまえが心配することじゃない。おまえは学校と今年の卒業試験の準備に集中しろ。まだ一級で卒業できそうか？」

「たぶん。最善をつくします」アンデンが誓うと、ランの胸に誇らしさがこみ上げてきた。アンデンはいいやつだ。悲劇的な家庭環境に生まれたが、いい若者に育った。ランは祖父を説得してアンデンを引き取り、コール家の一員にしてもらったことを感謝しない日は一日もなかった。

ランが従弟を連れてエレベーターロビーの椅子が並ぶところへ連れていくと、ドルとヒロとメイク・ターーが待っていた。ターはアンデンを学園へ送っていき、ランは〈角〉と〈日和見〉とともにオフィスへ戻った。ランは三人分のホジを氷の上から気前よく注いだ。「一杯やってくれ。この話には、こいつが必要になる」そう言って自分の分を飲みほし、ふたりに目をやった。ドルは椅子のひとつにすわって長い脚を組み、顔に辛抱強い好奇心を浮かべている。ヒロのほうは、壁にもたれて期待のこもった鋭い目をしている。ランには、ふたりの翡翠のオーラが絶え間なく低く響いているのがわかる――いっぽうは冷たくよどんだオーラで、もういっぽうは滑らかで熱いオーラだ。

ランは言った。「山岳会がイグタンでSN1の製造販売を計画している。かなりの金になる可能性があり、アイトはその計画に俺たちも加わらないかと言っている」

ランがアンデンから聞いたことを説明し終わると、ヒロが壁から離れて背すじを伸ばした。「アイトが俺たちを取りこもうとする目的は何だ?」顔は怒っているが、声にはまぎれもない当惑がにじんでいる。「山岳会は何カ月も俺たちに因縁をつけてきて、今日はゴントが道端でアンディをさらっていった。その場で戦争を始めるようなもんだ。そんなことをしといて、俺たちがやつらと手を結ぶと思ってるのか? もし本当にビジネスの話をしたいなら、アイトは敬意を払ってちゃんとランを訪ねてくるだろう。こんな提案は本気じゃねえ。馬鹿にしてるんだ」

ヒロの言うとおりだった。山岳会が無峰会にこんな漠然と脅すような方法でメッセージを送ってくるのは、あからさまな侮辱だ。だが、ランは少なくとも、アンデンからアイト側の理由と称される話を聞いていた――コール・ランとの話し合いは歓迎するけれど、彼の〈角〉がわたしたちへの嫌がらせをやめないときにそんなことは不可能でしょう? 山岳会の〈柱〉は、ランが自分の弟の手綱を握るか、彼を〈角〉の地位から下ろすまで、ランと直接交渉するつもりはないと言いたいのだ。

　理不尽な要求だった。これほど著しく無礼な条件——組織の〈柱〉が、べつの組織の〈柱〉の〈角〉の選出に口出しする——のもとで話し合いを求めるなど、よくもできたものだ。ヒロと部下たちが山岳会にとって面倒な存在になっていることは確かだが、それは山岳会が縄張りを広げようと行きすぎた行動に出ていることに対処しているだけだ。ランはそう確信している。ヒロは本当に和平の邪魔をする攻撃者なのだろうか？　それとも、ただ〈角〉として優秀なため、アイトは彼がいなければもっと簡単に無峰会より優位に立てると思っているのか？　あるいは、無峰会を完全に自分たちのものにできるとでも？

　組織の軍事拠点を譲り渡すのは問題外だが、〈角〉は組織間の関係悪化に責任がないわけではないと、ヒロにしっかり言い聞かせておく必要がありそうだ。ランは弟から目を離さずに言った。「アイトはこう言っている。街なかでの小競り合いに終止符を打ち、俺たちが例のビジネスに参加したいという意思を見せれば、直接の話し合いに応じる」ドルにちらりと目をやると、老助言者はうなずいていた。まるで、もっと具体的な要求を正確に予想していたかのようだ。

「つまり、こっちが屈服して山岳会の好き勝手にさせてやったら、話をしてやるってことか？」ヒロは鼻の穴をふくらませた。「兄貴が俺のことを、ときどきすぐかっとなると思っているのは知ってる。俺はすぐ頭に血がのぼって、むきになる。けど、信じてくれ、俺は街で何が起きているかちゃんとわかっている。ゴントは馬鹿そうに見えるが、悪賢いやつだ。俺が目を離すたびに、やつは俺たちから少しずつ奪っていく。全面戦争を引き起こさない程度に、少しずつ。そのうち、こっちの〈灯籠持ち〉ふたりが向こうの〈拳〉に献金を差し出しているのが発覚するだろう。あるいは、うちのビジネスが入っているビルの賃貸契約がこじれたり、大家がビルを山岳会の知り合いに売ってしまったりするかもしれない。俺たちはスリーラン会みたいに丸呑みにできないから、少しずつつまみ食いしてやろうってのが山岳会の魂胆だ」

ランは〈日和見〉のほうを向いた。「どう思う、ドル？」

ドルは時間をかけて返事をした。少し時間をかけすぎではないかとランは思った。まるで、最初から返事を用意してあったことがばれないように気をつけているみたいだ。「そうだな、アイトージェンの提案にはメリットがあるんじゃないか。両組織の〈拳〉たちには、刀をふり回せる範囲のことしかわからん。縄張りをめぐるどんな些細な衝突も、長期的に見れば、それほど重要ではない。大きなビジネスに関する決定が、そんなことに影響されるべきではない」しゃがれた声には、一族の〈角〉に対する批判がこめられている。「アイトージェンの言うとおり、外国人はみんなSN1を欲しがっている。われわれグリーンボーンがコントロールするSN1の確実な供給システムを確立すれば、とてつもない金が転がりこんでくるだろう。イグタンという海外での生産なら、われわれの国を汚染する危険もない。グリーンボーンは昔から、団結すると最強になる。ケコンを組織間で分断しようとするより、山岳会と手を組んで、われわれ全員の利益を増やすという手もあるんじゃないか」

ヒロは歯を剝いた。「山岳会と手を結ぶなんて、ありえない。そのことはスリーラン会がいやというほど思い知らされた。結局は、それぞれの〈柱〉を持つふたつの組織になるか、ひとりの〈柱〉を持つひとつの組織になるかしかない」ヒロはグラスを傾けて氷をひとつ口に入れ、嚙みくだいた。完全に険悪な表情になっている。「俺たちがこの話に興味を示し、やつらと事業を行うことに同意すれば、やつらはこの機会を利用して俺たちを支配しようとするだけだ。アイトが本気で権力を分かち合おうと言っているとは、俺は一瞬たりとも信じないね。彼女はそんな人間じゃねえ。だいたい、俺たちを誘う本当の目的さえはっきり言わないじゃないか。資金がほしいのか？　人材か？」

「第一に、彼女はわれわれの確約がほしいんだろう。少なくとも、こちらが彼らの邪魔をしないという保証が」ドルが言った。「それなら筋が通っている。ほかに、アンデンを手に入れようとする理由があるか？　あの少年が卒業したら、山岳会へ送ってイグタンの新しい事業に従事させればいい。いい仕事だぞ、アイトージェンの言うように、責任も大きい。われわれはあの少年を通して、イグタンでの山岳会の事業についても何もかも知ることができる。山岳会にとっても、われわれが平和の維持に投資していることや、ひそかに山岳会を転覆させようとか、エスペニア人に頼ろうとかしていないことを確認できる。つまり、たがいに信頼が生まれるのだ」

「アンディを敵のところに送りこむだと？」ヒロが信じられないというように目を剝いた。彼のオーラは〝感知〟するのが不快なほどになっていく。

ドルは言った。「三王時代には、王家はしばしば子どもを交換し、それが良い関係を維持する動機になっていた」

「つまり、アンディを人質として差し出せってのか」ヒロは怒鳴って、ランのほうを向いた。「冗談じゃねえ。絶対に駄目だ！」

ドルは鼻を鳴らした。「ときには、昔のやり方にも英知があるものだ」

それ以上ドルが余計なことを言わないように、ランは手を上げて止めた。そしてヒロの赤くなった顔を見つめ、静かに言った。「落ち着け。アンデンは人質じゃないし、彼を望まないところへ送りこんだりはしない」ランはそれまでグラスのなかで解けていく氷をかき回しながら話に耳を傾け、考えていたが、ここで眼鏡をテーブルに置いた。山岳会へどう返答するべきか、不可避の結論に達したのだ。ヒロはかっとなりやすく、ドルは冷酷で戦略的な現実主義で選択肢を吟味する。だが、どちらもみっつめの見方は口にしなかった。それこそが、ランにとっての決め手だった。

ランはドルのほうを向いた。「俺は山岳会への返事を用意する。あなたには、山岳会の〈日和見〉のオフィスを通して、それを伝えてもらいたい。こういうビジネスの話にふさわしいやり方だ。向こうがそうしたからといって、こっちまで不適切な行動を取ってはならない。シャイン製造の件については、山岳会とのいかなる協力も提携も断るつもりだ。だが、彼らの邪魔をするつもりもない。無峰会のビジネスや縄張りを脅かさないかぎり、彼らは自由に新規開発事業に乗り出せばいい」ランは少し間を置いてから、つけたした。「アンデンについては一切言及するな。彼はこの件に何の関わりもない。無峰会が中立の立場を取るという保証を求められたら、アイトにはこっちの言葉を信じるように言え」

ドルはうなずいたものの、硬い表情と、オーラがいらいらした感じに変化したことから、この件に落胆しているのは明らかだ。「訊いてもいいかな。これほど重大な問題にそんなに早く結論を出す理由は何だ？」

本当はドルの反論など聞きたくなかったが、長年仕えている助言者に説明しないわけにはいかない。「俺たちを危険な道へ導く提案だからだ。シャインを手に入れられる外国人が増えれば、翡翠の需要も増える。ケコン翡翠連合には、採掘量を増やし、輸出量を改定して、エスペニア人だけでなくイグタン人や他国の人々へも販売するよう圧力がかかるだろう。そうしなければ、ブラックマーケットが密輸翡翠でその需要を満たす危険がある」

ランにはそんな事態を黙認することはできなかった。前回のケコン翡翠連合（KJA）の会合でも、翡翠の輸出量を増やすことに反対票を投じてきたばかりだ。翡翠はケコン島のもっとも貴重な天然資源だ。翡翠は、ケコン人が持って生まれた権利であり、グリーンボーンの文化と生活様式の中心にあるものだ。それを軍事利用できる物質として外国人に、翡翠の戦士としての訓練も教育も受けていない人々に、『アイショ』を理解してもいなければ、翡翠を持つことの真価も理解していない人々に売ることは……ランにはとても受け入れられない。確かに、翡翠の輸出は、エスペニアとの同盟関係を維持し国庫を豊かにするが、厳しく制限されなければならない。そもそもグリーンボーンの各組織がＫＪＡに対して権限を持っているのは、そのためだ。ところが今、主要な組織のひとつが、長い目で見ればＫＪＡの力を確実に弱らせることになる提案をしてきた。ランはそのことにひどく動揺していた。

「悪いが言わせてもらおう、ラン‐サ」ドルがいつもより強く反論してきた。「ＫＪＡは、われわれふたつの組織が協力関係を結べるという確かな例だ。将来のいかなる採掘と輸出も、われわれと山岳会のあいだで話し合って決めねばならん。今、彼らのことを疑うのは時期尚早に思えるが」

ランは少し驚いて〈日和見〉を見た。彼個人としては、ＫＪＡを組織が手を結べる輝かしい例とは認めていない。何段階もの説明責任と出資者による投票が必須になっていることは、ＫＪＡが半年未満で物事を決定できないようにしているように思える。「ドルはＫＪＡに対して、俺より楽観的な見方をしているようだな」ランは答えた。「だが、参加しない理由はほかにもある」

「例えば、アイトの提案は丸ごとでっちあげだとか」ヒロが言った。「山岳会が物分かりのいいふりをするときは、俺たちを出し抜こうとしているときだ」

ランはヒロの疑念に賛成したかったが、口に出すのはやめておいた。「シャインは毒だ」ランは断言した。

「社会の本来の秩序を破壊する。翡翠と関わるべきじゃない人々をそそのかす。あの少年たちのような連中を。先月、ヒロが〈トゥワイス・ラッキー〉で捕まえた泥棒のことだ」ランは肚を決めた。「どんな形であれシャインの製造に関われば、翡翠の密売と認められていない翡翠の使用を助長することになる。ほかの〈柱〉の意見を非難するつもりはないが、俺の考えでは、こういうことは『アイショ』に反すると思う」

「グリーンボーンが国を守ることは、『アイショ』のなかでももっとも重要なことじゃないのか？」ドルは訊き返した。「協力してＳＮ１の製造をコントロールすれば、山岳会も無峰会もより強くなるだろう。ひいてはケコンの国全体が強くなり、外国にも引けを取らなくなる」

「それで、グリーンボーンの組織がイグタンに軍用薬物を売っていることをエスペニア人が知ったらどうなる？　イグタンは、ＳＮ１製造工場はケコン人が勝手に建てたもので、表向きは関わっていないと主張するぞ。山岳会は紛争を招こうとしている。俺はそんなことに無峰会を関わらせたくはない」ランは、さらに何か言おうとするドルをさえぎった。「ドル‐ジェン、これが俺の最終決定だ。〈日和見〉としての責任を果たし、この件については俺の言うとおりに取り計らってくれるな？」

老いた助言者はとがったあごを動かし、しかたなくうなずいた。そして最後に自分の立場を主張しようと、抜け目なく穏やかに言った。「もちろんだとも、ラン‐サ。しかし、最終決定の前にコール‐ジェンと話すべきではないだろうか」

ランはうんざりした。「おまえが今話している相手がコール‐ジェンだ」その冷たい口調に、ドルは驚いて口をつぐんだ。ヒロはほくそえんだ。

自分の考えが正しい判断だということになったものの、ランの気分は晴れなかった。まったく、気性の激しい弟と祖父の旧友の抜け目ない老人を従えて〈柱〉を務めるのは難しい。とはいえ、希望がないわけではない。ヒロは今日の午後は冷静さを保っていたし、ドルはしぶしぶながらも俺の考えに同意した。厄介な話が終わったところで、ランはなだめるような口調で言った。「おたがい、神経が少しぴりぴりしているようだな。だが、ふたりともわかってほしい。俺はふたりの意見を高く評価している」

「で、どうするんだ？」ヒロが訊ねた。「アイトの出方を見るのか？」

「いいや。山岳会には干渉しないと言ったが、やつらが何をたくらんでいるかはわかっている。もっと注意を払う必要がある。ドル、俺とソン首相との面会をセッティングしてくれ」ついさっき、かなりきつく自分の立場をわきまえさせられた〈日和見〉は、口答えせずにうなずいた。

ランは弟のほうを向いた。「ヒロ、俺が以前アームピット地区について話したことは、今やソーゲン地区とすべての隣接する縄張りにも当てはまる。おまえが必要だと思う場所の守りを増強しろ。だが、許可なく流血沙汰を起こしてはならない。アンデンをさらったことへの報復も禁止だ。やつらは俺たちを侮辱したかもしれないが、アンデンは無事に帰ってきたし、無峰会はやつらの望む提携を拒否している。しばらくは、これ以上の悪感情は引き起こさないほうがいい」

ヒロは腕組みをして、肩をすくめた。「兄貴がそう言うなら」

「それから、もうひとつ」ランはつづけた。「シェイがちゃんと守られているか確認したい。彼女のアパートメントがあるのは北ソットー地区だから、何の問題もないはずだが、街を歩き回っているときが心配だ。おまえの部下をひとりかふたり、シェイの警護につけてくれないか」

ヒロは不満そうだ。弟のしかめっ面を見て、ランはほとんどない。

子どもっぽいと思った。まるで、妹に優しくしなさいと叱られた八歳児だ。「シェイは自分の身くらい自分で守れる」

　ランは怒った。「シェイが翡翠を身に着けていないことは知っているだろ。彼女は無峰会のことには関わっていないが、山岳会はそれを知らない可能性がある。今日、アンデンにあんなことがあった以上、念のため用心しておくべきだ」

「翡翠を身に着けていたら、自分の身くらい自分で守れるものを」ヒロは言い直した。まだそのことを不満に思っているのは明らかだが、異論を唱えることはなかった。ランは追及しないことにした。翡翠を着けていようがいまいが、シェイが戻ってきてくれて、ランはうれしかった。だが、それを口に出せば、ヒロをよけい不機嫌にさせるだけだ。ランはずっと前に結論を出していた――弟と妹がたがいに冷たくすると心に決めているなら、自分に言えることとやしてやれることは

12　ムットという名の男

ベロの顔はゆがんだ形で治癒した。鏡を見て、彼はすっかり不細工になったものだと思った。それに、走ると少し足を引きずってしまう。こういうこと自体は大したことではないが、それに気づくたび——気づくことはしょっちゅうだった——〈トゥワイス・ラッキー〉での最悪の夜を思い出す。メイク兄弟の重いパンチ、〈角〉の冷たい軽蔑、そして〈柱〉のあからさまな哀れみの表情——まるでベロは三本足の犬で、殺す価値もないと思っているようだった。

　だが、何よりもいちばんよく思い出すのは、翡翠のことだ。翡翠を持っているときの感覚、そして失ったときの感覚。

　サンパ——あの弱虫のアブケイ人——は完全に足を洗ってしまった。グリーンボーンに叩きこまれた話を恐れ、自転車便の仕事についたのだ。鍛冶場地区のはずれの貧しい港湾労働者が住む界隈で、息を切らして通りを走るサンパを見かけた。たるんだ体で必死にペダルを漕ぎ、錆びついた自転車用トレーラーをキーキー鳴らして箱や包みを運んでいた。ベロが大声で呼びかけても、サンパは無視した。ベロは仕返しにサンパの自転車のタイヤを切りつけ、その日の配達ができなくなったサンパは仕事を失った。

　ベロの伯母は衣料品工場で一日十二時間、縫製の仕事をしている。ベロは伯母のいない時間に伯母のアパートメントで眠る。伯母の恋人は港湾地区の倉庫で働いていて、こっそり横領する方法を心得ていた。見つかってクビになるほど多くは盗らず、毎日酒を飲める程度に拝借する。伯母の恋人はベロのために何かしてくれることはまったくないが、彼を通して、ベロはムットという男の噂を聞いた。ジャンコ地区のディスカウント店の裏で盗品を買い取っているという。

その噂自体はそれほど興味をそそられるものではなかったが、ほかにも耳に入ってきた彼の噂が気になった。ベロはディスカウント店の奥の部屋で、箱をかぞえている男を見つけた。ムットは黄褐色の肌に縮れた髪と小さい目の持ち主だった。もしかしたら、アブケイ人の血が少し混ざっているのかもしれない。「何がほしい？」ムットは訊ねた。

ベロは答えた。「仕事がほしいやつに仕事を斡旋してくれると聞いてきた」

「まあな」男は肘で口元を覆って咳をすると、涙で光る小さい目でベロを見た。蒸し暑いのに、男はグレーのシャツの袖を手首まできっちり下ろし、脇の下と襟元の布が汗で濃い色に変わっている。「だが、腰抜けにできる仕事じゃないぞ。運転はできるか？　銃の扱いは？」

「どっちもできる」ベロは男をよく観察した。「本当なのか？　あんたがグリーンボーンだって噂は？」

ムットはにやりと笑うと、舌を突き出し、真ん中に刺さった翡翠のピアスを見せた。「ああ、本当だ」とベロに請け合う。「話しても構わないだろう。おまえがヘマをしたことは知ってるからな、ケケ。ほしくてたまらないんだろう」ムットは自分の額の真ん中を人さし指でトントンと叩き、歯並びの悪い口をゆがめて笑った。「それくらい、〝感知〟できる」

ムットが翡翠を持っているという話が本当なら、ベロが聞いたほかの話もおそらく本当だろう。ムットが偽造書類と信頼できるシャインの供給源を持っているという話。無峰会の縄張りで小さな商売をしていて、無峰会にはほんのわずかな献金しかしていないが、山岳会の情報屋として財産を築いているという話。ムットは自力で成功した男だ。まともな家系に生まれなくても、ちゃんとした学校に通えなくても、グリーンボーンの持つ力を手に入れることはできるという生きた証拠だ。
「あんたのところで働きたい」ベロは言った。

13　兄の頼み

シェイは北ソットー地区の新しい家をかなり好きになってきた。アパートメントの生活に慣れようと奮闘していると、創造的な気分になる。就職に関しては次に何をすればいいのかわからないものの、こっちはできると自信がわいてきた――ジャンルーンで暮らし、家族の近くにいても、ちゃんと自立した生活はできる。簡素だが魅力的な家具を買い、生活必需品をそろえ、またひとり分の料理をすることにも慣れた。自宅周辺の探検を始めると、ブランド物のハンドバッグを売る店からくさいハーブの粉末を扱う店まで何でもそろっていることに喜んだ。レストランも、オイスターバーから夜間営業の麵料理の屋台まで幅広い。人の多い雑然としたソットーヴィレッジより高所得者層向けの北ソットーは、若い専門職やアーティスト、少数の海外移住者が暮らす上品でおしゃれな地域だった。ここなら、エスペニアで買った大胆な柄の服や鮮やかな色のスカートを身に着けても少しも場違いに見えることはなく、流行を作りだすおしゃれな格好に見えた。ここはジャンルーンでいちばん国際的で世俗的なところだ。とはいえ、世間知らずな訪問者は気づかないかもしれないが、シェイにははっきりとわかることがあった――無峰会はここを、ほかのどこよりもしっかりと支配している。どこへ行っても、窓辺に吊るされた白い灯籠――本物もあれば、安っぽい切り絵もある――を見かける。何度かヒロの部下――ひとりかふたり、ときには三人――とすれ違うこともあった。翡翠を着けていないので、シェイには彼らのオーラを〝感知〟することはできないが、彼らを見分けるのは簡単だ。身なりのいい屈強な体つきの若い男（ときには女）で、普段からナイフや刀で武装し、たいていこれ見よがしに翡翠を着けている。ほとんどの人は必要以上に注意を引かないよう、彼らのそばを足早に通りすぎる。シェイも急いで通りすぎるが、その理由は街の人々とは違った。

シェイの隣人は、金融街で働いていると思しき二十代のカップル（女のほうは、大きさもかわいらしさも太ったネズミのような小型犬を飼っている）と、しょっちゅう同世代の独身の女友だちを呼んでは、飲みながら大声でトランプをする中年の独身女性と、シェイが来て約二週間後に廊下を少し行ったところにある部屋に越してきた大学生くらいの若者だった。彼は頻繁に出入りしているようすで、廊下や階段ですれ違うときに何度か会釈したあと、シェイは自己紹介したほうがいいと考えた。だが、気が進まない。一度コールの名を口に出せば、ここでの誰でもない快適な生活を失うことになる。

そんなことを気にして、新たな出会いを避けるなんて馬鹿げている――シェイは自分にそう言い聞かせた。次に隣人を見かけたとき、シェイと彼はたまたま同時にアパートメントを出るところだった。「何度も顔を合わせているけれど、まだ名前を知らないわね」シェイは笑顔で声をかけた。

「ああ」彼は少しどぎまぎしたようすで頭を下げ、自分の額に触れて軽めの挨拶をした。「俺はコーン・ユーデンルー」

シェイも挨拶を返した。「わたしはシェイ」

コーン・ユーは怪訝な顔をした。シェイの頬が熱くなる。フルネームを名乗るべきなのに、どういうわけかニックネームが口をついて出てしまった。まったく、もう。きっと節操のない尻軽女と思われたに違いない。コーンは魅力的だ――といっても、彼女より年下で、不良っぽく見える黒のスカルキャップをいつもかぶっている――が、それはどうでもいい。シェイは失恋の反動でべつの男と付き合うことには興味がなかった。「初めまして、ミスター・コーン」シェイはわざと堅苦しい言い方をした。ただの出会いを妙な感じにしてしまった自分に、内心うんざりする。「ええと……それじゃ、また」

なんとか落ち着きを保ち、感じよくほほえんで、シェイは慌てず颯爽と通りを歩きだした。まるで最初から恥をかくつもりだったみたいに。

仕事探しを少しでも進めようと決意して、市立図書館へ行き、ジャンルーンの企業要覧をめくりながら、気になった企業の名前と住所をメモ帳に書き留めていった。こうして二時間たつ頃には、アパートメント探しのときに感じたのと同じ気持ちに襲われた――なんて時間のかかる、非効率的な作業だろう。無峰会は多くの部門でビジネスを牛耳っている。いくつかは直接所有しているが、献金を払っている〈灯籠持ち〉の企業を支援する形のほうがはるかに多い。企業の幹部に何本か電話をかければ、こんな面倒はいらないのだ。コール家の力は借りないという方針にこだわるのは、本当に価値のあることだろうか——シェイは悩んだ——それとも、ただの愚かしい思い上がりだろうか。ヒロが何と言うかは、訊かなくてもわかる。シェイは意地になってもう三十分頑張ってから、本を閉じて図書館を出た。時間を無駄にしたのか、上手に使ったのかは、やっぱりよくわからなかった。帰り道、履歴書を書き直すためにタイプライターを買い、アパートメントに着くと、二十分もたたないうちに玄関のドアがノックされた。

ドアを開けると、廊下に兄のランが立っていた。

「入ってもいいか？」ランは明るく訊ねた。

シェイは面食らって言葉が出ず、ただ開けたドアを支えて兄をなかに入れた。ランは妹の部屋に入り、ふたりの護衛を外で待たせて後ろ手にドアを閉めた。一瞬、彼は興味深そうにリビングに目を走らせた。シェイはひどく恥ずかしくなった。兄の目にはずいぶん質素に見えるに違いない。こんな安っぽい部屋は、コール家の人間の住まいにふさわしくないと思っているだろう。シェイは腕組みをして買ったばかりの硬いソファにすわり、兄はまだ何も言っていないのに、言い返さなければと身構えていた。もしここに来たのがランではなく、次兄のヒロだったら、あれこれ触りながら歩き回っただろう。「いい部屋じゃないか」などと言い、癇癪を起こして外で寝ると言い張る子どもをおもしろがっているみたいに、肩をすくめてにっこりするはずだ。「ここを気に入ってるんだろ、シェイ？ おまえが気に入っていれば、いいんじゃないか」

ランは言った。「何か飲ませてくれないか？ 外はまだ暑い」そして小さなキッチンへ歩きだしたが、シェイがソファから飛び上がった。「ごめんなさい、わたしに用意させて。わたしが勧めなきゃいけなかったのに、兄さんに……びっくりしちゃって」シェイは兄の横をすり抜けてキッチンへ急ぎ――実際、キッチンはふたり以上では窮屈だ――冷蔵庫から冷えたスパイスティーのピッチャーを出した。グラスにお茶を注ぎ、セサミクラッカーとナッツを手早く皿に載せ、リビングの兄のところへ運ぶ。

ランはグラスを受け取り、申し訳なさそうに笑った。妹に面倒をかけるつもりではなかったのにと言っているような笑顔だ。それから妹にソファにすわるように身ぶりで示すと、自分も隣にすわり、新しい硬すぎるクッションの上ですわりやすい姿勢を探してもぞもぞした。

「それで……何も問題ないわよね？」なぜ兄が自分をコール家の屋敷に呼び出さずに、わざわざ訪ねてきたのか、シェイにはわからなかった。

「妹に会いにくるのに理由が必要か？」明らかな叱責にシェイが凍りつくと、兄は冗談だよというようにウィンクした。くつろいでいるときの兄らしい行動だが、〈柱〉としての威厳ある雰囲気にあまりにもそぐわない行動で、シェイは笑ってしまった。

ランはグラスのお茶を半分飲むと、もっと真面目な表情になって妹を見た。「シェイ、ここに来たのには理由があるんだ」言葉を選んでつづける。「ドルが俺に知らせるべきことをすべて報告しているのか、俺は前々から疑っている。彼ほど熟練した〈日和見〉はいないし、おまえも知ってのとおり、彼は祖父とかなり親しい。だが、ドルの言ったことで、小さなことだが、完全には信用できないんじゃないかと思わされることがあったんだ」

シェイは顔をしかめた。ドルのことは嫌悪している。

「〈日和見〉を変えるべきだわ」

ランはいかにも彼らしく、まっすぐ妹を見つめた。

「組織のことには関わらないというおまえの決意は尊重する。翡翠も着けずに街をうろつくのは気に入らないが、止めるつもりはない。おまえがそうすると決めたなら、どんなことでも俺はおまえを支援する。これは前にも言ったが、今でも変わっていない」

「でも」シェイは肩を落とした——それは時間の問題でしかない……。

「信用できる人間が必要なんだ。ビジネスの知識があり、翡翠鉱山へ行ってようすを見てこられる人間が。そこの帳簿に目を通し、すべて適切に処理されているかチェックし、KJAの記録と合致するか確認してもらいたい。俺からの頼みだ」

シェイはすぐには返事ができなかった。これで、兄がふらりと立ち寄ったふりをして、妹の部屋にやってきた理由がわかった。コール家の屋敷で、こんな話はできない。ドルに気づかれて疑われる可能性がある。

「それだけ？」シェイは訊ねた。

ランは嫌味を言われたと思ったのか、眉をひそめた。

「数週間はかかる仕事だぞ」

「それはわかっているけれど、兄さんの頼みはそれで全部？　そのあとは何もない？」

「ああ。これだけだ。おまえを組織のビジネスにこそこそ少しずつ引っぱりこんだりはしないよ、シェイ、もしそれを心配しているのなら」兄の声にかすかなとげとげしさを感じ、シェイは後ろめたさに目を伏せた。兄はすでに恥を忍んでここに来て、妹に助けを求めたところなのに、シェイは兄の意図を疑って、さらにプライドを傷つけてしまったのだ。

数年前、シェイとエスペニア人との関わりは、二、三のちょっとした簡単な頼み事から始まった。それがほんの少し大きな頼み事につながり、さらに表紙にシェイの名前のついた一冊のファイルフォルダーとなって、祖父との関係をほぼ破壊されてしまった。ある方向へたった一歩でも踏み出せば、人生に取り消せない変化をもたらす可能性がある——シェイはそれを忘れていなかった。

とはいえ、これは兄の頼みで、ジェラルドや彼のにやけた上官からの頼みではない。ランは〈柱〉として、彼女に忠誠を求めることができる。彼女をひざまずかせ、誓いを再確認することもできるし、彼女が拒めば一族から追放することもできる。だが、ランはそうしなかった。もしシェイが彼の頼みにノーと言っても、そんなことをしようとは考えもしないだろう。シェイはいつもランのありがたみを忘れてしまうが、今回は思い出した。

急な島南奥地への出張は、漠然とした仕事探しの計画を遅らせることになるだろうが、べつに締め切りに追われているわけでもない。「行くわ」シェイは答えた。「兄さんの頼みだもの」

14 黄金と翡翠

〈柱〉として、ランは個人的に数人のスタッフを雇っている。リーダーは学園時代の旧友ウン・パピドンワで、彼は無峰会の軍事面にもビジネス面にも関わっておらず、〈角〉や〈日和見〉の指示を受けることはない。個人スタッフたちはコール家の屋敷や組織の所有するその他の不動産、マレニアの別荘などの維持管理と警備に加え、ランのスケジュールも管理する。組織のなかで正式な権限はほとんどないが、無視できない存在だ。彼らのリーダーは〈柱〉の親友であることが多く、のちにもっと影響力のある地位に就く場合が多いのだ。

祖父の頑固な非協力的態度にもかかわらず、ランはユン・ドルを引退させて自分で〈日和見〉を任命したいという気持ちがこれまで以上に強くなっていた。年内に実現したい。しかし最近の出来事や組織間の緊張を考えると、完全に信頼のおける新しい人物を見つけ、すぐ引き継がせる準備ができるまでは、現在の〈日和見〉を失うのは賢明ではない。ランはひそかにウンのことを、ドルの後任として最有力候補のひとりと考えているが、この忠誠心の厚い友人にそこまで重要な役割をこなせるだけの聡明さがあるかどうかは疑問だった。そこで、これからの数カ月間、ウンにもっと重要な仕事を任せ、彼がどう処理するか見てみることにした。そうこうしているうちに、おそらく祖父コール・センも態度を軟化させるだろう。

　というわけで、ランはウンを伴い、英知会館にソン首相との面会に行った。英知会館は黒っぽいレンガと赤い瓦屋根の大きな堂々たる建造物で、国の最高機関であるケコン王立議会の立法関連の会議場が入っている。目と鼻の先にある凱旋宮殿には、イオアン三世王とその家族が、国の金で王家らしい有閑生活を送っている。どちらの建物も記念碑地区にあり、コール家の屋敷から十五分も離れていないにもかかわらず、ジャンルーンの街で寺院地区をのぞいてもっとも中立の区域だ。運転手がランのシルバーの〈ローウルフ〉ロードスターを停めたのは、堂々たる大理石の階段の前にあるリフレクティング・プール（水に映る風景を景観として利用する人工の池）のすぐそばだった。ランとウンは車を降り、ガラスのような水を二分する石造りの小道を渡っていく。ふたりとも、しきたりどおり、小道の端でそれぞれ戦士記念像に敬礼した。

　戦士記念像は一対の大きな銅像だ。小さい銅像は灯籠をかかげる少年で、もうひとつの銅像の顔を照らそうとしているように見える。もうひとつの銅像は名もなきグリーンボーンの戦士で、少年の前に膝をついている。まるで戦士がひとりぼっちの子どもに出くわし、その子を安全なところへ連れていこうとひざまずいているかのようだ。あるいは、子どもが闇に取り残された戦士に遭遇し、灯籠をかかげて行く手を照らしてあげているのかもしれない。どちらの解釈も国家主義にふさわしい。記念像の台座にはこう刻まれている。

闇の外へ
ケコンの自由のために戦った山の男たちと
彼らを助けた勇敢な市民を記念して

ランは、怒りっぽい祖父が銅像のような若い戦士だった頃を想像してみた。五十年におよぶショター人の支配に抵抗し、ケコンの自由を求めて戦った愛国の戦士。彼らは最終的に、強大な帝国――多国大戦で弱ってはいたが、兵士の数も武器もはるかに勝っていたショター――にケコンの支配権をケコン人に返還させたのだ。ほんの一世代前まで、グリーンボーンは無法者や犯罪者として迫害され、その超人的な技を賛美する民衆によってひそかに支えられていたのだと思うと、ランは驚嘆せずにはいられなかった。今ここにいる彼は、英知会館を訪れ、この国でもっとも地位の高い政治家に会おうとしている。考えてみると、祖父の時代、つまり敵が冷酷な外国勢力だった頃は、グリーンボーンであることはもっと単純なこと――危険だが、もっと英雄的な存在――だったに違いない。

ひざまずく戦士の銅像は腰に月形刀を下げ、腕章にはたくさんの小さな翡翠がちりばめられている。銅像の前を通りすぎるとき、ランは腕章の翡翠が消えていることに気づいた。心ない人間が戦士記念像の翡翠を盗んだのだろう。本物の翡翠ではなく、装飾用の緑色の石にすぎないのに。

英知会館のロビーは素晴らしく広々としていた。白っぽい大理石のタイルが敷きつめられ、凝った塗装の施された天井に向かって太い緑色の柱が伸びている。

ランとウンは若い補佐官に迎えられた。補佐官はうやうやしく敬礼すると、彼らを首相の執務室へ案内した。

「ソンは何か依頼してくるはずだ」ランは歩きながら、ウンだけに聞こえる声で言った。「それがどんなことなのか、俺たちは彼に何をしてやるべきかを考えろ」

やがて、両開きの木製のドアの前に来た。入っていくと、首相が大きな机の向こうから歩いてきて敬礼し、挨拶を述べた。首相のソン・トマローはがっしりした体格の五十歳くらいの男で、割れたあごと濃い眉毛の持ち主だ。若い頃は相当屈強な体だったに違いない。だが長年のいい暮らしと中年という年齢のせいで、たくましい筋肉は脂肪の塊に変わっていた。首相はランに政治家らしく派手に笑いかけた。「やあ、コール-ジェン、入ってくれたまえ、さあ。調子はどうだね？」

「上々です、首相」ランは二、三分、冗談を交わしてから、ソン首相の机の前の椅子にすわった。ウンはもうひとつの椅子をきちんとランの左後方へ移動させてから、腰を下ろした。

首相が革張りのハイバックチェアにすわると、椅子が重そうにきしんだ。首相はせりだした腹を両手でさすり、ランを見つめて思いやるようにうなずいた。

「組織の〈柱〉の困り事とは何だね？　力になろうじゃないか」

ランは考えをまとめた。「ソン首相、残念ながら、今日お邪魔したのは大きな懸念があるからなんです」

＊

弟妹たちとは違い、ランには父親の記憶がある。多国大戦最後の年、父親のコール・ドゥシュロンがショター軍に包囲されて最後の戦いに入る数カ月前、ランは父親に訊ねた。「ショター人がいなくなったら、誰がケコンを治めるの？　父さん？」

「いいや」コール・ドゥは優しく答えた。「父さんじゃない」

「じゃあ、おじいちゃん？　それとも、アイトージェン？」

「どっちでもない。父さんたちはグリーンボーンだからな」ランの父親は名簿と列車の時刻表と地図を書き写したものを三組作り、それぞれ何の印もない封筒に入れて封をする作業をしていた。「黄金と翡翠、両方をほしがってはならない」

「どうして、みんなそう言うの？」ランはくだけたおしゃべりのなかで、よくそのフレーズを耳にしていた。

〝黄金と翡翠〟はケコンの慣用句で、強欲で度が過ぎることを表している。不適切なほど手を広げること。大きすぎる富を求める者への戒めだ。「黄金と翡翠の両方をほしがるんじゃない」菓子パンを食べた直後にカスタードタルトをほしがる子どもは――ランは経験から知っていた――そう言って叱られることが多い。

「黄金と翡翠をいっぺんにほしがるなんて！」

　父親はちらりと息子を見て、目を細めた。一瞬、ランはしつこく訊きすぎて父親を怒らせてしまったと思った。父親は静かに仕事を終わらせるために、部屋から自分を追い出すだろう。父親はいつも家にいるわけではなかった。祖父とともに、秘密の任務で長期間家を空けることがある。帰ってきたときは、ランの祖母と母親はまるで神さまの訪問を受けたかのような扱いをした――素晴らしい名誉であり、予期せぬ混乱でもあり、祝うべきことだが、速やかにすませるのがいちばんという扱いだ。コール・ドゥは子どもたちにキスをしたが、どう接していいのかわからなかった。長男のランには、大人を相手にするように話した。もうひとつの部屋ではランの弟のヒロが泣き、母親がなぐさめようとしていた。

「昔、ショター人がやってくる何百年も前、ケコンには三つの王国があった」コール・ドゥは注意力の半分を名簿と地図に戻して、語った。「今、父さんたちの住んでいる北岸沿いにはジャン王国、中央盆地にはフント王国、そして南部の半島にはタイード王国があった。フント王国がいちばん強かったが、そこの王さまは血が薄く、翡翠に取りつかれてしまった。ある夜、王さまは翡翠への〝渇望〟で正気を失い、宮殿のなかで家族を殺して回ったんだ。自分の子どもたちまで殺してしまった」

ランの視線が、父親の首と手首のまわりに着けられたたくさんの翡翠に留まった。それに気づいた父親はにやりと笑い、ランの腕をつかんで引き寄せた。荒っぽい愛情表現だ。「心配か？　息子よ」コール・ドゥはベルトの鞘からタロンナイフを抜き、ふたりのあいだで構えた。ランにはナイフの刃の鋭さと、ナイフの柄が父親の手と対照的に古びて傷んでいるのがわかった。「父さんのことを心配しているのか？　父さんはどうなっちゃうんだろうって？」コール・ドゥは訊ねた。

「ううん」否定したランの声は落ち着いていた。八歳の彼は、家族の男は全員グリーンボーンだということは知っていた。つまり、彼らは翡翠を身に着け、外国人の横暴と戦う秘密組織に忠誠を誓っているのだ。

「よし」父親はランの肩をしっかり抱いたまま言った。「心配する必要はない。翡翠を身に着けるべく生まれてきた者もいれば、そうでない者もいる。おまえは身に着けるべく生まれてきた。おまえの弟もそうだ。父さんやおじいちゃんとおんなじだ。ほら、タロンナイフを構えてみろ――まだ、自分のタロンナイフを持ってないのか？　なんてこった、もう持っているべきだぞ、父さんがとっくに用意していなきゃならなかった。まだ持っていろ、翡翠は二、三個しかついていない。おまえに害はない」

ランはタロンナイフを持ち、おもちゃのナイフで練習したように手のなかで回してみた。柄に埋めこまれた翡翠は滑らかな手触りで、ランの胸を温かく心地よいもので満たす。まるで、長く息を止めていたあとに大きく息を吸いこんだときのようだ。父親は満足そうに眺めている。ランは言った。「それで、王さまが家族を殺したあとはどうなったの？」

　コール・ドゥはタロンナイフを取って、鞘に戻した。「フント王国の一族が全員亡くなると、ジャン王国とタイード王国が攻めこんでフント王国の領土を分け合い、その後、ふたつの王国は戦争になった。そして最終的に、ケコンはひとつの国になった。それからは、国の安全のため、国を治める者は翡翠を着けてはならず、翡翠を着ける者は国を治めてはならないと定められた」

　もうひとつの部屋では、ヒロの癇癪を起こした叫び声——壁のおかげで和らげられている——がまた力強く始まっていた。「まったく、悪魔のように泣きわめく赤ん坊だ」父親はぼやいたが、怒りの表情にだんだん満足そうな笑みが広がっていった。よく引用されるケコンの迷信がある——手に負えない子ほど、優れた戦士になる。遠くで、夜を引き裂く新たな音が響いた。ジャンルーンの空襲警報が、ヒロのわめき声をかき消す。

　父親は警報を無視し、落ち着いた低い声でつづけた。「王冠を戴く者は、戦士の翡翠を身に着けることはできない。黄金と翡翠、両方をほしがってはならない。俺たちグリーンボーンは『アイショ』に従って生きる。敵から国を守り、弱者を強者から守る」コール・ドゥは息子を少し離し、左目を細め、思いやるような表情になった。「この戦争が終わり、ショター人どもを破ったあとは、組織がこの国を立て直し、人々を混乱から守らねばならなくなるだろう。まあ、父さんは生きてそれを見られるかわからんが、ラン＝サ、おまえは俺とは違う種類のグリーンボーンにならねばならないだろう」

＊

「ある法律を通してもらいたいのです」ランはソン首相に言った。「ケコン翡翠連合（KJA）において、いかなる組織も支配株主の地位を獲得してはならないという法律です」

首相は厚い唇を引き結んだ。「興味深い提案だな。KJAの株式保有構造はこの十五年間、大きく変わっていない。国内最大のふたつの組織が、ほぼ同等の所有権を保持している状態だ」

「山岳会が三十九パーセント、無峰会が三十五パーセント、残りは小規模組織が分け合っています」ランは明確に説明した。「さらに訂正させていただきますと、首相、もっとも最近の動きは去年発生しました。山岳会がスリーラン会を併合し、保有率を二・五パーセント増やしたのです。それも、ラン家の翡翠を持つメンバーを全員殺害することによって成し得たことです」

ソン首相は顔をしかめ、ランは口元がゆがみそうになるのを抑えた。スピードと暴力においてグリーンボーンが異なる基準で活動していることを政治家に思い出させることなど、大したことではない。

「君が提案している法律というのは……防衛策かね、コール・ジェン？」首相は冷静に探るような口調になった。濃い灰色の眉毛が寄せられ、そのあいだに深い皺ができる。ランには首相の考えていることがだいたいわかった。首相はこう思っているのだろう。山岳会が小規模組織を征服するかもしれない――あるいは、けっしてあってはならないことだが、無峰会自身を取りこんでしまうかもしれない――と恐れる理由があるのだろうか？

「国にとっての防衛策です」ランはきっぱり言った。「KJAは戦後、この国の翡翠供給はグリーンボーンが管理するべきだという妥当な考えのもとで結成されました。当然、すべての組織が翡翠供給の制限と保護に協力する既得権を持っているという考え方です。ただし、それはSN1が発明される以前のことです。翡翠の輸出によって海外から金が転がりこんでくる前、そして……大きい組織のリーダーシップに変化が出てくる前の話なんです」

首相は率直に訊ねた。「君は、山岳会がKJAを牛耳ろうとしていると考えているのかね？」

「そういう誘惑を取り除くことが国益になる、と考えています」

「国の利益か、それとも無峰会の利益か？」

ランは声に強い非難をにじませた。「無峰会の利益など求めていません。議会が通すKJAに関する法律は、すべて等しくわたしの組織にも適用されます。そしてアイト・マダーシの組織にもです」ランは身を乗り出し、首相の机に両肘をついた。その動きでシャツの袖がずり上がり、一瞬、首相の目がランの前腕の翡翠のついたカフスを見た。「翡翠はこの国の資源です。特定の個人や集団が支配するべきではありません。力の均衡を保つ必要があります」

ソン首相は顔の横を掻き、よく考えながら答えた。「そういった法律の文言を作って脱法を防ぐのは、難しいだろう。こうと決めたグループは、支配下にあるグループや仲介人を使って支配権を獲得する恐れがある」

「政府には、その解決策を考えられる賢明な方々がいるはずです」ランは口調を和らげた。話が〝もし〟から〝どうやって〟に移っていることに気づき、満足感を覚えた。「いずれかの組織とその支配下にあるグループの保有率が四十五パーセントに達した場合、ほかの株主たちのあいだで自動的に保有率の再分配が発動するようにするのです。あるいは、KJAが単一組織の支配下に入った場合、KJAを国有化するという条項を作ってもいいでしょう。わたしはそういった非常手段が必要な事態が来ることはないだろうと思っています」ランは首相の疑わしげな表情を見て、つけたした。「ですが、そういう法律があれば、競合する組織を排除することで国の翡翠供給を牛耳ることができると考える組織はいなくなります」

首相は鼻から荒い息を吐き、ソーセージのような指で机をコツコツ叩いた。「当然だが、法律の制定は、あっというまにできることでも、わたし個人の意思でできることでもない」笑顔で言う。「王立議会を通さねばならん。そのためには、無峰会系議員すべての協力が必要になる。それに、ほぼすべての独立系議員の協力もだ」

「それなら」ランも意味深な笑顔になる。「無峰会と古くから強い友情で結ばれている人物に、直接会いにきて正解でした。なにしろ、これだけのことを成しとげられる影響力を持った方ですから」

首相はうなって片手を軽くふったが、喜んでいるようだった。政治の世界に入る前、ソン・トマローは無峰会のかなり裕福な〈灯籠持ち〉だった。彼の娘たちは今、家業の織物業を経営していて、今でも期日に遅れることなく相当の額の献金を無峰会に納めている。ソンは政府でもっとも高い地位にいる無峰会のメンバーであり、そのことは誰もが知っている。英知会館のほとんどすべての議員とそのスタッフは、グリーンボーンの組織のどれかに属している。ソン首相の執務室から廊下を少し行った先に部屋がある議会の出納係は、有名な山岳会支持者だ。

黄金と翡翠、両方をほしがってはならない――二十五年以上前にランが父親から言われた言葉だが、その後、言葉の意味がそれほど単純なものではないことがわかった。戦後、コール・センやアイト・ユーのような人物が率いたグリーンボーンたちは、『アイショ』に従ってじつに誠実に行動し、政権との関わりをひかえ、第一線から退いていた。だが、今では完全に表舞台に出てきている。もう山間部に隠れて訓練を行ったりはせず、自分たちが解放のために戦った街で堂々と暮らしている。戦後の混乱期と急成長の時代、普通の人々は、外国の圧政下にあった数十年間と同じようにグリーンボーンに保護と援助を仰ぎつづけ、グリーンボーンはそれに応えてきた。協力者――〈灯籠持ち〉――たちの秘密の情報網は、戦争からビジネスの情報伝達手段に変わった。彼らは影響力をふるい、占領時代からの仲間や忠実な協力者との面会の約束や契約をとりまとめた。ショター人に犯罪者の烙印を押された人々は、ケコン島の支配階級になった。いっぽう、正式にはケコン政府の一部ではないが、各組織が政府の活動に大きく巻きこまれた結果、政府と組織は、多くの意味で見分けがつかなくなっていた。

だからこそ、ランはこの面会の最終的な結果についてはまったく疑っていなかった――ソン・トマローはランの依頼どおりにするだろう。問題は、どのくらい迅速に、どのくらい熱心に、どの程度の代償で実行されるかだ。首相は椅子の背にもたれ、経験ある政治家らしい熟練した友好的態度で言った。「コール－ジェン、わたしのことはよく知っているだろう。わたしは国にとっての最善を求めている。君の提案には百パーセント賛成だ。この件について、われわれの意見は完全に一致している。しかし心配なのは、必要な票数を獲得するのが難しそうなことだ。議員たちは組織に忠実かもしれないが、なかには山岳会の行動を故意に排除するように見えることに対し、公に協力するのを警戒する者もいるかもしれない。無峰会が公共の利益のために、ほかにも実質的な手段を講じようとしている兆候が見えれば、君の提案への賛同もはるかに簡単に得られるのだが」

「この法律を作ること自体が公共の利益を守る大きな一歩だということで、われわれの見解は一致したんじゃありませんか？」ソンがもっと要求してくるだろうということは、当然予測していたが、ランは内心やはり腹立たしかった。首相なら、KJAを単一組織の支配から守ることは国民の義務だということを理解しているべきだ。無峰会が彼のほかの支援要求を聞いてやっていることは関係ない。だが、〈灯籠持ち〉の習慣はそう簡単には消えない。

「もちろん、一致したとも」ソンは愛想よく認めた。「しかし、一般市民はもっと急を要する具体的な問題も抱えている。例えば、この街の港の円滑な機能とか。君も知ってのとおり、数カ月前、港湾地区で労働者のストライキがあったんだが、それが長引いて街に不利益をもたらしている。わたしの家族とその他数人で無峰会の〈角〉に援助を求めたが、残念ながら聞き入れてもらえなかった」

「〈角〉が判断すべきことは〈角〉に任せています」ランは言った。「それに、その件については、わたしも彼の判断に賛成です」ソン家とほかの〈灯籠持ち〉たちは、ヒロのところに来て、労働組合のボスたちを脅して集会をやめさせ、必要なら痛い目に遭わせてでも労働者を仕事に戻らせてほしいと頼んだのだ。ヒロは鼻を鳴らしてこう言っていた。「あの連中は、俺たちを何だと思ってるんだ？　金で雇ったちんぴらか？」港湾地区の労働者も無峰会の支持者だ。組合のボスたちは献金を納めている。ランはあのとき、弟に感心した。ヒロは力を誇示することをためらわないが、少なくとも計算してやっている。それに〈灯籠持ち〉たちに、頼めば何でも思いどおりになると思わせてはならないことも、わかっている。

とはいえ、今回はソンの協力が必要だ。ランはこう言った。「首相の心遣いには感謝します。その件では、ビジネスに損害が出て大変だったでしょう。その負担を軽くするために、わたしたちにできることがきっとあるはずです。〈日和見〉は最近特に多忙を極めているので、ウン-ジェンに必ず最優先でこの件に取り組むよう言っておきます」

そう言いながら、ランはウンに発言の許可をあたえると伝えた。こういう状況で部下に求められる態度に従い、ウンは〈柱〉がひとりで話をするあいだ、ずっと黙っていた。感情を表に出さず、注意深く相手方を観察しているので、あとで上司の印象を裏付けることも否定することもできる。今、ウンは身を乗り出しているが、ランはいくらか神経質にウンのテストの行方を待っていた。

ウンは言った。「首相、いくつかの産業が――例えば織物や衣料といった業種が――輸入製品との厳しい競争に直面していることは知っています。おそらく海外製品が入ってくる時点で組織による関税を課せば、われわれケコンの生産者にとって公平な条件を整えるのに役立つのではないでしょうか？」

ランは満足だった。いい提案だ。港で海外からの輸入織物の関税を上げれば、組織に収益をもたらすだろうし、実施と執行もたやすい。ほかの〈灯籠持ち〉たちに無駄に便宜を図ってやらずとも、ソン家のビジネスはかなりの利益を得ることになる。首相はウンの提案を熟慮するふりをしているが、満足の笑みを抑えているのがランにはわかった。「うむ、それならじつに有益だろう」

ランは立ち上がり、カフスを直した。「では、合意に達したということで」

首相は重そうに立ち上がると、ふたりをドアへうながした。「君のおじいさんは――願わくは、彼に三百年の命を――最近の具合はどうだね、コール－ジェン？」

「悲しいことに、年齢には結局誰も勝てません、たとえグリーンボーンでも」ランは穏やかに答えた。そのままだと思いやりのある質問に聞こえるが、コール・センが孫の背後でまだどのくらい無峰会を指揮しているのか、探りを入れているのだ。ソンはランとの合意が無峰会の最終的な結論と信じていいのか、知りたがっている。「祖父は昔の彼とは違いますが、まだ元気で、相応の隠居生活を楽しんでいます」

ソンは柔らかい分厚い両手を額に当てて敬礼した。

15　悪魔との取引

倉庫の外に、改造した〈トロヨ〉のバイクが十二台並んでいた。ジャンルーン北部の暴走族に人気のけばけばしい色で塗装されている――ファイアーレッド、ライムグリーン、エレクトリックブルー。ヒロは足を止め、そのうちの二台に見惚れた。特に目を引く一台のすわりやすく形作られた革張りのシートをぽんと叩き、かがんでぴかぴかのエンジンを調べ、さっとメーターを見てから、改装された建物のドアへ歩いていった。アルミ製のドアは大音量の音楽のドンドンという重低音に震えている。

ヒロはメイク・ターと、近いうちに〈拳〉に昇進させたいと考えている上級の〈指〉ふたりを連れてきた。

利口だが少しぽっちゃりしてひかえめなオブは、ヒロが会ったことのある誰よりも〝跳ね返し〟の技に優れているが、昇進させるには人の動かし方を学んでもらう必要がある。もうひとりのインは、特別優れた翡翠の能力はないものの、多くの女のグリーンボーンのように――特に〈角〉が担当する軍事部門では――同じ立場の男より熱心に働くのが習慣になっていて、ヒロはそこを評価していた。イン・ローとメイク・ターは付き合っては別れ、別れては付き合うことをくり返している。現在は付き合っていないが、ふたりは似た者どうしで、恋愛関係にあるときは二匹の猫のように喧嘩する。

こうして四人のグリーンボーンが暴走族の本拠地に入ってきた。ざっと二十人ほどの暴走族――ほとんどが十六歳から二十五歳まで――が、ぼろぼろの古いソファにどっかとすわり、酒を飲んだり煙草を吸ったりしている。ビリヤードをする者や、テレビを観ている者も何人かいる。隅のほうで、三人の男が大っぴらに大金をかぞえていた。ヒロは興味を引かれて見回した。コインウォッシュ地区の暴走族に関するかぎり、クローム・デーモンズは比較的設備の整った住居を維持しており、汚れやネズミやゴキブリも少なく、薬物にふけっていることもあまりない。

全員の目がいっせいに四人の侵入者に集まった。次の瞬間には、クローム・デーモンズのすべてのメンバーが立ち上がり、銃やナイフ、手近にある武器になりそうなもの――ボトルやビリヤードのキュー――に手を伸ばしていた。隅の三人はぱっと跳び上がると、へらへらと札束を後ろに隠そうとした。

ターは声を張り上げた。「よく聞け、野郎ども!」誰かが音楽を消した。

「表にある見事なファイアーレッドの〈トロヨ〉RP550の持ち主は誰だ?」ヒロが訊ねた。

「俺だ」部屋の奥から返事がして、無愛想な男が前に出てきた。がっしりした体格で、この暴走族の特徴的な服――袖をずたずたにカットした革ジャン――を着ている。豊かな髪はふたつに分けて固められ、どことなく頭の上にふたつの男根が載っているように見える。周囲の若者たちより二、三歳上のようだ。彼の並外れたバイクと威圧的な歩き方から、ヒロはこの悪魔（デーモン）の巣窟のリーダーは彼だろうと考えた。

「顔とバイク、どっちが大事だ？」ヒロは訊ねた。

「何だと？」男はわけがわからず訊き返す。

「顔かバイクか、どっちを選ぶ？」

男の目がヒロの鎖骨にずらりと埋めこまれた翡翠を見て、つづいてメイク、オブ、インを見た。「顔」しぶしぶ答える。

即座にヒロは男を殴り、鼻っ柱をへし折った。男は後ずさり、目から涙をこぼして痛みに茫然としている。両手を上げて防御する暇もなかった。若い悪魔（デーモン）――じつに愚かな二、三人――がとっさに拳銃を手に取ったが、一発も撃てないうちに、オブが〝跳ね返し〟を浴びせた。暴走族のメンバーはひとり残らず壁にふっ飛ばされ、ソファや重いビリヤード台までが動いた。

クローム・デーモンズのメンバーたちがよろよろ立ち上がろうとすると、ヒロは理性的に言った。「この界隈の公道でレースをしている連中の騒音と不法行為について、多くの苦情が寄せられている。強盗件数も手に負えなくなっているという。表に停めてある立派なバイクを見れば、クローム・デーモンズが金に困っていないことは明らかだ。したがって、唯一の公平な手段は、おまえら犯罪者が無峰会に献金をすることだ。われわれ無峰会は、おまえらが不用意に迷惑をかけた人々――法に従う人々――の面倒をみているんだからな」

ヒロが話しているあいだ、インが大きな帆布製の袋を持って倉庫内を歩き、てきぱきと奥のテーブルから分厚い札束を回収し、銃を没収していく。メイクとオブがどんな動きにも目を光らせているので、これ以上喧嘩を吹っかけようとする者はいない。クローム・デーモンズは荒っぽい連中だ。路上の喧嘩で鍛えられ、タトゥーを入れた強面の殺し屋もなかにはいるが、ほとんどはあきらめてさっさと武器と金を差し出した。どうやら、前にもグリーンボーンに罰金を科されたことがあるらしく、協力すれば生きて出られるが、しなければ生きて出られる保証はないとわかっているようだ。犯罪を含め、社会のあらゆる面におよぶ組織の監督は、ジャンルーンの生活の一部として広く受け入れられている。ひとりの馬鹿な男がインに色目を使ったが、彼女に殺意のみなぎる目でにらまれ、後悔して真顔に戻り、骨をへし折られる前にポケットの中身を出した。ヒロはふたりの〈指〉の働きに満足していた。今のところ、ふたりともヒロにならって適度に暴力を用いている。どちらも過剰な行動は取っていないが、室内の誰ひとりとして、このふたりが流血沙汰をためらうとは思っていない。これがグリーンボーンに求められる絶妙なバランスだ。

インが戻ってきて武器と金の入った袋をヒロの足元に置いた。「通常なら」ヒロは言った。「おまえらが不正に手に入れたものを没収し、今度苦情が来たらおまえらをバイクごと港に沈めると警告して立ち去る。だが、それだけなら、〈指〉を何人かよこせばすむ話だ。俺がここに来たのは、ほかに理由がある」

「わざわざあんたが来た理由って、何だよ?」リーダーが顔を押さえ、聞き取りにくい声で言う。

「いい質問だ。三本指のジーを知ってるか?」

「ジーなら死んだよ」誰かが大声で答えた。

「ああ、今頃、蛆虫の餌になっている」ヒロはうなずいた。「ジーを殺した男は山岳会に雇われている。それは確かだが、俺が知りたいのは、やつがどんなふうに働いているかだ。何をしていて、誰と働いているのかを知りたい。こいつは――」ヒロは金と銃の入った袋を足でつついた。「――シャインを作り、街角で翡翠泥棒や密輸業者に売って手に入れたものだな。テム・ベンのようなブラックマーケットの翡翠加工業者と取引する連中だ。そこで、提案がある――おまえらの客を追跡しろ。おまえらと取引している泥棒、スリ、シャインの売人、ポン引きのあとをつけるんだ。こいつらをやれ。テム・ベンと彼と働いている連中をできるだけ多く見つけてこい。そうすれば、この袋を床に置いたまま出ていってやる」ヒロは両手を上に向け、ちらかった倉庫を指して寛大に言った。「オブとインとメイク・ターがいい知らせを聞きに戻ってくるが、おまえらは無峰会の縄張りでこれ以上問題を起こさないかぎり、俺に会うことは二度とない。だが、おまえらが縄張りの外――フィッシュタウンやスタンプ地区――で暴れたり盗んだりするぶんには、喜んで見逃してやる」

意味ありげな沈黙に、ときおり小声で話し合うざわめきが混じる。無峰会の〈角〉は、いくつかの警告付きだが、基本的にクローム・デーモンズにフリーパスをあたえたことになる。情報を渡せば、無峰会による弾圧と徴税が猶予されるという。しかも〈角〉は、彼らに山岳会の縄張りで暴れてこい、そしてできることならこっそりコインウォッシュ地区に戻ってこいと焚きつけているようなものだ。倉庫内の男たちは半信半疑ながら興奮でざわめいた――〈角〉はかなり頭にきているに違いない。組織間の抗争はチャンスかもしれない。

「OKするべきだって、オーカン」若い暴走族のひとりがリーダーに向かって、小声で熱心に訴えた。リーダーはシャツで鼻血を止めようとしている。

「どうするかは、俺が決める」オーカンは若者を怒鳴りつけた。どうやら、著しく損なわれた威厳を取り戻そうとしているらしい。くるりとふり向き、押し入ってきたグリーンボーンたちに険しい顔を向けたが、目は合わせず、〈角〉の足のあいだにある袋をにらみつける。彼に翡翠のオーラはない。当然だが、それでもヒロには彼の緊張をはっきり〝感知〟できた。屈辱と痛み、そしてだんだん大きくなる不愉快な認識――断れば大馬鹿になってしまう条件を提示されているのだ――との葛藤。彼はようやく言った。「それで、あんたがテム・ベンと山岳会の連中を始末したら、俺たちは分け前にあずかれるのか？」

「ふざけるな」ヒロはぴしゃりと言った。それまで見せていた大らかな態度はたちまち消え、倉庫内の誰もが――ヒロの部下までもが――その変化にたじろいだ。「これは組織のビジネスだ。おまえらはテムを見つけだし、やつの動きと人脈を俺に報告する。だがそのあとに起きることは、グリーンボーンどうしの問題だ。俺はおまえらを、レッズやセヴン・ワンズやほかのどの暴走族よりもいい場所に置いてやろうと言っているんだぞ。無峰会の縄張りで俺の寛大さを踏みにじるようなことをしてみろ、必ず見つけだし、おまえらに神々の助けを求めさせてやる。さあ、どうする？　とっとと答えろ」

オーカンはぼそぼそと答えた。「わかった。おたがい理解していると思う。こっちはOKだ」

「『はい、コール＝ジェン』と言え。それと〈角〉に約束するときはひざまずけ、ちんぴらが」メイク・ターが怒鳴りつけた。ヒロは最後のひと言は余計だと思った――暴走族のリーダーはすでに充分憤慨し、おびえている。ヒロはターの熱意を評価しているが、彼の興奮しやすい残虐性は、〈角〉の言葉のインパクトを増すというより損なっている。

ヒロは何も言わず、あとでターを叱ろうと心に留めた。代わりに足元から帆布製の袋を拾い、少し儀礼的な雰囲気でオーカンに差し出す。象徴的な仕草で男が失った尊厳を回復してやり、残りのメンバーが今夜の合意に従うという自信をそこそこ持てるようにしてやった。

　クローム・デーモンズのリーダーは、腹の虫が治まらないまま、ヒロの前で倉庫のコンクリートの床に膝をつき、組み合わせた両手を上げて頭を下げた。

16　翡翠鉱山

　シェイは立ち止まり、額の汗をぬぐった。彼女が経営学大学院（ビジネススクール）に通っていたエスペニアのウィントンという街は、乾燥した高地にあり、草原農地と重工業地帯にかこまれていた。あの頃は身を切る寒さの外国の厳しい冬が大嫌いだったが、今はケコンの山間の蒸し暑さに適応するのが難しかった。昨夜の短い豪雨にもかかわらず、島の南側にあたるここでは、これでもすでに乾季に入ったと考えられている。催花雨（さいかう）の季節のまっただなかで、滝のような豪雨が道路を破壊し、このエリアは完全に閉ざされていた。

　鉱山の現場事務所までは、短いが急な坂道を歩かなくてはならない。運転手がエンジンの調子の悪い錆びたトラックを停めた場所から、ぬかるむ小道をのぼっていくのだ。砂利敷きの駐車場の隣には、土にまみれた二機の掘削機がある。シェイの二日間にわたる旅の移動手段は、進むたびにだんだん遅くなっていった。まず街の地下鉄でグランドアイランド駅まで行き、次に長距離バスでジャンルーンを出てアブケイ人が多くを占めるプーラの街まで行き、そこから雇ったトラックで移動。そして今は、最後の道のりを徒歩で進んでいる。ぬかるみに一歩足を踏み出すたびに、翡翠の源へ少しずつ近づいていく。

頭上には緑の枝が天蓋のように広がっている。その高い枝の隙間を通して、まぶしい光の柱が伸びていた。小鳥のさえずりとときおり響くサルの叫び声が、この森がいかに活気があって生き生きしているかを思い出させる。シャツは不快に肌にはりつき、汗の流れる胸の谷間がかゆくても、シェイはやっぱりランの頼みを聞いてよかったと思った。ジャンルーンは矛盾を絵に描いたような場所で、そこで生まれた者さえとまどわせる。煮えたぎるごった煮でありながら、同時に現代的で魅惑的な大都会でもある。世界レベルの大都市であろうと意識しすぎているくせに、その根幹は各組織による縄張り支配で成り立っている。

それでも、街を出れば、ケコンは美しい島だ。なぜ昔の外国の船乗りたちがこの島を〝呪われた美の島〟と呼んだのか、シェイにはよくわかる。こうして山の上まで登ってきさえすれば、シェイは腹の底から帰ってきたと実感できた。彼女にとって、故郷やケコン人であることには特別な意味がある。それはコール家の人間であることとの避けられない難しさ以上に根深いものだ。

鉱山の現場監督事務所は小さい丸太小屋だった。まるで何度かの地滑りに耐えてなお、危なっかしく山にしがみついているような姿だ。下り斜面に雑に打ちこんだ数本の丸太で、傾いた壁をどうにか支えている。

シェイはドアをノックした。下の採掘坑から、機械と作業のやかましい音が聞こえてくる。誰かが仕事をしているに違いない。待っていても返事がないので、シェイはドアを開け、さっさと入っていった。

現場監督は奥の部屋にいた。小さな白黒テレビで、リレーボールの試合中継に夢中になっている。シェイが入っていくと、彼は飛び上がった。「誰だ？」慌ててテレビを消し、驚いてシェイを上から下までじろじろ見る。どうやら、ここに都会の若い女が来ることは少ないらしい。泥のこびりついたブーツに、裾をふくらはぎまで丸めたズボンをはいているような女でも。

「ノックをしたけれど、聞こえなかったようですね」

「ああ、そうか、悪いな。耳が遠いもんで。何の用だ？ 誰かと一緒に来たのか？」彼はシェイを見て、疑わしげに目を細めた。鉱山から直接翡翠を盗もうとするとんでもなく愚かな泥棒も、まったくいないわけではない。現場監督はちらりと机に目をやった。シェイはそれを見て、机に銃が隠してあるのだろうと推測した。

「操業状況と帳簿の調査に来ました」シェイは説明した。

「調査の話なんか聞いてないぞ。いったい誰の権限でここに来た？」

「無峰会の〈柱〉である兄、コール・ランシンワンの権限です」シェイは一通の封筒を引っぱり出し、現場監督に渡した。彼は封筒を開け、手紙に目を通して顔をしかめた。それはランの直筆の手紙で、ケコン翡翠連合取締役という肩書に本人の署名が添えられ、赤いインクで無峰会のまるい記章が押印されている。

現場監督は手紙をたたみ、しぶしぶ礼儀正しくシェイを見た。「よくわかりました。何をご覧になりたいのですか、コール・ジェン？ それとも、ミス・コール？」彼は気まずそうにもう一度シェイの姿を確認し、まったく翡翠を身に着けていないことに明らかに混乱している。

「ミス・コールで結構。よかったら、採掘現場まで案内してくださる？」

現場監督は小声で少しぼやいたものの、シェイを奥の部屋から事務所スペースへうながした。麦わら帽子をかぶると、先に立って傾いた丸太小屋を出て、尾根づたいの小道を下りていく。だんだん大きくなる機械の音が、森の音をかき消す。歩いていると、シェイは湿った空気に変化が起きたような、肌がちくちくする感覚を覚えた。それは一歩進むたびに強くなっていき、内臓を引っぱられるような――へそから伸びる紐を引っぱられているような――間違いようのない感覚になったときには、ふたりは森を出て、スタジアムほどもある採掘坑全体を見渡せる岩棚に立っていた。シェイは畏敬のため息をもらした。

幼い頃に家政婦のキーアンラから聞いた、アブケイ人の古い神話を思い出す。最初の地母神ニムマは、世界を創るという大仕事のあと、海に落ちて亡くなり、その体はケコン島となった。山々の下に延びる翡翠の鉱脈は女神の骨だ。女神の緑の骨（グリーンボーン）。そう考えると、下の光景は想像しうる最大の墓荒らしだ。ここでは、世界でもっとも価値のある、人々から求められてやまない宝石の原石が、空気にさらされ、大地から引っぱり出されている。シェイの立っている岩棚からは、巨大な砕岩機とアルミ屋根の掘っ建て小屋がおもちゃのように小さく見える。そしてアブケイ人労働者は、岩屑の山のあいだをせっせと動き回る小さな人形だ。あたりはディーゼルエンジンの排気ガスの臭いが漂い、水冷式ダイヤモンドソーが岩に切りこむ甲高い音に空気が震えている。地面の巨石のあいだや、くすんだ灰色の岩が切り分けられている巨大な平床式トラックの荷台に、翡翠の原石の緑の輝きが見える。

「気をつけてください」現場監督が声を張り上げた。シェイは下の作業を見ようと、採掘坑の横へジグザグに延びる金属製のスロープを下りはじめた。泥まみれのブーツの底が、格子状の鋼鉄の歩道に当たってカンカンと音を立てる。現場監督が後ろからついてきて、「その看板のところで止まってください！」と、トラックや重機のとどろく音に負けない声で叫んだ。

最後から二番目のスロープの手前に小さい展望台があり、その上に大きな看板があった。**注意：ここから先、関係者以外立ち入り禁止。このエリアは翡翠に感受性のある人には危険です。立ち入りは自己責任で！**

シェイは足を止めた。そこには、翡翠に対する免疫のない人には安全とはいえない量の翡翠の原石がある。シェイは下を歩くアブケイ人労働者を観察した。ヘルメットをかぶり、厚い手袋をはめ、泥だらけの作業ズボンをはいているが、この暑さに上半身は裸で働いている。祖先と同じように、彼らだけがケコンの奥地で安全に暮らすことができる。現代では、アブケイ人は翡翠に対する免疫を基にして、社会で二流市民の地位を勝ち取っていた。下にいるやせた労働者たちは毎日一日じゅう働き、巨大な岩に平然ともたれ、輝く緑の石に触れても、シェイが今感じているようなことは感じない。腹の底でうごめく、くらくらする翡翠への欲望は、飢えよりも根深く激しい。

深く染みついたケコン人の偏見で、アブケイ人はまだ劣った人種とされているが、エスペニアの大学で歴史と科学を学んだシェイは、その思いこみは間違いだと知っている。アブケイ人は、タン帝国から最初の移住者が到着する何百年も前からケコン島に住んでいた。つまり、実際は生き残りなのだ。のちにやってきた探検家たちがそのために殺し合い、海に身を投げた物質から、彼らは何の影響も受けずに生きてきた。そう考えると皮肉なものだ。現在、比較的恵まれているアブケイ人は、ケコン翡翠連合の鉱山で過酷な労働につき、稼いだ金は三カ月の雨季のあいだに酒と博打と娼婦に消える。いっぽう、そこまで恵まれていない仲間は川ぞいの掘っ建て小屋に住みつき、流れてくる翡翠のおこぼれを求めて川にもぐっている。

シェイは狭い通路をさらに数歩下りた。もし翡翠を身に着けていたら、全身に響く翡翠のエネルギーに圧倒されていただろう。現場監督が大声で訊ねた。「ミス・コール、看板は読みましたか？」

「あまり先へは行きません」シェイは返事をした。もし彼を無視して、あの巨石のひとつまで行って翡翠の原石に手のひらを押しつけたらどうなるだろう？　気を失って倒れる？　それとも心臓が止まる？　一瞬、無類の力と光を経験し、炎のなかで忘我のうちに燃えつきる蛾になったような気がするのだろうか？　あるいは、ただちに影響があるわけではなく、翌日とか一週間後とか一カ月後から、少しずつ正気を失い、翡翠への〝渇望〟に襲われて自傷行為をするようになるのか？

しっかりしなさい——シェイは自分に言い聞かせた——わたしがここに来たのはラン兄さんに頼まれたからで、それ以外の理由はないのよ。帆布製のリュックサックからメモ帳とペンを出すと、手すりから身を乗り出し、トラックと労働者の数をかぞえた。現場にあるブルドーザーと掘削機の台数を書き留める。どれも正常に作動していて、異常のあるものや場違いなものはなさそうだ。男たちは過酷な労働で日に焼けてやせているが、健康でよく働くように見える。シェイは後ろを向くと、スロープを引き返した。ほっとした現場監督がついてくる。傾いた事務所に戻ってくると、シェイは言った。「直近二年間の財務記録を見せてください」

「KJAはすべての記録をファイルに収めているので、ジャンルーンにある〈日和見〉のオフィスの職員からコピーを入手できますよ。ここにあるのは、経費報告書の原本くらいで——」

「では、それを見せてください」

監督はしぶしぶ、テレビのある部屋へシェイをうながした。クローゼットを開け、裸電球をつける。クローゼットのなかは書類整理箱でいっぱいだった。黒い太字のマジックで記された日付順に積み上げられている。彼は折りたたみ式のテーブルからテレビをどかし、表面の埃を剝き出しの前腕でぬぐった。「このテーブルを使ってください」シェイのせいで、しばらくリレーボール観戦ができなくなり、明らかに怒っている。

「ありがとう」シェイは言った。「わたしの雇ったトラックの運転手に、待っているように伝えてくださる？　二、三時間かかると思います。コピー機はありますか？」

監督はコピー機を指さすと、シェイを残して出ていった。ドスドス歩き回ってから、もうひとつの部屋のラジオをつけるのが聞こえた。シェイはいちばん新しい日付の整理箱を見つけると、持ち上げてクローゼットから取り出し、小さいテーブルに載せて箱を開けた。最初の厚いファイルフォルダーを引っぱり出して、腰を下ろす。採掘日報だ。メモ帳の白いページを開いて読みはじめる。これはしばらくかかりそうだ。

翡翠鉱山を公正に分析する態度で調べるのは、少し奇妙な気分だった。退屈な記録に目を通していくと、翡翠採掘業もほかのあらゆる業種と同じく、収入と支出、収益と経費があるのがわかる。計算諸表、送り状、注文書がある。生産して販売する業者とほとんど何も違わない。伝統的なアブケイ人の民間伝承では、翡翠は地母神と世界の創造に結びつけられている。この国の神教徒は、翡翠は神々からの賜物（たまもの）――人類救済への道――であると信じている。いくつかの外国の宗教は、翡翠を悪魔がもたらした邪悪な物質であると考えており、ショター人はケコンを支配した数十年間、そういう通念を押しつけた。翡翠には、それは多くの神話と感情が、あまりに多くの謎と力が染みこんでいる。それなのに、ここにあるものは――退屈だった。採掘し、切り出し、輸送して、加工し、磨いて、販売して利益を得るためのものでしかない。

重要だと思うページをコピーし、次のフォルダーに取りかかる。人事書類。シェイは書類をめくっていった。自分はいったい何を探しているのだろう？　ランは操業状況を調べてこいと言っていたが、具体的に何がまずいと考えているのかは言わなかった。人事名簿は給与コストの上昇を裏付けていた。離職者はほとんどなく、負傷者が二名に新規雇用者が多数。すべて、きわめて正常に見える。なじみの薄い専門用語や略称や略語が使われているものもあるが、シェイはケコンの翡翠採掘地区を充分把握していたので、ほとんど理解できた。コール・ドゥ学園での最後の二年間、シェイはユン・ドルの指導を受けていた。当時、彼女は無峰会の経済活動で重要なポストにつくことを――おそらく、いつかドルのあとを継いで〈日和見〉になることさえ――期待されていた。

兄たちと違い、シェイはコール・ドゥ学園の友人は多くなかった。ほかの女子生徒のなかでかなり親しかったひとりに、ワン・パヤデシャンがいた。才能があるのに恥ずかしがり屋の、中流の〈灯籠持ち〉の娘だ。パヤの母親は数年前に病気で亡くなっていて、シェイは彼女をよくコール家の屋敷に招いた。ある日、シェイが探しものをしているとき――もう何を探していたかも思い出せない――偶然、ドルの机で写真がいっぱい入ったマニラ紙の封筒を見つけた。下着姿のかわいいパヤ、四つん這いになって首輪を着けたパヤ、裸で脚を広げ、青白いぼうっとした顔で目をうるませたパヤ。

シェイが二度とこの家に来ないでと告げると、友人は屈辱と惨めな安堵感に泣いた。そして、わかってくれと懇願した。〝わたしはあんな女じゃないし、あんなことはしたくなかった。でも、ドルージェンは父の仕事にすごくよくしてくれるのよ。わたしに何ができたっていうの？　いやなんて言えるわけないでしょ？〟

シェイは祖父に、もうドルの指導は受けたくないと告げた。無峰会のビジネスに必要な知識は、ハミ・トゥマションのような上級〈招福者〉から学び、〈日和見〉とはその後一切関わろうとしなかった。祖父はこう言っていた。「合理的に考えてみろ、シェイ－サ、誰にでも欠点はある。戦時中、ドル－ジェンが敵にどんな目に遭わされたか、おまえは知らない。ドルはおまえに失礼な扱いをしたことはないではないか」

年月がたっても、シェイのユン・ドルポンへの嫌悪は薄れることはなかった。彼はシェイから友人を奪っただけでなく、それまで抱いていた祖父への比類なき敬意も奪ったのだ。

シェイはリュックをかき回して弁当箱――昨夜の宿の厨房からもらってきたオニオンブレッド、細く刻んだ野菜、味つけ卵が入っている――と水のボトルを出した。食べながら、書類の調査をつづける。現場監督が部屋に顔をのぞかせ、調子はどうかと訊ねると、シェイは順調と答えた。もう書類の整理方式はわかったので、効率的に月次財務諸表を引っぱり出してはコピーし、あとで詳細を読みこんでKJAの年次報告書と比較できるようにした。シェイはプーラに部屋を借りようと考えていた。そうすれば、必要なときにこの山間部に戻ってこられる。たとえランに報告すべき特別興味深いことが見つからなかったとしても、この機会をワーキングホリデーのようなものと考えればいい。有益なことをしながら山でくつろぎの時間をすごし、それから真剣に職探しを始めよう。せめて翡翠採掘業にくわしくなっておきたい。そしてもし、改善方法についてランに助言できるようになったら、経営学の学位を早々に活用してもいい。シェイは新しい書類整理箱のふたを開け、次のファイルを開いた。機器購入注文書。

鉱山は過去一年間に、かなりの設備投資——掘削用ダイヤモンドドリル、大型油圧スプレッダー、積載量の大きいトラック——を数回行っており、ほとんどは新たな採掘坑や拡張した採掘坑に当てられていた。たった一年でこれだけすべての費用を負担するのは、シェイにはまずい計画に思えた——〈日和見〉のオフィスはＫＪＡに適切な投資評価を受けるよう、何の圧力もかけていないのだろうか？　シェイはメモ帳に〝資本予算?!〟と書き留めてから、目をつけておいたべつのフォルダーを引っぱり出し、財務諸表をチェックした。実際、操業費用の上昇分のほとんどが、新しい設備に対する初年度減価償却費だった。翡翠の生産量は昨年全体で十五パーセント増えていたが、その増加分はまだ収入に表れていない。ひょっとして、そういった余剰分の翡翠はすべて、ＫＪＡが保管しているのだろうか？　ＫＪＡは国内で割り当てる翡翠の量と販売量を厳しく管理している。割り当てられるのは、グリーンボーンの学校、神教寺院、軍や医療の分野で許可された人々で、販売先はおもにエスペニア政府だ。残りはケコン財務省の地下にある巨大な金庫室に厳重に保管される。シェイの目がもう一度、機器購入注文書のページに飛んだ。その目がページ下部の署名に留まる。これまで目を通したファイルのどこにも出てきたことのない名前だ。よく見ると、すぐに誰の名前かわかった——ゴント・アッシェントゥ。山岳会の〈角〉だ。

いったいなぜ、アイトの組織の軍事部門のリーダーが、鉱山の機器購入注文書に署名しているのか？　グリーンボーンの各組織はＫＪＡの支配株主だが、翡翠鉱山自体は国営で、各組織が直接携わることはない。鉱山操業の年間予算はKJAの理事会が承認するため、こういった書類には理事会の代表者——取締役かそれに相当する立場の人物——の署名が入っているべきだ。

つまり、ドルか、山岳会の〈日和見〉リー・トゥーラか、彼らの直属の部下でなければおかしい。このページにゴントの署名があるということは、いったい何を意味するのだろう？　彼の署名はほかの書類にもあるのだろうか？

シェイはすべてのページをコピーし、慎重にリュックにしまった。ファイルを元に戻し、書類整理箱をクローゼットに入れて、部屋を出た。やっぱり、今夜はプーラに泊まるのはよそう。街への帰り道は長い。できるだけ早く帰途につかなければ。

17　〈ライラック・ディヴァイン〉の夜

その妓女（チャームガール）の声は最高だった。オペラ歌手のような高く澄んだ声を出したかと思うと、次はなまめかしい煽情的な声になる。タン製のハープを弾きながら目を閉じてうたい、メロディーに合わせて優美な頭と波打つ黒髪を揺らす。ランはビロードのクッションにもたれ、肩の力を抜いた。すると心が静かに音楽の世界に入っていく。豪華な部屋には彼しかいない――ランひとりのために披露してくれているのだ。この歌は、故郷の島を懐かしむ迷える旅人の歌だ。ここには、彼に愛や失恋の歌を聴かせるような気のきかない人間はいない。

ランは外出するとき、たいていひとりかふたりの護衛をつけるが、〈ライラック・ディヴァイン・ジェントルマンズ・クラブ〉にはひとりで来る。組織の誰にもついてこられずに、ひとりで楽しみたいのだ。ここにいるあいだは、〈柱〉であることは考えたくない。スーゴー夫人――このクラブのオーナーで〈灯籠持ち〉――はそのことをよく理解しており、彼女の判断は素晴らしいセンスと同じくらい信頼できる。しかも、ここでは何のトラブルも起きない。無峰会が頻繁に立ち寄る店だということは誰もが知っている。たとえ階下のカジノ店でぼろ負けしたとしても、問題を起こすのは確実に自殺行為だ。

　グリーンボーンにはいくつか誇れることがある、とランは思う。全体的に見ると、ジャンルーンは世界でもっとも安全な街のひとつだ。グリーンボーンの各組織が外国の犯罪者やギャングを寄せつけず、路上の犯罪を蹴散らし、政治家と世間が許容できる程度に金を請求して悪事をコントロールする。もしスーゴー夫人が提供する深夜サービスのなかに完全には合法でないものがあるとしても、分別ある彼女は無峰会への献金をここぞというときにたっぷりはずみ、ランの来店を素晴らしいものにする努力を惜しまない。

　ユニ――その妓女（チャームガール）――は歌の最後の物悲しい調べを引き伸ばした。喉は震え、指はハープの弦の上を軽やかに舞う。ランはワイングラスを置いて拍手した。ユニは恥ずかしがるふりをしてあごを引き、マスカラをつけた睫毛を透かして上目遣いに彼を見つめる。

「最後の曲、楽しんでいただけました？　コール‐ジェン」

「ああ、すごくよかった。美しい歌だな」

　ユニは立ち上がりかけ、肩からシルクのスカーフが落ちそうになった。すると、ランが言った。「もう一曲、うたえるか？」

　ユニは優雅にすわり直した。「それでは、もう少し明るい歌にしましょうか？」ハープを弾いて、陽気なバラッドを始める。

ランは彼女の首の曲線と赤く輝くふっくらした唇の動きを見つめた。透けたドレスが、盛り上がった胸から青白い太腿へと流れるように体を覆うさまに見惚れる。彼女と楽しもうと自分を駆り立てるのが、だんだん容易になってきた。〈柱〉である彼は、この店のどの女にも相手をさせることができる。望めば、一度に複数の女を呼ぶこともできる。だがこの店に来た最初の二、三回は——エイニーが永久に去ったことを受け入れたばかりということもあって——すわってユニの歌を聴くことしか求めなかった。求めているのはセックスじゃないと、自分に言い聞かせていた——ただ逃げ場がほしいだけだ、一緒にいてくれる相手がほしいだけだ。ドルが何度か勧めようとした類の場所には、ぞっとした。だが、ユニは話しやすく、声も体も美しい。大げさに敬ったり、やたらと喜ばせようとしたりもしない。音楽や外国の映画の話はするが、彼に組織にまつわる話をさせようとはけっしてしない。ランがようやくベッドに連れていくと、彼女は魅力的で情熱的なタイプだった。

だが、今夜はいつもより悩みを忘れるのが難しかった。山岳会とはあれから二カ月以上、何のやりとりもないが、アイトはこっちの動きをはっきり読んでいるはずだ。ランはSN1の製造計画に加わらないかという山岳会の提案を拒否し、ソン首相にKJA改革案を提出するよう働きかけ、ヒロをおとなしくさせることも拒み、彼に縄張りのすべての境界付近で無峰会の存在感を強化していいと許可を出した。ランはいずれの件も正しい決断をしたと信じているが、自分が危うい線上を歩いているのはわかっていた。特に後者の判断は。

つい先週のこと、コインウォッシュ地区とフィッシュタウンのあいだで、暴走族の騒ぎが続発した。ニュースでも短く取り上げられ、隣接する両地区は人口の密集した貧民街で、数件の殺人事件くらいでは通常は注目に値しないというようなことが伝えられていた。グリーンボーンは直接関わってはいないため、無峰会も山岳会も相手に抗議することはできないが、境界線をはさんだ両組織の〈角〉が犯罪者階級を制御しているだけでなく、操ってもいることは、誰もが知っている。ランが心配しているのは、グリーンボーンか〈灯籠持ち〉がひとりでも暴力事件に巻きこまれたり捕まったりすれば、ふたつの組織そのものが公然と衝突する事態に発展するのではないかということだった。

ランは弟をよく知っている。ヒロの性分に、繊細さはない。組織のヒエラルキーを非常に尊重しているので、重要なことに関しては〈柱〉にけっして逆らわないが、街なかでの組織の日々の活動には権限を持っており、彼の信条は、敵に何かされたら確実にされた以上の行動で返すことだった。気に食わない表情には気に食わない言葉で返し、気に食わない言葉には殴打で返し、殴打には殺害で返す。たぶん、組織間の過度な緊張をこれ以上高める心配のない、もっと冷静で慎重な人間を〈角〉にしたほうがいいのだろう。

とはいえ、弟を遠ざけるのは最悪の判断になりかねない。ヒロに代わってその役割を果たせる――あるいは引き受けてくれそうな――人物は誰もいない。無峰会の〈拳〉たち、さらにその下の〈指〉たちは、ただ組織や〈角〉という役職に対して忠実なのではなく、コール・ヒロ本人に対して忠誠心を持っているのだ。これを認めるのは、心がひどくざわつくが――ランは思った――自分とヒロのどちらかを選ぶよう強いられたら、組織のグリーンボーン戦士の多くはヒロを選ぶかもしれない。アイトが今後の交渉の条件として〈角〉の交代を要求しているのは、そうすればランが無峰会の弱体化と組織内での意見対立の種を蒔くことになるとわかっているからだ。ランはあらゆることが罠になりうる板ばさみの状況に置かれていた。

「マッサージでも受けたほうがいいみたいに見えますよ」ユニはうたい終わって、ランのそばにすわっていた。彼はほとんど気づいていなかった。

「すまない。ぼうっとしていたようだ」

「あなたには考えなきゃならないことがたくさんあるんですもの」ユニは優しく言った。辛抱強く受け入れてくれる態度――エイニーにはあまり期待できなかった態度――が彼にはありがたかった。彼はユニの滑らかな長い髪をなでると、ひと房つかんで自分の顔に近づけ、その感触と香りを楽しんだ。そのあいだに、ユニは彼のシャツのボタンを外して肩から脱がせていく。

「待て」ランは立ち上がり、部屋の隅にあるドレッサーへ歩いていった。鏡には、薄暗い赤い照明のなかに立つ上半身裸の自分の姿が映っている。自分は本当に世間から思われているような人間になれるのだろうか？　自信に満ちた強い男、グリーンボーンのたくましい戦士にして、翡翠を身に着けたリーダー。父親コール・ドゥシュロンのような男に。

ランは翡翠のはめこまれたベルトと前腕のカフスを外し、首にかけた翡翠のついたチェーンだけを残した。ベルトとカフスをドレッサーの下の金庫にしまい、ダイヤル錠を回す。ユニは半分アブケイ人の血が流れていて、ほぼストーンアイだというが、それでもランは彼女の安全のため、ほとんどの翡翠を外した。

実際、翡翠の離脱症状で最初の二、三分は見当識障害に襲われたが、そのあとはほとんど翡翠を身に着けていない状態に奇妙なくつろぎを感じた。周囲のものの輪郭が少しぼやけてソフトに見える。五感が鈍ると、まるで暗い部屋で抱き合っているように感じる。楽しい夢のなかにいるみたいだ。はっきり見えすぎることも、考えすぎてしまうこともなく、自然に動ける。より冷静で穏やかになれる。こう感じる自分は、グリーンボーンのなかで異質な存在なのだろうか？　なにしろ、弟のヒロは体に翡翠を埋めこみ、取り外しできないようにしてしまったくらいだ。いっぽう、妹のシェイはそれとは逆の方向へ行きすぎてしまった。どうして妹は、翡翠なしでいることに耐えられるのだろう？

それが、今夜彼を悩ませているもうひとつの問題だった。先月、ランの依頼で鉱山へ出かけていったシェイが、プーラから電話で報告してきた――ゴント・アッシュが鉱山で機器購入注文書を出している。ランもシェイも、それをどう判断すればいいのかわからなかった。ゴントが〈日和見〉のリー・トゥーラの権限を侵害しようとしているということなのか？　それから三週間後、妹からふたたび電話があった。それはランの恐れていた内容だった。「数字を何度も確認したけれど、ゴントが承認した機器購入はＫＪＡの財務諸表に反映されていないみたいなの。山岳会はＫＪＡの理事会に相談せずに、直接鉱山に関わっている」シェイはケコン財務省へ行って記録を確認するつもりだと言っていた。もうすぐ報告があるだろう。

ランは妹を組織のビジネスに引っぱりこむのは本当に気が進まなかったが、今となってみれば、それだけの価値はあった。妹はランのなかで高まっていた疑惑――ランはソン首相と面会したが、アイト・マダはその一歩先にいて、すでに国内の翡翠供給を牛耳るさらに大きな力を握ろうと動きだしているのではないか――が真実であることを証明してくれた。さらに、もうドルは頼りにできないことがはっきりした。これだけの情報に気づかなかった――あるいは、〈柱〉に隠していた――ことは、〈日和見〉として言い訳の余地がない。あの老いた助言者に面と向かって問いただせば、どんなごまかしや怠慢もすべて否定し、もっともらしい説明を披露して、コール・センに助けを求めにいくのはわかっている。それはまずい。ドルを〈日和見〉のポストからだけでなく、組織の中枢からも排除したい。それを正当化できる確実な証拠が必要だ。ウンには引き継ぎ期間なしで、すぐにも完璧に〈日和見〉の地位に立てる状態になってもらわなくてはならない。

それも、ヒロを〈角〉から降ろせない理由だった——ベテランの〈日和見〉と〈角〉の両方がいなければ、組織は成り立たない。問題が多すぎる。

ユニが彼をベッドへうながし、彼の衣服をすっかり脱がせて、うつ伏せに寝かせた。ランが目を閉じると、ユニは彼の背中に香油を塗った。「こってますね」なだめるように言い、両の親指で彼の首の筋肉を押していく。「翡翠をたくさん身に着けているからでしょう」顔の下の枕が、ランの笑みを隠す。ここの妓女（チャームガール）たちは、多少はグリーンボーンのことをわかっていて、彼らの気分をよくする方法を心得ている。最多の翡翠を身に着けているグリーンボーンでも、自分の力には不安を感じているものなのだ。

といっても、許容量は人によってさまざまだ。優秀なグリーンボーンの基準に照らし合わせても、ランはかなりの量の翡翠を身に着けているが、自分の限界をさらに広げたいという気持ちはなかった。ある地点を越えると、それ以上翡翠を増やしても、調子が悪くなったり、気持ちが張りつめたり、ふさぎこんだりしてしまう。問題は、〈柱〉の役割には多くの翡翠で強さを誇示するよりはるかに重要なことがあるのに、人々は表面しか見ないことだ。年配の人々の話では、偉大なコール・ドゥは、当時のグリーンボーン戦士の誰よりも多くの翡翠を身に着けていたという。その息子のライバル——つまり山岳会の〈柱〉を務める女——がこれ見よがしに多くの翡翠を身に着けたとき、それも噂になった。ライバルに翡翠の数で負けていることで、ランはさんざんなじられたものだ。

ユニのマッサージが腰まで下りてきた。彼女は自分の両手と前腕に温めた香油を伸ばし、それをランの体に当てて上下に滑らせる。その手がさらに下へ滑り、彼の脚のあいだをなでる。ランはどの時点で彼女がドレスを脱いだのかわからなかったが、裸の乳房が背中にこすりつけられるのと、彼女の長い髪が肌をなぞるのを感じた。彼女はランの上で、ゆっくりと官能的に自分の体を滑らせている。

彼女がランを仰向けにして逆さまにまたがり、彼の顔の上に裸の腹部と股間がくる体勢になると、ようやくランの頭から悩みがひとつ残らず閉めだされた。彼が頭を持ち上げてユニの香りを吸いこむと、彼女のほうはハープを奏でる優雅な手で彼の胸、腹、腰、太腿の内側をなでていく。彼女の技の多さに、ランは心から感心した。束の間、エイニーのことを思い出してほろ苦い恋しさを覚えたが、そんな感情はこの行為がたちまち消し去り、色あせたものにした。彼の興奮が萎えたのはほんの一瞬で、ユニの手と口が巧みに刺激的な奉仕を始めたとたんに復活した。絶頂が近づいてくるのを感じると、彼はユニに横たわってくれと頼んだ。彼女はうめき、息を吐いて「ええ、そうね、わたしもそうしたい」と囁くと、彼の腰をつかんで受け入れた。

ランは思っていたより早く達し、ぐったりすると、何もかも忘れて彼女の体から転がって下り、柔らかいマットレスに沈みこんだ。

ユニが蒸しタオルを持ってきて、ランの顔と首と胸をふく。「好きなだけ、お休みになっていていいんですよ」その言葉が本当でないことは知っているが、ランが対処しなくてはならないたくさんの嘘のなかで、ユニの嘘はもっとも無害で受け入れやすい。彼女がふたりの時間を楽しんでいるらしいことが、ランにはうれしかった。たとえ巧みな演技だとしても、悪い気はしない。いつもの癖で、ランは首にかけた翡翠を片手で握ると、やがて部屋がぼやけてきて、眠りに落ちた。

ノックの音がした。ランは本当に聞こえたのか自信がなかった——ここには、彼の邪魔をする者は誰もいない。ユニがとがめる表情で体を起こし、体を覆うローブに手を伸ばす。そして応対に出ようと立ち上がりかけたが、ランは彼女を止めた。

「誰だ？」彼は声を張り上げた。

「コール-ジェン」返ってきたのは、スーゴー夫人の声だった。ドアの向こうから不安で高くなった声が訴える。「お邪魔して大変申し訳ございません。普段ならけっしてこのようなことはいたしません……ですが、無峰会の方がお見えなのです。大至急のご用件だそうです」

　ランは勢いよくベッドを出て、ズボンをはいた。

「ここにいろ」ユニに言ってから金庫へ行き、ダイヤル錠を合わせようとして間違い、二度目でなんとか開けた。翡翠のついたベルトとカフスを身に着けると、ドレッサーの端を両手でつかみ、翡翠のエネルギーが急激に押し寄せ、全身にいきわたる衝撃に耐える。何もかもが揺らいで見えたかと思うと、やがてはっきりしてきた。音、視界、感覚が怒濤のように頭のなかになだれこんでくる。ランは落ち着くまで深呼吸をつづけ、やがて体を伸ばした。もう一度鏡のなかの自分に目をやる――上半身裸だが、すべての翡翠を身に着けている。彼は歩いていってドアを開けた。

　スーゴー夫人が青ざめた顔で後ずさり、ランに道を空ける。夫人の後ろに立っていたのは、メイク・ケーンだった。荒い息をつき、激怒しているようすで、ベージュのジャケットには他人の血が飛び散っている。

「山岳会がやりやがった。ヒロの名前を囁きやがった」

第一の幕間　天と地

昔、天の国では——神教徒たちの教えによると——まばゆい翡翠の宮殿に、神々の大家族が暮らしていた。ほかの大家族と同じように、神々も諍いをすることはあったが、不死の人生をおおむね幸せにすごしていた。とはいえ、神々が子どもをもうけ、その子どもたちも子どもをもうけると、天の国の住まいはだんだん窮屈になり、快適な暮らしができなくなってきた。そこで、神々はもうひとつの住まいを創った。それは最初の住まいをモデルにしたもので、地球と呼ばれた。

地球は、最初の頃は、どこから見ても天の国と同じくらい美しかった。広い海、高い山、豊かな森、無数の素晴らしい動植物。残念なことに、たくさんの神の子どもたちが——甘やかされてすっかり駄目な大人になり——完成する前だというのに、地球をめぐって喧嘩になった。数人が同じ海をほしがったり、誰がいちばん高い山脈やいちばん大きい大陸を取るかで言い争ったりした。

ついに、争いはひっきりなしに起こる耐えがたいものとなり、神の親たちは激怒した。「せっかく完璧な住まいを創ってやったというのに、おまえたちのお返しはこれか——狭量と強欲と嫉妬で台無しにして、兄弟姉妹で争う。それなら、地球はおまえたちにくれてやる。ただし、それで苦しむがいい。おまえたちには、もう何もやらん」神の親たちは子どもたちから神の力を奪い、彼らを小さく弱い裸の姿にして、天の国から追放した。

万物の父ヤットーは、地球上で最初に建設にとりかかった翡翠の宮殿を未完成のまま木っ端みじんにし、山の多い島はその瓦礫に埋もれてしまった。

それでも神々は、親であるため、天の国から追い出されて苦労している子どもたちを見守りつづけたいという気持ちに抗えなかった。なかには月のサナや農耕の女神ポヤのように、子孫を哀れみ、彼らの近くに浮かんで夜道を照らしてやったり、ちゃんと食べ物が手に入るように助ける神々もいた。いっぽう、台風の神ヨーフォーや疫病のサギのように、遺恨を手放すのを拒み、怒りを鎮めることなく、ときおり地上に下りては人間たちに古い罪を思い出させる神々もいる。

地上の争いごとはすべて——神教徒の哲学者は言う——この原罪に端を発している。神の子どもたちの親に対する原罪と、兄弟姉妹に対する原罪だ。同様に、人類の進歩と高潔な努力もすべて、家族に許してもらい、精神的にも肉体的にも神の状態——表からは見えないが、遠い記憶はある——に戻してもらおうという試みなのだ。

18 囁かれた名前

夕方頃、ミスター・パクから取り乱した電話があった。アームピット地区で十二年間、妻と食料品店を営んでいる男だ。

「行かなきゃならない」ヒロは電話を切ると、ウェンに言った。

彼はいらいらしていた。ウェンがポーポー地区の狭苦しいアパートメントを出て、コール家の敷地にある〈角〉の住居で彼と暮らすのを、結婚しないかぎり無理だと拒否したからだ。「結婚となると、兄貴に正式に相談しなきゃならない。それから結婚式の計画を練っていたら、何カ月もかかっちまう。組織間の情勢はどんどん悪化している。俺はしょっちゅうここに来る。

ここにいたら危ない」

ウェンのアパートメントから通り一本しか離れていないコインウォッシュ地区で、最近、凶悪犯罪が急増していた。無峰会の縄張り内とはいえ、ヒロは彼女の安全を運任せにはしたくなかった。山岳会は、もっとヒロを挑発できるとわかれば、『アイショ』の抜け穴を探して不幸な事故を引き起こしかねない。「おまえが分別を持とうとしないなら、〈指〉を何人か、おまえの警護につけることになる。つまり、俺はその〈指〉たちをよそで使えなくなるってことだ。けど、俺の家なら安全だ。それに広い。おまえの好きなように調えればいい。そういうことは得意だろ。きっと気に入るさ」

ウェンは腕組みをして、断固とした態度でヒロを見据えた。「あなたの家族に、あたしを見下す理由をこれ以上ひとつだってあたえるつもりはない。結婚したら一緒に暮らす。結婚前はダメ。そのうち、銃を手に入れるわ。使い方なら知ってる。あたしはお荷物になりたくないの。自分の身くらい、自分で守れる」

「銃だと」ヒロは不機嫌に笑った。「それで俺に安心しろってのか？　俺の敵はグリーンボーンだぞ。おまえはストーンアイじゃないか」

「わざわざ思い出せてくれて、ありがと」ウェンは冷ややかに言った。

外の通りで、ケーンが〈ドゥシェース〉のクラクションを鳴らすと、ヒロは怒鳴るように言った。「この件はあとで話そう」

メイク兄弟と例の食料品店に到着すると、ミスター・パクが歩道にすわって頭を抱え、ミセス・パクが泣きながら店内に散らばるガラスの破片を掃除していた。眉に翡翠のピアスを着けた若者ふたりが窓を割り、入口の上のネオンサインを壊し、商品の棚をいくつも倒して、山岳会に献金しない罰だと言ったらしい。顔をしかめて店の惨状を調べるうちに、ヒロの気分はさらに悪くなっていった。盗まれた物はないが、この手の事件は無峰会にとってかなり高くつく。損害の補償にかかる金だけでなく、この地区の〈灯籠持ち〉たちの信用も失いかねない。

「ふたつの組織に献金するなんて、できませんよ」ミスター・パクはぼやいた。

「この件は俺たちがなんとかする」ヒロは言った。「こんなことは二度と起こらない」

その後、パク夫婦が山岳会にそそのかされて、彼らの策略に乗ったのではないかという疑いが出てきた。ミスター・パクはそれを知ると、片方の耳を切り落として無実を主張し、コール・ランの情けにすがった。夫婦の家と店舗を捜索した結果、疑いは晴れたが、二カ月後、パク夫婦は店を閉め、アームピット地区から永久に出ていった。

だが事件のあった夜、ヒロが〈指〉たちに訊きこみをさせると、最終的にこんなことがわかった。例の食料品店を襲ったふたりの若者はイェン・イオとチョン・ダールといい、アームピット地区の繁華街にある終夜営業のアーケードに行けば見つかるという。小さい犯罪には〈拳〉ひとりと〈指〉ふたりを送りこむところだが、ヒロはランに言い渡された制限とアームピット地区のひどい状況にうんざりしていた。このあたりは無峰会の力が強く、この先ほかの連中が手を出してくることはないということを、人々に知らしめる必要がある。活気があって騒々しく、色彩にあふれ、いかがわしい、このアームピット地区は、ジャンルーンでもっとも価値の高い地域のひとつだ。昼間は旅行者や買い物客を惹きつけ、日が落ちたあとは、株式仲買人も港湾労働者もこの界隈にくり出し、無数にあるレストランやカジノ店、バー、ストリップクラブ、劇場で楽しむ。無峰会はこの地区を失うわけにはいかない。

今回の事件は自分が直接処理する必要がある、とヒロは判断した。〈柱〉から命は奪うなと命じられているが、だからといってヒロが世間にアピールしてはいけないということにはならない。

彼らは〈スーパージョイ・アーケード〉から少し離れた有料駐車場に車を停めた。ケーンは副鼻腔炎に伴う頭痛に苦しんでいて、湿ったハンカチで鼻をかんでいた。メイク兄弟の兄ケーンは、十代の頃に頬骨を骨折して以来、ジャンルーンの大気汚染の度合と湿度が高い日はつらい思いをしている。

「車で待ってろ」ヒロはケーンに言った。「ターと俺はすぐ戻る」

ケーンは即座にうなずき、ヒロとターが車を降りて歩道を〈スーパー・ジョイ〉へ向かって歩きだすと、ラジオのスイッチを入れて煙草に火をつけた。ケーンを車に残してきたことが、〈角〉の命を救うことになった。ヒロとターが通りを渡るとき、ふたりの男が猛スピードでバイクを飛ばしてきたのだ。二台のバイクが〈ドゥシェース〉のそばを爆音で通りすぎたとき、ケーンは一瞬で何が起きようとしているか気づいた。大声で危険を知らせ、車のクラクションを力いっぱい叩く。だが、先にヒロに届いたのは、大声でもクラクションでもなく、ケーンが強く警戒したときの翡翠のエネルギーの波動だった。それから一秒もたたずにヒロは暗殺者の殺気を〝感知〟し、ふたりの暗殺者は拳銃を発砲した。

一発はヒロの上着の肩を裂き、もう一発は甲高い音を上げてヒロの耳をかすめた。ヒロはさっとしゃがみこみ、〝跳ね返し〟の力で壁を作り、飛んでくる弾丸を左右にそらした。それた弾丸は車のドアや近くの建物の壁にめりこんだ。悲鳴が上がり、人々がその場から逃げていく。たがいを押しのけ、われ先にと逃げていく。驚いたことに、銃撃は始まりにすぎなかった。ふたりの暗殺者がバイクの後部から跳ぶと――〝敏捷〟の力だ――イェン・イオとチョン・ダールが駐車中の車から現れた。そこで待ち伏せしていたのだ。

ヒロは立ち上がり、戦闘用の握り方でタロンナイフを構えた。翡翠のエネルギーが、アドレナリンと一緒に湧き上がる。バイクから跳んだふたりの男はまっすぐヒロに飛びかかり、物騒な弧を描いて月形刀をふり下ろした。ヒロは横にずれ、交差した両手首でひとりの男のふり上げた腕を叩きつけるように止め、タロンナイフでその腕に切りこんだ。敵の月形刀の勢いを受け流しながら、回転して相手をかわし、そのまま前へ転がす。そしてタロンナイフが男の肘に到達すると、ぐいと力をこめて腱を切断した。

ふたりめの男の月形刀がヒロの体の真ん中あたりを切り裂いた。ヒロには〝鋼鉄〟の力に集中する時間がほとんどなかった――体を曲げて刀を避けようとしたが、白い金属の刃が凄まじい勢いでたわみながら、ぞっとするほどゆっくりとヒロの腹に深い傷口を開いていく。男の〝怪力〟がヒロの防御にぶつかり、さらに押してくる。ヒロの目が暗殺者の目と合った。その男をヒロは知っていた――ガム・オベン。山岳会の〈角〉ゴント・アッシュの第二の〈拳〉だ。

間一髪で、ヒロは割腹を逃れた。うなり声とともに〝敏捷〟の力で後ろへ跳び、駐車中の車の上を目指す。ガムは〝跳ね返し〟の強力な波動を放ち、着地の瞬間にヒロの足をすくった。ヒロは車のルーフに胸から激突。あごを強打し、視界が揺らぐ。そのとき、苦痛と怒りにわめくメイク・ターの声が聞こえた。

ケーンの運転する〈ドゥシェース・プリザ〉が、サイのように通りを突進してきた。車は二台のバイクのうちの一台をかすめ――バイクは回転しながら飛んでいった――チョン・ダールに突っこんだ。ガムはぎりぎりのところで跳び、シルバーのグリルを飛び越え、ボンネットで弾みをつけて車をかわした。チョンの〝鋼鉄〟化した体がフロントガラスを砕き、宙を飛んで歩道に落下する。ケーンは急ブレーキを踏み、叫びながら運転席から飛び出してきた。

ヒロは車のルーフから転がって地面に落ちると、ふたたび立ち上がり、ガムに向かっていった。だが彼のところにたどりつく前に、もうひとりの山岳会の戦士――さっき、ヒロがナイフで肘を切り裂いてやった男――が覚悟の雄叫びとともに突っこんできて、引き倒されてしまった。ふたりともアスファルトに叩きつけられた。ヒロはどうにか両腕を男の胴体に巻きつけようと格闘する。男はヒロにつかまれてもがきながら、グリーンボーンのオーラを激しく乱高下させている。ヒロはそれをすべて自分に取りこんだ。ありったけの翡翠の力をこめ、手のひらをぐいと突き出し、男の心臓と〝チャネリング〟する。暗殺者の〝鋼鉄〟は柔らかいバルサ材のようにゆがみ、心臓は痙攣(けいれん)して破裂した。

グリーンボーンの死で逆流してきたエネルギーに、ヒロは大きくぐらついた。爆発的な力で、男の命は体という牢獄から吹き飛んだ。それがもたらす翡翠に増幅された衝撃は、頭を強打される身体的な痛みよりひどい。ヒロはよろめいた。一瞬、ほとんど息ができなくなり、口のなかに金属のようないやな味が広がる。自分の身に何が起きているかわかっているから、正気を失わずにすんでいるだけだ。頭がぼうっとなる前に、ヒロは男の死体を引き剝がした。タロンナイフをしっかりと握ったまま、なんとか立ち上がって次に始末すべき男を探す。ところが目に入ってきたのは、メイク兄弟の手で殺され、路上に横たわるイェン・イオの姿だった。ガムとチョン――〈ドゥシェース〉のボンネットから投げだされても、どうにか生き延びていた――はすでに逃げたあとだ。

攻撃開始から二分もたっていなかった。

ターは車のゆがんだグリルにもたれ、片手で脇腹を押さえている。ヒロが身を守るために〝跳ね返し〟の力でそらした弾丸が、何発か彼に当たってしまったのだ。シャツが血に染まっている。ケーンは弟を引っぱって後部座席にすわらせた。ヒロには、ケーンが傷口を両手で圧迫しながら、自分のエネルギーをターに〝チャネリング〟しているのが見えた。だがケーンは医者ではない。出血の速度を遅くすることはできても、止めることはできない。

冷たい怒りがヒロの視界に白い靄のように広がった。怒りで体と声の震えが消えると、ヒロはおびえた野次馬どもを指さした。玄関口や車の後ろにぎゅうぎゅうに詰めかけている。「おまえ」新聞や雑誌を扱う売店の主人を選んで、ヒロは言った。「それから、おまえとおまえ」さらにふたりを指さす。ハンドバッグを胸に抱えた女と、クラブのドアマンだ。「ここへ来い！」指をさされた者たちは青ざめて逃げ出したがっているように見えたが、ヒロの命令口調に逆らう勇気はなかった。ドアマンが緊張ぎみに数歩進むと、ほかのふたりも従うしかない。ヒロは順番にひとりひとりを見て、確認していく。ヒロが何者かを知っているか、ヒロが彼らの顔を見て覚えたことを理解しているか、ヒロが直接彼らに話していることをわかっているか。

「これから言うことを、この界隈の隅々まで広めろ。おまえたちが話した相手にも、ほかの人間に話すように言え」ヒロは近くにいる人々全員に聞こえるように声を張り上げた。「今夜この場から逃げたふたりの男の居所を知らせた者は、無峰会の友人となり、俺の友人となる。あのふたりを助けたりかくまったりした者は、俺と無峰会の敵となる」ヒロは路上の死体のひとつを指さし、さらにもうひとつを指さした。「俺の敵は、ああなる」

ヒロは速やかに行動した。ターをすぐ病院へ連れていく必要があるが、グリーンボーンには殺した敵の翡翠を自分のものにする権利があり、放置して泥棒に盗まれるようなことをしてはならない。ひとりの死体からは、翡翠の指輪三個と腕輪一個と円形のペンダント一個を回収した。もうひとりからは、翡翠のついたベルト一本、眉用ピアス二個、裏に翡翠を張った腕時計一個。指輪とピアスを外すときは、無粋にも肉を切らなくてはならなかった。さらに、柄に翡翠のついた武器を拾い集める――月形刀二本、タロンナイフ一本。

ヒロは走って〈ドゥシェース〉に戻った。勢いよくドアを開け、タロンナイフと月形刀を助手席の足元に放りこむ。「キーをよこせ」

ケーンがポケットを探り、キーを渡した。ヒロは鍵の歯についた血の指紋をシャツの袖でぬぐい、エンジンをかけた。後部座席で、ターが低くうめいている。車ががくんと前に揺れると、フロントガラスの破片がダッシュボードじゅうに散らばった。ヒロはハンドルを回し、アクセルをいっぱいまで踏みこんだ。

19 作戦会議

真夜中を過ぎた頃、ケコン財務省にはほとんど誰もいなかった。いるのは、ロビーの夜間警備員ふたりと、記録部で働くふたりの女性清掃員だけ。清掃員たちはパーティションで区切られたスペースを回ってゴミ箱の中身を空け、床に掃除機をかけながら、母音を長く伸ばすリズミカルなアブケイ語でおしゃべりしているが、シェイの近くでは声を落とし、仕事の邪魔にならないようにしてくれる。建物は数時間前に閉まっていて、シェイがこの予備の席に必要なだけ残っていられるのは、彼女がコール家の人間であることと、ポケットのなかの手紙――ランの直筆で無峰会の記章が入っている――のおかげにすぎない。彼女はこの数日、毎晩遅くまで残っていた。

シェイはペンと計算機を置いて背中をそらし、目をこすった。蛍光灯の見づらい明かりの下で何時間も数字を調べていたせいで、目が痛い。そのとき、ふと気づいた——一ヵ所にある翡翠の量としては世界最大の場所で、わたしは今、ほぼひとりきりだ。ここから数階下、巨大なコンクリートの階層をいくつも隔てたところには、鉛で内張りされた金庫室のなかに加工済みの翡翠——わずか一グラムの石から一トンの厚板まで、さまざまなサイズのもの——が大量に納められている。国家財産のかなりの割合を占める備蓄を抱えているにしては、ケコン財務省は意外と警備が薄い。その理由は、盗みを企てた者はすべての組織から命を狙われるからというだけでなく、最新式の警備システムによって、金庫室への侵入者はなかに閉じこめられるからでもある。翡翠に完全な免疫を持っていない泥棒の場合、翡翠でいっぱいの金庫室に閉じこめられることは、苦しみながらゆっくりと正気を失い、やがて死ぬことを意味する。

それでもなお、何者かがケコン財務省から盗みを働いている。シェイは何度も計算し、鉱山から持ってきた記録とケコン翡翠連合の正式な財務諸表を突き合わせ、今は財務省の書類と照らし合わせているところだった。こういう作業が得意だったことをすっかり忘れていた——情報の塊や断片を辛抱強くたどっていくと、やがてそれらがひとりでに並んで明確なイメージを描き出す。メモ帳のページを埋めつくす数字を見つめていると、こんな夜更けの疲れさえ、シェイの感じる驚きと怒りを鈍らせることはない。彼女は冷徹な計算によって導き出された疑惑を、決然と見つめた。鉱山が採掘している翡翠の一部が、ケコン翡翠連合の正式な会計報告に記載されてもいなければ、財務省の金庫室で保管されてもいない。国の備蓄資源から翡翠が消えているのだ。

組織の問題に巻きこまれるつもりはまったくなかったが、シェイは勝利と怒りに震えながら、成果をまとめて財務省をあとにした。誰もいない通路に足音を響かせ、階段で一階へ下りると、警備員のひとりに施錠したドアから出してくれるよう頼んだ。警備員は退屈そうな中年のグリーンボーンで、正式な平たい緑色のキャップと独特のサッシュを身に着けている。それは〝ヘイドの盾〟のメンバーであるというしるしだ。ヘイドの盾とは、イオアン三世王と王室の安全を守ることに専念する小さい組織で、英知会館やケコン財務省といった政府関係の建物も守っている。明日の夜は戻らないとわかっているので、シェイは去り際に警備員に礼を言った。自分のしていることを、この男が誰かにしゃべるとは思えない。ヘイドの盾のメンバーはほかの組織に対して中立を守るという厳格な誓いを立てており、ケコン翡翠連合での投票権すらないのだ。

記念碑地区から北ソットーまでは地下鉄ですぐだが、この時間は電車の本数が少なく、シェイが最寄りの駅からの数ブロックをアパートメントへ歩きだす頃には、四十分がたっていた。朝になったらランにどう報告しようと考えこんでいたせいで、自宅からわずか百メートルの地点に来るまで、あとをつけられていることに気づかなかった。

　驚きと屈辱でぴたりと足を止め、シェイはあたりを見回した。翡翠を着けていれば、ずっと前に追跡されていることを〝感知〟していただろう。翡翠がなくても、注意を払っていれば、自分についてくる足音に気づいていたはずだ。

　シェイは突然バッグを歩道に放り、ウエストの後ろにつけた鞘からタロンナイフを抜いた。といっても、柄に翡翠のついたナイフではない。あのナイフは何年も持ち歩いていたが、今はしまいこんである。これは路上の喧嘩に使われるただの平凡な武器だが、訓練を受けた者が持てば、確実に相手の息の根を止められる高品質の道具だ。シェイの育った文化では、売られた喧嘩を買わないことは考えられない。走れば三十秒もかからずに安全なアパートメントに逃げこめるが、そんなことは思いつきもしなかった。

つけてくる男は立ち止まりもしなければ、襲いかかってくることもなかった。同じ速度で歩きながら、両手をポケットから出し、手のひらを開いて見せる。危害を加えるつもりはないという意思表示だ。すぐに、顔が見えてきた。隣人のコーン・ユーだ。彼は礼儀正しく感じよく会釈すると、シェイのナイフに目を落とし、揺るぎない熟練した握り方ととっさの構えに気づいた。彼女は両脚に均等に体重をかけ、攻撃の構えを取っている。「君ってグリーンボーンみたいだね」彼はゆがんだ笑顔で言った。

「わたしをつけてたでしょ」シェイは弁解するように言った。

「俺も同じアパートメントに住んでいるんだよ」

「こんな夜更けに何をしているの？」

コーンはいぶかしむ顔になった。「夜間の仕事なんだ。そっちこそ、何してるんだよ？」

シェイのつま先が靴のなかで丸くなる。もちろん、彼が何時に何をしようが、シェイには関係ないことだ。彼女は自分に失望して、怒りを向けられるいわれのない人に八つ当たりしてしまったのだ。タロンナイフをしまい、落としたバッグを拾う。「ごめんなさい、失礼なことを言ってしまって。ぼんやりしていたから、驚いてしまったの。アパートメントまで一緒に歩かない？」

コーンはうなずいたが、彼女から少し離れて歩いた。「ずいぶん俺を警戒しているようだね、ミス・シェイ。もし俺が本当に悪い男だったら、あのタロンナイフを持った君とは鉢合わせしたくなかっただろうな」

シェイは話題を変えたかった。「ところで、どんな仕事をしてるの、ミスター・コーン？」

「警備員さ。大して危険な仕事じゃない。それどころか、正直、退屈なくらいだ。早いうちに新しい仕事が見つかるといいんだけど、もっとおもしろい仕事が」

彼はシェイにドアを開けてやり、一緒にふたりの部屋のある三階までのぼっていった。シェイの仕事について は訊かなかったが、彼女の部屋の前に来ると、立ち止まって悪戯っぽい目で言った。「おやすみ。これからはちゃんと、タロンナイフが届かない距離から君に声をかけるよ」そして自分の部屋まで歩いていった。

シェイは〝感知〟の力があればと思わずにはいられなかった――彼が何を考えているのか、手がかりくらいはわかるのに。

シェイは頭から彼のことを追い出して眠りについた。そして朝、目覚めるとすぐ――やっと太陽が顔をのぞかせたところだった――コール家に電話した。電話に出たのは、ドルだった。「これはシェイ－サ」わざとらしく驚いてみせる。「なぜ、顔を見せにきてくれないんだね？　もっと屋敷にいてくれるものとばかり思っていたのに」

シェイは顔をしかめた。「忙しいの、ドル－ジェン。こっちの生活に慣れなきゃならないし。ほら、細々としたことがたくさんあるのよ」

「わたしに頼ればよかったものを。そもそも、なぜ、そんなところで暮らしているんだね？　わたしなら、もっとはるかにいいところを見つけてやれたのに」

「あなたの手をわずらわせたくなかったの」自分の住んでいる場所をドルに知られていることに、シェイはさらに顔をゆがめ、急いで訊ねた。「ラン兄さんはいる？」

「ああ」ドルはそこで長々と間を置き、シェイの頭のなかで警報が鳴り出した。「あいにく、トラブルがあってね。おまえがこっちに来たほうがよかろう」

＊

シェイはタクシーを呼び止め、まっすぐコール家の屋敷へ向かった。朝の渋滞で、タクシーは腹立たしいほどのろのろとしか進まない。クラクションを鳴らす車やバイクや荷物を積んだ自転車の群れ。どれも交差点と道路標識の順守に対して、適者生存の方法を採用している。シェイは道中ずっと、ぼんやり窓の外を見つめていた。たまらない気持ちだった。山岳会の男たちが次兄のヒロを殺そうとしたからではない。そんなことなら、ほとんどショックを受けることはない。どちらかと言えば、そういう事態がもっと頻発していないことのほうが驚きだ。たまらないのは、誰も自分に電話をしてこなかったことだ。長兄のランさえ、してこなかった。もし今朝、電話をかけていなかったら、わたしはまだ知らないままだっただろう。ひょっとすると、昨夜は大騒ぎで、ただわたしに連絡することを思いつかなかっただけなのかもしれない。何年も国を離れ、連絡を断っていたのだから、すぐ知らされなかったからといって、それほど動揺するべきではないのだろう。

屋敷に着くと、ふたりの兄は作戦会議の最中だった。武装した厳つい〈拳〉があちこちにいる——門と屋敷への入口を警備する者、敷地内を巡回する者、廊下に立っている者。〈柱〉の書斎では、ランとヒロが険しい顔で煙草を吸いながら作戦を練っていた。ドルも一緒だ。シェイが入っていくと、彼らの態度がすべてを物語っていた。ランは机に寄りかかり、灰皿に煙草の灰を落としながら緊張した硬い表情をしている。ヒロはというと、肘掛け椅子に浅くすわり、膝に両肘をついて身を乗り出し、片手に煙草を引っかけたまま空を見つめている。ドルはもうひとつの椅子にどっかりすわって脚を組み、わずかに離れて見守っている。室内のただならぬ緊張感にシェイの憤りは薄れ、容赦ない不安に駆逐された。

シェイが書斎に入っていくと、ヒロは目を上げた。険しい表情で、違う人物のように見える。いつもの無頓着な次兄とは違う。シェイはヒロの爪のあいだに血がこびりついているのに気づいた。ランから借りたらしい白いシャツの下には、腹部に包帯が巻かれている。

「ターは病院にいる」まるでシェイがずっとそこにいたかのように、ヒロは言った。

誰がターなのか、ホテルでヒロと会ったときに一緒にいた男がそうなのか、シェイにはそれすらわからなかった。「彼の怪我は治りそう?」そう言うのがふさわしいと思ったので、シェイは訊ねた。

「死ぬことはない。ウェンがそばについている」ヒロは立ち上がると、落ち着かないようすで室内をぐるぐる歩き回った。寝ていられない犬のようだ。ドアが開き、メイク・ケーンが顔をのぞかせた。シェイがホテルで見かけた男ではない。ということは、今入院しているターが、ホテルで見かけた男に違いない。「全員そろいました」ケーンは言った。「もう出発できます」

「ラン-サ」ドルが口を開いた。「もう一度頼む。考え直してくれないか? われわれにとって良い方向に転がるとは思えん。まだ、アームピット地区での休戦を交渉することもできる」

「いいや、ドル」ランは煙草を灰皿でもみ消し、ヒロとドアへ歩いていく。「これ以上は無理だ」三人の体の向きで、シェイにはわかった——ドルはのけ者になっている。ランはもう彼を信用していないのだ。ヒロの暗殺未遂が〈柱〉をドルからさらに遠ざけ、弟の側に付かせていた。ドルもわかっているに違いない。冷静な表情を装い、ほかのふたりが出ていっても椅子から動かなかったからだ。

シェイはふたりの兄を追った。玄関ホールはヒロの部下でいっぱいだった。全員、月形刀とタロンナイフと拳銃で完全武装している。ヒロが真ん中へ歩いていくと、男たちがまわりに集まった。ヒロは何も言わないが、目を合わせたり、うなずいたり、肩や腕に触れたりすることで、ひとりひとりに感謝を伝えているように見えた。

シェイはランのところに行った。「どこへ行くの？」

「工場だ」ランは肩をすぼめて革のヴェストを着ると、ベルトをきつく締めた。誰かが彼の最上の月形刀を持ってきた――三十四インチ〈ダー・タノーリ〉で、白い鍛造カーボン・スティールの刃は二十二インチ、柄には五個の翡翠が埋めこまれている。ランはそれを腰に吊るした。シェイはこんなに戦士らしい姿の兄を見るのは久しぶりだった。父親にそっくりで、混乱してしまう。ランは言った。「やつらはそこにいる。ヒロを殺そうとした連中だ。ゴントもそこにいる。ひょっとしたら、アイトもいるかもしれない」

頭をガンと殴られたような衝撃とともに、シェイは気づいた――みんなは戦いに出かけるところなのだ。

シェイは長兄の腕をつかんだ。「わたしに手伝えることは？」

ランがこっちを見て、シェイは自分がどれほど馬鹿げた質問をしたか気づいた。今は、彼女のように翡翠を着けていない者にできることなどあるはずがない。今回は、彼女に手伝えることなどない。「ない」兄は答えた。「無峰会をドルに引き継がせるんじゃないぞ」自分が死んだ場合のことを言っているのだ。

「ほかにも見つけたことがあるの」シェイはほとんど必死で兄の出発を遅らせようとしていた。「財務省で。ドルのいる部屋では何も言いたくなかったの。でも、兄さんと話す必要がある」

「戻ったらな」ランは妹の額にさっとキスをした。

「どうして、昨夜、電話してくれなかったの？」

「必要ないからだ。おまえはこの件に関わらなくていい。俺は約束した。あの頼みを聞いてくれたら、それ以上おまえを組織のことには引っぱりこまない。あの頼みだって、おまえは気が進まなかったはずだ」ランは妹の肩越しに向こうを見て、表情を硬くした。

シェイはふり向いた。階段にコール・センが立っていた。不吉なミイラのように、やせた体に白いローブを引っかけている。険しい目が集まった戦士たちの上をさまよい、ヒロを見つけ、激しい軽蔑にぎらりと光った。老人はいちばん若い孫息子を指さし、骨ばった人さし指が武器であるかのように身を乗り出した。

「おまえのせいだ。今度は何をした？　おまえはいつだって、ただの直情的なごろつきだった。コール一族を滅ぼすつもりか！」

「おじいさん」ランがたしなめるように言う。

ヒロは戦士の集団から前に出てきた。「やつらが俺を殺そうとしたんです、おじいさん」その声は穏やかだが、ヒロが穏やかに話すのはかなり怒っているときだと、シェイは知っている。「俺の〈拳〉のひとりは危うく死にかけました。これは戦争です」

「アイトがわしと戦争をすることはない！」コール・センは両腕を震わせて手すりをつかんだ。「わしらは兄弟同然だった。たがいの意見は違っても、戦争は——グリーンボーンどうしの戦争は——ありえん！　絶対にあってはならん。誰かがおまえを殺そうとしたのなら、それはおまえの自業自得だ！」

ヒロの目が怒りと傷心で光った。やがて軽蔑をマントのようになびかせ、彼は背を向けた。「行くぞ」部下の戦士たちに両側を守られ、ヒロは堂々と玄関から出ていった。彼らは車寄せにずらりと停められた車にどんどん乗りこんでいく。

コール・センは勢いをなくして階段にすわりこんだ。がたのきている折りたたみ椅子のように手脚を曲げると、ローブがやせた肩と膝をシーツのように覆った。

「キーアンラ」ランは呼んだ。「おじいさんが寝室へ戻るのに手を貸してくれ」そしてシェイの背中に手を当て、小さい声で言った。「おじいさんと一緒にいてやれ」

シェイはうなずきながら、もっと言うことはないか考えた。〝気をつけて〟とか〝健闘を祈る〟とか〝必ず戻ってきて〟とか。だが、どれもふさわしいと思えない。それに、ランはすでに歩きだしていた。そして玄関通路の階段を下り、〈拳〉のひとりが彼のためにドアを開けて待っている車に乗りこんだ。

20 工場での決闘

工場は縄張りの境界線のすぐ向こう、山岳会が支配するスピアポイント地区にある古い製造施設だ。外壁にはまだ〈ケコン特別繊維会社〉という色あせたペンキの大きな文字が残っているが、何年も前に、山岳会のグリーンボーンの集会所および道場に改造されている。昨夜から今朝早くまでに電話をかけてきた無峰会の〈指〉や〈灯籠持ち〉によると、生き延びたふたりの暗殺者——ガム・オベンとチョン・ダール——はアームピット地区から徒歩でここまで逃げてきたらしい。

無峰会の戦士たちは六台の車に分乗し、正午前に到着した。工場の前に駐車すると、ドアを閉める音を響かせ、輝く武器とともにどやどやと車を降りる。ランとヒロは一緒に正面に立って、話し合った。レンガ造りの建物はかなりの高さがあり、窓は覆われている。なかに何人の山岳会の戦士がいるか判断するのは不可能だ。ヒロが屋根を指さした。そこから見張りたちがこっちを見ている。今のところ、建物から出てきた者はいない。

「伝令を出そう」ランが言った。

ヒロは〈指〉のひとりを手招きした。片側を長くしたアシンメトリーの髪型に、下唇に二個の翡翠のピアスを着けた若者だ。若者はさっと両膝をつき、頭を地面につけた。「組織のために死ぬ覚悟はできています、コール・ジェン」

若者はヒロの指示を受け、武器なしで工場の正面入口へ向かった。要求はシンプルだ。ヒロを襲ったふたりの男の首を差し出し、アームピット地区の支配権を渡せ。拒否すれば、無峰会は森から出る。〝森から出る〟とは、グリーンボーンの言葉で〝開戦〟を意味する。開戦すれば、山岳会の縄張り、人、ビジネス、すべてが標的になる。コール兄弟は、伝令がふたりの警備係に接触するところを見守った。言葉が交わされ、伝令の若者は建物に入ることを許された。

ヒロは〈ドゥシェース〉のボンネットにすわって待った。ランは〈ローウルフ〉ロードスターのドアにもたれ、工場の正面を見つめている。神経が張りつめ、口がからからに乾く。空で太陽と雲が取っ組み合っているような時季の一日で、待っている男たちは暑さと日陰に交互にさらされ、まるで天気自身もこの日がどうなるのかよくわかっていないかのようだった。昨夜、〈ライラック・ディヴァイン〉でスーゴー夫人にドアをノックされて以来、ランは津波に流されているような気分だった。流される方向をコントロールすることはほとんどできず、せめて水面近くへ浮かび上がろうと格闘している気がした。

ランは組織間の抗争は望んでいなかった。得をする者は誰もいない。グリーンボーンにとっても、ビジネスにとっても、この国自身にとっても、一般の人々にとっても、悪い影響を及ぼす。ランはこれまでずっと、慎重に事を運ぶかぎり、山岳会とのあからさまな衝突は避けられると信じていた。アイトの無礼な行為は無視し、手を組もうという無理強いも丁重に断り、ケコン翡翠連合を守るために合理的なステップを踏んで、自分の組織の地位を守ってきた。だが今思えば、そんな自分の行動は、豹の前に鈍い牡牛を置くような防衛策だったとわかる。あれでは敵をつけあがらせるだけで、無峰会の〈柱〉は軟弱で恐るるに足らずという印象をあたえてしまった。

馬鹿だった。ランは思った。山岳会がヒロを排除したがっているのを知っていたのに、敵の〈柱〉がここまで性急で手荒な行動に出るとは予想もしなかった。ライバルは女だから、先に流血沙汰を起こすことをためらうとでも思っていたのだろうか？ だとしたら、それはランの致命的な過失だ。アイトは無峰会の次男の名前を囁いた。組織間にどんなビジネスや縄張りに関する懸案事項があろうと、今回の件は交渉で帳消しにできるようなことではない。こんな攻撃をされて毅然と報復しなければ、コール一族は指揮権も敬意も失ってしまう。

千メートル以上もある貨物列車が、少し先を通過していく。警笛で接近を知らせながら、どこまでもつづく線路を轟音とともに島じゅうを走り、サマー公園地区や港湾地区の臨港駅へ物資を運ぶ。そよ風が海から西へと吹いていく。三十分が過ぎた。工場は相変わらずしんとして、ようすがわからない。無峰会の男たちは不満をもらし、いらいらと歩き回ったり煙草を吸ったりしている。メイク・ケーンがやってきた。「やつらは返事をしてきません。今頃、あいつは殺されているかもしれない」苛立ちと殺意で眉間に皺が刻まれている。「このまま返事がなかったら、どうしますか？」ヒロは言った。「この汚ねえ工場を急襲して、ゴント・アッシュの小さいタマをつかんで引きずり出してやる」この言葉に満足した側近は、それがいいというようにうなったが、ヒロはさらにいきりたった。〈ドゥシェース〉のボンネットから跳び下り、工場の入口までの道を途中まで歩いていった。「こいつが見えるか、ゴント？」両手を広げ、横柄な態度でくるりと回る。「俺はまだ生きている！　俺を殺したいなら、子犬どもを送りこんでくるんじゃねえ！　表に出てきて、自分の手でやりやがれ、卑怯な負け犬が！」

ヒロの後ろで、〈拳〉たちが賛同の叫びを上げ、車をドンドン叩いた。

その瞬間、ランははっきり気づいて愕然とした――山岳会が暗殺者を放って消そうとしたのはヒロであり、長男で〈柱〉である自分ではなかった。敵が脅威とみなしているのはヒロだ。獰猛で、〈拳〉たちを率いて戦えるヒロなのだ。彼は今、暗殺未遂事件を生き延び、さらに評価を上げた。

それにひきかえ自分はどう言われているか、ランは知っている。彼が〈柱〉になったのは、長男だからであり、祖父コール・センに命じられたからであり、人々に父コール・ドゥシュロンを思い出させる顔をしているからだ。ランは強く賢明な指導者であろうと常に努力し、平和を維持し、祖父の築いたものを尊重してきた。そういったことは組織のなかでは敬意と信頼につながったが、ライバル組織への威嚇や忠告にはならなかった。そして敵は先制攻撃をしかけてきた。無峰会の政治的なリーダーではなく、戦士のリーダーを攻撃してきたのだ。それにより、山岳会が無峰会の縄張りに侵入し、力ずくで征服しようと考えていることに疑いの余地はなくなった。

コール・ランは生来、怒りに火がつくのが遅いタイプだが、今は両の拳を握りしめていた。屈辱と怒りが濁った流れのように湧き上がり、胸のなかで渦巻いている。

工場のドアが開き、三人の男が現れた。ランとメイク・ケーンは一緒にヒロのところまで歩いていった。ヒロは地面を踏みしめ、近づいてくる男たちのほうを向いて立っている。ひとりめは無峰会が伝令として送りこんだ若者だった。彼は急いでやってくると、またさっと両膝をついた。まだぴんぴんしていることを申し訳なく思っているようだ。「コール＝ジェン、残念ながら、犬どもから無峰会のために死ぬチャンスはもらえませんでしたが、このふたりと一緒に帰されました」

若者の後ろに、ふたりの山岳会のグリーンボーンがやってきた。「こいつらだよ」ヒロがランに言った。「足を引きずっているのがチョン。浅黒いのがガムだ」

両者は憎悪をこめてたがいを見た。中級の〈指〉であるチョンは、怪我をしておびえている。あざのある顔を汗でてからせ、無峰会の戦士たちを数秒しか見られずに目をそらした。ガムは心身ともに、もう少し骨があった。身に着けている翡翠は、首のチョーカー、鼻のピアス、両手首の腕輪。彼はまっすぐランを見て、先に口を開いた。

「うちの〈柱〉はあんたの要求をのんだ。彼女はそっちの〈角〉が山岳会の縄張りに度重なる侵入をしたことへの屈辱感から彼への攻撃を認めたが、怒りに駆られて早まったことをしたかもしれないと思っている。そこで、交渉の席に着いてもいいという意思を示すため、俺たちはアームピット地区から手を引く。ただし、これまでずっと俺たちが支配してきた愛国者通りの南にある小さいエリアは除く」

「ずいぶん気前のいいこった」ヒロはあざ笑った。「だが、こっちの要求はそれだけじゃない」

ガムの頬が引きつったが、彼はランから目を離さなかった。「俺たちが失敗した罰として、うちの〈角〉は俺たちの命をあんたに差し出す。そこのやつには」ガムはチョンに向かってあごをしゃくった。「戦士としての最期を迎える価値はない。けど、山岳会と俺の誇りにおいて、俺は山岳会の立派な〈拳〉にふさわしい死を迎えたい。無峰会の〈柱〉コール・ランシンワン、あんたに〝清廉の刃〟を申し込む」

ランは心底驚き、目を細めた。「受けて立とう」

話を聞こうと周囲に集まっていた無峰会の男たちは、いっせいにすぐ後ろに下がり、大きなまるいスペースを作った。ただし、ヒロだけは違った。ヒロはランに体を寄せ、小声で言った。「ガムにふさわしいのは死刑で、決闘じゃない。こいつはある種の策略だ」

「策略かどうか、ここで見ていればいい。だが俺はそうは思わない」くわしく説明はしなかったが、ランは確信していた。アイトが遅れればせながら、ランの力量を測ろうとしているのだ。彼女はすでにヒロのことはある程度知っている。ヒロを殺そうとして、失敗した。今度は、ランが自分の判断どおりの弱い人間か知りたくなったのだろう。その結果で次の出方を決めるつもりなのだ――それなら、アームピット地区のほとんどを明け渡すだけの価値がありそうだ。もし無峰会の〈柱〉が前言を撤回すれば、彼は敵と仲間のグリーンボーンの前で面目を失うことになる。

「なら、〝名誉の死〟でいいじゃないか」ヒロが提案した。「ケーンと俺が相手をしよう」

ランがきつくにらむと、〈角〉は黙った。怪我を負った弟を二度もガムと戦わせ、自分は真っ向勝負を断るなんて、まともなグリーンボーンじゃない。ランは間違いなく理解していた。好むと好まざるとにかかわらず、自分はもう戦時下の〈柱〉であり、もっとも愚かなことは、無峰会の〈拳〉たちと敵の目の前で、ヒロの戦闘能力を自分の戦闘能力より上のように扱いつづけることだ。

となると、やり方はこれしかない。グリーンボーンのやり方だ。力がアイトの理解できる唯一の言語なら、ランははっきり力で表明しなければならない。

ガムは数歩下がった。「ナイフか刀、どっちにする？」

武器を選ぶことは、挑戦を受けた者の特権だ。ヒロはタロンナイフ――小型で、物騒で、いつでも身近にある――を好むが、路上で戦うタイプではないランには伝統的で優雅な月形刀のほうがふさわしい。「刀だ」ランは言った。

ヒロはまだ疑っている。「俺が受けたほうがいいんじゃないか？」

〝清廉の刃〟の申し込みは厳格な誓約だ。勝者は敗者の命と翡翠を無条件で手に入れる――敗者の身内や協力者が報復することはない。ヒロの問いかけは大げさで、ランは非難の目で弟を見た。「俺が負けるのを心配しているのか？」

ヒロはわずかに顔を動かしてガムを見ると、視線を戻し、小声で言った。「やつはちょろい相手じゃない」

「俺もだ」ランは思っていたより鋭い口調になっていた。

「ここには俺の〈拳〉が十二人いる。みんな、兄貴の名代でガムと戦える。兄貴は無峰会の〈柱〉なんだぞ」

「これに勝てなければ、俺は〈柱〉になれない」ランはヒロにしか聞こえない声で素っ気なく返事をした。とはいえそれは、ほかの連中が口には出さない本心をはっきり言葉にしたのと同じだった――偉大なコール・ドゥシュロンの息子は、実際、どれだけ腕の立つグリーンボーンなのか証明する必要がある。

ランは月形刀〈ダー・タノーリ〉を鞘から抜き、弟のほうへ向けた。ヒロは幸運を祈って白い金属の刃に唾を吐いたが、笑顔はなかった。

「やつの〝跳ね返し〟の腕はかなりのものだ。至近距離で戦ったほうがいい」ヒロはランの肩の首に近いところをぎゅっとつかんでから、下がってケーンの横に立った。ランの胸のなかで名づけようのない気持ちがうずく。弟にもっと何か言っておくべきだ。万一のことがあるかもしれない。だが、そんなことをするのは、縁起が悪い気がした。

　ランは信心深いほうではないが、ジェンシュー僧侶――〝帰還せし者〟と呼ばれる、翡翠の戦士たちの守護者だ――に心のなかで祈りを捧げた。〝天の国の偉大なる伯父よ、もしわたしにその価値があるのなら、今日の決闘で、わたしこそ腕の立つグリーンボーンであるとご判断ください〟そしてガムに向き合い、刃の平らな部分を額に触れて挨拶した。ガムも同じ挨拶を返す。ふたりは向かい合って、円を描くように動いた。空は唐突に晴れ渡り、太陽が舗道を容赦なく照らす。刀の柄に埋めこまれた翡翠が、ランの手のひらの下で脈打っているようだ。何層もの翡翠のエネルギーが彼のなかに入りこみ、感覚が研ぎ澄まされ、時空の動きが変わっていく。一秒一秒が長くなり、距離は短くなる。ランの〝感知〟の中央で脈打っているのは、ガムの心臓の鼓動だ。ガムの翡翠のオーラが動くのがわかる。そのオーラは試し、広がっては縮み、いつどう攻撃すべきかを巧妙に判断しようとしている。

　恐ろしい一瞬、疑いがどっと胸に押し寄せてきた。ランはかつて学園のトップに立ち、熾烈な戦いで数々の勝利を収めてきたが、もう何年も決闘をしていない。ガム・オベンはゴント・アッシュに仕込まれ、戦士としての経験はランよりも多い上に、その経験はランより最近のものだ。もしかすると、アイトは賢い賭けをしているのかもしれない。ランはこの男に負け、自分の組織を滅ぼしてしまうかもしれない。

　ランの気持ちが揺らいだ一瞬を察知して、ガムは攻撃をしかけてきた。古典的な出だしで、刀を高く構えて勢いよく切りかかってくると、巧みに方向を変え、刀を低く滑らせた。ランは相手のフェイントに気づき、刀をかわした。自分の月形刀を回して上へ向け、鋭い突きを入れる。ガムは体をひねって逃れ、いっぽうの腕をさっと側頭部に当てた。ランの刀はガムの〝鋼鉄〟の腕に切りつけた。

ランは素早く何度も切りつける攻撃に出た。ふたりの刀が死の二重唱をうたいだす。相手の刀を受け止め、跳ね返しながら、ガムは後退したかと思うと、その場でくるりと体を回転させ、〈柱〉の体の横に強烈な蹴りを入れた。ランはガムの〝怪力〟に肋骨が圧迫され、また広がるのを感じたが、〝敏捷〟の力で跳びすさり、両足で着地した。見物する男たちが慌てて後ろに下がり、さらにスペースを空ける。

敵の刀が届かない距離に来たランが、ヒロの警告を思い出したちょうどそのとき、ガムが雄叫びとともに左腕を勢いよく前にふった。翡翠のエネルギーがほとばしり、〝跳ね返し〟の波が大人の男をもふっ飛ばす勢いで宙を切り裂いて進んでくる。ランは前を向いた姿勢で脚を踏みしめ、自分も〝跳ね返し〟の力を発動して垂直の盾にした。盾は船首が水を切るように、相手のグリーンボーンの攻撃をまっぷたつに切り裂いてかわした。ふたりのエネルギーが激突した衝撃が、ランの全身に響きわたる。その衝撃は食いしばった歯をガチガチ鳴らしてランの体を後ろへ滑らせ、踏みしめたかかとに達した。

ランは引き潮に吸い寄せられるように、ガムが次の〝跳ね返し〟の槍を放とうとオーラを引き寄せているのを感じた。ランは敵に突進した。〝敏捷〟と〝怪力〟で姿がぼやけるほどのスピードだ。ランの月形刀がガムの首の横へ向かって死の道筋を描く。向かってくる刀の下を、ガムはさっとくぐり、ランの胸骨を手のひらで力いっぱい突いた。

〝跳ね返し〟のために集めておいたすべてのエネルギ

ーを使って、ガムはそのひと突きに〝チャネリング〟した。ランは全身全霊をこめて〝鋼鉄〟を発動。その瞬間、ランにはわかった。自分の生死は、彼にこっちを破るだけの力があるかどうかにかかっている。

何もかもがかすんだ。ランはガムのエネルギーに打ちのめされるのを感じた。敵のエネルギーがランの胸郭を貫き、心臓をつかむ。死が意識の端に触れている。ランの〝鋼鉄〟にはひびが入っていたが、壊れてはいなかった。一瞬の膠着状態を持ちこたえ、その後、外へ向かって炸裂し、殺傷力をまき散らした。ランは、やはり、コール一族の人間なのだ。

さっきの攻撃に全力を注いでいたガムは、一瞬足元がぐらつき、翡翠のオーラが薄れて弱くなった。ランは月形刀をガムの脇腹に沈めた。柔らかい豆腐を切るように刃が入っていく。ランにも力はほとんど残っていない。それでも刀を最後まで引き、敵の肉と動脈を切断した。〝感知〟が激しい騒ぎをとらえる。まるで、周囲の心の声がなだれこんできたかのようだ。ガムの発する断末魔と恐怖、消えゆく命にともなうエネルギーの逆流、見物している無峰会の戦士たちから押し寄せるおびただしい勝利感と高揚感。こうして、山岳会の第二の〈拳〉は地面に崩れ落ちた。

ランは両膝をついて、あえいだ。「偉大なる伯父ジエンシュー、ご厚意に感謝します」と小声で唱えると、全員に聞こえるように声を張り上げ、敵の死体に語りかけた。「おまえは自分の翡翠を立派に身に着け、〈拳〉として死んだ。戦う価値のある敵だったよ、ガム、おまえの〈角〉は惜しい戦士を失った」ランは左の袖の内側で刃の両面をぬぐうと、月形刀を高々とかかげて立ち上がった。「俺の刃は清廉なり」

見物人のなかで、コール・ヒロがメイク・ケーンに素っ気なくうなずいた。ケーンはチョン・ダールのほうへ歩いていった。チョンは自分の運命をあきらめて膝をついている。ケーンはチョンの頭を後ろへそらせ、タロンナイフで男の喉を耳から耳までひと息に深く切り裂くと、前に押して顔からアスファルトへ突っこませた。

「無峰会！　無峰会！」グリーンボーンたちがいっせいに声を上げる。「コール・ラン＝ジェン！　俺たちが血を捧げる〈柱〉！」彼らはどすんと両膝をつき、拍手代わりに拳で地面を叩き、太鼓のような音を響かせた。熱狂的なやり場のない〝怪力〟が舗道をへこませる。ランは敵の翡翠のチョーカーと腕輪を切断して外し、顔のピアスを引きちぎった。大量の翡翠を持っていると、熱で喉が渇き、毛根に電気が通ったように頭皮がちりちりする。ランは安堵でぼうっとし、夢のなかにいるかのように動いていた。

彼は立ち上がった。「帰るぞ。だが、敵にはこのことを知らしめろ。無峰会は自分たちの縄張りを守り、きっちり復讐する。俺たちの誰かに悪事を働けば、俺たち全員に悪事を働いたことになる。無峰会に喧嘩を売ったのと同じだ。そのときは百倍にして返す。無峰会のものは、誰にも奪わせない！」勝ち取った翡翠を握って、ランが拳を高く突き上げると、声援はさらに大きくなった。ランはヒロを見た。弟は腕組みをして、驚いた顔に笑みを浮かべていた。

グリーンボーンたちはどやどやと車に戻った。血を見たいという欲求は、完全には満たされなかったにしろ、決闘の結果に満足していた。ランは仲間の戦士たちが自分を称える光景に――本当はヒロを称えているのはわかっていたが――暗い満足を覚えるのを自分に許した。誰の目から見ても、あの決闘は速やかで決定的だった。あのふたりを殺したことで、山岳会が報復してくることはない。無峰会は誰の命も失うことなく、今やアームピット地区のほとんどを手に入れた。これは勝利だ。違うか？

ランは自分のシルバーのロードスターの横を通りすぎ、〈ドゥシェース〉の後ろのドアを開けた。広い後部座席にひとりですわり、獲得した翡翠が横に落ちるままにする。腰に着けた月形刀の鞘をほどき、足元の床に置く。ランは痛みを感じた。腕と腰に巻いた翡翠がいつになく重い。体のどこか奥のほうが負傷しているような感じがする。あの決闘がかなりきわどかったことに気づいた者はいるだろうか？

ヒロが助手席に乗りこんだ。メイク・ケーンが車を高速道路に入れると、車はスピードを上げて街を突っきっていく。ヒロが体をひねって後ろを向き、兄に煙草を勧め、火をつけた。そして前に向き直ると、窓を半分下げて、静かに言った。「むかつくほど痛いはずだ。横になれよ、兄貴。ここなら、俺たち以外、見ているやつはいない」

21 家族会議

シェイは祖父の隣にすわり、祖父の節くれだった手に自分の手を重ねていた。兄たちが大騒ぎで出ていったあと、屋敷は奇妙なほどの静けさに包まれていた。ドルはどこへ行ったのだろうか？ シェイはいぶかしんだ。まだ屋敷内にいるのか、それとも電話をかけるとか、何か用事をすませに出かけたのだろうか？ 確かめにいくことも考えたが、祖父を置いていくのは気が進まない。祖父は今まで見たことがないほど、小さく弱々しく見える。シミだらけの肌の下では、祖父の強力な存在感がまだうなっているのがわかる。ずっしりと重い翡翠のオーラを、鋼の意志でつなぎとめている。けれど今の祖父のすわり方、そのだらしない姿勢には、深い諦念と、自分はもはや組織の脈打つ心臓ではないというほろ苦い理解がにじんでいた。祖父はもう〝ケコンの炎〟ではないのだ。

キーアンラがトレイに載せたカットフルーツの皿をコール・センのところまで運んでくると、毛布やクッションをあてがい、窓辺の椅子で彼が快適にすごせるように世話を焼いた。老人は蚊を追い払うような仕草で彼女を追い払い、澄んでいるが疲れ果てた目をシェイに向けた。「なぜ自分の家で暮らさんのだ？ 最近、ずっと何をしている？」シェイは緊張したが、祖父の質問は怒りというより困惑から来たものだった。それと悲しみから。「ジャンルーンで暮らしたいのに、家族と一緒ではいやなのか？ 誰か付き合っている男がいるのか？ また外国人の男で、家に連れてきたくないのか？」

「いいえ、おじいさん」シェイはいらいらしてきた。「おまえの兄さんには、おまえが必要だ。兄さんを助けてやれ」

「わたしの助けなんて必要ないわ」

「いったいどうした？ おまえはもはや自分を見失っておる」コール・センは断言した。「わしは昔、おまえを最高の孫と言っていたものだ。覚えているか？」

シェイは答えない。

火にかけた鍋を見守るようにじっと私道を見つめてしまわないよう、シェイはこらえていた。そして鈍い失望とともに気づいた。自分は絶対にならないと誓っていたものになってしまった——男たちが危険な現場へ出向いて暴力で問題を解決するあいだ、家で心配しながら待っていた母のような女に。少女時代のシェイなら、うんざりしていただろう。彼女はコール・ドゥシュロンの娘であり、コール・センの孫——それも、お気に入りの孫だ。成長するにつれて、ふたりの兄より少しでも劣ると考えるのは、受け入れがたくなっていった。

子ども時代に使っていた部屋のどこかの引き出しの底に、シェイが学園で訓練を受けていた十代の頃の日記がある。日記の背を机に置いて手を放せば、中央に直線を引いてふたつの長方形のスペースに区切ったページが開く。ひとつのスペースの上部には彼女の名前が、もうひとつにはヒロの名前が書かれている。数年間、シェイは学園で取った点数と順位を記録していた。ヒロには知らせずに、彼の記録も取っていた。いくつかの分野ではヒロのほうが才能があったが、シェイは彼より着実に練習を積み、彼より勉強し、彼より多くを望んだ。彼女はクラスでいちばん年下だったにもかかわらず、トップの成績で卒業した。ヒロは六番だった。

シェイはヒロより上級のグリーンボーンとなり、それを誇りに思っていた。そんなことに大した意味はないと気づくのに、さらに数年かかった。ヒロの点数を下げていた短所――授業をさぼったり、こっそりキャンパスを抜け出したり、街で喧嘩を売ったりして叱責を受けていたこと――は仲間に感心され、支持を集めることになった。シェイが取りつかれたように勉強と訓練に打ちこみ、ひとりですごしてきたかぞえきれない時間は、ほかの生徒たちから、特に女子生徒から孤立させた。ヒロが一緒に遊んですごしたたくさんの友人は、彼のもっとも忠実な〈指〉と〈拳〉になった。今ふり返ってみると、シェイは十代の自分にほとんど笑ってしまう。あの頃の自分は世間知らずで、間違った方向に真摯に突き進んでいて、失望はまぬかれようがなかった。

ある日、ヒロが彼女の日記を見つけ、ふたりの成績を詳細に比較した記録を目にした。ヒロは涙が出るほどげらげら笑った。そして友人たちに話し、彼らはそのことでシェイを容赦なくからかった。シェイはヒロの態度に激怒し、屈辱を覚えた。ヒロに勝つという彼女の取り組みを、次兄はあんなにもおもしろがり、まったく気にもしないのだ。シェイの怒りはヒロを当惑させ、さらにおもしろがらせるだけだった。「こんなもの、何のために取ってあるんだ？」ヒロは彼女の前で日記をふった。「学園ではおまえのほうが成績がよかった。それは確かだ。で、十年後にそいつを持ち出して、俺に威張ろうと思ってるのか？」そう言って笑顔で日記をシェイに放り、さらに彼女を怒らせた――どこかに捨てようとも、びりびりに破こうともしないって、どういうこと？「なんで、いつもそんなに頑張らなきゃならないんだ、シェイ？　兄貴はいつか〈柱〉になる。俺は〈角〉に、おまえは〈日和見〉になるだろう。そうなったら、俺たちの成績なんて誰が気にする？」

ほぼ、そのとおりになった。今ではランは無峰会の〈柱〉で、ヒロは〈角〉だ。三頭政治を台無しにしたのは、シェイだった。彼女は壊れたパズルのピースだ。彼女が出ていったときのヒロの怒りは凄まじかった。その理由は、エスペニア人が嫌いだからでも、ジェラルドが嫌いだからでもなく、シェイがしたことや秘密にしていたことのせいでもない。ヒロが怒ったのは、彼の世界観のなかでシェイがふさわしい立場に落ち着くのを拒否したからだ。再会したホテルで、彼はシェイを許すと言ったが、彼女には信じがたかった。

シェイは祖父に果物を勧めたが、祖父は食べようとしないので、自分で食べた。「戦時中のほうが楽だった」不意に、コール・センはつぶやいた。「ショターー人は冷酷だったが、わしらは彼らに反撃できた。最近はどうだ？　エスペニア人が何でも買っていく――わしらの翡翠も、孫たちも。グリーンボーンは街なかで犬のように喧嘩をする始末だ！」祖父の顔は苦痛を感じているかのようにゆがんだ。「もう、こんな世界で生きていたくない」

シェイは祖父の手をぎゅっと握った。祖父は老いた暴君かもしれないが、こんなことを口にするのを聞くと心配になる。シェイは祖父の右の耳たぶを引っぱりながら、からかわれていたことを思い出した。ジェラルドにいつもケコンの迷信深い習慣をからかわれていたことを思い出した。「そんなこと言わないで、おじいさん」シェイはちらりと窓の外に目をやると、勢いよく立ち上がり、祖父のトレイをひっくり返しそうになった。門が開き、車が次々に入ってきて、車寄せに駐車していく。

シェイはキーアンラを呼び、急いで階段を下りていった。ふたりの兄が一緒に玄関を入ってくる。シェイは安堵感に包まれた。膝から力が抜け、手すりにつかまって体を支える。シェイに笑顔を向けたランは、やつれて見えた。「そんな顔するなよ。戻ってくると言ったじゃないか」

ヒロは言った。「おもしろいものを見逃したぞ、シェイ」誇らしげに長兄の肩に腕を回し、第一の〈拳〉に声を張り上げる。「ケーン、あとの連中を頼む。俺は少し家族と話がある。誰もなかに入れるんじゃないぞ」

兄妹はランの書斎に入り、ドアを閉めた。「おじいさんはどうするの？　ドルは？」シェイは訊ねた。

「待たせておけばいい」ランは言った。

シェイは仰天した。記憶にあるかぎり、組織に関わる決断をするとき、長兄はいつもコール・センとドルを立ち会わせてきた。家長と〈日和見〉を閉めだすのは、侮辱行為だ。これは組織内の風向きが劇的に変わったという明確なメッセージだ。

それ以上に当惑させられるのは、彼女もこの場にいることだった。シェイは翡翠も着けていないのに、ふたりの兄は彼女を重要な話し合いの場に同席させているのだ。みんなは、シェイがドルのあとを引き継ぐと考えはじめるかもしれない。シェイはそんなことはまったく望んでいなかったが、今さら出ていくわけにもいかない。この場にいるべきじゃないと自分に言い聞かせながらも、革張りの肘掛け椅子のひとつにすわった。ランが慎重に体をかがめて向かいの椅子にすわる。体が痛むようだ。出血はないが、青ざめて疲れきっているように見える。長兄がここまで弱ることがあるとは、シェイは想像したこともなかった。

「ラン兄さん、医者に診てもらわなきゃ」

「それはあとだ」ランは言った。シェイは長兄の左手が動いているのに気づいた。手のなかで翡翠を転がしている――新しい翡翠だ。彼が勝ち取った翡翠。

「何があったの?」

「やつらのうちのふたりを墓場へ送ってやった」ヒロは立ったままだ。完全武装を解かず、気もゆるめていない。「兄貴が〝清廉の刃〟で敵の最強の〈拳〉を倒し、もうひとりは俺たちが始末した。アームピット地区は俺たちのものだ」

「でも、兄さんは笑ってない」部下の先頭に立って玄関を入ってくるとき、ヒロは誇らしい笑顔だったが、ランとシェイと三人だけになると、難しい顔になった。

「今回は第一手にすぎない」ランが言った。「やつらはまたしかけてくる」

ヒロはランの整然とした本棚の前を、短く行ったり来たりしている。「昨夜、アイトは部下に俺を待ち伏せさせた。今日は、ゴントが自分の〈拳〉をランにけしかけた。山岳会は、俺たちのトップに大きな打撃をあたえられることを見せつけたんだ。しかも、自分たちは顔を見せずに。今のところは俺たちが上を行っているように見えるかもしれないが、やつらとの差はわずかしかない。やつらは俺たちを傷つけた。世間はそう噂するだろう。俺たちにはまずい状況になる」

「でも、こっちは山岳会を四人始末したんでしょ」

「〈拳〉が十人になったくらい、〈柱〉を失うことに比べりゃ何でもない」ヒロは言った。

ランがシェイに注意を向けた。彼は動きを必要最小限にしようとしているようだった。「おまえが発見したことを教えてくれ。財務省で見つけてきたことを」

無意識に、シェイは室内をさっと見回した。部屋の隅にドルがたたずんでいるような気がした。「ゴント・アッシュが注文書にサインした機器のことは話したでしょ。あれなんだけど、実際に使用されている。鉱山の生産量は今年、十五パーセント増えていて、この十年間で最大の増加量よ。それで不思議に思ったの。増えた分の翡翠はどこへ行っているんだろうって。KJAの財務諸表を調べてみたら、増加分の記録はなかった。海外売上は増えていない。兄さん、言ってたでしょ。輸出量を増やす決議は通らなかったって。武術学校と寺院と使用許可を持つ人々への配分は、六パーセントしか増えていない。つまり、採掘された翡翠のうち、かなりの量がどこにも流通していないってこと」

「じゃあ、金庫室にあるんじゃないのか」ヒロが言った。

「いいえ、それはない。ケコン財務省に通って、過去三年間の記録を確認してきたの。翡翠の在庫量に、生産量の増加に見合うだけの増加はなかった。鉱山と金庫室のあいだのどこかで、翡翠が消えているのよ」

「どうしたら、そんなことが可能なんだ?」ランが訊ねた。「〈日和見〉の事務所の会計監査は――」そこで言葉がとぎれた。下あごがゆっくり動いて口が閉まる。

「ドルだ」ヒロが〈日和見〉の名前を吐き捨て、閉じたドアをあごで指した。「あいつが関わっているんだ。山岳会が翡翠を余計に採掘し、俺たちの鼻先で密輸して、KJAのほかの組織と王立議会まで騙していたのさ。あのタマナシのイタチ野郎め、アイトをかばって、俺たちにずっと隠してやがった」

ランはひどく暗い表情になった。「ドルはずっとコール家に忠実だった。俺たちが子どもの頃から、伯父のように接してきた。彼が山岳会のために俺たちを裏切るとは、信じられない」

「ドルが数字の食い違いに気づいていない可能性もあるわ。部下の誰かが、ドルに見せる報告書を改ざんしているのかも」

「本気で言ってるのか?」とヒロ。

シェイは口ごもった。ドルのことは嫌悪しているが、この件については長兄と同意見だった。長年〈日和見〉を務める男が、自分の組織を転覆させるようなことをするとは考えにくい。戦争とビジネスにかけては、祖父はドルに何十年も絶大な信頼を置いてきた。〝ケコンの炎〟と呼ばれるほどの人物に、人を見る目がないとは思えない。「わからない」シェイは言った。「でも、ドルは引退するべきだわ。これが裏切りでないとしたら、〈日和見〉として職務怠慢ということになるもの」

ランはヒロと視線を交わした。「その件は俺たちで調べる。しばらくは、口外無用だ」そしてシェイに向き直った。「さっきの話には、すべて証拠があるんだな?」

「ええ」

「おまえの見つけたことをすべて文書にまとめ、ウン・パピドンワにコピーを三部送ってくれ。明日までに頼む。ウン以外には渡さないように」ランは少し休んで、つづけた。「ありがとう、シェイ。組織のためにこれだけの事実を突き止めてくれたことに、感謝する。この件で、おまえにあまり迷惑をかけていないといいんだが。もしそうだったら、すまない」

それでおしまい。シェイを仲間に取りこんだときと同じくらい速やかに、今度は追い出そうとしている。「大した苦労はしてないわ」シェイはなんとか返事をした。この数週間、はるばる鉱山へ出かけ、財務省に通い、記録部でたくさんのファイルに目を通し、目が痛くなるまで元帳や記録を調べつづけ、深夜に帰っていただけだ。シェイはヒロの視線が追ってくるのを感じながら、立ち上がってドアへ向かった。

「シェイ」ランが呼んだ。シェイがドアに片手をかけて立ち止まると、長兄はさっきより優しい声で言った。「ときどきは、屋敷に夕食を食べに来い。その気になったら、いつでもいい。前もって連絡する必要はないから」

シェイはふり返らずにうなずき、部屋を出た。後ろで重いドアが音を立てて閉まると、少しのあいだドアにもたれて目をつむり、今朝タクシーのなかで感じたのと同じたまらない気持ちを抑えようとした。なぜ、帰されたことに動揺しているのだろう？　ほんの数分前までは、そもそもあの部屋にいたくないと思っていたのに。シェイは自分の両頰を思いきり叩いてやりたくなった――両方とも手に入れるなんて、できないのよ！

ランが追い払ってくれてよかった。恥ずかしながら、シェイは認めた――祖父の言うとおりだ。わたしはもはや自分を見失っている。

22　名誉、命、翡翠

シェイの背後でドアが閉まったとたん、ランはヒロに言った。「信頼できる人間に、ドルを見張らせろ。彼に気づかれないよう、あまり翡翠を着けていない者がいい。〈日和見〉のオフィスに潜入させられるか？」ヒロがうなずくと、ランは言った。「ドルが山岳会と接触しているかどうか知りたい。本当に裏切り者なのか、突き止めたいんだ」

「彼をここに呼べば、今すぐわかることじゃないか」

ランは首をふった。「俺たちが間違っていたらどうする？　あるいは、正しかった場合は？　ドルはおじいさんにとって兄弟のようなものだ。輝かしき時代の唯一の名残りだ。おまえは、おじいさんとドルが毎朝一緒にいる姿を見たことはないだろうが、俺はある。ふたりは今でも、中庭の桜の木の下でお茶を飲んだり円形チェスをしたりしている。まるで老夫婦のように。ドルが裏切り者呼ばわりされる姿を見たら、おじいさんはショックで死ぬかもしれない」ランは一瞬目を閉じてから、また開けた。「いいや。やっぱり確かめなくてはならない。もし本当だったら、おじいさんに知られないようにひそかに対処する」

「ドルは俺たちにばれているんじゃないかと疑っているだろう」ヒロは言った。「それに、ほかの連中があれこれ訊いてくるぞ。今こうしてドルを閉めだしていることだって、どう説明するつもりだ？」

「そこはうまく言うさ。兄妹三人だけでじっくり話していたと言うつもりだ。また組織の一員として活躍してほしいと妹を説得していたと」

ヒロはさっきまでシェイのすわっていた椅子に、ようやく腰を下ろした。ランは椅子の上で体を少し後ろにずらさなければならなかった。ポケットと手のなかの新しい翡翠のせいで、心のなかに入ってくるヒロのオーラがかなりまぶしく感じられる。

「シェイのことはどうする？」ヒロは訊ねた。

「どうするって？」

「兄貴は俺に、シェイをせっつくなと言っただろ。あいつが翡翠も着けずに歩き回って恥をかこうが、それがあいつの望みなら好きにさせておこうと言ったよな」

「ああ」

「なのに、兄貴はあいつに組織のビジネスのことを調べさせた。しかも、俺にはひと言もなく。もしシェイが兄貴の指示で働いていたと知っていたら、俺はもっとあいつに優しくしていた」ヒロは首を傾けた。「誤解しないでくれ、反対しているわけじゃない。けど、どっちなんだ？　兄貴はシェイを仲間に入れたいのか、外したいのか？」

ランは鼻からゆっくりと息を吐いた。「シェイに組織関係の頼み事をするつもりはなかったんだが、数字に強い人間が必要だった。ドルの息がかかっていない人間に、俺の感じている疑惑について調べてもらう必要があったんだ。シェイはあれだけの事実を見つけだしてくれた。彼女に頼んだことは後悔していない。だからといって、彼女を組織のことに巻きこまないという俺の決心が変わったわけじゃない」

「すぐに新しい〈日和見〉が必要になる」ヒロが指摘した。

「いいや」今度はきっぱりとランは否定した。「もしシェイが組織のメンバーになると決めたなら、それもありだが、俺はあいつに命じたり、脅したり、後ろめたく思わせたりして組織に連れ戻すつもりはない。とりわけ、おまえが無理強いする必要はない。そういうことなら、すでにおじいさんがさんざん言っている。シェイはエスペニアで教育を受けてきた。俺にもおまえにもない知識を持っている。つまり彼女の人生には、俺たちにはない選択肢があるんだ。ジャンルーンの街はグリーンボーンのためだけにあるんじゃない。翡翠なしで生きることも選べる。ほかの数百万人の人々のように、普通の市民としての普通の人生だって選べるんだ」

ヒロは両手を上げた。「わかったよ」

「おまえたちはもう子どもじゃない。おまえもシェイも、自分のことは自分で決められる。俺が鼻血をふいてやり、たがいに敬意を払えと言い聞かせてやる必要はないはずだ」

「わかったって言ってるだろ」少し黙ってから、ヒロはつづけた。「兄貴。かなり近くにすわるまで気づかなかったが、兄貴のオーラがいつもと違う。何ていうか……」きつく目を閉じて顔をそむけ、〝感知〟に集中する。「ゆらゆら燃えて、脈打っているような感じがする。どこかおかしい。兄貴じゃないみたいだ」

「新しい翡翠のせいさ。慣れるのに少し時間がかかる。そういうことは、おまえも知っているだろう」ランはまだすわっているのに、心臓の鼓動が速くなっていく。

ヒロは目を開けた。「その翡翠は着けないほうがいいと思う」

「決闘で勝ち取ったものだぞ」ランはとっさに身構えた自分に驚いた。「この翡翠は正真正銘、俺のものだ。おまえだって、戦って手に入れた翡翠は全部身に着けているだろ？」

弟は肩をすくめた。「ああ」

「昨夜は何を手に入れた？」

ヒロは椅子の背にもたれて腰を浮かし、ポケットに手を入れて戦利品を引っぱり出した。「指輪、腕輪、ペンダント。もちろん、翡翠だけ取り出してべつのものにはめ直す」そう言って、ランによく見えるように戦利品を差し出した。「腕時計とピアスはメイク兄弟のものだ。俺の車に置いてあるベルトも、あいつらにもらう権利がある」ヒロは戦利品をポケットに戻し、深くすわった。「ガムが持っていたほどの量はない」

「だが、全体的な翡翠の量はおまえのほうが多いじゃないか」ランは目をぱちくりした。今のセリフは俺が言ったのか？

ヒロも驚いて目を見開く。「そんなことが言いたかったのか？」唇をなめる。「俺は〈角〉なんだぞ、兄貴。俺が期待されているのは、頭の良さじゃない。大量の翡翠を身に着けることだ。人の役割はそれぞれ違う」

「なかには人より優れた者、よりグリーンボーンの血が濃い者もいる」自分はいったいどうしたのだろう、とランは思った。なぜ、こんな辛辣で不機嫌な言い方をしているんだ？ 三十六時間以上眠っていないのと、工場での決闘からくる疲労、そして翡翠——すべてがこたえた。あまりに多くのことが、あまりに目まぐるしく起こったせいだ。「俺にとっては数年ぶりの決闘だったんだ、ヒロ。アイトは養父に仕える〈角〉を殺し、そのふたりの〈拳〉も殺した。今日、俺は自分の部下の前で戦わなくてはならなかった、勝たなくてはならなかった。明日はみんな、俺が新たな翡翠を身に着けているか注目するだろう。俺が山岳会との戦いに負けない強さを持っている証拠を、無峰会の〈柱〉にふさわしい濃いグリーンボーンの血を引いている証拠を身に着けているか確かめようとするだろう。それが真実だと言うことは、おまえが誰よりもよく知っているはずだ」

　ヒロはまっすぐ兄を見つめた。「兄貴の言うとおりだ。それが真実だ」そしてカーペットに目を落とし、口をすぼめると、また顔を上げた。「けど、今すぐでなくてもいいんじゃないか。ガムとの決闘で打撃を受けたばかりだぞ？　兄貴は傷ついている。翡翠は置いとけって、兄貴。少し休んだほうがいい」ヒロは立ち上がり、翡翠を受け取ろうと手を差し出した。

　強い所有欲に駆られ、ランは翡翠を握った手に力をこめた。俺の翡翠だ——よくも俺からこいつを奪おうなんて考えられるな。ヒロのオーラが強烈で近すぎて、心の目がくらむ。だがヒロはそこに立ったまま、手を伸ばしている。弟から貪欲さは〝感知〟できない。感じ取れるのは、兄を心配する気持ちだけだ。

　突然、はっきりとランは気づいた。これは翡翠の影響だ——俺を苛立たせ、感情をゆがめていたのは、この翡翠だ。翡翠の過剰曝露の前兆については、子どもの頃から教えられてきた。グリーンボーンなら、誰もが教わることだ。激しい気分変動、感覚のゆがみ、震え、発汗、発熱、動悸、不安、妄想。症状は急に現れる場合もあれば、だんだん現れる場合もある。数カ月か数年で現れたり消えたりするが、ストレスや体力低下や怪我によって悪化する。放置すれば、症状が進んで〝渇望〟となり、こうなるとほぼ死が待っている。

　ヒロは今や、まじまじと兄を凝視している。ランは無理やり手を開き、翡翠のピアスをサイドテーブルに置いた。胸のポケットからチョーカーを出し、ガムから奪った翡翠をすべて自分の身から遠ざけた。

数秒で変化が始まったかと思うと、劇的に変わった。まるで高熱が急に冷めたかのようだ。動悸は治まり、苦痛なほど鮮明に感じられた室内のようすが薄れてきた。ヒロのオーラも、いつものブーンという滑らかな低い音に戻った。ランはゆっくりと深呼吸して、いかにも安堵したようには見せるまいとした。「マシになったか？」

ヒロはうなずいて椅子の背にもたれたが、その目には不安があり、ランは気に入らなかった――つまり、ヒロも俺の力を疑っているわけだ。コール・センは老いぼれで、ドルは裏切り者かもしれず、シェイは翡翠を身に着けることさえ拒んでいる。もう、ランとヒロしかいない。偉大なコール一族に、いったい何が起きているのだろう？


「そろそろ行ったほうがいい、ヒロ」ランは言った。「俺たちにはそれぞれ、するべきことがある」

ヒロは椅子から動かずに言った。「もうひとつ話がある」こんなに緊張した弟を、ランはほとんど見たことがなかった。弟は両手をこすり合わせ、咳払いをした。「ウェンと結婚したい」

ランは大きくため息をつきそうになるのを抑えた。「今、どうしてもその話をしなきゃならないか？」

「ああ」ヒロは急に切迫した口調になった。「昨夜あんなことがあった以上、時間を無駄にしたくないんだ、兄貴。アスファルトに倒れて血を流しながら死を待つ数秒間に、やり残したことがあるなんて思いたくない。チャンスはあったのに彼女の願いを叶えてやれなかったなんて、思いたくないんだ」

ランは頭痛がした。脱水状態になっているのも感じる。新たな翡翠を手にしてまた遠ざけるという翡翠の影響力の劇的な変化で、頭が抜けそうなほど引っぱられたあとにぎゅうぎゅう押し戻されたような気分だ。

ランは額をさすった。「彼女を本気で愛しているんだな」

驚いたことに、ヒロは侮辱されたような顔をした。

「それ以外に、こんなことを言う理由があるか？」

ランは弟にこう言いたくなった――結婚するつもりなら、愛だけでは足りない。ランにも、愛だけで充分だと思っていた時期があった。エイニーもそう思っていた。彼がいつか〈柱〉になることを知っていた妻は、こう言って彼を励ました。無峰会の〈柱〉になるということがどういうことか、わたしは理解しているし、愛し合っているのだから最終的にはすべてうまくいくわ。ランは彼女と自分にこう言い聞かせた――無峰会を率いる立場になるからといって自分は変わらないし、ふたりの関係も変わらない。もちろん、ふたりとも間違っていた。今、ふり返ってみれば、もともとひびが入っていたのだとわかる。〈柱〉に求められるたくさんのことが、そのひびを揺さぶって修復しようのない亀裂にしてしまった。

とはいえ、ヒロに愛のはかなさを説いても効き目はないだろう。弟は自分にとって大切なことを、そんな抽象的な視点で考えられるタイプではない。「俺がウェンのことをどう思っているかは、知っているだろう」ランは言った。「素晴らしい女性だ。組織に対して常に敬意を払っている。喜んで妹のように接しよう。だが、彼女の家系は格下だ。メイク家が不名誉な家系だということは、誰もが知っている。無峰会のなかには、まだ彼らは信用できないと思っている者がたくさんいる。それに口には出さずとも、ウェンのことを私生児だと思っているだろう」

ヒロの首が赤くなり、顔が強ばる。「昔の出来事じゃないか。両親のやったことで、メイク三兄妹を非難するべきじゃない。俺はケーンとターを第一と第二の〈拳〉にした――あいつらに俺の命を預けられると思えなかったら、そんなことはしない。それに、ウェンの父親が本当は誰かなんてどうでもいい。彼女は誰から見ても無峰会の一員だし、いいやつだ――忠実で思いやりがある」

「確かにそうだ」ランは言った。「だが、ストーンアイでもある。彼女のことを縁起が悪いと考えたり、彼女がストーンアイなのは私生児を生んだ親への罰だと噂したりする連中は、この先もずっと出てくるだろう。そんな怒った顔で俺を見るな。ただ、人は昔の迷信深い記憶をいつまでも忘れないものだと言っているだけだ。おまえは無峰会の〈角〉だ。そこのところをよく考えるんだな」

「組織のほかのやつがどう思うかなんて、関係ない。俺は兄貴に訊いているんだ」ヒロはほとんど必死の口調で訴える。「兄貴は喜んでシェイをすっかり許し、戻ってきたことを歓迎した。なのに、メイク三兄妹を受け入れることはためらうのか?」

「それとこれとは話が違う。何があろうと、シェイはコール家の人間だ。おまえはコール家に不名誉な家系と縁を結ばせ、ストーンアイの妻とのあいだに子をなす決断をしようとしているんだぞ」

ヒロのオーラが興奮で乱れた。「どう言えばわかってもらえる?」ランの目をしっかり見据える。「これ以外は今後一切、兄貴に頼み事はしないと誓う」

ときどきランは、弟があまりにも自分と違うことに驚かされる。弟は目先のことしか見ていないが、全力で事に当たる。疑いをさしはさむ余地がないくらい情熱的だ。ランは言った。「おまえはすでに決心している。俺は心配に思うことを言っただけで、決断するのはおまえだ、ヒロ。俺の許可は必要ない」

「そんなこと言うなよ。そんな返事があるかよ」ヒロは椅子のなかで体が浮くほど身を乗り出した。「俺の兄貴じゃないか。一族の〈柱〉じゃないか！　おじいさんが〈柱〉だった頃は、中庭の木の葉一枚だって、

〈柱〉の許可なしでは落ちさせなかった。俺の知るかぎり、人々はおじいさんのところにさまざまな許可を求めにきた。結婚や新しいビジネスから、子どもや飼い犬につける名前、おまけに壁紙の色まで。ちゃんと祝福してくれよ、でなきゃ非難してもいい。けど、匙を投げるのはやめてくれ。〈柱〉が認めてくれないなら、ウェンと結婚したって何の意味もない。誰もまともに扱っちゃくれないだろう」

いっぽう、ランがふたりの結婚を認めれば、メイク家を正式に許したことになる。彼らの過去の裏切りは水に流したと表明することになるのだ。メイク家はコール家から特別な信頼を受ける立場に取り立てられるだろう。ほかの家系から嫉妬や怒りを買うのは目に見えている。とはいえ、ふたりの結婚を認めなければ、ヒロを傷つけてしまう――それも相当の心の傷を負わせることになるだろう。ランは弟と〈角〉との関係をいっぺんに損なうことになる。今の無峰会には、コール家がこれ以上の弱点を抱える余裕はない。

腕と脚がずっしりと重くなり、ランの体は深く沈みこみ、クッションのついた椅子を通り抜けてしまいそうな気がした。組織に関する何もかもが、ランに他者を傷つけたり苦しめたりする決断ばかりを求め、さらなる問題を引き起こすように思える。

だが、ヒロの顔を見ると、やはり弟の要求を拒むことはできない自分に気づいた。ラン自身、たとえエイニーとの結婚がどうなるか前もって知っていたとしても、あらゆる障害を乗り越えるほうに賭けたはずだ。そんな賭けはしなかったと断言できるか？　ランはそうは思えなかった。ヒロとウェンに関しても、さっきランが口にした障害――過去の罪、組織内の政治、迷信――など、昨夜の〈ライラック・ディヴァイン〉でのあの数秒間を思えば、何でもない。あのとき、無峰会の〈柱〉の口には出さない動揺に、メイク・ケーンが「ヒロは生きています。心配いりません」と答えた瞬間、ランはドア枠をつかみながら気づいたのだ――俺には抗争中の〈柱〉を務めるだけの心構えができていない。戦闘で自分の家族を失うことに、どう対処していいかわからない。

「おまえの言うとおりだ、ヒロ。明日をも知れないときは、今日のことを考えるほうがいい。メイク・ウェンとの結婚を祝福する」正当な声明らしく、誠実で明確に聞こえるように精一杯努力した。「日取りを決めよう。おまえが望むなら、どれだけ早くても構わない」

ヒロは椅子から下りてカーペットにひざまずいた。組み合わせた両手を額につける。「組織は我が血であり、〈柱〉はその主人なり」ヒロはグリーンボーンの儀式で行う宣誓の言葉を唱えた。ふたりとも何年も前に誓った言葉だ。「戦友（ブラザー）に不誠実な行動を取ったときは、刀によって命を絶ちます。万一、戦友（ブラザー）を助けに駆けつけられなかったときは、刀によって命を絶ちます。万一、私利私欲のために戦友（ブラザー）を犠牲にしたときは、刀によって命を絶ちます」低く頭を下げてカーペットに額をつける。「我が名誉と、我が命と、我が翡翠にかけて」

大げさすぎる感謝の仕方にランは抗議したくなったが、体を起こしたヒロは率直で穏やかな笑顔だった――不安はなく、ほかに心配すべきこともなく、すべてあるべき状態にあると言っている笑顔だ。ランと同じ一日を経験した人間にはとても見えない。

ヒロは立ち上がると、机に置いてあった武器をかき集め、部屋を出ていこうとランの肩にぽんと手を置いた。そしてガムから奪った翡翠の山を指さした。「あれを着ける前に、少し眠っておくといい」

23　秋祭りのプレゼント

風がうなるなか、針のような雨を首の後ろに受けながら、ベロは最後の荷物をバンに積みこみ、自分も乗りこんだ。もうひとりの少年――生意気(チーキー)と呼ばれている――が後部ドアを引っぱって閉める。「車を出せ！　出発だ！」ベロは運転手に声を張り上げた。

バンがきしんで動きだし、ベロは壁にふっ飛ばされた。なんとか起き上がり、荷物――高級ブランドの箱に入った財布、靴、ハンドバッグ、ベルト――のたくさん詰まったコンテナの横を回り、車内の真ん中の隙間を無理やり通って助手席にすわった。窓から顔を出して後ろを見る――トラックの運転手はまだセミトレーラーの下に突っ伏して、両手で頭を覆っている。誰も追ってくる気配はない。

顔を引っこめると、ベロは窓を上げ、少しだけ気をゆるめた。やがてバンがKI第一高速道路に入ると、さらに気をゆるめた。車はスピードを上げ、港湾地区から南へ遠ざかっていく。雨脚が強くなり、うるさいワイパーがなんとか対処できる速さでフロントガラスに水滴をまき散らす。ちらちらと輝く水滴の隙間から、ほかの車の鮮やかな赤いライトがまだらに見えて、まるで秋祭りのランプのようだ。ベロはズボンのウエストに差した拳銃をもっとしっかり押しこむと、歓声を上げて車の天井を叩いた。「あれは加工済みだったぞ、ケケ」

五分もかからない仕事だった。計画とスピードが盗みを成功させる秘訣だ。警備は厳重で、ミスは命取りになる――武装警備員が船を守り、グリーンボーンたちが港湾地区を巡回しているのだ。いちばんいい方法は、荷物は積み終わっているが高速道路に入る前のトレーラートラックを襲うこと。こういう仕事は初めてだったが、ベロはのみこみが早く、どうしても仕事がほしかった。今回の強奪成功は三週間で三度目だ。それはムットを喜ばせ、ムットの背後にいる連中も喜ばせた。彼らこそ、ベロがなんとしても会いたい連中だった。

運転手――タスという無口な男で、皮膚に問題があって黒いTシャツしか着ない――は高速道路を下り、ジャンコ地区南部に車を進めた。バンはディスカウント店〈グッディ・トゥー〉の裏の路地に入っていき、ドアの開いたガレージへバックした。ムットが商品を調べに出てくる。彼は満足そうになると、中古のビリヤード台の上でベロたちに支払う金をかぞえた。そのあいだに、チーキーがムットの十代の息子と一緒に商品を車から降ろしていく。「今はいつもより気をつけるんだぞ」ムットはそれぞれに追加の金を放りながら言った。「組織どうしが争っているからな」

組織間の抗争は、チャンスでもあり危険でもあった。グリーンボーンたちは戦いに忙しく、盗みや密輸に対する警戒がゆるむ。ただし、捕らえた者には普段より容赦ない処分を下してその埋め合わせをする。敵の組織と通じている可能性のある者には、特に。「ほかに内密の情報はないっすか？」ベロは金を上着の内ポケットにしまいながら訊ねた。突風が吹き、半分開いたガレージのドアをガタガタ揺らす。

ムットは尻ポケットから折りたたまれたマニラ紙の封筒を引っぱり出し、タスに差し出した。タスは首をふった。「俺はやめる」

「やめる？」ベロは驚いた。「あんな盗みを成功させたってのに？」

「まだ死にたくないからな。うまくいってるうちに、やめてえんだ」タスはぼそぼそ言うと、あごをしゃくってベロを指した。「そいつにやってくれ」そしてバンに引き返していった。

ムットはタスを見送りもしなかった。封筒を渡されたベロは、開けてさっと中身を見た――何枚かの紙がホッチキスで留めてある。向こう六十日間の〈JK運送〉のサマー港への出入りスケジュールだ。ベロの頬がゆるんだ。こんなに役立つ情報を手に入れられるムットはすごい。ベロは封筒を上着の内ポケットに金と一緒にしまった。

風でガレージに雨が吹きこみ、コンクリートの床をびしょびしょにぬらし、箱のふたをはためかせて商品を揺らす。「おい!」ムットが息子に怒鳴った。「俺たちがここで溺れちまう前に、あのドアを閉めろ。それから表に出て、窓にテープを貼る作業にかかれ。台風の神ヨーフォーはご機嫌ななめだ。台風が来るぞ、明日かあさってには確実に」ムットはぬれたごわつく髪を片手でかき上げた。上げた前腕から袖が少し下がったとき、手首の内側に注射痕があるのがちらりと見えた。ムットはチーキーを手招きすると、チーキーとベロの両方に向かって共謀者のように言った。「おまえたちはよくやっている。優秀だから、ある方が会いたがっている。おそらく、おまえらを取り立ててもっと仕事をくれるだろう。その期待に応えられるか?」

「はい」ベロは答えた。チーキーは神経質に鼻をすったが、うなずいた。

「そうくると思っていた」ムットは店のほうを向いた。

「じゃあ、行こう」

「今、ここにいるのか?」ベロは訊ねた。

「ああ、まさに今ここにいる」ムットは陽気に声を張り上げ、ふたりについてくるよう合図した。「今夜はついてるぞ、おまえたち」

ガレージのなかのドアを通って、三人は店の入口に入った。閉店時間はとっくに過ぎ、施錠されている。蛍光灯が奥の一列だけ点灯し、トイレの入口近くにあるサングラスの棚とプラスチックサンダルの袋を照らしている。いくつもの暗い通路が建物のほかの場所へ延びている。三人以外で店内にいるのは、青いマスキングテープで窓に大きなXを描いているムットの息子と、薄暗いレジカウンターにすわって足元にボストンバッグを置いている男ひとりだけだ。

ムットはベロとチーキーを男のほうへうながし、組んだ両手を額に当てて挨拶した。「こいつらがお話しした少年たちです。ひとりはやる気が足らず、逃げ出しました。それで、ふたりだけになりました」

男がカウンターから跳び下りた。グリーンボーンだ。短いやぎひげを生やし、両耳にボルト形の翡翠のピアスをして、鼻に翡翠のリングピアスを着けている。黒っぽい服の上に深緑色のロング丈のレインコートをはおり、戦闘靴をはいている。男は少し興味を引かれたようにベロとチーキーを見た。くぼんだ目元は陰になっている。「おまえたちの名は?」

ベロは名乗ってから、組み合わせた両手をかかげた。「あなたのことは何と呼べばいいですか?」

「呼ばなくていい」グリーンボーンの男は言った。「俺はおまえを知らず、おまえは俺を知らない。ここは無峰会の縄張りだ。もしコール家の部下に捕まったら、おまえは拷問されて吐かされる。そのときに俺の名前を叫ばせるわけにはいかないからな」少年たちの沈黙に、男は口の端でほほえんだ。「怖いか? 怖いなら、入って来たドアから引き返すことを考えたほうがいい」

「怖がってなんかいません」チーキーは言ったが、あまり説得力のある口調ではなかった。

「俺はムットが持っているようなものがほしい」ベロは言った。「どうしたら手に入れられるか、教えてください」

グリーンボーンの男は、わかっているというようにうなずいた。「翡翠熱はつらいよな? もし今、その手を翡翠のかけらに触れさせたら、訓練も上質なシャインもなしで翡翠に触ったら、おまえの体はけたたましい火災警報みたいなオーラを発するだろう。そして近くに来た最初のグリーンボーンが、おまえを泥棒だと知って殺すまで、きっかり三秒といったところだ」男は言葉を切り、やぎひげを軽く引っぱった。「いいか、ここにいるムットは特殊なケースだ。彼は組織の友人だ。俺たちに必要な情報を教え、俺たちには行けない場所で俺たちの代わりに仕事をしてくれる。俺たちはそのことに感謝している。だから彼の面倒をみている。彼は言わば……提携業者だ。おまえも組織に実力を示せば、そうなれるだろう」

少年たちはうなずいた。

「よし。グリーンボーンは敵の死体から翡翠を手に入れる。だから戦士になるつもりなら、武器が必要だ」やぎひげのグリーンボーンは膝をつき、足元のボストンバッグを開けた。引っぱり出したのは、〈フラートン〉C55サブマシンガン。男はそれをベロに渡すと、もう一挺出してチーキーにやった。ベロは両手に武器の重みを感じながら、息を吸いこんだ。ポケットサイズの拳銃より大きいものを持つのは初めてで、自分の幸運が信じられない。まるで赤ん坊を抱いているような気分だ。こんな貴重なものに、どう触れていいのか、どう抱えればいいのかわからない。「わお。夢じゃないよな？　これを俺たちにくれるんですか？」

「秋祭りのプレゼントだ。それを使う現場へ送りこまれる前に、たっぷり練習しておくんだな。使い方はムットが教える」グリーンボーンの男は目にも留まらぬ速さで立ち上がり、左右の手でふたりの少年の首をつかんだ。逃げる隙も、悲鳴を上げる暇もなく、凍りつくふたり。〝怪力〟を使えば、男はふたりの喉笛を握りつぶすこともできる。「もし、おまえたちがガソリンスタンドに強盗に入ったとか、道端の人間を撃ったとかいう話が耳に入ってきたら、おまえたちの全身の骨をボキボキに折ってから、首をへし折ってやる。今からおまえたちは俺の手下だ、わかったな？」

少年たちがうなずくと、男は手を放し、励ますようにそれぞれの体をぽんと叩いた。「当面は、そいつを使いこなす練習をしていろ。ムットがお膳立てしてくれた港湾地区での強盗もつづけるんだ。目を見開き、耳をすまして、常に警戒しろ。捕まるんじゃないぞ。おまえたちが必要なときは、こっちから知らせる。いつでも仕事にかかれるようにしておけ。いいな？」

「はい、ジェン」ベロは言った。

外では、風が強くなっていた。揺れる街灯の下で木々の影が荒れ狂い、建物の屋根が震えてきしむ。ムットの息子は窓にテープを貼る作業を終え、奥の部屋に姿を消していた。

やぎひげのグリーンボーンは、ボストンバッグを肩にかついだ。「もう行ったほうがいい。この界隈も天気も、あまり友好的じゃない。ムット、いつものようにいい仕事だった」男はバッグから出しておいた最後のひとつをムットに渡した。何も書かれていないボール紙製の箱で、大きさは小さめの靴箱くらい、ガムテープで封をしてある。ムットは待ちきれないように手を伸ばしたが、あと少しのところで男が箱を引っこめた。そして声を落とし、友人への心配とまぎれもない脅しの境界線をたどるような口調で言った。「決まりを守っているか、ムット？　毎日同じ量を摂り、貯めこんだり転売したりはしてないか？」ムットが激しくうなずくと、男は彼に箱を渡して笑みを浮かべた。

「安全のために念を押しておくのは、いつだって重要なことだ」

「ありがとうございます、ジェン」ぼそぼそと礼を言うムットは、目に見えて安堵していた。

グリーンボーンの男はレインコートのフードをかぶった。戦闘靴の足音が〈グッディ・トゥー〉の暗い中央通路を歩いていく。男は錠を回してドアを開けると、台風の近づく街へ出ていった。

24 台風のあと

台風〝ロッコー〟が秋祭りの二日前にケコン島に上陸した。情け容赦ない神ヨーフォーが、台風の季節の終わりにぎりぎり目覚めたかのようだった。ジャンルーンでは職場も学校も休みとなり、人々は家にこもって、ケコン島東岸を襲う荒々しい風と豪雨のなか、窓やドアの周囲にタオルを当てていた。月のサナと山の王グインの子宝に恵まれた結婚を称える秋祭りの赤いランプや草を編んだリボンといった飾りが、軒(のき)からちぎれ、水に浸かった通りを飛ばされていく。

コール・ドゥシュロン学園では、授業は休みになったが、仕事はそうはならなかった。大集会場は缶詰や乾物、精製水のボトルを積んだパレットと、ビニールテントと毛布の山でいっぱいだった。すべて、無峰会の負担で用意されたものだ。台風の影響で生活物資が必要となるであろう人々に配るため、生徒たちが小さい箱に小分けしていく。グリーンボーンはいざというとき、一般の人々を守り、助けに駆けつける——グリーンボーンが存在するかぎり、昔からずっとそうだった。

アンデンが野菜の缶詰を包むビニールをはがしていると、照明が揺れ、暗い窓の外を水が勢いよく流れていき、洗車中の車内にいるようだった。学園には停電に備えて補助発電機があるが、それが動かなければ、頭につけるヘッドライトや懐中電灯で作業しなければならない。外の台風の猛威にもかかわらず、集会場のなかでは会話がはずんでいた。

「親戚がソーゲン地区に店を二軒持ってるんだ」ヘイケが興奮して言った。「あそこは最悪の戦場になるよな。山岳会はアームピット地区を手に入れられなかったら、ソーゲン地区を狙うだろう。だから、親戚に言っといたんだ。状況が悪化してきたら、危険を冒してまでとどまる価値はないって。店を閉めないなら、状況が落ち着くまでふたつの組織に献金を納めることになる」

「山岳会と抗争か」ロットがエアパッキンにくるまれた電池パックの大きな包みを破りながらつぶやいた。「コール一族はどうかしてるよ」動作の途中で手を止め、ロットはちらりとアンデンを見た。ほかの誰も気づかない素早い仕草だ。ロットの顔に一瞬、挑戦的な表情が広がった。彼はすぐに目をそらし、目にかかる髪をかき上げた。「けど、グリーンボーンはいつでも血に飢えている。理由を探して戦わないと、誰がより血の濃いグリーンボーンか証明しようがないもんな。だいたい、俺たちがここで学んでいるのも、そのためだろ？　戦士になるためだ」

一瞬、居心地の悪い沈黙が訪れた。誰も何も言わない。ロットの言い方がもっと軽くて自嘲的だったら、みんなも反応しただろう。そんなことないと否定したり、少し皮肉な口調で賛成したりしたかもしれない。だが、さっきの言い方はあまりにも辛辣で怒りに満ちていた。アンデンは顔が熱くなるのを感じて、目を伏せた。

「それはものの見方が狭いと思う」パウ・ノニが熱い口調で反論した。彼女の家は、息子だけでなく娘も学園に入れられるほど裕福で現代的だ——そういう家庭は、アイト・ユーが養子にとった女の子にも男の子と同じように訓練を受けさせた時代に比べ、最近はケコンでもだいぶ一般的になってきた。「グリーンボーンとしての教育を受けることは、チャンスの扉を開くことよ」パウは指摘した。「わたしたちは誇るべき伝統の一部なの。たとえ一度も決闘したことがなくても、学園を卒業すれば、只者ではないと証明したことになる。それは誰にも奪われることはない」

「殺されないかぎりはな」とロット。「もし組織間の抗争になったら、俺たちも戦いに参加することになる。翡翠を着けたとたん、俺たちは山岳会の格好の獲物だ」

パウは挑むように言った。「組織のなかで出世するチャンスが増えるとも言えるんじゃない？　それにふさわしい人間になれたら、だけれど」

「じゃあ、ふさわしい人間とやらになりたくなかったら？」ロットは言い返す。

「医学か教職の道へ進めよ」とヘイケ。「でなきゃ、改悛僧になるんだな」

ロットは馬鹿にするように大きく鼻を鳴らし、首をふった。その拍子に力いっぱいビニール包装を破ったせいで、重い電池が散乱し、テーブルを転がっていく。

ドゥドが降参というように両手を上げた。「ほかに何があるってんだよ、ヨモみたいに八年生で退学するのか？」

これには誰もが気詰まりなくすくす笑いをもらし、高まっていた緊張感が少しゆるんだ。毎年、二、三人の退学者が出る——その家にとって、消えない恥となる——が、それはたいてい訓練の初期段階でのことだ。ひとりだけ、十年以上前に最高学年で退学し、グリーンボーンとして卒業できなかった生徒がいる。教官たちは今でも彼の名前を引き合いに出す。まるで伝説を語るような大げさな口調で、土壇場で壮大な失態を犯して面目を失う可能性があることを、辛辣に戒（いまし）めるのだ。

ロットは顔を赤くして、落ちた電池をぎこちない手つきで急いで集めた。「そんなわけないだろ」目を伏せたまままつぶやいたが、その口調には軽蔑の響きが残っている。

トンがわざとらしく咳をして、話題を無峰会と山岳会の状況に戻した。「個人的には、抗争を望んでいるのは〈角〉だと思うな。コール・ランはそういうタイプに見えないし」

「いいか、だからこそ、〈柱〉が態度をはっきりさせなきゃならなかったんじゃないか」ドゥドが声を張り上げた。「いいかげん、そういう時期だろ。山岳会は無峰会の〈柱〉の弟を襲ったんだぞ、いったい何のためだ？　さいわい、彼は父親に劣らないグリーンボーンとしての血の濃さを、みんなに見せつけたけどな」

ドゥドはコール・ドゥシュロン学園の典型的な生徒だ。有力な〈灯籠持ち〉の家の次男で、兄は家業を継ぎ、ドゥドは翡翠を身に着けて無峰会に忠誠を誓うことになっている。そうして無峰会内での家族の地位と恩寵を、引きつづき確保しようというのだ。それはドゥドに向いているように思えた。彼は部品製造や気配りに興味はなかった。「〝ケコンの炎〟が老いて引退して以来、無峰会はほかの組織から弱体化していると思われている。ときどき流血沙汰を起こさないと、やつらは俺たちに敬意を払わないだろう」

コール・ヒロの暗殺未遂とその後の工場での決闘のことは、この二週間、学園でよく話題にのぼっていた。誰もが、その場でコール・ランがガム・オベンを倒すところを見た無峰会の〈指〉の親戚か、友人か、友人の親戚がいるかのようだった。ガムを知っているアンデンは奇妙な気分だった。〈ホット・ハット〉の前でワイ・ロン寺院学校の生徒たちからアンデンを助けてくれた、あの浅黒くてたくましい山岳会の第二の〈拳〉が、かなりの翡翠を身に着けていた男が――ランに倒され、もう死んでいるのだ。

アンデンはインゲンマメの缶詰をいくつもの箱に入れていく作業に集中し、会話には加わらなかった。おそらく、不運にも父親の異国風の明るい肌と目を受け継いでいるからだろう。彼は組織のことに関しては黙っているが、周囲の生徒たちはアンデンのことなど忘れ、気楽に意見を言い合う。アンデンはすでに混血の私生児にして、忌まわしい母親の驚くべき息子であり、みんなから同性愛者（それがどれだけ屈辱的な言い回しでヒロの耳に入っていたか、アンデンにはまだ知る由もなかった）だと思われている。いずれにせよ、彼はコール家に世話になっていることを誇らしげに口にしたりして、同級生にこれ以上距離を置かれる理由をあたえたくなかった。

それでも、こんな会話を聞いていると、怒りを抑えなくてはならなかった。今回だけは、自分の無峰会での地位を自慢し、同級生たちに向かって、みんなはコール家のことをわかっていないと声を大にして言ってやりたかった。ランとヒロもみんなと同じように悩みと欠点を持った人間で、組織のために全力をつくしているんだ――翡翠も持てない生徒に彼らを非難する権利はない。ロット・ジンごときが非難するなんて、とんでもない――あいつがいったい何を知っているというんだ？

アンデンは歯を食いしばってみんなから離れ、べつの箱を降ろしにいった。なぜぼくは、パウとドゥドより先にロットに言い返さなかったのだろうか？　ロットがあからさまに非難した抗争に巻きこまれているのは、アンデンの家族であり従兄たち――兄弟以上の存在――だ。アンデンが血筋も名前もコール家の一員だったら、喧嘩を売られたのと同じだ。謝罪を求めるべきだったが、もう遅い。常にひかえめにしてきた長年の習慣と、ロット・ジンに対する思いが、アンデンの舌を動かなくさせ、言い返すべきときを逃してしまった。

大集会場の外では、風が苦痛に叫ぶ動物のように咆哮している。アンデンは黙っておいたほうがいいと自分に言い聞かせた。他人のおしゃべりにいちいちむきになる必要はない。ジャンルーンのほとんどの人々にとって、組織間の抗争は外の台風みたいなものだ――自然の猛威と同じで、逃れて身を隠し、耐え、嘆き、意見を述べ、死を伴う犠牲は避けられず、その数はのちに集計される。抗争の話をしている室内のすべての生徒のなかで、個人的な関わりがあるのはアンデンだけだった。

アンデンは、みんなより早くその知らせを聞いたわけではなかった。食堂で朝食を食べているときに耳にして、最初は噂話として聞き流そうとした。「聞いたか？〈角〉が撃ち殺されたんだってよ」アンデンは持っていた深皿を落としそうになった。ぞっとする冷たい衝撃と信じられない思いが、頭からつま先まで走り抜けた。誰が言ったのか突き止めようとふり返る暇もなく、べつの誰かが言った。「そうじゃない。やつらは俺たちの〈角〉を殺そうとしたが、撃たれたのは〈拳〉のひとりだ。〈角〉はまだ生きてる。けど暗殺を企てたやつらは逃走して、今、コール家が山岳会を追跡しようとしている」

「どこで聞いた？」アンデンは両手を震わせて訊ねた。

テーブルをかこむ六年生たちが、驚いた顔でアンデンを見上げた。「ぼくの兄が〈指〉を務めていて、アームピット地区を巡回しているんです」さっき話していた少年が答えた。「一時間前に兄と話をしたときに聞きました。徹夜勤務中、コール家の屋敷に召集されたって」

そのニュースは正午まで、乱暴な憶測と矛盾する情報を集めつづけた。〈柱〉と〈角〉が工場へ向かった。血が流された。学園の寄宿生たちの部屋に電話機はない。誰もが自分より多くの情報を知っている気がしておかしくなりそうになっていたアンデンが、なんとか寮の廊下で電話にありつけたのは夕方だった。コールの屋敷に電話をかけると、家政婦のキーアンラが恋人のアパートメントにいるヒロと連絡のつく番号を教えてくれた。

「心配すんなって、アンディ」ヒロの声はずいぶん元気そうだった。

「何か、ぼくにできることはありませんか？」

「明日、卒業できるか？　無理だろ？　なら、さっき言ったように心配するな」

「ラン＝ジェンは大丈夫ですか？」アンデンにはまだ、決闘で相手を殺すランの姿を想像するのは難しかった。無峰会の〈柱〉はアンデンの知るグリーンボーンのなかで最強のひとりではあるが、彼が暴力に訴える必要があるとは思えない。ランは声を荒らげることすら滅多にない。「キーアンラから、彼は病院に出かけていると聞きました。大丈夫ですか？」

　短い沈黙のあと、ヒロは言った。「兄貴は〈柱〉なんだぞ、アンディ。山岳会がしかけてきたことくらい、〈柱〉は何だって対処できる。今日、やってのけたみたいにな。こういうトラブルが起きそうだってことは、話しておいただろ？　だから、驚くことはない。おまえは卒業試験をパスすることだけ、考えろ」

「パスします」アンデンは約束した。「あと六カ月たてば、お役に立てます」

「わかってる、アンディ、そう力むなって。期待してるぞ」

　電話を切っても、アンデンはまだ神経が高ぶって心が休まらず、その夜はなかなか眠れなかった。彼は生まれてからずっと、コール家の人々のことを無敵だと思っていた。外国人の父親（エスペニア人はみんな同じだ。軽薄で傲慢で信用できない）に対しては、怒りと軽蔑しか感じないし、誤った判断と精神錯乱で悲劇を招いた母親には、悲しみと軽蔑と恐怖の入り混じった感情を覚える。コール家は、アンデンが最初からそこに生まれてきたかったと思う家族だった。

　大集会場の隅で、アンデンはひとりで忙しく作業していた。ロットやみんなとの会話には戻らず、詰め終わった箱を積み上げながら、船の日の出来事を考えていた。ゴントの車に乗せられてアイトに会わされたとき、コール家のひとりとして扱われ、自分はコール家の人間なんだと気づいて不安になったが、それでもまだ重要なことには力になれない子どもとして扱われた。今もあのときと同じ気分だった。

＊

台風が通りすぎると、ジャンルーンは不器用な巨人の群れに大量の水で洗われたようなありさまになっていた。街路樹と電柱は倒れ、車はひっくり返され、フィッシュタウン、鍛冶場地区、寺院地区では、あちこちが浸水していた。アンデンは学園のみんなと一緒に数日間、救済センターで働いたり、電気や水道や充分な食糧のない人々に物資を配ったりしてすごした。こういうとき、街は平和だ。各組織はそれぞれの縄張りの人々を助け、〈灯籠持ち〉の店や会社の片づけと再建を手伝う。紛争中や中立の地域では、各組織が暗黙の一時休戦の下、協力して働く。

秋祭りの午後、アンデンは寺院地区の道で瓦礫を片づける作業をしていた。台風は夏の熱さの名残りを吹き飛ばし、スモッグのない目の覚めるような青空を残していった。「秋祭り、おめでとう！」人々はちょっとした皮肉をこめて声をかけあい、瓦礫を産業廃棄物入れに放りこんで歩道をきれいにしていく。寺院地区にある数多くの礼拝所を出入りする人々はいつもより少ないものの、祈りの声と爆竹はやはり充分この界隈にこだましていた。

「あのゴミ箱を向こうの道路脇まで持っていこうぜ」ロットが道端に倒れた木のびっしりからんだ枝を指さした。アンデンはロットのあとから、車輪付きのゴミ箱を引っぱっていった。ふたりでゴミ箱を設置し、協力して折れた木を集めて小さく割り、ゴミ箱をいっぱいにしていく。最初は口をきかなかった。アンデンは、二日前に大集会場でロットの言っていたことをまだ怒っているのだろうかと考えてみた。アンデンが無意識にしょっちゅう彼を見てしまうことにロットが気づいていたとしても、ロットは何も言わず、視線を返しもしない。ロットは今の作業に没頭し、考えこんでいるようだった。口を引き結び、かすかに顔をしかめて、たくましい腕に力をこめて枝を次々に折っていく。

　アンデンは目をそらした。自分に腹を立てながら、かがんで散乱した屋根板を拾う。知り合いのなかで、テオ教官以外に同性愛者はいない。テオ教官は上級生に〝感知〟を教えている。ロットはどうなのか、アンデンにはよくわからなかった。ふたりは同じ友人グループにいるが、アンデンはロットのことを個人的な意味では友人と呼べなかった。いつもほかの友人たちが一緒にいるし、ロットはドゥドやヘイケたちとのほうが親しく、休み時間も彼らとすごしている。アンデンは彼らの親密な輪に入っていこうとしたことはなかったし、自分ひとりでロットと親しくなろうなどと図々しいことを考えたこともなかった。よくあるくだけた会話のなかで、ロットが女性に興味を示すのを聞いたことはあったが、アンデンの知るかぎり、そういう発言が特に真剣なものだった試しはない。学園では、真剣な関係を築くことは、誰にとっても容易なことではなかった。生徒間の恋愛については、伝統的に禁欲的な考え方のまま——つまり、表向きは禁じられているのだ。

　それでも、アンデンはときどきロットから何かを感じることがあった。長すぎる凝視、リレーボールのチーム分けでアンデンと同じチームに入る素早さ、通りで瓦礫を片づける作業を分担するような日常的な行動での意味ありげな視線。

　ケコンでは、同性愛者はストーンアイのように人口に応じて自然発生するものと考えられている。だから耳が聞こえない状態で生まれた子どもを誰も責めないように、同性愛者として生まれた人を非難することはない。とはいえ、ストーンアイと同じく、彼らも不運で不幸な存在とされている。その家族は神々から嫌われ、神々が罰として不愉快な血筋を切り落とすのが適切と考えたしるしとみなされている。アンデンはこの考え方に驚きもしなければ、特に悩まされることもなかった。自分の家族が呪われていることくらい、とっくに知っている。だが、一般的に、人々は不幸のそばでは居心地が悪いし、自分自身の不幸は認めたくないものだ。学園にも、アンデンの後ろで右の耳たぶを引っぱる仕草をする人が確実にいる。だが、もう一度ロットに目をやり、彼が手を止めて汗ばむ額を腕でぬぐい、背中をストレッチしてから次の枝に手を伸ばすのを見ていたら、アンデンはロットも仲間かもしれない気がして胸が痛んだ。

不意に、ロットが口を開いた。「船の日のおまえの話、聞いたよ」

アンデンはぎょっとした。一瞬手を止めてから、瓦礫をゴミ箱に放り、汚れた手をズボンでぬぐう。船の日の出来事は、学園の誰にも話していない。隠そうと思っていたわけではなく、注目を集めるのは性に合わないからだ。それにゴントとアイトとした話については、ランとヒロは広めてほしくないと思っている気がする。だから同級生たちには、ひとりで学園に帰る途中、人混みで迷子になったと言っておいた。

ロットは言った。「親父から聞いたんだ」

アンデンはゆっくりうなずいた。すっかり忘れていたが、ロットの父親は上級の〈拳〉なのだ。おそらく彼は直接ヒロに仕えているのだろうと思うと、奇妙な気がした。「その場にいたのか?」アンデンは、あの日〈角〉のそばにいた部下全員を覚えているわけではなかった。

「山岳会がおまえを解放したことに、親父はがっかりしていた」ロットの不機嫌そうな口元が、たちの悪い喜びにゆがんだ。「〈角〉はおまえをめぐって戦争をしかけていただろうと、親父は言っていた。そうなれば、親父はリトルハンマー地区を襲撃して、翡翠をもっと手に入れられたのに。すでに建物を包囲して、準備は整っていたらしい」

アンデンは目をそらして眼鏡を外し、レンズの埃をふいて動揺を隠した。ロットと友人らしいひとときをすごしている、どんなに些細でも何らかのつながりを感じている、アンデンがそんなふうに思うと必ず、すぐに正反対のことをほのめかす事態が起こる。今回もその一例のようだった。なぜ、ロットはぼくにそんなことを言うんだろう？

「じゃあ、君のお父さんも今は満足してるだろうね。抗争の気配がこんなにも濃くなっているんだから」アンデンの単調な言い方は、ロットの意見を悪趣味だと思っている事実を隠していなかった。「抗争を始めるために、ぼくが死ぬ必要もなかったし」

ロットはにやにや笑った。「そうむきになるなって、ケケ。親父がどう思ってるかなんて、俺は気にしない」そして枝をゴミ箱に投げこむと、ゴミ箱にもたれ、黒い目で興味ありげにアンデンをじろじろ見た。アンデンの脈拍が飛んだ。

ロットは言った。「おまえはみんなに見せている以上のことを抱えているんじゃないのか？　俺たちの誰よりも無峰会に近いところにいるくせに、そのことを黙っている。おまえが本当は何者かすら、俺にはよくわからない」なんとなく気になるという口調だが、その目には複雑な激しさがあった。ひょっとすると、怒りの色すら浮かんでいるかもしれない。

落ち着かない気分で、アンデンはどう答えようか考えた。

すると交差点の向こうから、トンの大声が聞こえた。「あれ見ろよ」そっちを向いて、アンデンはぎょっとした。輝く黒の〈ＺＴヴァラー〉がゆっくりと通りを進んでくる。車が引いている平床トレーラーには、山岳会のふたりのグリーンボーンが乗っていた。ひとりは男で、ひとりは女。ふたりは荷台の端にすわっている。車は通りの角で止まり、クラクションを鳴らした。ふたりのグリーンボーンは荷台から跳び下り、祭りの伝統的なお菓子がたくさん載った長いアルミのトレイから黄色いケーキを配りはじめた。たちまち人だかりができた。人々は熱心に、だが敬意を持って車に押し寄せる。「秋祭り、おめでとう」グリーンボーンは言った。「ひとりひとつずつでお願いします。秋祭り、おめでとう」

車のドアが開き、ゴント・アッシュが下りてきた。白いシャツにダークスーツという祭日の正装で、翡翠のほとんどは隠れて見えなくても、その体格の存在感は圧倒的で、人々はすぐに道を空けた。「ありがとうございます、ゴント－ジェン」人々は口々に声をかける。「山岳会に神々の輝ける恩寵があらんことを」山岳会の〈角〉は愛想よくうなずき、人々に話しかけ、清掃の努力に感想を述べながら、黄色いケーキを配っていく。アンデンは作業に戻り、その光景をわざと無視したが、捨てられた木の枝をまとめて膝に載せると、歯を食いしばっていつもよりずっと力をこめてへし折った。

「おい、そこの四人。学園の生徒たち」ゴントのよく響く声が飛んできた。「こっちに来い」

アンデンたちはためらって顔を見合わせたが、従わないのはあまりにも無礼だ。トンとドゥドが近づいていくと、一瞬迷ってから、ロットとアンデンもついていった。ゴントはそれぞれに黄色いケーキをくれた――ほかほかで柔らかい焼きたてのケーキで、バターとフルーツペーストの香りがする。「熱心に働いている褒美だ」山岳会の〈角〉は言った。

トン、ドゥド、ロットは手のなかのケーキを緊張と驚きの表情で見下ろした。「ありがとうございます、ゴント－ジェン」トンがぼそぼそと礼を言い、あとのふたりも真似をして、片手で敬礼しながら慎重に引き下がった。アンデンが同じことをするより早く、ゴントのニシキヘビのように重い腕がゆっくりとアンデンの肩に回された。ゴントはアンデンの耳元に口を寄せ、低い声でほかの三人に聞こえないように言った。「おまえには申し出を断られて、がっかりしたぞ」

サマー公園の〈ホット・ハット〉の前で初めてゴントに会ったとき、アンデンはこの男の力強く雄弁な存在感に怖気づき、圧倒された。だが、今はこう思っている――ゴント・アッシュは俺の従兄たちを殺そうとしたんだ。やつは、コール一族がひとり残らず死ぬのを見たがっている。アンデンは、ゴントの腕についたすべての翡翠とその濃密なエネルギーの重みを首の後ろに感じた。彼は力をふりしぼって目を上げ、〈角〉と目を合わせた。「ゴント-ジェン、ぼくは外ではエスペニア人に見えるかもしれませんが、だからといって犬のように餌付けできると思わないでください」

驚きもしなければ、自尊心を傷つけられた気配すらない口調で、ゴントは言った。「今日は秋祭りだ。神々はわれわれに気前のよさを見せることを期待されている。だから助言してやろう、アンデン・エメリー。将来、俺たちを怒らせることをして、うちの〈柱〉のおまえに対する敬意を蔑(ないがし)ろにするんじゃないぞ。敵どうしになるのは残念だからな」ゴントはアンデンを放し、車とケーキを積んだ荷台のほうへ戻っていった。

アンデンは同級生たちに合流した。三人は道の反対側に立って、口についたケーキのくずをぬぐっていた。

「何を言われた?」ロットがますます興味をそそられたようにアンデンを見ている。

「秋祭りおめでとうだって」アンデンは手のなかの温かいケーキを見つめたが、食べる気にはなれなかった。ゴントの車は通りを進んでいく。「それと、もしぼくが無峰会の〈拳〉になったら、山岳会が必ずぼくを殺すってことをはっきりさせたかったんだってさ」

25　引かれた線

山岳会がアームピット地区で無峰会の息のかかった店を脅すことはなくなったが、それ以外にあの取り決めで無峰会が得たものは特にない。コール・ヒロはそのことをよくわかっていた。敵はもともと無峰会のものだったエリアをあきらめ、ジャンルーンでもっとも金を生むカジノ街がある、愛国者通りの南側の支配権を抜け目なく維持したのだ。

アームピット地区内の縄張りを強固にするため、時間も人員も節約するわけにはいかないというのに、港湾地区でトラブルが起きた。港湾地区！　よりによって、そこか。まぎれもない無峰会の縄張りにして、〈トゥワイス・ラッキー〉や〈ライラック・ディヴァイン〉といった長くつづく店がある場所だ。短時間のうちに連続強盗事件が発生したのだ――犯人たちは高級ブランド品を運ぶ輸送トレーラーを襲い、奪った品物をブラックマーケットで転売している。おそらく犯人は一般人の非行少年グループだが、犯行の規模とタイミングを考えると、それも疑わしい。ヒロの直感は、ケーンとその〈指〉たちが三人の泥棒を捕らえたことで正しかったことが証明された。三人は説得され、名前を知らない男――翡翠を着けた男――から、サマー港を出るトラックの輸送スケジュールと積荷目録を手に入れたことを認めたのだ。

「こいつらどうしますか、ヒロ-ジェン？」ケーンが電話で訊ねた。

ヒロは電話の金属製のコードをいっぱいまで引っぱって角を曲がり、空のベッドを押して病院の廊下を歩いていく看護師に背を向けた。空いているほうの耳を片手で押さえ、リノリウムの床に響く車輪の音を閉めだす。ケーンが電話をしている背後からは、悪態やすすり泣き、いろいろなくぐもった音が聞こえてくる。泥棒はケコンでもっとも軽蔑されるタイプの犯罪だ。時計やハンドバッグといった積荷の窃盗には、通常、鞭打ちと烙印の刑が科されるが、今回は違う。この件は、裏でゴント・アッシュが糸を引いている。山岳会なら平気で翡翠を持たない犯罪者を使い、自分たちに代わって無峰会に嫌がらせをさせるだろう。

「ふたりは殺し、いちばん口の立つひとりは解放しろ」

ヒロは電話を切ると、ターの病室に入っていった。

「いい知らせだ。あと二日で退院できると言われたぞ」

ターはベッドで上体を起こしていた。弾丸は脾臓を切り裂き、腸を貫通していたため、彼は手術と輸血を受けていた。手術室に運ばれる前に、身に着けていた翡翠のいくつかは外された。今はそれをふたたび身に着けられるだけの体力が戻ったばかりで、彼のオーラは本人の気分と同じく、弱っていらいらしている。

「やっとかよ。ここの医者は何にもわかってないし、食い物は最悪なんです」

「食いたいものがあれば、誰かに持ってこさせよう。何がいい？　テイクアウトの麺類か？　スパイスのきいた料理がいいか？」

「何でもいいです。だいぶ、よくなりました。あなたのよこしてくれたあのグリーンボーンの医者が、いい仕事をしてくれました」

「優秀な家系の人材だからな」ヒロは言った。グリーンボーンの医師は厳密にはどこの組織の世話にもなっていないが、治療で〝チャネリング〟を使う技術があり、希少な存在として需要が高い。ヒロはコール・ドゥ学園の校医をしているトゥルー医師に、数回、ターを診察しにきてもらったのだ。本来なら、そういうことは病院が許可しないが、異議を唱える者はいなかった。

「俺はおまえの妹と結婚する。兄貴が認めてくれた。だから、組織の正式な決定だ。彼女を大切にする、約束するよ」

ターは言った。「ご存じでしょうが、俺はあなたの行くところならどこへでもついていきます。あなたがウェンと結婚しようがしまいが、関係ありません。それより、俺を一刻も早くこの病院から出してください」

「わかっている。休めるときは休んでおけ。退院したらすぐ、たっぷり働いてもらうことになる」負傷して組織の活動から離れていることを、ターが苦々しく思っているのは明らかだったが、ヒロは〈拳〉の自尊心を満足させる気にも、仕事の話をする気にもなれなかった。「上等のスーツは持ってるか？　結婚式にはちゃんとした格好をしてもらいたいからな」

暗殺未遂事件のあと、ウェンはしぶしぶながらも、すぐにコール家の屋敷で暮らすことに同意してくれた。少なくとも、そのことについては、ヒロは喜びと安堵を感じていた。「俺は母屋に移る」ヒロはウェンを安心させようとして言ったが、廊下の先に祖父の部屋があることを考えて顔をゆがめた。「おまえは〈角〉の家で暮らすんだ。好きなようにしていいんだぞ。新しいカーペット、新しい塗装、何でも思いのままだ。好きなだけ金をかけていい、金額は問題じゃない」

「ええ」ウェンは青白い唇を引き結び、入院中のターのそばに幾晩も付き添っていたせいで疲れた顔をしていた。小さいがきちんと整えられ、小ぎれいに飾られた自分のアパートメントをぼんやりと見回す姿は、突然、ここを出ていく覚悟ができたかのようだった。

「あなたの言うとおりだわ。敵がどれだけ本気であなたの死を望んでいるか、今ならあたしにもわかる。敵はあたしを利用して、あなたを傷つけようとするかもしれない。あたしのプライドに、そんな危険を冒す価値はないわ」

望みどおりの展開に、ヒロは感謝と愛情を感じた。ウェンを抱き寄せ、その顔に何度もキスをする。「おまえが恥じる必要はまったくない。俺たちはもう婚約したんだ。兄貴に頼んだら、祝福してくれたよ。コール・メイク・ウェン——いい響きじゃないか？　結婚式の計画を立てよう、盛大なやつを。日取りを決めよう。俺は早いほうがいいと思う——春はどうだ？」

ウェンは彼の体に両手を回し、ぎゅっと抱きしめた。その拍子に新しい翡翠がまだ完治していない胸に食いこみ、ヒロは痛みに声を上げて笑った。ウェンはほとんど無表情で言った。「ランは平時なら優秀な〈柱〉だけれど、〈拳〉たちの指揮を取るのは向いていない。戦時の強力な〈角〉を務められるだけの充分な翡翠を持ち、敬意を集めている人間は、組織のなかであなたのほかにはいない。山岳会はわかっているのよ。あなたがいなければ、ランは彼らに屈するしかないって。だから狡猾にも、まずあなたを殺したがった。だからこそ、彼らはまた殺そうとするわ」

ヒロは顔をしかめた。結婚が決まった報告のあとに、したい話ではない。「来るなら来てみろってんだ」彼はウェンのあごに手を添え、目をのぞきこんだ。「俺のお袋みたいに、若くして未亡人になるのを心配してるのか？　それで、結婚できるってのにわくわくしないのか？　俺はわくわくしている。おまえも大喜びすると思っていたのに」

「しなきゃだめ？　ドレスを買ったりパーティーの準備をしたりすることに、女らしく浮かれろっていうの？　敵があたしの婚約者と兄さんたちの暗殺をたくらんでるときに？」

「俺にそんな説教をする必要はない」ヒロは苛立った。「俺にはいつだって敵がいる。だからといって、おまえが幸せを感じるべきじゃないってことにはならない。俺を信じろ、ウェン。もし俺やケーンとターの身に万一のことがあったら、おまえはちゃんと面倒をみてもらえる。それは約束する。俺が残していくものはすべて、必ずおまえの名義にする。おまえがいやなら、俺のお袋みたいに組織に縛られることもない」

ウェンは少しのあいだ黙っていた。「これからコール家の一員になろうというのに、組織で働いてはいけない理由はないわ。ケーンとターは、あなたの第一と第二の〈拳〉を務めている。これからは、あたしも使って。無峰会のなかで、抗争が始まったときに力になれるようなポストにつかせて」

ヒロは首をふった。「今度の抗争は、おまえが心配すべきことじゃない」

「あたしが女だから？」

「ストーンアイだからだ。これはグリーンボーンどうしの戦いだ」

ウェンはヒロの体に回した手を落とし、一歩下がって距離を取った。「あたしはグリーンボーンの家系の生まれよ。あなたも自分で言ってたじゃない。あたしには、翡翠の戦士の勇気と頭脳があるって」

「それだけで、グリーンボーンになれるわけじゃない」ヒロはこの話の展開にとまどっていた。「翡翠にまつわる戯言を俺が信じちゃいないのは、知ってるだろ。翡翠を身に着けられるやつは神に近いとか、ストーンアイは縁起が悪いとか、そんなくだらない話はひとつも信じちゃいねえ。だが、グリーンボーンじゃないなら、違う生き方がある。良くも悪くもなく、ただグリーンボーンとは違う人生があるってだけだ。おまえは何でも好きなことができる。ただし、グリーンボーンの仕事以外だ」

「ほかの組織はストーンアイを利用してるわ。ストーンアイは街のなかを自由に移動できる。わたしたちはオーラを出さずに翡翠を扱える。翡翠加工職人のテム・ベンは山岳会出身のストーンアイで、今でも組織の仕事をしているんでしょ」

恐怖と怒りがこみ上げてきて、ヒロの鼻と口の内側を覆いつくす。「おまえはテム・ベンとはまったく違う。テム・ベンは操り人形だ。俺はあいつを操るすべての糸を山岳会までたどって、断ち切ってやる。あいつは死人も同然だ。おまえには、絶対にあんなふうになってほしくない」ヒロはウェンの両腕をつかんだ。その素早さに彼女は身を引く暇もなかったが、ヒロのほうはそのあいだずっと、彼女ののろさと弱さともろさを感じていた。ヒロにとって、彼女を傷つけ、壊してしまうことは、あまりにも簡単だ。自分の敵に――ほかのグリーンボーンたちに――彼女が危険にさらされたらと考えると、自分の命を狙われたときには感じなかった恐怖がヒロの胸を満たす。「山岳会は手段を選ばないだろう。一般人の泥棒を雇い、ストーンアイを無峰会の縄張りにひそかにもぐりこませるだろう。俺の予想では、次は子どもに俺たちを襲わせるんじゃないか。俺はそんなことはしない。グリーンボーンの抗争にストーンアイを送りこみはしない。そんなふうにおまえを利用することは、絶対にない。この件に関しては、何があろうと俺の決心は変わらない。わかったな？」ヒロは彼女を揺さぶった。

「ええ」ウェンはおとなしくうなずいた。

ヒロは態度を和らげ、もう一度彼女を抱きしめてため息をついた。「たぶん、おまえは自分の仕事に退屈しているんだろう」ウェンは法律事務所で秘書をしている。「ああいう仕事には、おまえは賢すぎる。結婚したら、今の仕事はやめて好きなことをしろよ。学校に戻りたいんじゃないか？　それも可能だ。それとも起業するか、インテリアデザインの会社とか？　おまえには、きっとそういう仕事が向いている。一緒に考えよう」

「ええ。一緒にもっと考えてみましょう。あとで」

〈日和見〉のオフィスと話せば、確実にウェンにたくさんの選択肢を提供してやれる。組織にはたくさんの

〈灯籠持ち〉がいて、考えつくほぼすべての分野にコネがある。とはいえ、ヒロはドルに接触するつもりはなかった。ランがあの老いぼれ性倒錯者をクビにするまで待ってから、ハミ・トゥマションのような人物に話してみようと考えていた。

それに、シェイとも、もう一度話をする必要がある。この数週間、妹と会っていないし話もしていない。率直で感情がすぐ表に出る人間として、ヒロは長いあいだ、漠然と腹立たしい疑念を抱いていた——俺が家族を愛している気持ちは、家族が俺を愛している気持ちより大きいんじゃないか。そしてこの感覚は、誰よりも妹に対して強く感じる。どうして、シェイはあそこまで冷たくなれるんだ？　そのことに、ヒロは口で言うより苦しんでいた。妹はほかの家族に同情してもらうためだけに、ケコンに帰ってきたのか？　組織に入るのを拒んで、家族を罰するために？　妹が自尊心の問題に苦しんでいるのは明らかだ。ちょっと異常な贖罪行為として、相変わらず自分自身に翡翠はく奪を科しているのもその表れだ。ひょっとしたら俺は妹に厳しすぎたのかもしれない。いつだったか傷つけることを言ってしまったから（まるで、妹はヒロに同じことをしたことがないみたいだが）、それも妹が駆け落ちしてエスペニアへ行ってしまった一因になったのかもしれない。だが、ヒロはそういったことをすべて水に流してもいいと思っていた。ふたりとも、もう大人だ。コール家の人間として、責任がある。無峰会の強さを失いたくないなら、兄妹三人が団結しなくてはならない。ヒロはときどき、こういうことをはっきりわかっているのは自分だけのような気がした。もしシェイともう一度話せたら、もしランが妹を変に優しく扱うのをやめて自分を支持してくれたら、ヒロは妹に自分の誠意をわからせ、そのよそよそしい頑固な態度を和らげさせようと思う。

ヒロはランともそれほどよく顔を合わせているわけ

ではなかった。電話はよくするが、話は短く、今何が起きているか、どうするべきかといった仕事に関することばかりだ。ヒロは〈拳〉たちに、港湾地区で盗みを働いて捕まった悪党は全員始末しろと指示した。ほかの場所では、無峰会の防衛態勢を強化した。インとオブを含む上級の〈指〉数人を〈拳〉に昇進させ、無峰会の最重要エリアと建物をより効率的に守れるように、彼らの持ち場を考え直した。ヒロは街を歩き回り、すべての〈灯籠持ち〉を直接訪ねて安心させた。「自分の月形刀は常に研いでおけ」ヒロは戦士たちに言った。山岳会に出くわせば、彼らの持つ翡翠は無峰会の獲物になった。ヒロの放ったスパイたちは、ゴントの組織について可能なかぎり正確な情報を集めてきた――ゴントが指揮する〈拳〉と〈指〉の数、彼らの居場所、もっとも多くの翡翠を身に着けた最強の戦士は誰か。

リストを調べると、ふたつの組織は数の力はだいたい同じだが、無峰会のほうが不利な立場であることは明らかだった。無峰会の縄張りの主要な部分は、南北を敵の縄張りにはさまれている。山岳会は過去二年間で敵対する小規模な組織をふたつ滅ぼしているため、彼らのグリーンボーンは概して無峰会よりも経験が多い。もっと戦士が必要だ。春になれば、従弟のアンデンを含む新たなグリーンボーンがコール・ドゥ学園を卒業する。今回は特別多い。それまで――ヒロは暗い気持ちで思いを巡らせた――なんとか持ちこたえなくてはならない。

建前上は、ランとガム・オベンが工場で〝清廉の刃〟による決闘をした結果、平和が保たれたことになっているが、実際のところは、ふたつの組織に部隊の再編と次の作戦を練る時間をあたえたにすぎない。たとえ表向きは抗争状態でなくとも、そう遠くないうちに、現在の小競り合いと嫌がらせが全面的な流血沙汰にエスカレートするだろう。ヒロはそう確信していた。

それに、山岳会はヒロの暗殺に一度失敗したくらいであきらめるわけがない。もう滅多に家にいることのないヒロは、常に警戒していなくてはならなかった。長い夜が明けると、ヒロはときどき安全な物陰に車を停め、〈ドゥシェース〉の後部座席で体を伸ばし、ケーンに見張りを頼んで仮眠を取った。〈角〉の仕事は、心身ともにかなりの重労働になっていた。

26 戦略

船舶通りにあるオフィスの長い会議室では、すべての席が埋まっていた。無峰会の十二人の〈灯籠持ち〉――この国の大企業の社長や幹部――が直接〈柱〉から話を聞き、防衛策と自分たちの事業の安全について質問しにきたのだ。縄張りとビジネスに関する議論は珍しいことではないが、二大組織が全面戦争に入るという見通しは前例のないことで、多くのビジネスマンを少なからずうろたえさせていた。

「すでに組織の賛助を得ているプロジェクトは、予定どおりに進めてもいいのでしょうか？」ひとりの不動産ディベロッパーが訊ねた。船の日に会った〈灯籠持ち〉のひとりだ、とランは気づいた。

ドルが長い頭をひょいと下げた。「現在のところ、すべて支援をつづけることになっています」

組織が認め、資金援助をしている案件については、すべて支援をつづけることになっています」

「われわれの事業資産の警備については、さらに手厚い安全対策が施されるのでしょうか？」アームピット地区に何軒かの小売店を持つ〈灯籠持ち〉が訊ねた。

ランは答えた。「縄張りの防衛を確かなものにするため、〈角〉がいくつかの対策を取っているところです。脅威の大きい地域から優先的に進めていきます」

「山岳会がビジネスの邪魔をする可能性はどうですか？　彼らはトラック輸送業者のほとんどを管理しています。われわれを閉めだし、商品の配達を困難にさせることはないでしょうか？」輸入家具を扱っている男が質問した。

「それに、観光客の減少で打撃を受ける業種はどうなるんでしょう？」ホテルのオーナーも口をはさんだ。

「サービス業への支援については、何かお考えですか？」

ランは立ち上がった。テーブルじゅうに広がっていたざわめきがやんだ。「皆さんのビジネスに悪影響はないと断言することはできません。われわれはべつの組織に脅かされており、困難な時期に備えなくてはなりません。約束できるのは、われわれは自分たちの組織――組織に関わるすべて、あらゆる業種、あらゆるビジネス――を守るということです」

この言葉に、集まった人々は感銘を受けたようだった。彼らの視線が〈柱〉の身に着ける新しい翡翠ひとつひとつにまとわりついてくる。ランは気づいた。それは最近決闘で勝利を収めたという、議論の余地のない証拠だ。彼は自分の言葉を力で裏付けることができるのだ。彼はテーブルをかこむ人々を見極めるような視線を投げた。「残念ながら、現時点ではすべての質問に答えることはできません。ほかに具体的な懸念があれば、アポイントを取って〈日和見〉とわたしに相談してください。それでは、皆さん、良い午後をおすごしください」

「無峰会に神々の輝ける恩寵があらんことを」何人かの〈灯籠持ち〉がつぶやき、挨拶をして出ていった。全員がいなくなると、ランはドルのほうを向いた。

「あなたにイグタンへ行ってもらいたい」

ドルは巧妙に驚きを隠した。「そんな必要があるかね、ラン - サ？　こういうときはジャンルーンに残り、〈灯籠持ち〉に対処するあなたの手伝いをすることが重要なはずだ」

「〈灯籠持ち〉との追加の会合は、二、三週間延期できる。あなたにはイグタンへ行って、山岳会のシャイン製造のようすを探ってきてほしい。工場の場所、誰が製造し誰が売りさばいているのか、すでにどの程度の規模のビジネスになっているのか。イグタンにいるこちらの手の者をすべて使い、秘密裏に調査してくれ。敵が何に投資しているのか、知っておく必要がある。将来、いざというときに対抗できる情報になるかもしれない」

ドルは薄い唇を引き結んだ。ひょっとすると、隠れた動機に感づいたのかもしれない。工場での決闘以来、ランは〈日和見〉のそばでは常に警戒している。きっと、ドルは嫌われていることに気づいているだろう。だが、ランは彼にそれ以上の疑いを持ってほしくはなかった。本当の怒りをいくらか見せることを自分に許し、〈柱〉は声を荒らげた。「これは信頼できる人物にやってもらう必要があるんだ、ドル - ジェン。能力や慎重さの足りない人間を送りこむわけにはいかない。最近、俺たちの意見はぶつかることが多かったが、今、この状況でたがいを疑っている余裕はない。これから俺の言うことをやってくれるか、断るか？　断るなら、〈日和見〉の辞職願いとみなし、それを受理する。その場合、今の住まいにそのまま住んでいていい。引っ越しを求めることはない」

ランは自分の賭けが成功したことがわかった。老いた相談役は少し態度を和らげた。きっと、こう考えたのだろう。もし〈柱〉が自分の裏切りを疑ったり傷つけようとしたりしているのなら、こんなふうに感情を表には出さないはずだ。きっと慎重に仲よくするふりをして、自分のそばに置いておくだろう。ドルは安心して、急いで言った。「うまくまるめこんだな、ラン-サ。わたしが反対したのは、ただ組織とあなたの安全を思ってのことだ。もちろん、あなたの言うとおり、われわれはイグタンで山岳会のしていることをくわしく知らねばならん。わたしが明日、行ってこよう」

ランはうなずき、口調を和らげた。「あなたの配慮には感謝している、ドル伯父さん。今はこれまで以上にあなたが必要だ。イグタンへ行くときは、〈角〉の部下をふたり同行させよう。あまり安全な国とは言えないし、万一のことがあってはならないからな」

ドルの口元に広がりかけていたかすかな笑みが、この言葉で消え去った。彼は真相を推測してみた——イグタンでの山岳会の動きを知りたいというのは事実だろうが、もっと重要なのは、わたしを排除し、ヒロの部下に常に動向を見張らせておいて、わたしが幅をきかせている船舶通りで、わたしの息のかかった部下にかこまれていては成しとげられないことをするつもりだろう。ランのほうは、イグタンでのドルの活動は心配していなかった。ヒロの部下が定期的に報告し、ドルが見つけたことはすべて確認することになっている。ドルが組織に刃向かうようなことをするのは不可能だ。

ランの激昂は、ドルが〝感知〟したかもしれないほかのあらゆる否定的な意図を覆い隠し、すでに行くことに同意していた〈日和見〉は、〈柱〉の安全策に反対することもできなかった。「あなたが必要と思うことならなんなりと、ラン-サ」

＊

ドルが飛行機に乗るとすぐ、ランは〈柱の側近〉のウンに指示して、ソン・トマロー首相とケコン王立議会の二十五名の議員との緊急会議を手配させた。〈グランドアイランド　グリル&ラウンジ〉での昼食に招いての会議だ。

〈グランドアイランド〉があるのは、高級感漂う北ソットー地区にある二十八階建ての〈エイトスカイズ・ホテル〉の最上階だ。このホテルを所有する〈灯籠持ち〉が、ランの要望で貸し切りにしてくれた。〈柱〉はウンを伴って早めに到着し、やってくる議員ひとりひとりに挨拶した。工場での決闘のニュースはジャンルーンじゅうに広まっていて、最近はランに会う誰もが、彼のベルトや手首のカフスや首にかけている新しい翡翠に気づき、感想を言う。今現在、世間一般の認識がこれほど重要でなかったら、ランは勝ち取った翡翠をすべては身に着けなかっただろう。ガムの〝チャネリング〟を吸収して〝跳ね返し〟たときの傷がまだ完治しておらず、あまりたくさんの翡翠を身に着けているのはきつかった。トゥルー医師のところへ治療に通い、症状は決闘直後ほどひどくはなくなったが、まだよくなったわけでもない。ときどき、動悸や突然のめまいと発汗に襲われることがある。何の前触れもなく激しい不安に駆られることも。不眠症は悪化し、しょっちゅういらいらしたり調子が悪くなったりする。

「敵をかなたへ駆逐してやりましたな、コール・ジェン」到着した議員たちは、最近勝利したグリーンボーンに伝統的な祝いの言葉を口にした。

「運良くジェンシュー僧侶の恩恵にあずかれたのでしょう」ランは礼を言ってから、相手にも訊ねた。「奥さまの具合はいかがですか、ミスター・ロイ?」とか「ミセス・ナー、台風がありましたが、お宅は大丈夫でしたか?」ここにいる二十一名の男性と四名の女性は、無峰会に忠実なもっとも有力な政治家たちだ。

彼らは〈灯籠持ち〉やグリーンボーンの古い家系の出身で、政治的およびビジネス的成功をつかんだのは無峰会のおかげだった。彼らは団結して、三百人からなるケコン王立議会に幅を利かせている。

仕事の話は抜きで、二時間におよぶ金に糸目をつけないランチ——マンゴーのコールスローサラダ、激辛スープ、タコのグリル——をとったあと、ランは合図を出してテーブルの上を片づけさせた。まずはソン首相について、ケコン翡翠連合（KJA）の所有権に関する法律の改正を提案した先見の明を長々とほめたたえる。「無峰会は、ケコン産翡翠の管理にはバランスと透明性が不可欠であるという政府の考えを全面的に指示します。王立議会の無峰会派の友人たちが、国にとって正しいことをしてくれると信頼できることに、心から感謝します」ソン首相は破顔し、拍手の意味でテーブルを叩くほかの議員たちに、ひかえめに分厚い手をふった。といっても、すべては礼儀としてのふるまいだ。この場にいる誰もが、ソンにそうするよう指示したのはラン本人であることを承知している。

拍手がやむのを待ってから、ランは暗い表情で言った。「残念ながら、皆さんに報告しなければなりません。こういった努力は、すでに起こってしまった悪事を正すには手遅れでした」そして、ここに集まってもらったのは、最初に自分の口から直接伝えたかったからだと説明した——わたしは共同監督権を行使して、ＫＪＡの活動をしばらく停止させ、すべての採掘作業をただちに無期限停止させようと思う。翡翠の生産量と財務省の記録のあいだに、会計上の重要な食い違いが見つかった。国の経済における翡翠の重要性、安全性、独自性を考えると、独立した監査が行われるまでは翡翠の採掘をつづけることは許可できない。できるかぎり早く王立議会を招集し決議を行うことを、ランは強く勧めた。問題が明らかにされ、ＫＪＡの改革法案を通して、今後の監視体制が確保されるまでは、翡翠の採掘を再開してはならない。

〈柱〉の宣言に茫然と静まりかえっていた人々のなかで、最初に口を開いたのはソン・トマローだった。首相は両肘をどっしりとテーブルにつき、わざとらしく咳払いした。自分に相談もなくこれほど思いきった決定をしたランに、失意を表明しているのだ。「はばかりながら、コール－ジェン、なぜわれわれはこうした会計上の食い違いを、ここで初めて耳にすることになったんでしょうか？　それに、どうして〈日和見〉がここに説明に来ていないのですか？」

「〈日和見〉は無峰会の重要なビジネスで出張中なんです」ランはふたつめの質問に答え、最初の質問は無視した。前もってソン首相に相談できなかったのは、ドルの耳に入ってしまう危険性があったからだ。相談するには、組織の幹部のなかに裏切り者がいるという未確認の疑いを首相に打ち明けなければならなくなる――そんなことは、どんなに重要な地位にあろうと、〈灯籠持ち〉には絶対に言えないことだ。もしドルが本当に山岳会と通じ、シェイの発見した会計上の食い違いに関して、彼らと共謀したり手を下したりしていたとしたら、ドルがイグタンから戻る頃には、ＫＪＡの公的な会計監査を止めるには遅すぎる状況になっているだろう。

暗い表情のナー・ウーマという女性議員が、みんなの疑問を口にした。「つまり、あなたはこの件の背後に山岳会がいると考えている、そういう認識で合っていますか？」

ランは給仕たちに、客のティーカップにお代わりを注ぐよう合図した。自分自身は、湯気を上げるお茶を飲んではいない。昨夜から微熱があり、熱い飲み物を飲むと人前にはふさわしくないほど汗をかいてしまう。「はい」ランは答えた。「わたしはまさにそう考えています」

「ですが山岳会が単独で、議会とほかの組織にわからないように、翡翠の供給をそこまでひどく操作しているとは考えにくいと思います」白髪のロイ・トゥチャダ議員が言った。あからさまにいぶかしむ口調だ。

「わたしは信じますよ」ナーが言った。彼女の家族は無峰会のビジネス面と軍事面の両方に関わっている。「けれど、アイト・マダ側の議員たちはどんな悪事も必ず否定するでしょう。この監査を成しとげるために、わたしたちに何をしてほしいとお考えですか、コール-ジェン?」

「各組織が人々の支援を頼りにしている度合は、人々が組織の保護を頼りにしている度合と変わりません。これまでずっとそうでした」ランは言った。「ある特定の組織だけが強大になり、ほかの組織より多くの翡翠を管理することを、国は望まないでしょう。山岳会が国の利益に反する行動をしていたことが明るみに出れば、世論も政治的意見も彼らに反対するはずです。監査の結果は、KJAの活動の監視をより厳しくするという法案を通す議会の目的に、緊急性と信頼をあたえるでしょう」

ランは言葉を切り、ひそかに呼吸に集中した。たっぷりした昼食はひかえていたが、それでも疲労と軽いめまいを感じる。この重要な話のコントロールに完全に集中しつづけるのは、骨が折れた。さいわい、翡翠を持たない議員たちをごまかすのは比較的容易だった。彼らはランが弱さを見せたひとときを、より信頼を増すために間を置いたと受け取った。

幸運にも安定と経済成長を享受してきました」ランはつづけた。「この国には海外からの投資があり、人々はいい車に乗り、各都市はますます発展しています——すべて、祖父の世代には想像もできなかったことです。この富と安全の中心には、翡翠があります。つまり、翡翠を管理する各組織は、責任を負わねばならないのです」

議員たちはうなずいた。この点は誰もが賛成できるところだ。そのなかのひとり、ヴァン・ハジュダが何か言いだしたが、ランの〝感知〟が誤作動を起こしはじめた——周囲の騒音で頭のなかが真っ白になる。室内のひとりひとりのエネルギーが、階下のすべてのフロアの数百人ものエネルギーと一緒になり、さらに活気ある通りを行きかう人や、車で通りすぎる数千人ものエネルギーも合わさって、ランの頭に押し寄せてきた。ふるいにかけられないままの大量の思考がぶつかりあい、突然の荒唐無稽な不協和音となって、頭のなかになだれこんでくる。まるで、調子の悪いテレビの騒々しい雑音のようだ。

頭がずきずきする。ランは一瞬、無意味なおしゃべりのエネルギーでできた柱のてっぺんに、高く吊るされているような気がした。テーブルの下で片方の肘掛けをつかみ、その頼もしい堅固な感触にすがる。ランは顔をそむけ、片手で口元を隠し、すぐ左にすわっているウンのほうに身を乗り出した。「わたしに何か話しているふりをしてくれ」

〈柱の側近〉は心配そうにランの耳元に体をかがめた。「今度はかなり悪いんですか、ラン‐ジェン？　ここで切り上げる口実を作りましょうか？」

「いや、いい」額から汗が噴き出していたが、最悪の段階はすでに過ぎようとしている。翡翠の感覚がもたらした不安定な混乱は収まっていた。ランの〝感知〟は落ち着き、ふたたび集中力を取り戻していた。「彼の言っていたことを教えてくれ」

「これ以上流血沙汰が起こらない保証がほしいと言っていました」

ランがまっすぐテーブルに向き直ったちょうどそのとき、ヴァンが質問を終えた。「すみませんが、途中を聞き逃しました」ランは言った。

小さな驚きがテーブルに広がった。議員たちはまじまじとランを見ている。ヴァンは少しむっとした口調で質問をくり返した。「もし、われわれがあなたの示した問題を王立議会に持ちこむ場合、あなたは組織間の平和を取り戻すことに努力すると信じてよろしいですか、コール－ジェン？　誰も街なかでの戦闘は望んでいません。人々を怖がらせ、海外企業を追い出すだけです」

「われわれ全員が、平和を望んでいます」ランはひと言発してから、少量のお茶で口を湿らせた。「ただし、われわれの家族が攻撃された場合はべつです。そのときは、われわれはするべきことをします」

多くの議員が小声で賛同した。政治家というのは奇妙な種族だ。それぞれの選挙区の代表者として〈柱〉に平和を強く求めるいっぽうで、組織に忠実な人間であり真のケコン人として、武力行使をためらうような戦闘能力の低いリーダーはけっして尊敬しない。ガムを殺して彼の翡翠を身に着けたランは、彼らからリーダーとしての信頼と無峰会の主張の信頼性を獲得したのだ。議員たちは英知会館に戻り、ランに指示された目的に向かって努力することだろう。

「あなたの見解はよくわかりました、コール－ジェン」ヴァンは食い下がった。彼の選挙区は、ジャンルーンでもどっちの縄張りか決まっていない抗争状態のソーゲン地区だ。「あなたは常に理性的な方ですが、あなたの〈角〉はどうですか？　彼も平和を望んでいるんですか？　彼も理性的にふるまってくれると信じていいんでしょうか？」

ランはヴァンを見据えた。「〈角〉はわたしの指示に従う」

ぴしゃりと言われ、ヴァンは口をつぐんだ。〈柱〉は長いテーブルをかこむ面々にゆっくりと視線を走らせ、それ以上質問はないと見ると立ち上がった。「皆さんは好きなだけ、こちらでおすごしください。どうぞお茶と景色を楽しんでください」ダウンタウンを見下ろす大きな窓をあごで指すと、ランはテーブルに背を向けた。「首相。議員の皆さん。あなたがたの無峰会への懇意と国への奉仕には、日頃から深く感謝しています」

エレベーターに乗ったとたん、ランは額をぬぐい、ぐったりと壁にもたれた。これまでなんとか持ちこたえていたが、ぎりぎりだった。トゥルー医師からは、キー――各人のオーラを作る必要不可欠なエネルギーで、翡翠と接することで増幅したり操ったりできるもの――が、負荷をかけすぎた筋肉のように損傷していると言われていた。完全に回復するまでには、数週間、あるいは数ヵ月かかるらしい。

回復に数ヵ月もかけている余裕は、ランにはない。重要な問題が持ち上がっているときに、新たな翡翠の影響に耐え、能力にハンデがついている状態でぐずぐずしている余裕はなかった。「ウン」彼は側近の腕に手を置いた。「おまえを信頼できることに、いつも感謝している。今度は、誰にも口外してはならないことを頼まなくてはならない。家族にもけっしてもらしてはならない」

ウンは気遣うようにランを見た。「ラン－ジェン、あなたの要請なら何でもします」

ランはうなずいた。「電話をかけてもらいたい」

27 暴かれた過ち

シェイはのろのろと進むマレニア行きのバスの最後列の座席にすわり、静かに窓の外を見つめ、会話に巻きこまれるのを避けていた。観光客たちはおしゃべりをしたり、眺めのいい海岸沿いの高速道路を進むバスから窓の外の景色を写真に撮ったりしている。街に着くと、母親が家族の別荘の裏にあるビーチを歩いているところを見つけた。母親はシェイを見て、驚いたようすも興奮しているようすもなかった。たぶん、ランが前もって、電話でシェイの訪問を伝えておいたのだろう。コール・ワン・リアは娘を温かく抱きしめたが、抱擁は一瞬で、まるで一カ月ぶりの再会のようだった。だが、実際は最後に会った日から二年以上たっている。

「ビーチを散歩してから、お茶にしましょう」シェイの母親は言った。「あっちへ一時間歩くと、それは素敵な喫茶店があるの。オーナーもとても感じがいいのよ」最近、母親は長い散歩をしたり、庭いじりをしたり、テレビを観たり、地域のレクリエーションセンターで水彩の風景画を描くクラスに参加したりしているという。そして、あなたもたまには試してみるべきよ、とても心が休まるから、とシェイにも勧めた。

マレニアは人口一万人の沿岸の街で、休むことを知らない大都会からは遠く離れている。シェイはまさに自分に必要な場所だと思った。もう一度緊張をほぐし、兄たちのそばで感じた混乱から逃れるには、こういう場所でのんびりする必要がある。兄たちは今頃――シェイにはわかっていた――彼女抜きで抗争の準備をしているはずだ。

シェイは毎晩、別荘の裏でひとりで月形刀の素振りをした。ぬれた長い砂浜、裸足に黒いビーチサンダル、ここではジャンルーンのバルコニーから聞こえる車の音の代わりに波の音が響く。朝になると、魚の露店が朝獲れたばかりの新鮮な魚を売り、サーファーが温かい波に乗り、通りでは人々が挨拶を交わす。グリーンボーンはひとりもいない。

エスペニアにいた頃のようだ。翡翠も組織もなしでまったく問題なく機能している場所での生活は、心を揺さぶられるほど思いがけない体験だった。家族の男たち全員が崇拝しているふたつのこと――シェイが生まれてからずっと、何よりも大切だと教えられてきたこと――がなくても、ほかの国はちゃんとやっていけるのだ。組織の支援や決闘による問題解決は、時代遅れと考えられている。グリーンボーンは異国情緒のある不思議な存在だが、結局のところ、古風で野蛮なものと思われている。シェイの目をもっと広い世界に開かせてくれたのは、実際、ジェラルドだった。彼女はときどき、そのことを彼に感謝すべきか非難すべきか、よくわからなくなる。シェイは二年間の海外生活で、ほぼグリーンボーンが支配している自分の国を、客観的に見られるようになった。エスペニアの大学時代の友人たちは、ケコンのことをまったく理解できなかった。現代的なところと偶発的な蛮行が自然に同居しているという明らかな矛盾に、彼らは混乱したものだ。

シェイはマレニアをいいところだと思ったが、母親が一緒にいると気が滅入った。コール・ワン・リアは美術品や家具のように家のなかのものと溶けこんで、存在感を消していた。結婚前に、翡翠の接触に耐えられる程度の基本的な教育と武術訓練を受けていたが、普段から翡翠を身に着けたり、実際に翡翠の力を使ったりするほどの能力はない。夫が亡くなったあとは義父に従い、その後は長男に従った。たとえ自分の立場に不満を持っていたとしても、それを表に出すことはなかった。もし今の生活は退屈で孤独だと思っているとしても、それも表には出さない。シェイは、コンロにかけたスープの鍋をかき混ぜる母親をよく観察した。以前より少し体重が増え、髪には白いものが交じっている。

「男の子たちはいつもすごく忙しいでしょう」母親が肩越しに言った。「ランはときどき会いにきてくれるのよ。ヒロは……一度だけ。恋人を紹介しにきたの。とても素敵な礼儀正しいお嬢さんだけれど、ストーンアイなんですって」母親は右の耳たぶを引っぱった。「それでも、ヒロが選んだ人なのだから、あの子が幸せで、お兄ちゃんが賛成しているならいいんじゃないかしら」母親は火を消し、鍋をテーブルに運んだ。「あの子たち、敵と戦ったんですって。知ってた？ ふたりともよ！ ヒロならわかるわ――いつも戦っているもの――でも、ランまで家名を汚されたからと決闘しなくてはならなかったって言うじゃない。なんてことでしょう」母親は舌打ちした。まるで無峰会の〈柱〉と〈角〉のことを、校庭で喧嘩をした子どものように話す。きっと、ランは母親に当たりさわりのない部分だけを話したのだろう。それでも、シェイはこう考えずにいられなかった。母親は組織で起こっていることを故意に知ろうとしないのだろうか？ それとも、戦時中に育った母親は、そういう暴力的傾向は男なら誰でも普通に持っているものとして、ずっと昔に受け入れているのだろうか？

「香辛料をたっぷりきかせたわよ、あなたの好みでしょ」母親はスープをすくった。「エスペニアの食べ物はあまりおいしくないそうね。向こうでは、何を食べていたの？」

　シェイはエスペニアのことを母親に話して聞かせた。話題は、食べ物、天気、服といった表面的なことだ。コール・ワン・リアはジェラルドのことは訊かない。娘がなぜ戻ってきたのか、今何をしているのかも訊かない。娘が翡翠を身に着けていないことにも触れず、ただため息混じりにこう言っただけだ。「まあ、以前はずいぶん頑張っていたものね。男の子たちに負けないくらい！　少しは休むことを覚えてくれて、うれしいわ。いつも頑張りすぎるのは、健康によくないもの。お兄ちゃんがコール家にとって外聞が悪いと思わないかぎり、問題ないわ」母親はいつものように、根掘り葉掘り訊いたり強い意見を言ったりすることは避けた。子どもの頃、シェイは母親になぐさめを求めたことはあるが、助言を求めたことはなかった。実際、シェイは目元と少し男性っぽい手以外は、母親に似ているところはほとんどないと思っている。

「ここは気に入った、母さん？　満足してる？」

「ええ、もちろん。あなたとお兄ちゃんたちは大人になったことだし、わたしはもうグリーンボーンの厄介事のそばにいる必要はないわ。男性はもちろん、そういうことからは逃れられないでしょう。生まれ持った性質なのだから。けれど、あなたは翡翠を外して遠くで暮らしたことがある。だから、わかるでしょう」

シェイはよくわからなかった。ジェラルドとジャンルーンの外にある魅力的な現代世界へ逃げたのは、ただ祖父の不興を買った苦しみ——初めて、あからさまにヒロの側についてシェイを責める祖父を見た屈辱——から逃れたかっただけなのか、今でもわからない。

ジェラルドに対する過剰な怒りに加え、コール・センは孫娘がエスペニアの活動に関わっていたことを知り、激怒した。「少なくとも娼婦なら、自分の所有物しか売らんものを！」祖父がシェイにそんな言い方をしたのは初めてだった。それまでは厳しい態度を取るときさえ、彼女にはいつも優しく肯定的だった。コール・ドゥ学園を出てほんの二、三年の頃で、シェイは若く、傲慢で、不満を持ち、自分の行動が害になるものだとは思いもしなかった。ジェラルドはシェイの家族の立場を知ると、彼女をエスペニア軍の同僚に紹介した。彼らは彼女に熱心に質問した。

初めのうちは簡単な質問ばかりで、シェイにも答えられたし、組織の伝手をたどれば容易にわかった。エスペニア人は政治的・経済的な影響力を広げたいと熱望していたが、ケコンの仕組みがわからなかった。そこで、いろいろ知りたがった。KJAの理事会を構成しているのは、どの組織のリーダーか？　彼らはいつ会合を開き、翡翠の輸出に関する決定に影響力を持っているのは誰か？　王立議会の誰が軍事支出の責任者なのか？　どうしたらその人物と面会できるか、どんな贈り物がふさわしいか？

だが、エスペニア人がもっとも興味を持っていたのは、彼らの敵のことだった。イグタン——進んだ国ではないが、膨大な土地と人口と軍事力の成長を誇っている——は、エスペニア人が恐れているらしいライバル国のひとつだ。遠く離れた小さな島国のケコンにいてさえ、彼らはイグタンを警戒していた。彼らはイグタンの企業がケコンにどんな投資をしているのか、グリーンボーンの各組織は、どれだけの翡翠がブラックマーケットを通してイグタンに密輸されていると考えているのかを知りたがった。イグタン人ビジネスマンと思しきある人物がなぜケコンにいるのか、周囲の人に訊いて教えてくれないか、とシェイに頼んだ。そのビジネスマンはどこに滞在し、誰と会うのかも教えてほしい。

エスペニア人はことあるごとに礼を言った。シェイには彼らのくれる金は必要なかったが、彼らはいつも謝礼を支払い、借りを作らないようにしていた。それがエスペニア人のやり方だ。シェイにとっては、彼らが留学に必要な就学ビザの手配を引き受けてくれたことのほうがずっとありがたかった。ケコンには、エスペニアで学んだことのある人はほとんどいない——それはコール・ドゥ学園を首席で卒業するよりはるかにすごいことだし、シェイはふたりの兄よりずっと上に立てる。そのうち、シェイは無知な外国人のケコンでのビジネスを助けるようになり、実のところ、そのことにひそかな誇りを持っていた。それは完全に彼女の自由になる、組織外の活動だった。情報と人脈は彼女のもので、祖父のものでもなければ、ふたりの兄やドルのものでもない。

「よくもコールを名乗れるな、自分勝手な馬鹿娘が」祖父は責めた。「おまえが外国人にしゃべったことはすべて、組織への攻撃に使われる可能性があるんだぞ」――〝ケコンの炎〟はその大きな影響力をすべて使い、エスペニア大使に抗議の電話を入れた。大使は謝りながら、コール・センに約束した――今後一切、エスペニア共和国軍および諜報機関の人間が彼の孫娘に近づくことはない。ジェラルドはエスペニアに転属となり、祖父が突然自分を矯正しようとしてきたことに屈辱を感じてかっかしていたシェイは、ジェラルドのあとを追った。シェイは愚かだったが、悲しいことに、愚か者にもプライドを持つ権利はある。

＊

前よりも落ち着き、充分に休息がとれた状態で、シェイはジャンルーンに戻った。また仕事探しに励み、できるだけ早く有意義な仕事を見つけるつもりだ。母親のようになりたくないという揺るぎない恐怖ほど、やる気を高めてくれるものはない。シェイは思った。自分の仕事を持って忙しくなれば、街に帰るバスのなかですごしたような時間を持たずにすむ。あのバスのなかでは、自分の提供した帳簿上の悪事の証拠をランとウンがどうするのかとか、山岳会がまたいつヒロを殺そうとするだろうとか、あれこれ頭を悩ませていた。

アパートメントに着くと、シェイは鍵を母親の別荘のキッチンカウンターに置いてきたことに気づき、うなり声をもらした。自宅から閉めだされてしまった。

玄関のそばにバッグを置き、シェイは同じ階のコーン・ユーのところへ行った。大家に電話をかけさせてもらいたいと思ったのだが、ノックしても誰も出ない。ドアの前にチラシの山ができているということは、数日間留守にしていたのだろう。シェイは建物の外に出ると、金属製の非常階段をのぼって無理やり自分の部屋に戻ろうとしたが、コーンの部屋の窓の前を通りかかったところで、足を止めてなかに見入った。

彼の部屋はほぼ空っぽだった。誰も住んでいないように、がらんとしている。床の上に小さなテレビがあり、テレビの上には電話がある。寝袋とふたつのクッションが転がっている以外は、家具も、服も、壁の飾りも、何もない。コーンの気配はまったくなかった。

シェイは疑惑と憤りで体が震えてきた。窓を押し開け、コーンの部屋に侵入する。間取りはシェイの部屋とほぼ変わらない。キッチンに入ると、食器棚にはピーナツがひと袋とクラッカーがひと箱あるだけだった。冷蔵庫には、炭酸飲料水のボトルが数本入っているだけ。彼はシェイが来てからずっと――四カ月近く――ここに住んでいるはずだが、そもそも引っ越してきてなどいなかったのだ。

がらんとしたリビングに入っていくと、シェイはクッションにすわって待った。コーンはもうすぐ現れるはずだ。案の定、一時間ほどたった頃、玄関のドアが開き、若い男がダイレクトメールの束を小脇に抱えて入ってきた。自分の部屋にシェイがすわっているのを見て、彼は驚いてぴたりと止まった。

コーンが冷静さを取り戻す前に、シェイは立ち上がって彼の横をすり抜け、玄関のドアを閉めて鍵をかけた。ふり向きざまにタロンナイフを抜き、つかつかと歩いていく。コーンは後ずさった。緊張して唇をなめ、目はナイフに釘づけだ。彼の背中が壁に触れた。シェイは空いているほうの手を伸ばし、彼がいつもかぶっている黒いスカルキャップを取った。短い髪は乱れて平らにつぶされ、両耳の上部に翡翠のピアスがある。大した翡翠ではなく、彼に触れてやっとそのオーラに気づける程度のものだ。

シェイは一歩下がって、電話を指さした。「彼に電話して。今すぐ、ここに来るように言いなさい」

コーンは恐怖で目を泳がせながら、受話器を取って電話をかけた。彼を不安にさせているのは自分だろうか、それともこのナイフだろうか？——シェイは思った——いや、ボスの反応を恐れているのだろう。「ヒロ‐ジェン」受話器の向こうで数分が経過してから、彼は言った。「コーン・ユーです。妹さんから……あの、あなたに電話するように言われまして。彼女は俺にタロンナイフを突きつけて、あなたにここに来るように言っています」

ひとときの沈黙のあと、シェイの耳に受話器の向こうから響く次兄の笑い声が聞こえた。コーンはもう少し言葉を交わしてから電話を切った。「何かを片づけているところだけど、すぐ来るって」

「確か、警備の仕事だったわよね、コーン‐ジェン？あなたの仕事は警備。とても退屈な仕事だと言っていた。こんな仕事から早く解放されたいと言っていたわね」

「そういう意味で言ったんじゃない」コーンは赤くなって弁解した。「君のことを退屈だと思ったことはない。ただずっと見張っているだけじゃ、あんまりおもしろくないっていうか、そういうことだよ」

「確かに、そうでしょうね」突然、奇妙に傷ついた気持ちとおかしさがこみ上げてきて、シェイは冷たい笑みを浮かべた。「わたしのほうは、こんなふうに思いはじめていたのに——これまで偶然だと思っていた出会いは、すべてあなたがわたしを口説くために仕組んだものだった」

「〈角〉の妹に手を出すってのか？」コーンは神経質な笑いをもらした。「頼むから、そのタロンナイフをしまってくれ。最近、さんざん突きつけたじゃないか。こっちは君を守ろうとしていたのに、あんまりだよ」

コーンは意外なほど上機嫌に見えた。今では満面の笑みを浮かべ、スカルキャップから解放された髪が目元にかかり、腹立たしいほどハンサムに見える。電話でのヒロの反応に、コーンは恐れていたほど面倒なことにはならないと安心したのだろうか――シェイは思った――そして今は、このつまらない仕事の終わりを楽しみにしているのか？

シェイはナイフを鞘に収めた。「つまり、あなたはここでキャンプしながら、わたしをつけ回してたわけね」

「君が出歩くときは見張るように言われていた」コーンは床の寝袋を足でつついた。「夜になると窓から抜け出し、朝になると君が出かける前に戻ってきていたんだ。けど、これからは、君がいるときはずっとここにいるようにと〈角〉に言われている」彼はキッチンに引き返し、クラッカーをひと箱とマンゴーソーダを二本持ってきた。「君もどう？　あいにく、これしかないんだ。それとも、君の部屋に移動して待ってもいいけど」

シェイがにらむと、コーンは肩をすくめて自分のソーダのボトルを開けた。

ヒロが現れたのは、二十分ほど後のことだ。彼は玄関のドアをノックして、陽気に声を張り上げた。「シェイ、気の毒なコーン・ユーを傷つけちゃいないだろうな？　あいつには、この仕事には危険がともなうと言っておいたが」

シェイが勢いよくドアを開けると、笑顔で入ってきたヒロにハグされた。彼女は次兄を乱暴に押しのけた。「今までずっとわたしを監視して、あとをつけ回してたのね」

答える代わりに、〈角〉はシェイに乱されたシャツを直してコーンのほうを向くと、首をふって厳しい口調で言った。「まったく、これは〈指〉にできるいちばん簡単な仕事だぞ、コーン。いったい、どこでどうしくじった？」

たちまち、コーンの顔から笑みが消えた。「あの……わかりません、ヒロ－ジェン。ドアマンから彼女がマレニアから戻ったと電話があったので、俺はまっすぐここに来ました。そしたら、彼女が俺の部屋に入りこんでいて、俺が来るのを待っていたんです。期待に応えられず、すみませんでした」若者は頭を下げた。

ヒロは大きくため息をつき、がらんとした部屋を見回した。「俺の妹を長期間騙すのは難しい。だが、もっとうまくやるべきだった。メイク・ケーンのところへ行って、指示を仰げ――港湾地区でおまえを使ってくれるはずだ。そこなら、グリーンボーンとしての評価を上げるチャンスがあるかもしれない。今後はしくじらないように、もっと集中しろ」そして行けというようにドアを開けると、コーンは目を伏せてそそくさと出ていった。ヒロは厳しい表情は崩さなかったが、出ていく〈指〉の背中をぽんと叩いてやり、若者は緊張した感謝の表情でちらりと顔を上げた。その残念なひとときで、シェイのコーンに対する認識は変化した。気さくで魅力的な隣人は、次兄に仕えるたくさんの部下のひとりにすぎなかったのだ。部屋を出ていくとき、コーンは彼女に別れの視線すらよこさなかった。そんなことに苛立つ自分に、彼女は困惑した。

シェイはくるりと次兄に向き直った。「わたしの生活に干渉しないで！」

「そいつはうぬぼれだ、シェイ。今現在、俺は手持ちの〈指〉全員を必要としている。そのひとりを、おまえの警護なんかで無駄にしたがると思うか？　俺は兄貴にこう言った。翡翠なしでここで暮らすのを選んだのはおまえなんだから、自分の面倒くらい自分でみられるだろう。だがアンデンの事件のあと、兄貴からおまえを守るように言われたんだ。俺の考えたことじゃねえ」

「ラン兄さんが、ヒロ兄さんにわたしを警護するように言ったの？」シェイは呆気にとられた。次兄に見張られていたことには言葉を失うほどの怒りを感じるが、長兄のランは慎重な善意の人のはずだ。怒りのいくらかが不安に変わった。「アンデンに何があったの？」

「船の日にゴント・アッシュがサマー公園地区でアンディをさらい、アイトのところへ連れていったんだ。そしてアンディを山岳会に勧誘し、俺たちにはイグタンでのシャインの製造販売で手を組もうと提携を持ちかけるふりをした。やつらはアンディを返したが、目的は果たした。俺たちを揺さぶり、ランを侮辱したんだ。ランはきっぱり断った。それでやつらは俺を消そうとして……俺たちは今、ここでこうしているわけだ」

シェイは首をふった。ふたりの兄にフェアじゃない態度をとっていたことを認めたくない、特にヒロには。「アンデンのことは知らなかったの。誰も教えてくれなかったから」

ヒロはいぶかしみ、見下すように鼻を鳴らした。「いったいどうしたいんだ、シェイ？　おまえはジャンルーンに戻ってきたが、組織とは関わりたくないって、翡翠も着けずにこんなところに住んでいる。ホテルでは俺におまえを探させたあげく、他人みたいな態度をとった。おまえはアンディを訪ねもしなければ、学園時代の友人にも会っていない。ターの入院中、彼の見舞いにも来なかった。自分のアパートメントに俺を招いてくれたことも一度もなかった。こうして近くの部屋にいる今でさえ、招こうとしない。それをどう受け取ったらいいんだ、ええ？」次兄の声には、本当のとまどいと傷心がにじんでいる。「てか、最近、おまえは何をしているんだ？」

シェイはふたたび怒りがこみ上げてくるのを感じた。「この数週間はランに頼まれた仕事をしていたのよ、忘れた？　そして今は、仕事を探してあちこち応募しているところ。いくつか面接を受けることになっているの」

「面接だと」ヒロは軽蔑を露わにした。「何の面接だ？　銀行員にでもなるつもりか？　なぜだ？　俺には理解できない、シェイ」

　シェイの顔が熱くなった。「兄さんのアドバイスなんていらない。守ってもらう必要もない」

「ああ、そんな必要はなかった、これまではな。だが今は山岳会と抗争中だ。しかも、おまえはまだそんなことは関係ないって態度で行動している。自分がコール家の一員であることを無視しようとしている」ヒロは前に足を踏み出した。表情は硬く、声には怒りと必死さがにじんでいる。「自分はコール家にはもったいないと思っている、タフな妹に教えてやろう。ランが出てきて口にすることはないだろうが、俺が言ってやる。おまえは普通の人間にはなれない、シェイ。この街では不可能だ。この国では無理なんだ。何も知らないまま、ひそかに守られ、無力な女みたいに扱われるのはいやなんだろ？　けど、おまえは今、自分をそういう立場に置いているんだぞ」

　十年ほど前にもこんな日があったことを、シェイは思い出した。あの日もヒロとにらみあい、かぞえきれないほどしてきたように罵り合いながら、同時に気づいてもいた――今ではふたりとも翡翠を身に着け、その気になれば、相手に致命的な傷を負わせることができる。ふたりはあの日のままなのだ。今、シェイが次兄に飛びかかるのを止めているのは、たぶんこの思い出と、ヒロは大量の翡翠を身に着けていて自分はひとつも着けていないという事実だ。

「ラン兄さんには好きなように言えばいい」シェイの声は冷たく、すべての感情を隠していた。「でも、そっちの部下にわたしの自宅のそばをうろつかれたり、あとをつけられたりするのは、二度とごめんよ。ヒロ兄さんは、好きなだけ自分の命を危険にさらせばいい――でも、わたしのことはほっといて。わたしはわたしの好きなように生きていく」

シェイはヒロの傷ついた表情をちらりと見て、彼をドアから押し出した。自分の部屋から閉めだされたままだということをぎりぎりで思い出したが、なかに入ろうと格闘するところを見られるのはプライドが許さなかったので、アパートメントを出て、通りの先にある喫茶店に入り、暗くなるまで惨めな気分ですごした。

戻ってみると、ヒロの姿はなかったが、彼女のバッグとスペアキーを持った大家が待っていた。「コールージェンから、あなたが無事にお帰りになったか確認するように言われまして」大家は心配そうにシェイに挨拶した。「あなたがどなたか気づかなかったことを、心からお詫び申し上げます。どうか、これからは、何か必要なものがありましたら、直接こちらにお電話ください」そう言ってシェイの部屋のドアを開錠すると、肩越しにふり向いて訊ねた。「この住まいは本当に快適ですか？　ほかにも物件がございます。新築で、ここから十分しか離れていません。わたくしの義理の息子が経営するアパートメントで、ここよりずっと広いんです。もちろん、お家賃は同額で結構です。え、いいんですか？　では、気が変わったら、いつでもご遠慮なくお申しつけください。わたくしも家族の者も、ずっと無峰会を支持しております」

28 配達と秘密

アンデンは〈柱〉に頼まれた使い走りに胸騒ぎを覚えていた。用件は単純だ。ランから電話があり、次に学園から出られる午後はいつかと訊かれ、会いにきてほしいと言われたのだ。そして会いにくる途中、ある住所に寄って包みを受け取り、持ってくるよう頼まれた。

もちろんアンデンは承知したが、ランにこの使い走りを頼まれるのは二度目で、奇妙に感じた。包みを取りにいかせる部下くらい、〈柱〉にはいくらでもいる。一度なら、偶然都合がよかっただけだと思う。だが二度目となると、アンデンはその仕事に自分が選ばれたのではないかと思えてきた。

指定された住所は、クロスヤーズ地区の端、学園から坂を下ってすぐのところにある、エレベーターのないアパートメントだった。アンデンが玄関のベルを鳴らすと、だぶだぶの迷彩ズボンと黄ばんだタンクトップ姿の男がドアを開けた。「また、おまえか?」瞳が緑色だからエスペニア人かもしれないが、彼のケコン語には訛りがない。男の両腕に刻まれた落書き風のタトゥーも、室内から流れてくる騒々しい音楽も、アンデンには意味がわからなかった。ジャンルーンで外国人を見かけるのは特に珍しいことではなく、時代とともにますます珍しくなくなっている。だが、アンデンは外国人に出くわすと、必ず落ち着かない気分になる。自分も周囲にこう見えているに違いないとわかるからだ。アンデンはこの男に、礼儀上の会釈以上の挨拶はしなかった。

「ここで待ってろ」知らない男はドアを閉め、踊り場に残されたアンデンはきまり悪そうに立っていた。二、三分すると、ふたたびドアが開き、男が何も書かれていない緩衝材入りの白い封筒を差し出した。アンデンはそれを受け取り、通学バッグにしまってジッパーを閉めた。ランからそれを人目にさらしたり、開けたり、誰かにしゃべったりしてはいけないと言われていたのだ。

　アンデンは自転車で乗換駅まで行き、そこからバスでコール家の屋敷へ向かった。それもおかしなことだ――車のない学生より、もっと早い配達の手段はいくらでもある。アンデンがたどりける結論はこれしかなかった――〈柱〉はアンデンを信頼していて、組織のほかの人間には知られたくない秘密の仕事を託したのだ。喜んでいいところだが、アンデンは不安になった。これまでランは、学園でしっかりやるようにということ以外、アンデンに何かを頼んだことは一度もなかった。ほかに信頼できる人間がいるのに、アンデンを組織の秘密の仕事に巻きこむとは考えられない。

　バスのなかで、アンデンは通学バッグに手を入れて封筒に触れ、中身を推測しようとした。厚めの緩衝材が入っているが、エアパッキンを押してみると、なかに小さな硬いものが入っているのがわかる。

　バスを降りて十分歩き、コール家の屋敷の門に着いた。警備員が手をふり、アンデンはまっすぐ門を通って屋敷に入っていった。「ごめんください?」玄関ホールで呼びかけると、家政婦のキーアンラがキッチンから皿の音をさせながら大声で返事をした。「アンデン-サ、あなたなの? ラン-ジェンは道場にいるわ」

　アンデンは〈柱〉の書斎の前を通りすぎ、手入れの行き届いた中庭を横切って、道場の引き戸を叩いた。ランは引き戸をするりと開けた。ゆったりした黒いチュニックシャツとズボンを身に着け、足元は裸足だ。こんなカジュアルな服装の〈柱〉を見るのは、奇妙な感じだ。この格好だと若く見えて、アンデンの記憶にある〈柱〉になる前のランのようだ。「アンデン」ランは笑顔で横にどいた。「入れ」アンデンは靴を脱ぎ、板張りの長方形の部屋に入った。ランは引き戸を閉めた。「頼んでおいたものは持ってきてくれたか？」

アンデンは肩にかけていた通学バッグを下ろし、緩衝材入りの封筒を出した。それを渡すとき、指がランの指をかすめ、アンデンはたじろいだ。まだ従兄のオーラが変わったことに慣れていないのだ。自分が平均より感受性が強いことは知っていた——訓練を受け、自身も翡翠を身に着けたグリーンボーンでないかぎり、ほとんどの人は翡翠のオーラを〝感知〟できない。アンデンには、ランが決闘で勝ち取った新しい翡翠のオーラは、不釣り合いに鋭く甲高く感じられる。まるで精神エネルギーの音階が、数オクターヴも上がってしまったかのようだ。ランらしくない。

「わざわざ寄り道してくれて、ありがとう」ランは言った。

「大したことないです」アンデンは中身が何か訊きたかったが、ランが素早く封筒を引き出しにしまったのを見て、訊いても答えてくれないだろうと確信した。

ランは壁のフックにかかっていたタオルを取ると、汗ばむ顔をぬぐった。「学校はどうだ？」

「うまくやってます。あとたったの二、三ヵ月です」

「卒業試験の準備はできているか？」

「できていると思います」

ランは向こうを向き、タオルを引き戸のそばの箱に放った。「いちばん得意な技はなんだ？」

「〝チャネリング〟、だと思います」

ランはうなずいた。「いちばん苦手な技は？」

「うーん、〝跳ね返し〟でしょうか」

「勉強のほうは？　数学、言語、そういった教科は？」

「全部、合格します」グリーンボーン教育のなかで教科書のある分野では、アンデンはかろうじて平均を上回っている程度だ。「心配いりません、ラン‐ジェン。勉強の成績で最終的な認定が大きく下がることはありません」

ランは少し厳しい声で言った。「おまえの認定のことは心配していない、アンデン。俺が訊いているのは学校生活のことだ。最近は組織のことがよく噂になっているはずだ。今はまだ聞いていなかったとしても、これからたくさんの噂や意見を耳にすることになる。そういうことに動揺したり惑わされたりしてほしくないんだ。ただ自分の勉強に集中してほしい」

「そうします」アンデンは約束した。

ランは満足そうにアンデンの肩をぽんと叩き、誰もいない道場を示した。「よし、せっかくだから、〝跳ね返し〟の練習でもするか？」

アンデンは断る口実を探した。窮地に陥るところを無峰会の〈柱〉に見られると思うと、楽しいものじゃない。だがランはすでに向こう側へ歩いていき、棚から一式のダーツを出している。

「訓練用バンドは持っているな？」

アンデンは通学バッグを壁際に置いた――ランはランだ、力になろうとしてくれているだけで、ぼくにいやな思いをさせようとしているわけじゃない。ヒロとシェイは、アンデンにとって本当の従兄姉のようだが、ずっと年上のランは、昔から伯父のような存在だった。

アンデンは通学バッグの前の仕切りに手を突っこみ、訓練用バンドの入ったプラスチックケースを引っぱり出した。八年生なので、いつも持ち歩き、大人のグリーンボーンの監督があれば使用していいことになっている。それはシンプルな革製のバンドで、留め金と三つの翡翠がついている。このまま成績を上げていけば、春には翡翠が四つになるはずだ。

アンデンはバンドを左手首に巻いて留めると、目を閉じて深呼吸した。翡翠を身に着けると必ず、ほんの一瞬、高い飛びこみ台から飛ぶ前や、絆創膏を勢いよくはがす前のような抵抗を感じる。ああ、痛みが来るぞ――と思った次の瞬間には終わっている。翡翠に慣れるまでの最初の強い影響を乗り切ると、アンデンは目を開け、歩いていってランと向かい合った。

ランはダートガンにダーツを装塡し終えた。「軽くウォームアップからだ」

ランはアンデンに向けてダーツを撃った。一度に一本ずつだ。アンデンはどれも〝跳ね返し〟でかわし、ダーツは背後のコルクで覆われた壁に刺さった。ダーツは軽く、速度が遅い。〝跳ね返し〟は対象の速度と重さと数が増えるにつれて、急激に難しくなる。ランは空気銃に持ち替えた。アンデンはそれほど難しいとは思わなかった。彼にとって、より速く広範囲な〝跳ね返し〟を使うのは大したことではない。ところが、ランはナイフも一緒に投げてきた。しかも、それぞれ違う方向から二本以上のナイフを投げてくるのだ。

「飛んでくるものをコントロールしつづけろ」ランは言った。「それを回転させて弾き飛ばし、自分の武器にするんだ」

アンデンはうなずいたものの、それは〝跳ね返し〟の教官から百回も聞かされてきたアドバイスで、まだまったく思いどおりにできないことだった。〝跳ね返し〟でかわしたナイフは勢いを失い、彼の後ろで地面に刺さってしまう。理想では、ナイフを壁のどこかに正確に飛ばすか、ランの言ったように、自分の体の周囲でブーメランのように回転させ、スピードを上げて投げ返してもいい。アンデンは体を揺らし、手足をふって、リラックスして集中した状態を保とうとした。従兄をどんなにがっかりさせることになるかは、考えないようにする。

「用意はいいか？」ランはまたナイフを投げてきた――いい具合にまっすぐ飛んでくる――アンデンはいっぽうの腕で素早く小さい半円を描き、〝跳ね返し〟を発動した。〝跳ね返し〟がナイフを捕らえ、飛ぶ方向をそらす。力をふりしぼって、〝跳ね返し〟の勢いを保ったまま小さく回転すると、懸命にナイフを自分の周囲で回し、ランに向かって投げ返した。

ナイフはあまり進まないうちに地面に向かって急降下を始めたが、ランも〝跳ね返し〟の技を出してナイフをまっすぐに戻した。そして前に飛び出し、空中のナイフをつかんだ。「よくできた!」誇らしげに輝くランの顔に、アンデンはうれしくなった。「新人グリーンボーンのほとんどができないことだ。練習をつづければ、卒業試験でトップに立てるぞ」

「そうなるように頑張ります」アンデンは弱々しく言った。両膝に手をつき、体を折り曲げて息を整える。

ランは道場の隅にある冷水器から紙コップに水を注いで、持ってきてくれた。アンデンはありがたく受け取ったが、また〈柱〉のきついオーラにぎょっとした。手首に着けた翡翠のせいで、その感覚はさっきよりもっと強烈だ。アンデンはもう少しで身を引きそうになった。

さいわい、従兄はふたたび離れていき、収納キャビネットを開けた。大きなペットボトルを六本、転がして外に出す。ペットボトルには砂が詰められ、銀色のダクトテープでふたが固定されている。ランはそれをボウリングのピンのように並べて言った。「攻撃をおろそかにするわけにはいかないからな」アンデンの気分は少し沈んだ。攻撃的〝跳ね返し〟は、いちばんの苦手分野だ。おまけに、ランが道場の端から並々ならぬ期待をこめて見守っている。彼は日頃からアンデンの進歩に関心を持っているが、強引な態度を取ったり過度な要求をしてきたことはけっしてない。なのに、今回はこんなことを言う。「さあ、何をぐずぐずしている?」

アンデンはゆっくりと息を吸いこんだ。六本の重いペットボトルに集中し、エネルギーを集めて、道場に勢いよく低い〝跳ね返し〟の波を放つ。一本目のボトルがぐらりと揺れて倒れ、隣のボトルも倒れたが、ほかのボトルは動かなかった。

「悪くはない」ランはボトルを置き直した。「もう一度、やってみよう」

ペットボトルは重く、ボトルまでの距離は長い。おまけに、アンデンの力はつきかけている。二度目の挑戦では並んだ三本のボトルを倒したが、それで残っていたエネルギーを使い果たしてしまった。三度目の挑戦ではどうにか一本倒し、四度目は一本の位置をずらしただけだった。

「どうした、アンデン、本気を出していないじゃないか」

「すいません。疲れただけです」アンデンはすでに朝の上級〝怪力〟訓練を受けていた。いつもへとへとになる訓練だ。まさか、コール家で抜き打ち試験が待っているとは思いもしなかった。

ランはぴしゃりと言った。「生きるか死ぬかの状況で、そんな言い訳が通用すると思うか？　もう一度」

アンデンは力を奮い起こそうとした。しっかりと足を踏ん張り、両手を上げ、手がびりびりと震えてきたところで、斜め下前方へ向け、集められるかぎりのエネルギーを息とともに力いっぱい吐き出す。アンデンの〝跳ね返し〟は道場を引き裂くように進んだが、広がってしまい、地震のようにキャビネットのドアを震わせた。ペットボトルはまったく動かなかった。

ランは片手で目をこすった。「砂の詰まったペットボトルも倒せずに、どうやって人間の足をすくって倒すつもりだ？　敵に同じことをしかけられたら、どうやって自分の身を守る？」

「ぼくはまだ、グリーンボーンじゃありません」アンデンは抗議して、申し訳なさそうにすわりこんだ。「もっとたくさん練習します。まだいくらか時間はあります」

「学生でいられるのは、あと二、三カ月だけだ」急にランの表情が険しくなり、声が大きくなった。「山岳会はすでに、おまえに関心があることを表明したんだぞ、アンデン。やつらは俺とヒロの両方を殺そうとした。卒業して『アイショ』の掟に守られる立場でなくなれば、おまえも命を狙われることになるんだぞ。おまえよりはるかに多くの翡翠と豊富な経験を持つ敵に。疲れや弱さに負けていたら自分の身は守れない、甘えるな！」

いっぽうの腕で、ランは道場に扇形の〝跳ね返し〟を放ち、六本のペットボトルをふっ飛ばした。ボトルは奥の壁に叩きつけられ、ゴトンゴトンと落下して床に転がる。ランはボトルを見もしなかった。大股で歩いてきてアンデンの腕をつかむと、引っぱって立たせ、低い凄みのある声で言った。「卒業したら抗争に飛びこむことになるんだぞ、アンデン。コール家の人間であることの意味を知り、それに備えなければならない。さもないと、命を落とすことになる。わかるか？」

アンデンは息をのんだ。上腕に〈柱〉の指が食いこんでいるが、痛みはべつのところから、頭蓋の中心をまっすぐ貫いてくる。ランらしくない怒りの背後には、たくさんの翡翠がある。その翡翠にぎょっとして、アンデンの胸から息が押し出されていく。「コール‐ジェン」アンデンはかろうじてそれとわかる目をのぞきこんだ。瞳は磨かれた大理石のように輝き、激しいエネルギーが渦巻いている。瞳をかこむ細い血管の網が赤々と目立つ。アンデンは息をのんだ。「ラン？」

〈柱〉は突然、アンデンを突き飛ばすように手を放した。一瞬、じっと凝視してから、ふり払うように首をふる。ランの翡翠のオーラが激しく揺れ動いている。アンデンは無意識に、〈柱〉の強い怒りが、判別できない無数の感情が混ざり合った渦にぶつかるのを〝感知〟した。ランは掌底で両目を押さえてから、手を下ろし、すっかり落ち着いた声で言った。「すまない、アンデン。おまえは何も悪くない」

「大丈夫です」アンデンの声は驚きで小さい囁きになった。

「最近、気が短くなっているんだ」ランは背中を向けた。「対処すべきことが山積みで、大きな危険が迫っている。王立議会と〈灯籠持ち〉を引きつづき無峰会の味方にしておく必要があるし、エスペニア人が関わってくる可能性も考慮しなくてはならない……」そこでなぜか、理解を求めるようにちらりとアンデンを見る。ランはまだ本調子ではないようだが、懸命に回復しようとしていた。「何でもない。さっきはおまえにきつく当たりすぎた」

「いいえ」アンデンはとまどい、まだ動揺していた。

「あなたの言うとおりです」

「やっぱりおまえが誇らしいよ、アンデン。何度言っても足りないくらいだ」ランはアンデンに向き直った。

「ヒロはおまえを〈拳〉候補と考えている。それだけの才能があれば、おまえは彼の右腕になれるだろう。だが、どうするかはおまえ自身に決めてもらいたい。今の状況では、無峰会のほかの役割につくことを考えてもいいし、なんなら組織から離れた人生を選ぶという考えもある」

最初、アンデンの反応はなかった。やがて困惑が弁解に発展し、顔を赤くした。「ぼくは臆病者じゃない」自分に〈招福者〉になれるほどの学識がないことはわかっている。組織の外にもグリーンボーンはいる——教師、医師、改悛僧——が、こんなときにそんな職業に就くことを考えられるわけがない。「ヒロージェンが言ってました。あなたには学園を卒業したグリーンボーンがひとりでも多く必要だって。ぼくは無峰会に大きな恩があります。あなたとおじいさんにも。なのに組織に忠誠を誓わないとしたら、ぼくは最低の人間じゃないですか？」

ランが答える前に、道場の引き戸が強くノックされた。外からウンの声がした。「ランージェン、ジャンルーン市長からお電話です」

ランは側近の声のほうを見て、アンデンに目を戻した。そして一歩下がった。その表情は読めない。一瞬、アンデンは切迫した思いを〝感知〟して、ちくちくした不快な感覚を覚えた。「アンデン、悪いが、この話はまた今度にしよう」ランは引き戸へ向かう。「中庭で数分待っていれば、車を呼んで学園まで送らせよう」

「いいえ、結構です。自分で帰ります。乗換駅に置いてきた自転車を取りにいかなきゃならないし、バスがあるから大丈夫です」

ランは引き戸に片手をかけて立ち止まり、肩越しに真剣な口調で言った。「おまえが臆病者だと言いたいわけじゃない、アンデン。俺はただ、はっきりさせておきたかっただけだ。おまえには選ぶ権利がある。そしてどんな道を選んだとしても、おまえがコール家の一員であることに変わりはない。それはシェイと同じだ」〈柱〉は引き戸を開け、ウンのあとから母屋へ戻っていった。まっすぐ伸ばした背中から、ぎらつくオーラが後ろにたなびいている。

アンデンはいつのまにか止めていた息を、震えながら吐き出した――何があったんだろう？　あんなにころころ気分が変わるランは、見たことがない。穏やかだと思ったら怒りだし、疑ったかと思うと後悔する。最近のストレスと新しい翡翠のせいで、あんなに気分が変わりやすくなっているのだろうか？　ランは本当に、ぼくが組織に入る準備はできていないと思っているのか？　ひそかに自分の力を疑ったり、もしすでに〈拳〉候補にされていなかったら何をするだろうとぼんやり考えたりすることはあるが、組織の〈柱〉から面と向かってあんな無用の考えを聞かされるのは、まったく別問題だ。それは単純に、今日の訓練で〝跳ね返し〟の技を見事に使いこなせなかったからか？　それとも、ほかに理由があるのだろうか？

横を向いて訓練用バンドを外し、額を壁に押しつける。翡翠のエネルギーが引いていく衝撃は、そわそわしている胃をいつもよりむかつかせた。呼吸を安定させ、衝撃を抑えこみながら、訓練用バンドをプラスチックケースにしまい、通学バッグに押しこむ。

道場を出る前に、アンデンは砂の詰まったペットボトルを拾い集め、キャビネットに片づけた。壁に刺さったナイフとダーツも抜いて回収し、決まった場所に戻しておく。学園の規律へのこだわりは軍隊なみだ。アンデンとランが放った〝跳ね返し〟で、ぐらついていたキャビネットのドアが少し開いていた。アンデンはきちんと閉めていき、少し出ていた引き出しを押しこもうとしたところで、ふと手を止めた。わずかに開いた引き出しの隙間から、自分がランに届けた緩衝材入りの白い封筒が見える。ランが説明もなく、すぐにしまいこんだ封筒だ。

アンデンは引き出しを開け、封筒を取り出した。見つめているうちに、中身を知りたいという恐ろしい衝動が、さらに恐ろしい疑惑へとふくらんでいく。心臓の鼓動が速くなる。彼は誰もいない整然とした道場をさっと見回した。封筒を開ければ、ランに自分がやったとわかってしまう。だが、封筒を閉じた部分の角に小さな隙間がある。アンデンは隙間を引っぱって少し広げた。封筒を逆さまにしてふり、隙間から差しこんだ二本の指を動かすと、やがてつるつるした硬いものに触れた。ガラスみたいだ。震える手でどうにか隙間まで移動させると、それは小さな円筒形のガラス瓶に入った濁った白い液体だった。

それが何か、アンデンは知っていた。ほかに何がある？　アンデンは驚愕した。封筒の穴を破って広げ、後先考えずにガラス瓶を次々に引っぱり出した。

頭がくらくらする。それはアンデンが恐れていたものだった。まだ信じられない。

道場の引き戸が開いた。ランが戸口に立っている。

アンデンは両手を開き、封筒と中身を引き出しのなかに落としたが、彼の罪は明白だった。ランの罪も。〈柱〉の顔が猛々しい恥辱に覆われていく。アンデンは確信した――まだ訓練用バンドを着けていたら、従兄の激しい怒りのオーラに耐えられなかっただろう。

ランはなかに入り、後ろ手に引き戸を閉めた。引き戸は砥石を滑る刃物のような音を立てた。「何をしている、アンデン？」ランは単調な声を装って訊ねた。

「ぼくに配達を頼んだ封筒。SN1でした」アンデンは声を詰まらせた。何かにつかまらないと立っていられない気がした。「どうして……どうしてシャインなんか必要なんですか？」

ランが足を進め、アンデンは無意識に後ずさり、ついに背中が壁にぶつかった。「おまえにあの封筒を開ける権利はない」ランが今までアンデンをぶちのめしたことはなかったし、強く叩いたことすらなかったが、今の彼は人を殺しかねない形相をしている。アンデンは生まれて初めて、従兄の前で恐怖を覚えた。ついに手を上げさせるほどランを激怒させてしまったと思い知るよりは、ヒロに十数回荒っぽい訓練をさせられるほうがマシだ。もちろん、今の自分は殴られて当然だし、弁解しようとも思わない。アンデンはこんなことしか言えなかった。「具合が悪いわけじゃないですよね？　まさか……〝渇望〟に取りつかれたんじゃないですよね？」

アンデンの顔に、よほどありありと絶望が浮かんでいたに違いない。彼はその瞬間、自分の母親と同じ死に方――自分の体を切り刻み、錯乱して絶叫する姿――をするランを想像していた。そんなアンデンの表情に、〈柱〉の怒りは消えた。ランの表情が変わり、精神的な疲労にゆがんだ。ランは片手を上げて静止した――ちょっと待て、と言っているようだ。「声を落としてくれ」その声はしわがれていたが、アンデンが覚悟していたより落ち着いた口調だった。内に秘めた怒りが、今度は抑えられている。「〝渇望〟に取りつかれてはいない。本格的な〝渇望〟の症状が出る頃には、たいていSN1も効かなくなる」アンデンが考えていたことに気づき、ランは同情の眼差しを浮かべたが、口調は厳しいままだった。「たった今おまえがしたことは、屋敷から追い出されるべきことだ。俺にはとても信じられない、アンデン。だが、誤解してもらいたくないから説明しよう。これは誰にも話してはならない。コール家の人間にもだ。わかったか？」アンデンはまだショックで返事ができない。すると、ランはアンデンの顔の真横の壁にドンと手をついた。「わかったのか？」アンデンはうなずいた。

ランは静かに話しだした。「シャインは社会にとって悪いものだ。生まれつき翡翠に耐性のない人や、まったく訓練をしていない人に使用されている――外国人、犯罪者、翡翠熱に浮かされた中毒者。だから、シャインの違法取引は撲滅しなくてはならない。しかし、SN1は悪いことばかりではない。翡翠にさらされたときの有害な副作用を和らげる薬として、有効利用できる。グリーンボーンの先天的な耐性には、ときどき補強が必要なことがあるんだ」そこで言葉を切った。「ここまでは理解できるな？」

アンデンは校庭でヒロと交わした会話を思い出し、つづいてバスタブのなかの母親の記憶がよみがえった。うん、ランの言っていることは理解できる。だが、コール家はほかの人々とは違う――彼らは非の打ちどころのないグリーンボーンの血と流派を受け継ぐ一族だ。もし無峰会の〈柱〉であるコール・ランがSN1を必要としているとしたら、それはいったい何を意味するのだろう？　特にアンデンのような人間にとって――どんな希望があるのだろう？　いくつもの否定的な考えが駆けめぐる。「全部、新たに身に着けた翡翠のせいじゃないですか？」アンデンは興奮した小声で言った。「その翡翠に何かまずいことがあるんですか？

ガムが身に着けていたものだから危険なんですか？」

ランはなんとか乾いた笑みを浮かべた。「いいや。翡翠は増幅器のようなものだ。前の持ち主のエネルギーを留めているわけではない。いったい、どんな古い迷信を聞かされたんだ？」顔をわずかにそむけて、声を落とす。「俺はあの決闘に無傷で勝利したわけじゃないんだぞ、アンデン」ランは心臓のあるあたりをぽんと叩いた。「ガムは俺に〝チャネリング〟したとき、何かを分断していった。あれからずっと調子がおかしい。そのせいで、新しい翡翠を身に着けているのが本来よりきついんだ」

心配がどっと押し寄せてきた。「医者には診せたんですか？　学園の医者は――」

「トゥルー医師に診てもらった。グリーンボーンの医師の治療は助けにはなるが、時間と休息以外に治せるものはない」そのふたつとも足りないことを思い出し、ランは顔をゆがめた。これでアンデンは、従兄がこんなに怒りっぽく、気分の変動が激しい理由がわかった。ランは新たな翡翠と抗争中の〈柱〉を務める重圧だけでなく、秘密の損傷も抱えていたのだ。おまけに、正当な決闘で勝ち取った翡翠の影響に耐えるのに、SN1を必要とする屈辱まで。

「じゃあ、新しい翡翠は身に着けないでください」アンデンは言った。「体調がよくなるまで。負担が大きすぎます」

ランは首をふった。「今は人前から姿を消すわけにはいかない。毎日、いろいろな人と会う――議員、〈灯籠持ち〉、〈招福者〉、〈拳〉と〈指〉。その全員が、無峰会は山岳会に負けないという確信と証拠を求めている。そのいっぽうで、敵はこちらが弱っている兆候を探し、次の攻撃の機会を狙っている。そんなものをやつらにくれてやるわけにはいかない」彼は疲れきった表情でアンデンから後ずさった。「これはおまえが心配することじゃない。この道場を出たら、今の話は忘れてくれ」

「だけどシャインは、あれは体に悪いんじゃないですか？　中毒性があるんですよね？　それに──」

「一時的に使うだけだ」ランはぴしゃりと言った。また怒りで目をぎらつかせる彼に、アンデンはたじろいで口を閉じた。「中毒になるつもりはないし、そんなふうになるかもしれないなどと、組織の誰にも思わせるわけにはいかない。個人向けのSN1は、ウンに手配してもらった。俺があまり頻繁にトゥルー医師を訪ねれば、疑われる心配があるからな。〈柱の側近〉が妙な包みを受け取るところを見られるのも、危険が大きすぎる。世間の人々が目を光らせている。俺はおまえを信用している、アンデン、さっきの行為でもそれは変わらない。おまえの伯父さんは俺の親友のひとりだったし、おまえのことはずっといちばん下の弟だと思っている。ヒロよりもおまえのほうが俺に似ている。これまでおまえに頼み事をしたことはないが、今、頼みたいことがある。このことは秘密にしてほしい」

アンデンはごくんと唾をのみこんでから、うなずいた。そのとたん、こう思った──この約束は破るべきだ。ヒロに話さなければ。最近は、どうしたらヒロと連絡が取れるのかもよくわからなかった。〈角〉は〈拳〉たちと四六時中、無峰会の縄張りを見回っているのだ。それに、ヒロは何と言うだろう？

ランは〈柱〉だ、アンデンはその彼を勘ぐる立場にはない──ヒロはそう言うだろう──シャインの使用が認められる特別なケースもある。ヒロは以前、アンデンもその特別なケースに当たるかもしれないとほのめかしたことがあった。無峰会は、組織を掌握する強い〈柱〉のおかげで成り立っている。少量のSN1が新しい翡翠に体を慣らすのを助けてくれるなら、翡翠の影響で正気を失ったり、〝渇望〟にさいなまれたりするよりずっといい。それは確かに真実だ。

アンデンを見据えるランの目が険しくなった。「まだおまえを信用できるか、アンデン？」

〈柱〉の声にこめられた非難の響きは、平手打ちのようだった。今日まで、アンデンはランに疑われるようなことをしたことはなかった。今、従兄の顔に浮かぶ落胆の表情を見て、アンデンは後悔で息をのんだ。

「自分が間違ったことをしたのはわかっています。すみませんでした、ラン‐ジェン。もう二度と信頼を裏切るようなことはしません。この先身に着けることになるすべての翡翠にかけて誓います。だけど、お願いです……」アンデンは両の拳を握りしめ、出し抜けに言った。「そんなものを使うより、もっといい解決法があるはずです！」

〈柱〉の険しい視線がいくらか和らいだ。本来の――冷静で落ち着いた――彼に戻ったようだったが、表情は曖昧で、ほとんどがっかりしたように見える。まるで、もっとべつの言葉を期待していたかのようだ。アンデンはその言葉を言えない自分に責任を感じた。

「これは俺の問題だ、アンデン、おまえは口をはさむ立場にはない」ランは悲しそうな顔で少し長めにアンデンを見つめると、出入口へ歩いていき、ふたたび引き戸を開けた。「遅くならないうちに学園に戻れ」

一瞬、アンデンは動かなかった。やがて敬礼のために両手を額に当てて顔を隠した。「わかっています。あなたの言うとおりです、コール‐ジェン」そして速やかに道場を出た。中庭を横切っているとき、従兄がまだ戸口に立っているかふり向いて確かめたくなった。だがそうはせず、足元を見つめたまま急いで屋敷を通り抜けた。

「アンデン‐サ？」キーアンラがキッチンの入口から声をかけてきた。アンデンは玄関ホールの階段を回って、ドアへ急いでいた。「何もかもうまくいってる？」

「はい。もう行かなくちゃ。それじゃあ、また、キーアンラ」アンデンは玄関のドアを飛び出し、階段を下りていった。余計な注意を引かないように速度を落とし、〈指〉が警備する門を通過する。だがコール家の屋敷を出て、見えないところに来たとたん、走りだした。肩にかけた通学バッグをはずませ、アスファルトの道をバス停まで力強く走っていく。少ししてバスが来ると、アンデンは茫然としたまま乗りこんだ。いちばん後ろの座席にどっかりすわり、窓に額を預ける。走るのをやめても、胸の苦しさは消えなかった。アンデンはせめて泣ければいいのにと思った。泣いてしまえば、湯の沸いたやかんのふたを取るように、この重圧をいくらか逃すことができるのに。

29 死ぬだろう

港湾地区での盗みは、メイク・ケーンがある犯行グループを捕らえ、無峰会にもくろみを気づかれて以来、ますます危険な仕事になっていた。ベロは捕まった哀れな連中と同じ末路を迎える気はなかった――ふたりは首をへし折られ、軽い罰ですんだひとりも両腕を折られていた。メイク兄弟のことを思い出すと、今でも体が震える。だから、ムットから〈フラートン〉の練習をしているか、もうまっすぐ撃てるようになったかと訊かれたときは、安堵と興奮を感じた。ベロはチーキーと一緒に週三回、貯水池脇の野原でサブマシンガンの練習をしていると答えた。

「なら、明日の夜、店に来い」ムットは言った。

ベロとチーキーが店に行くと、〈グッディ・トゥー〉のガレージにある古いビリヤード台で、やぎひげのグリーンボーンが玉突きをしていた。レインコートではなく、グレーのトレンチコートをはおり、前と同じ戦闘靴をはいている。今回はもっと気さくな雰囲気だった。「一カ月以上たつが、おまえらふたりはまだ生きている。それに、俺たちのためによく働いている。つまり、おまえらは頭が切れるか、よほど悪運が強いかのどちらかってことだ。俺はどっちでも構わない」

「俺は高級ハンドバッグやなんかの箱を盗むより、もっといい仕事ができます」ベロは言った。

「俺もちょうどそう思っていたところだ。よし、それを証明するチャンスをやろう」やぎひげの男は、ふたりの少年の肩に手を置いた。「ムットの話じゃ、俺がやったサブマシンガンの扱い方を覚えたらしいな。よし。そこで、おまえらに仕事を用意した。この仕事の依頼主は俺じゃねえ。俺の上の上の人物からの依頼だ。だからよく聞いて、しくじるんじゃないぞ。しくじれば、おそらく死ぬだろう。うまくいけば、組織の仲間に入れる。まぎれもない組織の一員になれる。どういうことかってえと——」男は意味ありげにベロを見て、左耳の翡翠のピアスを軽く引っぱりながらウィンクした。

「何をすればいいんですか?」ベロは訊いた。

「〈ライラック・ディヴァイン・ジェントルマンズ・クラブ〉を知ってるな?」グリーンボーンの男はにやにやした。街のこっち側に住む十代の少年なら、〈ライラック・ディヴァイン〉のことを知らない者はいない。そこは高級店で、ベロやチーキーのようなやつが無駄に興味を持って近くをうろつくと、スーゴー夫人に雇われた筋骨隆々の用心棒たちが軽蔑の目でにらみつけ、脅すように指の関節を鳴らしてくる。グリーンボーンの男は、訊くまでもない質問の答えを待たずにつづけた。「二曜日か五曜日、どちらかの夜におまえたちに連絡がいく。車がおまえたちを拾って〈ライラック・ディヴァイン〉へ連れていくことになっているが、そいつはムットが手配する。店に着いたら、そのサブマシンガンを存分にぶっ放せ。店内を銃撃し、窓を割れ。すべての客を、前を隠しながらベッドの下にもぐりこませろ。店の外には、いい車が並んでいるだろう。なかでも最高級のシルバーの〈ローウルフ〉があるはずだ。そいつを蜂の巣にしてやれ。とにかく滅茶苦茶に撃ちまくるんだ、ケケ、わかったか？」

「ラ、〈ライラック・ディヴァイン〉は、無峰会の店ですよね」チーキーが少しつっかえながら言う。「店のなかには、有力な〈灯籠持ち〉とグリーンボーンがいます。組織の〈柱〉も通ってるって聞いたことがあります」

「ほう、もう気づいたのか、天才だな」男のにやにや笑いがますます大きくなる。「無峰会の縄張りから生きて戻るつもりなら、もっと頭の回転を速くするんだな。まあ、そこは俺の問題じゃない。だが、この仕事をやって戻ってきたら、おまえたちが組織の一員になることに、誰も文句は言わねえ。おまえたちはするべきことをしたんだからな」

「やります、成功したら組織に入れると約束してもらえるなら」言葉がベロの口をついて出た。チーキーはぴくりと動く暇もなかった。ムット親子は盗品のレコードの箱の仕分け中で、この会話には関わっていないふりをしているが、ベロの突然の激しさに手を止めて顔を上げた。グリーンボーンが自分をどんな仕事に送りこもうと構わないが、ベロはそろそろしびれを切らしていて、これ以上はぐらかされるのはごめんだった。

「この仕事が終わったら、もうほかにテストはない。そういうことでいいですか？」

「約束は一切しない」グリーンボーンはぴしゃりと言った。「いい仕事をして、感心させろ。自分が組織にとっていかに貴重な人材か、見せつけろ――マジな話をするのは、それからだ」
チーキーがごくりと唾をのみこみ、慌ててうなずく。ベロは両手をポケットに突っこんで、渋面を強ばらせたままでいる。

　数年前、鍛冶場地区のベロの育った界隈で、〝釣り針〟と呼ばれる年上の少年がいた。彼は年下の少年たちをよくいじめていて、機会があるたびにベロを追い回して殴ってきた。ある日、〝釣り針〟はかわいい女の子に手を出した。少女の父親は組合長で、無峰会の〈灯籠持ち〉だった。それからまもなく、〈指〉を務めるふたりのグリーンボーンがその界隈にやってきたかと思うと、〝釣り針〟の両方のすねを平然とへし折った。それ以来、〝釣り針〟は二度とベロを捕まえられなくなった。

　どのグリーンボーンを見ても、ベロはそのふたりの〈指〉を思い出す。彼らはベロの世界に入ってきて、何も意に介さずにひとりの少年の骨を折り、ほかの少年たちに平和な生活をもたらしてくれた。彼らはベロの少年らしい畏敬と恐怖だけでなく、身を焦がすほどの強い怒りと嫉妬をもかき立てた。

　やぎひげのグリーンボーンも同じだ。おもしろがるように笑みを浮かべているが、冷静で狡猾な目つきは変わらない。「連絡を待て」肩越しに言うと、彼はガレージを出ていった。「近いうちに来るはずだ」

30 〈神の帰還寺院〉

刈った草とロースト無花果（いちじく）の甘い香りが、リレーボールの試合の鈍い音とうなり声、群衆からときおり上がる感嘆に息をのむ音や感心した囁きに混ざり合う。シェイは観客席の低い場所――コール・ドゥ学園を応援する人たちでにぎわう一角――へ向かってゆっくりと進み、空いている席に腰を下ろした。得点掲示板に目をやる。試合はもうすぐ終わりそうだ。学園は武術学校で、優れた身体能力は畏敬の対象となっているが、プロスポーツ界で翡翠を身に着けることは禁じられている。敵チームは、ナショナル・リーグ選手を何人も輩出している大都市の学校だ。彼らは間違いなく、未来のグリーンボーンたちに勝ちたいと闘志を燃やしていた。

シェイは従弟の姿を探したが、最初はほとんどわからなかった。彼はもう、シェイの記憶にある冴えない少年ではなかった。アンデンはすっかり大人のグリーンボーンの体格になっていた。黒っぽい短パン姿で第一ガードを務め、敵にぴったりとはりついている。そこへボールが飛んできた。敵の選手が仲間へボールを蹴ろうとジャンプしたが、彼より身長も敏捷性も高いアンデンが空中でボールを強打した。十代の少年ふたりはからみ合って落下し、ボールは跳ねてネットに入った。ホイッスルが鳴り、ボールは再投（リスロー）になった。

リレーボールの競技場は、腰の高さのネットによって七つのゾーンに区切られている――五つの長方形のパス・ゾーンとふたつの三角形のエンド・ゾーンだ。それぞれのゾーンには、各チームからひとりずつ、ふたりのプレーヤーがいて、その区切られたスペースから出てはならない。各ゾーンのなかからボールを投げたり、打ったり、蹴ったり、自分の体で跳ね返したりして、チームメイトに向かってゾーンからゾーンへネットを越えてパスしていき、敵チームのエンド・ゾーンへのゴールを目指す。エンド・ゾーンにいるフィニッシャーの仕事は、ガーディアンが守る得点柱（ポイント・ポスト）のあいだにボールを入れること。試合は、基本的には一対一の荒っぽい小競り合いの連続で、個人間の対立の機会がチーム間と同じくらい豊富にある。アンデンが立ち上がると、同じゾーンの敵チームの選手がじろりとにらみつけ、彼の背中に向かって侮辱の言葉を吐いた。アンデンはふり向いて相手にしようとはしない。両膝を曲げて構え、沈む夕日の水平に広がるオレンジ色の光に目を細めている。

　ボールはレフリーの両手からまっすぐ上へ飛んだ。アンデンはジャンプして肩越しに敵の選手を確認し、いっぽうの腕を伸ばしてボールをつかむと、ネットの向こうのチームメイトに向かって力いっぱい投げた。そして一瞬後（おく）れ、タックルされて地面に倒れた。シェイは大勢の観客と一緒に足を踏み鳴らしてアンデンの活躍を称えた。フィールドでの従弟の優雅さと攻撃性、職人のような奮闘ぶりに感心する。まるで試合（ゲーム）ではなく、任務としてリレーボールに取り組んでいるようだ――いいプレイをしても満足そうなそぶりはほとんど見せず、悪いプレイのあとはほんのかすかに顔をしかめる。シェイにはすでに、グリーンボーンになったアンデンが目に見えるようだった。無峰会の〈拳〉になったアンデンが。

　こう思っているのは、シェイひとりではなかった。後ろの列で誰かが言った。「あそこにいる学園一の第一ガードを見ろ――気の触れた魔女の息子だ、コール家に引き取られたやつだよ。間違いない、あいつが翡翠を着ける日を、〈角〉は指折りかぞえて待ってるはずだ」

「それなら、あいつと八年生全員だろ」ほかの誰かがつけたす。

学園のフィニッシャーが一点入れると、観客はいいぞと言うように足を踏み鳴らした。称賛の足踏みはすぐに小さくなって、また静かになる。ケコンのスポーツイベントは、エスペニアのものとは違う。シェイはエスペニアにいた頃、観客が陽気に騒いでいることに驚いた。エスペニア人はひっきりなしに歌をうたう。歓声を上げ、ブーイングをし、旗をふり、選手やコーチに向かって馬鹿げた指示を叫ぶ。ケコン人もチームへの応援には同じくらい情熱的だが、フィールドに向かって怒鳴ったり、選手の気が散るようなことをしようとは誰も思わない。エスペニア人は――シェイが思うに――スポーツ選手は観客を楽しませるためにフィールドにいると考えている。観客のエネルギーも試合の一部だと思っているのだ。いっぽう、ケコン人の観客は自分たちを目の前の戦いから切り離し、自分たちを代表して行われている抗争の単なる目撃者と考えている。

コール・ドゥ学園が一点差で辛くも勝利した。その後、選手たちは敵に挨拶してから、ベンチのそばをうろついて荷物をまとめる。シェイは下りていって小さいフィールドの端に立ち、アンデンが気づくのを待った。彼はシェイのほうを向いて目を細めた。そして誰かわかると満面の笑みになり、バッグを肩にかついでゆっくり走ってきた。

「シェイ−ジェン」アンデンはそう言ってから赤くなり、無理もないが下手な間違いにまごついた。それからシェイを軽くハグする。親密さだけでなく敬意もこめたハグのあと、アンデンはケースから眼鏡を出し、汗ばむ鼻梁の上にかけた。「すいません。ただ〝シェイ〟とだけ呼ぶのには、まだ慣れなくて」

「今夜の試合、素晴らしい活躍だったわね。最後のクォーターであなたのインターセプトがなかったら、同点になってたところだわ」

「相手の選手は、陽射しがまぶしくてよく見えなかったんだと思います」アンデンはいつものように礼儀正しく言った。

「何か食べに行かない？　今夜は友だちと出かけたいのなら、また今度でもいいけれど」学園のほかの選手たちはみんな立ち去ろうとしている。チームのメンバーとしても、アンデンは少し仲間と距離があるようだとシェイは気づいていた。シェイ自身も学園ではそんなふうだったので、今夜はチームのみんなと仲よくなれるチャンスを奪いたくなかった。

「いえ、シェイと話したいです」アンデンはチームメイトたちを一瞬ふり返っただけで、すぐにそう答えた。「もし時間があればですが。大丈夫ですか？」

シェイは時間ならあると答え、ふたりでフィールドをあとにした。この時期の夜は、ジャンルーンにしては冷えるほうだ。シェイはセーターを巻きつけた格好で、旧市街を眠そうな夜市のほうへぶらぶらと歩いていった。夜市では、物売りが色とりどりの凧や木製のコマを、偽物の金時計や音楽のカセットテープと一緒に売っている。食べ物の屋台からは、スパイシーな揚げたナッツと砂糖がけのビーツの香りが立ちのぼる。

ふたりは試合のことを話題にし、その話がつきると、シェイは従弟に学校のことを訊ね、アンデンは彼女に留学のことや北ソットー地区の新しいアパートメントのことを訊いた。アンデンはけっして無口ではないが、特別おしゃべりなタイプでもなく、シェイも似たようなものだったので、ふたりの会話はかろうじて気詰まりな雰囲気を避けているという程度でしかなかった。ふたりとも相手の口を開かせる質問を探していて、どちらも間を埋めるのをためらってしまう。

街角のバーベキュー・レストランの店先には紙製の白い灯籠が下がっていたが、ふたりはほかの客と同じように並んで待った。ランプの灯った中庭に通され、たるんだ防水シートの下の黄色いビニールをかぶせた小さいテーブル席に着くと、ふたりは油でべたつく紙のかごから甘いタレをからめた豚肉とすっぱいキャベツを食べた。アンデンはがつがつとたっぷり食べたが、かなり分量のあるロースト肉を食べきることはできなかった。豪勢なレストランの料理は、学園のひかえめな量の素朴な食事に慣れた胃にはどうも合わない。
「アンデン、会いにくるのが遅れてごめんなさいね」シェイは最後に言った。「ちゃんとした理由はないの。もっと早く会いにくるつもりだったんだけれど、学園を訪ねるのはどうしても気まずくて。今は仕事探しで忙しいし、その前はランの用事で街を出ていたの。日常を取り戻すまで、思っていたより長くかかってしまった」シェイはそれ以上、言い訳を並べるのはやめた。ヒロに言われたこと――ジャンルーンに戻ってから、家族に思いやりを示していないと非難されたこと――は真実で、そのいくつかはシェイの心を深くえぐっていた。

アンデンは自分の両手をまじまじと見ると、小さい紙の包装を破って四角いウェットシートを出し、爪のあいだに残ったタレを入念にふきとりはじめた。額に皺が寄っている。「最近、ランに会いましたか？」

さっきシェイの言ったことは、何も聞いていなかったようだ。「ええ、二、三週間前。兄さんはきっと忙しいはずよ」彼女はこのところ、屋敷へ近づいていなかった。

「次にランに会うのはいつですか？」

シェイは驚いた。アンデンはいつだって礼儀正しいのに、今の口調はほとんど詰問するようだった。「二、三日後に屋敷で一緒に夕食をとることになっているから、そのとき会えるんじゃないかしら。どうして、そんなことを訊くの？」

アンデンはウェットシートの残りを細かく裂いていて、まっすぐシェイを見ようとしない。「あなたなら、ランに話せるんじゃないかと思ったんです。彼のようすを見て、何か助けを必要としていないか注意してあげてほしいんです。工場での決闘以来、ランはなんだか……人が変わってしまったみたいなんです。ストレスでいらいらしてるっていうか。シェイなら……わからないけど。ランを少しリラックスさせてあげられるんじゃないかと思って」

シェイは驚き、思い出した。アンデンはいつもランを崇拝し、常にランから特別に目をかけられていた。「兄さんは〈柱〉なのよ。〈柱〉の仕事はリラックスすることじゃない。もし兄さんが悩んでいたり、あなたに対してよそよそしく見えたりするとしたら、今は対処しなければならない問題がたくさんあるからでしょう」アンデンは聞いているものの、まだしきりにウェットシートを裂いている。そこでシェイはもっと安心させられる声になっていることを祈りつつ、こう言った。「そんなに心配しなくても大丈夫よ」

アンデンは裂いたウェットシートを丸め、食事の残り物の上に放ると、ためらいがちに言った。「シェイ、思うんだけど……ランはあることに対して、正しい判断ができなくなっているんじゃないでしょうか。ぼくはまだグリーンボーンじゃありません。自分がこんなことを言う立場にないこともわかっています。それでも、ぼくはもうすぐ自分の翡翠を手に入れることになっているし、力になりたいんです」低い言葉が堰を切ったようにほとばしった。「ぼくはヒロに話すべきだと思っていました。だけど、ヒロもたくさん問題を抱えているし、どうせ〝心配しないで学校のことに集中しろ、〈柱〉のことを勘ぐるな〟と言われるだけだと思うんです。それで、ひょっとしたら、シェイなら――」

シェイは話をさえぎった。「認めるのはすごくいやだけれど、ヒロの言うとおりよ」アンデンがすでにこれほど組織とその問題に入れこんでいる姿を見るのは、少しつらかった。「八年生だった頃のわたしは、あなたみたいだった――卒業して自分の翡翠を手に入れ、組織の正式なメンバーになるのが待ちきれなかった。あんなに急ぐべきじゃなかったわ。あなたはあと四ヵ月間はまだ生徒――ただの生徒なのよ。まだそんな必要はないのに、早くから組織のことに巻きこまれないで」シェイは従弟と目を合わせようとした。「そもそも、あなたが望まないなら、グリーンボーンになる必要すらないのよ。グリーンボーンは、たくさんある生き方のひとつでしかない。どうしてもそれを選ばなきゃならないわけじゃないのよ」

「ほかに何を選ぶというんですか?」アンデンの口調には、驚くほどの不機嫌と激しさがこもっていた。「ぼくは世間知らずじゃありません。おじいさんがぼくを引き取り、学園に行かせてくれたのは、いつかぼくを組織の一員にするためでないとしたら、何のためだと言うんです? そして、そのいつかが今なんです」

「おじいさんはいつでも、いちばん物事をわかっているわけじゃないわ」以前なら、シェイはこのことを口に出して誰かに認めることはなかっただろう。「あなたを引き取ったのはラン兄さんよ。兄さんがそうしたのは、それが正しいことだと思ったからで、あなたが有能な〈拳〉になると思ったからじゃない」ため息。「抗争のことを心配しているのはわかるけれど――」

「シェイは心配じゃないんですか?」アンデンは声を荒らげた。大声を出してしまったことに赤面したが、失礼な態度を気にしているようすはない。

シェイは、船の日に山岳会がアンデンをさらったことを思い出した。アンデンがまだ怒りと恐怖を抱えているのも無理はない。シェイはあの『アイショ』違反に近い事件に動揺したことも認めざるを得なかった――コーン・ユーを追い払ってからというもの、彼女は無峰会の縄張りから出ないように前より気をつけている。弁解がましい口調にならないように苦労して、シェイは言った。「もちろん、心配だわ。でも関わりあいにはならない。わたしはもうグリーンボーンじゃない。グリーンボーンにならないという選択をしたの」

「なぜですか？」静かな問いかけだ。アンデンがその質問をするのは初めてだった。

シェイは、自分がアンデンのことをそれほどよく知らないことに気づいた。祖父やふたりの兄に話しかけるとき、シェイは昔からなじみのある口調になり、ときどき自分はケコン島を出ていったことなどなかったのではないかという気分になる。だが、アンデンにはそういう気安さを感じない。子どもの頃は仲よくしていたが、シェイはこの二、三年の彼の人生を完全に見逃していた。そのあいだに、彼はどこか不安そうに見える真面目な少年から、目の前の若者――ランとヒロの弟子――に成長していた。

「組織はオール・オア・ナッシングなのよ、アンデン。わたしもいくつか仕事をこなしたけれど、期待には沿えなかった。そしてすぐ、それは許されないことだと学んだ」口元にぞっとする笑みが浮かんだ。「話はもう少し複雑だけれど、言いたいことはわかるでしょ」

アンデンはその答えに満足していないようだったが、それ以上は訊いてこなかった。薄暗いランプにたかる蛾を目で追うと、やがてシェイに視線を戻した。「それじゃ、これからどうするんですか？」

「受けようかと思っている採用通知があるの」シェイは椅子の上で背すじを伸ばした。誰かに近況を話せてうれしいが、これが自分にとってどんな意味を持つのかをわかってくれる人は、家族のなかにはいない気がする。「エスペニアの電子機器会社の地方営業開発職。その仕事に就くと、会社の研修で二、三ヵ月間、エスペニアに戻ることになる。そのあとは向こうでいくらか働き、ここでもいくらか働いて、世界各地に出かけていくことになる。きっと興味深い仕事だと思うわ」

アンデンの顔に落胆の色が浮かんだ。彼は目に見えるほどの努力でなんとか無表情に戻った。「また、出ていくんですか？」

シェイは当惑した。「一時的に出ていくだけよ。さっき言ったように、研修は数ヵ月だけ。そのあとは、少なくとも半分はケコンにいる。一年じゅうエスペニアで暮らしたいとは思わないもの。だから、この仕事なら――」言葉がとぎれた。罪悪感と憤りが喉につかえている。アンデンはシェイに、自分に代わってランを説き伏せてほしいと訴えてきた。たとえ彼女が組織で正式な役割を担っていなくても、もはやグリーンボーンですらなくても、抗争に関しては、コール家の一員としてまだ頼りにできる存在感と影響力を持っているかもしれないと期待したのだ。

組織はオール・オア・ナッシング――シェイはついさっき、彼にそう言ったばかりではないか。

「すいません、失礼な態度でした」アンデンは急にはっとした。自分の返答が自己中心的で不適切なものだと気づいたらしい。「ぼくはただ、シェイが戻ってきてくれたのがうれしくて、また飛んでいってしまう前にもっと会えるだろうと思っていただけなんです。それでも、シェイの仕事が決まってうれしいです。とてもよさそうな仕事だし、国際的なビジネスウーマンの仕事って感じがします。おめでとうございます、シェイ。心からそう思います」落胆はまだはっきりと目に見えているが、ふたりの友好な関係を取り戻そうという熱意で、アンデンは笑顔を作った。これにはシェイも心が和らぎ、感じのいい態度に戻ろうと思わずにはいられなかった。

「気にしないで、アンデン。わたしもあなたともっと一緒にすごしたいと思ってる。もっと早くこんなふうに話をしなかったのは、わたしのせいよ。船の日の事件のことを聞かされたのは、つい最近なの。もし知っていたら――」

アンデンはほとんど怒っているかのように、強く首をふった。「あんなこと、何でもありません。脅されてもいないし、危害も加えられていません。ぼくはまだグリーンボーンじゃないから」
シェイは少しのあいだ、黙りこんだ。後ろでは、カウンターの店員が狭い厨房に向かって注文を怒鳴り、行列の人々はおしゃべりをして笑い、蛾が飛び回ってはは中庭に張られた緑の防水シートの下から出られなくなっている。外は完全に日が落ちているが、丸々とした月がまだらの雲の上に浮かんでいる。

アンデンが言った。「そろそろ、出ましょうか」

「ラン兄さんに何を話してほしかったの？」シェイは訊ねた。「もし本当に悩んでいることがあるのなら、今度兄さんに会ったときに話してあげる。学園で小耳にはさんだこととか何か？」

「いえ、いいです」アンデンはまた首をふった。「シェイの言うとおりです。ぼくが〈柱〉に意見しなきゃならないようなことじゃありません。気にしないでください」わざと陽気に言うと、アンデンは椅子を押し下げた。「ここは本当にいい店ですね。この数カ月でいちばんおいしい食事でした。学園の食事がどんなものか、シェイも覚えているでしょう？」

「残念ながら、覚えてるわ」アンデンが何に悩み、何を言いたかったにしろ、シェイはこれ以上問い詰めることはできなかった。もっと軽い話題に戻り、ふたりは席を立って荷物をまとめた。最寄りの地下鉄の駅まで歩きながら、中身のない話をする。アンデンは少し口数が少なくなっていた。ホームに下りると西行きの列車が到着し、アンデンはシェイに短いハグをした。

「会えてよかったです、シェイ。また近いうちに会えますか？」そこでドアが閉まり、きしむ長い列車はアンデンを乗せて遠ざかっていった。シェイに見守られ、列車の明かりはふり払うことのできない疑念——従弟を落胆させてしまったのではないか、ふたりにとってとても重要な機会を失ってしまったのではないか——とともに、ぽっかり口を開けたトンネルへ消えていった。

＊

　家には帰らず、シェイは東行きの列車に乗って、〈ジャンルーン神の帰還寺院〉のほぼ正面に出る駅で下りた。彼女の出た通りは、最近拡幅工事が施されていた。今まで寺院の入口の前でこんなに多くの車線を見た記憶はない。近くの広場に面したところには、今や六階建てのオフィスビルが建っている。その新しい立体駐車場の側面には、イグタン産のエールビールの看板が設置されていた。それでも、寺院自体はシェイの記憶と少しも変わっていなかった。むしろ昼間より古めかしさと厳粛さが増して見える。彫刻を施された石柱と巨大な瓦ぶきの屋根が、行きかう車のヘッドライトにちらちらと輝き、濃い影を落としている。シェイは十代の頃以来、寺院のなかに入ったことはなかったが、気持ちがざわついている今夜は、上部のとがった緑色のドアの向こうへ歩いていくしかない気がした。

　寺院地区には、街で最古の神教寺院である〈神の帰還寺院〉だけでなく、そこから二ブロック先には民間信仰の〈ニムマ神社〉があり、そこから西へもう少し行ったところには〈ジャンルーン真理第一教会〉がある。ケコン人とアブケイ人と外国人すべてが、たがいの見えるところで信仰し、同じ立場で祈りを捧げていると思うと、元気が出てくる。ケコン翡翠連合の決まりで、翡翠はほかのどんな団体よりも先に、まず神教寺院に割り当てられる。さらに各組織は慈善のために宗教的建造物の維持費を出しているが、改悛僧はあらゆる世俗的忠誠をひかえる誓いを立て、すべての崇拝者に神聖な場所を提供している。英知会館や凱旋宮殿のある界隈のように、寺院地区も中立の場所だ。ここは、どこの組織の縄張りでもない。

　シェイは静かな中庭を通っていった。月の光を浴びている何列もの敬虔（けいけん）な木々が、絵のような眺めだ。薄暗い照明の奥の院に入っていくと、出家した改悛僧たちが三時間交代でとぎれなく瞑想している。緑の僧衣をまとった人々が部屋の前方にある低い壇の上で円になり、じっと動かずにいる姿が見えると、シェイは歩く速度を落とした。改悛僧たちはどれくらい深くわたしを〝感知〟できるのだろう？　充分な翡翠の力があれば、人の気配や身体的な状態を正確に感じ取れるだけでなく、相手の思考や魂そのものまで見えるものなのだろうか？

座布団をひとつ選んで、シェイはその上にすわった。しきたりに従い、頭を床に三回つけてから、背すじを伸ばして両手を太腿の上に置く。ふたたび、男女三人ずつの改悛僧に目が引きつけられた。彼らは髪と眉毛を剃り落とした姿で目を閉じている。全員が胡坐をかいてすわり、小さいボウリング玉くらいの翡翠の玉に両手を乗せている。あんなに大きな翡翠に触れるなんて……。シェイは翡翠鉱山の採掘坑で目にした大きな石と、それに触れてみたいという馬鹿げた衝動を感じたことを思い出した。改悛僧たちは尋常でない訓練を積み、並外れた自制心を身に着けているに違いない。おそらく、部屋の奥の座布団にハエがとまる音を聞き取ったり、表の通りを歩く人々を〝感知〟したりしながらも、じっと動かず、ゆっくりと規則正しい呼吸をして、穏やかな表情を保っているのだろう。三時間たつと、彼らは翡翠の玉から手を上げ、立ち上がって音もなく立ち去り、次の僧侶たちと交代する。僧侶たちは毎回、翡翠のエネルギーの急激な出入りに打ちのめされる。翡翠の影響が一気に抜けていくのがどんなものかを知っているシェイは、それを交代で、昼夜関係なく、何度もくり返されるのを想像して縮み上がった。改悛僧たちは、そうすることで、自分たちと人類全体を敬虔な信仰に近づけることができると信じているのだ。

シェイは視線をさまよわせた。座禅を組む僧侶の輪の上に、有名な壁画『追放と帰還』が飾られている。原画は数百年前に描かれたもので、ショター人による占領時代に破壊されていた。現代の参拝者が見られるのは、記憶と古い写真に基づいて精巧に復元されたものだ。奥の院の石壁ぞいには、おもな神々をまつる壁龕が並び、香しいアロマキャンドルが灯っている。ふたつの壁泉からちょろちょろ流れる水の音は、高い窓から入ってくる近くの道路の音にまぎれている。こんな遅い時間は、奥の院にはほとんど人がいない。シェイのほかには、礼拝用の緑の座布団に正座している参拝者が三人いるだけだ――奥の隅にいる年配の男性ひとりと、シェイの三列前にいる中年女性とその成人した娘。母娘は泣きながら支え合っている。シェイは自分の座布団のすぐ前の床に目を落とし、一家の深い悲しみを見てしまっていることにきまり悪さを感じた。そもそも、こんな神聖な場所に来てしまったことに気まずさと偽善を感じる。シェイは何年も信仰を実践していなかった。もはや神教徒と呼べるのかどうかすらわからない。

コール家はもちろん、表向きは敬虔な神教徒だ。屋敷にはほとんど使われていない祈りの間があるし、シェイの子ども時代は、おもな祝日にはいちばんいい服を着て家族で寺院に出かけたものだ。強大な組織のメンバーたちは外で待っていて、コール家の車が正面に停まると、誰もが挨拶しようとちょっとした騒ぎになった。そんなとき、全盛期の祖父コール・センは、相手がもっとも裕福な〈灯籠持ち〉であろうと、最下級の〈指〉であろうと同じ思いやりと寛大さで接していた。適度なところで、祖父はシェイの母親、ふたりの兄、シェイ、（のちにはアンデンも）をなかへうながし、ほかの人々も後ろからついてきて、奥の院全体が彼らのひそめた声と脈打つ翡翠のエネルギーでうなったものだ。

コール・センはいつも最前列の中央にすわった。その左には彼の妻がすわり、右にはラン、ヒロ、シェイ、（コール家に引き取られてからは、アンデンも）の順にすわり、最後に兄妹の母親がすわった。礼拝は何時間もだらだらとつづく。賢僧たち——生涯にわたって修行を積んでいる長老の改悛僧——が集まった人々をリードして神々を称える言葉を唱え、さらに神徳を会得したいと考える瞑想者たちを導く。詠唱のあいだ、ヒロはもぞもぞしたり変な顔をしたりするので、コール・センがよくにらみつけていた。シェイはいつも足がしびれてしまい、ヒロを無視するのに集中していた。

大きくなると、シェイは礼拝も悪くないと思えるようになった。最後には、詠唱は希望に満ちていて心が落ち着くものだとわかった。神教はかなりケコン的な宗教だ。国家主義的なものから平和主義的なものまで、さまざまな宗派があるが、翡翠は天の国へつながるものであり、この神聖だが危険な賜物は善いことのために使うべきだという考えは、全宗派に共通している。グリーンボーンは価値ある人間になる努力をしなくてはならない。高潔な人間を目指さなくてはならない。それは祖父のような人のことだとシェイは思っている。

だが、子どもの頃のシェイは、精神性についてじっくり考えていたわけではなかった——この試練はいつまでつづくのかとしか思っていなかった。前かがみになったり、後ろに手をついたり、うなったりすると、母親から姿勢を正せとつつかれた。「まっすぐすわって、静かにしていなさい。みんなが見てるわよ」

それが母親の人生観のすべてだった——〝まっすぐすわって、静かにしていなさい。みんなが見てるわよ〟。といっても、今、シェイを見ている人は誰もいない。翡翠のオーラを出していないシェイは、道で学園の同窓生とすれ違っても誰にも気づかれないだろう。〈スタンダード&クロフト電機〉の地域責任者から電話がかかってきたとき、相手がコール家という家系を知らずに採用を決めたことを知って喜んだ。それでも、うっすらと満ち足りた安堵を感じただけだった。幸福感も、興奮もなかった。シェイは学位と、自分のアパートメントと、国際的な企業――エスペニアのビジネススクールの同級生なら、誰もがお祝いしてくれるような企業だ――からの採用通知を手に入れた。ついに自立した、世慣れた教養ある女性になったのだ。翡翠の力と男性優位に支えられた家系の野蛮で島国根性的な世界から抜け出せたのだ。孤独と不確かさだけでなく、自由と気楽さを感じてもいいはずだ。

シェイは頭を下げた。先祖の神々や〝追放と帰還〟、それどころか翡翠は天の国から来たという概念さえ、自分が信じているのかどうか確信はない。けれどグリーンボーンなら誰でも、その見えないエネルギーを触れたり使いこなしたり利用したりできることを知っている。世界はより深いレベルで機能していて、たぶんかなり集中すれば、翡翠がなくても、そういうエネルギーと通じ合えるのではないだろうか。

どうかお導きください――シェイは祈った――しるしをお示しください。

31 作戦変更

ランが書斎にいると、ヒロから電話がかかってきた。ほかとは切り離された独立した回線で、ヒロしか番号を知らない。絶対に誰にも聞かれてはならない緊急の要件でしか、使ってはいけないことになっている。

「兄貴の探していた証拠を見つけた」〈角〉は前置きなしで切り出した。「ドルは山岳会と定期的に連絡を取っていた。隠し口座を通して金を受け取っている」

ランは落胆に襲われた。「確かなのか？」

「確かだ」

ためらいで、〈柱〉は一瞬黙った。「それなら、今夜やろう」時計を見る。就業時間はもう終わろうとしている。ドルはまもなく船舶通りのオフィスを出るだろう。ぐずぐずしていてもしょうがない――そんなことをしても、裏切り者を動揺させ、この件全体をみんなにとってよりつらいものにするだけだ。

彼はヒロと必要な手配をすませると、電話を切り、数分間暗い気分で静かにすわっていた。〈日和見〉は最近、イグタンから戻ってきていた。彼の集めてきたイグタンでの山岳会の活動に関する情報には、シャインの製造施設と商取引の詳細も含まれていた。ドルの護衛として同行した〈拳〉と〈指〉は常に彼を見張っていたが、その出張のあいだ、〈日和見〉として疑わしい行動はなかったと報告した。

ドルは馬鹿ではない。組織内で自分の立場が弱くなっていることはわかっている。そのうえ、コール・センの頭は日に日に怪しくなっている。そこでドルはひそかに行動することを決意し、表向きは行儀よくふるまうことにしたのだろう。自分の留守中にランが相談もなくＫＪＡの活動を一時停止させたという屈辱さえ、果敢にのみこんでみせた。ランはヒロの電話に対して心構えができていたにもかかわらず、ドルのふるまいがこのところいい方向に変わっていたため、彼の忠誠心が失われたというのは自分の誤解かもしれないと思っていた。

ランはウンに電話して、書斎に呼んだ。側近が到着すると、ランは立ち上がって言った。「おまえは俺の古くからの友人で、この三年間立派に〈柱の側近〉を務めてくれた。明日の朝から、おまえは無峰会の〈日和見〉だ」

それはウンにとって青天の霹靂（へきれき）というほどの驚きではなかったが、それでも胸に感謝の念がこみ上げてきた。「組織は我が血であり、〈柱〉はその主人なり」ウンは深々と頭を下げた。「このような名誉を賜り、感謝します、ラン‐ジェン。けっして失望はさせません」

ランは彼を抱擁した。「この数カ月間、多くの責任を負わせたが、おまえはよくやってくれた。〈日和見〉を務める力は備わっている」実際のところは、この言葉に完全な自信があるわけではなかった。彼はまだ、ウンには優れた〈日和見〉としての力量は足りないと感じていたが、仕事をこなすだけの能力は充分あるし、彼の忠誠心は疑いようがない。いずれにせよ、今は選択の余地がなかった――ウンを〈日和見〉に昇進させるしかない。「この件は誰にもしゃべるな。明日、俺が許可を出すまでは黙っているように」

「わかりました、ラン‐ジェン」ウンはこの状況にふさわしい暗い口調で答えた。自分の昇進が誰かの不幸によってもたらされたことを、ちゃんと理解しているのだ。

「無峰会にとって困難な時期を迎えている。おまえはただちに〈日和見〉のオフィスを掌握する準備をしてくれ。今夜は早く帰って、しっかり休め。だが、その前に一杯やろう」ランはキャビネットからボトルを出して、めいめいのグラスにホジを注ぎ、ふたりで静かに祝杯を挙げた。

ウンがもう一度感謝の言葉を言って出ていったあと、ランは机に向かって上の空で書類に目を通した。最近の自分は、身体的にも精神的にもベストの状態とは言えない。いつまでたっても体力が回復せず、そのことが無峰会への脅威に対する消えない不安をいっそうかき立てている。しかも、これからの二十四時間が特に困難になるとわかっている今、集中するのは難しかった。

未開封の郵便物の束にある一通の封筒に、ランは注意を引かれた。引っぱり出してみると、差出人の住所はステペンランドの私書箱になっている。エイニーからの手紙だ。ランは封筒の糊付け部分の端を指で破って開けた。中身を知りたい気持ちが半分と、ひどく億劫な気持ちが半分。離婚してからは、二、三度しか手紙を交わしていない――友好的だが事務的な、物事を処理するための手紙で、彼女の荷物の送り先を知らせたりする内容だった。だがエィニーの手書きの文字を見ながら、頭のなかで彼女の声を聞いていると——決まって気が滅入る。今日しなければならないことと相まって、大きなため息が出た。

当時、エィニーは恋人ができたことを彼に告白した。恋人とアパートメントに入るところを、ヒロの部下に目撃され、もう秘密にしておけないとわかると、彼女はその知らせがヒロを通してランの耳に届く前に、まっすぐ家に帰ってきた。「お願い、彼を殺さないで」ベッドの端にすわり、膝のあいだで両手を握りしめ、小さい声で懇願した。「彼はケコン人じゃないの。わたしたちのしきたりのことは知らない。もう彼には会わず、あなたとここにいる。いやなら、この家を出て、二度とあなたに顔を見せないようにする——何でもあなたの言うとおりにする。だからお願い、彼を殺さないで。ヒロに彼を殺させないで。わたしの頼みはそれだけ」この心からの懇願——まぎれもない恐怖に駆られた願い——こそが、ランをもっとも悲しませた。五年間の結婚生活でも、彼女がランのことをまるでわかっていないことが明らかになったからだ。

「本当に、彼は俺よりそんなにいいやつなのか?」ランは気が抜けたように訊ねた。

顔を上げたエィニーは、驚いた表情をしていた。取り乱していても、ハート形の顔は飾り気のない本物のかわいらしさをたたえている。「そんなわけないでしょ。でも、彼は偉大な無峰会の〈柱〉じゃない。ディナーの予定をキャンセルすることもなければ、護衛を連れて歩くこともない。世間に顔を知られていないから、表で挨拶されたり、呼び止められて身内の引き立てを頼まれたりすることもない。彼は馬鹿なことをしたり、夜更かししたり、急に休暇を取ってどこかへ出かけたりできる。かつてわたしたちが一緒にしていたことを、彼は全部できるの」

「俺がいつか〈柱〉になることは、前からわかっていたじゃないか」ランはとがめるように指摘した。「君はこうなることをわかっていた。〈柱〉の妻になるのはうれしい、ありがたいと思っている女性はたくさんいる。君もそのひとりだと言っていたじゃないか」

エイニーの目に後悔の涙があふれた。「以前はそうだったわ」

彼女を引き止めるべきだ――ランは典型的なケコン人らしい復讐心を燃やした――あの外国人の命と引き換えに、彼女にはここに残って俺の跡継ぎを生んでもらわなくてはならない、組織のために。

最終的に、ランは彼女に対しても自分に対しても、そこまで冷酷にはなりきれなかった。

今ランの手のなかにある封筒は正方形で硬く、グリーティングカードのようだった。いつもより厚みがあり、これまでの手紙より長く重要な内容のようだ。ランは想像した――この封筒を開けたら、エイニーが後悔して彼とやり直したがっている手紙が入っているかもしれない。いいや、それよりはるかに可能性が高いのは、あえて思いやりを見せず、自分は元気にやっていること、彼もそうであってほしいことを伝え、海外での新しい生活と、そこで恋人と見たりしたりしたことを事細かに報告する内容だろう。

ランは封筒を机の引き出しにしまった。いずれにしろ、今は元妻との物悲しい思い出に心を乱されている場合ではない。これはあとで開けよう。閉めた引き出しの奥から封筒がまだ挑発してくる気がして、ランは立ち上がって屋敷を出た。五曜日の夜だ。戻ってきてヒロの電話を待つまで、まだ時間はたっぷりあるだろう。

＊

数時間後、ランは〈ライラック・ディヴァイン〉で食事をして妓女（チャームガール）と遊んでもなお、気分がすっかり晴れることはなかった。ベッドの端にすわって煙草を吸い終え、平和な夜を最後にもう数分だけ味わって帰ろうとしていた。

「何かあったんですか？」ユニが後ろから這ってきて、裸の腕を彼の首にからませてきたが、彼はその腕をほどいて立ち上がった。ズボンをはいてバスルームに入る。アロマキャンドルと赤い照明のなかで、冷たい水を顔にかけ、棚からタオルを取って顔から首、裸の胸をふいていく。ベッドから、ユニが甘い声で説得する。

「こんなに早く行かなきゃならないんですか？　ベッドに戻ってきて。朝まで一緒にすごしましょう」

彼女はそうしたいだろう。ランが泊まっていけば、それだけ多く金が入る。最近、彼があまり来ていないことの埋め合わせにもなる。「今は、しばらくひとりになりたいんだ」ランは彼女に冷たくできずにつけたした。「頼むよ」

妓女（チャームガール）の巧みに取り繕ったうわべが、一瞬揺らいだ。ユニは胸の前で腕を組んだ。断られたことへの憤りが伝わってくる——いったい、わたしを何だと思っているの？　街娼じゃないのよ？　これまでの洗練されたお客さんはどこへ行ってしまったの？　歌とハープの演奏や、会話とワインを楽しんでいたお客さんは？

ユニは見事に冷静さを取り戻し、優雅にゆっくりと立ち上がった。「お好きになさってください、コール・ジェン」ローブをまとい、室内ばきに足を滑りこませると、ドアへ歩いていき、乱暴にドアを閉めて苛立ちを表現した。ランは彼女を見送りはしなかった。腕時計をつけ、時間を見る。今頃、三人の〈拳〉が、猥雑なコインウォッシュ地区でユン・ドルポンがお気に入りの売春宿から出てくるところを捕らえようと待ち構えているはずだ。ふたりとも清算前夜を同じようにすごしているという皮肉に、ランは気づかずにはいられなかった。
〈拳〉たちはドルを捕らえたら、車で秘密の場所へ連れていくことになっている。到着したら、ヒロから家にいるランに連絡がくる。〈拳〉はドルに危害を加えたり殺したりしてはならないと命じられている。ランがその場に行くまでは、だめだと指示されている。これに関して、ランは納得していた。伯父のように思ってきた男と面と向かって、長年忠実に務めてきたのになぜ組織を裏切ったのか、問いただしたい。そのあとで、コール・センに気づかれないように、〈日和見〉の処分を決めなくてはならない。

　避けられない時間がだんだん近づいてくると、ランは自分に正しいことができるか不安になってきた。ドルが裏切り者だとわかった今でさえ、あの老人を殺すのは気が進まない。出張から帰ってきたドルがコール・センの孫たちにお菓子をくれた思い出が、まだ心に残っている。ドルと祖父が中庭でチェスをしている姿を思い浮かべると、罪悪感を覚える。だが、コール家とここまで親密な関係にあり、組織でもかなり高い地位にある者の背信行為は——とうてい許されない。強いリーダーでありながら、思いやりのある人物であることは可能だろうか？ それとも、そのふたつは相反する力で、たがいを押しのけあうものなのだろうか？

　ドアが閉まってユニが消えると、ランはダイヤル錠のついた金庫を開け、しまっておいた翡翠を取り出した。これが、頻繁にここへ来るのをやめたもうひとつの理由だ——大量の翡翠を身に着けたり外したりするのは、今はきつい。氷のなかに突っこまれたあとに炭のなかに突っこまれるようなものだ。あるいは、ガラス瓶に閉じこめられた虫になって、瓶を激しく揺り動かされるのにも似ている。ランは首にかけた翡翠を探り、ひとつひとつ確かめるように触れてから、ガムから勝ち取った翡翠を足した重いベルトとカフスを着けた。そして覚悟を決めた。

数秒置いて、翡翠のエネルギーが急激に入ってきた。いつもよりはるかに衝撃的だ。世界が傾き、折りたたまれる。ランの体は抵抗して悲鳴を上げ、胸が締めつけられる。彼は床にしゃがみこみ、カーペットをつかんだ——吸って、吐いて、平常心を取り戻せ。うめき声を押し殺す。こうしていれば、よくなるはずだ。医師は、ガムから負わされた損傷は一時的なものだと言っていた。だが、まだ治っていないし、翡翠への過剰曝露の症状に、断続的に苦しめられている。なかなか治らない決闘の傷、身に着ける翡翠の増加、一般的なストレスと睡眠不足——そういったものがたがいの症状を悪化させる悪循環に陥っていた。ランはベッドに這い上がり、ヘッドボードの柱にかけておいた上着に手を伸ばした。ポケットに入れてあるゴムの駆血帯と薬瓶と注射器を手探りで引っぱり出す。

部屋が襲いかかってくる気がする。四方の壁がすぐそこまで迫っている。ランの五感は暴走し、はっきりしたり鈍ったりと目まぐるしく変化した。外の通りで交わされている怒った会話の断片が、すぐ隣でくり広げられているかのようにはっきり聞こえる。と思った次の瞬間、会話は消え、シーツの感触が肌を刺すほどざらついて感じる。ランは掌底で目を押さえ、学園で最初に学んだコントロール技術を使ってみることにした。十代の頃以来、必要のなかった技術だ。全身の筋肉に力をこめてから、力を抜き、ゆっくりと呼吸のリズムをかぞえる。すべての感覚が耐えられる距離まで遠ざかり、手が震えなくなるまで、それをくり返す。枕にすわってヘッドボードにもたれ、いっぽうの腕を駆血帯で縛り、注射針のキャップを外して薬瓶の中身を吸い上げたところで、ためらった。

アンデンの顔に広がったショックと信じられないという表情が、脳裡にまざまざと浮かぶ。あの日感じた恥辱もよみがえる。若者の自分に対する敬意と信頼を大きく損なったことを知って感じた恥辱だ。ランのなかにも、彼と同じ嫌悪がある——注射は嫌いだし、SN1を軽蔑している。これまでずっとあって当然と思っていた翡翠の耐性のために、SN1の力を借りることは気が進まない。この毒物の製造と蔓延を食い止めるためにあらゆる手をつくしてきたのに、自分は今こうして、薬瓶を小さな爆弾のように胸ポケットに入れて持ち歩いている。アンデンに弁解しなければならなかったという苦悩で、ランは数日間SN1なしですごしていた。薬はそういう使い方をするものではないことは、ランも知っている。だが、できるかぎり使わずに我慢するたびに、ついに回復してもう薬に頼る必要はなくなったんじゃないかと思った頃——また苛立ちと知覚のゆがみ、発汗、動悸が始まった。

明日はまたトゥルー医師に診てもらうことになっている。自然治癒を早め、翡翠を身に着けるのに支障が出ない程度まで耐性を回復させる方法が薬物以外にないか、訊いてみるつもりだ。ひょっとしたら、しばらくヒロに組織を任せる危険を冒さなくてはならないかもしれない——心配なアイデアだが、そうすればランは一週間ほどマレニアですごし、身に着ける翡翠を減らして健康回復に努められる。だが今夜は、弱っているわけにはいかない。最高に切れる頭と決断力が必要だ。ひとりの人間の命を奪おうというときに、混乱や情緒不安定を抱えている余裕はない。

ランは注射針を腕の静脈にするりと刺しこみ、薬液をすべて注入した。駆血帯をほどいて目を閉じる。薬が血管をめぐって脳に達し、数分で世界がクリアになった。テレビのアンテナがようやく電波を受信し、ちらつくノイズが消え、鮮明な映像が映し出されるのに似ている。おびただしい翡翠のエネルギーが全身でうなっているが、安定していて、きちんと抑制され、彼の意志に操られるのを待っている。五感はガラスのように鋭いが、堅実で調和がとれ、もう目まぐるしく変化したりはしない。気分がいい。力がみなぎっている。

二階のバルコニーに跳び乗ることもできるし、〝跳ね返し〟を放てば車を動かすこともできるだろう。ランは少しのあいだ驚嘆を味わうことを自分に許した。彼はSN1とそれが意味するすべてのことに対して倫理的な抵抗を感じていたが、それでもSN1はじつに素晴らしい薬だ。外国人があそこまで必死になってほしがるのも無理はない。アイト・マダがSN1を売って大儲けしようとたくらむのも当然だ。

ランは道具をポケットにしまうと、残りの衣服を着て部屋を出た。階下のロビーでは、満足したかと猫なで声で訊いてくるスーゴー夫人を手をふって制し、満足したが、あいにく今夜はこれ以上遊んでいられないのだと説明した。ヒロからの電話にほかの人間が出てしまう前に、家に戻っていなくてはならない。

ウンは帰らせたし、ヒロは〈柱〉に指示されたことで忙しいとわかっているので、ランは二、三時間出かけることをわざわざ誰かに言ってはこなかった。タクシーに乗ることにして、無用な注意を引かないように自分の車はガレージに残していった。〈ライラック・ディヴァイン〉から屋敷までの道のりは完全に無峰会の縄張りしか通らないので、危険はほとんどない。外に出ると、ランはタクシーを止め、運転手にコール家の屋敷まで行くよう告げた。

＊

ベロの心臓はどきどきしていたが、手は震えることなく、助手席の床からサブマシンガン〈フラートン〉をつかんで膝の上に乗せた。ベロは勢いよくドアを開けようと身構えた。ムットから電話があったのが三十分前で、その十五分後にベロの伯母のアパートメントの前に車が現れた。「今夜やれ」ムットは言った。

何もかもがあっというまに進んでいくが、ベロはそれで構わなかった。早ければ早いほどいい。〈ライラック・ディヴァイン〉のくすんだ赤色の優雅な外観の前には、ふたりの用心棒と数台の高級車が並んでいるが、シルバーの〈ローウルフ〉は見当たらない。ベロは肩越しに訊ねた。「用意はいいか、ケケ？」後ろの座席から、緊張したチーキーがわかったというように音を立てる。

〈ライラック・ディヴァイン〉から、ひとりの男が出てきた。どこで見かけても見分けのつく男だ。ベロがドアの取っ手に手をかけ、驚いて目をみはっていると、無峰会の〈柱〉コール・ランはタクシーの後部座席に乗りこんだ。タクシーは通りに入り、ベロたちのほぼ真ん前に進んでくる。

ベロは一瞬、凍りついた。すべてが都合のいい状況になった。座席の上ですぐ前に向き直り、運転手に怒鳴る。「あのタクシーを追え。さあ、早く！　行け！」

「何してんだよ？」車が動き出し、チーキーは開きかけたドアを閉めた。「あの店でサブマシンガンをぶっ放すんじゃねえのかよ！　それが頼まれた仕事だろ！」

「あんな店のことは忘れろ」ベロは怒鳴り返す。「俺たちが送りこまれたのが、なぜ今夜かわかるか？　店に無峰会の〈柱〉が来ていたからだ！　そして今、やつはあのタクシーに乗っている。やつこそ、山岳会が狙っている人物だ。やつがいないなら、〈ライラック・ディヴァイン〉を襲っても意味はねえ！」ベロはこのことを確信しているだけでなく、この瞬間、運命が自分に向かって輝きだし、ずっと待っていたチャンスを差し出しているのに気づいた。約束されていたものより、さらに素晴らしいチャンスだ。「ついに来たぞ、ケケ。俺たちのビッグチャンスだ」

〝いい仕事をして、感心させろ。自分が組織にとっていかに価値のある人材か、見せつけろ〟――やぎひげのグリーンボーンはそう言っていた。彼をより感心させるには、もっと自分の価値を上げるには、コール・ラン本人を消す以外にあるか？

ベロは少し気が触れたように、にやりとした。コール・ランに殺す価値もないと哀れまれて放免された記憶を思い出すのは、難しいことではない。今夜、無峰会の〈柱〉は、俺を見くびっていたことをまざまざと思い知らされるだろう。運命とは、不可思議で美しい働きをするものだ。

「よし」ベロは指示した。「次の信号で、タクシーの横につけろ」

運転手はごつい顔をした体格のいい男で、ひと晩じゅうひと言もしゃべらなかった。不安のあまり口がきけないのか、あるいは走行中の車からマシンガンを乱射することなど彼の仕事のなかでは大したことがないのか、どちらかだろう。ムットがどこで彼を見つけてきたのかは知らない。彼は今の指示に返事もせず、肩をすくめただけで、スピードを上げてタクシーとの距離を縮めていった。

「どうかしちまったんじゃないのか。相手は、あの無峰会の〈柱〉だぞ」チーキーは動揺で声を震わせ、ぼそぼそと訴えた。「俺たちなんか、あっというまに殺されちまうのがオチだよ、ケケ」それでも、まだ自分の側の窓は開けてある。ベロとチーキーは〈フラートン〉の銃口を右側へ突き出し、いつでも発砲できるように構えた。速やかで、けたたましい、すごい銃撃になるだろう。

＊

ランは黒い車につけられていることに気づいた。最初に気づいたのは、車そのものではない。一ブロック離れたところから、ランの高められた〝感知〟の力が、まっすぐ自分に向けられたまぎれもない敵意と恐怖を感じ取ったのだ。肩越しにちらりと見ると、タクシーを追って角を曲がる車が見えた。車二台分の車間距離を保ってついてくる。ランは前に向き直ると、〝感知〟の力をさらに先へ伸ばして集中した。

男が三人。運転手のエネルギーは冷たく、鈍い。あとのふたりは、攻撃性と恐怖がめらめらと燃え上がっているようだった。翡翠のオーラはない。つまり、グリーンボーンではないということだ。一般の犯罪者か、雇われたちんぴらか。ランの口がゆがんだ。財布から現金――運賃プラスアルファの額――を出し、前へ身を乗り出して運転手に渡す。「行きすぎてしまった。次の信号でUターンして、向こうの角で降ろしてくれ。その後、おまえは頭を低くしてここから離れろ」

＊

突然、タクシーが急加速してUターンした。

「くそっ、何してやがんだ、あいつは?」ベロが叫んだ。

後部座席から、チーキーが言った。「俺たちに気づいたんだ。タクシーを降りようとしている」

「Uターンだ!」ベロは運転手に怒鳴った。「あいつが逃げる前にUターンしろ」タクシーとのあいだにはすでに車が行きかい、照準線がさえぎられている。運転手は数秒おいて急ハンドルを切り、コール・ランが降りた縁石へ向かった。タクシーはもう通りを走り去り、標的のグリーンボーンの姿はどこにも見えない。くそっ! ベロはドアを開けて歩道に飛び降り、前後を見回して標的の行方を捜した。

「で、今度は何をしてるんだ?」チーキーが開いた窓から叫んだ。「コールは行っちまった。徒歩でやつを追いかけるわけにはいかないだろ。車に戻れ、マシンガンを持って突っ立ってるところを、人に見られたらまずい。まだあの店に戻って、指示された仕事をすることはできる」

歩道には、どっちの方角にもコールの姿はない。この通りの片側は急な下りの土手になっている。ベロはガードレールに駆け寄って土手を見渡し、グリーンボーンがいかに敏捷に動けるかを思い出して絶望した。こんもり茂った草と地面が下の闇へ向かって広がっている。その先の明かりの灯っていない桟橋には、係留された小さなヨットの影が港の端に並んでいる。ベロの凝らした目の裏に、苛立ちがあふれてきた。もう絶対にうまくいかない、作戦とまったく違う。

そのとき、奇跡的に、まるで運命がベロの顔を動かして視線を正しい場所に向けさせたかのように、水際のボードウォークを歩いていく人影が目に入った。暗くてそれがコールかどうかはっきり見分けはつかないが、ベロには彼だとわかった。あの体つき、歩き方は、彼のものだ――ベロは勝ち誇って叫んだ。「見つけたぞ！」

チーキーが悪態をついて、慌てて車から出てくると、ガードレールから身を乗り出し、ベロの指さす方向を見つめた。「忘れろ、ケケ。もうあんなに遠くにいるってことは、つけられているのに気づいてるってことだ。やつを消すのは、次にしよう」

「次なんかねえんだよ！」コールは今後、用心するだろう。移動に護衛をつけたり、日課を変えたりするはずだ。いずれにしろ、この失敗のあとは、やぎひげのグリーンボーンはベロをほかの期待外れの志願者と同じように、価値なしとして相手にしなくなるだろう――そして翡翠を手に入れるチャンスも消える。

ベロはサブマシンガンのストラップを肩にかけ、ガードレールを乗り越えた。「ここに残りたきゃ、残ればいい。俺がコールの首を持って戻ってきたら、おまえがいかに血の薄い腰抜けだったか報告してやる。街から出ていったほうがいいぞ」

チーキーは弱虫で、そこはサンパによく似ていたが、サンパと違い、それを口に出して指摘されるのは我慢

ならないタイプだ。ベロはそこに早くから気づいてい
た。ベロはガードレールの向こう側に飛び下り、斜面
を滑りながら素早く下りはじめた。重い武器をかつい
だ状態で出せる精一杯のスピードで下っていく。その
あいだ、一度もふり返らない。チーキーが文句を言い
ながらもついてくるのはわかっている。ついてこなか
ったとしても、構わない。ベロはあきらめるつもりは
なかった。この最高のチャンスを、みすみす逃してた
まるか。

やぎひげのグリーンボーンは、〈ライラック・ディ
ヴァイン〉を銃撃したら、翡翠をひと粒くれると言っ
ていた。だがもしコール・ランを――無峰会の〈柱〉
を――殺したら、勝者としてコールの翡翠を自分のも
のにできる。グリーンボーンが敵の死体から翡翠を奪
うのは、誰もが知っていることだ。

＊

ランはガードレールを跳び越え、〝敏捷〟の力で急
な土手を駆け下りると、港に沿って延びる人気(ひとけ)のない
ボードウォークに出た。追っ手をあとに残し、上着を
直して歩きだす。追っ手のことは気にしていない。彼
の〝感知〟能力は驚異的で、これまでもっとも強く、
はっきりしていた。置き去りにしてきた連中の動揺と
混乱が感じ取れる。あのちんぴらどもがプロでさえな
いのは確かだ。ランを襲うために雇われたのだろう。
ランは侮辱されたようなものだ。

前から思っていたように、自分と家族は、無峰会の
縄張り内でも安全ではないのかもしれない――その考
えに、ランはさらに怒りを覚えた。ひと世代前、外国
の占領下にあった時代、ケコン人の抵抗軍はゲリラ戦
や奇襲、地味な嫌がらせを絶え間なくつづける達人だ
った。ヒロは港湾地区での組織的な窃盗について、山
岳会が裏で糸を引いていることはほぼ確実だと言って

いた。これもそのなかのひとつに違いない。ランは確信した。無峰会を弱らせる作戦の一環として、そのリーダーを動揺させ、精神的にまいらせようという魂胆だ。敵は平和的な態度を装い、自分たちの命令を実行する向こう見ずで愚かな一般人犯罪者の裏に隠れ、姿を見せることを拒んでいる。それは、アイト・ユーとコール・センがショター人相手の持久戦で使った戦術には向いていただろう。だが、抗争中のグリーンボーンどうしの戦いの伝統には、完全に反している。ランは怒りを覚え、なぜヒロが憤っていたのかがわかった。戻って、さっきの男たちを殺すべきだろう。だが、ランにそんな時間はなかった。今は、これ以上足止めを食うような騒ぎは起こしたくない。今夜は対処すべきもっと大きな問題があるし、書斎でヒロからの電話を待つことになっているのだ。ランは足を速めた。ボードウォークは将軍街道がＫＩ第一高速道路の下をくぐるあたりまで延びている。そこから土手をのぼって通りに上がれば、またタクシーを止めて、邪魔されずに家に戻れるだろう。

そこまであと少しというところで、胸が痛くなってきた。急な、締めつけられるような痛みは、まるで巨大な拳に横隔膜をぎゅっとつかまれているかのようだ。ランは速度を落とし、警戒しながら、手を胸骨に当てた。近くの暗がりに、動くものは何もない。上の道路の街灯が照らすのは、水面で穏やかな波を受けながらかすかに揺れる平底船(サンパン)の平らな姿と戎克(ジャンク)の帆柱だけだ。

ランは唐突に混乱を感じた。夢のなかでドアを開けたら、まったく違う場所に足を踏みこんでしまったような感覚だ。彼は首をふって、方向感覚を取り戻そうとした。いったいどうなっているんだ？　俺はこんなところで何をしている？　呼吸が浅く速くなっていく。なぜ心臓が不規則に脈打っているんだ？

ここは港湾地区。俺は家に帰ろうとしている。〈ライラック・ディヴァイン〉を出て、タクシーに乗り、あとをつけられ……そうだ、それでタクシーを降りてこんなところにいるのだ。なぜ、ほんの一瞬、そういうことがすっかり記憶から抜け落ちてしまったのだろう？　ランはさらに数歩進んでふらついた。足元が安定しない。何かがおかしい。霧が降りてきて、彼の頭から明晰さを、体から力を吸い上げていく。暑さとのぼせを感じるが、額に手を当てても汗ばんではいない。肌は熱を持って、乾いている。

　これは翡翠に関係した症状ではない。こんなことは今まで何ひとつ経験したことがない。ランはふと思った――ひょっとしたら、脳卒中か心臓発作が起きる兆候かもしれない。やがて、もっと明白な説明が浮かんできた――数分前に注射したSN1だ。前回の注射から何日たっていただろう？　八日？　九日？　そんなに長く空けていたのなら、量を半分にするべきだった。注意散漫になっていたせいで、慌てて一回分の量をすべて打ってしまったに違いない。

　ランは集中しようとした。道路までのぼって、すぐに電話を見つけなくてはならない。念のため、SN1の中和剤を自宅に置いてある。そこまで戻ればいいだけだ。彼はいっぽうの足の前にもういっぽうの足を踏み出し、地面までの目測を誤ってはよろめいた。両手は拳を握っている。俺ならできる――ランは意志の力で進んだ。道路までは遠くない。俺はコール一族の人間だ――父はかつて、背中に銃弾を受け、ジャングルのなかを三日間這い回ったことがある。ランはまっすぐ前を見据えた。無理をして規則正しい呼吸をし、一歩、また一歩と進む。頭のなかがすっきりして、足取りが安定してきた。

　後ろで物音がした。ふり向いて、ランは驚いた。あのふたりの男――いや、十代の少年たち――が黒い車を降りて自分を追ってきていたことだけでなく、彼らが五十メートル以内に忍び寄るまで気づかなかった自分の状態にも愕然とした。ランがふり向くと、少年たちは足を止め、一瞬、全員が無言で静止した。右側の背が高いほうの少年が〈フラートン〉サブマシンガンのボルトを手で探ったが、ランが信じられないと目をみはったのは、左側の青白い顔をゆがめた少年のほうだった。「おまえか？」

少年たちは発砲した。

ランの頭のなかで、困惑と憤怒が爆発した——もうたくさんだ、こんなことにはうんざりだ。彼は両腕を上げ、〝鋼鉄〟と〝跳ね返し〟を一緒にしたとてつもない翡翠のエネルギーを放った。少年たちの射撃の腕はいまひとつで、アドレナリンと恐怖でよけいにうまくいかない。銃弾はランの足のまわりの厚板に穴を空け、うなりを上げて空中を飛び、ボートの船体を刻み、さらには海面に何列も小さな飛沫を上げた。無峰会の〈柱〉に当たるかと思われた銃弾は、ハエのように突風に巻きこまれた。ちょうどアンデンに教えたように、ランは飛んできた銃弾を〝跳ね返し〟の波に巻きこみ、周囲に吹き飛ばした。集められた銃弾はひとつかみのビー玉のように、少年たちに向かって叩きつけられた。銃から発射された弾ほどの致命的なスピードと正確性はないが、それでも危険には違いない。少年のひとりがサブマシンガンを落として、いっぽうの腕をつかんだ。もうひとりはさっと膝をつき、叫び声を上げて倒れた。銃が音を立ててボードウォークに落ちる。ランはすでに影よりも速く動いていた。〝怪力〟に燃え、銃撃者のひとりの喉をつかむと、喉笛を握りつぶして倒した。そして、もうひとりの少年へ向かう。半年前に、命までは取らずに許してやった少年だ。負傷した少年は左腕で銃を持ち上げようとしている。ランはその銃を奪い、両手で銃身を折り曲げて投げ捨てた。少年は慌てて後ずさった。口を開けた青白い卵形の顔は、向こう見ずな貪欲さに、ついに恐怖が追いついたことを物語っている。

「これがほしいんだろ？」ランは首にかけた翡翠をつ

まんでみせた。「命を賭けても手に入れる価値がある
と思っているんだろう。これがあれば、今の自分とは
違う自分になれると思っている」ランは愚かな少年に
手を伸ばした。その髪をつかんで引き寄せ、アヒルの
首を折るように少年の首をへし折ろうと考えた。ヒロ
が前にそうするつもりだったように。「愚かなやつだ。
愚かすぎる者に明日はない」
ランの手は空をつかんだ。急に脚から力が抜け、彼
は崩れるようにすわりこんだ。皮膚のすぐ下が激しい
熱に包まれている。胸の痛みが倍になって戻ってきて、
何も考えられない。
少年は驚きに目をみはり、困惑の表情で後ずさった。
そして背を向け、逃げていった。少年の足音が、ラン
の虚ろな頭のなかでシンバルのように反響する。それ
でもランは気づかなかった。息もできなかった。口は
からからに乾き、喉が燃えるようだ。この症状を止め
なければ。この火を消さなくては。火は翡翠のようだ
った。欲望や、戦争や、満たされない望みのようでも
ある――触れるものすべてを奪っていく。水。水がほ
しい。
世界が曇っていく。ランは今、急激に体力を奪われ
ていた。まるで、いきなりすべての翡翠をはぎ取られ
たかのようだ。狂ったように、首につけた翡翠や腕に
巻いたカフスの翡翠を手で探る――翡翠はすべて、ま
だちゃんとそこにある。立て――ランは自分を叱咤し
た――止まるんじゃない。なんとか立ち上がり、数歩
進む。かつては学園の運動場に渡された細い柱の上を
軽やかに走っていたというのに、今の彼はバランスを
失い、桟橋の縁に近すぎるところへ足を下ろしてしま
った。ランは前に倒れ、水面にぶつかると、突然の冷
たく静かな救済にもがきもせず、やがて頭が静けさに
包まれた。

第二の幕間　帰還せし者

神教でもっとも有名な経典『帰還者の契約』は、ジェンシューという信心深い男の物語である。ジェンシューはずっと昔、横暴な王の悪行を声高に非難して国を追放された。彼は弟たちや妹たちとそれぞれの家族まで含めた大家族を集め、大きな船に乗りこむと、この世に最初に築かれた翡翠の宮殿があったという伝説の遺跡を探しに旅立った。

航海は四十年にわたった。寄港はしても定住はせず、神々に助けられたり邪魔されたりしながら、危険な冒険をいくつも生き延びてきた――それらはケコン文化の数多くの神話の礎（いしずえ）となった。そんな航海の末、ジェンシューとその一族は緑豊かな手つかずの島にたどりついた。ジェンシューの献身と信仰の深さに感銘を受けた万物の父ヤットーは、今や老人となったジェンシューに語りかけ、彼を山間部に導いた。そこで彼はたくさんの翡翠を見つけた。かつて人類のために作られた神の家の残骸、神々からの贈り物だ。

一族が海岸のそばに村を作るあいだ、ジェンシューは山間部で瞑想三昧の隠遁生活に入った。翡翠にかこまれ、彼は神のような英知と能力を身に着け、神徳を得た状態にかなり近くなっていった。孫やひ孫たちが助けを求めにやってくると、孤独な庵（いおり）から束の間姿を現して、もめごとを解決したり、地震を鎮めたり、嵐を食い止めたり、野蛮な侵略者を撃退したりした。ジェンシューが三百歳になると、人間となった子孫のなかで彼だけは天の国に戻る価値があると、神々の意見が一致した。

敬虔なケコンの神教徒たちは、自分たちのことをジェンシューの子孫であり、神々の恩寵にもっとも近いところにいると考えている。今日、神の教えを実践しているグリーンボーンは、自分たちの生き方の起源はジェンシューのお気に入りの甥バイジェンだと考えている。バイジェンは山間部に行って伯父から学び、ジェンシューがこの世から旅立ったあと、彼に代わって島の人々を守り、島の伝説で最初で最強の翡翠の戦士となった。すべてのケコン人がジェンシューを〝帰還せし者〟として崇めるなか、自分たちのことを彼の伝説に近い存在と考えるグリーンボーンだけは、単に〝偉大なる伯父〟と呼ぶ。

ジェンシューの勢いに、神々はこう宣言した。ほかの人間もジェンシューにならい、四大神徳──謙遜、思いやり、勇気、善──を会得すれば、天の国への戻ることを歓迎しよう。すべての神教徒はこの最後の約束を信じ、〝帰還〟と呼んでいる。

32 もうひとりの〝帰還せし者〟

夜明け前の電話に、シェイは起こされた。その日はコール家の屋敷で、祖父や兄たちと夕食をとることになっていた。受話器を取ると、シェイはヒロの声に驚いた。

「今いるところから動くな。迎えの車をやる」

「ヒロ兄さん？」一瞬、シェイは本当に次兄なのかわからなかった。

「屋敷に来てくれ、シェイ」

「どうして？　何かあったの？」朦朧とした眠気はすぐに吹き飛んだ。ヒロの取り乱しかけた口調など聞いたことがない。「おじいさんのこと？」受話器の向こうはしんとしている。自分の声が深い井戸に響くのを聞いているようだった。シェイは受話器を握りしめた。「ヒロ兄さん？　話す気がないなら、ラン兄さんに代わって」

　また間があった。そこに真実味を感じ取った一瞬ののち、シェイの耳にその言葉が聞こえた。「兄貴は死んだ」

　シェイはすわりこんだ。電話のコードがぴんと張り、ヒロの言葉が糸のように細く伸びて、広い湾の向こう側からかろうじて彼女に届いた。

「昨夜、港で襲われた。労働者が海で遺体を見つけた。溺死だった」

　シェイは深い悲嘆と唐突さによろめいた。「車をやって。用意する」電話を切って、待った。ヒロの大きな白い〈ドゥシェース・プリザ〉がアパートメントの前に停まると、シェイは鍵もかけず、明かりも消さずに部屋を出て、後部座席に乗りこんだ。

　メイク・ケーンが肩越しにふり向き、シェイに同情の視線をよこした。その心のこもった仕草に彼女が泣かなかったのは、まだ泣くには早すぎたからにすぎない。

「銀行に寄ってちょうだい」

「まっすぐ屋敷にお連れするように言われています」

「大切なことなの。ヒロはわかってくれるわ」

　メイクはうなずいて車を出し、シェイは銀行への道を教えた。到着して車を停めると、メイクも一緒に降りてきた。彼はたくさんの武器を携えている――月形刀、タロンナイフ、拳銃二挺。「そんな格好じゃ、銀行には入れないわよ」

「入口の前で待っています」

　銀行は開いたばかりだった。シェイは入っていき、自分の貸金庫を利用したいと伝えた。行員は「もちろんでございます、ミス・コール。こちらへどうぞ」と言って、奥にあるすべての壁一面に小さな金属製の扉が並ぶ部屋に案内すると、彼女を残して去っていった。

シェイは二年半、この金庫を開けていなかった。鍵を回して箱を開けると、一瞬、馬鹿げた恐怖心に襲われた——もし、なくなっていたら？　けれど、ちゃんと入っていた。彼女の翡翠だ。全部ある。なかに手を伸ばす前から、翡翠の力に引っぱられるのを感じた。月の重力に引っぱられて潮が満ち引きするように、シェイの体を流れる血液が引き寄せられる。彼女は翡翠をひとつひとつかぞえながらイヤリングを着け、両腕にブレスレットをはめ、両足首にはアンクレット、首にはチョーカーを着けた。そして貸金庫の扉を閉めると、床にすわって壁に背中を押しつけ、両膝を抱えた。

ずいぶん長く翡翠を身に着けていなかったので、体に流れこむ翡翠の力の衝撃は、ビーチをのみこもうと高くそびえる津波のようだった。それでもシェイは、緊張もしなければ、ひるみもしない。エネルギーの津波とともに走り、けっして進路を曲げない波に自分を抱き上げさせる。高い波に乗り、自分を自身の体の上空と体の深奥へ同時に運ばせる。嵐のなかにいながら、自分自身が嵐になる。見当識障害の高揚感にくらくらしながら、忘れていたことを思い出していく——昔の家に帰ってきて、引き出しを開けたり、壁に触れたり、ソファにすわったりしているような感覚だ。それに対立するように罪悪感と疑念が持ち上がるが、やがて倒れ、あふれる波にたちまち流されていく。

シェイは立ち上がった。銀行を出て、メイク・ケーンと車に戻り、助手席に乗りこむ。「もう屋敷へお連れしていいですか、コール－ジェン？」メイクの問いかけに、彼女はうなずいた。

道中はどちらも口を開かなかった。シェイは心をずたずたに引き裂かれ、顔も体もどう反応していいかわからなくなっていた。シェイを見た人——例えば、ときどきそっと彼女のようすをうかがうメイク・ケーン——は、彼女のことを、茫然として何も感じていないと思うだろう。

ランの死は、シェイの心にぽっかりと孤独の穴を空けた。その穴は広大で、向こう側が見えない。長兄は一族の拠り所で、シェイは彼ならいつでもどんなことでも頼りになると思っていた。彼はシェイに冷たくしたり批判的な態度を取ったりしたことは一度もなかったし、いつも妹に気を配り、自分よりずっと年下にもかかわらず敬意を払ってくれた。シェイはこの喪失の痛みとひとり静かに向き合いたいと思ったが、ふたたび味わう翡翠の感覚を楽しまずにはいられなかった。取り戻した自分自身の力から生まれる強い高揚感は、避けようがない——そのことに、シェイは強い良心の呵責を感じた。そのあいだもずっと、心のどこかではっきりと、もしかすると夢中で、復讐を考えていた。

屋敷に着くと、シェイは門番の横を通過し、キッチンでヒロを見つけた。次兄はテーブルにどっかりと両手をついて立っていた。突き出した肩甲骨のあいだに、頭がぶら下がっているように見える。メイクと同様、たくさんの武器を身に着けている。自制心を保っているようすで、考え深げに見えると言ってもいいほどだが、彼の翡翠のオーラは噴出した灼熱の溶岩のようにうねり、渦巻いている。彼の左右には〈拳〉がひかえ、コール家のキッチンは待機する物騒な男たちで混み合っていた。翡翠をまとう人々のオーラの騒々しい集合体が、シェイの久しぶりに目覚めた〝感知〟に襲いかかってくる。シェイは立ち止まって心の準備をしてから、キッチンに入っていった。

屋敷のどこかで、キーアンラが静かにすすり泣いている声が聞こえる。

ヒロは顔を上げてシェイを見たが、動かない。

「わたしも一緒に行く」シェイは言った。「行くべき場所なら知っている」

ヒロはまっすぐ体を起こすと、テーブルを回ってシェイのほうへ歩いてきた。シェイは次兄の目を見たが、その目は暗くぼんやりしていて、彼女の心のなかと同じだった。無峰会の〈角〉は妹の両肩に手を置いて引き寄せ、頬を合わせた。「天のご加護があるよ、シェイ」彼は妹の耳に囁いた。「あいつら全員、ぶっ殺してやる」

33 森から出る

ゴント・アッシュは、六曜日はたいてい〈シルバー・スパー　闘鶏場＆バー〉ですごす。そこは山岳会の〈灯籠持ち〉である従兄弟の店だ。長年の熱烈な闘鶏ファンであるゴントは、甥が繁殖させて調教し、賞を受けた闘鶏用の鶏十二羽を所有し、闘鶏に出している。ちょうど今、そのうちの一羽が、羽ばたきとつつき合いと輝く鋼の拍車(スパー)の応酬で、敵の鶏を倒そうとしているところだった。賭けをする人々の興奮した叫び声と落胆のうめき声が場内に響きわたる。金が動き、レフリーが両方の鶏をかかげ、ひくつく敗者を青いポリバケツに投げこみ、勝者を笑顔の調教師に返した。

闘鶏場と観客席は〈シルバー・スパー〉のメインフ

ロアを占めている。開けた二階にはレストランとバーがあり、テーブル席の半数は階下の闘鶏場を見下ろせるようになっており、直接見えない席の客は壁のケーブルテレビで闘鶏を見物できるようになっていた。試合の合間に、ゴントが遅い昼食をとりながら三人の〈拳〉とビジネスの話をしていると、使いの者が店に飛びこんできて、まっすぐ階段を駆け上がり、ゴントのテーブルに知らせを持ってきた——コール・ランが死に、コール・ヒロがゴントを殺しにここへ向かっている。

山岳会の〈角〉は驚いたが、顔には出さなかった。自分の考えや感情を隠すことには熟練している。彼の第一の〈拳〉ウォン・バルだけが、ゴントの表情のかすかな動き——鼻孔が広がり、口元に力が入っていぶかしげな渋面になる——に気づいた。ゴントは周囲を見回した。ここは山岳会の縄張りの奥にある南ワロウズの店だ。今は昼間で、彼のまわりには数人のグリーンボーンの戦士がひかえている。今ここで俺を襲おうとするほど、コールは常軌を逸しているのだろうか？

そうに違いない、とゴントは判断した。

「付近にいる〈指〉をひとり残らず呼べ」ゴントは〈拳〉たちに命じた。「一般人はすべてここから出せ。通りの両端に見張りを出し、出入口を警備しろ」部下たちはすぐ指示に従った。ゴントは甥を見つけ、貴重な鶏を連れて裏口から遠くへ避難するように告げた。〈シルバー・スパー〉の所有者は客と一緒に逃げるのを拒否したので、ゴントは彼とスタッフをキッチンに閉じこもらせ、二挺の散弾銃をドアに向けて構えておくように言った。

これは血みどろの戦いになるだろう。コール家の次男はかなりの量の翡翠を身に着けた凶暴な戦士だ。山岳会内部では、無峰会は弱体化していると思われているが、実際はまだ熱心な若い戦士たちのいる手強い組織であることをゴントは知っていた。暗殺未遂と工場での決闘のあと、アイトｰジェンは全員にもっと慎重になること、山岳会の最終的な目標にもっと集中することを言い渡した。というわけで、ゴントはこんなに早く暴力的な対決になるとは思ってもいなかった。コール・ヒロの首を胴体から切り離してやるのを楽しみにしてはいたが、こう思わずにはいられなかった。いったい何がまずかった？　なぜこっちの計画がうまくいかなかったんだ？　だが、今は憶測をめぐらせている暇はない。

グリーンボーンたちが〈シルバー・スパー〉と付近の通りにあふれた。数分後には、店内と周囲に合計十四人――〈拳〉が三人と〈指〉が十一人――がそろい、ドア付近と上階の窓辺にそれぞれ配置に着いた。さらに六人の翡翠をつけた戦士が、山岳会の所有する〈ブラス・アームズ・ホテル〉前の通りに集結している。後ろから無峰会の戦士を包囲して攻撃する手はずだ。無峰会が数でこっちより勝るとは思えない。ここは山岳会の縄張りで、ゴントには土地勘がある。〈柱〉に電話することも考えたが、やめておいた。援軍は間に合わないだろうし、何より自分がコール・ヒロと対面し、この手で彼を殺したかった。

＊

その作戦はシェイのアイデアだった。

彼女が屋敷に着く前、ヒロは山岳会の縄張りの中心部に真っ向から突っこんで、ゴントとその部下をできるだけたくさん殺す準備をしていた。そして、すでに〈拳〉たちとホジを一杯飲んでナイフで舌を切っていた――伝統的なグリーンボーンの儀式で、生きて帰れないであろう任務の前に行うものだ。

シェイは子どもの頃よくやっていたように、キッチンのテーブルをはさんで次兄をにらみつけた。「もっと賢くならなきゃ。もし今日わたしたちが死んだら、山岳会の勝ちになるのよ」こんな最悪のときでも、先のことを考えなくてはならないのだ。「ゴントは準備を整えて、わたしたちを待ち構えているでしょう。そんなんじゃ、彼を殺せたとしても、山岳会を倒せはしない。やつらを滅ぼせはしない」

ひょっとしたら、この解放された感情のほとばしり――ヒロが無視できないほど激しくかき立てられたシェイの翡翠のオーラ――が、〈角〉にまともに考えさせたのかもしれない。彼がもっとも信頼する上級の〈拳〉たちを見ると、何人かがシェイの言ったことにうなずいていた。彼は妹のほうを向いた。「この事件がおまえを組織に連れ戻すために起きたんじゃないことを、神々に祈るよ。ともあれ、おまえはグリーンボーンだ。ふたたび俺たちの仲間になった。さあ、おまえの考えを言ってみろ」

シェイが自分の考えを説明すると、ヒロは冷徹で満足そうな決意とともにほほえみ、まるで自分が考えたかのように確信を持って妹のアイデアに飛びついた。彼はてきぱきと部下に指示を出し、部下たちはすぐさま実行にかかった。メイク兄弟が攻撃部隊を組織するあいだ、シェイは道場裏の武器庫へ自分用の武器を探しにいった。シェイが戻ってくると、ヒロはウェンと階段にすわって別れを告げていた。頭を寄せ合い、静かに話をしている。ウェンの目に涙はないが、震える手でヒロの髪を優しく耳にかけてやっている。シェイはふたりの大事なひとときを目撃してしまった侵入者になった気がして、背を向けた。外へ行き、〈ドゥシェース〉とほかの五台の車が敷地から出ていくのを見つめた。

車の一団がローロウ通りのトンネルに入っていくのが目撃されれば、コール・ヒロが〈シルバー・スパー〉へ対決に向かったという噂がゴント・アッシュの耳に届くだろう。山岳会が急いで防御態勢を整えるあいだに、〈ドゥシェース〉率いる一団は時間をかけてワロウズ地区を周回してから、無峰会の縄張りに戻る。

おとりの車列がコール家の屋敷の車寄せを出ていった数秒後、メイク兄弟とほかの三人の〈拳〉が、近所の〈灯籠持ち〉が経営する自動車販売代理店から急いで借りてきた目立たない車に乗ってやってきた。屋敷からヒロが出てきた。シェイがさっき垣間見た優しさは、消え去っている。ヒロは玄関前の階段を大股で下りると、ふり返って屋敷と向き合った。そこで両膝をつき、額をコンクリートにつける。次に体を起こし、顔を天に向けて声を張り上げた。「聞こえるか？」何に向かって叫んでいるのか、シェイにはよくわからなかった——戦士たちか、祖父の部屋の窓か、殺された兄の旅立つ魂か、あるいは神々に対してだろうか。

「聞こえるか？ 俺は死ぬ覚悟ができている。組織は我が血であり、〈柱〉はその主人なり」

次兄の芝居がかった行動を昔から心底嫌っていたシェイも、頭を垂れ、集まったグリーンボーンたちが両膝をついて「俺たちの命は〈角〉に捧げる！」と熱狂的に叫ぶ光景に、こみ上げてくる熱いものをのみこんだ。

*

この街で規模も利益もかなり大きい三大カジノ店は、〈パレス・オブ・フォーチュン〉、〈コン・レディ〉、〈ダブル・ダブル〉だ。三軒が隣り合って並ぶ素寒貧通りの一部は、まだ山岳会の縄張りになっているアームピット地区南部にある。山岳会のもっとも有名なビジネスにかぞえられ、そこでは金遣いの荒い〈灯籠持ち〉たちが営業時間外の賭け事をしたり、組織のビジネスや政治関係の仲間が謝礼や買収目的で、贅沢と娯楽のもてなしを受けたりしている。今までにない報復をするには、まさにぴったりの場所だ。

ヒロは妹の選択に感心してうなずいた。「兄貴はアームピット地区をめぐって戦った。つまり、俺たちのものにする権利があるってことだ――あの地区のすべてを」

ヒロとシェイは無峰会で最強の〈拳〉を十二人引き連れ、愛国者通りを渡った。シェイはヒロのよこした四人の戦士とともに〈コン・レディ〉を、メイク兄弟はべつの部隊と〈ダブル・ダブル〉を、ヒロは自分の部隊を連れて〈パレス・オブ・フォーチュン〉を襲撃に向かった。

シェイにはすべてが熱に浮かされた夢のようだった。車がカジノ店の正面に停まると、彼女は車を降り、驚いて脇へよけるボーイたちの前をつかつかと通りすぎ、中央に踊る女の像がある光る噴水の横を通りすぎて、大理石の階段をのぼり、ガラスの回転ドアへ向かった。もう、人混みに隠れてはいない。弱まっていく陽射しにシェイの翡翠のブレスレットがきらめき、恐怖に慄く人々の目が彼女の一挙手一投足を追っている。シェイのなかで、気分が悪くなるほど高まる戦闘意欲、何年も感じていなかった力強さがみなぎっていた。外国人の言っていたことは正しかった――ケコン人は野蛮だ。ランは――心は――野蛮ではなかったが、もう死んでしまった。

シェイの横にいる上級の〈拳〉――灰色の瞳のアイトゥンという男――は彼女の存在をどう扱っていいのかわからないようだった。彼はヒロの上級の部下のひとりだが、シェイはコール家の人間だ。彼はシェイに指示を出すべきか従うべきなのか、決めかねていた。

「どんな作戦でいきますか、コール－ジェン？」アイトゥンはドアに到着する直前に訊ねた。

彼女は月形刀を抜き、アイトゥンに向けた。彼は武運を祈って月形刀に唾を吐く。「翡翠を着けている者は誰でも殺す」

申し分のない、じつにシンプルな作戦だ。彼らが回転ドアから入っていくと、悲鳴が上がった。シェイはコブラが獲物の体温を感知するように、室内の四人の翡翠のオーラに気づいた。ほかの関係ない動きと物音のなかで、オーラは灯台のように目立つ。そのうちのふたりは、すでに近づいてくる殺気を〝感知〟して身構えており、月形刀をふりかざしてすぐ侵入者に飛びかかってきた。

シェイにとって、死闘は数年ぶりだった。ここまで来る車中での数分間、彼女は悩んでいた。自分に、まだそんな腕や反射神経や本能があるだろうか？　それとも翡翠なしで平和にすごした二年間のエスペニア暮らしで、すっかり駄目になってしまっただろうか？

というわけで、わずか数秒でひとりめの男を切って倒したとき、シェイはほとんど驚いていた。彼の最初の攻撃をかわし、たがいの白い刃を音を立てて打ち合わせてから、シェイはまっすぐ相手の腹を目がけて刀をふった。男は〝鋼鉄〟を使い、背中を丸めて刀をよける。その動きで男の頭が前に傾いたとき、シェイの左手が素早く上がり、タロンナイフで男の無防備な喉を突き刺した。シェイは〝敏捷〟の力で男の体を跳び越えながらナイフを引き抜き、すでに次の標的へ向かっていた。

学園の訓練のようだった。時間制限つきの試験を受けているようなものだ。訓練と経験がものをいう。シェイは集中して効率的に動き、全身をめぐる翡翠のエネルギーは、しばらく聴いていなかったが今でも覚えている歌のように響いた。一階ではもうひとりの男と戦い、最後にアイトゥンが後ろから男の喉を切り裂いた。シェイは〝敏捷〟の力で二階のバルコニーへ跳んだ。

ひとりの女の〈拳〉が、スタッフが避難している部屋を警備していた。彼女はシェイに無数の〝跳ね返し〟をお見舞いした。椅子がひっくり返り、カードとカジノチップが紙吹雪（ふぶき）のように宙に舞い、壁が震える。シェイは次々に来る攻撃をかわしながら、自分もお返しに〝跳ね返し〟を放って近づいていき、ついに狭い廊下でたがいにタロンナイフを持って向き合った。相手の〝鋼鉄〟にナイフは効かない。最終的に、シェイは跳び上がって女の膝に全体重をかけた蹴りを食らわせた。女が苦痛で前に倒れこむと、シェイは〝怪力〟をふりしぼって女の後頭部に肘鉄を見舞い、頭蓋骨を破壊した。

建物内のグリーンボーンがすべて死ぬと――全部で六人いた――シェイたちは奥の部屋へ通じるドアを蝶番(ちょうつがい)からもぎとり、身を寄せ合っておびえている〈コン・レディ〉の従業員たちに宣言した。「素寒貧通りにあるすべてのビジネスは、今から無峰会のものです。あなたがたの命は取りません。もう帰って結構です。あるいは無峰会に忠誠を誓い、献金を納め、新たな経営者の下でこれまでと同じ条件で働くことも可能です。どうするか、速やかに決めてください」

四分の一の従業員が去った。かなり年配の者や山岳会とのつながりが相当強い者――つまり真に忠実な人々――か、態度を変えた場合の報復を恐れる者たちだ。残りはとどまり、驚くほどの早さで混乱状態から立ち直った。ケコン人は局地的な陣営の交代には慣れていている。自然災害と同じもの――突然の防ぎようのない猛威――と考え、被害には冷静に対処し、通常営業に戻るのだ。残った従業員は、すぐに忙しく働きだした。家具の位置を直し、ガラスの破片を片づけ、高価なカーペットや装飾品に染みがつく前に血痕をふきとる。

シェイは自分の殺した敵の戦士から翡翠を集めると、アイトゥンとほかのヒロの部下にその場を任せて、外に出た。通りにはヒロがいた。大声で指示を飛ばし、血のついたナイフの先であちこち指し示している次兄の顔とオーラは、戦闘の熱狂で輝いている。〈ダブル・ダブル〉は燃えていた――事故なのか故意なのか、逃げる山岳会の人間が火をつけたのか、無峰会の戦士が熱くなりすぎて火を放ったのか、誰にもわからないようだった。上階の窓から煙が渦を巻いて立ちのぼり、灰色の空と混ざり合っている。

ヒロは近づいてくるシェイに目をやり、彼女の握っている翡翠を見ると、ほほえみとまでは言えない程度に口を動かした。そして大混乱に向き直った――火事、逃げる人々、まだつづいている戦闘の断続的な物音。騒いでいるのは、グリーンボーンだけではない。アームピット地区の無峰会を支持する人々が、愛国者通りにどっと集まってくる。それぞれの組織を支持する一般市民が集まって、怒鳴り合い、衝突している。

「まだ足りねえな」ヒロはつぶやいた。それが何を指しているのか、シェイにはわからなかった――彼女の握っている翡翠の数のことなのか、目の前のカジノのことなのか、その夜殺した山岳会のグリーンボーンの数のことなのか。シェイは困惑して返事ができなかった。

さらに三十分ほどで〈ダブル・ダブル〉は鎮火し、混乱状態は不気味に静まりかえった。そのうち、煙る空から太陽が沈んで消えると、ヒロは徹夜の警備態勢を整え、シェイは最終的に車の後部座席にすわってコール家の屋敷に引き返した。その頃には、シェイにはすべてがぼんやりとして、復讐と蛮行を描いたシュールな単館系映画を観ているようだった。

*

ゴント・アッシュは無言で電話に出たが、〝感知〟の能力を持つ部下は誰もが離れていった。ゴントは驚愕して寒気を覚えた。次に、怒りで首が真っ赤になった。

二十一人の山岳会のメンバーが奇襲で命を落とした。素寒貧通りの三大カジノ店を守ろうと駆けつけた〈指〉と下級の〈拳〉たちでは、コール・ヒロが無峰会から集めた殺し屋たちには太刀打ちできなかったのだ。襲撃者たちに発砲した愚かな〈灯籠持ち〉ふたりは、病院送りになった。これで、アームピット地区はすべて無峰会のものだ。今回の事件は、ジャンルーンのような街でも見たことのない組織間の暴動だった。

ゴントは電話を切ると、数秒間動かなかった。やがて電話を枠ごと壁から引き剝がし、力まかせに投げ捨てた。電話は〈シルバー・スパー〉の反対側の壁にめりこんだ。ゴントらしくない激昂に、部下たちは衝撃を受けて凍りついた。

「コール・ランが死んだ」ゴントは言った。「彼の一族が森から出てきた。これで俺たちは、無峰会と完全な抗争状態になった。やつらの命と生活は俺たちの獲物だ。翡翠は勝者の手にわたる」

34　死者への借り

目覚めて、シェイは混乱した。真夜中に、子ども時代の自分の部屋にいる。最近、古い服や荷物を取りにきたとき以外、この部屋に来たことはなかった。目を開けると、月明かりがぼんやりと室内を照らし、床の古いボール形のライトとペーパーバックの小説の山の横に、血痕のついた服と武器の山が見えた。そういえば、下着――と翡翠――だけで、ベッドにもぐりこんだのだった。

そのとき、すべてを思い出した。ランの死、自分が翡翠と武器を持ったこと、ヒロとともに素寒貧通りで非情な復讐をしたこと。体の奥底から苦悩が生まれ、箱のなかの風船のようにふくらんだかと思うと、胸から大きな嗚咽がほとばしった。シェイは横になって体をぎゅっと丸め、枕を顔に押しつけて、涙と体力がつきるまでいつまでも激しく泣きじゃくった。それからじっと動かず、荒い息をしながら、自分の新たな恐ろしい現実についてじっくり考えた。

どうかしていた。それ以外に説明がつかない——あるいは、ただの言い訳かもしれない。それまで小さなひびに持ちこたえていたダムが、昨日、シェイのなかで決壊した。しかも彼女はそのことにぞっとするのではなく、ついに訪れた崩壊を歓迎し、大いに楽しんだ。翡翠の喜ばしい力と激しい報復の熱狂を満喫したのだ。

けれど、そのあと冷静にはっきり考えられるようになると、シェイは茫然とした。自分は昨夜、もう後戻りのできないことをしてしまった。卑劣だが、同時に勇敢でもある行動を。悲しみと、奇妙な高揚感と、冷静に受け入れる気持ちが混ざり合ったこの感情は、高い橋から飛び下りた人が落下するあいだに感じる気持ちなのだろうか？　そんな決断をしたら、もう運命を変えることはできない。ただその選択を認め、避けられない結果を覚悟するしかない。この考えに、なぜか心が落ち着き、ゆっくりと体の力が抜けていった。

〝感知〟の力で、目覚めているのは自分ひとりではないとわかる。ふたたび翡翠のオーラを、色を見分けるくらい無意識に〝感知〟できるようになったシェイにとって、もうランの爽やかで力強いオーラを感じることはできないという事実は、想像を絶していた。そこにあるのは——落下する体にかかる重力よりも変えようのない、非情な真実だ。

シェイはベッドを出て、明かりをつけた。クローゼットに古いTシャツとスウェットパンツ——わざわざ持ち出そうとも思わなかった服——があった。シェイはゆっくりと服を着ていった。心も体も痛い。定期的にトレーニングをしていたとはいえ、翡翠を着けて戦うのとはわけが違う。昨夜はまったく気づかなかった黒いあざや浅い切り傷がいくつもある。苦痛なしで動いたり翡翠の力を高めたりするには、一週間以上かかりそうだ。ドレッサーの鏡には、痛めつけられて疲れきった自分の姿が映っている。腕と耳と首に翡翠が着いていなければ、グリーンボーンの戦士というより家庭内暴力の被害者のように見える。

部屋を出て、唯一の光へ向かって廊下を歩いていく。階下からもれてくる光だ。外はまだ暗い。不気味に静まりかえった屋敷のなかで、時計の音とスプーンが食器に当たる音だけが聞こえる。シェイには、ひどくうるさく感じられた。階段を下りてキッチンに入っていくと、ヒロがひとりでテーブルにつき、温かいシリアルを食べていた。服は前の日のままだ。鞘に収めた月形刀はべつの椅子に立てかけられ、血に汚れたタロンナイフは御影石のキッチンカウンターに置かれている。ひげも剃らず、眠ってもいないようだが、朝食を食べる姿はとても落ち着いていて、変わったことなど何もなかったと騙されてしまいそうになる。

シェイは黙って次兄の向かいにすわった。

「食べたかったら、コンロの上に鍋がある」少しして、ヒロが言った。「キーアンラが昨日用意してくれたんだが、誰も食べてない。まだいけるぞ、少し水を足せばいい」

「みんなはどこ？」シェイの声は乾いていた。「おじいさんはどこにいるの？」

ヒロはスプーンの柄で天井を指した。「自分の部屋にいるよ。たぶん、まだ鎮静剤が効いてる。昨日、俺たちが出払ってるあいだに、キーアンラが医者を呼んだんだ。どうやら、医者はおじいさんを落ち着かせるのに強い薬を使ったらしい」

シェイはうなった。「おじいさんはどこが悪いの？」

「老衰で頭がおかしくなってるのさ」ヒロは暗い目を妹に向けた。「ランのことを聞いて、神経がまいっちまったんだ。頭のなかが戦争中に戻っちまって、殺されたのはドゥだと思いこんだ。ショター人がどうしたこうしたと、わめいたり怒鳴ったりしていた。おじいさんは、俺が誰かもわからない。わかれば、俺を責めるだろう——ランが死んだのは俺のせいだと言うに決まってる」

　ヒロの声に感情はこもっていなかったが、シェイは騙されなかった。すぐ祖父のところに駆けつけたいけれど、今、祖父の部屋へ行けば、ヒロを傷つけることになる。今、彼を傷つけるのは危険に思えた。祖父はこれまでずっと、ランやヒロよりシェイに優しかった。しかも、ヒロは常にいちばん冷たくされてきたのだ。

　ヒロがまた食べはじめると、シェイは思った。どうして、こんなときに食事ができるの？　彼女は丸一日以上食べていないが、食欲はまったくなかった。また食べられるようになるかどうかさえ、わからない。

「ほかのみんなは？」

「忙しくしてるよ、シェイ。俺たちはかなりまいってる。混乱した現場はケーンに任せてきた。ターには街を見回らせ、ほかの縄張りの防衛態勢を確認させている」

　シェイはふとべつのことに気づき、椅子の上で背すじを伸ばした。「ドルはどこ？」

　ヒロの唇がゆがんだ。「あの裏切り者か？　あの夜、俺たちがあいつを捕らえたことは知ってるだろ。ランは俺たちと会うことになっていた。あいつの件は、兄貴が自分の手でけりをつけることになっていたんだ。俺は兄貴に電話をかけたが、つながらなかった。兄貴の居場所は誰も知らなかった。そのとき、俺は何かあったとわかったんだ」

「ヒロ兄さんがドルを殺したの？」

　ヒロは首をふった。「それは兄貴がすることになっていた。俺はあのずる賢いじじいをどうすりゃよかったんだ？　ともあれ、あいつの翡翠を取り上げて〈日和見〉の家に閉じこめ、見張りをつけておいた。あれからずっと家にいる。電話もなけりゃ、訪れる者もいない」

翡翠を取り上げられるとは、かつて〝ケコンの炎〟の信頼厚き友人だった年配のグリーンボーンにとって、なんと惨めな屈辱だろう。ヒロの冷淡な部下が見張る自宅に閉じこめられ、翡翠のエネルギーが抜けていく激しい苦痛を味わう彼を想像すると、シェイは彼を憎んでいたにもかかわらず、同情を覚えた。裏切り者であろうがなかろうが、さすがに哀れだ。

「今はやつを始末するわけにはいかない」ヒロは言った。「そんな縁起の悪いことで、兄貴の葬儀を汚したくない。だが、やつはもう〈日和見〉じゃない。そのことは組織にはっきり表明しておいた」

そのとき初めて、シェイは本当に理解した――今や、ヒロが〈柱〉なのだ。

シェイは兄を見つめた。三十歳未満で〈柱〉になった例はない。ヒロは彼女とひとつしか歳が違わない。彼はそこにすわり――血痕をつけ、火災の煙の臭いをさせて――大量殺戮を指揮したあとだというのにシリアルを食べている。兄のオーラは敵から勝ち取った新たな翡翠で、とげとげしくなっている。シェイはめまいがした――終わりだわ、これで無峰会は終わりだ。

ヒロのスプーンが、空になった深皿にカチャンと置かれた。騒々しく椅子をずらして、ヒロがテーブルから立ち上がった。妹の感情的な反応は〝感知〟の力などなくてもわかっただろう――顔に出ている――が、ヒロは何も言わなかった。新しい〈柱〉は自分の使った皿を流しに持っていき、手を洗ってふいた。そして椅子をつかんで、シェイの前に引っぱってくると、どっかと腰を下ろし、膝が触れ合う近さで妹の両肘をつかんだ。

「俺たちは、今後、やつらから追われることになる。

やつらは全力で追ってくるはずだ」

「ええ」シェイはうなずいた。アイト・マダはランと取引したかもしれないが、昨夜、シェイとヒロがあれだけのことをした以上、もう容赦はしないだろう。山岳会は森から出てくる。そして残りのコール一族が死ぬまで、けっして攻撃の手を休めないだろう。無峰会にもっとも近い協力者たちは始末され、この屋敷は焼き払われる。組織の残存者は山岳会に吸収されることになる。

「おまえが必要だ、シェイ」ついに、ヒロの感じている重圧が見えてきた。顔の輪郭が前より引き締まったように見える。「俺たちはいつも意見が合うわけじゃない。それはわかっているし、言いすぎたこともあった――けど、それはおまえが妹だからだ。愛情から出たことなんだ。おまえがまだ俺に腹を立てているとしても、おまえが組織のことを気にしているのはわかっている。おじいさんが組織を作り、兄貴が組織を守るために死んだ今、俺にはおまえの助けが必要だ。おまえなしでは、やっていけない」ヒロは妹をつかむ手に力をこめた。身を乗り出し、首を曲げ、妹のうつむいた顔をのぞきこむ。その揺るぎない視線で、真剣に訴える。「シェイ。おまえに〈日和見〉になってほしい」

　ほんの数日前、彼女はアンデンに、組織やグリーンボーンの生き方とは決別したと言ったばかりだ――組織のことに巻きこまれないで、心配いらない、ランに助けなんて必要ないわ、これはあなたの問題じゃない。利己主義。傲慢。冷めた態度。〈神の帰還寺院〉でひざまずいて考えていた神徳とは、正反対のものだ。あのとき、シェイはしるしをお示しくださいと祈った。明確なご神託を求めた。彼女は求めていたものを手に入れたのだ。

　神々はしばしば残酷になる。それは誰もが知っている。

もし無峰会に生き残る希望があるとすれば、〈柱〉に信頼できる〈日和見〉が必要だ。組織のなかで、ほかにヒロに楯突ける人間がいる？　彼の暴走を抑え、彼がみずから死に飛びこみ、組織もろとも消えてしまおうとするのを止められる人間が、ほかにいるだろうか？　そんなことになったら、ランの魂は安らかに眠れない。死者は気にしないなんて嘘だ――シェイは思った――人は死者に借りがある。

シェイはゆっくりと椅子から体をずらし、冷たいキッチンの床にひざまずいた。組み合わせた両手を額につける。「組織は我が血であり、〈柱〉はその主人なり。我が名誉と、我が命と、我が翡翠にかけて」

35 思いがけない反応

ベロが今不自由していないものは、現金だ。鍛冶場地区に、一軒の終夜営業の診療所がある。ちゃんと教育を受けたのか疑わしい医師が、金さえ払えば何も訊かずに応急処置をしてくれる、街で数少ない診療所のひとつだ。桟橋で一連の事件があった翌日の早朝、コール・ランの死体が発見されたのとほぼ同じ頃、ベロはステンレスの台にすわり、低くうなる蛍光灯の下で、しょぼつく目に汚れた綿のような髪をした皺だらけの男に、腕の浅いところに入った二個の銃弾を取り出してもらっていた。男がガーゼの包帯を異様にゆっくりと慎重に巻くので、ベロは殴りたくなった。高速道路の下の茂みで何時間もうずくまっていたベロは、その頃には頭がどうにかなりそうだった。

診療所を出ると、街じゅうがそのニュースでもちきりだった。ベロは最初に見つけたコンビニエンスストアで肉まんと炭酸飲料を買おうと並んでいるとき、その話を小耳にはさんだ。無峰会の〈柱〉コール・ランが死んだ――山岳会に暗殺された疑いがある。

ベロの心臓の鼓動が激しくなった。混乱したが、顔にたちまち笑みが広がりはじめ、ベロは口元を引き締めなくてはならなかった。ただの幸運だ。あの仕事でどんくさいチーキーが死んだのに、自分が生きているのは、神々がくださった慈悲深い最高の幸運のおかげにすぎない。しかも今、さらなる幸運が自分に降りそそいでいる。あのときは暗いなか、動転して逃げてきた。だから気づかなかったが、サブマシンガンが連射した銃弾は、結局コールに命中していたに違いない。普通の人より死ぬのに時間がかかっただけだろう。つまり、俺が無峰会の〈柱〉を殺したんだ！ ベロはまたにやにやしはじめた。ほかにそれを知っている者は、この街で誰もいない。グリーンボーンさえ、誰ひとり知らない。ベロはあのとき逃げてしまい、桟橋に戻って確認しなかったことを悔やんだ。

一日の大半をかけて、ベロはジャンコ地区の最南端にある〈グッディ・トゥー〉まではるばる引き返した。新しい服と帽子を買い、昨夜着ていたものをゴミ箱に捨ててから、歩きだした。誰も――タクシーやバスの運転手さえ――信用できない。誰かが昨夜のベロを目撃していて、組織が探している可能性もある。ここは無峰会に忠実な地域で、多くの人々が動揺していた。たくさんの悲しそうな顔を見かけた。電器屋のショーウィンドウに集まった人々が、テレビで地元のニュースを見て、人目をはばからずに泣いているようすも見かけた。その光景はさらにベロを駆り立て、疲れた足取りに勢いをあたえた。通りにいる人々がベロのしたことを知ったら、彼にリンチを加えるだろう。吊るし首にして、ばらばらに切り刻み、死体に火をつけるだろう。

三度目のノックで、ムットが〈グッディ・トゥー〉の裏口のドアを開けてくれた。彼は幽霊を見たかのようにぎょっと目をみはると、ベロの腕をつかんでなかに引き入れ、ドアを閉めた。「店の前で見張りに立て。誰か来るのが見えたら、大声で知らせろ」ムットは肩越しに息子に怒鳴った。息子は運んでいた箱を置き、急いで言われたとおりにする。ムットはベロに向き直った。「いったい、何があった？」

「俺がやったんだ。俺がコールを殺した」

驚いたことに、ムットは恐怖の表情になった。「チーキーはどこだ？」

「死んだ」

ムットの口が、酸素を求める鯉のようにぱくぱくする。そしてようやく言った。「なんてこった、くそっ」二、三度行ったり来たりしながら、震える手で硬いもじゃもじゃの髪を引っぱっていたが、急にくるりとベロのほうを向いた。「今すぐ、ここから出ていけ」

ベロはかっとした。こんな反応が返ってくるとは思いもしなかった。「なんでだよ？　ここまで丸一日かけて歩いてきたんだぞ。昨日、俺がどんな夜をすごしたか、あんたはわかってない。俺はやったんだ、コールを殺したんだ。だから彼に電話してくれ——あのグリーンボーンに。俺は彼に頼まれたことをやった、今度こそ組織に入れてほしい。自分の翡翠がほしい。俺にその価値があることは、これではっきりしたはずだ」

「馬鹿なやつだ」ムットは吐き捨てた。「誰もおまえに、コールを殺せとは言っていない。おまえは〈ライラック・ディヴァイン〉を銃撃して、車で逃げてくればよかったんだ。コールに自分の縄張りで恐怖を覚えさせ、やつの車と贔屓にしている店を破壊してムカつかせてやるのが目的で、殺せなんて指示はしていない。おまえらぼんくらふたりに、コール・ランのようなグリーンボーンを殺せたかと思うと……」ムットは馬鹿にして鼻で笑うと、冷静に言った。「反吐（へど）が出る」

「山岳会はコールに死んでほしいんじゃないのかよ？」ベロは彼の話を信じるのを拒否した。「敵に目にもの見せてやる、それがあのグリーンボーンが俺たちに頼んだことだ。あんたは、俺たちにそんなことはできやしないと思っていた。そう言ってるのか？」

「〈柱〉みたいな大量の翡翠を着けた男をか？　ろくにまっすぐ撃つこともできないガキふたりが、サブマシンガンを連射してコールを殺していいわけないだろうが！　俺たちはこう思っていたんだ――おまえたちは騒ぎを起こし、おそらく二、三人の見物人に弾が当たって、運が良けりゃ生きて逃げられるだろう。まさか本当に逃げられるとは思わなかったし、ここまで戻ってくるとは……」ムットは信じられないという口調で、声はだんだん小さくなってとぎれた。やがてベロの上腕をつかむと、箱と紙と掃除用具の散らかる部屋の奥へ引っぱっていった。

ベロは腕をふり払った。「何すんだよ？」

ムットはクローゼットのドアを開けた。キャスター付きの書類整理棚を横に押しのけ、カーペットを転がしてどかすと、床に跳ね上げ扉が現れた。「彼からはすでに一回、電話があった。おまえはここに戻ってきたかと訊かれたよ」ムットは大きな真鍮（しんちゅう）の輪を引っぱって扉を開けた。「彼は今日、ここに戻ってくる。今、すぐにも現れるかもしれない。彼に見つかったら、おまえは生きちゃいられねえぞ、ケケ。運が良けりゃ、取り返しのつかないことをした罰で殺されるだけですむ。運が悪けりゃ、無峰会に引き渡されるだろう。今さら何をしたって遅いだろうが、噂じゃ、無峰会の〈角〉がすでに復讐に向かっているとか……」

「だから俺に逃げろってのか？」

「まったく、上階にいくつか明かりが点いていたのに気づいてないな？」ムットは声をひそめ、床に空いた入口を指した。「おまえがここに入るところは誰にも見られてないと思うが、出るところも見られないほうがいい。この地下トンネルはサマー公園の下までつづいていて、海の近くに出られる。密輪にかなり重宝している通路だ。この時期は乾いているだろう。ここまで生き延びられるほどのツキがあったんだ。ジャンルーンから脱出できるだけのツキもあるだろう」

「ジャンルーンを脱出する？」ベロは驚いた。「どうやって？」

「そこまでは手を貸せん、ケケ。俺がしてやれるのは、ここまでだ。今していることだって、山岳会に見つかれば、俺は舌を切られちまう。しかも、それだけじゃすまない」ムットは青ざめた。「翡翠とも、シャインとも、固形の食べ物ともサヨナラだ」

ベロは目を細めてムットを見た。「じゃあ、なんでこんなことしてくれるんだよ？」

男はしばらく黙ってベロを見た。まるで、自分自身に同じことを真剣に問いかけているようだ。やがて自分の答えが気に入らないかのように顔をゆがめた。

「おまえにはがっぽり稼がせてもらったし、ほとんどのやつが捕まるのに、おまえは一度も捕まらなかった。しかもどういうわけか、測り知れないとんでもない奇跡が起こって、おまえはコール・ランを殺し、腕に包帯を巻いた以外はなんともない姿で戻ってきた。おまえに何がついているのか、俺にはわからねえ。けど、ケケ、おまえには奇妙な運を司る神々がついているようだ。そんなものには関わりたくない。絶対にごめんだ」ムットは地下へ通じる階段を指さした。「下にある物には一切手を触れるな。さあ、行け――俺の気が変わらないうちに」

ベロはこの状況が信じられなかった。何もかもうまくやったのに、差し出されたチャンスをすべてつかみ、他人なら怖気づく場面でも勇敢に立ち回ったのに――その報酬がこれか？　さっきまでは、ほとんど無敵の気分で、ついに褒美をもらえると確信していた。それが今では、ぞっとする冗談としか思えない。出ていくのを断ることも考えた。ここ〈グッディ・トゥー〉の奥で、あのやぎひげのグリーンボーンが現れるのを待ち、当然支払われるべき報酬を要求したい。

だが、ムットの言うとおりだった。ベロには確かに奇妙な運がある。それを疑うようなことはしないほうがいい。それは昨夜、コールを追跡しろと命じたように、今度はこう告げている――ここに残れば、ふたたび運が巡ってくるまで生き延びられない。

ベロはトンネルに下りていった。「下は暗い」文句を言うと、ムットが懐中電灯をくれた。ベロはスイッチを入れた。階段を下りきったとき、ムットが乱暴に跳ね上げ扉を閉め、ベロは飛び上がった。頭上でムットが書類整理棚を元の位置に戻しているのが聞こえる。

ベロは不意にパニックに襲われ、喉を締めつけられた。もしこのトンネルが逃げ道なんかじゃなく、騙されたんだとしたら？　ムットは俺をここに閉じこめて、どっちかの組織に引き渡すか、このまま死ぬまで放置するつもりだとしたら？

ベロは懐中電灯で周囲を照らした。恐怖で震える光が、ラベルのない木箱やダンボール箱の上で踊る。ここは、ムットがもっとも貴重な密輸品を保管しておく場所に違いない。こんな状況でなければ、ベロは並ぶ箱を開けてのぞいてみたくてたまらなかっただろう。だが懐中電灯の黄色い光の円が近くの物を通りすぎ、誘うように長いトンネルの奥へ消えると、安堵感が全身に広がった。ベロは足早にトンネルの奥へ向かい、不当な扱いを受けたというやな心の痛みから、ふたたび遠ざかっていった。

36 神々のお導きがあらんことを

少なくとも——ヒロは思った——雨は降っていない。ランの葬列は曲がりくねった長い道のりをゆっくりと進んだ。いくつもの通りを抜け、コール・ドゥシュロン学園から遠くないウィドウ公園にある、丘の墓地の先祖の墓へ向かっていく。攻撃される気配はなかった——グリーンボーンの最後の死のパレードを邪魔するのは、考えられないほど縁起の悪いことだ——が、葬儀のあいだ、張りつめたぴりぴりした空気が、晩秋の雲のように厚く垂れこめていた。各組織がそれぞれの死者を埋葬する四日間、見せかけの穏やかさがジャンルーンを包んだ。無峰会はカジノで殺されたグリーンボーンの遺体を返してやったので、山岳会は彼らの葬儀を行うことができた。街の無峰会の縄張りでは、民家や店や企業の建物の窓辺に霊を導く儀式用の灯籠が吊るされ、無峰会の〈柱〉であり、〝ケコンの炎〟の孫であるコール・ランを称え、彼に神々のお導きがあることを祈った。

ヒロは何時間も霊柩車の真後ろを歩いていた。ヒロの後ろでは、シェイと、新たに〈角〉に任命されたメイク・ケーンが並んで歩いている。彼らの後ろは、組織のほかの有力な家の主人たち——全員が〈拳〉か〈招福者〉か〈灯籠持ち〉——で、さらにその後ろには、組織に忠実な者たちが弔意を表して長い列を作っている。その列のどこかに、ウェンは兄のターと一緒にいる。ヒロは彼女も先頭に並ばせたがったが、ふたりはまだ結婚しているわけではない。結婚式は無期延期となり、ヒロは結婚式の計画を練る代わりに、兄の葬儀に参列しているのだった。

葬儀の前に、白い布をかけた棺の前で二昼夜かけて通夜を行うのが、コール家の習わしだった。ヒロはその前から数日間、つづけて四時間以上の睡眠はとっていない。おかげで、極度の疲労に陥っていた。数分おきに霊柩車の前から響いてくる、騒々しい葬送の銅鑼と太鼓――ランが霊界へ入る道筋を見守ってくださるよう、神々の注意を引いているのだ――に活を入れられ、ヒロはなんとか一歩一歩足を運びつづけた。通夜の最中、話したり眠ったりしてはいけないのは、亡くなった者の霊が最後に伝えたいことがある場合、通夜に伝えられるからだと言われている。もし何も起こらなければ、愛された死者はこの世から旅立ち、安らかに眠っているということになる。

それも――ヒロに言わせれば――宗教的な言い習わしがでたらめばかりだという証拠のひとつだ。ランの霊は、もしそんなものが本当に存在するなら、安らかでいられるわけがないし、できることならヒロに何かを伝えてくるに決まっている。ランの霊はきっとこう言うだろう。〃おまえは〈柱〉じゃない。俺は〈柱〉になるべく生まれつき、そのための訓練を重ねてきた。その俺が、どんな死に方をした？ おまえがそれより少しでもうまくやれると思うか？ おじいさんはいつも、おまえに向いているのは暴力と殺しだけだと言っていた〃

「うるさい」ヒロは小声で言い返したが、本当にランの霊に話しかけられているわけではないことはわかっていた。自分のなかの恐怖が、兄の声でしゃべっているだけだ。昨夜、通夜で眠れず、一瞬迷信に心が揺れたとき、ヒロはランの月形刀の柄に両手を置き、〃感知〃の力を放ってみた。かなり遠くまで放ったため、何十人ものオーラと無数の心臓の鼓動が自然の雑音のように彼の頭のなかを埋めつくした。それでも、ランの存在はほんのわずかな気配すら感じ取れなかった。通夜のあいだに兄の霊が現れることも、ヒロに話しかけてくることもなかった。〃心配するな、ヒロ、おまえもすぐ俺のところに来る〟とさえ、言ってくれなかった。

　葬列がようやく墓地にたどりついた。霊柩車がゆっくりと埋葬地へ進んでいく。新しく穴が掘られた区画の横には、ヒロの父親やほかの先祖たちが眠る緑の大理石の墓石が建っている。最後の儀式を執り行う神教の改悛僧が三人、葬儀用の法衣をまとって待機していた。ヒロの母親は祖父コール・センの横に立っている。墓地の脇で車椅子にすわる祖父に、家政婦のキーアンラが曇りだというのに日傘を差しかけている。葬列よりひと足先に、彼らは車でここに来ていた。マレニアの別荘から呼び出されてきた母親のコール・ワン・リアは、世の中に疑問を抱いたり抵抗したりするのをとうの昔にやめた人のようにかがみこんでいた。悲嘆にくれた目は、古い人形の目のようにどんよりしている。家長である祖父は身じろぎもせず、木の根が土に食いこむように、節くれだった手で車椅子の肘掛けを握りしめていた。

　ヒロは母親を抱きしめた。母親は力なくハグを返したものの、次男の顔はほとんど見ていないようだった。ランは彼女にとっていちばん母親思いの息子で、あとのふたりの子どもたちを足してもかなわない存在なのだ。「愛してるよ、母さん」ヒロは言ったが、返事はなかった。母親はこれまで以上に白髪が目立ち、不格好な白い喪服を着た姿はずんぐりして見える。家族のなかで、おそらく母親がもっとも強いショックを受けているだろう。ジャンルーンでの無峰会と山岳会との状況を、ランが母親にくわしく伝えていたとは思えない。それまでの無知もたたって、母親は今、より大きな苦しみに耐えている。それを見て、ヒロは無理に心に刻んだ――今後、母親にはもっと家族に近いところに引っ越してもらうか、マレニアの別荘できちんと世話をしてくれる人間を雇う手助けをしよう。

　祖父の隣に行ってうやうやしくひざまずくと、ヒロは組み合わせた両手を額に当てた。「おじいさん」そして立ち上がり、大嫌いな老人の額にキスをしようとかがんだ。身を乗り出したとき、ヒロは祖父の鉤爪のような手が伸びてきて、みんなの前で喉笛を握りつぶされるのではないかと半分警戒していた。コール・センは指をひくつかせたものの、残された孫息子を曖昧な軽蔑の目でにらみつけただけだった。ヒロは脇へよけ、シェイに車椅子の隣を譲った。シェイは祖父の手を取った。「ドルはどこだ?」老人がシェイに訊ねる声がした。

　ヒロは祖父をここに連れてくることを心配していた。今のコール・センは、これまでにも増してどんな行動を取るか予測できなくなっている。どんなことを口走るだろう? 公衆の面前でヒロを声高に非難する? それとも、息子のドゥがいかに優秀だったかをわめきはじめるだろうか? とはいえ、ヒロは今、少し気持ちが和らいでいた。祖父をここに連れてきてよかった。車椅子にすわる祖父は、弱々しく、混乱しているように見える。どう見ても、ただの悲嘆にくれる老人だ——もはや〝ケコンの炎〟ではない。組織のなかに、コール・センをふたたび無峰会の〈柱〉にしようと言いだしかねない年配のメンバーがいるのを、ヒロは知っていた。そういう連中も、もうそんなことは不可能だとわかるだろう。

　ヒロは棺の横へ移動した。組織のほかのメンバーが到着すると、彼らがまず新たな〈柱〉に挨拶に来るか、コール・センにお悔やみを言いに行くかを観察した。ほとんどは、慣習どおり、ヒロのところに来た。そうでない者もいた。その数は、ヒロの〈柱〉としての地位が全面的に受け入れられたとはとうてい言えないと充分わかるものだった。

　ウェンが兄のターと一緒にやってくると、ヒロは慎み深く彼女の頬にキスをした。哀悼の意を示す白粉(おしろい)をつけ、普段のつややかさが覆い隠されていても、ウェンはきれいだった。ヒロの唇が顔に触れると、彼女はいっぽうの手を彼の手にするりと滑りこませた。「あんな年寄りたちのことは気にしないで」彼女はヒロの心を読んだかのように言った。あるいはもっと単純に、まだ彼のところに〈柱〉と呼びかけにこない弔問客のグループをちらちら見ているヒロのようすに気づいただけかもしれない。「あの人たちは、まだ現実を受け入れられないのよ」

「なかには有力者もいる」ヒロは静かに答えた。「議員も何人かいる」

「議員なんて、抗争には何の役にも立たないわ。〈灯籠持ち〉には今のところ、規制も減税も必要ない。彼らに必要なのは、保護よ。無峰会の力よ。ここにいるすべての〈拳〉を見て。みんな、あなたの下に集まってる。組織のほかの人たちだって、みんなそう思ってる」ウェンは彼の手をぎゅっと握ってから、兄弟のところへ行った。


ヒロは人々に目を走らせ、アンデンが端のほうでぽつんと立っているのを見つけた。彼は従弟と目を合わせると、コール家のところに来るように手招きした。アンデンはためらってから、歩いてきた。悲嘆にやつれて見える。気の毒な少年は赤い目をして、その顔は、ヒロが初めて目にしたときのランの水死体くらい青白くげっそりしている。

ヒロは優しく声をかけた。「あんなところにひとりで突っ立って、何をしてたんだ、アンディ？　おまえは俺たちの家族なんだから、ここにいなきゃだめじゃないか」アンデンの顔が今にも崩れそうにひくひくする。だが少年は黙ってうなずくと、シェイの隣に立った。

最後に銅鑼と太鼓がヒロに頭痛を感じさせるほどの爆音を響かせると、静けさが広がり、人々も黙りこんだ。位の高い改悛僧――〝賢僧〟のひとり――が滑るように前に進み出ると、低い声で長い読経を始めた。

読経でランの霊はあの世へ導かれ、そこで安らかにすごし、いつか待望の〝帰還〟が訪れるのを待つ。そのときにはすべての人類が天の国への帰還を許され、神々とふたたび家族になるのだ。

数分たつと、ヒロはまともに聴くのをやめた。お経をまねて唱えるべき箇所では、きちんとそれに合わせて口を動かしたが、ヒロは自分の優れた五感で見たり触れたりできないものは、一切信じていなかった。神教は、いや、すべての宗教は、単純だが人々には受け入れがたい真実から、複雑な物語を作り上げているだけだ。

翡翠は謎めいているが、天然の物質で、神からの賜物でも天の宮殿の残骸でもない。ケコン人は遺伝子学的に幸運――四本の指に向き合う形の親指を初めて持ったサルと同じ類の幸運――に恵まれているが、それだけのことだ。神の子孫などではないし、いつか天の国に戻って神になることもない。人間は人間だ。翡翠の力は人間をより良い存在にしたり、神に近づけたりはしない。より強くしてくれるだけだ。

ヒロは悲しげな人々をよく観察した。有力な〈灯籠持ち〉がたくさんいる――事業主、企業の幹部、判事、政治家。それぞれ特別な献金の入った白い封筒を持ってここを訪れたのは、ランの葬儀費用の一部を負担し、今後も無峰会への忠誠が変わらないことを公の場で示すためだ。とはいえ、この時点では意思表示にすぎず、約束ではない。彼らの誓約の真の力は、これからの数週間、数カ月で明らかになっていくだろう。それは次に何が起こるか、組織の抗争がどういう方向へ向かうかにかかっている。

ヒロはちらりと左右を見た。集まった弔問客たちの前で、自分の周囲にずらりと並んだ一族に目を走らせる。彼は今日、組織に正式に披露するつもりだった。妹のシェイは〈日和見〉として、戦闘力の高いメイク兄弟は〈角〉と第一の〈拳〉として、さらに婚約者と優秀な十代の従弟も、全員が並んで立っている。若い世代はまだ強力であり、無峰会には未来があると、自信を持って宣言するのだ。今のところは、それでどうにかなることをヒロは祈った。

説教がさらに数回〝彼に神のお導きがあらんことを〟という文句をくり返して終わると、人々は棺のほうを向き、棺が地中に下ろされていくのを見守った。ヒロはしばらくのあいだ、長々とつづく支持者たちのお悔やみの言葉を聞かされることに耐えなくてはならなかった。できることなら、地面に横になって意識を失ってしまいたい。ヒロと一緒に通夜をすごしたシェイは、背すじを伸ばして立ち、いっぽうの手で母親の腕をつかんで支えながら前を見つめていた。コール・センは車椅子に崩れた姿勢ですわり、茫然としている。人々は混ざり合い、ひそめた声でおしゃべりを始めた。何もかも、まったく気が滅入る光景だ。

「ソン首相がこっちに来る」シェイがヒロに囁いた。

血色のいい太り過ぎの政治家が近づいてきて、墓穴のそばの献金皿にそつなく白い封筒を置いた。「コール－ジェン」彼は重々しく言いながらふり向き、組んだ両手をかかげる敬礼をした。だが、その長さも頭の下げ方も足りないことに、ヒロは気づいた。「君の悲しみを思うと、わたしもじつに重く沈んだ気持ちになる」

「葬儀に参列してくださり、ありがとうございます、首相」ヒロは言った。

「君のお兄さんが〈柱〉を務めた期間は、あまりにも短かかった。彼は理性的で賢明なリーダーで、常にこの国に必要なことを考え、組織に示された友好関係はけっして忘れなかった。コール・ランには最大の敬意を払わずにはおれんかった。彼の死は大いに惜しまれることだろう」

「そうでしょう」ヒロは努力して曖昧な表情を保ちながら、うなずいた。首相がお悔やみを言いながら、すでにその鋭い目で前の〈柱〉と新たな〈柱〉を比較して否定的な判断をしているのかどうか、はっきりしなかったからだ。首相は外交官のように滑らかに言葉を発しているが、ヒロは〝感知〟を使うまでもなく、男の慎重さと、今日ここに来ている〈灯籠持ち〉すべてが発している心理的葛藤を感じ取っていた。彼らは組織の保護と支援を当てにしている。彼らの目から見れば、ヒロはあまりに若く、乱暴者という評判どおりの人物なのだ。

この一日が終わり、シェイが献金を勘定すれば、ヒロの立場と、どの程度心配するべきかがより明らかになるだろう。ウェンの言ってくれたことに安心したいのはやまやまだが、ヒロにはよくわかっていた——忠実な〈拳〉が何人いようと、〈灯籠持ち〉が無峰会への支援をやめて山岳会へ鞍替えしだしたら、自分は組織を失うことになる。彼はしぶしぶ向き直り、ソン首相のすぐ後ろに並んで献金の封筒を置いて挨拶にきた次の弔問客と礼儀正しく言葉を交わした。

弔問客の列がようやくまばらになり、人々が散りはじめると、アンデンがやってきた。「ヒロ‐ジェン、お話ししなくてはならないことがあります」十代の少年は痛みをこらえているかのように顔をゆがめ、おずおずと言った。話しだすと、言葉がどっとあふれだし、恐ろしい罪の許しを乞う者の表情になった。「あなたに話すべきだったのに話さなかったことがあるんです。あのとき……あのとき、ちゃんと話していれば……」

ヒロは嘆く従弟を脇へ引っぱっていった。「どんなことだ、アンディ？」

「ランは亡くなる前、ぼくに使いを頼んでいたんです。ぼくは指定されたところへ行って包みを受け取り、ランに届けていました。誰にも秘密で」アンデンの苦しげな小さい声はぴんと張りつめている。「最後に会ったとき、ランのようすがおかしかったんです。ランらしくない怒り方をしたり、オーラもいつもと違ってひどくとげとげしかった。ぼくが運んでいた包みは――

小瓶に入った薬だったんです、ヒロ。あの薬は――」

ヒロはアンデンのスーツの襟をつかんで引き寄せ、素早く一度だけ首を横にふった。「言うんじゃない」その声は低く、怒りをたたえていた。

アンデンは言葉をのみこみ、ヒロを見つめて凍りついた。

ヒロは険しい表情で少しかがみ、アンデンの耳元で言った。「兄貴はコール一族のトップで、無峰会の〈柱〉だった。彼の命を奪った山岳会には、必ず報いを受けさせる。そして何があろうと、誰にも兄貴の思い出を汚したり一族の力に疑いをかけたりはさせない。絶対にだ」アンデンのスーツの襟をつかむ手に力をこめ、ヒロは体を引いて少年の目を見据えた。「さっきおまえが言ったことだが――学校で誰かにしゃべったか？」

「いえ」アンデンは目を見開いた。「誰にもしゃべってません」

「その話は二度とするな」

アンデンの喉仏が動いたが、声は出てこない。少年はうなずいた。

ヒロの手がゆるみ、怖い表情が和らいだ。ヒロはアンデンのスーツの前を直してやり、少年の両肩に手を置いた。「アンディ、俺も悔やんでいる――ほかに何かできることがあったんじゃないかって。俺がもっと注意を払うべきだった。あの夜、兄貴に護衛をつけておくべきだった。だが、今はそんなことを考えてもしょうがない。起きてしまったことは起きてしまったことだ。俺たちには変えようがない。あれはおまえのせいじゃない。おまえは少しも悪くない」

アンデンはヒロの顔を見ずに、手の甲で目元をぬぐった。こんなふうに悲しみと罪の意識にさいなまれているアンデンを見るのは、ヒロにはつらかった。彼は優しく訊ねた。「少し休みを取ったらどうだ？ 俺が学園に話してやろうか?」

アンデンはすぐ首をふった。「いいえ。ちゃんと卒業したいから」

「いい心がけだ。兄貴もそう望んだだろう」ヒロは従弟にほほえみかけて元気づけようとしたが、アンデンはまだ顔を上げようとしない。少年はうなずいて離れると、少し離れたところでそれぞれの家族と一緒にいる学園の同級生のところへ行ってしまった。ヒロは疲れたため息をつき、遠ざかっていく従弟を見つめた。あんな厳しい言い方をするつもりではなかったが、アンデンはもうすぐ忠誠を誓い、抗争中の組織に仲間入りすることになっている――ちゃんと理解してもらうことは重要だ。グリーンボーンの組織では、代々受け継がれる遺志がきわめて重要なこととされている。ランの権威は、彼の祖父と父の遺したものに基づいていた。ヒロの権威もまた、兄ランの遺志に基づくことになる。組織はひとつの体のようなものだ。〈灯籠持ち〉が皮膚と筋肉で、〈拳〉と〈招福者〉が心臓と肺だが、〈柱〉は背骨だ。背骨に弱さがあってはならない。背骨が弱れば、体は立っていられず、戦うこともできない。ランは敵の待ち伏せに遭い、戦士として命を落としたのだ――そのことにいかなる疑惑もあってはならない。

ヒロはターに言った。「ほかの連中をここから出してくれ。ひとりになりたい」

ターとケーンはまだ残っている弔問客を穏やかに、だがきっぱりと墓地の門へうながした。妹のシェイは墓穴に向かって長々と頭を下げた。兄の棺に静かに語りかけているように、唇を動かしている。やがてシェイは棺に背を向けると、ゆっくり歩く母親を導きながら去っていった。ウェンがヒロのところにやってきて、問いかけるように彼の腕に手を置いた。「おまえの兄さんたちと一緒に行ってくれ」ヒロは言った。「俺はあとから行く」彼女は言われたとおりにした。

コール・センは墓穴のそばに残っていた。車椅子の後ろでは、家政婦のキーアンラが辛抱強く立っている。「彼はいい子だった」老人は最後に言った。「いい息子だった」

突然、コール・センは泣きだした。声もなく泣いている醜い顔は、そうすることを恥じている人間の顔、涙は弱い者が流すものだと思っている人間の顔だ。キーアンラがハンドバッグからティッシュを出して老人に渡し、なぐさめようとしている。「あらまあ、コールージェン。お泣きになっても構いませんよ。わたしたちはみんな人間なんですもの。誰だって、気分を晴らすためには泣くことが必要です。たとえ組織の〈柱〉でも」コール・センは彼女には目もくれない。

ヒロは目をそむけた。祖父が泣いている姿を見ると、心が鉛のように重くなる。祖父は我慢ならない暴君だが、彼の人生は誰にもあってはならないほど悲劇的なものだった。祖父の成しとげた軍人および市民としてのすべての功績、世間の称賛、一族と組織を支配してきた数十年間をもってしても、ひとり息子を亡くし、今度はいちばん上の孫息子を亡くしたという事実を埋め合わせることはできない。

数日前、認知症で暴れだした祖父を鎮静剤で落ち着かせたとき、ヒロはトゥルー医師に祖父の着けている翡翠の一部を外し、どこかに鍵をかけて保管しておくよう指示した。まずは、ベルトについた翡翠を二、三粒。医師はそれで効果があるだろうと言っていた――自分自身や他人を傷つける傾向を減らし、感覚を鈍らせ、新陳代謝の速度を落とし、より落ち着かせてくれるはずだ。目を覚ましたとき、祖父は翡翠が減っていることに気づいてもいないようだった――それ自体は悲しい兆候だ――が、ヒロは気づいた。〝ケコンの炎〟と呼ばれた不屈のオーラの影になりはてていたが、翡翠を失ったことは、それをよりはっきりさせただけだった。今、祖父のこんな姿を見て、ヒロは突然はっきりとわかった――彼の命は長くない。近いうちに、またコール家の葬儀が行われることになるだろう。だが、誰の葬儀になるか、賭けをする気にはなれなかった。

ヒロは祖父の子孫のなかで自分がいちばん愛されていないことを知っていたが、それでも祖父のそばへ行った。「大丈夫ですよ、おじいさん。おじいさんは俺たちのなかで誰よりも、組織を強くしてきました」ヒロは静かに語りかけ、車椅子の横にしゃがんだ。「心配いりません、俺がしっかりやっていきます。ドゥでもランでもないけど、俺だってコール一族のひとりです。俺がきっとなんとかする、約束します」

祖父は聞いているのか、気に留めているのかわからなかったが、泣くのをやめ、がっくりとうなだれて目を閉じた。ヒロはキーアンラに祖父の車椅子を車まで押していかせた。

やっと、ヒロはランの墓穴のそばでひとりになった。天の国や霊など信じていない彼にも、言うべきことはある。

「兄貴。兄貴の翡翠は、棺の内張りの裏に縫いつけておいたよ。誰も兄貴から翡翠を奪っちゃいないし、誰も兄貴の翡翠を身に着けることはない。それは兄貴のものだ」ヒロはしばらく黙った。「兄貴は俺にこんなことはできないと思ってるだろ、それは知ってる。けど、ほかに選択肢を残してくれなかったのは兄貴じゃないか。だろ？　だから俺は、兄貴が間違ってるってことを証明しようと思う。兄貴が心配しているような事態にはさせない――無峰会を破滅させたりはしない。もしあの世ってものがあるのなら、再会したとき、俺がこの誓いを守ったかどうかわかるだろう」

37 〈日和見〉の赦免

シェイは〈日和見〉の家へ行った。そこでは常時ふたりの見張りがつき、ユン・ドルポンが軟禁されている。ふたりは下級の〈指〉で、上級のグリーンボーンにはとうていかなわないが、それで問題はなかった。相手はもう翡翠を身に着けていないのだ。ひとりは人々を近づけないように玄関前に立ち、もうひとりはドルが出ていかないように家のなかで見張っている。所持しているのは拳銃だけで、タロンナイフすら持っていない。翡翠が埋めこまれたナイフの柄を、万が一にもドルに触れさせないためだ。

シェイが近づくと、見張りが言った。「ヒロ‐ジェンから、誰もなかに入れるなと言われています」こんな下級の〈指〉さえも、親しみをこめてヒロの名を口にする。まるで個人的な友人のようだ。

「ここは〈日和見〉の家よ。わたしは〈日和見〉なんだから、ここはわたしの住まいだわ。なかの男は一時的に滞在している客。彼に話があるの」それでもまだ〈指〉がためらっていると、シェイは言った。「わたしのことを兄に報告するつもりなら、邪魔しないほうがいいんじゃないかしら」

〈指〉は自分の立場と彼女の立場を比較して、彼女をなかに入れた。屋敷のなかは、午前も中頃だというのに薄暗かった。すべての鎧戸（よろいど）が閉められ、シーリングファンがカビ臭いセーターと丁子（クローブ）の匂いのする生ぬるいよどんだ空気をかき混ぜている。ドルは何ひとつ捨てていなかった。屋敷は、ちぐはぐな家具やら鉢植えやら、〈日和見〉としての数十年間でたまった、ありとあらゆるまとまりのない贈り物であふれていた――小さい像、美しい装飾の小箱、色とりどりの花瓶、彫刻の施された文鎮、小さな敷物、黒檀のコースター。

リビングの隅の窓辺では、もうひとりの見張りが椅子にすわり、退屈そうな顔をしている。ドルはソファに体を伸ばして横になり、目の上にぬれタオルを載せていた。「おまえか、シェイ－サ？」

「ドル－ジェ……」シェイははっとした。「こんにちは、ドル伯父さん」元〈日和見〉にはもはや、人生のほとんどで使われてきた敬称で呼ばれる資格はない。ドルは目に載せていたタオルを取ると、やせた体を起こして、ゆっくりと慎重にすわった。まるで自分の体に慣れておらず、気をつけないと壊れてしまうかのようだ。翡翠を外したドルは、やせ衰え、やつれて見える。元〈日和見〉は乾いた薄い唇をなめ、シェイを見ると、本当に彼女か確かめるように目をこらした。

「ああ」彼は息をもらすと、少し動いただけでもう疲れ果ててしまったように、首をそらして目を閉じた。

「どうやってこれを耐えぬいた、シェイ－サ？　ケコンから遠く離れた地で、たったひとりでこれを乗り越えたのか？」

若く健康なシェイは、翡翠のエネルギーが一気に引くときの頭痛や激しい疲労、パニック発作もうまく乗り切れる。だが、ドルは祖父と同じくらい高齢だ。こんな屈辱的な扱いよりも、さっさと死なせたほうがよっぽど思いやりのある処分ではないか、とシェイは思わずにはいられなかった。「最初の二週間が過ぎれば、楽になってくるわ」

「わかっている、シェイ－サ」ドルはため息をついた。「翡翠をはぎ取られて閉じこめられるのは、これが初めてではない。少なくとも、今回はショター人の拷問室ではなく、快適な我が家だ」大したことはないと手をふる。「とはいえ、あまり長くはもたんだろう。近くにおいで。もう、よく聞こえない。すわって、なぜわたしがまだ生きているのか説明してくれ」

シェイはゆっくりと肘掛け椅子まで歩いていき、ドルの向かいにすわった。「ラン兄さんの葬儀があったからよ。昨日」

ドルの薄いまぶたの下に涙がたまり、目の端からこぼれて顔の両側に細く流れた。皺の描く地形で、水が流れる道筋を探している河口域のようだ。「なぜ、彼が？ いつもあれほど善良で思慮深い男だったではないか、忠実な息子だったではないか。ああ、ラン‐サ、おまえはなぜそんなに愚かだったのだ？ なぜそんなに善良で、そんなに愚かだったのか？」そして責めるように言った。「わたしを葬儀に出席させてもよさそうなものを。ヒロも、それくらいは大目に見てくれてもよかったではないか」

「そんなわけにはいかないことくらい、わかっているでしょう」

「何があったんだ？ 哀れなラン‐サはどうして亡くなった？」

「〈ライラック・ディヴァイン〉から帰る途中、待ち伏せに遭ったの。港で溺死したのよ」シェイはそんな言葉を口に出せたことに驚いた。

ドルは強く首をふった。「そんなことはありえん。恐ろしい手違いがあったに違いない。そんな計画ではなかったのだ、断じてそんな計画ではなかった」

シェイの全身に冷たい怒りが広がった。「なぜわたしたちを裏切ったの、ドル？ 長年、組織に貢献してきたのに、なぜ？」

「わたしは自分が最善と思ったことをしただけだ。コール‐ジェン自身が望んだであろうことを。わたしが誰かや何かのために彼を裏切ることは絶対にない」老人の顔が後悔にゆがんだ。「たとえ彼自身の孫のためであっても」

「わけがわからない。おじいさんが、あなたに山岳会と共謀してわたしたちに敵対することを望んだと言いたいわけ？」

「優秀な〈日和見〉は、〈柱〉の考えていることを自分の心のように読み取れるものだ。コール－ジェンはわたしにいちいちああしろこうしろと指示する必要はなく、『ドル－ジェン、わしはどうするべきかな？』などと訊く必要もなかった。わたしはいつも、彼が何を目指しているかを知っていた。本人がはっきり自覚するよりも早くだ。もし彼が『この街を占領せねばならん』と言えば、わたしにはそれが海運機能を破壊しろという意味だとわかった。『誰それと話をするべきだ』と言われれば、その誰それを買収しろという意味だから、わたしは準備に取りかかる。わたしはコール－ジェンが頼んでいない内容を理解し、実行してきたのだ。わかるか、シェイ－サ？」

「いいえ」

「コール－ジェンには、自分の人生で後悔している過ちが二つ三つしかない。アイトと手を組んでいた頃、一山会は強力だった――国を外国の支配から解放できるほど強かった！　おまえは戦後生まれだったな、シェイ－サ。それでは、この意味を正しく判断することも理解することもできん。われわれをいくつもの組織に分断したのは、戦争ではなく、平和だ。各組織は縄張りとビジネスと翡翠をめぐって張り合うようになってしまった。わたしにはわかる。おまえの祖父は、自分とアイトがこんな不和の遺産を残すことに心を痛めている。わたしは、彼が修復できたらと願っていることを修復しようとしたのだ。ばらばらになった組織を、もう一度ひとつにしようとしたのだ」

「そのために、わたしたちに隠れて翡翠を採掘している山岳会をかばってたって言うの？　そのために、山岳会の〈日和見〉と共謀して、わたしたちを裏切ったの？　ＫＪＡと財務省の記録を調べたわ。あなたは私腹を肥やしていた」

「この年で、いったい何に金が要るというんだ？」ドルの長い顔に軽蔑で皺が寄る。「アイトの娘はふたつの組織を合併しようと考えている。そのためには平和的な手段も、力ずくの手段も取るだろう。彼女はランよりも強く、野心家で、狡猾な〈柱〉だ――天よ、こんなことを口にするわたしをお許しください。わたしは合併交渉をするよう、何度も何度もランを説得したが、検討してはもらえなかった。彼のいっぽうの肩にはプライドが、もういっぽうの肩にはあの暴れん坊のヒロの意見がずっしりのしかかっていたからな」

ドルの声は、体力がなくなってきたかのようにだんだん小さくなっていく。「わたしは金銭を見返りに、山岳会の翡翠採掘を隠すことに同意した。その金は組織に戻した。わたしは無峰会が強い分野――不動産、建設、サービス業――でその地位を強化し、山岳会がリードしている分野――カジノ、製造業、小売業など――から撤退を始めた。山岳会はさらに裕福で強力になっていくだろうが、われわれも同じように強くなるだろう。壊れたパズルのふたつのピースのように、よりたがいにふさわしい存在になっていくのだ――そのときには、合併が唯一の平和的で良識的な解決策だと、ランも理解してくれただろう」

シェイは長々と目を閉じた。「彼らがヒロを殺そうとすることを、あなたはわかっていたの？　ランの命を奪うだろうということも？」

ドルはソファのクッションの上で、頭を前後に動かした。「いいや、ランのことは知らなかった――彼に神々のお導きがあらんことを。ヒロの件は、わたしにはどうにもできなかった。彼はわたしの考えと食い違う行動をしていた。わたしが山岳会に譲ったビジネスを盗み返したり、縄張りの境界をうろついて争いをエスカレートさせたりした。〈拳〉たちはサメのようなものだ。ほら、水にほんの少し血を流してやるだけで、狂ったように騒ぎだす。街なかの争いは火のように広がり、山岳会は業を煮やした。彼らがいずれヒロを始末するということは、わかっていた。それはわかっていたが、わたしは何も言わず、何もしなかった。だから、もうすぐわたしを処刑するのがヒロだということは、気にならん」

シェイはドルを見た。シミだらけの羊皮紙のような肌をした手と首を見て、友人のパヤのことを思い出した。彼女とは何年も口をきいていない。思い出したのは、パヤが音楽好きだったことや、数字に強かったことや、〝敏捷〟の能力に優れていたことではない。シェイの頭のなかに入りこんできたのは、マニラ紙の封筒からこぼれでた十二枚のいやらしい写真を見たときの衝撃だ。この散らかった家のなかを探したら、ほかにどんなものが出てくるのか、シェイは考える気にもなれなかった。シェイが生まれてからずっとコール家にいたドルは、〝ケコンの炎〟の孫たちにとって伯父のような存在だったが、ひそかにランを弱らせようとする前にも、〈日和見〉としての立場をさまざまな形で乱用してきた。ドルに同情するわずかばかりの理由が見つかったとしても、いずれ確実にヒロが言うであろう言葉にシェイは反対する気はなかった――〝ドルは一族を裏切った。〈日和見〉は〈柱〉に逆らってはならない。彼には死んでもらう。これればかりはどうしようもない〟。

ただし、ヒロはまだドルの処刑を命じていなかった。彼は敵には非情だが、身内には優しい。〈柱〉としての最初の仕事にするのがいやで、処刑を先延ばしにしているのではないか、シェイはそう疑っていた。とはいえ、ランの葬儀が終わったことだし、もうすぐだろう。ひょっとしたら、今日か明日にも行われるかもしれない。

シェイは決心した。このところ吐き出したいと思っていた言葉をかき集め、椅子の上で体を前にずらした。

「あなたにはうんざりよ、ドル伯父さん。その理由は教えてあげる必要もない。わたしに言わせれば、あなたはすでに長く生きすぎている。何をしても、おじいさんの友情に守られてきた。あなたのために、涙ひと粒流すつもりはないけれど、おじいさんを助けてくれるなら、処刑されないようにしてあげてもいいわ」声が詰まり、シェイは少し間を置いた。「おじいさんは自分の部屋で、ただすわっているだけ。葬儀でひどく弱ってしまって、あれからほとんどしゃべっていない。口を開けば、あなたを呼ぶの」

ドルはソファに頭を預けたが、話は聞いている。薄いまぶたの下で目が動き、何かをのみこむように喉が動くのが見えた。

「頭が衰えていってるらしいの。お医者さんは、親しい人たちといつもの日常が必要だと言っている。もしあなたがいつもしていたように、朝、おじいさんとチェスをしたりお茶を飲んだりしてくれたら、おじいさんにとってなぐさめになるはず。もう組織のビジネスに関わらないと誓うなら、わたしからヒロに話してあげる。あなたを生かしてくれるように——あなたが今、おじいさんを助けると言ってくれるなら——おじいさんがあなたを必要としているあいだは、人生の終わり近くまで生かしてくれるように頼んであげる」

それにはヒロと激しく戦わなければならないだろう、とシェイは思った。協力関係を結んだばかりでは、なおさらだ。それでも、いとわずやるつもりでいる。長兄を失ったばかりで、祖父まで失おうとしているのだ。昨日の葬儀で、ヒロを〈柱〉として認めようと集まっていた心配顔の組織のメンバー全員にとって、コール・センの生きる意志が急速に衰えているのは明らかだった。長い人生で勝ち取ってきた多くの翡翠を少しずつ外していくにつれ、翡翠のオーラもだんだん薄れていたが、それよりも衰えのほうが速いくらいだ。

祖父の人生で最後に調子のよかった数年間を、シェイが遠く離れた国ですごしていたことはつらい皮肉で、これから彼女が望めるものといえば、ときおり祖父に訪れるはかない正気のひとときだけだ。それは熱帯地方のスコールのように、現れてはたちまち去っていく。

祖父は孫のなかでシェイをいちばんかわいがり、彼女が組織に戻ってくるのを切望していた。ところが彼女が戻った今、祖父にはそれすらわからない。シェイはそのことは受け入れられるが、祖父を失うことには、祖父の体がしなびてただの骸となり、心が埃のように吹き飛ばされるのを目の当たりにすることには、まだ心の準備ができていなかった。「おじいさんに最善のことをしてあげたいの」シェイはドルに言った。「それは一族の正義よりはるかに大事なことだわ。引き受けてくれる、伯父さん?」

ドルはソファから頭を起こした。細い首には重すぎるかのように、頭が揺れる。老人の目は落ちくぼんでいるが、まだビー玉のように黒く輝いている。「わたしはいつでもコール-ジェンが必要としていることをする」

「おじいさんには、ドルは体を壊していたと言っておくわ――〝渇望〟の初期症状が出ていたって。それなら、あなたが翡翠を着けていないことの説明がつく。そばに見張りをつけておくから、組織のビジネスのことは一切しゃべらないように。この条件でしか認めない。もしルールを破れば、あなたをヒロから守ってやることは二度とない」

「翡翠に誓って……とはもう言えない身分だったな」ドルはほろ苦いユーモアをこめて言った。「だが、約束しよう。自分の立場はわかっているとも、シェイ-サ。わたしはみんなにとってより良い方向へ進めようと最善をつくしたが、失敗した。ランは亡くなり、ヒロが〈柱〉になった。わたしの命はヒロとおまえの恩情次第だ。もしコール-ジェンのただの友人として、たがいに残された短い余生をすごせるのなら、充分すぎるくらいだ。わたしのことでおまえが心配することは何もない」

「シェイはうなずいて立ち上がった。命を救う約束をしている立場で彼に礼を言うのはふさわしくない気がするし、彼の状況について謝るのもおかしい気がする。

そこで、「わかったわ、それじゃ」とだけ言った。

ドルはやせ衰えた体をまたソファに横たえた。「今ではすぐ疲れてしまう。これは翡翠を失った老体のせいなのか、心の痛みのせいなのかわからん」ぬれタオルを目の上に押し当ててじっとしているが、しゃがれた声はつづけた。「おまえはわたしの弱さを憎むかもしれない――憎むのはわかっている――が、わたしはおまえの不幸を望むことはけっしてできなかったし、これからも望むことはない、シェイ－サ。自分の運命で唯一喜ばしいことは、おまえを見ることだ。こんなに強く、こんなに賢く美しくなって、自分の翡翠を身に着けたおまえの姿を見られることだ。おまえを組織に呼び戻すには殺人と抗争が必要だったが、覚えているか？　わたしがいつもおまえのおじいさんに言っていたことを――いつか、おまえはわたしのあとを継いで〈日和見〉になるだろう」

38　〈灯籠持ち〉のジレンマ

〈トゥワイス・ラッキー〉はこの数カ月、非常に繁盛していた。縄張りの境界から遠くない高速道路の入口近くに位置しているため、朝、ふたりの重武装した無峰会のグリーンボーンが現れたとき、店主のミスター・ウネは、警戒はしても、それほど驚きはしなかった。ふたりは営業していないカウンター席にすわり、カードで遊びながら入口のドアを見張った。店主はふたりのところへ、食事か飲み物を用意したほうがいいか伺いにいった。「何か問題が起こりそうなのですか？」

「まあな」グリーンボーンのひとりが答えた。短いあごひげを生やした男で、名前はサットー。もうひとりはずっと若く、コーンという名前だった。「〈角〉が、何か起こるかもしれないと考えているんだ。電話が要る。何かあったら〈角〉に連絡しなきゃならない」少しして、ミスター・ウネは思い出した。この男たちが言っている〈角〉とは、もうコール・ヒロのことではない。メイク・ケーンのことだ。

ミスター・ウネは事務室から電話を持ってきて、カウンターの後ろで電話線を差した。「今日は店を閉めるべきでしょうか？」じわじわと不安が募り、店主は訊ねた。

「それはおまえの決めることだ。今すぐ閉める必要はない」とサットー。

実際のところ、その必要はほとんどなかった。どっちみち、商売は上がったりだ。普段なら五曜日のランチタイムは混雑するが、昨日は殺害された〈柱〉コール・ラン――彼に神々のお導きがあらんことを――の葬列があったから、ふたつの組織は今日こそ激しい抗争を再開するだろうと誰もが思っている。ジャンルーンの人々は賢明にも、できるだけ外出しないことにしていた。近隣の係争中の地域では営業時間を短くしているとか、アームピット地区の〈ダンシング・ガール〉のようにその日は閉めてしまった店もあるという話が、ミスター・ウネの耳に入っていた。しかしミスター・ウネの父親は、多国大戦の最中さえ、ほぼ毎日〈トゥワイス・ラッキー〉を開けてきた。ショターとエスペニア両国の爆弾に永遠に閉鎖させられそうになっていた頃だ。というわけで、店主の方針では、どんな脅威があろうと営業を止める気はなかった。

正午を過ぎてまもなく、店主が自分の方針を考え直しはじめた頃、電話がかかってきて、受話器の向こうの声にサットーを出すよう言われた。この頃には、ふたりのグリーンボーンはランチビュッフェを利用したあとで退屈そうにしていた。ほかの数少ない客は、ふたりから離れた席にすわり、不安そうにちらちらと彼らを見ている。サットーは電話を切ると、ミスター・

ウネに言った。「客に帰るように言ってくれ。山岳会が港湾地区を攻撃して、こっちに向かっている」コーンは勝手に木の鎧戸を閉めて掛け金をかけていく。

「い、いつ、こっちに着くんです？」ミスター・ウネはつっかえながら訊ねた。

サットーは肩をすくめる。「十五分くらいかな」

店主はみずから、すべてのテーブルを回った。拒む客はひとりもおらず、ただちに店を出ていった。何人かは食べかけの料理をテイクアウト用の容器で持ち帰り、客の多くが近いうちに店の修理代が必要になるのを見越して多めのチップを置いていってくれた。ミスター・ウネは、従業員たちもほとんど帰らせ、おもだったスタッフだけですべての鍋釜、皿、カップ――守れそうな壊れ物は何でも――しまいこんだ。すべての客が帰るのを待ってから、スタッフはこういう状況の定番として、休憩室や厨房に入って床にすわった。ミスター・ウネはホールに残り、ハンカチで額をふくのと両手をもみ合わせるのを交互にくり返していた。

「おふたりだけなんですか？　あなたがたの力を疑うわけではありませんが、さすがに――」

そのとき、無峰会のグリーンボーンがさらに三人――男ふたりと女ひとり――が店に入ってきた。息を切らし、汗をかいているようすは、べつの場所からここまで走ってきたらしい。応援の戦士の到着に店主はほっとしたが、女のグリーンボーンの報告で、その安堵は粉々に砕けた。「将軍街道の南側は、ほぼすべてやつらのものになりました。ゴントみずから攻撃を指揮しています」彼女の持つ月形刀は血にぬれている。ミスター・ウネの胃が中身を吐き出すまいと震えた。

「やつらはいつここに来てもおかしくありません」

入口に立っているコーンが、ミスター・ウネには聞こえなかった物音を聞きつけたように、はっと通りを見た。「もう来ています」グリーンボーンたちは武器を抜き、この建物を守るために外へ飛び出していった。

ミスター・ウネは短くぎゃっと声を上げ、反対方向へ急いだ。カウンターの後ろに飛びこんだ瞬間、甲高いタイヤの音が響き、車のドアが乱暴に閉まる音がして、レストランの正面に銃弾が浴びせられた。

　最初の銃撃は〈トゥワイス・ラッキー〉の正面を穴だらけにし、窓ガラスを三枚割った――店主は損害を計算してうなった――が、それだけで攻撃はやんだ。縄張りをめぐる争いでは、献金が見こめる店や企業を滅茶苦茶に破壊したり、通りすがりの人々を殺したりすることは、攻撃側にとっても防衛側にとっても何の得にもならない。外ではいろいろな音がしている。怒鳴り声、金属と金属がぶつかる音、苦痛の叫び、べつの車がタイヤをきしませて到着する音、くぐもった戦闘の音。店主には、誰かが「退却！」と叫ぶ声が聞こえた気がしたが、その声はさらに響いた二発の銃声にかき消された。

　その後、あたりは静まりかえった。ミスター・ウネは恐ろしくて息もできない。

　店主がようやく勇気をかき集め、立ち上がってようすを見ようとしたちょうどそのとき、入口のドアが勢いよく開き、ひとりの大柄なグリーンボーン――ほかならぬ山岳会の〈角〉ゴント・アッシュだ――がずかずかと入ってきた。すぐ後ろに、三人の戦士を従えている。彼らの目はらんらんと輝き、顔と服には血しぶきが飛んでいる。ゴントは入ってすぐのところに立ち、客のいないホールを見回した。「なかなかいい店だ」と言うと、カウンターのほうを向く。ミスター・ウネはすでに頭を引っこめ、袖で嗚咽を押さえていた。

「おい、出てこい」ゴントが声を張り上げた。

　ミスター・ウネはおずおずと立ち上がった。ゴントは前に来いと合図する。店主はごくんと唾をのみこむと、気遣いのできる接客のプロの物腰で、なんとか男たちのほうへ歩いていった。彼らに近づき、ちらりと入口のドアを見ると、ガラスについた血と倒れたコーンの下半身が目に入ってぎょっとした。するとゴントに訊ねられ、店主はリスのように飛び上がった。「従業員はどこにいる?」

店主は答えようとしたが声が出ない。そこで、厨房と奥の部屋を指さした。「連れてこい」ゴントは男たちのひとりに命じた。ミスター・ウネはまた驚いた。入口のドアが開き、山岳会のグリーンボーンふたりがぐったりしたサットーを引きずってきたのだ。猫が殺したネズミを差し出すように、彼らはサットーをゴントの前に置いた。「翡翠は〈角〉のものです」山岳会の戦士のひとりがゴントに敬礼する。「これは価値ある勝利です。〈トゥワイス・ラッキー〉は無峰会の貴重な資金源のひとつですから」

サットーがどうにか両膝をついて起き上がり、ゴントの靴に唾を吐いた。「組織は我が血。ヒロ‐ジェンがおまえの冷たい死体から翡翠をむしり取って――」

ゴントが見事な速さと力で月形刀をふり下ろし、ミスター・ウネが声を上げる間もなく、サットーの頭がカーペットを転がってレジ台の足元で止まった。「全員よく戦った。こいつの翡翠は、おまえたちで分けるがいい」ゴントは男たちに言った。「オロに、死体を片づけるまで従業員を出すなと言ってこい。彼らを怖がらせる必要はない」山岳会の〈角〉は月形刀を鞘に収めると、近くのテーブル席にすわり、店内を見回しながらうなずいた。チョークで本日の特別料理が書かれた黒板を見ている。「ランチビュッフェはまだやってるか?」

その質問に、ショック状態だったミスター・ウネは我に返った。「は、はい、ゴント‐ジェン。ですが、片づけてしまったので熱々の作りたてというわけにはまいりません。あと二時間早くお越しいただいていれば……」途中で馬鹿げて聞こえることに気づき、店主の声はだんだん小さくなって消えた。

「ここは、俺の敵コール・ヒロが好んでディナーに訪れる店だと聞いている。それに、ここのイカ団子は特にうまいらしい。残念なことに、俺はここで食事をする機会がなかった。それが、この街のグリーンボーンにとっての不幸な現実だ」ふたりのグリーンボーンがサットーの死体を運んで、通りすぎていく。

「〈トゥワイス・ラッキー〉の評判が旦那の耳にまで届いていたとは、うれしいかぎりです」ミスター・ウネは慌てて言った。どっと汗が噴きだす。「ぜひ、イカ団子をご提供させてください。ついにご自身で味わっていただけるように」

「そいつはありがたい」ゴントは言った。「それと、店の帳簿も持ってきてくれ」

店主は急いでそのふたつを用意しにいった。十分後、山岳会の〈角〉はイカ団子を口に入れて咀嚼した。部下の戦士たちは興味深く見守っている。〈トゥワイス・ラッキー〉に残っている従業員たちも店の奥から出され、ホールに集まっている。彼らは店主の後ろで半円形にかたまり、黙っておびえていた。ゴントの肉づきのいい顔に皺が寄ったかと思うと、彼は口のなかのものをのみこみ、いっぽうの手でテーブルを数回叩いて称賛した。「まったく、〈トゥワイス・ラッキー〉は評判どおりの店だ。かりっとした完璧な歯ざわり、じつに独創的な味付け……それに香辛料もちょうどいい。これなら毎日でも食える」その賛辞に、ミスター・ウネは無意識にほほえみ、彼の後ろでは厨房のスタッフが安堵のため息をもらした。

ゴントは食べながら、店主が彼の前に置いた黒い帳簿を開いた。「無峰会にいくら献金している？」

ミスター・ウネが金額を告げると、ゴントはゆっくりうなずき、帳簿を調べた。「最近の経営状態から考えると、その金額は低いな。しかも今は抗争中だ。山岳会には、その一・五倍の金額を納めてもらう」ゴントは〈拳〉たちに、箸を持ってきて一緒にイカ団子を食べろと合図した。〈拳〉たちは待ってましたというように食べだした。「さて、店主よ、忠誠と支援を誓え。そうすれば、明日は普段どおりに営業できる」

ミスター・ウネは口を開いては閉じ、また開いては閉じると、額の汗をふいて答えた。「ゴントｰジェン、わたくしは二十年以上、無峰会の〈灯籠持ち〉をしています。弟と甥もコール家に忠実な〈灯籠持ち〉で、義理の妹は〈招福者〉、従兄弟は無峰会の〈指〉をやっております。どうか、わたくしに名誉ある撤退を許していただけないでしょうか？」ある組織がべつの組織に縄張りを奪われた場合、翡翠を持たない事業主と従業員は、忠誠を誓う相手を替えるか、その縄張りから出ていくことを許される。それでとがめられることはないというのが、深く根付いた習慣だ。つい数日前にコール一族が征服した素寒貧通りのカジノ店でも、そういう選択がなされた。

「この場合は、それは受け入れられない」ゴントは言った。「ウネ家は〈トゥワイス・ラッキー〉を開店時からずっと経営してきた。優れた経営手腕と料理に対するヴィジョンを持つおまえが指揮をとるのでなければ、つづけたところでろくな店にはならん」

またもや、ミスター・ウネはつい喜んでしまった。山岳会の〈角〉の低くはっきり響くバリトンの声で言われると、もっともなことに聞こえる。ひょっとしたら、山岳会の〈灯籠持ち〉になるのも、それほど悪くはないかもしれない。そもそも献金を支払う組織を替えたところで、実際、どんな違いがあるというのか？

しかし、〈トゥワイス・ラッキー〉を経営してきた年月のなかで、ミスター・ウネは店がほかの組織の手に渡ることを真剣に考えたことはなかった。この地域はずっと無峰会が強力に支配しており、コール・ヒロの引き立ては揺るぎなかった。また戦況が変わって、店が無峰会に戻る可能性もある。誰も裏切らないほうが安全だ。

「どうかお許しください、ゴントｰジェン」ミスター

・ウネは両手を組み合わせ、何度も敬礼した。「〈トゥワイス・ラッキー〉はウネ家の大事な資産ですが、お断りせざるをえません」

ゴントはその言葉をじっくり考えた。ナプキンで口をぬぐって、立ち上がる。「よし。おまえの立場はわかった」そして部下たちのほうを向いた。そのうちふたりはすでに店を出ていた。おそらく港湾地区の奥へさらに進出するか、ほかの場所で戦いを引き起こすつもりだろう。だが、三人はまだ残っている。「すべての従業員を建物の外に出せ」ゴントは指示した。「そのあと、店を焼き払え」

ミスター・ウネの顔が恐怖で凍りつく。ゴントの部下のグリーンボーンたちが指示に従って動きだすと、店主は泣きついた。「おやめください、ゴント‐ジェン、お願いです！」山岳会の〈角〉の前でよろよろと膝を着く。「わ、わたくしは山岳会への忠誠と献金を誓います。山岳会の戦士を導く灯籠をかかげ、彼らの保護を求めます」店主の声は慌てて震えている。「神々の愛にかけて。ですからお願いです！」

ゴントは片手を上げて部下を止めた。「おまえの誓いを喜んで受け入れよう、ミスター・ウネ。もし、これがあのイカ団子を味わえるたった一度の機会になっていたら、大いにがっかりしていただろう」彼は震える〈灯籠持ち〉をよけ、〈拳〉たちに店を任せて大股でドアへ歩いていった。「〈トゥワイス・ラッキー〉は、俺たちが無峰会から手に入れる最初のひとつにすぎない。手に入らないものは破壊する。この抗争が終わり、山岳会が勝利した暁（あかつき）には、昔のようにジャンルーンを支配する組織はひとつだけになる。そうなれば、おまえのように優秀な〈灯籠持ち〉は何も心配する必要はなくなるだろう」

39 船舶通りでの舵取り

ドルが使っていた役員室の大きな窓の前に立ち、シェイは眼下の街を見渡した。この部屋にいると、ぞっとする。ドルの存在感に満ちている。何もかもが――彼の体の形にくぼんだ古い茶色の革張りの椅子から、机に置かれた象牙（ぞうげ）の万年筆や、引き出しのなかにある開封された袋入りの檳榔（びんろう）の実まで――ここがあの老人の領域であることを思い出させる。シェイが生きてきた年月と同じくらいの期間、ドルはこの部屋を使ってきたのだ。

シェイの胃がむかむかしてきた。生まれてから、これほど神経質になったことはない気がする。エスペニア人でいっぱいの大きな教室に入っていった最初の日さえ、これほどではなかった。ヒロの前にひざまずいて〈日和見〉になることを誓ったとき、それがどれほど困難なことか頭ではわかっていたが、通夜と葬儀の数日間を悲しみと罪悪感で乗り切り、目の前にとうてい不可能なことが横たわっているのを実感したのは、今が初めてだった。ヒロが〈柱〉になったことに組織の人々がどんな不安を抱いているにせよ、シェイが〈日和見〉になったことには、それ以上の不安を感じているに違いない。ドルは老練な戦争経験者で、数十年の経験を持つビジネスマンだった。いっぽう、シェイは二十七歳の女で、この二年間ケコンを離れていて、組織で高い役職についた経験もない。速やかに信頼を集め、〈日和見〉のオフィスをうまく運営していかなければ、投資はみるみる低下し、〈灯籠持ち〉は沈みゆく船から逃げだすネズミのようにいっせいに離れていくだろう。シェイはこの戦いで、〈柱〉が取るどんな行動よりも早く、無峰会に敗北をもたらしてしまう可能性があるのだ。

社交の場以外では滅多に煙草を吸わないシェイだが、今は落ち着くために煙草に火をつけた。もっとも必要なことは、ランが〈日和見〉の後継者と考えていたであろうふたりの人物――ウン・パピドンワとハミ・トゥマション――から正式に支持を得ることだ。信頼できるこのふたりがシェイを支持していることを、組織に見せる必要がある。ウンはそろそろ現れるだろう。

シェイは窓辺に立ったまま、メイク・ターに付き添われたウンのオーラがエレベーターを出るのを〝感知〟しても、ふり返らなかった。

ターが役員室のドアをノックし、ドアを開けて事務的に告げた。「コール‐ジェン、お呼びになったウン・パピを連れてきました」シェイは次兄の側近への感謝で胸がうずいた――ヒロにきちんと言い聞かされてきたのは明らかだ。ゆっくりと煙草をもみ消して、ふり返る。「ご苦労さま、ター」〈拳〉は敬礼して出ていき、後ろ手にしっかりとドアを閉め、ウンだけが残された。

「ウン‐ジェン」シェイは机を回っていき、かつての〈柱の側近〉に、応接セットの醜い深緑色のソファを示した。ウンは黙って腰かけた。シェイはサイドテーブルの水差しからふたつのグラスに水を注ぎ、ひとつをローテーブルのウンの前に置いた。グラスをつかむ彼の手が、かすかに震えている。シェイは向かいの肘掛け椅子にすわった。

「兄はあなたのことを高く評価していました。あなたを信頼し、学園時代からの古い親友と考えていました」

ウンは黙っているが、その瞬間、彼の顔に深い悲しみと屈辱、そして自分の命を奪われるかもしれないというもっともな恐怖が、シェイにははっきり見てとれた。ウンはいざというとき、ランの役に立てなかったのだ。彼はあの運命の夜、〈柱〉が外出していたことを知らなかった。〈柱〉を守るために同行してもいなければ、念のために〈柱〉に護衛をつけることもしなかった。今朝、メイク・ターに車に乗るよう命じられてからの二十分間、ウンはコール・ヒロに追放か処刑を言い渡されたに違いないと思っていた。

ところが気づいてみると、森のはずれの道端でひざまずかされるはずが、〈日和見〉の役員室に通されていて、ウンは混乱した。それでも出された水を飲むと、自己嫌悪を覚えずにいられない希望を目に浮かべ、顔を上げられるほどに回復した。「わたしに生きる価値はありません、コール‐ジェン」

シェイは優しく言った。「ランはあなたを許すでしょう」ウンの表情と同じくらい、彼のオーラの背後にある無意識の感情の波動から、シェイは自分の言葉の効果を感じた。そこで、優しいがきっぱりした口調でつづけた。「組織がこの抗争に勝ち、ランの復讐を果たすためには、不必要にメンバーを失っている余裕はない。ヒロもわたしも、自分たちがランの代わりになれないことはわかっている。けれど、わたしたちが力を合わせれば、見込みがあるかもしれない。あなたはランのことをよく知っていた。それに組織のビジネスと政治的な活動について、わたしやヒロよりもよく知っている。失敗には罰があたえられるもの。それは当然だけれど、償いにはほかの方法もあるわ」

ウンの顔が安堵より自責の念で赤くなった。「何をすればいいのですか、コール‐ジェン？」小声で訊ねられ、シェイはこの問題をうまく処理できたことがわかった。今や、ウンはこう信じている――ランが望んだであろう崇高な目的のために、シェイが自分をヒロの制裁から救い出してくれた。

「ランがあなたに組織のなかでもっと大きな責任を担ってもらおうと考えていたことは、知ってるわ。たぶん、ドルの後継として〈日和見〉の地位に就かせようと思っていたでしょう。ヒロはわたしを任命したけれど、わたしひとりでできる仕事ではない。あなたには経営補佐として、〈日和見〉のオフィスの経営を手伝ってほしい。経営補佐は、エスペニアで学んだ言葉よ。〈柱の側近〉によく似ているけれど、もっと目に見える役割で、もっと意思決定力が必要な仕事のこと。ヒロなら、わかってくれるわ。あなたにわたしの右腕になってほしいの。兄の右腕だったように。引き受けてくれる、ウン-ジェン？」

ウンは目に涙をため、下を向いてうなずいた。「はい。ラン-ジェンもそう望んでいると思います」

「よかった」シェイは、この最初の話が計画どおりにいってほっとした。「するべきことはたくさんあるけれど、始めるのは明日にしましょう。今日は帰っていいわ。ただし、組織のビジネスを守るためにどんな手段をとるべきか、考えはじめてちょうだい。出ていく前に、ひとつ訊かせて。〈招福者長〉は誰にすべきだと思う？」

ウンは考えてから答えた。「ハミ・トゥマション」

シェイはその答えを考えているふりをしてから、うなずいた。もし、ウンがほかの名前を出していたとしても、シェイがすでに彼の助言を頼りにしていることを示すいい機会になっただろう。それでも彼女は、彼がハミの名前を出してくれたことを喜んだ。

ウンが出ていくと、シェイは自分のグラスに残った水を飲み干し、肘掛け椅子の背に頭を預けた。もっと困難が予想される次の話のために、心の準備をする。やがてドアが開き、アンデンと同じくらいの年の少女がおずおずと顔をのぞかせた。「コール-ジェン？」女の子らしい高い声で、思いきったように訊ねる。「何か必要なものはありますか？」

半分開いたドアから、廊下のくぐもった話し声や電話の鳴る音といった普通の喧騒が聞こえてくる。金融街は厳密には中立地帯ではないが、船舶通りの摩天楼に本部を置く銀行や専門サービス業は、剣の力で乗っ取ったり支配したりといったことには影響されにくい。ここで働く組織のメンバー——弁護士、会計士、似たような教育を受けたほかの〈招福者〉たち——は、〈拳〉や〈指〉とはまったく違う方法で戦っているため、高速道路のすぐ向こうで暴力が荒れ狂っているにもかかわらず、ビジネスはつづいていた。「ええ」シェイは少女を見て、不運な少女を新しい仕事に異動させることを心に留めた——ドルのゆがんだ好みを思い出させる、あんな服装をしなくていい仕事に異動させよう。「施設保全管理に電話して。この役員室にあるものを全部処分して、新しい家具を入れたいの。それから、ハミ・トゥマションが来たら、ここに通してちょうだい」

シェイがドルのやたらと大きな机を前にしてすわり、書類入れの書類に目を通していると、ハミがノックして入ってきた。シェイに浅く頭を下げる。「わたしに会いたいとのことですが」慎重で当たりさわりのない口調だが、目は疑念でかすかに細められている。

シェイは読んでいた書類を置いた。「こっちに来て、ハミ-ジェン」机の前の椅子を示す。ハミがすわると、シェイは煙草を勧めたが、彼は断った。彼は三十代後半の無愛想な男だった。かつては尊敬される〈拳〉だったが、リレーボールの試合で負傷して永久に足を引きずるようになってからは、仕事の分野を企業法務に変えていた。船舶通りで働く平均的なグリーンボーンより多くの翡翠を身に着けている彼には、ある程度のプライドとかなり力強いオーラがある。

ヒロはハミのことを組織に忠実な信頼できる人物だと断言していたが、ひょっとすると次兄の評価は、ここ数年ハミがドルと衝突していて、その結果、彼のキャリアが行き詰まっていたという事実に基づくものかもしれない。だが、シェイはこう思っていた——ヒロがドルの裏切りの証拠を探しているとき、重要な役割を担っていたのがハミなのではないだろうか。とはいえ彼女は、この男が十二歳も年下の女に——たとえコール一族の女であっても——仕える気が少しでもあるとは思えなかった。

シェイは単刀直入に切り出した。「わたしは難しい立場にいて、〈柱〉からあなたと話すべきだと言われたの。あなたはいつでも率直にものを言うから。そうするべきでないときでさえ。弁護士にしては奇妙な性質と言えるわね」この言葉に、ハミの目がわずかに大きくなった。シェイは彼の注意を引けたのだ。彼は正直かもしれないが、判断を保留することも知っていて、今まさにそうやって、シェイの話のつづきを待っているようだった。

詰め物の入ったドルの椅子にゆったりともたれ、シェイは〈招福者〉に深い信頼を置くのは気が進まないという態度で口を開いた。「ハミ-ジェン、わたしは少なくともあと十五年は、この役員室にすわる必要はないと思っていた。ついこのあいだ、エスペニア留学から戻ったばかりなのよ。実務経験を積むために、組織の所有する会社をいくつか任されるはずだった。経営が比較的容易な、まだ成長の余地がある安定した会社——たぶん不動産業か旅行業の会社を。そうして人生を送り、いろんなところへ行って、たぶん誰かと出会って結婚しているはずだった。わたしはコール家の末っ子だから、祖父はいつも兄たちより自由にさせてくれたの」

「それが今では〈日和見〉になったわけですね」事務的な言い方だったが、ぴくりと上がった口の端で、ハミがこの事実を皮肉でおもしろいと思っているのがわかった。

「それが今では〈日和見〉になったわけ」シェイの声は冷ややかだ。ハミが彼女のオーラでパチパチと音を立てる真の怒りと不満を〝感知〟したのがわかった。「裏切り、殺し、抗争で、わたしの計画は滅茶苦茶よ」

シェイは男の慎重さを感じ取った。おそらく、この上級〈招福者〉は、幹部ごっこをする資格をあたえられた若い女を予想していたのだろう。むかつくほど誤った自信を持ち、彼にあれこれ命令しはじめたら、すぐにでも転覆させるか操るかできる相手だと思っていたはずだ。だが、彼は今、そこまで確信を持てなくなっている。

シェイは言った。「組織のためになると思うなら、この机にべつの人をすわらせるよう〈柱〉に頼んでいるわ。けれど、兄は馬鹿じゃない。グリーンボーンが血統をどれだけ重要視しているか、ちゃんとわかっている。抗争中の今、コール家の新たな人物が指揮をとれば、誰もが〝ケコンの炎〟と過去の勝利の数々を思い出す。そしてそれが人々に、無峰会は強い——ケコンは強い——ということを思い出させる。組織が攻撃を受けているときに、わたしの個人的な嗜好なんて何の意味もない」

ハミはじれったそうに言った。「なぜ、わたしをここに呼んだのですか？」

シェイは期待をこめて彼を見つめた。「あなたに真実を話してもらう必要があるからよ。この仕事がどれだけ困難になりそうか？ 従業員と〈灯籠持ち〉の信頼を固め、ここが崩壊するのを防ぎ、山岳会につけこまれてのみこまれるのを阻止するために、わたしは今すぐ何をするべきか？ わたしがしくじれば、無峰会は終わってしまうから」

ハミは彼女を見ている。その目に不確かな敬意があるのを、シェイは感じ取った。シェイはこれまでずっと自分が〈日和見〉候補だったこと——ドルの指導を受け、エスペニアの最高水準の学校で教育を受け、〝ケコンの炎〟にかわいがられてきたこと——ただその役に就任するのが早まっただけであることを、彼に思い出させたのだ。そして今、シェイは自分が信頼に足る人間かという疑いに対して、真っ正直に向き合っている。彼女は巧妙にもすぐ彼に助言を求めた。その事実が彼の自尊心をくすぐらないわけがない。シェイは彼の返事を待った。

少しすると、ハミは咳払いして大ざっぱに意見を述べた。「上級〈招福者〉を味方につける必要があります。〈灯籠持ち〉を掌握している者たちです。できるだけ早く職員会議を開くべきです。大きく変えるつもりなら、この猶予期間に速やかに実行したほうがいい。抗争はどうなるんだろうと、人々がようすを見ている今のうちに」

シェイはうなずいた。「もちろん、いろいろ変えるつもりよ。ドルのしてきたことのうち、組織を弱体化させてきたものがあることは調べがついている。彼の独断で行われていた投資案件が多すぎる。無峰会は慎重に受け身の態勢で〈灯籠持ち〉が来るのを待っているだけで、積極的にチャンスを探してこなかった。それが、山岳会に対して弱い立場に立たされることになった原因よ」この件についてはハミも同意見だと知っていたが、シェイは慎重に話を進めた。しつこく主張して、彼にへそを曲げられては困る。「ドルに忠実な職員や、現職に残しておくと問題を起こしそうな職員は何人いると思う?」

「あなたが思っているよりは少ないかと思います」そう答えたハミの目の輝きで、シェイはたがいの持つユン・ドルポンへの嫌悪感をちょうどいい強さで刺激できたことがわかった。「最近のユン‐ジェンには人望がありませんでした。五年前に引退しているべきだったと、多くの人が思っています。彼にかなり忠実な支持者たちは結構な年齢なので、退職金をやれば潔く退職するでしょう。われわれがより強力な支持者を探すなら、ユン‐ジェンから充分な資金を受けられず、苦しめられていた部門でしょう。いい商売を見込んだ〈招福者〉たちは山岳会へ行こうとしています。彼らは変化に飢えているはずです」

ハミが〝われわれ〟という心強い言葉を使ったことに気づき、シェイはためらいなく率直に訊ねた。「ラン-ジェンが殺害され、次の〈柱〉がわたしを指名する前、次期〈日和見〉の最有力候補だったのは誰？」

ハミは口元を強ばらせたが、正直さのほうが勝った。「ウン・パピドンワです」

「〈柱の側近〉だった人ね」シェイはまるで初めてウンのことを考えているかのように、思慮深く言った。「優秀で、組織のみんなから尊敬されている。少し真面目すぎるかもしれないけれど。彼を経営補佐にするわ」ハミとウンの両方に、彼女が自分に相談のうえでもうひとりを指名したと信じさせるのだ。「現在の〈招福者長〉パド・ソリートは……ドルに忠実？」

「はい。彼は〈招福者長〉を十二年務めています」

「彼はクビ」シェイは断言した。「今から、あなたが〈招福者長〉よ、ハミ-ジェン。あなたなら、難しい時期に組織を引っぱっていくという困難に喜んで挑んでくれるでしょう。今日、わたしに見せてくれた明晰な判断力を生かして」

ハミは突然の昇進に驚いたようすはなかったが、ためらっている。シェイは内心の不安を隠して彼の返事を待った。ハミが辞めてしまったら、という不安だ。もちろん、組織そのものを辞めるということではない。彼のレベルのグリーンボーンにとって、組織を辞めるのはほぼ不可能だ。だが〈日和見〉のオフィス以外の仕事を探す自由はある。組織の所有する会社を運営したり、有力な〈灯籠持ち〉のところで働いてもいい。地位は下がるかもしれないが、収入は上がる可能性がある。彼が出ていけば、辞職の連鎖が始まるかもしれない。それでも、シェイはこれまでうまく立ち回ってきた。もうしばらく考えたあと、ハミは言った。「光栄です、コール-ジェン」

「こちらこそ、光栄よ」シェイは彼にその日初めての笑顔を向けた。「すでに助言してくれたとおり、わたしたちは速やかに行動しなくてはいけない。まずは、明日、上級職員全員に発表しましょう。午後の遅い時間に、もう一度会える？　職員会議に臨む戦略が必要なの」

ハミはうなずいて立ち上がった。この部屋に入ってきたときのあからさまな不信感は、少しとまどいつつも仕事に取りかかりたいという熱意に代わっている。

「はい、一緒に準備しましょう」入ってきたときより深く頭を下げ、颯爽と部屋を出ていった。彼がいなくなると、シェイは目を閉じて長々と息を吐いた。これで、ふたり片づいた。残るは、数千人だ。

＊

翌日の午後、従業員が役員室の模様替えにかかり、ドルの机と椅子を運び出して新しい家具を運びこんでいるあいだ、シェイは長方形の会議室に入っていった。

室内は〈日和見〉のオフィスで働く上級〈招福者〉たちでいっぱいだ。シェイは年上に見える化粧をして、髪を後頭部できつめのシニヨンにまとめてある。地味な紺色のスーツを着ているが、ブラウスの襟元に見える二連の翡翠のチョーカーと、両手首のゆったりした翡翠のブレスレットが際立っている。すべての〈招福者〉が翡翠を身に着けているわけではなく、身に着けている者も、翡翠の数はたいてい戦士より少ない。それでも大量の翡翠を見せつけることは、ケコンならどこでも高い地位と尊敬を意味する。船舶通りにあるタワービルの最上階も、例外ではない。

シェイは自分に注目する人々を眺めた。ほとんどは男で、全員が年上だ。彼女の右隣にはウンが、左隣にはハミがすわっている。シェイは光沢のある木のテーブルにしっかりと両手をついた。「ここにすわることになってどれほど興奮と喜びを感じているかという話で始められたら、どんなに良かったでしょう。けれど、それでは嘘になります。わたしがここにいるのは、兄が――彼に神々のお導きがあらんことを――殺害されたからです」会議室が気詰まりな静けさに包まれた。

「わたしたちの縄張りは浸食され、献金は盗まれ、店舗や企業は襲われています。王立議会はケコン翡翠連合の監査を要求しました。いずれ、わたしたちは翡翠の公平な取り分も奪われていることが明らかになるでしょう。ここにいるのは教養ある方々です。わたしたちはオフィスで働き、電話をしたり帳簿をつけたりしています。それでも、わたしたちが組織の人間であることに変わりはありません」

テーブルに並ぶ人々から返ってきたのは沈黙だったが、何人かはうなずいている。

「ユン・ドルポンは長年〝ケコンの炎〟に仕えてきました。そのことでは彼を尊敬しています。ですが実際は、わたしたちは弱体化し、その結果、敵の餌食になってしまいました。組織存続のため、わたしたちは無峰会をふたたび強くしなくてはなりません。祖父が思い描いたものより、さらに強くするのです。なぜなら山岳会とのこの戦いは、わたしたちの組織だけでなく、国をも脅かすものだからです」シェイは街に臨む窓に向かってうなずいた。「各組織がケコンの経済をコントロールしています。もし〈灯籠持ち〉、王立議会、エスペニア人、あるいは世間が、無峰会の存続に疑いを抱けば、彼らは国全体の安定にも疑いを抱くでしょう。二十五年間つづく急激な成長は壊滅的になるでしょう。そんな状況を引き起こすわけにはいきません。そこでわたしは、あなたがたに誓いを求めます。〈角〉が〈拳〉たちに求める、命を捧げる誓いに劣らない誓いを」

シェイは順番にウンとハミを見た。「こちらのふたりは――わざわざ紹介する必要はありませんね――すでに誓ってくれました。わたしは光栄にも、彼らの忠誠と豊かな経験を味方につけることができました。わたしの右腕となるウンには、〈日和見の影〉になってもらいます。ハミは〈招福者長〉として、ただちに働いてもらいます。彼から、これからのことについて少し話があります」

ハミは言った。「これからの二週間で、すべての上級役職の評価を行います。そのなかには、〈日和見〉のオフィスにおける過去の活動の詳細な真相解明も含まれます。今後数週間か数カ月にわたり、人事の刷新とともに、〈灯籠持ち〉らに接触して新たな〈招福者〉の採用も行います。こうした新しい環境で同じ役目を務められそうにないと思う者については、組織が辞表を受理し、これまでの働きに応じた退職金を支払うことになります。今日じゅうにご決断ください」

テーブルをかこむ人々のうち、数人から驚愕と不満が伝わってきたが、ハミの予想どおり、その数はシェイが思っていたより少なかった。人々は〈柱〉に敬意を表すこと――あるいは、少なくとも抗議しないこと――に慣れており、それまでドルを非難してひそかに多くの人々に支持されていたハミは、〈拳〉のような激しさでうまく注目を集めた。組織のビジネス面でもっとも尊敬されるふたりにはさまれ、シェイは〈招福者〉たちの自分に対する疑念が少し和らいだのを感じた。少なくとも、ハミとウンがシェイの緊急議題の残りをざっと説明するあいだ、あからさまな反対意見は出なかった。

その日の終わり、シェイは新品のまだ硬い椅子にどっかりとすわった。散らかった役員室は新しい家具と壁紙の匂いがする。前任者の分厚い詰め物をした暗い色の革張りの家具と房飾りに縁取られたカーテンは、クッションのついた長椅子と扉のない棚と銅製のボール型ライトに代わり、いくつかはビニールに包まれたまま、まだ本来の場所に置かれていない。ほとんどの人々は帰宅し、建物のなかはしんとしていた。

シェイは小さな奇跡を起こした気分だった。最初の四十八時間で、〈日和見〉のオフィスを失わずにすんだのだ。彼女の最初の成功の噂は〈灯籠持ち〉たちの耳に入り、もう少し彼女の手腕を見てみようという気持ちにさせてくれるだろう。しばらくは。それが今の彼女に望める精一杯だ。

床に置かれた電話が鳴った。シェイは拾い上げて電話に出た。受話器の向こうから、興奮した男の声がユン・ドルポンを出せと要求する。

「残念ですが、それはできかねます」

「そんな返事は通用しない」受話器の向こうの男はぴしゃりと言った。「彼に王立議会の観光大臣からの電話だと伝えろ。三週間の海外出張から戻ってきたら、街じゅうがグリーンボーンの戦場になっているではないか！　このことが海外で報道されていることを知っているのか？　各国がケコンへの渡航延期勧告を出している。まったく、とんでもないことだ。ユン-ジェンはどこにいる？　彼と話す必要がある」

「ユン・ドルポンは健康上の理由で自宅から出られません。そのため、残念ながら、退職せざるをえませんでした」ヒロと考えた作り話だ。裏切りの噂が幹部以外の組織のメンバーに広がるのを防ぐためだ。

「退職だと？」大臣は怒鳴った。「ならば、誰が〈日和見〉を務めている？　すぐ彼につないでくれ」

「今お話しになっている相手がそうです。わたしが〈日和見〉を務めるコール・シェイリンサンです。何かお話しになりたいことがあれば、わたしにおっしゃってください」

受話器の向こうは、茫然と沈黙した――かと思うと、小声の悪態のあと、ガチャンと音がして、ツーというダイヤルトーンが空しく響いた。

シェイは受話器を置き、椅子を回して、暗くなっていく窓の外を見つめた。彼女はドルの施錠されたキャビネットを搬出前に開けていた。新しいぴかぴかの自分の机では、無峰会のすべてのビジネスの詳細な記録がいくつも大きな山を作っている。シェイは椅子を回転して元に戻し、山の上からフォルダーを一冊取って膝の上で開いた。夜は始まったばかりで、彼女にはまだ何時間分もの仕事があった。

40 柱であること

ヒロはランの書斎を使うのはいやだった。自分には合わない。堅苦しいうえに、本が多すぎる——兄貴は本当にここにある本を全部読んだのか？　とはいえ、この部屋に手を加える気にもなれず、打ち合わせは中庭にあるテラスのテーブルで行っていた。

メイク兄弟は、前線から戻ったばかりの歩兵のように汚れて疲れて見えた——無精ひげの伸びた顔、血と汚れのついた服と武器。ヒロはなんとかシャワーを浴びて着替えていたが、それでも見た目は彼らとそう変わらないだろう。彼はひと晩じゅう、アームピット地区にいた。素寒貧通りでの勝利のあと、あの地区にあるどんな区域も取り返させるつもりはなかった。戦闘はスピアポイント地区とジャンコ地区にまで広がったが、夜明けには、無峰会はまだそれまでの縄張りをすべて維持していた。しかし、ほかの場所ではそうはいかなかった。

ヒロはロールパンをちぎって食べながら、押し黙ったメイク兄弟を眺めていたが、ようやく言った。「どっちも先に報告したがらない、ということは悪い知らせだな」

ケーンが口を開いた。「港湾地区の南側を失いました。昨日と昨夜で、こっちの〈拳〉三人と〈指〉十一人が殺されました。こっちも山岳会の翡翠を手に入れましたが、多くはありません。ゴントと部下の戦士たちは〈トゥワイス・ラッキー〉に宿営しています」

「どの〈拳〉だ?」

「アセイ、ロニュ、サットーです」

〈柱〉の顔がゆがんだ。メイク兄弟は彼のオーラが炎のように燃え上がったのを感じた。兄弟が地面に目を落とすと、ヒロはロールパンの残りを皿に投げ捨て、手で口をぬぐった。そして穏やかにこう言った。「彼らに神々のお導きがあらんことを」

「彼らに神々のお導きがあらんことを」メイク兄弟も唱える。

「ミスター・ウネはどうした?」

「〈トゥワイス・ラッキー〉の店主ですか?」ケーンは軽蔑をこめて答えた。「寝返りました」

ヒロは鼻からふうっと息を吐いた。おおかた、ゴントが哀れな店主に選択を迫ったのだろう——忠誠を誓う組織を替えるか、もっとひどい目に遭わされるか。とはいえ〈トゥワイス・ラッキー〉が奪われ、ミスター・ウネのように長年無峰会を支えてきた人間が山岳会についたとなると、組織のビジネスはどれも安全ではないということだ——それは歓迎できない真実だった。ヒロは顔をしかめ、気の滅入る考えをメイク兄弟に話した。「最高の〈灯籠持ち〉でも、身を守るためなら、イカのようにどんな色にも変わるものだ」

「あの店を取り返さなくてはなりません」メイク・ターは主張した。「ゴントはあそこにいすわって、俺たちを馬鹿にしています。あそこからなら、港湾地区のさらに奥へ攻めこむこともできるし、ジャンコ地区や鍛冶場地区に攻撃をかけることもできます。サットーの翡翠を奪った連中は、あの店にいます。彼のためにも店を取り返しましょう」

「で、〈トゥワイス・ラッキー〉の攻撃に必要な戦士は、どこから集める?」ヒロは訊き返した。「ゴントと真っ向から対決するには、残っている〈拳〉のなかでも最強の戦士と、数人の〈指〉が必要になる。アームピット地区の戦士はひとりも出せない。ソーゲン地区はどうだ? おまえにあの地区を勝ち取るように指示したが、もうすんだのか?」

「いいえ」ターは責められて、答えた。

ウェンが出てきて、サイコロ形に切ったスイカの皿とミントウォーターの水差しをテーブルに載せた。

「ありがとう、ウェン」ヒロは言い、三人のグラスにミントウォーターを注ぐウェンの太腿の後ろに手を当てた。ウェンは薄いライムグリーンのワンピースを着て、ヒールの高いサンダルをはき、形の良いふくらはぎを強調している。最近のヒロの生活で数少ない良いことのひとつが、ウェンを〈角〉の家に住まわせていることだ。そこは今、新たな〈角〉となったケーンの住居になっているから、妹のウェンが一緒に暮らしても何も問題はない。そこなら少し歩くだけでコール家の母屋があるし、何より重要なのは、コール家の敷地の門に守られていることだ。ウェンはヒロに少し疲れたようにほほえみかけると、婚約者と兄たちの話を邪魔しないように戻っていった。

「〈トゥワイス・ラッキー〉は取り戻す」ヒロは言った。口調を変え、ターに本気で怒っているわけではないとわからせる。「だが、今じゃない。ゴントはすぐ反撃が来ると考えているだろう。たとえやつらを港湾地区から追い出せたとしても、その代償はかなり高くつく」ヒロは首をふった。「反撃はもっといい時機を狙う」

「それはいつですか？」ケーンはグラスからミントの葉をつまみ、口に入れて噛んだ。

「今はおまえが〈角〉なんだぞ、ケーン」ヒロの目が険しくなる。「おまえが考えることだ。いい時機を見定めたら、俺に言え。そうすれば、俺が許可を出すか出さないかを判断する。それが俺とランのやり方だった。俺は兄貴には絶対逆らわなかったが、指示されるのを待ちもしなかった。俺は自分が決断すべきことを決断し、ほかのことについては〈柱〉に自分の意見を話しにいき、自分の望むことを要求した」ヒロはすっかり不機嫌になっている。

今度はケーンが叱責される番だった。「わかりました、ヒロ＝ジェン。俺たちに腹を立てていることは、よくわかりました。今後はもっとしっかりやります」

「おまえたちは俺の弟だ。俺はおまえたちの妹を妻にするんだからな。俺が正直にならないと、おまえたちを家族として扱っていることにはならない」ヒロは長々と一気にグラスの水を飲み干すと、冷たいグラスを一分ほど額に当ててからテーブルに置いた。「俺はいくつか変えていこうと思っている。元〈柱の側近〉のウンが〈日和見〉のオフィスに移ってシェイを助けることになったのは、知ってるな。ウンにはもっともふさわしい場所だ。あそこなら、彼の力を存分に発揮できる。ター、おまえを今から〈柱の側近〉にする」

ターはぽかんとして、やがて唐突に訊ねた。「ヒロ＝ジェン、俺はそこまでがっかりさせてしまったんですか？」立ち上がろうとするように、椅子を引く。彼の翡翠のオーラは混乱して渦巻いている。「俺は……秘書なんかじゃない！ 〈角〉の部下です。俺が所属しているのはここ、組織のなかでもグリーンボーンの血が濃いところだってことは、〈柱〉も知っているはずです。俺に電話をかけたり庭いじりをさせたりしたいんですか？」

「そんなことはしなくていい」ヒロは新たな苛立ちの目でメイクの弟をにらみつけ、椅子から立てなくした。「そういうことは従業員にやらせればいい。おまえには、ほかにしてもらいたい仕事がある。重要な仕事で、俺だけに従うことになる。戦闘で手一杯の〈角〉には任せられないことをやってもらう。おまえの部下をふたり選べ。うっかり口を滑らせる心配のない一級の〈指〉がいい。もっとも流血沙汰に飢えたやつを選ぶんだ。こう言えば、俺が〈柱の側近〉の役目をどう変えようとしているか、わかるだろう」

ターは深くすわり直した。まだ混乱しているが、とりあえずは落ち着いて静かになった。

ヒロはケーンのほうを向いた。「新しい第一の〈拳〉は誰にする？」

ケーンはあごをかいた。「ジュエンか、ヴエイか」

「どっちだ？」ヒロは詰め寄る。

一瞬迷ってから、ケーンは答えた。「ジュエンにします」

ヒロはうなずいた。「よし」もっと何か言おうとするように見えたが、三人はシェイの翡翠のオーラを〝感知〟して話を中断した。不満でパチパチと弾けるオーラが、コール家の母屋のなかからこっちへ向かっている。ヒロは言った。「〈日和見〉は俺と話がしたいらしい」ヒロの口がかすかに皮肉っぽい笑みを作る。「〈柱〉の仕事の楽しいところですね」ターは言うと、ケーンと一緒に席を立った。

たちまち、ヒロの笑顔が消えた。「〈柱〉になりたいと思ったことはねえ。俺をランの立場に立たせたことの報いを受けるべき連中がいる。そのことは絶対に忘れるな」

メイク兄弟はちらりと視線を交わすと、今日は機嫌の悪いボスのそばで充分な時間をすごしたと判断したのか、挨拶をして立ち去った。

ヒロは煙草を探していくつもポケットを探ったが、どれも空っぽだったのでスイカをつまんでいると、やがてシェイの影が差した。ヒロの椅子の横に立ち、彼をにらみつけている。「王立議会で話し合ってきて」

「まあ、すわれよ、シェイ。そこで腕組みをして立っていられると、落ち着かない。まるで俺は悪戯をした子犬みたいじゃないか」ヒロは空になったグラスに水を注ぎ、空いている席のほうへ押しやり、妹にすわるよう合図した。

シェイは鼻を鳴らした。「兄さんが悪戯した子犬くらいしつけやすかったら、どれだけいいか」それでも腰を下ろし、脚を組んで、グラスをつかんだ。ヒロは妹を見てほほえまずにいられなかった。ウェンが隣にある〈角〉の住まいで暮らしていることに加え、もうひとつだけ彼がありがたく思っているのは、シェイが戻ってきたことだ。ついこのあいだまで、妹はまるで妹らしくなかった。会うたびに、罪悪感と怒りを覚えさせられた。妹の決断はことごとく、ヒロと家族にわざと恥をかかせようとしているように思えたのだ。部下のコーンに妹を見張らせていた件で、彼女のアパートメントで対立したときは、何日も怒りが収まらなかった。だが今の妹が発する冷たい炎のようなオーラは――ヒロに向けられた懐かしい強さと獰猛さは――彼にとってはほろ苦い安らぎだ。ただ、もっと早くこうなっていれば、と思わずにはいられなかった。

「聞こえなかった?」

「先に、俺から頼みたいことがある。ウェンに仕事を探してやってくれないか? 街の安全な場所でできる組織の仕事がいい。彼女が自分も役に立っていると思える仕事を世話してやってほしいんだ。今の仕事は、彼女には物足りない。タイピングとか事務の仕事もできるが、ウェンにはそれ以上の能力がある。もっといい仕事があれば、彼女はずっと幸せになれると思うんだ」

「わたしに、そんなことに時間を費やしてほしいわけ？」

「時間は大してかからないだろう。ウンにあちこち声をかけてもらえばいい。いい従業員を探している〈灯籠持ち〉くらい、いつでもいるさ。急ぎの頼みじゃないが、今の状況はウェンにはつらいはずだ。俺も兄弟も外に出ずっぱりだし、かといって彼女があまり外出するのは危険だし」ヒロが〈角〉の住まいに目をやると、キッチンの窓にウェンの影がちらりと見えた。

「わかった」シェイは言った。「何かないか訊いてみる。王立議会の話をしてもいいかしら？」

ヒロは急に疲労に襲われた。「俺が何のために議会に出なくちゃならないんだ？」

〈日和見〉は呆れてあんぐりと口を開けた。「王立議会は国のことを話し合う機関よ。そこが、戦闘やら、ビジネスの混乱やら、外交問題やら、翡翠採掘の収入やら、あらゆることを心配してすっかりおびえてるの。議員たちから〈日和見〉のオフィスにひっきりなしに電話がかかってくる。ソン首相は、兄さんがまだ一度も相談に来ていないって激怒してるわ。議会は〈柱〉の話を聞きたがってる。ラン兄さんは定期的に彼らと会っていたのに、ヒロ兄さんとは連絡も取れないんだもの」

「忙しかったんだよ」ヒロは素っ気なく言った。

「戦闘部隊を率いるのに？　兄さんはまだ〈角〉みたいな行動をとってる。兄さんの仕事は、もう最前線に立つことじゃない。それはもう、メイク・ケーンの仕事よ」

「俺の助けが必要なんだよ」

「それじゃ、彼を〈角〉にするべきじゃなかったわね」

ヒロ自身もさっきケーンに厳しく言ったところだったが、自分が大事に思っている人間が本人のいないところで非難されるのを聞くのは嫌いだった。彼は警告するように妹をにらんだ。「ケーンは俺の抱えるかなり優秀なグリーンボーンのひとりだ。無峰会のためなら、百回だって死んでみせる覚悟のあるやつだ」

シェイは平然としている。「彼は平凡な戦士よ、兄さんもわかってるでしょ」

「俺は先週まで〈角〉を務めていた。今、〈角〉を監督する立場にいるのは俺で、おまえじゃない。今は本当に、妹の説教を聞かされる気分じゃないんだ。俺の決断にいちいち文句をつけられるなら、おまえを〈日和見〉に指名するんじゃなかった」

シェイは小さく冷笑した。「わたしに辞めてほしいわけ?」

ヒロも冷笑を返す。「いいかげんにしろ、シェイ、どうしていつも俺に突っかからないと気がすまないんだ?」ヒロは空いている隣の椅子の端に片足を乗せると、蹴ってひっくり返した。金属の骨組みが中庭のタイルに当たって大きな音が響く。ヒロは椅子の背にぐったりともたれた。妹は昔からずっとこうだ。祖父が必ず自分の味方をしてくれるとわかっていて、いつも彼の怒りをあおることに残酷な満足を覚えていた。彼の怒りと暴れ方が大きいほど、妹の受けは良くなる――より賢く冷静な孫は、いつだって妹のほうなのだ。実際、子ども時代のふたりの喧嘩は、ランがいたからよかったものの、そうでなかったら本当に殺し合いになりかねないものだった。

しばらく、どっちも口を開かなかった。ふたりの翡翠のオーラは慎重につかみあい、静電気のようにたがいに触れてはぴりぴりしている。ようやく、ヒロが言った。「これからは対立している場合じゃない、シェイ、もうやめよう。俺はおまえに宣誓を求め、おまえはそれに応じた。それはつまり、おまえは俺に無礼な態度を取ったり、ああいうことをしたりしないという意味だ」彼は〈日和見〉の家がある方向を指さした。

「俺に相談もなくドルを許すようなことだ」ヒロはうんざりしてスイカの種を吐き出した。「あのドルを！　あいつは数カ月前に死んでいるはずだったんだぞ。けど、ランはおじいさんの気持ちを思いやって、優しくなりすぎた。今のおまえも同じだ。おじいさんの話し相手を確保するためだけに、あの裏切り者を生かしてやっている」

「兄さんだって、チャンスをあげることに賛成したじゃない。わたしだって、兄さん以上にドルを憎んでいる。でも、おじいさんは今朝、数日ぶりに自分の部屋から出てきてくれたのよ。窓からふたりを見かけたわ、兄さん。わたしも兄さんと同じように、徹夜していたの。ドルがおじいさんの車椅子を押して中庭に出て、ちょうどこのテーブルで、いつものようにお茶を飲んでチェスをしていた。おじいさん、にこにこしてたわ。翡翠をすべて失っても、笑顔だった。おじいさんにはまだ命があるの。おじいさんのためなら、これも価値があると思う」

「裏切り者を俺たちと一緒に生活させる価値が？　ふたりの〈指〉を昼夜の見張りにつけるだけの価値が？　ドルには失うものがない。やつは俺たちにとって危険だ」

「彼は老人だし、兄さんに翡翠を取り上げられているのよ。ドルはラン兄さんの望んだことに全面的に反対していた。それで裏切り者の悪い〈日和見〉になってしまったけれど、個人的にわたしたちに害をもたらそうとしたわけではないと思う」ヒロの納得のいってない視線にも、シェイはひるまなかった。「兄さんはわたしに怒っているけれど、わかってるはずよ。ラン兄さんなら賛成しただろうって」

この真実に、ヒロはとうてい喜べなかった。祖父がドルに入れこみすぎて改善できなかったという考えのほうが、関係者全員にとって受け入れやすい。「問題は」ヒロは歯ぎしりして言った。「おまえが俺に相談なしでやったことだ。おまえは自分のしたいことを、正当な手続きを踏まずにやったんだ。ちょうど――」ヒロははっとしたが、シェイの顔はすでに強ばっていた。

「ちょうど何？」シェイは冷ややかに訊き返す。「エスペニアに行ったときみたいに？ ジェラルドと付き合ったときみたいに？ それとも、許可なく自分の翡翠を外したときみたいに？」妹のかすかに傷ついた口調に、ヒロはかなり驚いた。「そう言おうとしたんでしょ？」

この会話はヒロにとって、後味の悪いものになろうとしていた。三人の〈拳〉――全員がいいやつで、優秀なグリーンボーンだった――が亡くなった。ヒロは彼らの家族に香典を届けにいくべきだ。街に出て、自分が必要とされている場所、戦闘中の場所にいなくてはならない。ヒロは決めた。こんなところにすわって妹と口論している場合じゃない。「前にも言ったが」彼は残っている忍耐力をかき集め、静かに言った。「過去のことはもう忘れた。だが、こんなふうに強引な態度を取られると、ときどき忘れたということを忘れてしまう。この件は二度と持ち出さない。これで終わりだ。今重要なこと、それは俺たちふたりのことだ。おまえが〈日和見〉になってくれて感謝している。というわけで、俺に話があったんだろ。それを話してくれ」

シェイは少しのあいだ、その言葉を額面どおりに受け取っていいものか考えているように、黙って兄を見ていた。まったくひねくれた妹だ。やっと受け入れたのか、シェイの翡翠のオーラが一歩下がり、不満そうな低いうなりに収まった。「議会は無峰会と山岳会に対して、交渉による休戦を求めている」

ヒロは口をゆがめた。「休戦だと？ 休戦なんかありえねえ。兄弟を殺されて休戦に応じるやつがどこにいる？ だいたい、王立議会の翡翠を持たない操り人形どもに、組織の問題に対して何の発言権があるってんだ？ これはグリーンボーンの問題で、政治家どもの問題じゃねえ」

「王立議会は国家的な問題に携わっているの。二大組織の抗争は国家的な問題といえるから、議会も憂慮してるわけ」

ヒロは顔をしかめた。「首相は無峰会の人間だ。てことは、議会は俺たちの支配下にあるってことじゃないのかよ？ こっちの〈灯籠持ち〉の数が足りないのか？」

「ええ、それに彼らは無視されることを嫌う。彼らは〈柱〉の指示どおりに動く〈拳〉や〈指〉とは違うのよ、ヒロ。彼らが組織に忠実なのは、金と影響力がほしいからで、翡翠や仲間がほしいからじゃない。兄さんが彼らの懸念に対処しなければ、彼らの考えは組織のほかの〈灯籠持ち〉たちに広まってしまう。山岳会の議員もいるから、彼らがアイトにわたしたちの支配力が失われつつあると報告するでしょう。最悪の場合、無峰会側の〈灯籠持ち〉がいっせいに寝返って、ゴントはこれ以上一滴の血も流す必要がなくなるかもしれない。そのうえ、どこの組織とも関わっていない議員もいるのよ。抗争が長引き、世論がグリーンボーンを敵視する方向に変わったら、そういう議員が政治的な力を手にすることになる」

ヒロは上を向き、憂鬱な気分で桜の木の枝を見つめた。シェイは身を乗り出し、兄の手の甲を強く叩いて自分に注意を向けさせた。「もうひとつ、考えなきゃならない最重要事項がある。議会はエスペニアを始めとした外国や、その企業と取引する政治組織なの。もし兄さんが議会を無視したり、議会を秩序も保てない骨抜きにされた組織に見せるようなことをしたら、外国人が〝もうケコン政府とは公式に取引をする必要がない〟と判断するのを止めるのは誰？　ほかの組織に隠れてこそこそ翡翠を集め、シャインを製造している例の組織に、外国人が直接取引を持ちかけるのを防ぐのは？　ちなみに、わたしたちじゃ無理よ」

「おまえの言いたいことはわかった。ソン首相と王立議会と話をしてくる。で、何て言えばいいんだ？」

「それは、抗争に勝つために何が必要かによるんじゃないかしら？」

ヒロは考えこみながら息を吸いこみ、吐いた。アイトとゴントが死んで山岳会が壊滅しないかぎり、真の勝利はありえない。だが、もっと近いうちに到達可能なゴールがあるのも認めないわけにはいかなかった。すべての戦闘地域で勝利を収め、被害をこうむったビジネスを山岳会に押しつければ、もう彼らに無峰会の征服は望めなくなる。「もしこっちの〈灯籠持ち〉が無峰会にとどまり、俺たちが残っている縄張りを年末まで守りきれば、こっちの状況はよくなる」ヒロはじっくり考えた。「今年、コール・ドゥ学園を卒業する生徒たちは、山岳会のワイ・ロン寺院学校の卒業生より強くて人数も多い。春までには、不足している〈指〉を補充できるだろう」頬の内側を嚙んでから、あまり楽観的でない口調でつけたした。「とはいえ、それまでのあいだに、俺たちにとって状況が悪化する可能性もある。山岳会はこっちの状況を知っている。この抗争を速やかに終わらせようと、大量の血を流すだろう」

シェイはうなずいた。「それに彼らは、ＫＪＡの監査の結果が公表されて改革法案が成立する頃まで抗争が長引くのは、望んでいないはずよ。すでに彼らの盗んだ翡翠はどうすることもできないとしても、世論が山岳会に批判的になれば、彼らは紛争地域とすでに獲得した縄張りを維持するのが難しくなる」〈日和見〉は水を飲み、考えこむように中庭を見つめながら話した。「議会は兄さんとアイトに交渉の席についてもらいたいと考えている。議会の思うようにしてやるのよ。わたしたちが喜んで話し合いに応じる姿勢を見せるの。そうすれば、〈灯籠持ち〉たちは機嫌を直し、今後も無峰会についてくれる。それにエスペニアも、わたしたちが平和的解決にいたりそうだと考えるかぎり、余計な行動は起こさないでしょう。わたしたちが長く持ちこたえるほど、交渉の立場はよくなっていく。春までの時間稼ぎに、議会を使えばいいのよ」

〈柱〉はため息をついた。「そういうこと――議会とか、KJAとか、エスペニアとか、そういう政治的なこと――は得意じゃないんだよな。今まで気にしたこともない」

「これからは気にしてちょうだい」シェイはきっぱり言ったが、その目には意外にも同情の色が浮かんでいた。「わたしが〈日和見〉としてできることは限られてる。兄さんは〈柱〉なのよ。この抗争は兄さんが考えているよりずっと大きい。〈柱〉がそれをわかっていなければ、たとえ街なかでの戦闘にすべて勝てたとしても、無峰会は負けてしまう。今現在のアイトは、わたしたちとはレベルが違う。彼女は街の縄張りを越えたところで、わたしたちより優位に立つべく、何カ月も何年も取り組んできた――海外でシャインを製造し、KJAを欺き、翡翠を集めてきた。どれも、グリーンボーンの組織がこれまで考えもしなかったことよ。わたしたちもそのレベルに到達して彼女を打倒しないかぎり、生き残ることはできないし、ましてや山岳会を壊滅させるなんて不可能」淡々とした復讐心で、シェイの声は平板になっている。「山岳会に勝つだけじゃなく、壊滅させるのよ」

ヒロは考えこみながら椅子の金属製の肘掛けを指でコツコツ叩いていたが、ようやく言った。

「過去を持ち出しておまえを責めるわけじゃない。それは誓うが、教えてくれないか。どっちが別れを切り出したんだ？　おまえか、それともジェラルドか？」

シェイは背すじを伸ばして、目を見開いた。「いったい何の関係があるの?」

ヒロは笑い、数日ぶりに気分がほぐれた。「ただ興味があるだけだ」

「おたがい、なんとなく」シェイは顔をしかめてから、静かに言い直した。「いえ、彼から」

ヒロは椅子から立ち上がった。全身の十数カ所が痛みでその存在を主張したが、彼は笑顔を崩さなかった。「やっぱりな」

シェイは横目でじろりと兄をにらむと、彼はテーブルを回って妹の椅子の後ろにやってきた。「どういう意味よ?」

「ガキの頃、俺は喧嘩でいつもおまえをぼこぼこにしていたのに、おまえは絶対降参しなかった。絶対にだ。俺の顔に唾を吐きかけ、あとで俺の見ていないときに後ろからかかってきたものだ。おまえは物事を放っておかなかった。いつだったか、危うく俺の頭をぶち割るところだったよな、覚えてるか? それから学園に入ると、おまえはある種の機械みたいになって、努力している姿を誰にも見せなかった。特に俺には。男どもは完全におまえを怖がっていた。おまえは昔から、制服姿のハンサムな血の薄い外国人には、賢すぎて危険すぎる女だった。そんなこともわからないのか? やつは自分自身のために、おまえより先にそのことに気づいた。それだけのことさ」ヒロは妹の両肩に腕を伸ばしてハグすると、妹の耳元で言った。「まだ、おまえの代わりにやつを殺してやってもいいぞ」

「やめて、ヒロ」シェイはぴしゃりと言い返した。「元彼くらい、自分で殺せる」

ヒロは声を上げて笑い、妹が自分の主張を裏付けるためだけに彼の手首をへし折るかもしれないと半分覚悟した。だが妹はそうしなかったので、ヒロは彼女の額にキスすると、腕をほどいて家に戻った。

41 最優秀賞

コール・ドゥシュロン学園では、卒業試験の二ヵ月前に予備試験が行われる。雨の多い春の訪れに先立って、年末に開催されるものだ。卒業試験は期間が二週間に及び、学園の教官たちによって非公開で行われる秘密の試験だが、予備試験は一日で終わり、スポーツ大会のように世間に公開されたイベントだ。イベントは、じつにケコンらしく、翡翠を使った六つの技を競うものが中心だが、詩の朗読や高速暗算、論理ゲームといった種目もあり、熱心な支持者と賭けをする人々に人気がある。

一ヵ月前のアンデンは予備試験にわくわくしていたが、今では卒業前の邪魔なイベントとしか思えず、ありがたいのは、とりあえず集中するものができるということくらいだった。その朝、アンデンは食堂で黙って機械的に朝食を食べ、周囲にいるほかの八年生たちのそわそわしたふざけあいには混ざらなかった。発表されたスケジュールを調べ、午前中の参加イベントには全力をつくしたが、イベントが終わるたびにいつまでも残って自分の点数を確認したり、イベントごとに更新される順位を見ようと廊下の掲示板前に集まる同級生たちに加わったりはしなかった。予備試験は、表向きは卒業をひかえる生徒にとって、このあとのもっと手強い卒業試験の準備をするための小規模でプレッシャーの低いイベントということになっているが、ほとんどの八年生——少なくとも、組織で働きたいと思っている生徒（ほとんどがそうだが）——は年末の本当の試験と同じくらい心配していた。コール家の人々が予備試験を見にくるし、組織の幹部も来る。〈角〉と上級の〈拳〉たちも、〈指〉として採用できそうな卒業生を探しにくるのが通例だ。上級〈招福者〉たちは学業競技を見にくる。次の二カ月間、教官たちが適度に厳しくなるか、サディスティックなほど残酷になるかは、今日の生徒たちの出来栄え次第だ。

アンデンはそんなことを気にするだけの気力を奮い起こせなかった。昼休みはほとんど誰ともしゃべらず、食べ終わるとすぐ食堂を出ていき、早めにイベントの行われる塔へ行って自分の出番を待った。曇りのひんやりした日で、参加者は制服のチュニックの下にTシャツを着て、白い息を吐いている。かすかに風はあるものの、心配していたほど強くはない。アンデンは首をそらし、いちばん高い台を見上げた。高さ十五メートルの太い柱をかこむいくつもの台のてっぺんだ。名前を呼ばれると、アンデンはいつもの習慣で手首に巻いた訓練用バンドをさすり、親指で翡翠をなでた。ベルが鳴った。

助走で勢いをつけ、〝敏捷〟の力で台から台へ飛び移り、両方の腕と脚を使って台をつかみ、体を上へ飛ばしていく。飛び移るたびに、重力に逆らって体を上へ運ぶのに必要な翡翠のエネルギーを集めて放つ。地面が急速に遠のいていく。一秒一秒が長くなり、狭い足場から次の足場へ飛んだ瞬間、空中で〝敏捷〟の力が切れ、落下して骨が粉々に砕ける最期を迎えそうな気がする。心拍数は上がっているが、深い呼吸は安定していて不安はまったく感じない。勝ち負けも気にしていない。落ちる心配すらしなかった。アンデンの目はひたすらいちばん上の台を見つめている。そこにたどりついたとき、はるか下からベルの音が聞こえたかと思うと、つづいて称賛の足踏みが大きく響き、現時点でのベストタイムを出したことがわかった。

これだけ高いと風が強く、アンデンの耳元でヒュウヒュウうなっている。それに遠くまで見渡せる。学園の残りの敷地とウィドウ公園だけでなく、貯水池の輝く水面や、宮殿ヶ丘とその北のコール家の屋敷、ジャンルーンの東に広がるごちゃごちゃしたダウンタウン――瓦屋根と、コンクリートのビルと、鋼鉄の超高層ビルのパッチワーク――まで見える。しばらくここにすわって脚をぶらぶらさせながら、街はここから見える姿のとおり平和だと想像していたくなる。

アンデンは地上に戻った。下りるときは、〝敏捷〟の力は少ししかいらない。ドゥドが塔のすぐそばで、つま先立って跳ねていた。次の競争に備えているのだ。

「楽勝だったたな」彼はアンデンに言った。「あんなタイムを出せるやつは、ほかにいないよ」

「あんまり食べてなかったから」アンデンは勝者の礼儀としてそう答えたが、本当のことでもあった。とはいえ、それが結果に影響したわけではないし、予備試験のせいで食欲がなかったわけでもない。アンデンはドゥドの前を通りすぎ、ボランティアの六年生からタオルを受け取って顔の汗をふいた。顔を上げると、観客席の最前列にメイク・ケーンの姿が見えた。ということは、ヒロもここに来ているはずだ。一瞬、そう思ってあたりを探しはじめたが、やがて思い出した。今はメイク・ケーンが〈角〉なのだ。新しい〈柱〉に今年の予備試験を見にくる暇などないことは、誰もが知っている。メイクはアンデンと目が合うと、うなずいた。

去年のこの時期、アンデンは観客の後ろから見学する七年生のひとりだった。じめじめした寒い日で、手や体をさすったり手に息を吹きかけたり、足踏みしたりして体を温めようとしていたのを覚えている。ヒロもここにいた。最前列にメイク・ターと一緒にすわっていた。アンデンは、ヒロがメイクと話している姿に目をやったものだ。目を留めた生徒のことを批評したり、笑顔で称賛の足踏みをしたりして、心から楽しんでいるようすだった。休憩時間は立ち上がって体を伸ばし、運動場へ出ていって八年生と話していた。生徒たちはヒロをかこんで神のように扱い、深々と頭を下げ、彼のひと言ひと言に耳を傾けたが、〈角〉は彼らに気安く接していた。生徒の背中をぽんと叩き、彼らの努力をほめた。教官をネタにした冗談を言い、自分が学園にいた頃の話や、生徒だったときに起こしたトラブルを話して聞かせた。アンデンは後ろのほうで、それを見ていた。

「来年は、おまえもあそこにいるんだぞ」後ろからランがやってきて、アンデンを驚かせた。

「ラン - ジェン。〈柱〉が予備試験を見にくるなんて知りませんでした」

「できれば来たいものさ。せめて、最後に賞を授与して言葉をかけてやりたい。おまえが出るときは、丸一日見物に来るよ」〈柱〉が自分のために特別に労をとってくれると聞き、アンデンは照れて目をそらした。

「ラン - ジェンがここにいたときも、予備試験があったんですか?」アンデンは訊ねた。

ランは首をふった。「俺のいたクラスは、学園で初めて卒業を迎えるクラスだった。多国大戦が終わった翌年、おじいさんが彼の教官ふたりと学園を創立したんだ。その前から似たようなものはあったらしいが、ちゃんとした学校ではなく、ただ地下や秘密のキャンプでグリーンボーンが生徒たちを訓練しているだけだった。あの創立の年、生徒は五十人しかいなかった。設備も、校舎がひとつとあの運動場だけだった」ランは手をふって学園のキャンパス全体を指した。「今ここに来ると、すべてが新しく見える。しかし、卒業して十六年たつんだよな。時がたつのは早く、物事は変わっていく」

〈柱〉の声にはうっすらと後悔がにじんでいて、何か特定の出来事を思い浮かべているのだろうかとアンデンは思った。だが、それが何なのかはわからずじまいだった。みんながランの存在に気づき、教官たちが挨拶に来たのだ。アンデンはそっとその場を離れ、八年生たちの活躍を羨望の目で見つめながら思った。自分にはヒロのように人を引きつける魅力もなければ、ランのような威厳もない。そんな自分が本当にコール家の一員でいていいのだろうか？

見にくると約束してくれたランは、今日ここにはいない。その純然たる事実に、みんなの活躍もアンデンにとっては何の意味もないものに思えた。予備試験が、空疎でうわべだけのものに思える。真のゴール——卒業して、翡翠を手に入れ、組織のメンバーになり、家族のために復讐する——にたどりつくためにやらなくてはならない茶番だ。

アンデンが次に出場するのは、ナイフ投げだった。この種目のトップはロットで、アンデンは二位。ロットに勝てる者がいないことは周知の事実だ。アンデンの最後の出場種目は〝チャネリング〟だが、学園の生徒のあいだでは〝ネズミの虐殺〟と呼ばれている。

〝チャネリング〟は生き物から生き物にだけ通じる能力で、攻撃に使う〝チャネリング〟を生徒どうしで競わせるのは、こうした公開の場では危険すぎる。そこで予備試験では、集会場いっぱいにテーブルを並べ、各テーブルの後ろに八年生が立ち、それぞれ檻に入った実験用の白いハツカネズミ五匹があたえられる。ネズミに触れていいのは指一本だけで、〝怪力〟や〝跳ね返し〟の技を使ってズルをしようとした者は審判から失格を言い渡される。この人気種目をもっとおもしろいものにしようと、長年さまざまな試みがなされてきた。例えば、人間が牡牛に〝チャネリング〟するところを見たくない人などいるだろうか？　だが、そういった提案は実際的・経済的理由でいつも却下された。

〝チャネリング〟はアンデンのいちばん得意な技で、母親もそれが得意で有名だったことはなるべく考えないようにしていた。ベルが鳴ると、彼はわざわざネズミに指で触れようとはしなかった。すばしこいネズミに触れるのは難しい。両手を檻の上にかざし、燃える小さな蠟燭のような五匹の脈打つ命すべてを速やかに

〝感知〟する。そのなかから適当に一匹を選んで集中し、手のひらをわずかに上げてから下ろし、一瞬の正確な〝チャネリング〟でネズミを破裂させた。アンデンはネズミの小さな心臓がぴたりと止まるのを感じた。ネズミの命が消えるとき、腕に短く電気が流れたようなびりびりする温もりを感じた。さらに四回、素早く強力な〝チャネリング〟の技を炸裂させると、アンデンは一歩下がって両手を後ろにやり、終了したことを示した。ベルが鳴ると、八ラウンド目ですべてのネズミを殺した者はほかに二名いたが、その日の優勝タイムを叩き出したのはアンデンだった。

審判がアンデンの檻をかかげ、観衆が称賛の足踏みをしたとき、アンデンは少し悲しかった。五つの小さな体はついさっきまで生きていたのに、今は死んでいる。命の火はあんなに簡単に吹き消されてしまった。自分より強い生き物の気まぐれで生死が決まってしまうのは、みな同じだ。予備試験の場合は、生き物を殺さなくてはならないように感じるが、アンデンにはそれほど気にならなかった。そんなものは馬鹿げた罪悪感だ。自分は今日、確かに最優秀賞を勝ち取ったのだ

——なぜ、ほんの少しのあいださえ、喜んではいけないのか？

「おめでとう」集会場から出ていくとき、トンが言った。

「本気も出してないように見えたぜ」ヘイケがつけたす。

ほかの仲間もアンデンをほめにやってきて、くたびれてはいるが活気ある集団が、集会場を出て中央運動場に並んだ。各賞の授与とリー校長による閉会の言葉を待つ。卒業を数週間後にひかえ、彼らは突然アンデンにそれまでより興味を持ち、アンデンがまもなく自分たちのなかでいちばん上級のグリーンボーンになるという事実を意識するようになっていた。アンデンは自分たちのリーダーになるだろうし、荒っぽい新しい

〈柱〉に気に入られているのは明らかだ。
アンデンはあちこちにうなずき、笑い、お礼の言葉を返そうとしたが、現実感のない奇妙な気分で、自分の体から抜け出しているような感じがした。一日じゅう翡翠を着け、そのエネルギーを使ってきたうえに、最近はひとりですごしていたこともあり、こんなに多くの他人のオーラが騒々しく集まってくると圧倒されてしまう。葬儀以来、アンデンは自分の殻に閉じこもり、訓練と学校という日課をもくもくとこなしていた。周囲の生徒たちは彼を遠巻きにしていた。組織の〈柱〉というより現実の身近な人間として接してきたコール・ランの死を悲しむアンデンに、どう声をかけていいのかわからなかったのだ。ランの死は素寒貧通りでの復讐殺人につながり、ジャンルーンの街を組織間抗争の嵐に陥れた。みんなが声をかけてこようとしなかったのは、かえって幸いだった。同情されても、アンデンはどう受け止めていいかわからなかっただろう。今の彼にわかることは、深い後悔にも自然の限界があるということだけだ。ある程度の時間がたてば、そういう感情は心に穴を穿つのをやめ、その時点でまだ心が食いつくされていなければ、外に向けられる怒りに変わる。

ランの死の責任は自分にある、とアンデンにはわかっていた。おまえのせいじゃないというヒロの言葉は、信じていない。だが、ラン自身にも責任はある。シェイとヒロにも。それぞれが失敗したからといって、アンデンは自分の家族を憎むことはできないが、そうした失敗を致命的なものにした連中のことは憎める。最後の攻撃で、ランに致命的な損傷をもたらしたガム・オベンのことは憎める。アイト・マダとゴント・アッシュ、山岳会すべてを憎むことはできる。そしてエスペニア人が作りだした毒、シャインも。アンデンはシャインを憎んでいた。

ランは待ち伏せ攻撃されたと言われている。マシンガンを持った山岳会のメンバーが、ランの射殺に失敗したあと、港で溺死させたらしい。アンデンが知っているのはそれだけで、誰もがそれしか知らないようだった。ランを殺したやつの名前すらわかっていない。犯人が誰であろうと、あの夜何があったとしても、普通の状態のランだったら暗殺は成功していなかったはずだ。アンデンが見たときのように、負傷し、精神状態が不安定で、薬で混乱しているランでなかったら。アンデンがそうするべきだったようにヒロに相談していれば、あるいはリレーボールの試合のあと、一緒に夕食をとったシェイに知っていることをすべて話していれば、たぶんふたりがランを説得し、体調がよくなるまで身に着ける翡翠の量を減らし、シャインを杖代わりに使ったりしないように取り上げてくれただろう。少なくとも、あの夜、ランがひとりにならないように取り計らってくれたはずだ……。

「エメリー」誰かがアンデンをつついた。「おまえの番だ」

アンデンは顔を上げた。どうやらリー校長がスピーチを終え、個人種目の優勝者の名前の発表に入り、アンデンの名前を呼んだらしい。校長はアンデンに最優秀賞を授与しようと待っていて、一秒すぎるごとに薄い唇がだんだんへの字になっていく。

アンデンは急いで前へ行き、組んだ両手を額につけて深々と申し訳なさそうに頭を下げた。最優秀賞はどうしてもほしかった。なにしろ、すごい報奨——緑のビロード張りの記念の箱に入った、ひと粒の翡翠——がついてくる。それは訓練用バンドに取り付けられ、その後の卒業試験にすべて合格すれば、四つの翡翠をもらって卒業することになる。翡翠四つは、生徒が学園からもらうことのできる最大の数だ。アンデンは箱を受け取り、もう一度挨拶して元の位置に戻った。大した勝利感はなく、暗い安堵を感じただけだった。

リー校長は迫る卒業試験のことと、卒業してグリーンボーンになる者はこの反目と不確かな時期に特にしっかり備えるようにという話をいくつかすると、すべての卒業生の幸運を祈ってから、予備試験の閉会を宣言した。人々は解散していく。家族や友人どうしのグループは写真を撮ろうと集まっている。アンデンは寮の自分の部屋に戻ろうと背を向けたが、近くでひしめきあう同級生たちの話し声にロット・ジンの声が聞こえた。

「コール一族が今年の卒業生をたくさん〈指〉に採用できると思っているなら、思い違いもいいとこだよな。〈角〉に従えば死体になるのがオチだってときに、そうはいくかってんだ」

「ええ、メイクがコール・ヒロみたいな〈角〉になれると思ってる人なんて、いないよね」パウがうなずく。

ヘイケも賛同する。「見回りをして献金を集めるのは、ひとつの仕事だ。〝清廉の刃〟の決闘だって、毎回、死者が出るわけじゃない。どっちかが負けを認めれば、死ぬことはない。けど、自分より翡翠も経験も多い敵のグリーンボーンと戦うとなると、どうだ？　しかも敵はこっちの死体から翡翠を奪いたがってるんだぞ？　献金集めとはわけが違う」

「平和なときなら、みんな〈指〉になりたがる。少なくとも、二年くらいは。〈指〉になれば、たとえ翡翠を勝ち取ったり〈拳〉になったりできなくても、敬意を払ってもらえる。けど、今は本物の抗争中だぞ」ロットの声が馬鹿にするように高くなる。「彼らもいずれわかるさ、誰もがあいつみたいに翡翠に飢えてるわけじゃないって——」

彼は最後まで言いきれなかった。アンデンがくるりとふり向き、集まっている同級生たちに突っこんでいったのだ。なぜそんなことをしたのか、自分でもわからない——それまではこういう話を耳にしても黙っていたのに、このときは口元にも拳にも力が入り、勝ち取ったばかりの貴重な緑の箱をきつく握りしめていた。

ロットに食ってかかるアンデンに、ほかの生徒たちは驚いて立ちつくしている。「いつもいつも、くだらないことばかりしゃべりやがって」自分の口から出た嫌悪の言葉に、アンデン自身が誰よりも驚いていた。「抗争中に組織の防衛より自分の身の安全のほうが心配な臆病者に、翡翠を持つ資格はない」

みんな、完全に呆気に取られている。こんなに怒ったアンデンを見るのは、八年間で初めてなのだ。だがランが亡くなり、状況は変わった。台風の夜に集会場ですごしたときとは違う。あのとき、アンデンはまだ従兄たちが何もかもうまくやっていて、自分が声を上げる必要はないと思っていた。

アンデンは悲しみのなかでも、ロット・ジンがこの数週間、自分にほとんど話しかけてくれず、あからさまに避けられている気がすることをくよくよ悩んでいた。今、あんぐりと口を開けているロットを見て、アンデンは残酷な満足感が熱くこみ上げてくるのを感じた。なぜロットは、いつもあんなに自己中心的なんだ？　命の危険を感じているのは、あるいはこんな状況じゃなかったらいいのにと願っているのは、自分だけだとでも思っているのか？　どうしたら、あんな傲慢な口の利き方ができるんだ？　まるで組織にすっぱりと見切りをつけ、そのまま立ち去れるみたいに。

ロットの口がさっと閉じた。「俺の言ったことが気にさわったか、エ、メ、リー？」アンデンの名前を一音一音長く伸ばし、大げさなエスペニア風のアクセントで外国っぽさを強調する。「誰かが組織に異論を唱えたり偉大なコール一族を悪く言ったりするのを、おまえがそんなに気にするとは知らなかったよ」ロットの目が光った。「おまえは最優秀賞を取ったかもしれないが、俺たちはまだ誰も組織に忠誠を誓ったわけでも、組織に加入したわけでもない。俺たちのすることや話すことに、おまえの指図は受けない」

「ぼくたちは八年生だぞ」アンデンはすかさず言い返

す。「無峰会はぼくたちの肩にかかっている。下級生がぼくたちのすることを見ているだろう。そういう話は組織にとってよくないし、おまえは運動場の真ん中でそんな話をしているんだぞ。誰の耳にも入るところで」アンデンはさらに憤って、ロットに非難をぶつけた。疑惑はウィルスのように、簡単に口から口へと広まっていく。「おまえの父親は〈拳〉だろ、もう少しわきまえろよ」

「俺に指図するなっつってんだろ。それに親父のことを持ち出すな」ロットが怒鳴ったかと思うと、突然、危険な気配が立ちこめた。ふたりとも今日は翡翠を身に着けている。アンデンには、相手のオーラが油につけた火のように燃え上がるのを感じた。集まっていた八年生はそわそわしだした。学園内での決闘は禁じられているし、近くには教官たちがいる。すでに、運動場をぶらぶらしているほかの生徒やその家族が、足を止めてこちらのグループをちらちら見ている。

「もう、いいかげんにしろって」トンがアンデンとロットのあいだに割って入った。「今日はみんな、翡翠の影響でちょっと混乱してるんだよ。たぶん、思ったことを少し自由にしゃべりすぎてたんじゃないかな。ここには侮辱するつもりで言ったやつなんか、誰もいないと思う。そうだよな?」彼はロットとアンデンのふたりをにらんだ。

「いいや、いたと思う」ロットはむっとして言ったが、不意にアンデンの後ろへ視線を向けて口ごもった。その瞬間、アンデンは熱い液体のような翡翠のオーラに包まれるのを感じた。間違えようのないヒロのオーラだ。

「アンディ」ヒロがアンデンの肩にぽんと手を置き、まるで毎日そうしているかのように、生徒たちの輪に入ってきた。「ケーンからすべて聞いた——今日はすごい活躍をしたんだってな。俺は受賞者の情報を聞いただけだ。せめて、おまえが最優秀賞をもらうところには間に合いたかったよ。もっと早く来られなくて、悪かったな」ヒロの唇の片側が上がり、いつもの無頓着な笑みを作った。それでもアンデンには、ヒロが変わったのがわかった。若々しい容貌には影が差し、目元や口元が暗く見える。顔には険があり、手には生々しい傷がある。〈柱〉のお出ましで、その場はとたんに静かになり、小さな川の真ん中に岩が落ちてきたかのように、話の流れが変わった。

「来……来てくれてうれしいです、ヒロ‐ジェン」アンデンはなんとか答えた。

「俺を友だちに紹介してくれよ、アンディ」とヒロ。

アンデンはひとりひとり紹介していった。ロットのところに来ると、ヒロはかなり興味を示した。「ロット・ペンシュゴンの息子か？　お父さんが予備試験を見にこられなくて、すまない。きっと来たかっただろう。だが、ソーゲン地区の防衛は、おまえのお父さんが頼りなんだ」〈柱〉はロットの肩の緊張と強ばった顔には気づかないようすで、さらに親しみをこめて言った。「おまえがどんなに活躍したか、お父さんに伝えておこう。ナイフ投げの腕はお父さんより上なんだってな。おまえは翡翠を身に着けられるやつだとお父さんから聞いているが、俺にもうわかった。メイク‐ジェンと話をするべきだ。いつでも構わない。卒業式まで待つ必要はない」

ロットの顔と首は真っ赤だ。「ありがとうございます、コール‐ジェン」口元を引きつらせてヒロに挨拶しながら、一瞬、横目で疑うようにアンデンを見た。

「これはおまえたち全員に言えることだ」〈柱〉は八年生数人のグループを見回しながらつづけた。「いつもアンディに言っていることだが、おまえたちはここ数年の卒業生でいちばん強く、数も多い。おまえたちに比べれば、俺はもう年寄りだ。おまえたちは組織の未来であり、家族の名誉だ」

「ありがとうございます、コール‐ジェン」トンが言い、ほかの生徒たちもそれにならった。

「われわれの血を組織に捧げます」ドゥドが熱意をこめてつけたし、深々と頭を下げた。

「もうじきな。今はまだだ」ヒロはあっさり言い、ドゥドの襟の後ろをつかんで頭を上げさせた。「あと二カ月は学園の生徒だ。ただの生徒じゃなく、八年生だ。学園を去るときまでに、下級生の生活を惨めにさせ、教師たちに最悪の学年だったと言わせるのが、おまえたちの義務と言っていい。どの年もそうしてきた。俺の年の話を聞かせてやってもいいが、せっかく予備試験が終わった夜だ——どうしてみんな、まだ学園から飛び出していかないんだ？　飲んだくれに行かないのか？」

　何人かが笑い、また〈柱〉に礼を言うと、ちらちら後ろをふり返りながら急いで去っていった。ロットは最後にもう一度、アンデンとヒロにいぶかしむような視線を投げ、ほかの仲間のあとを追った。

　ヒロはアンデンと一緒に、ほとんど人のいなくなった運動場を横切っていった。すると、ヒロの声が変わり、さっきまでの軽さが消えた。「おまえ、あそこでロットの息子と決闘しようとしていたな。俺が来たとき、何の話をしていたんだ？」

「大したことじゃありません」アンデンはぼそぼそと答えた。ロット・ジンにはむかついているが、〈柱〉の前で彼を悪く言うのはためらわれる。だがヒロはいつまでも答えを待っていて、アンデンは何か言わないわけにはいかなくなった。「ロットが、組織には〈柱〉が思っているほどたくさんの〈指〉は入らないと言ったんです。ほかに選択肢があるのに、抗争中に〈指〉になる危険を冒したいわけがないって」

「全員が忠誠を誓ってくれるわけじゃない、それは真実だ。たぶん、俺たちが望んでいるほど多くの忠誠は得られないだろう。それで、おまえはあんなに怒っていたのか？」

「ロットの言い方が気に入らなかったんです、ヒロ‐

ジェン。無礼な態度だったし」

ヒロはわかるというようにうなずいた。「それで、彼に立場をわきまえさせようとしていたのか？」

「ぼくは……」アンデンはよくわからなかった。ヒロの声と傾いた眉毛には、かすかにからかっているようなところがある。ひょっとすると従兄は、ぼくがロットに感情を爆発させた理由はほかにあると思っているのかもしれない——そう思って、アンデンは啞然とした。「何か言わずにいられなかったんです」

「アンディ」ヒロは厳しい口調で言った。「同級生の多くが、いずれおまえの〈指〉となる。そろそろ学んでおけ——相手に永久に憎まれる叱り方もあれば、叱責したことでさらに好かれる叱り方もある。その方法を知るには、相手をよく知る必要がある。さっきの友だちについて、おまえは何を知っている？」

アンデンは口ごもった——ぼくがロット・ジンについて知ってること？

ヒロは言った。「俺の知ってることを教えてやろう。彼の父親はがさつな男だ。さいわい、かなり忠実で戦士としての能力も高いが、ロット・ペンはしょっちゅう他人と悶着を起こしている。いつもにらむような目つきで、誰にも優しい言葉をかけない。犬を蹴るようなタイプの人間だ。その息子が生意気な口をきき、あんな陰気な顔をしていても、不思議じゃない。あんな父親がいて、どう一人前になればいいかわからないんだろう。組織のことをどう考えていいのかも、わからないのさ」

寮とは反対の方向へ歩いていたが、アンデンは黙って従った。ヒロがとても重要だと考えていること——将来の〈拳〉にとって貴重な助言——を話してくれている気がしたのだ。「ちょうど俺が来たときに、おまえがロットに言っていたこと——あれでロットは、自分が父親より劣ると感じさせられて、我慢できなくなったんだ。彼に自分が父親より上だと感じさせてやっていれば、おまえからのどんな批判や叱責も受け入れたはずだ」

コール・ヒロが部下の扱いを心得ていることは、誰も否定できない。それは相手を心から気遣うことから来ているもので、アンデンにとってはどんな翡翠の力よりも謎めいた能力だった。ふたりは校門を出て、〈ドゥシェース〉を停めてある駐車場へ歩いていった。

「アンディ、人は馬に似ている。年を取った馬は鞭を入れれば走る――誰もが似ている。〈指〉と〈拳〉も――が、叩かれない程度にしか早く走らない。だが競走馬が走る理由は違う。競走馬は左の馬を見て、右の馬を見て、こう思う――こいつらに負けてたまるか」

小雨が降ってきた。冷たい冬の霧雨だ。アンデンは不安そうに空を見て、両腕の外側をさすったが、ヒロは両手をポケットに入れて立ったまま、肘を軽く前に出して〈ドゥシェース〉にもたれた。「ときには、アンディ、頼りになると思っていた人間に期待をひどく裏切られることがある。それを受け入れるのはつらい。だがたいていの場合、人に期待を寄せ、おまえは今のおまえ以上の人間になれる、ほかの連中が思っているよりずっとすごい人間になれると言い聞かせれば、そいつは死に物狂いでそれを実現しようとするものだ」

アンデンは突然、はっきりと気づいた。自分は今日の失敗――ロットやほかの八年生たちへの言動――のことでやんわりと叱責を受けているのだ。あのとき従兄が現れていなかったら、ヒロが春になれば無峰会に入ってくれると頼りにしている生徒たちに、自分は反感を抱かせていただろう。アンデンは目を伏せ、自分も期待を寄せられていたのだと気づいた。「そのとおりだと思います、ヒロ-ジェン」グリーンボーンになるだけでは足りない。最優秀賞をとっても、まだ足りない。アンデンはコール家の人間として一人前にならなければならないのだ。

「そんな顔をするな。俺を失望させたと思っているような顔じゃないか。俺はおまえに失望しちゃいない。みんな、学ばなきゃならないんだ。おまえは相手に立ち向かい、組織に敬意を払えと迫ったんだろ。つまり、おまえはいいやつだってことだし、それが大事なことだ。ほら、最優秀賞でもらった新しい翡翠を見せてくれ」

アンデンは従兄に小さな緑色の箱を渡した。ヒロは箱を開け、ひと粒のまるい石をつまんだ。大きさはシャツのボタンくらいで、厚さはボタンの二倍ある石が、簡素な金属の留め金にセットされている。ヒロは石をかかげて、じっと見た。翡翠は無傷で、半透明の鮮やかな緑色をしており、縁のほうは青に近い。夕方の曇り空の薄暗い光のなかでも、ヒロの手のなかでほとんど輝いているように見える。〈柱〉は感心するように喉を鳴らし、一瞬、アンデンはよくわからない切望を感じた。自分の勝ち取ったものを取り返したいという、突然の激しい馬鹿げた欲望に襲われた。

アンデンの顔かオーラからその衝動を読み取ったかのように、従兄は笑い、手を伸ばしてアンデンの手首をつかんだ。慎重に、優しくと言ってもいい仕草で、革の訓練バンドをゆるめると、三つ並んだ翡翠の横の空いたハトメに四つめの翡翠をはめこむ。そして翡翠がアンデンの肌にちょうどよく当たるように留め金を留め、バンドのバックルを調節した。「ほらよ」ヒロはおどけて従弟の頬を軽く叩いた。「このほうがいいだろ?」

少しのあいだ、アンデンは目を閉じ、新たな翡翠のエネルギーが疲れた筋肉とささくれだった神経に光のように流れこんでくるのを楽しんだ。目を閉じていても、何もかもが気持ちいいほどくっきりと、胸を打たれるほど美しく感じられる。肌を打つ雨は焼けるような衝撃、そよ風に混じる十万種もの異なる音と匂いと味、従兄のオーラ——その形と居場所と質感——が目で見るよりはっきりとわかる。アンデンは馬鹿みたいににやにやしていたことが少し恥ずかしくて、声を上げて笑った。今すぐ予備試験を最初からもう一回やれる気がする。しかも、前より確実にいい結果が出せる。翡翠をひとつ手に入れるたびに、世界の現実味と、自分の体や周囲のすべてに対する力が増すようだった。

目を開けると、ヒロが誇らしげにこっちを見ていた。うらやましそうでもある。「新しい翡翠を手に入れるたびに、こういう感覚を味わうんですか？」アンデンは訊ねた。

「いいや」ヒロは目をそらし、無意識に片手を胸に当てた。「最初の翡翠――六個かそこら――のことはけっして忘れない。それぞれを手に入れた日のこと、どうやって手に入れたか、どう感じたか、何もかもを覚えているものだ。そのあとは、新たな翡翠を手に入れたときの衝撃は減っていく。どんなグリーンボーンにも、いずれ効果が横ばい状態になるときがやってくる。身に着けるべき翡翠をすべて身に着けた状態なら、それ以上翡翠を増やしても効果はない。人によっては、むしろ逆効果だ――翡翠に破滅させられる」

　ヒロの言葉に、アンデンの高揚感は消えていった。破滅させられたんだ。母さんも、伯父さんも、今度はランまで――そんなふうに考えるのは無礼で間違っている気がするが、ほかにどう考えろというのだ？　新しい翡翠の素晴らしい高揚感さえ、アンデンの心に浮かび上がってくる不安――自分やほかの人たちに対する不安――を抑えることはできなかった。ヒロのシャツの襟元には、いつも外している第二ボタンまでのスペースに翡翠が二、三個しか見えない。だがアンデンは、もっとたくさんの翡翠が彼の体を飾っているのを知っていた。この一カ月だけでも、多くの危険な戦利品が加わっているはずだ。「ヒロ‐ジェンにはそんなことは起きませんよね？」アンデンは不安を隠せずに訊ねた。

　ヒロは少し悲しげにうなずいた。「ああ。俺はもう何も感じない」

42 老いた白ネズミ

〈ポーポー質店〉の奥は、商売をしているテム・ベンを見つけられる数少ない場所のひとつだ。商売の相手は、翡翠の闇取引の底辺にいる、恐れを知らない向こう見ずな連中。最近、この商売は活気づいてきた、とテムは満足していた。グリーンボーンは激しい殺し合いに忙しく、あらゆる種類の犯罪者は一時的な猶予期間を楽しんでいる。まだジャンルーンの警察が目を光らせてはいるが、実際のところ、警察がすることと言えば、小さい違反に罰金を科すこと、交通整理、組織が暴れたあとの始末くらいだ。警察は公僕であって、戦士ではない。そのほとんどは、翡翠をひと粒も身に着けていない。テムが今、倍率十倍のルーペで調べている美しい石のようなものは持っていないのだ。拡大すると、均質に重なり合った特徴的な模様が見える。この模様によって、世界でもっとも希少で価値の高いケコン産の翡翠と、何の力もない装飾用の緑の石ころとの区別がつく。

机の前に立っているそわそわしたアブケイ人の男に内心の喜びを見せないよう、テムは顔をしかめた。下唇を噛んでいる男のゆがんだ歯は、檳榔（びんろう）の実で赤く染まっている。テムは手をふり、天井にひとつだけ下がった照明の光をさえぎらないように男を下がらせた。アブケイ人の男が落ち着かないのには、もっともな理由があった——彼の持ちこんだ翡翠は、使い古したタロンナイフの柄にはめこまれているものなのだ。グリーンボーンの武器を盗むのは、翡翠のおこぼれ目当てに川にもぐるよりはるかに重い罪だ——捕まれば、ほぼ確実に死刑になる。このいかにも胡散臭い男は、泥棒として経験豊富にも見えなければ、悪賢くも見えない。テムはこのすごい翡翠も、最近見てきたほかの加工済みの翡翠のように、死体から奪ってきたものだろうと思った。グリーンボーンは自分の倒した敵から熱心に翡翠を回収するが、混沌とした街なかの戦闘では、慌てて見過ごしたり、武器をなくしたりすることがある。真っ先に漁りにきた連中は、運がよければそういうものを手に入れることができた。

テムは興味を引かれたが、何も訊かないという方針をかかげているので、それを守った。ルーペを外し、濃い口ひげに荒く鼻息を吐く。「いくつか欠陥がある」テムは嘘をついた。「四万ディエンだ」この石にはその二倍の価値があるが、男は一刻も早くナイフを手放したいはずだ。

「それっぽっちかよ?」男は明らかに、騙されているのではないかと疑っている。「川で拾った翡翠でも、それくらい稼いだことがある。こいつは本物のタロンナイフだぜ」

「最近、翡翠はだぶついてるんでね。四万ディエンだ」

それでも、男がこれまで見たことのある金より多い額だ。テムがかぞえた札束を差し出すと、男はそれを受け取り、不満そうに帰っていった。あまり選択の余地はなかったらしい。三本指のジーは死んだし、リトル・ミスター・オウはじつに賢明にもこの商売から引退した。おかげで、このあたりの翡翠泥棒が信頼できる買い手を見つけるには、街じゅうを探し回らなくてはならない。

質屋の奥の部屋でひとりになると、腕時計や宝飾品の入ったガラスケースと中古のテレビとスピーカーを積んだ壁の後ろで、テム・ベンは恐ろしく鋭利なタロンナイフの柄をなでながら、いい買い物ににやりとした。お祝いに、イグタン製のタフィーの包みをはがす。ジャンルーンではどこでもお目にかかれない菓子で、友人に送ってもらわなくてはならなかった。自分の帰化した国が恋しくなることもあるが、冬はここのほうがはるかにすごしやすいし、ケコンには金を儲けるチャンスがある。さいわい、山岳会の〈柱〉のアイト・マダがストーンアイの価値を理解し、そのことで報酬をくれる。あと一、二年、この商売をすれば、イグタンで王さまのような暮らしができる。〈柱〉は、彼が戻ってきたら山岳会での仕事と高い報酬を約束するとさえ言ってくれた。もちろん、家族にはまだひどい厄介者と思われているが、大金持ちになれば最高の復讐になる。

入口のベルが鳴り、誰かが入ってきた。この店は通常の営業はしていない。また翡翠を売りにきたやつだろうか？　テムは壁ののぞき穴にかがみこんだ。そこからだと、店内がよく見える。ベージュのショートコートを着て、ひさしのついたキャップをかぶった男が立っていた。聞き耳を立てているかのように、ほとんど動かない。すると男はさりげなく後ろを向き、手袋をはめた手でドアを施錠した。

その瞬間、テムは気づいた。男は自分を殺しにきたのだ。翡翠加工職人はそっと机の引き出しを開け、弾をこめた拳銃を出した——イグタンのヒグマを仕留めるほどの阻止能力がある〈アンケヴ〉のセミオートマチックだ。テムは拳銃を店内に通じるドアへ向け、丸めた札束の入った袋にタロンナイフを放りこんだ。いっぽうの手に袋、もういっぽうの手に拳銃を持って、静かに店の裏口へ後ずさる。ドアノブを回して、押す。ドアは動かない。テムは肩に体重をかけて力いっぱい押した。わずかに動いたが、また止まってしまう。ガチャンと金属のぶつかる音がした。ドアが開かないように、障害物が置かれているのだ。

テムは恐怖に駆られた。袋を落とし、ドアに背中を押しつけ、〈アンケヴ〉を構え、男が現れるのを待つ。もしグリーンボーンだったら、すぐには撃つな。〝跳ね返し〟が使えない距離まで引きつけてからだ。弾倉が空になるまでぶっ放せ。一発目がかわされても、二発目以降は当たるはずだ。〝鋼鉄〟じゃ〈アンケヴ〉の銃弾は止められない。〈アンケヴ〉を止められるものは何もない。人間には無理だ。どんなやつでも。テムの射撃の腕は確かだ。

男の足音は聞こえない。店内は不穏な静けさに包まれている。顔の横を汗が流れ落ちるが、テムは動かない。じっと待つ。だが、何も起こらない。すると突然、店のほうから重いものが床に落ちる凄まじい音が響いた。ガラスが割れる音もする。テムは足がすくんだ。男は何かを探しているのだろうか？　翡翠か？　この袋に入っているタロンナイフは、やつのものなのか？　加工職人は横へ一歩移動し、壁ののぞき穴にかがみこんだ――

テムの横で壁が破裂し、木の破片と漆喰が飛び散った。男の拳がモルタルを使っていない薄い壁を突き破り、テムの手首を無情な〝怪力〟で握りつぶさんばかりにつかんだ。もう遅いが、テムは気づいた。さっきの音はすべて、このグリーンボーンがふたりを隔てる壁の前からテレビや電子機器の山をどかしていた音だったのだ。壁から生えたように見える腕は、手羽先の関節をはずすようにテムの手首を荒っぽくひねってへし折った。ストーンアイの加工職人は苦痛の叫びを上げ、拳銃は音を立てて床に落ちた。

手がテムを放した。テムは後ろに倒れて机にぶつかり、だらりとした手首を胸に押しつけ、慌てて床に落ちた拳銃を左手で拾った。壁が崩れ、白い埃がもうもうと舞い上がる。グリーンボーンが壁に人が通れるくらいの大きさの穴を空けたのだ。テムは拳銃をかかげた。拳銃の震えを、骨折した手で止めようとする。痛みにうめきながら、テムは引き金を引いた。大ぶりの拳銃は弱々しく握った手のなかで大きく跳ね返り、裏口のドアの上に穴を穿った。

テムの両手から拳銃がもぎとられた。拳銃を手にした男は狭いスペースにしゃがむと、重い拳銃の台尻を金づちのように二度ふり下ろし、テムの両方の膝頭を砕いた。加工職人は苦痛の悲鳴を上げて床を転がり、イグタン語でわめいた。「くそっ、ふざけるな！　殺してやる！　ぶっ殺してやる！」

グリーンボーンは、数分前までテムのすわっていた机の向こうの椅子を引っぱってきて、腰を下ろした。拳銃をテーブルに置き、帽子を取って、フェルトについた漆喰の粉を払う。さらに上着の肩を払ったが、うまくいかず、上着を脱いだ。塵や埃をほぼ払い落とすと、上着を拳銃にかぶせるように机に置いた。それから袖をまくり上げ、ストーンアイがわめくのをやめるまで待った。テムは倒れたままあえぎ、憎悪で目を剝いている。

「俺が誰かわかるな？」

「あの忌々しいメイク兄弟のどっちかだろ」とテム。

「そうだ」メイク・ターは言った。「で、おまえはテム・ベンだ。最近じゃ、加工職人と呼ばれることのほうが多い」そして上着のポケットから長方形の黒いものを引っぱり出した。テムには、記者が使うポータブルカセットレコーダーに見えた。メイクはカセットテープを最初まで巻き戻した。「うまくやったな。このあたりにいたふたりの買い手を始末するとは――血の濃いやつのやり方だ。おまけに悪賢い」

「俺はストーンアイだ」テムは言い返す。「組織はジーとミスター・オウに長年商売をやらせてきたのに、今度はちょっとばかりの翡翠の流出でストーンアイを殺そうってのか？　グリーンボーンは『アイショ』の尊い掟に従ってんじゃねえのかよ、ええ？　この駄犬め、シラミめ」

「黙れ、川に流出した翡翠を買い取ることだけに専念してりゃ、こうはなっていない。コール・ランが部下におまえを追跡させることもなかった。ただのストーンアイなら追ったりしない。テム家を困らせたところで、大した利益はないからな。加工職人を街からひとり消したところで、べつの加工職人が現れるだけだ。そうだろ？」メイクはカセットレコーダーを机の隅に置いた。「だがラン－ジェンが亡くなり、抗争に入ったからには、そろそろ先延ばしになっていた話をするときだ。おまえはイグタン風のひどいファッションセンスを持つ、ただのストーンアイの加工職人じゃない。その正体は白ネズミだ」

白ネズミとは、組織のスパイであり情報源だ。敵対する組織の翡翠を着けていないメンバーを殺してはならないというグリーンボーンの掟は、白ネズミには適用されない。「家族には勘当されてる。山岳会にも入っちゃいない。ただの勘で『アイショ』の掟を破るなって！」テムは大汗をかいている。

「いいや、勘じゃない。だから否定しても無駄だ。俺たちは何カ月もおまえを見張っていた。無峰会の縄張りでしょんべんをひっかけておいて、その臭いを俺たちに嗅ぎつけられないなんて、本気で思っていたのか？」メイクは近くにある翡翠を的確に見つけだすかのように、テムの袋のなかをのぞくと、現金をひっかき回して、包まれたタロンナイフを引っぱり出した。包みを開いて、口笛を吹く。「抗争は、死体を漁る連中にとっちゃ稼ぎどきだからな」メイクはナイフをつかむと、指で刃の鋭さを確かめてから、カセットレコーダーの横に置いた。「早くすませる方法も、ゆっくり聞き出す方法もあるが、いずれにしろ、おまえは無峰会の縄張りにおける山岳会の活動をすべて白状することになる。まずは、手に入れた翡翠を全部、どこへやった？　こっちはすでにだいたいのことはわかっているが、後々のためにおまえの口から話してもらいたい。くれぐれも、はっきり話せよ」メイクはカセットレコーダーを手に取り、録音ボタンを押した。

テム・ベンは吐き捨てた。「おまえのボスのコール・ヒロに、くそったれと伝えてくれ」

メイクは険しい目になると、一時停止ボタンを押してカセットレコーダーを机に戻し、今度はタロンナイフをつかんだ。「じゃあ、ゆっくり聞かせてもらおうか」

43 新たな白ネズミ

いつものように、シェイが〈日和見〉のオフィスからコール家の屋敷に戻ってきたのは真夜中過ぎだった。ウンは玄関でシェイを下ろすと、車をガレージへ回した。彼は文字どおり〈日和見の影〉だった——船舶通りのオフィスビルをシェイより早く退出することはけっしてなく、彼女の補佐としてだけでなく、ほぼずっとはりついて護衛の役目も果たしている。シェイは彼が悲しみにくれているときを利用して忠誠を誓わせたが、それを後悔することはできなかった。彼が今発揮してくれている知識と経験、ぶれない倫理観に心から感謝している。彼なしでは、〈日和見〉として、この一週間を乗り切ることはできなかっただろう。

玄関の階段を疲れた足取りでゆっくりのぼっていると、以前のように、帰ってきたという気持ちと不思議な感覚が混ざり合った気分になった。シェイはヒロに頼まれるまでもなく、借りていたアパートメントを引き払ってコール家の屋敷に引っ越してきた。抗争と〈日和見〉という自分の立場を考えれば、こうすることが唯一の合理的な行動だ。北ソットー地区の彼女のアパートメントに特別な警護をつける人的余裕は、もうない。コール家の敷地は警備が厳重だし、必要なときに確実に〈柱〉に会うには、ここに住むほかはなかった。

そこで彼女は荷物をまとめ、室内の家具は次の借り手に使ってもらうよう大家に話すと、最後に近所を散歩した。角のパン屋で肉まんを買い、しばらく香りを楽しんだり、通りに並ぶ店の魅力的なショーウィンドウを感心して眺めたりした。シェイは道行く人々のようすに気づいた――組織間抗争の見出しが躍る新聞を並べた売店の前を通ると、人々はかすかに緊張して少し足を速める。

やがて最後にアパートメントに戻ると、〈スタンダード&クロフト電機〉の地域責任者に電話をかけて説明した――家庭の事情でもう海外出張に出られなくなるので、残念ながら採用を辞退させてほしい。

そのアパートメントは、シェイが自分で見つけたものだった。仕事も自分で獲得したものだ。小さいけれど、完全にひとりでものにした勝利だ。アパートメントに長くはいられなかったし、仕事にそれほどわくわくしていたわけでもなかったが、それでもこのふたつには喪失感を覚えた。

シェイは〈日和見〉の住まいに引っ越すことはできなかった。ドルが見張り付きで祖父とすごしていると き以外は、まだそこに軟禁されている。シェイは自分があの家で暮らせるとはとても思えなかった。取り壊して建て直し、そこにまとわりついたドルの気配を完全に消さないかぎり、住む気にはなれない。それで皮肉にも、母屋にある子どもの頃すごした自分の部屋に戻った。とはいえ、そこですごす時間はあまりない。

玄関のドアに片手を当て、シェイは立ち止まった。〝感知〟の力を伸ばすと、兄はいないことがわかった。ヒロも母屋に移り住み、〈角〉の家にはメイク兄妹が住んでいる。シェイとヒロの両方が家にいるとき、シェイはまた子ども時代に戻った気がする――それぞれ廊下をはさんで向き合う部屋に眠り、キッチンですれ違うと、たがいのオーラが触れ合って電線のようにビリビリうなる。どちらもランの部屋には触れなかった。

「シェイ - ジェン」

ふり向くと、メイク・ウェンが後ろの私道に立っていた。大きめのシャツとゆったりしたズボンの上からフリースのガウンをはおり、裸足でビーチサンダルをはいている。〈角〉の住まいの窓から、シェイが帰ってきたのを見かけ、急いで屋敷につながる小道を通ってきたに違いない。

「ウェン、どうかしたの?」

「いいえ」ウェンは優雅に颯爽とシェイのところにやってきた。「眠れないから、よかったら一緒にお茶でもどうかと思って」

「また今度でいいかしら。長い一日だったから、今はあまりいいお相手になれないと思うの」シェイは家に入ろうと背を向けた。

ウェンはシェイの腕に触れた。「ほんの数分でもだめ? いつも見てるわ。あなたは遅く帰ってきて、さらにキッチンで一時間書類の山と格闘してから、ようやく休む。たまには変化がほしくない? 今、家の模様替えをしていて、どうしてもほかの女の人に見てもらいたいの」

シェイは、ウェンが母屋に来ているところを見たことがあった。ウェンはそこでヒロを待っていることがある。そしてときどき、シェイが帰宅すると出ていき、シェイが出ていくとやってくるように思えた。ふたりはキッチンや廊下で会釈やちょっとした言葉を交わすことはあったが、二十語を超える会話はまだなかった。ウェンがいると、シェイはたいていいやな気分になる。夜はなんとか眠ろうともがきながら、廊下を隔てた兄の部屋からもれてくる、ふたりが愛し合う熱いエネルギーを〝感知〟するのを遮断しようと格闘した。

ウェンが自分の習慣に注意を払っていたと知った驚きで、シェイは迷ってからふり向いた。それをウェンは承諾と受け取り、シェイに温かい謎めいたほほえみを向け、シェイの腕に自分の腕をからめてきた。ヒロと同じで、スキンシップが好きなタイプらしい――いつも触れ合って気持ちを通じさせようとする。

「兄さんたちはまだ帰ってこないの。今頃、三人でお酒を飲んでいたとしても驚かないわ。あたしたちも同じことをしたっていいんじゃないかしら？」ウェンは言った。

シェイは感じよくしなさいと自分に言い聞かせた。

「わかったわ、そこまで言うなら」シェイはウェンに付き合って〈角〉の住まいへ向かった。それにしても、おかしな組み合わせだ。ガウンをはおり、裸足にビーチサンダルをはいたウェンと、地味なビジネススーツに黒のパンプスという格好のシェイが、ふたつの家にはさまれた庭に延びる砂利道を音を立てて歩いていく。

ウェンが打ち解けようと口を開いた。「敷地全体のなかで、この庭がいちばん好き。とても素敵なデザインだわ――バラエティに富んでいるのに、ちっともごちゃごちゃしていない――それに、一年じゅう何かの花が咲いているでしょ。夜は、天国みたいな香りがする。もちろん、建物はどれも立派だけれど、この庭はとびきり美しい」

シェイは庭などほとんど気にしたことがなかったが、うなずいた。「ええ、きれいね」ランがこの庭を気に入っていたことは知っていた。シェイは歩きながら、兄の思い出が悲しみと怒りというもの短い道のりをたどるのを許してから、急いで頭からふり払った。

ウェンがちらりとシェイを見た。「最初は、あたしもここに引っ越してきたくなかったの。そのことで、ヒロと何度も口論になった。ポーポー地区で借りていたアパートメントはちっぽけなところだったけれど、自分好みに調えてあったし、毎月の家賃は自分で払っていた。正直、ヒロがあたしの家まで会いにきてくれるのはロマンティックだったし。ここじゃ、邪魔者みたいな気分になるんじゃないかって不安だったの。コール家の人たちから見下されるんじゃないかって」ウェンは少し背すじを伸ばし、あごを上げた。「でも、愛する人たちのために最善のことをするのに比べたら、馬鹿げたプライドなんて何の価値もないでしょ？ ここに引っ越すのが正しいことだった。あたしはまったく後悔してない。ただ、話し相手がいたら素敵だなと思うだけ――みんな、ほとんど家にいないんだもの」

それは、ウェンがこれまでシェイに話しかけてきた会話のほぼすべてに近い。シェイはウェンがずいぶん心を開いてくることに驚き、シェイが実家暮らしを不本意に思っていることに気づいたウェンの鋭さにも舌を巻いた。ウェンが自分に共感しようとしているのか、助言しようとしているのか、シェイにはよくわからなかった。そこで簡単に答えることにした。「あなたがここに来てくれて、ヒロは喜んでいるわ」

ふたりは明かりに照らされた〈角〉の家の玄関ポーチに来た。ウェンがドアを開けてなかに入るとき、シェイはこっそり右の耳たぶを引っぱらずにはいられなかった。ストーンアイは縁起が悪いなんて迷信よ――シェイは自分を叱った。ストーンアイは、先天性色素欠乏症と同じ、ただの潜性遺伝だ。翡翠に感受性がないのは、業や因縁からくる罰などではない。たとえ、みんなが思っているように、ウェンが本当に不義の子だったとしても。とはいえ、ストーンアイが不名誉であることに変わりはない。グリーンボーンがストーンアイを避けたがるのには、もっと論理的な理由がある、とシェイは信じている。誰も思い出したがらないことだが、翡翠の能力は、命と同じように、予測不可能だ。ケコン人のグリーンボーンの血筋でも、翡翠に感受性のないアブケイ人と変わらない体で生まれてくる可能性はある。

ウェンは〈角〉の家をがらりと変えていた。シェイの記憶にある家は、毛羽立った緑の厚い敷物と時代遅れの壁紙のあるすっぱい臭いのする場所だ。だが、ヒロの婚約者は竹のフローリングを張り、明るい照明器具をつけ、織物のラグを敷き、新しい家具と家電をそろえていた。壁は明るい色調にリフォームされ、部屋がぐっと広く見える。ローズオイルの香りのなかに、まだかすかに残るペンキの臭いにシェイは気づいた。装飾用クッションとカーテンは、深みのあるワインレッドとクリーム色の色調で統一されている。キッチンテーブルには、黒い石を入れたガラスの皿に白いシルクの造花が飾られている。ウェンはキッチンに入ると、やかんで湯を沸かしはじめた。

「ここが同じ家だなんて信じられない」シェイは心から感嘆した。

「あたしも、ヒロが長年、あんなとんでもないところに住んでたなんて、信じられない」ウェンは言った。「せっかくきれいに調えたのに、彼ったら、今はケーンの家だからって来もしないのよ。あたしの兄さんに失礼なことはしたくないって言うの」ウェンは丸まった茶葉をはかってポットに入れると、ちらりとふり向いて肩をすくめた。「といっても、ケーンとターはほとんどここにいないし、あのふたりは床に藁をまいた洞窟だって気にしやしないわ」

明らかに、ウェンは誰かを喜ばせるためではなく、自分のために、この家の改装に膨大な時間と労力をかけたのだ。たとえヒロと結婚したら、すぐ出ていくことになっていても。シェイの嫌味と妬みの混ざった最初の感想はこうだ——よっぽど時間があり余っているのね。それから、悔しさとともに思い出した——そういえば、彼女に組織のなかでやりがいのある仕事を見つけてあげると、兄さんに約束したんだった。シェイはまだ探していなかった。優先順位の高いことではないので、すっかり忘れていたのだ。

　ヒロはきっと、婚約者にいい仕事が見つかると約束したに違いない。それで今夜、ウェンはこんなにも熱心にシェイと話をしたがったのだろう。シェイは内心ため息をつきながら靴を脱ぎ、キッチンカウンターの前にあるスツールにそっと腰を下ろした。「ヒロから、あなたが転職したがっていると聞いたわ。組織関係でいい仕事がないか、わたしが訊いて回るはずだったんだけれど、ほら、このところてんやわんやだったでしょ。でも、今週はなんとかなると思う。特にこういう仕事があったらいいな、というものはある？　違う会社で秘書の仕事とか？」

　驚いたことに、ウェンは興味を示さなかった。「母から、ストーンアイはタイピングのような実用的で役立つ技術を身に着けなくてはいけないと言われたの。そうすれば、仕事にあぶれることはないって」ウェンはティーポットとカップにお湯を注いで温め、そのお湯を捨ててから、もう一度お湯を注いで茶葉を入れた。「接客や、大金を扱うことのない低い地位の仕事なら、ストーンアイの縁起の悪さをそこまで気にする人はほとんどいない。あたし、一分に百語打ちこめるのよ」ウェンはおどけ、口の両端を上げて笑うと、食料棚のほうを向いて何かを探した。

「それはあなたのしたいことではないようね」シェイは言った。

　ふり向いたウェンの手には、一本のボトルがあった。「エスペニアのシナモンウィスキーよ」彼女はお茶をふたつのカップに注ぎ、ウィスキーを少量ずつ垂らした。「このガンパウダーティーのスモーキーな風味と驚くほどよく合うの。あなたがエスペニアにいた頃に、向こうの飲み物を気に入ったかもしれないと思って」

樽入りの激安ビールのほうがウィントンの学生にはずっと人気があったが、シェイはありがとうと会釈して、カップを手に取った。すすってみると、ウェンの言ったとおりの味がした——彼女の目的はいったい何なの？　ウェンに何か考えがあるのは明らかだ。わたしがウェンのことを考えるより、ウェンがわたしのことを考えるほうがずっと多かったらしい。それとも、ウェンは誰に対しても、こんなに鋭い洞察力を発揮するのだろうか？

シェイはメイク・ウェンと一緒にいてくつろげたことがなかった。ウェンがストーンアイだという事実は気にせずにいられる。それより難しいのは、自分のなかでまだ怒りがくすぶっているのを認めることだった——ヒロは、ストーンアイの女性と一緒にいることは受け入れられても、妹が外国人と付き合うのは我慢できないのだ、そのことが腹立たしい。もしジェラルドに流れるショター人の血とエスペニア軍の制服以外の部分を見てくれたら、彼が名誉ある家系の出身だとわかっただろう。それに引きかえ、メイク家は評判の悪い家系だ。

学園時代にシェイが耳にした噂では、昔、ウェンの母親は妊娠して山岳会の恋人と駆け落ちし、無峰会の実家を出て世間を騒がせたらしい。その数年後には、夫となったメイク・バクーが組織に対する重大な違反行為で処刑されている。無峰会のなかで真相を知っている者は誰もいないが、彼の妻と関係を持った疑いで、有力な〈灯籠持ち〉を殺したという噂だった。未亡人はふたりの幼い息子とお腹の娘とともに、無峰会の親戚のところに逃げてきて、また受け入れてほしいと頼みこんだ。コール・センがしぶしぶ許可を出し、親戚は彼女たちを受け入れたが、メイク家のふたりの息子は哀れな父なし子となり、その後に生まれたウェンがストーンアイとわかると、一家の悪評は揺るぎないものとなってしまった。〝メイク兄弟は信用できん〟祖父がそう言うのを、シェイは耳にしたことがあった。〝両親ともに、直情的で不誠実な血筋だからな〟

ヒロはそういう噂をまったく意に介さなかった。「くだらない運命論だ。誰も自分の親みたいな人間になると決まっているわけじゃない」誰もそうしようとしないときに、メイク兄弟と親しくなって彼らを信用したことは、のちにヒロにとって大きな利益になった。シェイが不満に思うのは、兄の行動が計算した上でのことなのかわからないことだ。兄さんは、ウェンと結婚することで、ケーンとターの忠誠心を強固なものにできると思っているのだろうか？　それとも、そういうことはまったく考えずに、彼女を好きになったのだろうか？

シェイはウェンを見つめた。けっして美人というわけではないが、ヒロが彼女に惹かれる理由はよくわかる。ウェンには穏やかだが謎めいた雰囲気と、注目を求めているわけでもないのに人目を引くひかえめな存在感がある。会話には穏やかな熱心さがあり、どんな些細なことも見逃さないようだった。

ウェンがカウンターの向こうからシェイの隣にやってきて、スツールにすわった。シェイの膝に触れ、真剣に訊ねる。「シェイ－ジェン、あなたは〈日和見〉よね。今、あたしにあたえられる、もっとも組織の役に立てる仕事は何？」

逆に訊ねられるとは思ってもいなかったシェイは、口を引き結んだ。自分が答えを知っているべき質問に、不意を突かれるのは気に入らない。「どんなふうに役に立ちたいの？」

「あなたとヒロの役に立ちたい。この抗争に勝つお手伝いをしたいの」

シェイはカップのなかでお茶を回した。「抗争はグリーンボーンどうしの戦いよ」

「ヒロもそう言うわ。でも、そんな言葉でわたしを守ったって何の意味もない。もし山岳会が勝てば、わたしの婚約者は殺されてしまう。兄さんたちは〈角〉と〈柱の側近〉だし、言うまでもなく山岳会の裏切り者の息子でもある――だから彼らも命を落とすでしょう。わたしはストーンアイかもしれないけれど、この抗争で何もかも失う可能性があるし、愛する人をみんな亡くしてしまう可能性がある。

そんなあたしが、〈日和見〉の貴重な時間を無駄にしてまで、二流の〈灯籠持ち〉のオフィスでコピー取りや書類作成といったつまらない仕事を探してもらうべきだと思う？」ウェンは両の眉毛を釣り上げた。「そんな仕事を喜んで引き受けるべき？」

シェイはコール家の屋敷に住んでいたほかの女性たちのことを考えた――祖母、母、ランの妻だったエイニー。「あなたは〈柱〉の妻になるんでしょ。誰もあなたが働くことなんて期待してない。ましてや、組織のビジネスに首を突っこむなんて。しかもストーンアイだというのに」

「期待って、おかしなものね」ウェンは言った。「期待されて生まれた人は、期待に腹を立て、期待に抗う。まったく期待されずに生まれれば、一生、期待が欠けていると感じながら生きていくことになる」ウェンのお茶はもうなくなっていた。彼女はウィスキーのボトルをつかむと、自分のカップにストレートで注いでぐいっと飲んだ。その素早い動作に、メイク・ウェンの隠された鋭さが垣間見えた。シェイはこの女性のことを何も知らない自分に気づいた。

〈柱〉の未来の妻は言った。「ぜひあなたの下で働かせて、シェイ‐ジェン。この抗争に勝つために役立てるような仕事をさせて」

「〈日和見〉のオフィスにいくつか仕事がある」シェイはゆっくりと答えた。「けれどあなたには、そういう仕事に必要な学歴はなさそうだし……」

「組織のなかで、ストーンアイがいちばん役に立てることは何？」

シェイはその答えを知っている。それどころか、すでに不穏な考えが頭に浮かんでいたが、長い間を置いてからウェンの目を見て答えた。「白ネズミ」

「あたしを白ネズミとして使ってくれない、シェイ-ジェン？」

ウェンは自分を危険な領域へ導こうとしている――今、シェイにははっきりとわかった。シェイは沼地を一歩一歩進むように、慎重についていく。ストーンアイはオーラを出すことなく、大量の翡翠を安全かつ目立たずに扱ったり運んだりすることができる。疑われやすく、差別されているアブケイ人と違い、ストーンアイはケコンの一般市民として溶けこんでいる。実際、ストーンアイは白ネズミとしてかなり役に立つ。スパイ、密輸、使者、あるいは泥棒として重宝する。それも、ストーンアイが信用されない理由のひとつだった。

「あなたじゃ、有名すぎるわ」シェイは言った。

「名前だけよ、それも無峰会のなかだけのこと。山岳会であたしのことや顔を知っている人なんて、誰もいない。兄さんたちのことは知られているけれど、あたしは兄さんたちとは似ていない」ウェンは自分の不確かな出自にもひるまない。

「ヒロ兄さんが許すわけないでしょう」

「ええ、絶対許さない」ウェンはうなずいた。「彼にわからないようにしなきゃ。カムフラージュのために、簡単なべつの仕事を持つ必要がある。あなたなら、きっと何か見つけてくれるでしょ」

「未来の夫に喜んで嘘をつくのね」シェイは驚きを隠せなかった。「しかもわたしに、〈日和見〉として〈柱〉の考えにそむくことをしてくれと頼んでいる。そんなことをすれば、わたしはあなたを危険にさらすことになる。白ネズミになれば、もう『アイショ』の掟に守ってもらえなくなるのよ」

ウェンの口元と黒い目に良心の呵責の色が浮かんだ。

「シェイ-ジェン、あなたが〈日和見〉になったのは〈柱〉を喜ばせるため？　それとも組織を救うため？」答えはわかっていると悲しそうにほほえんで顔をそむけると、ウェンはかすかに声を落とした。「ヒロは〈角〉としては優秀よ。正直で、無敵で、部下に尊敬されている。もし心意気だけで戦闘に勝てるなら、あたしたちはすでに勝ってるわ。でも、彼は〈柱〉には向いていない。先を見通す力や政治的な狡猾さは、彼にはない。それは世界じゅうの翡翠を持ってしても変えられない」

彼女はシェイに目を戻した。シェイはウェンの身もふたもない評価に困惑していた。「ヒロは、自分にはあなたの助けが必要だとわかってる。もし白ネズミとしてあなたの役に立てるなら、コール家が生き残るためにあたしにできることは何でもする。ヒロは、こんなに愛しているあたしを戦闘に関わらせることはできないと言う……あたしは愛しているからこそ、彼の言うことには従えない」

少なくとも午前一時にはなっていたに違いないが、シェイの目は冴え、頭は恐ろしい可能性をあれこれ考えはじめていた。彼女は改装された室内をもう一度ゆっくりと見回した。ウェンは二、三週間かけて家の内装を完全に変えていた。巧みな技術で調えた見た目、香り、質感が一体となって、無峰会で最強の男たちが住むかつての醜い素朴な住まいを、感じのいい洗練された雰囲気に仕上げている。シェイはメイク・ウェンを誤解していたことに気づいた。彼女の温かく素直で色っぽい物腰を見て、ストーンアイという烙印の下にあるグリーンボーンの芯を見すごし、彼女があの獰猛なメイク兄弟の妹だということを忘れていた。以前はウェンに腹を立てていたが、今は不安を覚える。

シェイは思った——男の世界に、強い意志を持つ女がふたり。速やかに仲間にならなければ、いずれ永遠の敵どうしになるだろう。ヒロに相談してみるのがシェイの習慣だったが、これは——訊かなくてもわかる——ヒロは許さないだろう。

この件はもっとよく考えて、慎重に進めなければならない。

ウェンはシェイの手から空のカップを取って、立ち上がった。「今夜はすっかりあなたの時間と睡眠を奪ってしまったわね、シェイ-ジェン」靴をはいていないと、ウェンはシェイより背が高い。それにウェンには、シェイが長年のきついトレーニングで失ってしまった曲線がある。

〈日和見〉も立ち上がった。「お茶をごちそうさま、ウェン。近いうちに、また話しましょう」シェイは玄関まで行き、靴をはいた。ドアを開けると、庭から冬咲きのプラムの花の優雅な香りが入ってくる。シェイは戸口で足を止め、一瞬ふり向いた。玄関の明かりが〈角〉の家の前の階段に彼女の影を長く伸ばす。「思うんだけれど」シェイは思いきって言った。「ヒロ兄さんは、わたしが思っていたよりいい趣味の持ち主なのかもしれない」

ウェンはほほえんだ。「おやすみなさい、シスター」

44 〈グッディ・トゥー〉へ戻る

ベロは〈グッディ・トゥー〉の地下トンネルのことを考えた。何度も考え、考えるたびに、苦い怒りがこみ上げてくる。ジャンルーンはコール・ランの死をめぐって——ベロのしたことで！——戦闘状態になり、街では毎日翡翠の奪い合いがくり広げられているが、ベロ自身はひと粒の翡翠にも近づけない。それどころか、明るい光を前にしたゴキブリのように、逃げ隠れしなくてはならないのだ。

彼は遠くへは逃げていなかった。暗闇のなかをつまずきながら進むあいだ、一歩ごとに不安に駆られた——懐中電灯の電池が切れ、見えないままさまよい歩き、いつか倒れて死んでしまうんじゃないか。永久に歩いている気がしてきた頃、顔にそよ風が当たった。かすかに動く空気には、つんとする港の匂いが混ざっている——潮、船の吐く煙、魚、ぬれたゴミ。そよ風につづいて、遠くに丸く夜の明かりが見えた。ベロは明かりに向かって走った。死んだ母親の元へ駆けつける勢いで走った。ムットが言っていたように、トンネルはサマー公園の埠頭に近い断崖に通じていた。春の豪雨や夏の台風の時期は、トンネルには大量の水が流れてくるだろうが、乾いた冬季は密輸業者にとって格好の通り道となる。汚れきって疲れ果てたベロは、個人所有の小さい船に金を払って乗せてもらったものの、ジャンルーンから遠く離れたところへ逃げろというムットの助言には従わなかった。

ベロは数週間、リトルボタン島に潜伏していた。船で四十五分しかかからない島で、正式にはジャンルーンの一部ではないが、晴れた日には海峡の向こうにジャンルーンの街が見える。リトルボタン島は独立した市だ。何百年も神教徒の修道院があった場所だが、シヨター人がやってくると、修道院は強制労働収容所に変えられた。今では人気の観光スポットとなり、復元された修道院、自然保護区、やたらと高い雑貨や手作りの品を売る小さな店が並ぶ古い街がある。ベロは大嫌いだった。

それでも、人目につかないようにするには格好の場所だ。ジャンルーンからの日帰り客や外国人観光客があふれるところで、モーテルに泊まるのは簡単だった。ベロはひとり寂しく体と自尊心の傷を癒し、テレビを観てテイクアウトの食事をとりながら、ジャンルーンに帰る計画を練った。リトルボタン島で権力を握っているのは山岳会に従う小さい組織だが、ベロの集めた情報では、ジャンルーンにあるほかの組織からはほとんど見向きもされていない。念のため、ベロは一週間ごとにべつのモーテルへ移動しているので、誰にも気づかれることはないだろう。

ベロはニュースでジャンルーンのようすを知った。街のあちこちが戦闘状態になっていて、どっちの組織の縄張りかはっきりしない区域もあるという。山岳会は港湾地区の大部分を手に入れたが、無峰会はまだアームピット地区を守っており、ソーゲン地区の大半も獲得していた。フィシュタウンがどうなるのかは、誰にもわからない。ベロは一カ月以上、ジャンルーンに戻らなかった。この混乱状態なら、まだ彼を探している人間などいないに違いない。ある晴れた朝、彼は港へ行き、海峡を渡る船に乗って街へ戻った。

こんなことになったのは、ムットとやぎひげのグリーンボーンのせいだと、ベロは思っている。あのふたりにはめられたのだ。翡翠をもらえる約束だったのに、裏切られた。最初から俺を仲間に入れるつもりなんかなかったんだ。考えれば考えるほど腹が立つ。ベロはさらに、ムットの店の地下にあるトンネルと、そこに隠してあった箱のことを考えた。あのときは急いでいたのと焦っていたのとで、箱の中身を調べることも盗むこともできなかった。彼はまた悔やんだ。俺はいつも慌てて失敗する。あの箱には何が入っていたんだろう？

自分にもらう権利のある翡翠をどこへ取りに行けばいいかは、わかっていた――ムット本人からもらえばいい。もう、あのサブマシンガンがないのが残念だが、金ならたっぷりある。それに、市民が拳銃を所持するのは、ジャンルーンでは厳密には違法行為だが、組織間抗争で混乱状態となっている今なら、拳銃は普通に道端で売られているはずだ。ベロは午後いっぱいかけて、港湾地区の山岳会が支配する区域でまともなリボルバーを手に入れた。ムットの息子に銃口を突きつけて人質にし、ムットに翡翠を支払わせる計画だ。うまくいかなかったら、ムットを殺して翡翠を奪う。

その夜〈グッディ・トゥー〉に着くと、ベロの目に思いがけない光景が飛びこんできた。店は真っ暗で、建物は板でかこわれている。大きな店頭幕は引き剝がされ、店のなかにも近くにも人の気配はない。ベロは不審に思ってぶらぶらと窓に近づき、なかをのぞいた。滅茶苦茶だった。店内は荒らされていた。棚には何もなく、備品は倒されている。商品のほとんどはなくなり、残されたものは床に散乱して、すでにさんざん漁られたあとだった。古い雑誌や日焼け帽といった役に立たないものしか見当たらない。

ベロは怒って玄関のドアを蹴りつけ、南京錠を揺さぶった。あたりを見回す。通りには誰もいない。このあたりは、ジャンコ地区とスピアポイント地区の境界線にかなり近いから、まともな人間はうろつきたがらないのだろう。歩道に面した窓をドンドン叩くと、窓枠のなかで窓が震えた。角にいるホームレスの男――いつもなら人通りの多い交差点で、目に入る唯一の人間――が声を張り上げた。「聞いてないのか？　ムットは死んだよ、ケケ！」

ベロはふり向いた。「死んだ？　誰に殺されたんだ？」

男は毛布の下から歯のない口でにやりとすると、肩をすくめてくすくす笑った。「自分だよ！　翡翠をつけて歩き回るなんざ、自殺行為だ！」

ベロは大きな石を見つけると、〈グッディ・トゥー〉の窓のひとつを割った。かなり大きな音がしたが、近くにはホームレスの男以外誰もいない。ベロは残ったガラスを蹴って壊し、荒らされた店内へ慎重にもぐりこむと、落胆と希望が混ざり合った奇妙な気分になった。ムットはいなくなり、翡翠も一緒に消えてしまった。ほかの誰かが、ベロより先にムットの翡翠を奪っていった。こうなることくらい、最初からわかっていただろ？　いつだって何かが起こるんだ。運命が俺に輝き、俺のほしいものを目の前にぶら下げたかと思うと、あと少しのところでひっさらっていく。幸運と不運が混ざり合ったもの、それがベロだ。これでたぶん、不運がふたたび幸運へ変わるだろう。たぶん。ひょっとしたら。

店の奥のクローゼットが開いていた。キャスター付き書類整理棚の引き出しも開いていいて、中身が引っぱり出されて捨てられていた。現金や金目のものを手荒に探したあとだろう。だが、書類整理棚自体は動かされていない。ベロは心臓が口から飛び出しそうなほどどきどきしながら、書類整理棚に体重をかけてどかした。暗がりのなか、手探りでカーペットの切れ目を見つけて巻き上げると、五週間前に脱出した跳ね上げ扉が現れた。

ベロはクローゼットのドアを閉め、また開かないように書類整理棚を押しつけた。天井にひとつしかない電球の鎖を引くと、狭い空間に黄色がかった光があふれた。跳ね上げ扉の金属製の輪を引っぱる。重そうにきしんで扉が持ち上がり、埃が小さく舞い上がる。ベロは期待にそわそわしながら、トンネルにつづく階段を慎重に下りていった。

ダンボール箱と木箱は、まだそこにあった。店のほかの場所を滅茶苦茶に漁っていった連中も、ここには手をつけていない。ベロはいちばん上の箱を取って階段に置いた。ポケットナイフでガムテープを切り、箱のなかを見てあんぐりと口を開けた。

それから積み上げられた箱に目を戻した。ムットはいったいどうやって、これだけのものを集めたんだ？　すべてがあごひげのグリーンボーンからもらったものというわけではないのは、明らかだ。ベロが初めてあのグリーンボーンに会った夜、彼は小さな箱ひとつしか持っていなかった。ムットは密売人だったに違いない。ベロの顔に笑みが広がった。さっき開けた目の前の箱から、密閉された小瓶を一本出してみる。

シャインだ。一生分のシャイン。それが全部、今ではベロのものだ。

熱い意欲に震える手で、ベロはポケットに入るだけの薬瓶をすくった。それから半分空いた箱をほかの箱の上に戻すと、貪欲な目でちらりとふり返り、トンネルから店の奥へ戻っていった。跳ね上げ扉を閉め、カーペットを元に戻し、書類整理棚を動かして秘密トンネルの入口の真上に置く。クローゼットの電気を消し、荒らされた店内に引き返す。ポケットは重く、心は軽い。この建物はたぶん、近いうちにべつの人間の手に渡るだろう。見つけたお宝を、もっと行き来しやすい安全な場所へ移さなくては……。

後ろで物音がして、肩越しに懐中電灯の光が射してきた。ベロは暗がりではっとふり向いた。慌ててリボルバーをつかみ、十三、四歳の少年の顔に銃口を向ける。ムットの息子だ。

「こんなところで何してんだよ？」ベロは怒鳴った。

「あいつかもしれないと思ったんだ。あいつがぼくを探しに戻ってきたのかもしれないって」少年の声は高く、緊張していた。安っぽい折りたたみ式のタロンナイフを握る手は、力が入りすぎて指の関節が白くなっている。懐中電灯の光がベロを照らしたまま、ふたりはたがいをじっと見つめた。

「誰がおまえを探しにくるんだ?」ベロはリボルバーの引き金に指をかけた。俺が街に戻ってきたことを、誰かにしゃべられてはまずい。それに、死んだ父親が保管していたシャインは俺のものじゃなく、自分のものだと言いだすかもしれない。

ムットの息子はガタガタ震えていた。懐中電灯の弱い光も震えている。だが少年は激しい憎しみをこめた声で、吐き捨てた。「メイクだよ。あいつが父さんを殺したんだ。メイク・ターが父さんを殺した。絶対にあいつを殺してやる!」少年の目に涙があふれた。

ベロはまだ引き金に指をかけていたが、迷っていた。やがて、ゆっくりとリボルバーを下ろした。「本当に強いグリーンボーンを殺すのは難しいぞ」

「知るもんか。何が何でも殺してやるんだ!」懐中電灯とタロンナイフが両方とも、少年の横に落ちた。立っている少年はほとんど息を切らし、頬を紅潮させ、怒った目でベロをにらみつけている。まるで、反対してみろとベロを挑発しているかのようだ。

「俺はやったことがある」ベロはそう言って、ぞくぞくするほどのプライドを感じた。「グリーンボーンをひとり、殺したんだ。俺にそんなことができるとは、誰も思っていなかった。けど、そいつらは全員、間違ってた」

ムットの息子は貪欲な好奇心に目を見開いた。ベロはそれまでこの少年を見かけても、ほとんど注意を払ったことがなかった。少年はいつも従順で目立たなかった。やせていて、脂っぽい髪にネズミのような顔。それでも、サンパやチーキーほど女々しくはない。

ひとりでやるのはよくない、ベロはそう決断した。運命は道端で遭遇したトラのようなもの――注意を向ける先を分散させるのがいちばんだ。ベロにとって最悪の状況になったとき、もっと小さくて弱い誰かがいつもそばにいれば、不運はそっちに引き寄せられる。

「俺はグリーンボーンなんか怖くねえ」ベロは言った。

「グリーンボーンのほうがこっちを怖がってるんだ。やつらがおまえの父親を殺したのは、組織に入らずに翡翠を持っている人間を恐れているからだ。俺たちに必要なのは、自分の翡翠を持つことさ、ケケ」

「うん」ムットの息子は猛然とうなずいた。「うん、そうだね」

「しかも、俺は翡翠が手に入る場所を知っている」

懐中電灯の光がベロの顔に戻ってきた。「本当？」

45 茶番

ヒロは英知会館の入口で、制服姿のグリーンボーンの警備員に武器を預けた。警備員は若い女で、ヒロが近づいていくと強い集中力で翡翠のオーラがうなった。ヘイドの盾のメンバーは、殺意を見破るため、〝感知〟の技をかなり高いレベルまで訓練しているという噂だ。だが、建物にひとりでも人を入れたければ、今日は〝感知〟した敵意の許容基準をゆるめなくてはならないだろう。ヒロはそう思ってひそかに笑いながら、月形刀とタロンナイフと拳銃を外し、金属探知機の前のテーブルに並べた。見張りの女の能力を疑っているわけでも、会議室の外で武器を預かる気持ちがわからないわけでもないが、どっちも意味のない措置だ。会議室に入る人々が身に着けている翡翠の総量は、かなりのものだ。出席したグリーンボーンたちは、交渉が決裂すれば、簡単に素手で殺し合える。

だが室内に改悛僧がいれば、グリーンボーンどうしが戦うことはない。無峰会と山岳会のリーダーが出席して調停を行う予定の会議室には、三人の改悛僧がいた。どうやら王立議会は、保険として三人の僧侶を手配しておくのが賢明と思ったらしい。改悛僧たちは部屋の隅にひとりずつ静かにたたずんでいる。ひとりは男性、ふたりは女性で、剃り上げた頭を下げ、緑色の長いローブの袖のなかで手を組んでいる。神教寺院のなかだけでなく、改悛僧がいるところでは暴力行為が禁じられている。僧侶は天の国と直接交信している——信仰ではそう考えられている——ので、誰が神徳にそむいて先に攻撃をしかけたか、神々にわかってしまうのだ。言わば、僧侶は天のスパイ。罪を犯した者の魂は神罰を受けるだけでなく、〝帰還の日〟にその者の一族すべて——先祖、両親、子ども、子孫——が天の国に入るのを拒まれ、何もない地上に追放されて永遠にさまようことになる。

昨日、ヒロはシェイにこう提案してみた——たとえあの世で神教が言っているような報いが降りかかるとしても、俺たちふたりでテーブルの向かいにすわるアイト・マダを殺せるなら構わないんじゃないか。

シェイは兄にぎょっとするほど冷たい視線を向けた。「神々は残酷なのよ、兄さん」まるで自分の知り合いのように言う。「傲慢にも、神々を試すような真似はやめてちょうだい」

会議室にはふたつのドアがあるので、ヒロとアイトは同じ廊下から入ることすらしなかった。ヒロは会議室に入り、テーブルの短いほうの辺の席に着くと、両側の長い辺に並ぶ王立議会の十二人にうなずいた。その十二人が公式の調停委員会を構成している。世話好きそうな面々がダークスーツに身を包み、高価なペンを握って、革製フォルダーにはさんだ黄色い法律用箋に向かっている。

委員会のメンバーのうち、四人は無峰会の人間だ——険しい顔つきのミスター・ヴァン、白髪頭のミスター・ロイ、馬面のミセス・ナー、蕪（かぶ）のような頭をしたにこやかなミスター・コウィ。ヒロは前の晩にウンから簡単な説明を聞いていたので、誰が誰かちゃんとわかった。先代の〈柱の側近〉だった真面目なウンは、今は〈日和見〉のオフィスで自分が貴重な人材であることを証明していた。ヒロは彼の命を取らなくてよかったと思っている。ヒロはランの死を自分のせいだと思っていないのと同じくらい、ウンのせいだとも思っていないが、ウンが自責の念を組織につくすことに注いでくれるのはありがたかった。

室内のほかの政治家たちのなかで、四人は山岳会に忠実な者たちだ。残りの四人は組織と関わりを持っていない。ヒロは組織と無関係な議員がいることさえ知らなかった。彼らは買収できるかもしれない。「三百名の議員のうち、無所属議員が十四名、小規模組織に義理のある議員が二名いるわ」ヒロは妹から教わった。「こういうことをちゃんと覚えて」

ヒロの向かいの席は空いている。アイトはまだ到着していなかった。ヒロは腕時計を見た。椅子の背にもたれ、集まった人々に笑いかけ、くつろいだようすで待つ。「アイト－ジェンは、俺の車にキーで傷をつけているに違いない」

テーブルをかこむ面々から緊張ぎみのくすくす笑いが上がった。ミスター・ロイは少し頬をゆるめ、ミスター・コウィは声を上げて笑ったが、ヴァンとナーはおもしろくなかったようだ。室内のほとんどの人は、組織に関係なく、神経質な敬意と押し隠した軽蔑の入り混じった目でヒロを見ている——荒っぽい若い〈柱〉を、どう判断していいのかわからないのだ。ヒロのほうも、彼らのことは特に気にしていなかった。

人形を操っている彼らも、操り人形にすぎない。

ヒロのわずか左後方の椅子で、シェイのオーラが少し強くなった。妹は警告するように、肘掛けをペンでコツコツ叩いた――ここに来たのは、議会でのわたしたちの立場をよくするためで、悪くするためじゃないのよ。

突然、室内が静けさに包まれた。小声でおしゃべりをしていた政治家たちが気づいて、待ちかねたようにまっすぐテーブルに向き直る。ヒロはその変化が自分に対するものだと気づくのに、少しかかった。彼は完全に動きを止め、ぼうっと宙を見つめて〝感知〟の力を壁の向こうへ伸ばしていた。アイト・マダと山岳会の〈日和見〉が建物に入り、この部屋に向かっている。彼女の翡翠のオーラは黒く、濃く、どろどろしていて、熱を上げながら容赦なく近づいてくる溶岩のようだ。オーラの発する冷静で揺るぎない悪意は、まぎれもなくヒロにまっすぐ向けられている。ヒロがすわっている場所を〝感知〟しているのは疑いようがない。アイトの長く強烈な〝感知〟の視線を浴びていると、まもなく彼女がこの部屋に入ってきたところで、ヒロには何を言ってもほぼ無駄に思えた。今日起こるはずのことはすべて、すでに起こってしまった。もう何を話しても無意味だろう。

ヒロの予想どおり、アイト本人が現れても、彼女のオーラの印象に比べれば注目すべきものはほとんどなかった。黒いワンピースにクリーム色のブレザーをはおり、ハンドバッグや宝石は身に着けず、化粧もしていない。堂々と入ってくると、待っていた人々をかすかにおもしろがっているようすで、ヒロの向かいにあたるテーブルの端の席に腰を下ろした。背の低い、てかてかした髪のリー・トゥーラが、アイトの左後方にすわる。

「こんにちは、議会の皆さん」アイトは言った。

「アイト－ジェン」山岳会の世話になっている政治家

たちが、彼女のほうを見て会釈する。彼らが山岳会の〈柱〉であるアイトに払っている敬意は、無峰会側の議員がヒロに払っている敬意よりはるかに大きいのは明らかだ。ヒロの唇がかすかに引きつったが、その目はまだ敵の〈柱〉を見据えている。アイトが入ってきて、室内の雰囲気が変わった。さっきまでの現実的な期待感が、避けられない事態への緊張感に取って代わられた。ぴんと張った弓の弦のような、ふり下ろされる前の刀のような、金づちと釘のあいだの空間のような雰囲気だ。部屋にいる〝感知〟能力のない政治家さえ、容易に察知した。

委員会の議長はオンデ・パッタンヤという女性で、数少ない独立系議員のひとりだ。彼女は会議を始めようと勇敢に立ち上がり、咳払いをした。「王立議会の尊敬すべきグリーンボーンと仲間の皆さま、わたくしたちは今日、英知会館に集まり、誠意と神徳の精神にのっとり、神々の注意深い目に見守られ――」そこで意味ありげに、部屋の隅の改悛僧たちに目をやる。「――イオアン三世陛下の庇護のもとで話し合いを行います」オンデは壁に掛けられた皇太子の肖像画にお辞儀をした。

「願わくは、皇太子に三百年の命を」議員たちは律義に声をそろえた。

ヒロは壁の油絵をちらりと見て、にやにやしそうになるのをこらえた。そこには眉毛の濃い、威厳のある若者の姿が描かれていた。ケコン貴族の伝統的な長くゆったりした装束に身を包み、クッション付きの大きな椅子にすわって、いっぽうの手を膝の上の月形刀に置き、もういっぽうの手で椰子(やし)の葉の扇を持っている。刀と扇は、戦士と仲裁役という君主の役割を表している。

古い象徴的表現だ。月形刀は伝統的なグリーンボーンの武器だが――ヒロは思った――王は本物の月形刀を抜いたこともないに違いない。ケコン王室のメンバーは翡翠を身に着けることを禁じられている。多国大戦とショター帝国からの独立につづいて王権が復活したあと、憲法でそう定められた。ヒロは新年を祝う催しやおもな祝日に王を見たことがあるし、コール家の屋敷には、国家につくした祖父に栄誉をあたえる王の大きな写真が額に入れて飾られているが、実物はこの絵よりもだいぶ威厳に乏しい。イオアン三世王はケコンの歴史と統一の象徴として人気があるが、単なるお飾りで、儀式的な義務をこなして国の金で快適に暮らしている男にすぎない。この部屋には彼の立派な肖像画はあるが、本人はいない。彼は王立議会を承認しているだけで、議会が国民を代表して法律を制定するのだ。議会のメンバーの九十五パーセントは組織に所属し、有力な〈灯籠持ち〉の資金援助を受けている。そして〈灯籠持ち〉自身も、組織に資金を提供しているメンバーだ。ジャンルーンの、ひいてはこの国全体の実権は、組織にある。たがいに対する憎しみを刺激臭のように室内に充満させているふたりの〈柱〉にあるのだ。

「まずは」オンデ議長が言った。「アイト‐ジェンとコール‐ジェン、そしてそれぞれの〈日和見〉に、ここに足を運ぶという重要な一歩を踏み出してくださったこと、暴力ではなく話し合いによって対立を解決しようという意思を示してくださったことを称賛したいと思います。では王立議会を代表して、心からのお願いをお伝えします。わたくしたちは一刻も早く合意に達し、この国が平和な状態に戻ることを希望しています。ここで五日間の会議を予定していますが、わたくしたち委員会の者は全員、賛同できる結果に到達する助けが必要なかぎり、ずっととどまることになっています。もちろん」オンデは楽観的な笑顔でつけたした。「早く結論が出るに越したことはありません」

ヒロは暗い気分で、これから無駄にされる時間のことを考えた――その時間、自分は街じゅうでくり広げられている重要な戦いから遠ざかることになる。自分がここにいるあいだ、〈角〉のケーンがひとりで戦いを指揮する。ヒロは彼を信頼しているいっぽうで、山岳会の〈角〉を務めるゴントのほうが、策略家としても戦士としてもメイク兄弟よりはるかに優れていることを認めまいとしていた。アイトにはここにすわっている余裕があるが、ヒロにはない。

「まずは、それぞれに冒頭陳述をお願いします」オンデは言った。「コイントスで、山岳会から先に話していただくことになりました。アイト・ジェン、どうぞ」議長はすわり、ペンを手に取った。

アイトは不安をあたえる一歩手前くらいの間を置いてから、はっきりした穏やかな声で発言し、ヒロは学園の教師を思い出した。「この国の二大組織の対立が流血沙汰にまで発展してしまったことは、大変遺憾です。けれど、わたしの父——彼に神々のお導きがあらんことを——が常々言っていたことですが、グリーンボーンの責任は一般の人々を危険から守ることです。わたしたちを頼りにしている人々が脅かされている以上、こちらは反撃するしかありません」

アイトが〈日和見〉に手を伸ばすと、その手にすぐ一枚の紙が置かれた。「これまでかなりの期間、無峰会の過度に攻撃的な戦術によって、相当数の市民と経済活動が被害を受けています。委員会の方々にご説明するため、リー・ジェンがわずかですが、いくつかの例をリストにまとめました」アイトは手元の紙をちらりと見た。「カジノ施設〈レイン・オブ・ラック〉の建設は妨害行為によって三カ月遅れましたが、これは明らかに無峰会の当時の〈角〉が命じたことで……」

ヒロはアイトの長ったらしい苦情リストを黙って聴いた。穏やかな表情は変えていないが、心のなかでは怒りとじれったさがふくれ上がっている。ヒロはその非難にひとつ残らず回答できる。ああ、俺は〈拳〉たちに〈レイン・オブ・ラック〉の建設を妨害しろと命じたとも。だがそうしたのは、その建設契約が明らかに無峰会から盗まれたものだったからだ。ああ、部下たちにあの山岳会の〈指〉三人を痛めつけていいと許可した——あの三人は無峰会の所有する店を何軒も荒らして脅迫したからだ。アイトはさらに、今の抗争には何の関係もない二年以上前のこちらに不利な話まで持ち出した。

アイトの話が終わると、オンデ議長は彼女に礼を言ってから、無峰会の返答を聴くまで議論してはならないとみんなに念を押した。そしてヒロのほうを向くと、冒頭陳述の用意はできていますかと訊ねた。一瞬、ヒロはその提案を拒否して茶番がつづく前に出ていこうかと考えたが、シェイがさがさと音を立てて彼の横に紙を置いた。彼はそれを見下ろした。〈日和見〉とその〈影〉は、アイトが使う手——最初に大げさな話で来るか、具体的な要求を示すか、曖昧な非難を浴びせてくるか——に合わせて何種類かのスピーチを用意していた。ヒロは紙を手に取った。

「この話し合いの必要性を認めてくださった王立議会の方々に、称賛と感謝を送りたいと思います。地域の一員であり、より良い社会のために活動する市民として、われわれグリーンボーンはほかの皆さんと同じようにジャンルーンの平和と繁栄を望んでいます」原稿はヒロの言葉としては堅苦しく不自然に聞こえるので、彼は数カ所飛ばした——妹のやつ、本気でここに書いてあることを全部、俺にしゃべらせたいのか？　彼は話をつづけ、無峰会から山岳会への最初の要求リストを読み上げた——港湾地区からの撤退、アームピット地区の放棄、SN1の製造停止、財務記録と在庫翡翠の外部監査を受けること。最後の項目は山岳会にとってかなりの侮辱で、ヒロはリー・トゥーラの怒った顔に頬がゆるみそうになるのをこらえなくてはならなかった。それでも、アイト自身は驚いたようすもなく、無反応だ。

「ありがとうございました、コール＝ジェン」とオンデ議長。「冒頭陳述でおふたりの〈柱〉から明快で率直な意見をお聴きして、心強く感じました。これから議論を行うにあたって、しっかりした土台が示されたと思います」議長は会議室のなかで、こんなことが実現可能だと思っている数少ない人間のひとりらしい。テーブルの両側に並ぶ組織に属する政治家たちは、ふたりの表面的なスピーチを聴いて、さらに緊張を高めている。それぞれの〈柱〉が、言葉を使わずにすでにある合意にいたっている気配を感じ取っているのだ。

「現在つづいている市街戦の要因のなかで、もっとも解決に急を要するのが、各地域の支配権に関する問題です。というわけで、まずそれについて話し合いましょう」オンデ議長は明るく言った。

数時間後、アイトは、山岳会は将軍街道の南側にとどまり、港湾地区やジャンコ地区には手を出さないと譲歩してみせた。それに応え、ヒロはフィッシュタウンやスピアポイント地区はこれ以上攻撃しないと議会に明言した。この合意には何の意味もない。山岳会は港湾地区に手を伸ばすことなどできないのだ。彼らにそれだけの人的余裕がないことを、ヒロは知っている。同じく、無峰会もフィッシュタウンやスピアポイント地区を奪い取ろうにも、そんな力はなかった。どっちみち、いずれの地区にも大した価値はない。もっとも激しい戦場となっているアームピット地区とソーゲン地区に関しては、どちらからも合意に向けた動きはなかった。今頃、ケーンが八十人の戦士とともにソーゲン地区に入っているはずだ。

さらに言えば、ヒロに対する暗殺未遂とランの殺害や、素寒貧通りで無峰会が山岳会のグリーンボーン二十一名を殺害したことには、一切触れられなかった。英知会館の会議室は、そういった問題を話し合う場所ではない。ふたりの〈柱〉は退出しようと立ち上がった。ヒロは向かいのアイトをにらんだ――こいつは茶番だ、たがいに茶番を演じたにすぎない。

＊

交渉二日目は初日ほど話が進まなかった。何度かある十五分間の休憩のとき、ヒロは〈日和見〉を脇へ引っぱっていった。「馬鹿々々しくてやってらんねえよ。完全に時間の無駄じゃないか」

「今出ていけば、わたしたちが交渉を打ち切ったように見えるわ。そうなると、抗争がつづいた責任は無峰会にあるとみなされてしまう」シェイは主張した。「そこにすわっているスーツ姿の議員たちは、山岳会がランの命を奪ったから、わたしたちが復讐として山岳会の戦士を殺害したと思っている。彼らの考えはこうよ——それで流血沙汰の決着はついているはずだから、残りの問題を話し合って通常の生活を取り戻すべきだ」兄が馬鹿にする言葉を返す前に、シェイはさえぎった。「わたしたちがここに来た理由を思い出して。〈灯籠持ち〉と王立議会に、わたしたちは平和に向けて努力したという姿勢を見せる必要があるの。アイトがあんなふうにのらりくらりとはぐらかしていれば、こっちは最終日にすべてを提示して議会の共感を勝ち取れる」

シェイはＫＪＡの正式な監査による初期評価を手に入れており、最終日の五日目に、それを利用して山岳会を追いつめようと計画していた。それが駄目なら、調べた結果を発表し、この戦いは組織間の復讐戦よりはるかに大きいもので、山岳会の行動はケコンの法律と価値観に反するものだということをはっきり議会にわからせるつもりだった。ヒロは悪くない計画だと認めた。春までにまともな軍事力を整えるため、充分な譲歩を引き出すか、あるいは道徳的に優位な立場を維持することで、組織の〈灯籠持ち〉と世間の支持を得られることを期待するか。とはいえ、ヒロには、こういうことはすべて付随的なものとしか思えなかった。抗争の結果を根本的に変える要素ではないし、見物人のためにこんな茶番を演じさせられるのはいらいらする。

ヒロは自分の席に戻った。ますます苛立ちが募る。敵の濃厚な翡翠のオーラが発する自己満足と、ときおりおかしそうにぴくりと動く口元に。彼らがともにダメ、懐柔しようとしているのは、政治家やビジネスマンだ。偉ぶった現代的なケコン人で、古いやり方で問題を解決する必要はないと自分に言い聞かせるのが好きな連中だ。古いやり方とは、偉大なる伯父ジェンシューの審判のもと、〝清廉の刃〟による決闘を行うことで、ふたりの〈柱〉も偽りと知っている信念だった。

アイトはヒロよりも進んで自分の役割を演じていたが、それは演技が得意だったからだ。彼よりもはるかにうまく、言葉や仕草のひとつひとつでヒロに威張ってみせる。〈柱〉になる前は〈日和見〉だった彼女は、どうしたら経験豊富で雄弁なビジネスウーマンに見えるかを心得ていた。アイトは今その利点を使い、ヒロをあざけって挑発し、彼に自分はただの若いちんぴらにすぎないと思わせようとしている。ふたりの対照的な姿は、翡翠を持たない操り人形たちに、アイト・マダがケコンでもっとも強い〈柱〉であること――先代の〈柱〉だった養父に仕えていた〈角〉と、〈拳〉のトップふたりと、〈柱の側近〉と彼の末息子を殺して今の地位を手に入れたこと――を忘れさせた。そんなことを考えて、ヒロはときどき含み笑いをした。

二日目は初日とほとんど変わらない状態で終わり、これには粘り強いオンデ議長もがっかりしたようだった。ヒロはいらいらと電話をつかんだ。〈拳〉のひとりで、夜明け前に待ち伏せ攻撃で重傷を負ったグーン・ジェルの手術が成功したか訊きたかったのだ。ヒロとシェイはたがいにほとんど口をきかず、英知会館を出るとべつべつに帰った。シェイは待たせていた車に乗りこみ、船舶通りにある〈日和見〉のオフィスへ戻っていった。ヒロはおかしくなった。妹はジャンルーンに戻ってきたばかりの頃、あんなに大騒ぎして組織の力を使うことを避けていたのに、〈日和見〉になってからはそうすることに何のためらいも感じないらしい。それはヒロにとって、妹がこれまでずっと自分自身をごまかしていたこと、もっときちんと認識すべきだったこと、強制される前に態度を変えるべきだったことの証明でしかなかった。

ヒロは〈ドゥシェース〉と運転手を探してリフレクティング・プールの前に目をやったが、そこではメイク・ターが組織所有の目立たない車で待っていた。ヒロが助手席に乗りこむと、ターはラジオの音量を下げ、煙草を一本差し出した。ヒロは〈側近〉の袖に乾いた血痕が散っていることに気づいた。ターの目は寝不足でクマができているが、勝利に輝き、抑えた興奮でオーラにむらができている。「どうでしたか？」ターは訊ねた。「これまでと変わりませんか？」

「悪くなった。あの場にまだ改悛僧がいるのが残念だ」

「俺を連れていったらどうですか？　俺はどっちみち、天の国には行けないんだし」

「グーンの容体は？」ターのオーラがすぐに悲しげな動きで答えた。「くそっ」ヒロは小声で悪態をついた。グーンは学園時代の同級生で、戦士として優秀なだけでなく、みんなを和ませる陽気な男でもあり、いつも楽しい話をしてくれた。亡くなる前に会っておかなければならなかった。彼の家族に直接この知らせを伝えに出向くべきだった。だがそんなときに、自分は英知会館で無駄に回りくどい話をしたりおもねったりしていたのだ。

激しい怒りがヒロの首へ、さらに顔まで湧き上がってくる。「くそっ！　神々なんざ、くそくらえってんだ！　アイトもゴントも、くたばっちまえ」ヒロはヘッドレストに思いきり頭を打ちつけ、車の天井を殴ってへこませた。

　ターは開いた窓から自分の煙草をぶら下げて、〈柱〉が落ち着くのを待ってから、ようやく言った。「グーンに神々のお導きがあらんことを。かわいそうなやつだ」

「彼に神々のお導きがあらんことを」ヒロも小さい声で唱えた。

「けど、悪い知らせばかりじゃないですよ」ターはまんざらでもない顔で、ヒロに質問されるのを待っている。あえて直接伝えにきた、さっきの悲しい知らせの埋め合わせになる情報は何なのか、と。ターはときどき、子どもみたいなところがある。人を喜ばせるのが好きで、癇癪を起こしたり興奮しすぎたりする傾向があり、大胆さと危なっかしさが奇妙に混ざり合っている。退院してからずっと、負傷したばつの悪さを消すために実力を示す機会を必死に探しているようだった。ターのために〈柱の側近〉の役割を変更したことは、人事における名案だ。ヒロはとても誇りに思っていた。

　しかし、グーンを失ったことでヒロの気分は最悪になり、すぐにはターの熱意に乗ってやれず、代わりにこう訊ねた。「ケーンはグーン家に出向いたのか？」

「知りません。まだ兄と話してないんです」

「グーンの使っていた〈指〉たちは、誰に任せた？」

「俺の知るかぎりでは、ヴエィかロットだと思います」ターの口調が少しぶっきらぼうになっている。グーンはターの同級生でもあったが、ターのほうは彼の死にそこまで心を乱されていないようだった。ターが気にかけている人は世界に数人しかいないが、その数人はどんなことでも彼を頼りにできる。

　ヒロはしかたなく訊いてやった。「俺に伝えたくて、そこまでうずうずしている話は何だ？」

　ターがすべてを説明すると、ヒロは窓の外に目を向けた。燃えるような目でどこを見つめるでもなく宙をにらみ、右手の指で軽快にいっぽうの膝を叩いた。「車を出せ。ちょっと考えさせてくれ」と告げると、少ししてからこう言った。「明日は状況が変わるぞ。大きく変わる。おまえはよくやった、ター」その言葉に〈側近〉は満足そうにほほえみ、ベルトに差した新しいタロンナイフに触れた。

46 腹を割った話し合い

調停三日目の朝、ヒロはソン・トマロー首相と会うため、シェイとともに早めに英知会館に到着した。首相は不満を募らせ、しばらく前から〈柱〉に会談を求めていたのだ。「コール－ジェン、入りたまえ。神々からご厚意を賜っているかね？」ソン首相はヒロとシェイに部屋に入るよううながした。

「相変わらず、サディスティックなユーモアでかわいがられていますよ。そっちはどうですか？」ヒロは言った。

首相はぎこちない浅いお辞儀で血色のいい顔を下へ向け、平然と神々を冒瀆するヒロに、つい出そうになる反応を抑えようとしているようだった。「ああ、上々だ。上々だとも、ありがとう」ヒロはソン・トマロー首相に嫌われているのをはっきりと感じていた。一年前、ヒロは港湾地区のストライキを力ずくで止めてくれという首相の要望を断っていたし、首相はランの葬儀で、新しい〈柱〉になったヒロに最低限の敬意しか示さなかった。ヒロが抗争に集中していた数週間、首相を無視していたという今回の事実は、首相のヒロに対する嫌悪感をさらに悪化させただけだった。実際、ヒロを見るソン首相の目つき――明らかに無理をして笑みを浮かべ、冷淡さを隠そうともせず、吟味するような視線を向けている――はヒロの推測を裏付けていた。首相は自分のことを洗練された高名な政治家であり、組織で残念ながらときどき必要になる荒っぽいことには関わらなくていい存在だと思っているようだった。ソン首相はヒロのなかに若さと腕力を見ていた――ヒロは命令を受けるべき人間であって、命じる側の人間ではない、ましてや〈柱〉として英知会館の会議に出席するような人物ではない。

ヒロにとっては、人として親しみを感じられない相手に、理性的で礼儀正しいふるまいをするのは難しかった。ほかの人々の目に映る彼らの地位や重要性など、ヒロにとってはほとんど関係のないことだ。彼はそれが自分の弱点であることを知っていた。実際、政治的配慮より個人的感情を優先して困った事態に陥り、祖父の激怒を買ったことがある。子ども時代、兄のランが祖父コール・センに叩かれることは滅多になく、妹のシェイはまったくなかったが、ヒロは学園の教師の手を焼かせたとか、祖父のビジネスパートナーの息子の腕を折ったとか、メイク兄弟と街のあらゆるところで目撃されたとかで、しょっちゅう折檻されていた。

ソン首相への本能的な憤りと、オーク材を使用したオフィスの大仰な堅苦しさに対する不快感の両方を全力で抑えつけながら、ヒロは首相の大きな机の前の椅子にうながされるまま腰を下ろした。シェイは兄より少し左後方にすわる。自分よりくつろいでいるようすのシェイを見て、ヒロは妹が同席してくれてよかったと思った。首相は席に着くと、補佐官に飲み物を持ってくるよう合図し、ヒロにいつものはりつけたような笑顔を向けた。

ヒロは言った。「ほら、来ましたよ。何の話をしたいんですか?」

ソンの笑顔が目に見えて揺らぐ。「コール - ジェン」首相は驚くべきスピードで持ち直した。「君が非常に忙しい身であることは知っている。この困難な時期に〈柱〉として組織を引っぱっていくのは、じつに大変だろう。おそらく、一国の運営と変わらない労力なんだろうね」そんな軽いジャブから始まったが、これが叱責であることは明らかだった。ソンは実質的に政府の長だ。思いがけず組織を指揮することになった二十八歳の喧嘩っ早い若者に待たされて、愉快なはずがない。

ヒロもさっとジャブを返した。「あなたこそ、政敵から月形刀で首を切り落とそうと狙われていないといいですね」そこで、目の前にアニスの香りの冷たいお茶のグラスを置いてくれた補佐官に、感謝の会釈をした。王立議会の重要性と、組織には政治的な支援と合法性が必要だというシェイの話を忘れるまいと懸命に努力しながら、ヒロはもっと真剣な口調に変えてつづけた。「〈柱〉として学ぶべきことがたくさんあるのは、わかっています。兄には——彼に神々のお導きがあらんことを——俺が〈柱〉になる準備を整える機会がありませんでした。俺たちの敵がそうしたんです。それ以来、俺は横になって休んだことはありません。もっと早く会いにこられず、失礼しました」

その誠実な言葉に、首相の怒りはいくらか和らいだようだった。「うむ、重要なことは、君がアイト・マダと議会の調停委員会とともに話し合いの席に着いていることだ。首相として、わたしは委員会のメンバーにはなれないが、話し合いは進んでいるだろうね？　交渉による和平、結局、われわれ全員が求めているのはそれだ」

　相当な苦労で冷笑をこらえ、ヒロはグラスを手に取り、勢いよくお茶を半分飲んだ。ソン首相の目が一瞬、ヒロの手に留まった。硬くなった指の付け根の関節は新しいかさぶたに覆われている。首相はヒロほどうまく軽蔑を隠せなかった――口元が引きつり、たるんだ頬を一瞬震わせてから、口を開いた。「組織間の紛争を解決し、街を普段の状態に戻すのは、早ければ早いほどいい。この国と国民のために」

「山岳会は俺の兄を殺したんですよ」

　ソン・トマロー首相は気まずそうに咳払いをした。「けっして忘れられん恐ろしい悲劇だ。しかし、コール・ラン‐ジェンとの付き合いからあえて言わせてもらえば、彼なら組織と国にとっての最善を何よりも優先しただろう。個人的な復讐心よりもだ」

「俺はランじゃない」その言葉を口に出したとたん、ヒロの体から余分な力が抜け、笑顔が戻った。「〈灯籠持ち〉と王立議会には、それをわかってもらわなくてはなりません」

　首相は初めて顔をしかめた。「無峰会の〈灯籠持ち〉たちは、組織への忠誠と献身が揺らいでいないかぎり、当然、地域の安全とこれから降りかかってくる困難を心配している」

「つまり、献金額の値上げのことですね」ヒロは言った。「確かに、抗争のために献金額を上げざるを得ませんでした。それについては、〈日和見〉が説明します」

　シェイに話す許可をあたえる方法としてはけっして適切とは言えないが、ヒロは感じよくふるまうだけの忍耐が擦り切れそうになっていた。おまけに、不安に逆立つシェイのオーラを、少し前からずっと〝感知〟しているのだ。妹は、兄がこの会談をぶち壊すのではないかと心配している。それなら、妹に言いたいことを言わせたほうがいい。シェイはすぐ身を乗り出した。

「首相がおっしゃったように、組織間の抗争はビジネスを混乱させています。損害を受けたり、生計に影響が出たりしている〈灯籠持ち〉に対し、無峰会は資金援助をする義務があります。命を落としたグリーンボーンには、葬儀費用と遺族への補償金を支払います。負傷者には、医療費を払わなくてはなりません。残念ながら、山岳会は財政的にわたしたちよりかなり有利です。海外でのSN1の製造と、ケコン翡翠連合(KJA)に隠れて翡翠の取引をしているからです。正式な監査の結果はまだ発表されていませんが、必要な証拠はすべて用意できています」シェイはうなずき、きっぱりと締めくくった。「今現在、無峰会は〈灯籠持ち〉からの全力の支援を必要としています。献金額の値上げは、可能な方だけに必要最小限のお願いをしています。新しい金額をどのように算出したか詳細をお知りになりたければ、わたしが喜んでご説明いたします」

ヒロは感心していた――妹の口ぶりは本物の〈日和見〉だ。ソン首相は椅子の背にもたれ、肉づきのいい腕を組んだ。「君の計算は疑っていない。だが現実として、献金の値上げはもっとも忠実な組織のメンバーにとっても厳しいことだ。じつにお粗末な感謝の仕方だと受け取る者もいるだろう」ここでヒロは、首相が自分自身のことを言っているのだとはっきりわかった。「コール・ジェンの指示を受け、KJAの改革と監査の法制化という法案を通すため、辛抱強く働きかけてきた者たちだ」

「KJAなんか知るか」ヒロは言った。「そこで起きていることなんか、どうでもいい」

ソン・トマローはしばらく無表情になった。「コール・ジェン」ようやく口を開くと、完全に困惑した口調になっていた。「君のお兄さんは――彼に神々のお導きがあらんことを――国の翡翠の供給に関して、所有権の安全対策を設けることに強い信念を持って……」

「兄は抗争を避けようとしていました。けど、もう抗争は起きています。勝ったほうが、街を、議会を、翡翠の供給を牛耳ることになるんです。もし山岳会が無峰会を倒してケコンでたったひとつの強大な組織になったら、アイトがあんたらの法律に鼻くそほどでも興味を示すなんて、本気で思っているんですか？」ヒロはテーブルを押しやって立ち上がると、最近負ったたくさんの小さい怪我で強ばった体を伸ばした。

驚きながらも兄に従い、シェイも椅子から立ったが、ソン首相はすわったままで、どう反応していいかわからないようすだった。やっと立ち上がったときには、見せかけの愛想の良さはかけらも残っていなかった。

「つまり、〈灯籠持ち〉たちの心配事など、どうでもいいと言うんだね？　議会の努力もはねつけるわけだ？」

「ええ、どうでもいいことです」ヒロは言った。やはり、彼はランではないのだ。彼にはランの威厳もなければ、駆け引きにおける鋭い洞察力もない。ランが対処したであろうやり方でこの件に対処することは、ヒロには不可能だ。だが、不満を抱えた部下や気に入らないことがある〈灯籠持ち〉なら、ヒロが担当する組織の仕事でも扱ったことがある。「組織は、〈灯籠持ち〉やあなたのような方々なしではやっていけません、首相。けど、最近、こう思うんです。平和な年月が長くつづき、なぜ献金を払うのかを忘れてしまっている連中がいる。俺はずっとこう言い聞かされてきました。戦時中、〈灯籠持ち〉は命の危険を冒してグリーンボーンを助けた愛国者だった。それは、国が危険なとき、グリーンボーンが人々を守ったからだ。

「今、ふたたび戦いが起きています。もし無峰会が山岳会に負ければ、この国は危機に陥ります。翡翠の支配権がひとつの組織のものになったら、まずいんです。

ランがあなたのところに来たのは、それを心配していたからじゃないんですか？」ヒロは鋭い目で首相を見据えた。敵意はないが、ヒロの凝視には肉食動物のような獰猛さがあり、にらまれた者の多くは縮み上がるか目を伏せる。首相も例外ではなかった。

「あなたが俺のことをあまり好きではないのは、わかっています」ヒロは冷静に感じよく言った。「けど俺は〈柱〉で、あなたは無峰会とつながるこの国でもっとも地位の高い政治家です。同じ組織の戦友みたいなものだ。俺たち共通の望みは、この抗争に勝って生還することです」

ソンは目を見開いた。「わたしはケコンにとっての最善を望んでいる、コール・ジェン。それは組織間の平和だ。だからこそ、わたしはただちに調停委員会の設立に動いたのだ」

「調停なんか、ただの茶番ですよ」ヒロは言った。「その理由は、すぐにわかるでしょう。というわけで、俺たちはこれに勝たなきゃならない。それには、〈灯籠持ち〉に戦時下の〈灯籠持ち〉になってもらわなくてはならないんです。組織のために、危険を冒してもらう必要があるんです。〈灯籠持ち〉が組織にあれこれ頼みにくるときにいつも口にする忠誠とやらを、証明してください。それには、より多くの献金を納めるべきです——あなたが責任を持って、〈灯籠持ち〉たちにそうさせてください」

ソン首相は激しく咳きこみ、神経質な笑い声を上げた。「組織には数千人の〈灯籠持ち〉がいるんだぞ。無峰会から大勢の〈灯籠持ち〉が離脱する危険のある決断は、慎重に行いたまえ。わたしが責任を持つべきだなどと思ってもらっちゃ困る——」

「そういえば、あの数字はいくつだった？」ヒロがシェイのほうにわずかに首を動かした。「組織のビジネスで大きな割合を占める企業は何社だった？」

「無峰会と提携している二十五の大企業が、組織の献金収入の六十五パーセントを占めています」〈日和見〉は答えた。

ヒロは満足げにソンに向き直った。「そういうことです。つまり成功者の決めたことが重要なんです。小さい犬は全部、あとからついていく。ソン家は大きい犬の一頭です。ほかの犬のところへ行って、歩調を合わせるように説得しなくてはいけない。今は少しばかり苦労しなければならないが、そうすれば組織は勝てると理解させるんです。人は人です。〈灯籠持ち〉だろうが〈拳〉だろうが、翡翠を身に着けていようがいまいが、変わりません。人は希望を失えば逃げますが、最後に勝てると思えば、どんな困難にも耐えぬくものです」

ソンは襟を引っぱった。太った首を包む襟が、急にきつくなってきたかのようだ。「さぞかし多くの〈灯籠持ち〉が、山岳会に鞍替えしたほうがマシだと考えるでしょうな。こんな……融通の利かない条件で無峰会に忠誠を誓うよりは、よっぽどいい」

〈柱〉はその言葉を考えるふりをした。「あなたはそのひとりにはならないでしょう、首相？　山岳会が無峰会を倒してこの街を手に入れれば、俺は死ぬことになります。俺の一族全員が死ぬ。その後の状況で生きていかなくてはならないのは、あなたですよ」

ヒロには、首相の考えていることが手に取るようにわかった。翡翠を着けている者もそうでない者も、研ぎ澄まされた洞察力と生き残るための優れた本能がなければ、ジャンルーンで権力の座につくことはできない。ソン・トマローは、山岳会の支配する街で政治家として生き残るには、自分が無峰会に公然とかなり深く関わっていることを充分自覚している。彼はＫＪＡ改革法案を通し、山岳会の違法な活動を暴く会計監査を行うよう調整してきた。彼の娘は無峰会に献金を行う企業を経営し、組織のメンバーと結婚しているし、義理の息子のひとりは無峰会の〈招福者〉で、もうひとりは中級の〈拳〉だ。ソンの政治的ビジネス的協力者は、山岳会を支持するライバルたちから標的にされるだろう。ソン・トマローには、コール一族と同様に逃げ道はないのだ。

　怒りで押し黙った首相がそういったことを考えているのは、ヒロにはすべてお見通しだった。ヒロはしかたなく、大きな机を回って首相のところへ歩いていった。首相は大きな体でしゅんとして、よけようともせず、ぽっちゃりした肩にヒロの手が置かれると、上の空で体を強ばらせただけだった。「俺の祖父と兄はあなたをとても尊敬していました」ヒロは真剣に言った。「だから俺もあなたを尊敬しています。たとえ、あなたの顔に、俺を〈柱〉として認めないと書かれていても。普通なら、そんな態度には我慢ならないが、許そうと思います。やっぱり、気持ちはわかるので。何年もランと付き合ってきたあとで、俺を受け入れろと言われてもな。だが、ひとつ言えることがあります。俺は生きているかぎり、絶対に仲間を裏切らない。〈拳〉の誰にでも訊いてみてください。俺を知っている人間なら誰でも、敵でも構いません。そうすれば、俺の言っていることが本当だとわかるでしょう。あなたはすでに組織の古い仲間です。もし俺がもっと早く訪問しなかった不敬を許してくれるなら、こっちもあなたの俺に対する軽視を喜んで忘れましょう。この抗争をともに生き延びることができたら、俺たちは戦友のような間柄になれるでしょう。笑えると思いませんか？　俺たちはまったくタイプの違う人間なのに。だが組織には今、俺たち両方が断固として臨むことが必要なんです」

　ソン首相は大きな体で深く息を吸いこみ、音を立てて吐いた。ヒロのほうを向いたときには、ベテラン政治家の厳粛な表情を浮かべていた。残念だが避けられない決断を下し、迫りくる逃れられない嵐に立ち向かう覚悟を決めた顔だ。首相は喜んでいるわけでも乗り気なわけでもないだろうが、ヒロにはやっと首相が新しい〈柱〉をしぶしぶ再評価し、不承不承ながらもヒロに敬意を払うことにしたのがわかった。「わたしは組織に忠実だ。君は自分の立場をはっきり示してくれた、コール-ジェン」ソン首相の声には、かすかな苦々しさと称賛がこもっていた。「われわれは相互理解に達したと思っている」首相は両手を組んで額につけ、頭を下げた。

＊

「何よ、あれ？」首相のオフィスから調停委員会の会議室へ向かうとき、シェイが言った。「あんなこと、計画にはなかったじゃない」

「うまくいったんだから、いいだろ」ソン首相の件がうまくいったにもかかわらず、ヒロはほほえみもせず、大理石の廊下を断固とした決意で歩いていった。さっきの件について、妹に向かってうぬぼれた見解を話したい衝動を抑える。ああいう連中には、ことあるごとに愛敬をふりまいて支援を申し出る必要はない。腹を割って話し、対立するより協力するほうが得るものが多いことを示してやればいいのだ。妹は、〈拳〉たちが俺に従うのは、従えばかわいがられ、従わなければ脅されるからだとでも思っているのだろうか？　そんなことでは、部下はついてこない。たがいに生き残ることこそ、協力関係と忠誠の基本だ。愛だって、そうだ。

「どういうこと？　ほかにわたしに話していないことは？」会議室のドアまでやってくると、シェイはあせって小声で訊ねた。兄の冷たい怒りと苛立ちが伝わってくる。ヒロは質問には答えず、ドアを開けてつかつかと入っていった——妹にもすぐにわかることだ。

首相との会談で来るのが遅れ、ふたりはメンバーのなかで最後に会議室に到着した。アイトとリーはすでに来ていて、アイトは山岳会に忠実な議員ふたりと礼儀正しく感じよく話をしている。ヒロは遅刻を詫びもせず、自分の椅子にどっかとすわった。テーブルの反対側から、山岳会の〈柱〉がヒロに顔を向けた。彼の激しいオーラを〝感知〟せずにいるのは不可能だ。ほかのメンバーも雰囲気の変化に気づき、そわそわと身動きしている。最初の二回の話し合いは予想どおり緊迫したものになったが、今回は違う。何かがヒロに本来の気質を取り戻させていた。

オンデ議長が咳払いをした。「全員そろいましたので、昨日のつづきから始めましょう」どう進めていいのかよくわからないようすで、大量のメモを記した黄色い法律用箋を緊張ぎみにぱらぱらとめくる。「先日は、組織間の和平協定の金銭面での条件について話し合っていました」議長はヒロに目をやったが、彼に発言を求めるのはためらい、代わりに山岳会の〈柱〉のほうを向いた。「アイト－ジェン、あなたは昨日、話し合いの最後に何か提案なさろうとしていましたね」

アイト・マダは無頓着な好奇心を浮かべた顔で、ヒロを見ている。自分の言動がヒロに影響をあたえたことは明らかで、向こう見ずな若きライバルがついに爆発して恥をさらすのを見られるのではないかと、うずうずしているようだ。彼女は両手を組み合わせた。シルクのブラウスのゆったりした袖がずり落ち、前腕にヘビのようにからみつく翡翠のブレスレットが露わになる。「はい、議長。過去一年間の無峰会によるわたしたちへの嫌がらせは大変高くついたので、賠償金について話し合うのが、唯一の合理的解決策だと説明しようとしていました」

賠償金だと！ ずいぶんなことを言ってくれるじゃないか――ヒロは椅子の背にもたれ、声を上げて笑った。

テーブルをかこむほかの人々は、ヒロの軽蔑した笑い声を不適切と思ったようだ。無峰会側の議員たちは唖然として彼を見つめ、妹の不満げなオーラがヒロを引っかいてくる。「コール‐ジェン」オンデ議長が緊張ぎみに諭した。「アイト‐ジェンは大変効果的で重大な金銭的解決策を提案したんですよ。あなたの態度は、その考えをおかしなものとして退けようとしているように見えます。委員会としては、あなたにご自分の立場を冷静にくわしく説明していただきたいと思います」

ヒロはテーブルに前腕をつけて身を乗り出し、もういっぽうの手で肘掛けを押して、ほとんど立ち上がりかけた。ヒロの楽しむような表情が脅威に変わり、室内が凍りつく。静まりかえった会議室で、ヒロは敵の〈柱〉に感情をこめない穏やかな声で言った。「そっちの戯言にはうんざりだ、アイト。おまえは泥棒じゃないか。この翡翠泥棒」

グリーンボーンにとって、身に着けている翡翠にふさわしくない人物だとほのめかすことは最大の侮辱で、アイトは名誉を傷つけられたことになる。一瞬、アイトの顔が完全に凍りつき、目をぎらぎらと光らせ、今にも椅子から飛び出してヒロの背骨に嚙みつきそうに見えた。やがて驚異的な冷静さで、彼女はオンデ議長に穏やかな顔を向けた。「コール‐ジェンには、この話し合いを尊重する気がないようです」

「そいつらにしゃべるんじゃない！」ヒロは怒鳴った。「おまえが話すべき相手は、俺だ」初めてアイトが軽蔑以外の感情をこめ、張りつめた目でヒロを見た。「ＫＪＡの記録の食い違いの裏には、山岳会がいる。俺に面と向かって嘘をつくな、泥棒が。一年じゅう、鉱山から割り当てを超える翡翠を取っているくせに」

ヒロの後ろで、シェイがはっと息をのんだ。シェイの翡翠のオーラが燃え上がり、ショックと非難で兄を包む――何、やってるのよ！　ヒロは妹が心のなかで叫んでいるのがわかった。こちらの切り札――山岳会に対する最高の攻撃の種――を、ヒロは監査の結果も待たず、その結果を妹と整理することも、無峰会に忠実な議員たちの支持を集めることもなく、予定より二日以上も早く出してしまったのだ。ヒロは妹の計画を台無しにした――これで、監査結果の公表を交渉の切り札として利用するという手は、もう使えない。シェイは激怒した。ヒロは、妹が今は静かに自分を抑えているのがわかった。それは、〈日和見〉が公の議論の場で〈柱〉の指示なく発言すれば、こちらがもっと悪く見えてしまうからにすぎない。

いっぽう、アイトはすっかり冷静さを取り戻していた。彼女の期待どおり、ヒロは衝動的で向こう見ずな行動に出ている。さっと何やら耳打ちするリー・トゥーラにうなずきながら、アイトは言った。「議員の皆さん、わたしは縄張りとビジネスに関する偽りのない不満を申し上げました。コール・ジェンは荒唐無稽で事実無根の疑いを口にしました。ＫＪＡの帳簿におかしなところがあるという噂にどんな理由があるにせよ、監査の結果が出れば、それが悪意からではなく、意図せぬ過失のせいだということが明らかになるでしょう。このような非難はただの妨害です」

ヒロは委員会全体に向けて両手を上げた。「この言いがかりこそ、妨害行為だ。この場で調停など不可能です」彼がオンデ議長を指さすと、彼女は少したじろいだ。「あなたは和平を望んでいるんですか？　あなたがた全員が和平を望んでいるんですか？　山岳会が受け入れる和平は、一種類しかありません。ひとつの組織だけが権力を握る和平だ。翡翠とシャインの両方を、完全に自分たちの手中に収める和平。金と翡翠の両方を手に入れたがっているんです。どうですか、それがあなたがたの望む和平ですか？」

テーブルをかこむ議員たちは気まずそうに身動きしている。無峰会側の議員たちはというと、ミセス・ナーは茫然と口を開け、ミスター・ロイは顔をしかめている。ミスター・ヴァンとミスター・コウィはヒロを見て、ジェイを見ると、この状況をどうするべきか決めかねて顔を見合わせた。彼らはこのことに関して、まったく相談を受けていなかったのだ。

「コール・ジェン！」オンデ議長は驚異的な力強さで言った。「あなたにはお引き取り――」

アイトが鋼のような声で口をはさんだ。「山岳会はこの国最大の組織です。信頼できる豊富な翡翠の供給を確保し、KJAの理事会では半数近い議決権を保有しています。公然と支配しているものを、なぜわざわざ盗まなくてはならないのでしょう？」

「じつにいい質問だ」ヒロは首をかしげ、本当に当惑しているかのようにあごを掻いた。「おそらく、自分たちのために翡翠を盗んでいるわけじゃないだろう。たぶん、今までにない翡翠の使い途を見つけたんだ。それをほかのグリーンボーンに知られたくないんだろう」ヒロの顔に暗い陰が差した。「翡翠加工職人テム・ベンのような連中を通して、ブラックマーケットで翡翠を密売する。そっちの情報屋ムット・ジンドノンみたいな血の薄い悪党どもに秘密情報を流し、そいつらが山岳会の承認を得て、無峰会の縄張りで犯罪集団を動かすわけだ。しかも翡翠をもらってな」言葉は怒鳴り声になる。ヒロはゆっくりと椅子から立ち上がった。「訓練をしていない、翡翠熱に浮かされたシャイン中毒の悪党が、いったい何人この街を走り回っているんだ？　山岳会の命令を受け、ほかの組織の縄張りでスパイやら泥棒やら破壊行為やらをした見返りに、身に着ける権利のない翡翠をもらっている連中が何人いる？　そういう連中を数に入れたら、山岳会はどれだけでかくなる？」

アイトはじっとしたままだが、憎悪でゆっくりと頭を上げ、鎌首をもたげる毒蛇のように首を伸ばした。オーラは殺意に燃えている。口を開いたときには、それまで見せていた取り繕ったビジネスライクな態度は完全に消えていた。その声はすっぱりと肉を切り裂く鋭い刀のようだった。「どうやって、そんな凝った作り話を考えついたのかしら、コール・ヒロシュドン？」

ヒロは胸ポケットに手を伸ばした。全員が縮み上がったが、アイトだけはそんなそぶりも見せない。ヒロが引っぱり出したのは、黒いカセットテープだった。

「ストーンアイのテム・ベンがしゃべったんだよ。やつとムットは今頃、港の海底で魚の餌になっている」

ヒロはテーブルにテープを放った。テープは中央へ滑っていき、誰も手を触れられない爆発物のように静止した。ヒロはテーブルに両手をついて身を乗り出し、囁くような声で言った。「そっちが俺の庭に植えた雑草をふたり見つけたぞ、泥棒。ほかの雑草も見つけだす。次に会うときは、この部屋じゃない。調停もなしだ」

ヒロは背を向け、ドアから出ていった。妹はしばらくすわったままでいたが、やがて立ち上がって静かについてくる音が聞こえた。ふたりとも、しゃべらなかった。

＊

二日後、電話が来た。「アイト－ジェンが、あなたとふたりだけでお会いしたいと申しております」受話器の向こうから、リー・トゥーラが言った。「中立地帯のどこか人目につかない場所で」

「それが罠ではないという保証は？」シェイは訊ねた。

リーのかすかに鼻にかかった声が、前にかがみこんだように小さくなった。「わたしは今、同じ〈日和見〉として話をしています、コール－ジェン。われわれはごろつきではありません。時間と場所を指定してください」

少し考えてから、シェイは答えた。「〈神の帰還寺院〉にしましょう。明日の夜、奥の院で」そして電話を切った。

47　天は聴いている

翌日の夜、シェイは早めに寺院に着いた。静かに奥の院に入り、部屋の奥の隅で礼拝用の座布団に正座する。神教徒の礼拝所は彼女にとって、数ヵ月前に来たときとは質の違うものになっていた。翡翠のせいだ。前回はいろいろな理由で、夢のなかで半分目が覚めているようなぼうっとした感覚だった。だが、今の彼女にははっきりわかる。普通の人にはしんとした静けさしか感じられないが、じつはエネルギーの静かで音楽的なうなりが休みなく奥の院を満たし、放射状に広がって人々の骨の髄に入りこんでくる。六人の改悛僧が座禅を組み、身じろぎもせずに強力なオーラを放っていた。シェイの〝感知〟はそのオーラに完全に占領され、まるでまぶしい投光照明を見つめ、視野の中心が黒くつぶれて周辺だけが薄暗く見えているような感覚になる。改悛僧たちのオーラは目のくらむものであると同時に静かなものであり、夢に満たされた同じ深い眠りのなかで調和しているかのようだ。彼らの息遣いは、境内の祈願札や木々の葉を揺らす風のように優しい。

前回、疑いとためらいを抱えて寺院で正座をして祈ったときは、人智を超えた力がはっきり答えてくれると本当に信じていたわけではなかった。自分を取り巻くエネルギーの響きを浴びながら、シェイは内心身震いした――ここは聖なる場所、神々が人々に耳を傾ける場所だということは、もう疑いようがない。

といっても、それは優しい場所という意味ではない。むしろ、ほかのどんな場所よりも危険だ。ここで口にされたことはもちろん、考えたことまですべて改悛僧に聴かれてしまい、天の神々の耳に届いてしまう。シェイは床に三度、額をつけ、小声で祈った。「万物の父ヤットーよ、この世を離れて天の国への帰還を待つ兄コール・ランシンワンを、どうかお導きください。兄はジェンシュー僧侶を信奉していました。ジェンシュー僧侶のことを、わたしたちは偉大なる伯父と呼んでいます。兄がこの寺院に来ることは多くなかったかもしれませんが、彼は謙遜と思いやりと勇気を持った善良な人でした——わたしの知っているグリーンボーンの誰よりも神徳を有していました」シェイは目を閉じて黙とうした。本当はもっと言いたいことがある。祖父やヒロ、ドルのことさえ祈ってあげたかったが、瞑想や哀悼に捧げる時間は、今夜はない。シェイがここに来たのは、手強い敵から情報を聞き出すためだ。頭のなかをすっきりさせ、俊敏に反応できるよう体の準備をしておく必要がある。

アイト・マダが奥の院に入ってくると、赤い熱の槍が寺院のゆったりしたエネルギーのうなりを切り裂く感覚が、シェイの〝感知〟の端に割りこんできた。静かなメロディーに不協和音がかぶさってきたようなものだ。シェイは集中して冷静さを保ち、不安を表に出さないようにして待った。アイトは立ち止まることも、奥の院を見回すこともなく、まっすぐシェイのところに来て、隣の座布団に正座した。シェイのほうは見ず、神教の慣習にならって額を床につけたりもしない。

「言っておくけれど」アイト・マダは言った。「わたしはコール・ラン殺害の指示など出していない」

アイト・マダは何もかも——話し方も、ふるまいも、オーラも——が率直でコントロールされている。シェイは英知会館で彼女と同席したとき、こんなふうに思った——アイトが組織のすべての男性ライバルに勝った要因は、翡翠の能力や訓練以上に、どんなときも感情に左右されない決断力があったせいだろう。彼女が少し間を置いたときでさえ、それは計算された行動であり、ためらいや自信のなさから来るものではないと感じさせる。アイトはここでもそういった間を置いてから、ふたたび口を開いた。「わたしには、あなたの上のお兄さんに死んでもらいたい理由などなかった。彼は理性的な人だった。おじいさんのせいで影の薄い存在だったかもしれないけれど、それでもやはり聡明で尊敬すべきリーダーだった。彼なら遅かれ早かれ、妥当な結論に達したはずよ。ランとわたしだったら、交渉で組織間の合意をまとめ、今のような不愉快な状況にはならなかったでしょう」

シェイは視界が揺らぐほどの怒りに、しゃべるのが難しいほどだった。「兄は冷たくなって地中で横たわっています。兄をそうしたのがあなたでないなんて、わたしが信じるとでも思いますか？」

「山岳会のグリーンボーンで、コール・ランの翡翠を勝ち取って誇りを感じない者はいないわ。けれど、自分が勝ち取ったと名乗り出る者は誰もいない。おかしいと思わない？」

「〈ライラック・ディヴァイン〉から兄を乗せたタクシーの運転手は、黒い車に乗った男たちにつけられていたと言っていました。兄の普段の行動を知っている誰かが、あの夜、彼を待ち伏せしていたんです。何人かが桟橋付近で銃声を聞いていて、兄の遺体が発見された場所の近くには無数の弾痕がありました。港で、無登録の壊れた〈フラートン〉サブマシンガンが二挺見つかっています。無峰会の縄張りにいる一般的な犯罪者が持つような武器ではありません。兄を殺害した男たちは、山岳会の命令で動いていたんです。それを否定するなら、あなたは嘘つきです」シェイはこれだけのことを真の〈日和見〉らしく淡々と冷静に話せたことに、満足と軽い驚きを覚えた。「〈柱〉は組織の主人であり、体にとっての背骨のように、それなしでは動くことのできない存在です。彼らがあなたの指示にそむく行動をしていたことをわたしに納得させるつもりがないのなら、なぜここにすわって、自分が殺したわけではないなどと言えるのですか？」

「あなたの言うとおりだわ、コール - ジェン」アイトは正式な呼びかけをして、シェイを驚かせた。「わたしは彼の死に責任がある——けれど、わたしは彼の名前を囁いたわけではない。わたしは無峰会の縄張りの奥に伝言を届けたかったの。コール・ランシンワンに、山岳会と抗争に入ることは賢明な考えではなく、まったくの無駄だということをわからせる目的だった。そうすることで抗争を避けられる、あるいは少なくとも期間を短くできると考えたからよ。現実は、わたしのもくろみどおりにはいかなかったけれど」

「あなたがずっと命を狙っていたのは、ヒロでしたからね」

「ええ」

少しのあいだ、シェイは暗い好奇心に駆られ、悲劇のまったくべつの展開を想像してみた。もし最初の暗殺が成功していたら、ヒロの死がランにひどい衝撃をあたえただろうが、理性的なアイトは、ランの実利主義と責任感が最終的には復讐の欲望に勝ると思っていたのだろう。頼りにできる強い〈角〉を失ったランは、組織全体を不利な戦いに巻きこむ危険を冒すより、和平交渉に応じた可能性が高い。

シェイは現在のことに注意を戻した。過去の可能性など幻だ。閉ざされた扉だ。実現しなかった考えと同じくらい意味がない。「会いたいと言ってきたのは、あなたのほうです。その目的は単に、あなたが殺そうともくろんでいたのはわたしの兄の両方ではなく、ひとりだけだったと説明するためではないでしょう」

アイトは厳しい口調で言った。「この抗争は山岳会にとっても無峰会にとっても、無意味な破壊行為でしかない。ケコン翡翠連合(KJA)の監査など不必要で、子どもじみたことだわ。グリーンボーンの問題を、王立議会とメディアに詮索させることになる。この問題はわたしたちのあいだで静かに解決できるのに、本当にそんなことが必要かしら？　政治家たちはお役所的な法律を制定するつもりよ。あるいは、監督機関を設立しようとしている。そんなことに、最終的にどんな利益があるっていうの？　国際的な注目も集めかねないし、利己的な外国人にこれ以上国内の問題に口を出されるのは、国がもっとも必要としていないことよ」

「あなたがみずから招いたことではないですか」シェイは答えた。「山岳会は明らかにＫＪＡの規則を破っています。ドルはあなたの隠れ蓑になっていました」

「ドルには先見の明がある。コール・センと彼のかかげる理想に忠実な人物だわ」アイトは言った。「彼は、〝ケコンの炎〟の孫息子たちにはどちらも祖父の器量はなく、同盟は避けられないと理解していた」シェイに向けたアイトの目には、疑いの余地がないことからくる冷徹さが宿っていた。「ずばり言うわ、コール・ジェン——同盟は避けられない」

「同盟？　はっきりこう言ったらどうですか？　山岳会の敵を滅ぼしたいと。この街における完全な力を手に入れ、国の翡翠取引を独占的に管理したいと」

アイトにひどく冷ややかな目で吟味するように見つめられ、シェイは一瞬、胸のなかで蛾が羽ばたいているような慄きを感じた。彼女の体格はシェイよりそれほど大きいわけではないが、翡翠の能力を比較すれば、体格などほとんど何の意味もない。彼女は自分の養父の葬儀の前に人を殺し、神々の寺院で頭も下げない女性なのだ。ひょっとすると、改悛僧のいる場で攻撃してくることさえあるかもしれない。もし今、彼女がシェイを殺したいと考えているのなら、彼女を止められるものは何もない。シェイは自分の体に意識を集中して心を落ち着かせ、慎重にすべての筋肉と関節から余分な力を抜いた状態を心掛けた。シェイがいくら平静を装っても、間近にいるアイトは簡単に内心の恐怖を〝感知〟してしまうだろう。

ようやくアイトが口を開き、手に負えない生徒に言い聞かせるように言った。「あなたは教育を受けた広い見聞のある女性で、この国から出たこともない連中とは違う。ケコンの外で起きていることを考えてみて。エスペニアとイグタンのあいだでは、日に日に緊張が高まっている。世界はふたつの陣営に分かれ、両陣営が、この島でしか採れない翡翠を喉から手が出るほど欲しがっている。エスペニアは翡翠を身に着けたエリート兵士軍を装備するため、シャイン製造にどれだけの財産をつぎこんだと思う？ 追いつこうと躍起になっているイグタンも、もちろん欲しがっていないわけがない。聞いた話では、イグタン人は、自国の兵士の生まれつきの抵抗力をもっと強化して、わたしたちのようにできないか研究しているそうよ。ショター人も数年前に同じことをした――ケコン人とアブケイ人の女性たちを秘密施設に連行し、レイプして妊娠させ、生まれつき翡翠への抵抗力を備えた兵士によるショター軍を作ろうとしたの。

わたしたちの国は、希少な資源を持つ小国。正しい行動をしなければ、また大きな国に翻弄されることになる。長い目で見れば、わたしたちが外国に対抗する方法は、もう一度ひとつの組織として団結することしかないのよ」

「あなたが言っているのは、ほかの組織を征服したうえでの団結でしょう。あなたがまずしなくてはならなかったのは、無峰会を弱体化させることでした。ランに率直に同盟を持ちかけてもよかったものを、あなたはそうせず、ドルと共謀して、無峰会の縄張り内で悪党たちに翡翠と秘密情報をあたえたんです」

シェイの怒りに、アイトは動じない。「あなたの言うとおりよ。〈柱〉は組織の主人で、体にとっての背骨と同じ。背骨は一本しか存在できない。コール・ランは誇り高い人物だもの。自分の率いる組織を喜んで手放すわけがなかった。背後で支える〈角〉がいるあいだは、絶対に無理だった。それにゴント・アッシュとコール・ヒロが、ひとつの組織で共存できるわけがない。鶏小屋に二羽の雄鶏を入れるくらい無理なことだわ。率直で建設的な話し合いを始めるために、わたしたちは街で優位な立場を築かなければならなかった」

「鉱山から入手していた余分な翡翠は、どこにあるんですか？」

驚いたことに、アイトはすぐ答えた。「イグタン人に売っているわ。売買契約はもちろん完全に秘密よ。ケコン政府はエスペニアと同盟を結んでいるから。けれどわたしたちは、イグタン人がすでにブラックマーケットを通して翡翠を手に入れていることを知っている。わたしたちが何をしようと、どんなに厳しく取り締まろうと、密輸の問題はなくならない。密輸の潜在利益はかなり大きく、捕まれば極刑という法律でも、密輸をなくすことはできない。けれどわたしたちがイグタン人に翡翠を安定的に供給すれば、闇取引を撲滅できる。ケコンでの犯罪も減るでしょうし、組織にも莫大な利益をもたらす。紛争を始めた両陣営に翡翠を供給するのよ。そうすれば、どっちの陣営が優勢になろうと、ケコンの安全を確保できるうえに、組織の利益も守れる」

「それで、シャインの製造も始めたんですね」シェイはその単純さに感心せずにはいられなかった。「それだけの量の翡翠をイグタンに売るなら、当然それに合わせたシャインの供給も保証する必要がありますから」

「低コストで速やかにSN1の製造ができる工場が、イグタン本土にいくつかある。この国で使用するにはどうかと思うけれど、外国人に売るには充分な品質よ。イグタン人には違いなんてわかりはしないし、向こうは人口がかなり多くて、どっちみち人を使い捨てにしているんだから」

その秘密の売買契約で、山岳会はすでにどれだけの金を手に入れているのだろう。シェイは思った。国庫から翡翠を横領し、それを外国人に売り、シャインの取引を行い……数百万ディエンは儲けているに違いない。いや、数億ディエンか。

アイトの口調がかすかに興奮を帯びてきた。シェイは彼女の濃厚なオーラのなかに、取りつかれたような強い執念深さを感じ取った。純血種の猟犬が、獲物を追いはじめたら最後、追跡をあきらめるより死ぬまで走りつづけようとする姿勢に似ている。アイトは今や、まっすぐシェイのほうを向いていた。「市場に低価格ＳＮ１の安定供給を導入すれば、翡翠の売り上げが上がり、わたしたちの利益も上がる。こちらがＳＮ１の供給を止めれば、諸外国の政府は翡翠を持つ人々が発狂する事態に対処しなくてはならなくなる。ＳＮ１がなければ、翡翠の力をコントロールできず、〝渇望〟で死んでしまうのだから。そういった市場の力を利用すれば、わたしたちグリーンボーンは合法的に翡翠の供給をコントロールできるようになる――そしてこれまでどおり、富と国を守る手段が手に入るというわけ」

シェイは少し黙って考えてから、答えた。「アイトージェン、それは確かに先見の明のある巧妙な戦略です」それは本音だ。実際、アイトは高い実力を持つ〈柱〉で、養父の遺したものを受け継ぐだけでは飽き足らず、自分の組織と国の進むべき道を丸ごと変えようとしている。〝ケコンの槍〟の恐るべき後継者だ。

アイトの指揮のもと、山岳会は翡翠と薬物の世界帝国を築こうとしている。ケコンを支配する組織が山岳会ひとつになるまで、彼らはライバルを排除するか、自分たちの組織に組みこんでいくだろう。この国は翡翠とシャインを海外の何億人もの人々にばらまいて、国際的な緊張をあおり、利益を上げるようになる。そして翡翠をコントロールするグリーンボーンたちは、急成長する翡翠のピラミッドの頂点に君臨することになるのだ。

「わたしは自分の計画をすべて、嘘偽りなく話している」アイトは言った。「あなたが聡明で野心的な女性だとわかるからよ。グリーンボーンの世界は男社会で、わたしたちのような女性は数少ない。あなたは学園を首席で卒業し、元〈柱〉のコール・セニンタンのお気に入りだけれど、ふたりの兄のせいで影が薄いことは知っているわ。あなたは組織というものが偏狭で制約の多いところだということに気づいた。だからエスペニア軍のために働くようになり、その後、ケコンを出ていったのでしょう」

アイトの遠慮のなさに、シェイの胸と首がかっと熱くなったが、その推測は基本的に当たっていた。どうして、アイトはそんなことを知っているのだろう？ シェイは憤りを感じたが、不思議とうれしい気持ちもあった。山岳会の〈柱〉はシェイの過去を調べてまで、彼女の心を動かすのに効果的なものを見つけようとしたのだ。

「あなたを見ていると、なんとなく若い頃の自分を見ているような気がするの、コール・シェイ-ジェン。あなたがケコンに戻ってきてふたたび翡翠を着けるときが来るとわかっていたら、もっと早く連絡を取っていたでしょう。この抗争を、わたしたちふたりで解決しない？ あなたのお兄さんはプライドと暴力的な衝動で動く、危険で子どもじみたお馬鹿さんだわ。主義主張のためだけに、最後のひとりになるまで戦おうとするタイプ。そういうやり方しか知らないのよ」シェイは聞かなくても次の言葉がわかった。「彼から〈柱〉の座を奪いなさい。この無意味な抗争を終わらせるのよ。リー・トゥーラは引退が近いから、もう構わない。あなたをわたしの〈日和見〉にするわ。大いなる組織の〈日和見〉、ケコンの国にとっての〈日和見〉に」

「それは買いかぶりすぎです、アイト-ジェン」シェイは言った。自分の声に、いやな気難しさのようなものが混じっているのがわかる。「数年間ケコンを離れていたわたしは、無峰会のなかではまだ部外者のようなものです。〈招福者〉や〈灯籠持ち〉たちはしぶしぶ受け入れてくれましたが、〈拳〉と〈指〉は全員、兄についています」

「彼らにそうしない理由はないものね。わたしたちのあいだで、わかりやすく状況を整理すればいいわ。名誉あることに見せかけるの。コール・ヒロは、本人が望んでいるように、戦争の英雄として戦死を遂げてもらえばいい。あなたが裏切り者の汚名を着せられることはないし、彼を支持する連中から復讐される心配もない。それ以後、あなたは完全に合法的に活動することになる」

シェイはうなずいた。つまり、待ち伏せ攻撃だ。こちらで場所と時間を選び、ヒロがひとりでいるところを襲う。山岳会も今度は、誰がやっても失敗しない前よりマシな暗殺計画を考えるだろう。それにしても、アイトはなんと気楽にこんな話をすることか。まるで必要に迫られた兄弟殺しの手配など、ほかのビジネス上の取引と大して変わらないかのようだ。アイトは本当に、人や神にどう思われるかをまったく恐れていない。思いがけない称賛が、シェイの喉にすっぱいものとしてこみ上げてきた。アイトはわたしより強い女性だ。

シェイは改悛僧たちのほうに目をやった。すわっている僧侶たちは相変わらず身じろぎもせず、天の国へ伝えているであろう会話の内容にも、オーラを乱されていない——誰か、聴いている？　シェイは急に重苦しさを覚えた。ひょっとすると、改悛僧の瞑想なんて無駄なのかもしれない。翡翠に強化された〝感知〟能力のおかげで、グリーンボーンは周囲のことが微妙なニュアンスまではっきりとわかる。といっても、それは結局、偉大な真実も、神々が存在する証拠も提示してくれるわけではなく、本来の自分より優れた存在になりたいという希望を叶えてくれるわけでもない。偉大なる伯父ジェンシューは、今でも見守っていてくださるのだろうか？　高潔な戦士たちの遺したものがこんな状態になって、嘆いているだろうか？　寺院で暗殺の計画を練るグリーンボーンほど、〝帰還〟から遠いものはない。

アイトは明らかにシェイの野心と憤りに気づいていて、手始めに彼女の兄への対抗心につけこんだのだ。シェイはそれがどういうことかわかっている。もし神徳を通してしか贖罪できないとしたら、シェイは隣の女性と同じくらい天の国から遠いところにいる。シェイはアイトのほうを向いた。「わたしのなかに若い頃のご自分が見えると言うけれど、あなたのなかには、わたしの目指すグリーンボーンの姿は見えません。かつて、翡翠は重要なものでした。わたしは誓いを破る人間ではありません。殺害された兄の名声を裏切り、権力のためにもうひとりの兄の命を売り渡すつもりはありません」シェイは立ち上がりながら、これで自分の死は確定だろうと考えていた。「あなたの思い描くケコンになど、一切関わりたくありません」

アイトはしばらくすわったままでいたが、やがて立ち上がり、シェイのほうを向いた。表情は変わっていないものの、オーラは間違いなく物騒な意図でふくれ上がっている。シェイは思わず後ずさった。

「人に行動を強いられるのは嫌いなの」山岳会の〈柱〉は、腕に巻きつけた翡翠の位置を直した。「アイト・ユーゴンティンはわたしを――そのままだったら死んでいたはずの少女を――戦災孤児の境遇から救い出し、山岳会で最強のグリーンボーンにするべく訓練を施してくれた。ところが高齢になると、わたしを後継者として指名すると言いだせなくなってしまった。側近の男たちの反発を恐れたのよ。組織の後継者に女を指名して、彼らから非難されるのが怖かったわけ。ショター人との戦いでは死をも恐れなかった〝ケコンの槍〟が、自分の大切な組織の指導者に養女を指名するのを恐れたの。

　わたしが父と呼ぶ人に、偉大な恩人に――わたしは行動に出ることを強いられた。父の遺体が冷たくなるより早く、わたしは父の側近たちを倒さなくてはならなかった。当然わたしが継ぐべき地位を手に入れるため、それまで高く評価し、尊敬していたグリーンボーンたちを殺さなくてはならなかった。父は息を引き取る間際に流血沙汰を防ぐこともできたはずなのに、そうしなかった。もっとも善良な人でさえ、あんなに臆病で目の前のことしか見えなくなるものなのね」

　アイトは恐ろしいほど冷静な落胆の表情で、シェイに言った。「わたしはあなたにチャンスを提供し、あなたはそれをはねつけた。心配しないで、世間知らずで理想主義のお嬢さん、今は殺したりしないわ。いつかあなたのお兄さんの滅多切りにされた体から翡翠が奪われるとき、無峰会が滅びるとき、思い出してちょうだい。あなたはその事態を防げたのに、そうしなかったことを。わたしにそうすることを強いたのは、あなたよ。それを思い出すといいわ」

　アイトは背を向け、奥の院を通り抜けていった。彼女が通りすぎた道筋が、神聖な部屋をかき乱す。それは干ばつと過酷な荒廃の訪れを約束する熱風のようだった。やがてアイトの姿が消えると、寺院に調和が戻った。円座を組む改悛僧たちは身じろぎひとつしていない。ひとりになると、シェイは疲労で制御がきかなくなってきた。脈拍が上がりだし、顔に汗が噴き出す。

　シェイはふたたび座布団にすわりこんだ。

　きっと、天が助けてくださる。無峰会を、すべてのグリーンボーンを、ケコンという国を。

48 雲行きを読む

ヒロは妹に激怒していた。コール家の母屋にずかずかと入っていくと、妹はランの書斎でウンとテーブルに向かっていた。ヒロと違い、妹はここに引きこもるのが好きなようだが、ランの椅子にすわっているのは見たことがなかった。そんなことをしたら、ヒロは妹に兄の部屋を使うのを禁じていただろう。

ヒロがノックもせずに入っていくと、シェイとウンはふたりとも静かに彼を待っていた――ヒロが近づいてくるのを〝感知〟しないでいるほうが難しい。ヒロはいっぽうの腕でテーブルの上をなぎ払った。書類がそこらじゅうに散らばり、そんなつもりはなかったが、〝跳ね返し〟でランの椅子を奥の壁にふっ飛ばし、本棚から本を散乱させていた。ヒロはテーブルに両手をつき、〈日和見〉のほうへ身を乗り出した。

「ドルが逃げた」

それが意味することの恐ろしさをシェイは即座に理解し、青ざめた。あの裏切り者は、まっすぐ山岳会へ逃げこむだろう。無峰会のビジネスに関するあらゆる機密情報を持ちこむはずだ。コール家の敷地とセキュリティに関する情報については、言うまでもない。

「おまえは俺にあいつを始末させなかった。あいつが脅威になることはないと俺を説得した。だが、俺はそんな話に耳を貸すべきじゃなかったんだ。あの裏切り者を殺しておくべきだった！」ヒロの顔は紅潮し、目は飛び出さんばかりに見開かれている。両手はここにいないドルの首を締めつけたくてうずうずしているかのように、握ったり開いたりをくり返している。

ウンは〈柱〉から怖々(こわごわ)と椅子を離したが、シェイは怒る兄をただ茫然と見つめた。「ドルはどうやって逃げたの?」

「オムはあごの骨を折られて気絶し、ヌンは死んでいた。あのじじいに首の骨を折られたんだ。あの〈指〉たちは、まだ少年だぞ! 翡翠に慣れていなかったから、翡翠なしでもいられたんだ。ドルのやつ、老いぼれのくせにいったいどうやって――」ヒロの顔にはっとした表情が広がった。頬が引きつる。「おじいさんだ」彼はくるりと背を向けると、あまりの怒りにくらくらしながら勢いよく書斎を出ていった。「おじいさん!」

シェイも慌てて兄についていく。ヒロは妹を無視して階段をのぼり、祖父の部屋のドアを力まかせに開けた。コール・センは窓辺の椅子から、孫息子に冷笑を向けた。皺だらけの顔には、独善的な執念深さが浮かんでいる。最近は疲れて虚ろになっていることの多い目は、残酷さを楽しむように輝いている。「ノックの仕方も知らんのか、ぼうず?」祖父はしわがれた声でぶっきらぼうに言った。

「あんただろう」ヒロは信じられないというように、「あんたがドルに翡翠をやった老人をじろじろ見た。「あんたがドルに翡翠をやったんだな。あいつに自分の翡翠をやったんだ」

「やらない理由があるか?」コール・センは怒鳴った。「おまえはわしからもすべてを奪おうとしているではないか、生意気なやつめ! わしが気づかんとでも思ったか? わしに残されたものは、これだけだ」老人は毛布をはねのけ、ローブの前を開いて青白い体を露わにした。たるんだ上半身に隠れそうになっているベルトは、はめこまれていた翡翠のほとんどが外されている。それは骨董品のように見えた。古びて傷み、翡翠をはめこむ場所はほとんど空っぽで、古道具屋に置いてありそうな風情だ。「わしの翡翠だ。わしがそうしたいと思えば、誰にでもくれてやる!」

ヒロは言葉を失った。ドルの住まいに翡翠がないことは確認したし、見張りをさせていた〈指〉はふたりとも翡翠を着けていなかったから、盗まれるはずはない。先代の〈日和見〉はヒロとシェイを裏切っていたかもしれないが、〝ケコンの炎〟から翡翠を奪うとは考えられない。それは唯一の友人の喉を掻っ切るような行為だ。コール・センが自分の翡翠をくれてやるかもしれないとは、ヒロは思いもしなかった。「おじいさんは頭がどうかしちまったんだ。自分のしたことがどういうことか、まるでわかってない」

「わしはドルを自由にしてやったのだ」祖父は意地の悪い笑みを浮かべている。「彼はここに閉じこめられ、こんな屈辱に耐えねばならんいわれはない。まったく、ひどい扱いをしたものだ！　彼は史上最高の〈日和見〉だ、国の英雄だぞ！　なのにおまえは、彼から翡翠を奪い、動物のように閉じこめた。ちょうど、わしにしているように。じつに不愉快だ」

ヒロは震える足で、椅子にすわった老人のほうへ数歩近づいた。激しい怒りに、祖父への殺意を言葉にすることもできない。シェイは守るようにコール・センのそばへ行った。動揺でオーラを乱しながら、兄に警告の視線を向ける。「兄さんっ」

ヒロは一メートルほど手前で足を止め、指の関節が白くなるほど両の拳を握りしめた。口から出てきたのは、憎悪のこもった低い声だ。「コール家であんたの後継として〈柱〉にふさわしい者などいないんだろ、おじいさん？　兄貴もだめ、もちろん俺もだめ。偉大な〝ケコンの炎〟以外にはいないってわけだ。兄貴の足を引っぱり、兄貴のすることなすことにケチをつけ、アイト・ユーの娘が俺の暗殺をほのめかしても笑い飛ばす。じゃあ、ずっとこの部屋にいろよ、死ぬまでな」

さっと背を向けて出ていき、ヒロはドアを叩きつけるように閉めた。すると階段の下に立っていたウンに出くわした。ウンがもう〈柱の側近〉ではないことを怒りですっかり忘れ、ヒロは言った。「トゥルー医師に電話しろ。あいつを静かにさせ、残りの翡翠を取り上げて、鍵のかかる場所に保管してもらいたい。オムの意識が戻ったら、今後は祖父の部屋を見張るよう伝えろ。電話や伝言は一切許可しない――もしドルが接触しようとしたら、わかるようにしておきたい」

屋敷の正面の階段に腰を下ろし、ヒロは残っていたエスペニア製の煙草に火をつけた。この煙草はますます入手しにくくなっている。犯罪と戦闘の増加で、輸入品の流通が妨げられているのだ。経済活動は全体的に悪化している。

どうして俺はあんなに愚かだったんだ？　情に流されたりしたんだ？　それに、シェイはいつでも古い友人をかばおうとする。トゥルー医師の話では、コール・センはもう自分の行動のすべてを認識してはいない、今後は翡翠耐性の衰えとともに認知症になっていくということだったが、ヒロには祖父の悪意に満ちた人間性が今になってより露わになってきたように思えた。

両腕を膝の上にたらしていると、疲労がしつこい怒りをゆっくり凌駕していくのを感じた。ヒロが英知会館で自分の立場を表明して以来――無峰会が和平は不可能と宣言して、街を戦闘状態にして以来――ひどい二週間だった。目に見える勝利もいくつかあった。KJAの監査結果の公表はアイトに打撃をあたえたし、ソン首相が先頭に立って公然と山岳会を非難し、影響力をふるったことで、無峰会にとってきわめて重要な〈灯籠持ち〉たちは忠誠の誓いを維持し、今後の状況を見守る構えになってくれた。

現況では、市街戦でゴントが勝利を収めようとしている。山岳会は、今、攻撃の手をゆるめても意味はないと判断したようだ。無峰会が政治的、世間的共感を得ても、戦士がすべて死んでしまってはどうにもならない。ヒロは自身のスパイ網を駆使していたが、それでもゴントの市街戦における天才的手腕と、山岳会が街のごろつきと各地区で組織を攻撃しようと立ち上がった金目当ての人間を使い、どの程度無峰会の縄張りに食いこんでくるかを甘く見ていた。

シェイが屋敷から出てきて彼の後ろに立った。「わたしがドルを探し出す」妹の口調は硬かった。「兄さんの言うとおりだった。わたしが間違っていたわ。ドルを生かしておいたのはわたしだもの、この状況を正す責任はわたしにある」

「あいつはとっくに姿を消している。もう一度捕らえるのは簡単じゃない」

「わたしが必ず捕まえる」シェイは約束した。

やりたいというなら、やらせておこう。ヒロはターに探させるつもりだ。ターのほうが先に見つけると確信している。「どっちみち手遅れだろう」ヒロはふり返らずに言った。妹に怒りつづける気力はない。「今はもう、ドルの知っていることはすべて山岳会に伝わっていると考えるべきだ。どのビジネスがもっとも価値が高く、どのビジネスが弱いか、こっちにどれだけの金と翡翠があるか、俺たちがどれくらいの期間、抗争状態に耐えられるかも」ヒロは煙草をもみ消した。

「その期間が長くないことは、すぐばれるわ」

ヒロは肩越しに妹を見てから、くるりと後ろを向いた。「だから、まずいんだ」

シェイは言った。「観光業の業績は五十パーセント以上落ちこんでいる。これは山岳会よりうちのほうが、はるかに打撃が大きい。小売業とか、山岳会が強いいくつかの業種は、抗争で業績が上がっている――人々は日用品を蓄えようとしているし、明日は店が開かないかもしれないという危機感で、今では様子見などせずに購入に走っているから」

玄関口でシェイに合流していたウンがつけたした。「KJAが活動の一時停止を決めたため、翡翠の採掘と輸出が止まり、われわれにはその分の収入がありません」

山岳会も損失をこうむっているだろうが、彼らはこれまで翡翠を蓄えてきたことだし、無峰会よりは保有量が多いはずだ。シェイは言った。「今は市街戦で翡翠を奪い合っているけれど、山岳会が無峰会から奪う翡翠の量のほうが多い状況がつづけば、無峰会の保有する翡翠はつきてしまう。二カ月後に学園を卒業する子たちを〈指〉に迎えるための翡翠も必要なのよ」
「ほかの小規模組織はどうだ？」ヒロは訊ねた。「彼らからいくらか入手できないか？」
「小幕会と六手団は山岳会を支持しているけれど、これは驚くようなことじゃない。石杯会はこっちの味方——建設業でわたしたちに頼っているから、こっちにつくしかないわよね。ジョーシュン会と黒尾会は、わたしたちの力になるべきだと声高に支援を呼びかけてくれている。その言葉はありがたいけれど、ひと房のブドウからは大した果汁は絞れない」ケコンにはざっと十数個の小規模組織が存在する。島内のほかの街を支配しているものもあれば、特定の産業に深く関わっているものもあり、独立している組織もあれば大規模組織に属しているものもあるが、どれも山岳会や無峰会の六分の一にも満たない規模だ。「残りはヘイドの盾のように、関わり合いにならない姿勢を取っている。どっちだろうと勝ったほうに、友情を示すダンシングスターリリーの花束を贈ろうと待ち構えているのは間違いない」シェイはつけたした。

ヒロはしぶしぶ立ち上がった。「なかで話そう」屋敷に入ると、ヒロはまだ好きになれない部屋だったが、ランの書斎に入っていった。そこなら人に聞かれる心配はない。シェイとウンもつづいて入る。ヒロがばらまいた本や書類は、床一面に散らばったままだ。ヒロはそれらをまたいで肘掛け椅子のひとつにどっかりとすわり、ウンにドアを閉めるよう合図した。「どれくらい持ちこたえられるか教えてくれ」

シェイは答えた。「この調子だと、半年で赤字になる。うちの〈灯籠持ち〉たちが離れないでくれたとしても、この数字よ。といっても、すでに離反者は出ている。実際は、それよりずっと短いこともありうるわ。ソン・トマローが何と言おうと関係ない。世間の人がアイトのことを泥棒だと思おうと関係ない。彼らはこっちが負けると察知したとたん、街の苦境を長引かせたのは無峰会のせいだと言いだすわ。わたしたちに献金を納めるのをやめ、勝者につこうとするでしょう」

「で、山岳会は？　やつらはどれくらい抗争をつづけられる？」

「わかりませんが、こちらよりは長く持ちこたえられるでしょう」ウンが答える。「もし彼らの言うように、イグタンでシャインを製造しているとしたら、それは完全に独立した実入りのいい収入源です」

「もっと深刻なのは」とシェイ。「彼らがイグタン政府と秘密契約を結んで翡翠を密輸していることよ。鉱山からくすねた翡翠の使い途はそれ――向こう側で外国人と手を結ぶことなの。それとシャイン製造工場で、彼らの金庫はかなり潤っていると思う」

　ヒロはとまどいの表情で妹を見上げた。「どうして、山岳会がイグタンと翡翠の密輸の秘密契約を結んでいるなんてわかるんだ？　そいつは確かなのか？」

　シェイは兄の向かいの椅子にすわって脚を組み、いっぽうの膝の上で両手を組み合わせた。「〈日和見〉は雲行きを読む」それは古いことわざで、物事を知ること――秘密の情報源に接触し、常に誰よりも一歩先にいること――が〈日和見〉の仕事であるという意味だ。妹がそんな古臭い組織の格言を口にするのを聞き、ヒロは頬をゆるめながら、良い〈柱〉は〈日和見〉の手段や情報源をあまり詮索するものではないことを思い出した。常々思っていたとおり、妹はきわめて自然に組織の人間になっていた。

　シェイは兄に笑みを返さなかった。「必要なものがふたつある。それも早急に手に入れなきゃならないわ、兄さん。ひとつはお金。もうひとつは、戦況を好転させること。わたしがひとつめを手に入れ、兄さんとケーンがもうひとつを達成できれば、無峰会はこの年を乗り切れるかもしれない」シェイは一瞬視線を落としてから、また上げた。「それがうまくいかなかった場合の作戦も練っておく必要がある」

妹がその件を持ち出すのはもっともだが、ヒロは椅子にすわったままずり下がり、上を向いて目を閉じた。「今はいい、シェイ。まだ、そこまでの状況にはなっていない」

「すぐにそうなるかもしれない」

「今はいいと言ったんだ。しばらくひとりにしてくれ」

少しすると、妹が立ち上がる音が聞こえた。妹とウンは部屋じゅうに散らばった書類を拾い集め、無言で出ていった。ふたりの後ろでドアがカチャリと閉まる。ヒロはじっと動かず、目を閉じていた。

ヒロはいつになく冷静に、自分が負ける可能性について考えていた。もし自分が負けて殺されたら——敗北と殺されることはほぼ同義で、いっぽうはもういっぽうにつながっている——無峰会は自分とともに消滅するだろう。そして自分は無峰会最後の〈柱〉になる。ランが死んだときにもっと〈柱〉にふさわしい人間がいたら、ヒロはその座を譲っていただろう——もっと自分に向いている〈角〉の立場を守り、抗争に勝つために〈角〉として力をつくしたはずだ。だが、実際は自分が〈柱〉になる以外に選択肢はなかった。シェイは〈柱〉になれない。妹は確かに頭が切れ、翡翠の能力も高いが、組織が〈柱〉として受け入れなかっただろう。最年少のうえに女性だし、同じ女性のアイト・マダともタイプが違う。山岳会のアイト・マダが〈柱〉になったときは、彼女がもっとも年長だったが、考えられるライバルをすべて殺し、やっと権力を握ったのだ。シェイはそんなことはしないし、〈柱〉に必要な親しみやすさもなければ、ほかのグリーンボーン

——特に、強い〈拳〉たち——にヒロ亡きあとも命令に従わせ、抗争をつづけるために喜んで命を差し出させるだけの強烈な人格やカリスマ性もない。だめだ——ヒロは落胆した——妹は超然とした自己充足タイプの典型で、経済活動のリーダーにはなれても、グリーンボーンをまとめる〈柱〉にはなれない。シェイはヒロ以上に、〈柱〉の地位を望まないだろう。

ほかに組織の指導者の後継者はいない。アンデンはコール家の養子だが、若すぎてまだ翡翠も身に着けていないうえに、外国人の血が混ざっている。それでもアイトはおそらく、念のために彼を殺そうとするだろう。メイク兄弟は山岳会で不祥事を起こした〈拳〉の息子だ。たとえその時点で組織のトップに立てる力があったとしても、無峰会を率いる家系として受け入れられることはまずない。コール・センには姉がひとり、ヒロの母親にはぱっとしないふたりの年下のきょうだいがいたので、組織には祖父母のいとこやいとこの子が何人もいるが、彼らはコールの名を持たず、組織を率いるだけの一族としての教育も受けておらず、組織を率いるだけの傑出した能力や実績のある者は誰もいない。

ヒロは死という概念には慣れていたが、コール一族が、自分の血族全員が、彼らの築いた組織が滅びることを考えると、心を強く揺さぶられる。誓った復讐を成しとげられないままあの世のランのところへ行くかもしれないことを思い、ウェンと結婚して子どもを持つ時間もないことにヒロは絶望した。そういうことを考え、束の間その苦しみにもがいてから、ゆっくりと現在のことへ思考を戻した。

彼はまだ死んではいない。撃たれたり刺されたりすることもありうるし、致命傷を負って大地に大量の血を流すこともありうるが、それでも残りの貴重な数分で敵を倒すことはできる。ヒロはそんな場面を見たことがあった。敵に対する好機を狙う狡猾さは〈角〉の強さであり、ヒロは生まれついての〈角〉だった。戦闘中は何が起こってもおかしくない。正しい相手と、正しい武器で、正しい始め方をする――それがすべてだ。
よし――少しして、ヒロは思った――これで死の計画を練ることができる。

49 アダモント・カピタへの提案

船着き場は、今では山岳会の縄張りとなった港湾地区にある。その一帯は山岳会の〈拳〉と〈指〉が巡回し、無峰会による反撃を警戒しているだけでなく、縄張りを支配する組織の交代に乗じて活動の拡大をもくろむ泥棒や密輸業者にも目を光らせている。メイク・ウェンがフェリーのタラップへ歩いていくと、山岳会の〈指〉のひとりに止められ、チケットを見せるように言われた。「ユーマン島へ行かれるんですか？」

「はい」ウェンは答えた。「祖母がショソネの生まれなんです」ユーマン島西岸の小さな漁村は、今では休暇を楽しむケコン人とエスペニアの軍人両方を楽しませる観光の街となっている。「祖母は島に帰ってそこに埋葬されることを望んでいました」ウェンは両手で抱えた青い骨壺に悲しそうに目を落とした。シンプルな白いセーターと白いウールのロングスカートに身を包み、顔には白粉をはたいてある。脈拍が普段よりかすかに速くなっているが、最近この地域を奪った見知らぬグリーンボーンに止められれば、たとえ何も隠し事がなくても、誰だって少しくらい緊張するのが普通だ。両耳に翡翠を着けたこの若い男が、普通と違ったことを〝感知〟することはないだろう。

「彼女に神のお導きがあらんことを」かなりうろたえたようすで、男はウェンのチケットを返してこう言った。「申し訳ありませんが、その骨壺のふたを開けてください」

ウェンは怒りで息をのんだ。「どういうことですか」

「最近は犯罪者が多いので」山岳会の〈指〉はすまなそうに説明する。「乗船する方全員の所持品を検査して、武器や密輸品を持っていないか確認しなくてはならないんです」

それと、翡翠も。ユーマン島には警備されていない沿岸地域がたくさんあり、もっとも利口な密輸業者は、グリーンボーンに捕まるよりエスペニア人に捕まるリスクを冒すほうを選ぶ。組織の抗争で拾い集められ、フェリーでジャンルーンから持ち出された翡翠は、タン本土かウウィワ諸島へ持ちこまれる。ウェンは山岳会の〈指〉に強烈な侮辱の視線を向けたが、すぐに目を落とし、光沢のある骨壺のふたを開け、男になかをのぞかせてやった。

もし彼がこの壺に触れたり、なかを調べようと彼女から取ったりすれば、すべておしまいだ。ウェンはただちに殺されることはないだろう。山岳会はウェンが何者かを突き止め、ヒロを襲うために彼女を利用するはずだ。ウェンは思った――そのときは、港へ身を投げよう。この壺ごと海の底へ沈んでしまおう。

若い男は言った。「どうぞお進みください。あなたとおばあさまへの失礼をお許しください」そして脇へよけ、ウェンを通した。ウェンは骨壺のふたを戻し、タラップをのぼって乗船した。その顔はふたたび哀悼にふさわしい沈鬱な表情を浮かべ、翡翠のオーラを一切もらさない体と同じように、内心の安堵を隠した。

彼女は通りすぎるとき、山岳会の〈指〉が右の耳たぶを引っぱるのを見たが、それは故人のお骨を調べた自分に降りかかるかもしれない災いを防ごうとしてのことで、彼女がストーンアイだとわかったからではない。ウェンは壺を抱える手に力をこめた。もう自分の縁起の悪さも気にならない。ストーンアイだからこそ、目的を果たせるのだ。この欠陥はゆがんだ物体のようなもので、単独では魅力のない望まれないものだが、ふさわしい状況に置かれれば、完全に理にかなったものになる。

船上のほかの人々――通勤客、日帰り旅行者、観光客――は、船首に近い席にすわったウェンから適度に距離を置いた。甲高い汽笛とともに、フェリーは桟橋から出航した。遠ざかっていく港湾地区を、ウェンは満足げに眺めた。フェリーに乗るという危険を冒さずに個人所有の船をチャーターすることもできたが、それではメイクという名前が記録に残ってしまうだろうし、沿岸警備の人間に呼び止められて調べられれば、その記録も確認されるだろう。フェリーのほうが匿名性が保てるし、これで手に入れられるかもしれないもののことを考えたら、ひとりで危険を冒すだけの価値はある。

＊

一時間半後、ウェンがユーマン島の小さな港に降り立つと、車が待っていた。シェイが前もって手配しておいたものだ。ユーマン島は、リトルボタン島と同じく、正式にはジャンルーンの一部ではないが、リトルボタン島が小さな独立した市であるのに対し、ユーマン島は基本的にエスペニア人が治めている。車が小さな街を走りだしたとたん、いろんなものが見えてきた。ふたつの言語で書かれた店の看板、ケコンの通貨単位ディエンとエスペニアの通貨単位セリアとの両替レートが表示された両替窓口、きらびやかな外国のチェーン店やレストラン、そして何より目立つのは、街を歩く軍服姿や私服姿のエスペニア人だ。

まるで外国にやってきたような気がした。ウェンの想像上のエスペニアと、ケコンを混ぜ合わせたような場所。もちろん、最近はジャンルーンの街でもよく外国人を見かけるが、その人数はここことは比べものにならない。ユーマン島には、二万五千人のエスペニア軍関係者がいる。確かに、彼らがこの岩だらけで風の強い火山島に落ち着いているかぎり、ほとんどのケコン人が気にしなくていいと思っている。ここはどこの組織にも支配されていないが、ジャンルーンにかなり近いため、影響がないとはとうてい言えない。ウェンを拾った平凡なグレーのセダンの運転手は、うやうやしくウェンに車のドアを開け、運転中は一切質問してこなかった。

ウェンは到着すると、これから話すことを練習した。もっとしっかりエスペニア語を勉強しておかなかったことを、今かなり後悔している。車が飛行場を通りすぎ、サイロと発電用の風車が点在する景色が見えてくると、ウェンは口のなかでなじみのない言葉を小さく発音しながら、シェイに教わった内容をくり返し練習してすごした。

「運転手さん、あなたのお名前は？」ウェンは訊ねた。

運転手は肩越しにちらりと彼女を見た。「俺？セドゥです」ミスター・セドゥは血色のいい顔に短いひげを生やし、指にはいくつもたこがある。ウェンは人の名前や顔はけっして忘れない。セドゥの情報も記憶に刻んだ。シェイによれば、彼は直接ハミ・トゥマションの下で働く〈招福者〉の義理の息子で、余計なことはしゃべらない信頼できる人物だという。「お仕事は何をなさっているんですか、ミスター・セドゥ?」ウェンは本当に知りたそうな温かい笑みを浮かべた。

「電気技師です」

「いい商売ですか?」

「ああ、そりゃいい商売ですよ」ミスター・セドゥはいくらかリラックスして答えた。ウェンはこう思っていた。セドゥは船着き場まで組織の代表者を迎えにいくよう指示され、そのことは誰にも言うなと口止めされたとき、きっとウェンの兄やヒロのような近寄りがたいほど高い地位の人物を想像しただろう。

「エスペニア人から来る仕事が多いんですか?」

「ああ、多いですよ。ここにはエスペニア人の所有する設備がたくさんあるから、電気関係の仕事はいつでもあるんです。うちには今、三人の見習いがいるんですが、四人目を入れようか考えてるところなんですよ。エスペニア人は気前がいいし、いつも期日どおりにセリアで支払ってくれるんです」

「それじゃ、とてもお忙しいんですね。わざわざ車を出してもらって、ありがとうございます」

ミスター・セドゥはいやいやと言うように手をふった。肩のあたりに残っていた緊張も、すっかり解けたようだ。「どうってことないですよ。自分にできる人助けは、いつだってしなくちゃ。外国人は次々入れ替わるが、組織の人たちはずっとここにいるんですから」

ウェンはほほえんだ。「エスペニア語は得意ですか、ミスター・セドゥ?」

「なんとかやっていける程度にはしゃべれますが、うちの娘ほどはうまくない。娘はエスペニアに留学したがってるんですが、あの国で娘がひとり暮らしをするなんて、信用できませんよ。エスペニアの男はしたいと思ったことは何でもするし、自分たちはそれで何の影響も受けないんだから」

「運転しながら、少しエスペニア語の練習に付き合ってくれませんか？」

一時間後、ミスター・セドゥの車は門の前に着いた。そこは高い金網フェンスにかこまれ、フェンスの上には何台もの監視カメラと、大きな赤い文字で〝進入禁止〟と書かれた看板が設置されている。門の向こうには、灰緑色の低い建物が不規則に連なっていた。エスペニア共和国の国旗が島の強風に音を立ててはためいている。ミスター・セドゥは守衛室の前で車を止めた。

ウェンは車を降り、青い骨壺を抱えて、その先は歩いていった。ユーマン島の容赦ない風が衣服ときつくまとめておいた髪を引っぱる。ウェンは冷静さを保とうとゆっくり呼吸した。ジャンルーンの船着き場で山岳会の〈指〉を前にしたときより、今のほうが怖い。ここから先、成功するかどうかは、完全にコール・シェイの判断の正確さにかかっている。ウェンは〈日和見〉の知性を疑ってはいないが、〈日和見〉本人のことは完全に信頼しているわけではなかった。ヒロの妹のシェイは以前、コール家に背を向け、ケコンを出ていったことがある。またそうしないと言いきれるだろうか？

とはいえ、すでに後戻りできないところまで来てしまった以上、シェイを信じるしかない。もし〈日和見〉が正直に懸念を口にしていなかったら、ウェンの不安はこんなものではすまなかっただろう。「こんなことをしたら、ラン兄さんの霊に唾を吐かれるわね」そう言ったシェイの口調は、ウェンが少し驚くほど沈んでいた。ウェンはこれまでずっと、コール・シェイのことをよそよそしい冷たい人間だと思っていた。だが実際は、ウェンに打ち明けたくてたまらなかったのだろう。

「ランはコール家を守るためなら何でもしたはずよ。

あなたが同じことをしてくれて、きっと感謝している と思う」ウェンは励ました。まだつづいている組織の 抗争は、すでにエスペニアを巻きこむ危険をはらんで いる。山岳会より先に動けば、無峰会のチャンスにな る。

シェイはあきらめてうなずいた。「エスペニア人は 戦うことを恐れていない。けれど、彼らのことでわた しが知っていることがあるとすれば、彼らはほしいも のは何でも買えると信じているってこと」

ウェンが近づいていくと、守衛室から腰に拳銃を下 げた警備員が出てきた。警備員が質問しようとするの をさえぎり、ウェンは強風のなかではっきりエスペニ ア語が聞こえるように声を張り上げた。「ディーラー 大佐を。お願い、ディーラー大佐に話があります。わ たしは無峰会のコール・シェイリンサンの使い。エス ペニアのディーラー大佐に伝言があります」

＊

リランド・ディーラー大佐――エスペニア共和国海 軍歩兵隊ユーマン島海軍基地の司令官――は電話の応 対に費やした午前を終え、自分の机で貴重な静かなひ とときを楽しんでいた。このポストに就いて四年近く になるが、ケコン島がこれほどの注目を集めたことは かつてなかった。アダモント・カピタにいる上官たち は、増大するイグタンからの脅威の抑制と防衛に集中 しているため、ケコン産の翡翠が定期的に海の向こう から届くかぎり満足していた。しかし、もはや事態は 変わってしまった。突然、ディーラーのもとに将官た ちから心配の電話がかかってくるようになったのだ。 防衛大臣までかけてくる。

ドアがノックされた。副司令官のヤンシー中佐が、 部屋にとがった顔を突き出した。「大佐、お客さまで す。お会いになったほうがよいかと思います」

ヤンシーは歩きながら大佐に説明した。「一時間前に女が現れました。あなたの名前を出して面会を求めています。自分はコール・シェイリンサンの使いの者だと言っています」

それは、ディーラーが久しぶりに聞く名前だった。「コールは、ジャンルーンのある組織を束ねる一族の名前だ。その女はコールの孫娘から遣わされたのか？」

「彼女はそう言っています」

「コール・シェイリンサンはケコンを出て、エスペニアに移住したと思っていたが」

「おそらく、戻ってきたのでしょう」ヤンシーは小さな応接室のドアの前で足を止めた。「われわれの手元にある彼女の情報を、ファイルにまとめておきますか？」

「そうしてくれ」ふたりは応接室に入った。椅子にすわっている女はケコンの喪服姿で、膝の上に磁器の骨壺を抱いている。

大佐は問いかけるように副官に目をやってから、突然の来客に向き直った。「わたしがディーラー大佐、ここの司令官です」

「わたしの名前、メイク・ウェンルーシャン」つたないが理解はできるエスペニア語で、女は言った。「無峰会のコール・シェイリンサンから、よろしく」

ディーラーはヤンシーに言った。「ここに通訳はいないのか？」そして女に目を戻した。彼女はここに入る前に武器を持っていないかチェックを受け、金属探知機の検査を通過してきたはずだが、それでも大佐は彼女の抱えている壺に疑いの目を向けた。「ところで、どういうつもりでそんなものを抱えているんですか、ミス・メイク？」

女は立ち上がって磁器の壺のふたを取った。さらに中身をテーブルに空けようと壺を傾けるので、大佐は仰天した。壺の口から灰色と白の灰がどっとこぼれだす。「いったい何を――」ディーラー大佐は声を上げたが、やがて壺から転がり出た緑の石に目をみはった。いくつもの石がぶつかり合って音を立てながら、それまで隠れていた灰の山に落ちてくる。女は最後のひと粒までテーブルに空けてから、壺を置き、面食らっているふたりに小さくすました笑みを向けた。「翡翠です」

ヤンシーは口笛を吹いた。「ひと財産はあるに違いない」

「ガヴィスンをここに呼べ」ディーラーが言った。「その石ころが本物のケコン産翡翠かどうか、鑑定してくれ」

通訳のミスター・ユートが到着し、テーブルの上の翡翠を見て目を剝いた。ディーラーは女に言った。「なぜ大量の翡翠を持っているのか、どうやってここに持ちこんだのか、説明してください」ミスター・ユートが彼の質問を通訳する。

「ケコン翡翠連合が財務上の不正に関する調査を受けているあいだ、翡翠の採掘と輸出はすべて中断しています。エスペニア共和国への正式な販売もです。この事態が不便をおかけしていることは充分、承知しています」女はそこで言葉を切り、通訳が追いつくのを待ってから、テーブルに散らばった翡翠を指した。「無峰会には翡翠の蓄えがあり、〈日和見〉は今回の突然の混乱を和らげる内密の取り決めについて相談したいと考えています」

ディーラーは驚いた顔になった。確かに混乱している。ケコンでもっとも大きい街で組織間抗争が勃発して以来、アダモント・カピタの軍事アナリストたちは、どっちであろうと勝った組織がほぼ完全な政治権力を握るだろうとますます憂慮していた。そうなると、エスペニア共和国との現在の契約が破棄されたり、不利な条件で再検討される可能性がある。ケコンはこの地域におけるエスペニアの軍事的政治的な力の生命線だ。ここにはエスペニアの軍事基地が数カ所ある。ケコンの経済は急速に成長・近代化しており、ショターとタンに対する歴史的な憎悪もある。そしてもっとも重要なのは、生体エネルギーに作用する翡翠の供給源は地球上でここしかないことだ。ディーラーはすでに上官から何度か電話を受け、さらに状況が悪化した場合、ケコンの翡翠鉱山を守るため、軍事行動に出る可能性について話をしていた。

「あなたが無峰会を代表してここに来ていることを証明できますか？」ディーラーは訊ねた。

用心深い目と顔の白粉のせいで、彼女は一般的なケコン人女性よりかなりひかえめで超然としているように見える。女はうなずいて答えた。「コール・シェイから、あなたにこう伝えるよう言われました——鵜は今でも魚を獲れます」

そのとき、ガヴィスン博士が部屋に入ってきた。裏に鉛を張った手袋をはめ、金属製のトングで緑の石のひとつをつまみ、小さなルーペで調べる。そうやって数個の石を調べてから、断言した。「生体エネルギーに作用する鉱物構造です、間違いありません。ケコン産翡翠の原石です」

「ミス・メイク」ディーラー大佐が言った。「よろしければ、ここでお待ちください」

女はうなずき、ふたたび腰を下ろした。「待たせていただきます」

*

ドアを閉めた自分の執務室にすわり、ディーラーは訊ねた。「彼女はあんな大量の翡翠を、何の保護もなしで、いったいどうやって運んできたんだ？　先住民でもないのに」

「きっと翡翠の影響を受けない体質なのでしょう」ガヴィスン博士は言った。「自然に発生する稀な遺伝形質です。ケコン人はそういう体質の人間をストーンアイと呼んでいます」

ヤンシーが大佐にファイルを差し出した。「コール・シェイリンサンに関する情報をまとめたものです。彼女はこの春、ウィントンのベルフォート・ビジネススクールを卒業しました。その後ジャンルーンに戻ってきただけでなく、二カ月前に長兄が暗殺されると、無峰会の副司令官になりました」

ディーラーはファイルのページをぱらぱらとめくった。そこにはコール・シェイリンサンの記録と写真が五年前からまとめられていた。エスペニア共和国の地元情報提供者として、エスペニア軍にとって有益な仕事を見事にこなした実績がある。ほかの手段では入手困難もしくは不可能な情報を提供していたのだ。ディーラーが彼女と顔を合わせたのは一度だけだったが、驚くべき人物――海軍特殊部隊全体よりも多くの翡翠を身に着けた若い女――として記憶に残っていた。そして、こういった殺し屋をエスペニア共和国側の兵士として採用できないだろうかと考えたものだ。

「大佐、彼女のコードネームに気づきましたか？　鵜（コーモラン）です」

「『鵜は今でも魚を獲れます』」ディーラーは使者の言っていた言葉をつぶやき、当時、彼女の仕事が騒ぎを引き起こしたことを思い出した――すぐに外交関係の幹部から、彼女を諜報員として使うのはやめるようにという指示が飛んできた。状況が変われば、ふたたび活動を始められるというものではない。「あのメイクとかいう女は何者だ？　何か情報はあるか？」

「いいえ」ヤンシーは答えた。「ただ、彼女と同じ苗字の人間が、組織の幹部メンバーのなかにふたりいます。メイク兄弟はコール家の次男にもっとも近い立場にいる実力者で、コール家の次男は今、組織のリーダーになっています。彼女の言っていることが本当なら、彼女はおそらくメイク兄弟の姉妹か従姉妹だろう」

「あのような翡翠に触れられるということは、ジャンルーンの組織のなかでも高い地位にいるのでしょう」

ガヴィスン博士が言った。「あれは犯罪者が密輸するような粗悪品ではありません――高品質でほとんど無傷の生体エネルギーに作用するケコン産翡翠でした。世界でもっとも貴重な物質のひとつです。彼女が壺から出してみせた量の翡翠は、おそらく二億ディエン、エスペニアの通貨なら二、三千万セリアの価値はあるでしょう」

「今回の政府による停止措置で、われわれは毎月どれだけの翡翠を取りそこなっていることか」ヤンシーが言った。「翡翠供給における長期的なリスクには、どんなことがあるだろう？」

ディーラーは顔をしかめて副官を見た。「くれぐれもミス・メイクを丁重に扱い、あの翡翠は安全に保管しろ。この件は表沙汰にしたくない。ミスター・ユートにも話してみよう。空軍のセイカー元帥に電話しなくては」

50 グリーンボーンの絆

ロット・ペンシュゴンの切断された頭部が、野菜運搬用の木箱に入ってコール家の屋敷に届いた。ヒロの憤りの叫びが中庭に響きわたったが、誰も――シェイでさえ――彼になぐさめの言葉をかける勇気はなかった。ヒロの三番目の〈拳〉だったロットは、待ち伏せ攻撃で殺され、この三週間、頭部が見つかっていなかったのだ。生前のロット・ペンはいい人物とは言えなかったが、それでもヒロは組織のなかでもっとも不屈で恐ろしい戦士のひとりとして彼を頼りにしていた。彼は適切な言葉で仲間を励まし、ヒロに頼まれたことはつべこべ言わずに何でもやってくれた。

優秀な〈拳〉たち――最近ではロット、ニク、トリン、ほかにもグーン、オブ、ミットー、アセイ、ロニュ、サットー――を亡くしたことを、ヒロはゴント・アッシュに直接負わされた傷のように感じていた。あの野郎は無峰会の血を流し、几帳面にも俺の部下をひとり残らず殺してから、ようやく自分が俺の前に現れるつもりだ。

数時間後、翡翠をはぎ取られ、銃弾と刀で切り裂かれたロットの遺体に頭部が縫いつけられた。ロット家に出向き、お悔やみの言葉を告げて葬儀費用を手渡すのは、〈角〉であるメイク・ケーンの仕事だが、〈柱〉となったヒロもつづけて行うことにした仕事のひとつだった。ふたりが到着すると、ロットの妻が泣きじゃくりながら地面に倒れこんだ。ヒロには正直なところ、そのむせび泣きが安堵より悲しみから来るものだとは断言できなかった――ロットが一緒に暮らしやすい相手だったとは思えない。ケーンが白い封筒を妻の手に押しつけ、ご主人は組織のために命を捧げたのだから、組織はずっとその家族の面倒をみると請け合った。子どもたちにひもじい思いをさせたり、ホームレスになったりする心配はいらない。

ヒロは四人の子どもを見た。よちよち歩きの幼児、六歳の男の子、十歳くらいの女の子、そして十代の長男――アンデンの同級生で、弟妹にかこまれて無表情で立っている。父親が亡くなったという知らせを受けて慌てて帰ってきたため、まだ学園の制服を着ている。ヒロは小さい子どもたちの前に膝をついた。

「俺が誰か、知ってるか?」

女の子が答えた。「〈柱〉でしょ」

「そうだ。君のお父さんが亡くなったことを知らせにきた。お父さんが亡くなったのは、俺に忠誠を誓い、組織を敵から守ろうと戦ったからだ。俺たちのような人間は、こんなふうに命を落とすことがよくある。俺は歩けるようになる前に父親を亡くし、つい数カ月前に兄を亡くした。悲しんだり怒ったりしてもいいが、ちゃんと誇りも感じてくれ。君たちが大きくなって、自分の翡翠を身に着けるようになったら、こんなふうに言えるぞ。『俺はロット・ペンシュゴンの息子だ』とか『わたしはロット・ペンシュゴンの娘だ』ってな。そうすれば、ほかのグリーンボーンたちが今日のことを思い出し、敬意をこめて君たちに挨拶してくれる」

そこでヒロは立ち上がり、ロットの長男に話しかけた。「学園の卒業試験は終わったか？」

少年は茫然自失状態から目覚めるように、ゆっくりとヒロに関心を向け、ようやく答えた。「はい。昨日、終わりました」

ヒロはうなずいた。卒業式の開催は、正月休みが終わって最終的なランクが決定し、卒業生がどんな誓いを立てるか宣言したあとになる。だが、卒業式が終わっていないということをのぞけば、少年はすでに一人前の男で、このグリーンボーンの一家の家長なのだ。

「試験の終わりや新年を楽しませてやれなくて、すまない」ヒロの声にはかすかな同情があったが、その口調は正式な場で部下に対して使うときと同じ険しいものだった。「すぐに組織の代理人が来て、おまえの父親の葬儀の手配を手伝うことになっている。何か助けが必要なことがあれば、ロット＝ジェン、どんなことでも直接〈角〉に連絡しろ。もし彼に連絡がつかなければ、屋敷に電話して俺に伝言を残しておけ」

少年の顔が一瞬ゆがんだ。ヒロから一人前のグリーンボーンのように呼びかけられ、組織の一員として扱われたことにちゃんと気づいたのだ。少年は泣き崩れている母に目をやり、自分のまわりに集まる小さい弟妹たちを見下ろした。ヒロは少年の目を見つめた――会ったばかりのときは軽蔑と憤りに満ちていた目も、茫然とした混乱がゆっくりと晴れ、事実を受け入れた暗い眼差しに変わり、さらにくっきりと黒い決意の目になっている。

「ご親切に感謝します、コール＝ジェン」大人のように言うと、少年は組んだ両手を額につけ、深々と頭を下げた。

ロット家を出ると、ヒロはケーンに言った。「あの少年はもう俺たちの戦友だ。父親が望んだように、彼の面倒をみてやり、ちゃんと組織に迎えなきゃならない。どうすることが最善か、考えておいてくれ。ヴェイに任せるのがいいかもしれない――彼はいい指導者だ」

*

グリーンボーンのリーダーに求められることに関するヒロの独特の信念は、十三年ほど前の事件に端を発している。メイク兄弟が学園生六人の待ち伏せに遭い、兄のケーンが頬に重傷を負った事件だ。

それまで、ヒロはメイク兄弟にそれほど注目していなかった。当時、四年生だったヒロはターと同級生だったが、友人ではなかった。メイク兄弟には、ほとんど友人がいなかった。彼らが不名誉な家の出身だということは誰もが知っている。兄弟はたいていふたりですごしていた。ある日、悪口を言われたターが少年に襲いかかって殴りつけ、教官から罰を受けたにもかかわらず、その少年の友人たち――ヒロも入っていた――は兄弟を懲らしめてやろうと、学園の外で兄弟を襲うチャンスを狙った。

メイク兄弟は激しく応戦した。ヒロは下がっていた。恨みを晴らしている少年――ウト――はのちに〈拳〉のひとりになったが、当時はヒロの友人ではなかったので、この争いはほかのみんなに多めに譲るべきだと思ったのだ。だが、しばらくすると、もう充分に思えた。まだ喧嘩がつづいているのは、ターがそれほどダメージを受けていないからにすぎない。二歳上で体も大きいケーンは、攻撃の矢面に立ち、襲ってくる少年たちに相当なダメージを加えている。

ケーンは降参するのを拒否し、その代償は高くついた。最後に強烈な一撃を受け、うめきながら地面に両膝をつき、痛めた顔を両手で覆った。ターの目が怒りで曇り、彼は唐突にタロンナイフを抜いた。これには、少年たちも動きを止めた。それまでは暗黙のルール——使っていいのは拳と足だけで、地面に押さえつけたり、その状態で殴ったりするのは禁止——が守られていた。ナイフの出現は、この喧嘩が死者を出す可能性のあるものに変わったことを表す。つまり、この場にいる全員が学園を退学になる危険が出てきたのだ。少年たちのあいだに、先のわからない脅威が広がった。

この成り行きが気に入らなかったヒロは、声を張り上げた。「もう、終わりだ」

当時、ヒロはこのグループでリーダー的な存在だったが、こんなふうに白熱しているときは、さすがに誰も従おうとしない。「まだだ」アセイが言い返した。

「このふたりに身の程を思い知らせてやるんだ。こいつらは信用できねえ」

「どうして、そんなふうに言う？」ヒロは不思議そうに訊ねた。ふたりの鮮やかな戦いとたがいを守る強さを見て、ヒロはメイク兄弟にすっかり感心していた。ふたりの絆がうらやましかった。それは自分に欠けているものだと思い、胸が痛んだ。自分には年の近い兄弟がいない。兄のランは、ヒロが入学した次の年に学園を卒業していた。

「あいつらのことなら、誰でも知ってるじゃないか」とアセイ。

「こっちもまだ終わっちゃいねえ」ターが怒鳴った。かかげたタロンナイフの後ろで、目が獣のようにらんらんと輝いている。殺人で退学になることを気にしていないらしい、とヒロは思った。

「俺たちがここに来た理由がウトのためなら、もう用事はすんだ」ヒロはまだアセイに向かって話していた。

「もしおまえもメイク兄弟にべつの恨みがあったなら、

もっと早く言うべきだった。俺自身はこの兄弟に何の恨みもない。ほかに恨みのあるやつはいるか?」

「おまえは簡単にそう言えるよな」べつの少年が言い返した。血の流れる鼻を片手で覆っている。「コール、おまえはほとんど喧嘩に参加してなかった。残りの俺たちでおまえの分までやったんだ。その俺たちがまだ足りねえっつってんだよ、わかったか」少しして、その少年――ユー――がまずいことを言ったと誰もが気づいたようだった。ヒロの目が険悪な光を帯びた。

「そうだな」ようやく答えたヒロの声はかなり小さかったが、突然の静けさに包まれた路地ではちゃんとみんなの耳に届いた。「俺はユーに反論するわけにはいかない。俺がみんなほど痛い目に遭ってないのなら、どうするべきか、俺が口出しするのはおかしい。そうなると、ケーンとターがふたりだけで六人と戦いつづけなきゃならないってのも、フェアじゃないよな。ふたりともすでに罰を受けているし、家族が嫌われているのは彼らのせいじゃない。

俺がメイク兄弟と戦おう。兄弟が俺を倒せたら、ターとユーにとってもこの件は解決とする」ヒロは肩をすくめて上着を脱ぎ、ユーに渡した。「誰も加勢するんじゃないぞ。入ってきたら、今度、顔を貸してもらうからな」誰もが疑いの表情を浮かべているが、隠しようのない興奮も見える――こいつはいい勝負になるぞ。メイク兄弟は手強いうえに、兄のケーンは体が大きいが、ふたりとも疲れて怪我をしている。ヒロは疲れていないし、コール一族の人間だ――一族といい関係を保ちたい者で、本気で彼を傷つける勇気のある者はいない。だが、悪評しかないメイク兄弟に失うものは何もない。

ヒロはケーンの傷だらけの顔とターの逆上した顔を見た。「タロンナイフをしまえ」窓を閉めてくれとでも言うように、あっさり言う。「公平を期して、おまえに三発殴らせてやる。最初の三発には、俺はやり返さない。そのあとは存分にやらせてもらうぞ」
メイク兄弟に異論はない。最初の三発――二発はケーンのでかい拳がヒロの腹に入り、三発目は顔に命中した――で、ヒロは倒れて気を失いそうになった。それでも苦痛に涙をこぼし、ぜいぜいあえぎながら立ち上がり、反撃を開始した。最初のうちは応援したり野次を飛ばしたりしていた見物人の輪が、たちまち静まりかえった。戦う三人は苦しんでいる――三人ともすぐに酔っ払いのようにふらつき、誰も相手を本当に憎んでいるわけではない――が、名誉に対する強情で青臭い考えのためだけに戦いつづけている。翡翠を使った対決ならヒロが圧勝するだろうが、素手の勝負では勝ち目がなかった。メイク兄弟はふたりで戦ってきた経験が無数にあり、ケーンは相当強い。

最後に、息を切らしてかろうじて立っているターが、それでももう一発ヒロの口を殴ろうと構えるのを見て、ヒロは血のついた顔で笑った。体を折り曲げ、笑いながら咳きこむと、あざだらけのあばらに響く。ターは一瞬面食らってヒロを見つめてから、自分も笑いだしてレンガの壁に倒れこんだ。ケーンは顔をしかめた。顔の半分は負傷で動かず、だんだん食屍鬼(グール)のような容貌になってきたが、先に弟にではなく、ヒロに手を貸して立たせた。三人は支え合いながら歩きだし、ほかの五人は当惑しつつも三人から距離を置いてぞろぞろついていった。そして学園に戻ると、ヒロとメイク兄弟は、ともに三カ月間毎日のトイレ掃除を言い渡された。

今、思い返すと、ヒロは十五歳の少年たちの愚かさにやれやれと首をふってしまうが、あれ以降、メイク兄弟に面と向かって悪く言う者はいなくなった。コール・ヒロに楯突きたいと思わないかぎり、そんなことはできず、楯突こうと思う者はいなかった。

＊

ロットの父親の死で、ヒロは無峰会がソーゲン地区を維持できる可能性を楽観視できなくなった。すでにその地区のほとんどを失い、戦闘は旧市街にも広がっている。ほんの二、三週間前なら、無峰会の拠点のひとつと考えていた地域だ。

ヒロはケーンと暗い気分で戦略を練りながら、車で〈コン・レディ〉に向かった。そこは無峰会のおもな打ち合わせ場所のひとつで、常に〈拳〉の部下たちが詰めている。ヒロ個人としては〈ダブル・ダブル〉の食事のほうが好みだったが、そこは厨房が焼けてしまい、抗争中はふたたび店を失う可能性があるため、今修理しても意味がない。店に到着したふたりを、新たな衝撃が襲った。ふたりが〈ドゥシェース〉から下りたとたん、〈指〉のひとりがドアから飛び出し、玄関前の階段を駆け下りてきた。「アイトゥンが」若者は青ざめた顔であえぐように言うと、震えながらふたりをカジノ店のなかへうながし、階段を下りていった。

廊下に静かに集まっていた〈指〉たちが壁にはりついて道を空け、ヒロとケーンを通す。アイトゥンは地下室の黒い革張りのソファに横たわってうめいていた。両腕を失い、切り落とされた付け根の部分は焼灼が施されている。誰かがトゥルー医師を連れてきていた。太ったグリーンボーンの医者はかがみこみ、若者の胸に両手を当てて〝チャネリング〟している。アイトゥンは泣きながら「やめろ、離れてくれ」と訴え、腕を失った上体をくねらせ医者を押しやろうとする。ヒロがその光景に動揺していると、トゥルー医師が立ち上がって額の汗をぬぐった。「あれで、病院に着くまで彼を生かしておけるはずです。救急車はこっちに向かっています」

「ヒロ-ジェン」アイトゥンに呼びかけられ、ヒロは横にしゃがんだ。「お願いです、助けてください。やつは俺を正々堂々と死なせてくれませんでした、少なくともロットとサットーには示した敬意すら、あたえてくれませんでした。あなたにメッセージを伝えるために、俺を生かして送り返したんです」

ヒロはアイトゥンの顔のそばにかがんだ。「ゴントは何と言った？」

アイトゥンのグレーの瞳は怒りに燃えている。起き上がることができたら、唾を吐いていただろう。「言いたくありません、ヒロ-ジェン。侮辱の言葉です。お聞かせする価値はありません」

「あの見下げ果てた野郎は、そのメッセージを伝えるためにおまえをこんな体にしたんだろう。何と言われたのか教えてくれ、アイトゥン。俺が兄貴の墓に誓って、おまえの代わりにゴントの翡翠を奪ってきてやる」

それでも若者は汗ばんだ青白い顔でためらってから、言った。「ゴントはこう言いました。元日が終わるまでに降伏しろ。そうすれば、〝名誉の死〟で勘弁してやる。刀を使って抵抗していい。死体は翡翠をつけたまま家族に埋葬させてやる。無峰会の残りのメンバーは山岳会に忠誠を誓えば許してやる。誓わなければ、ケコンから追放する」アイトゥンは苦しげに息を吸いこんだ。「断れば、これからも〈拳〉の首を送りつける。アンデンとシェイ-ジェンを、俺よりもひどい目に遭わせる。〝ケコンの炎〟の家を焼き払い、無峰会を完全に破壊する、と言っていました」

アイトゥンは〈柱〉の目に殺意が広がるのを見て、慌てて頭を起こした。「俺の命を終わらせてください、ヒロ-ジェン。そして俺の翡翠を組織のために使ってください。俺はもう役立たずです。俺はグリーンボーンで、無峰会の〈拳〉です。こんなになってまで生きていられない。お願いです……」

〈柱〉の後ろで、ケーンが言葉にならない賛同の音を立てた。

怒りの霧が一瞬晴れ、ヒロは身を乗り出して若者の額に手を当てた。「いいや、アイトゥン。今のおまえは屈辱と苦痛のなかにいる。こんな状態で命を捨てる判断をするべきじゃない。おまえが失ったものは、腕だけだ。最近はいい義肢がある。エスペニア人が作っているんだ。おまえにはまだ明晰な頭脳と、翡翠の力と、これまで積んできた訓練の成果がある。それに奥さんもいる――美しい奥さんの腹には赤ん坊もいるんだろ。できることなら、死ぬべきじゃない」

「こんな姿を見せるわけにはいきません」すすり泣くアイトゥン。「見せられません」

ヒロはパノのほうを向いた。ヒロとケーンをここに案内した〈指〉だ。「アイトゥン・ジェンが負傷したことを奥さんに知らせてこい。彼が会う準備ができるまで、奥さんには家から出ないように伝えろ。必要なものはすべて届けてやり、アイトゥンはよくなると安心させてやってくれ。ただし、自宅から出さないようにするんだぞ。さあ、行け」

パノが言われたとおり駆け出していくと、ヒロはアイトゥンに目を戻した。「生きて、生まれてくる子どもに会うべきだ。それに、俺がおまえの代わりにゴントの死体から翡翠をむしりとるときまで、生きていたくないか?」アイトゥンの顔が心もとなげにゆるんだ。ヒロはつづける。「新年はもうすぐだ。だから、こうしたらどうだろう――一年、待ってくれ。そうすれば、おまえはさっき言ったようないいことを見られる。そして来年の年末、まだ死にたかったら知らせにこい。おまえが翡翠とともに葬られるのを見届け、おまえの願いを叶えてやる。俺がみずから、黙っておまえの妻子の面倒を見てやる」

アイトゥンの目の端から涙がこぼれ、カジノ店の明るい照明のもと、頭の下の黒い革にたまった。「約束してくれますか、ヒロ-ジェン?」

「さっきも言ったように、兄貴の墓に誓う」

少しずつ、アイトゥンの呼吸が落ち着いてきた。翡翠のオーラが和らぎ、絶望と苦痛の鋭いとげが消えていく。救急車が到着すると、ヒロは脇へよけ、トゥルー医師と救急隊員にアイトゥンを運ばせた。ケーンは外に出て、救急車の運転手に〈拳〉を間違いなく寺院地区のジャンルーン総合病院へまっすぐ運びこみ、けっして程度の低い病院へ行かないよう念を押した。ケーンが戻ってくると、ヒロは室内と廊下にいる全員に立ち去るように言った。彼らは厳粛な面持ちで速やかに言われたとおりにした。

ヒロはバーカウンターの後ろからホジのボトルを取り、ふたつのショットグラスに注いで、ひとつをケーンの前に置いた。「飲め」と言い、自分のグラスをぐいっと飲み干す。強い酒が喉を焼き、腹を温め、張りつめた神経を和らげてくれる。ケーンがグラスを置くと、ヒロは言った。「恥を知れ、ケーン。俺がここにいてよかった」

驚くケーン。「俺が何かしましたか？」

「おまえはアイトゥンに頼まれて、彼を殺すところだっただろう」

「それが慈悲深いことに思えたんです。本人が望んだことだし」

「彼の妻を未亡人にして、子どもを父なし子にすることがか？ 違う、彼が望んでいたのは尊厳だ。俺はそれを約束してやった。もう、これ以上〈拳〉を葬る必要はない。すでに多すぎるほどの人間を失った」ヒロは少しのあいだ、両手に額を預けた。もっとも優秀な〈拳〉のうち九人が殺され、ひとりは両腕を失った。数十人の〈指〉が命を落とし、不自由な体にされた。ヒロはケーンを見上げた。「もし俺が生きて約束を果たせなかったら、おまえに代わりにやってほしい。このことはジュエンとヴエイにも伝えておけ。そうすれば、もしおまえが生き残れなかった場合、彼らのひとりが約束を果たせる」

ケーンはうなずいたが、不満そうだった。恐ろしい状況でもほとんど動揺しない彼には、珍しいことだ。感情を表に出すのは弟のターのほうで、普段は彼が兄弟を代表して感情を爆発させる。ところが今は、ケーンの戦士らしい落ち着きは目に見えてほころびていた。戦況がいかに悪いか、その失敗の大部分が自分の責任かもしれないことを、彼は充分すぎるほどわかっているのだ。メイク兄弟の兄の疲れた顔は、凶暴なまでの必死さに強ばっている。ヒロにとっては、記憶に焼きついている表情だ。それはふたりが十代だった頃、最初の出会いで目にしたときの表情だった。「ついさっきヒロ－ジェンがアイトゥンに言ったことは、俺には意外でした」ケーンはぶっきらぼうに言った。「俺にはあなたのするようなことはできません、ヒロ－ジェン」

「おまえは〈角〉のあり方を学ぶ必要がある。俺がおまえに苦しい思いをさせているのはわかっている。もしここにランがいたら、〈柱〉としての俺の間違った行いを、ひとつひとつ滅茶苦茶に非難しただろう」

「けど、もう彼はいません」ケーンの声には憤りがこもっている。ヒロは、ケーンも〈角〉を継ぐことに困難を感じているのに気づいた。ヒロが部屋に入ると、組織で翡翠を持つ戦士はひとり残らず、まだヒロを〈角〉として見るのだ。とはいえ、どうしてやることもできない。これほどの危機的状況では無理だ。ケーンの裁量に任せ、自分なりの立ち位置を見つけるための時間をあたえれば、彼は〈角〉としてかなり優秀になるはずだ。しかしヒロは、今は自分が身を引いている余裕はないことも自覚していた。抗争中の〈角〉には部下からの敬意だけでなく、好意も必要だ。狡猾さと強固な意志に加え、共感も必要なのだ。無峰会の立場がますます厳しくなるにつれ、グリーンボーンに自分たちとともに戦うヒロの姿を見せ、忠誠を守らせることがさらに重要になっていた。

「じきに、俺もここから消えるだろう」ヒロは暗く言った。ケーンがはっと頭を上げ、険しい顔になる。「まさか、ゴントの脅しに屈しようなどと考えているわけじゃないですよね？」ヒロが答えずにいると、〈角〉の顔が警戒の色を帯びてきた。「アイトゥンが言っていたように、あれは侮辱です。耳を傾ける必要なんかない。ゴントだって、羊を肉屋に引き渡すみたいに〈柱〉が自分を差し出すなんて、本気で思ってるわけじゃないでしょう？　俺たちにたくさんの戦士を殺されたものだから、彼はアイトゥンにあんなことをして、こっちの〈指〉を震え上がらせようとしてるんですよ」

「そんなところだろう」ヒロは言ったものの、ゴントがそこまで浅はかだとは思わなかった。いいや、あの男は、シェイがヒロに告げた重要な事実――ケーンはまだ知らないこと――に気づいているに違いない。それぞれの組織の財源から考えれば、最終的に山岳会が抗争に勝利するだろうという事実だ。しかしそれには時間がかかるし、両方の組織にとって多くの犠牲とコストもかかる。抗争が終わったときには、山岳会は打ちのめされて弱りきった勝者となり、おそらくすべての縄張りを守ることも、〈灯籠持ち〉と王立議会の支持を維持することも不可能になっているだろう。山岳会に献金を納める小規模組織も離れていくかもしれない。アイトが築いた翡翠の密輸とSN1の製造という商売は、犯罪者や外国人に乗っ取られる危険にさらされることになる。

「あいつはこんなことを、力ずくで終わらせようとしているんだ」ヒロはつぶやいた。たとえ山岳会のほうが長引く抗争に耐えうる資金力があったとしても、縄張りの人々からの支持を失う心配はしなければならない。翡翠を持たない一般市民はグリーンボーンの戦士から標的にされる心配はないが、ときには巻きこまれて犠牲になることもあるし、店舗等の建物や経済的損害は避けられない。来春、学園の卒業生が無峰会に入れば、戦いはさらに激化し、街はさらなる被害に見舞われるだろう。そのうえ、ケコン翡翠連合の監査結果と未決状態の監督法案に対する世間の非難を考えれば、山岳会は早く勝利を確実にしたいはずだ。いったん勝利が確定すれば、ソン首相は権力の座から去り、アイト・マダが王立議会に圧力をかけて監督法案を取り下げさせることができる。

見てくれよ――ヒロは心のなかで茶化した――この俺が政治的な面倒事をちゃんと考えてるぞ。結局のところ、ヒロも少しずつ〈柱〉のあり方を学んでいるのだろう。ごくわずかずつ、遅すぎるペースではあるが。政治はゆっくり動き、剣は速く動く。

「ゴントの手荒で残忍なやり方くらいで、俺たちは怖気づいたりしません」ケーンは両方のショットグラスにホジを注いだ。「グリーンボーンは最下級の〈指〉に至るまでひとり残らず、自分の命を〈柱〉に捧げる覚悟です、ヒロ-ジェン。ゴントが早期の勝利を求めている？　そんなもの、手に入れさせるものか」

ヒロはどんな戦いにも尻込みしたことはなかったし、敵を倒すために必要なら、長く激しい戦闘でも喜んで参加する。だが、近いうちに敗北が避けられないのなら、これ以上〈拳〉と〈指〉の命や四肢を失ってまで戦いたいとは思えない。自分と愛する者たちにとって、死をかけた決闘は悪くないとヒロは思う。実際、ゴントの持ちかけてきた取引は、それほど悪いものではなかった。

組織のために死ぬという考えは、ヒロにとっては単なる言葉の綾ではない。組織は家族の延長であり、ある意味、ヒロにとっては親族よりも家族に近い存在だ。ヒロは父親を知らない。母親は兄のランを愛し、祖父は妹のシェイをかわいがっていた。ヒロは組織の仲間のなかに自分の居場所を見つけたのだ。そこでは、彼の豊かな表現力と勇敢さが評価される。今、組織はかなり現実的かつ個人的にヒロを頼りにしている。ケーンとター、そしてそれぞれの復讐を遂げる資格のあるほかの〈拳〉たち――ジュエン、ヴエイ、哀れなアイトゥン、サットー、ロット――から、ヒロの命令で恐れることなく命をかけて工場に入っていったヘジョやパノといった〈指〉たち、そしてロットの息子やアンデンのような将来のメンバーまで。ヒロは彼ら全員に、自分の命を仲間のために捧げるよう求めた。自分がそれより小さい犠牲に甘んじるつもりはない。

ヒロはグラスを回して中身を飲むと、ボトルをつかみ、ケーンがこれ以上手を伸ばせないようにカウンターの後ろに置いた。組織の〈角〉に感覚を鈍らせている余裕はない。「ケーン。もし俺が死んだら、おまえは俺の仇を討ってゴントから――あるいはとにかく俺を殺したやつから――俺の翡翠を取り返したいと思うだろう。そいつは当然だが、俺はそうしてほしくない。そんなことより、ウェンの面倒を見てやってほしい。彼女が幸せな人生を送れるよう、幸せな家庭を持てるようにしてやってほしい。そのほうが、俺にとってはずっと大事なことだ。たとえ、おまえがケコンを出なくてはならなくなったとしても、たとえ忠誠を誓う相手を変えなくてはならなくなったとしても」

ケーンは仰天した。「山岳会なんかに忠誠を誓うつもりはありません。絶対に」そこでヒロは思い出した。ケーンの熱意を駆り立てているのは、ヒロへの忠誠だけでなく、山岳会がケーンとターの父親を処刑し、メイク家を不名誉な境遇に陥れたという事実もあるのだった。〈角〉は声を震わせた。「なぜこんな話をするんですか、ヒロ‐ジェン?」

「ただ、自分の希望をはっきりさせておきたいだけだ」ヒロはドアへ歩いていった。「上階の連中と話さなきゃならない。俺たちを待ってる。そのあと、車でアイトゥンの奥さんのところに顔を出してから、ソーゲン地区へ行き、ロットの後任を選ぼう」

第三の幕間　バイジェンの勝利

ケコンの神話に出てくる偉大な伯父ジェンシュー、あるいは〝帰還せし者〟と呼ばれる男には、バイジェンというお気に入りの甥がいた。バイジェンはケコンでもっとも有名で、もっとも尊敬されている古代の英雄だ。勇気あるグリーンボーンの戦士バイジェンの物語は、ケコンの子どもたちに何百年も語りつがれ、最近では漫画や映画が彼の冒険と行いを伝えている。ところが、神格化された伯父のジェンシューと違い、バイジェンはあくまで人間の戦士であり、神として崇められているわけではなかった。

伝説によれば、バイジェンが最終的に偉大な敵――侵略者であるタン帝国のシャク将軍――との激しい戦いで命を落とすとき、彼はその武勇を神々に認められ、天の国に受け入れられたという。神の王国の見晴らしのいい場所から、バイジェンは地上を見下ろした。すると、残された仲間が彼の名のもとに戦って死んでいくのを目の当たりにし、ケコンが征服される瀬戸際にあることがわかった。彼はどうすることもできず、ただ見つめるしかなかった。悲嘆にくれる愛しい妻は、迫りくる敵軍が山腹の家に到達する前に崖から身を投げようとしている。

動転したバイジェンは、ひと晩だけ地上に戻してくれたら、天の国の自分の家はほかの者に譲ると神々に頼みこんだ。最初は拒まれたが、バイジェンの気持ちは揺るがなかった。翡翠の宮殿の前で泣き叫び、頭を階段に打ちつけ、けっしてあきらめずにいると、ついに万物の父ヤットーが哀れに思い、彼の願いを聞き入れた。

死んだ戦士は神々の足元にひれ伏して、感謝の涙を流した。そしてその夜、彼は地上に戻ると、死体の転がる戦場を駆け抜け、タン帝国の将軍のいる天幕に突入した。驚く敵の前に飛び出し、勝利の笑い声を上げながら、下着姿で立つ将軍を倒した。

神々との約束に従い、シャク将軍の魂は天の国へ飛んだ。そしてケコンの人々を救ったバイジェンは、天から追放された魂として、永久に地上をさまようことになったのだ。

グリーンボーンには、こんな言い習わしがある――

ジェンシューに祈れ、だがバイジェンを見習え。

51 大晦日

ジャンルーンの新年の準備期間は静かだった。今年は街の外からの観光客はほとんど期待できず、地元の人々はお祭り気分ではなかった。普段ならこの季節の祝賀行事やチャリティイベントに多大な寄付をする二大組織が抗争に忙しく、ほとんど何の用意もできないのだ。それぞれのもっとも大きく守りの固い縄張りで、地域の小さな用事をこなすくらいがせいぜいだった。

シェイの記憶にあるジャンルーンですごす大晦日(おおみそか)は、いつもコール一族が祖父を――のちにはランを――先頭に寺院地区へくり出し、花火に点火したり、子どもたちに飴玉を配ったり、〈灯籠持ち〉からたくさんのお祝いの言葉をもらったりしていた。今年は、ヒロとふたりでコール家の中庭のテーブルにすわり、ひと晩じゅう話し合いをしてすごした。

もう、話すことはほとんどない。シェイは、昇る太陽が屋敷の屋根の上に浮かぶ雲を赤い縞模様に染めるのを見つめた。四十八時間後には、断末魔に苦しむ組織の短命な〈柱〉に就任するかもしれない。その時点でシェイがすべきことは、比較的単純だ――きちんと次兄の埋葬を執り行い、残された家族の安全を確保し、自分自身の名誉ある速やかな死と引き換えに、少しでも整然とした権力移行を行うこと。これ以上の殺戮を最小限に抑えることが、もっとも難しいところだろう。どんなに絶望的でも戦いつづけたいという戦士たちがいるはずだ。そのときのために、シェイはヒロからトップの〈拳〉たちひとりひとりに宛てた直筆の手紙を預かっている。さらに難しいメイク兄弟との話し合いは、ヒロに任せるつもりだ。

しばらくの沈黙のあと、ヒロは言った。「ウェンにあの新しい仕事をくれたこと、まだ礼を言ってなかったな」

「どうってことないわ。ウェンが自分のしたいことをわかりやすく教えてくれたから」ウェンの表向きの新たな仕事は、〈日和見〉のオフィスで不動産開発プロジェクトの設計コンサルタントを務めること。この仕事にはたくさんの出張がつきものだ。

「おまえたちふたりが一緒にいるのを見られて、うれしいよ」

「彼女のことが前よりわかってきたわ」

ヒロはかすかにほほえんだ。シェイには、兄が疲れて少しぼんやりしているような気がした。この数カ月間で兄の顔からどれほど少年っぽさが失われ、気さくで率直な性格が損なわれてしまったことか。ヒロは言った。「あの頃、家族はおまえにつらく当たっていたが、今ではおまえの持つエスペニアとのつながりに感謝している。どうやって成功させたのか俺にはわからないが、おまえはとにかくやってくれた、感謝してるよ」そこで目を細めて日の出を見た。「俺たちが生き延びるには、ふたつのことが必要だとおまえは言った。金と、戦闘での勝利だ。おまえは最初のひとつを調達してくれた。俺がふたつめを手に入れるより早く。おまえは昔からずっと、そうやって俺の一歩先にいたよな」

シェイは何かほかの作戦を、ほかの方法を考えつけたらいいのにと思っていた。ヒロの決断は恐ろしいものだった——シェイは兄に何度もそう訴えた。けれど結局のところ、彼は〈柱〉であり、心意気だけは〈角〉でもあるのだ。シェイは反対しようにも、素寒貧通りのときのように、もっと優れた計画や狡猾な策略を考えつくことができなかった。自分にできることはすべてやり——道義上、どちらの兄にも言えないようなことまでして——山岳会の優位性を減らそうと努めてきたが、それでも足りなかった。これは無峰会にとって唯一のチャンスかもしれない。シェイはついに、その作戦に賭けるしかないことを認めた。「これはとんでもない賭けよ」

「おまえもアイトと会ったんだろ」

シェイが勢いよく顔を上げた。妹の冷静さを崩せたとわかると、ヒロの顔に笑みが広がり、いつもの彼らしくなった。

「わたしをこそこそ監視してたの？」ヒロの傲慢さに、シェイは今でも驚きと腹立たしさを覚える。「また、コーンにわたしのあとをつけさせてるってこと？」

ヒロの顔から笑みが消えた。「コーン・ユーは死んだ。ゴントたちが〈トゥワイス・ラッキー〉を襲ったときに、殺されたよ」

シェイは凍りつき、ハンサムな若い隣人の顔を兄の重々しい言葉と結びつけようとして気づいた——今わたしが感じているぼんやりした悲しみは、兄の抱えている気持ちのごく一部にすぎないのだ。この数週間、ヒロはたくさんの〈拳〉と〈指〉が命を落とすのを見てきた。「彼に神々のお導きがあらんことを」シェイは静かに唱えた。

ヒロは悲しい目でうなずいた。「誰にもおまえのあとをつけさせたりしちゃいない。当てずっぽうで言ってみたら、当たっただけだ。やっぱりそうだったのか。アイトがおまえに接触して、俺を殺すようそそのかすんじゃないかと思っていたんだ」ヒロはいっぽうの肩をすくめた。「もっともな考えだ。俺がアイトの立場だったら、同じことをしただろう」

シェイは椅子の背にもたれた。「そんな話、一度も持ち出したことなかったじゃない。心配じゃなかったの？」

兄は小さく笑った。「そりゃ、シェイ、おまえが俺を裏切ると決めたんなら、俺に何ができる？　血を分けた家族も信じられなかったら、生きている意味なんかないだろ？」そう言って、テーブルの下で妹の足を蹴った。からかうような、子どもっぽい仕草だ。「おまえが俺の首を山岳会へ差し出すとしたら、相当、俺を憎んでるってことだ。俺は死んで当然のよっぽどひどい兄に違いない。なら、どうしようもないじゃないか」

ヒロにはそういうところがある——いつでも自分自身と深く結びつけて考えるのだ。シェイは立ち上がった。「ちょっと動かなきゃ。長い時間すわったままで、体が強ばっちゃった。兄さんはもう行かなきゃだめ？　少し庭を散歩しない？」

「少しな」ヒロは散歩に付き合おうと立ち上がった。

ウェンの言っていたとおり、庭はコール家の敷地でいちばん美しい場所だ。シェイはこれまで、足を止めてじっくり眺めてみたことはなかった。わずかにかすんだ朝の光が、静かな湖面と晩冬の花々を照らしている。鮮やかなピンクの花をつけた桜の枝が垂れさがる下には、小さな白い実をつけた灌木が密生している。

ヒロは白い実をひと粒、指でつぶした。「うまく立ち回れば、アイトはおまえを手放すかもしれない。組織からの追放は、おまえにとってはそう悪いことじゃないだろう。おまえにはよそでできる仕事がいくらでもある」かすかにほろ苦い口調で、ヒロは言った。「そのほうが俺には安心できる」

シェイは奥の院でアイト・マダと会ったこととその結末を思い出し、きっぱり断言した。「ありえない。そんなことになるとは思えない」劇的で厳然たる段階を踏んで、シェイはべつの運命を歩むチャンスをあきらめた。ためらいながら、あの開かれたドアの向こうを見つめ、そして背を向けたのだ。死と破滅の可能性に直面してもなお、自分が大して後悔していないことに、シェイは驚いた。最初は、その決断は自分自身にとってのものだったが、やがて長兄ランへの敬意と彼の復讐に関わるものとなり、さらにそれ以上のものになった。帰還の日、シェイは神々に向かって、ついに自分は望んでいたグリーンボーンになったと言えるだろう。神の美徳には到達できなかったとしても、家族と国と『アイショ』に忠実であろうと努めてきた、と言える。

ふたりは散歩をつづけた。これまでの兄妹の人生で、シェイはこんなに気安い沈黙を味わったことはないと思った。このひとときを壊したくない。ところがそのとき、シェイは池の前の石のベンチにすわるランの姿を想像してしまった。のんびり泳ぐ鯉や、水浴び用の岩の上で羽ばたく色とりどりの小鳥を眺めていた兄の姿。シェイはもう、この光景に心を落ち着かせることは二度とないのかもしれない。

「最後にひとつ、訊いておきたいことがあるの。アイトはラン兄さんの殺害を命じていないと言っていた。山岳会のなかで、自分が倒したという人間は誰もいないって」少し置いて、シェイは訊ねた。「ヒロ兄さん……ラン兄さんの翡翠はどこにあるの？」

ヒロの足は止まらなかったが、だんだん速度が落ちていき、やがて立ち止まって妹のほうを向いた。その顔は、流れていく雲の陰になり、急に表情が読めなくなった。「翡翠は兄貴の遺体と一緒に埋葬した」

シェイは目を閉じた。ふたたび開けたときには、思いがけなく涙があふれていた。つまり、アイトは真実を語っていたのだ。自分が倒した敵の体から翡翠を奪わないグリーンボーンはいない。ランは敵のグリーンボーンに殺されたわけではなかったのだ。「じゃあ、兄さんの死は事故だったのね」シェイは苦悩のにじむ声でつぶやいた。

「事故なんかじゃねえ」ヒロの鋭い声が響いた。急な激しい感情に荒々しくまぶしいオーラを発して、彼は妹のほうへ一歩足を踏み出した。シェイはこのときほど、兄が危険に見えたことはなかった。ヒロは恐ろしい激しさで、ゆっくりと言った。「あの桟橋には二挺のマシンガンと、ティーンエイジャーの死体があった。アイトとゴントはあの夜、少なくともふたりの男にランを追跡させていた。そのうちのひとりが姿を消している。ターがそいつを見つけてきたとき、俺がまだ生きていたら、俺はそいつに翡翠をのみこませ、生きたまま閉じこめて〝渇望〟でゆっくり死を味わわせてやる。いいか、山岳会が兄貴を殺したという事実を、一瞬たりとも疑うんじゃない」

「翡翠も持たないちんぴらふたりを使って？」シェイは叫んだ。

ヒロの呼吸が荒くなっていく。まるで長い距離を走ってきたかのようだ。彼は妹の両腕をすごい力でつかんだが、彼女は抵抗せず、ただ力なく兄を見つめた。

「あの夜、兄貴は弱っていたんだ、シェイ。工場の決闘でガムにひどく痛めつけられていたが、兄貴はそんなそぶりも見せなかった。組織の前で強い〈柱〉であることを示すために、多すぎる翡翠を身に着けていた。俺は兄貴の解剖を指示した。そのことは誰にも言っていない。兄貴の血液中にシャインの成分が検出された、シェイ、それもかなりの量だ。シャインだぞ！　兄貴はシャインを憎んでいた。あんなものには手を出したくなかっただろうが、ほかに選択肢がなかったに違いない」

ヒロは唐突に妹の腕を放して、一歩下がった。その黒々とした目には、消えない憎悪が燃えている。「山岳会はずっと俺たちを征服しようとたくらんでいた。無峰会を弱らせ、脅し、しつこくつけ回し、ランのような平時の優れた〈柱〉を殺害した。あの夜、何があったかなんてどうでもいい。兄貴が死んだ原因が山岳会にあることに変わりはない。その件にきっちりかたをつけるため、明日はすべてをかける」

「あの日、兄さんはわたしにわざと誤解させたのね」シェイは言ったが、その声に怒りはなく、ただ事実を受け入れたほろ苦い悲しみがあるだけだ。シェイは奇妙にも、恐ろしい形ですべての辻褄が完璧に合ったと感じていた。それは、神々の意志とはさまざまな陰謀であるという考えを裏付けただけだった――自分の運命をみずからの意志で決断した人々も、やはり無力なのだ。みんな、この状況のなかでそれぞれの役を演じていただけだ。自分たちも、敵も。「わたしたちが素寒貧通りのカジノ店を襲撃したとき、山岳会はラン兄さんが死んだことさえ知らなかった。最初に森から出たのは、わたしたちだったのね。命を狙われるとは思ってもいなかった人たちを、わたしたちは二十一人も殺してしまった」

「俺がわざと誤解させた？」ヒロの目が険しくなる。「違う。そうじゃない。おまえは自分自身を取り戻したんだ、シェイ、俺から何も言われなくても自分で動いた。おまえがしてくれたことを、俺は神々に感謝している。それにあの連中――彼らは全員グリーンボーンだ。いつ命を狙われるかわからないという覚悟のないグリーンボーンは、ひとりもいない」

52 この瞬間から命のつきる瞬間まで

その日の午後、ヒロは家に入っていちばんいいスーツに着替えた。出ていくとき、コール・センの部屋の閉まったドアの前で立ち止まった。オムが挨拶し、彼を通そうと横へどいたが、ヒロは入らなかった。何の変哲もないドアを見つめると、祖父のゆっくりだが安定した心臓の鼓動と、耳ざわりな呼吸と、弱々しいオーラが〝感知〟できる。祖父のオーラはすっかり淡くなり、翡翠をひとつも着けていないのとほとんど変わらない。老人は椅子にすわって居眠りしている。おじいさんも眠っていれば、我慢できるな――ヒロは思った。

あのときは衝撃と怒りを感じ、それは今でも消えていないが、祖父がドルに翡翠をやり、あの裏切り者を逃がしてやったことは、この数ヵ月でもっとも〝ケコンの炎〟らしい行動だったとヒロは思う。こそこそして、破壊的で、不屈で、自分の信念にのっとった正義がある。今なら、祖父がすべての孫より長く生きるという不幸な最終的勝利を宣言しても、ヒロは驚かないだろう。ヒロはドアに手を当てたものの、部屋に入ったところで何か得るものがあるとは思えなかった。そこで背を向け、階段を下り、屋敷を出て、〈角〉の住まいへの短い小道を歩いていった。

ドアを開けたウェンは、正装したヒロを見て後ずさり、まるで痛むかのように両手を胸に当てて体を丸めた。そして入ってきたヒロがウェンに両腕を回すと、彼女は震えた。「行くことに決めたのね」

「ああ。今日、結婚しなきゃならない」

こういう可能性があることは前もって話しておいたが、ウェンは悲しげな声をもらし、彼の胸にぐったりともたれかかった。「こんなの、あたしが思い描いていた結婚とぜんぜん違う」

「俺もだ」ヒロはウェンの滑らかな髪に頬を押しつけ、目を閉じた。「盛大な披露宴と最高の食事を想像していた。バンドの生演奏も。髪をアップにまとめた美しいおまえが、俺の腕を取って歩く姿も。ロングドレスはグリーン。いや、赤でもいいな、俺は赤も好きだ。特に襟の高いドレスがいい。優雅で上品な伝統的スタイルだが、太腿まで入ったスリットで、おまえのセクシーさを見せびらかせる」

「ドレスはもう選んであるんだけど」

「それは隠しておいてくれ。俺にはまだ見せるな。まだすべて計画どおりにやれるかもしれない——披露宴を開いて、客を呼んで、音楽の演奏を頼んで——何もかも。あとで」

「ええ、できるわ。あなたはするべきことをすませて、きっと戻ってくる」

ウェンの確固とした口調に心を動かされ、ヒロはほほえみ、彼女の額にキスをした。「ああ、戻ってくるさ。だが何があろうと、おまえは安全だ。シェイはエスペニアにコネがある。妹がどうやってこんなことをやってのけたのかわからないが、おまえとふたりの兄さん、俺のおじいさん、アンデンのビザを手配してくれた。妹がおまえたち全員を、山岳会の手の届かないところへ逃がしてくれるはずだ」

「ケーン兄さんとター兄さんが行くわけない」

「俺があいつらに命じておいた。あいつらは逃げるという考えに我慢ならないだろうが、今回はここに残れば確実に死ぬ。それよりは、生き延びてあとで復讐するチャンスを狙うほうがいい。いざというときは、おまえがケーンとターに念を押し、なんとしても俺の命令に従わせてくれ」

「いざというときなんて、来ないと思う」

「俺もそう思っている。それでも、万一のために、今日結婚しておくことが重要なんだ」

「万一のためね」ウェンはうなずいた。目にたまった涙をぬぐい、ヒロの腕から出る。「じゃあ、着替えてくる。ちょっと待ってて」

ヒロはリビングにすわって待った。室内を見回しながら考える。ここは本当に居心地のいい家だ。このままの状態で、彼女とここで一緒に暮らしたら楽しかっただろう。数分後に戻ってきたウェンは、化粧をして、柔らかい生地の美しいブルーのワンピースに身を包み、真珠のネックレスとイヤリングを着けていた。ヒロはほほえみ、立ち上がって彼女に腕を差し出すと、ふたりで中庭へ結婚式を挙げに出た。

結婚式を執り行うため、リド判事——組織お抱えの信頼の厚い人物——が呼ばれていた。立会人はケーンとシェイ。民事婚はほんの数分で終わり、神教の伝統的な結婚式で行われる一時間あまりの詠唱はなかったが、法的な結婚の誓いでも神の美徳にかなうとされている。

——わたしは謙遜を実践します。愛する者を自分より第一に考え、称賛や見返りを期待せず、ともにすべてを分かち合います。

——わたしは思いやりを実践します。愛する者に感謝し、苦しんでいるときはともに苦しみ、すべてを分かち合います。

——わたしは勇気を実践します。愛する者を危害から守り、内外から生まれるすべての恐怖に立ち向かい、ともにすべてを分かち合います。

——わたしは善を実践します。愛する者に自分自身を惜しみなく捧げ、たがいに尊敬しあい、身も心も支え合い、ともにすべてを分かち合います。

——天の神々の見守るなか、この瞬間から命のつきる瞬間まで、わたしはこれをあなただけに誓います。

ウェンの表情は弱々しく、涙をこらえているようだった。ヒロはリド判事のあとからくり返して最後の言葉を唱えた。〝この瞬間から命のつきる瞬間まで〟それはどのくらいの長さになるのだろう？　ヒロは結婚の誓いが心に収まるのを感じた。大人になってからの人生すべてを方向づけた組織の誓いとは違う力で縛られる感覚だ。すでに、二組の誓いの折り合いをつけたいという奇妙な衝動に駆られている。これからすることで、ヒロは数々の不可能に遭遇するだろうと感じていた。ウェンの信頼しきった美しい顔を見つめていると、強い自責の念に駆られる。彼女を心から愛していても、泣かせるようなことはしないと約束してやれないのだ。男には、仲間に誠実であることと妻を思いやることを、同時に成立させられないときがある。翡翠の戦士は愛する者と、完全にはすべてを分かち合うことはできない。組織に血を捧げると誓った場合は、不可能だ。

ウェンは息を吸って心を落ち着かせ、強い精神力で誓いの言葉を唱え、ヒロをますます感心させた。ケーンが進み出て、ふたりの手首を布で縛る——向き合ったふたりの右手首を左手首にそれぞれ縛りつける——と、つながったふたりの手にシェイがホジの入った杯（さかずき）を持たせる。ふたりとも杯のホジを飲んでから、未来の幸運を招くため、残りを地面に流した。そしてリド判事がふたりの結婚を宣言した。

組織の〈柱〉にしては貧しい結婚式だと、ヒロにはわかっていた。ウェンにふさわしい盛大で楽しい結婚式を挙げる機会を奪ってしまい、彼女に心から申し訳ないと思っている。だが重要なのは、これでウェンが彼の妻になり、もし明日未亡人になっても、彼が彼女に残してやると約束したものはすべて彼女のものになるということだ。遺言によって家族に贈られた財産には、山岳会も手をつけられない。ウェンには、エスペニアで新しいより安全な生活を始めるだけの財産が手に入る。それに少なくとも今のところは、ヒロは彼女の夫だ。そう思うとヒロは幸せだった。付き合っていた長い期間も幸せだったが、それ以上の幸せを感じていた。

ヒロはウェンを母屋へ連れていき、自分の部屋へ上がった。そこでドアを閉め、彼女の服を脱がせて愛し合った。柔らかいランプの明かりを灯したまま、順番に相手を導き合う。言葉を使わなくても、静かな肌の触れ合いや、指先と唇の接触、呼吸を合わせることで通じ合える。ヒロはこのオアシスのようなひとときを限界まで引き伸ばしたいと強く思った。達しそうになるたびに、我慢してウェンのほうに注意を向ける。やがてウェンが歓びに疲れ果て、お願いと甘く囁くと、ヒロはようやく獰猛な激しさと震えるほどの抵抗とともに自分を解放した。その後は、少しでも長く眠らずにいて、このかけがえのないひとときを心に深く焼きつけようとした。これが最後の思い出になるだろう。ヒロはそう確信していた。

53 戦友

大晦日の深夜、アンデンはコール家の屋敷に到着した。学園は一週間の休暇に入り、その日は一日じゅう、休暇を家族とすごすために学園から出ていく生徒たちでごった返していた。アンデンはのろのろと荷造りして学園を出た。前日、〈柱〉からくわしい話を聞かされていたので、屋敷に着くと何が待っているかは知っていたが、丸一日かけても、これからの事態に直面する心の準備ができなかったのだ。代わりに、アンデンは学園のキャンパスを歩きながら、もうすぐ去ることになるこの我が家のような場所の思い出に浸ろうとした。アンデンは長年、学園のことを必要な試練と苦難の場だと思ってきた――つらい仕事、粗末な食事、ほとんどない休み、情け容赦のない教官たち。だが今では、学園は避難所だったとわかる。グリーンボーンの称号が穢れのない目標である場所、本当に安全な状況で翡翠を身に着けた訓練ができる唯一の場所。

卒業試験の二週間はあっというまに過ぎていった。長年の準備と直前の熱心な勉強と訓練のあとで出される学業と武術の試験結果は、アンデンにはほとんど拍子抜けだった。いちばん心配だった理科と数学の試験は、日程の最初に入っていて、その後は特に大した驚きはなかった。ほとんどの科目が予備試験よりわずかに点数が上がり、特に〝跳ね返し〟がよかった。最終日、アンデンは翡翠を身に着け、学園で指導補佐をしているグリーンボーン四人と立てつづけに戦うという過酷な時間を、三十分以上も経験した。最終的に、アンデンは打ちのめされてくたびれ果てたが、肩で息をしながらも戦いつづける構えで立っていた。ヒロに打ちのめされては毎回立てと教えられてきただけのことはあった。

教官たちはクリップボードに書きこんでから、帰ってよしというようにうなずいた。教官たちに挨拶して試験場から出ていくアンデンが感じた誇りと勝利の感覚は、床のふき掃除のようなつまらない仕事を片づけたあとに感じるものとさほど変わらなかった。少なくとも、これで終わった――あとは卒業するだけで、それが重要なことだ。こんな試験は実戦とは違う。本物の戦いはこれからだ。

コール家の屋敷に着いたアンデンがまっすぐ中庭へ行くと、〈柱〉が家族全員と木陰のテーブルをかこんでいた。ちょうど大晦日の夕食を終えるところで、おいしそうな匂いにアンデンの口に唾が湧いてきた――乳のみ仔豚のロースト、魚介のスープ、スパイシーなソースをからめた小エビ、豆苗のガーリック炒め、青菜炒め。アンデンにとっては一年に一度か二度しか食べられない豪勢な食事だが、コール家のような家庭ではひかえめな休日の食事だ。コール一族はこれまで、新年のご馳走を市民に盛大にふるまってきたのだ。アンデンは足を止め、そんな食卓をじっと見つめた。テーブルの短いほうの辺にすわる従兄のヒロは黒いスーツを着て、アンデンに背中を向けている。ウェンはヒロの左にすわって彼に体を寄せ、片手を彼の脚に置いている。まるで彼が席を立たないように押さえているみたいだ。シェイはテーブルのもういっぽうの短い辺にすわっている。テーブルの長い辺のいっぽうにはメイク兄弟がすわり、その向かいには車椅子に乗ったコール・センがキーアンラに付き添われている。その横の空いている椅子がアンデンの席だ。

一瞬、アンデンは立ちつくした。この状況に感情が痛切にこみ上げてきて、前に進むのが困難になったのだ。この光景は不完全だ――ランが欠けているし、楽しい雰囲気がまったくない。話し声は小さく、空気は張りつめている。離れたところから見ても、新年の家族の集いというより、通夜の集まりのような印象を受ける。ヒロだけが少しくつろいでいるというか、楽しんでいるようだ。ティーポットに伸ばしたウェンの手をさえぎり、みずからテーブルを回ってみんなのカップにお茶のお代わりを注いでいく。そしてローストポークをひと切れ自分の皿に取ると、ターに向かって陽気に何か言い――ターはうなずいたが笑顔はない――ウェンの腰にゆったりと腕を回した。

ヒロは肩越しにアンデンを見ると、にっこり笑って椅子から立ち、アンデンのほうに歩いてきた。「アンディ、遅かったじゃないか。もう料理はほとんど残ってないぞ」従弟を温かく抱きしめてから、祖父の隣の空いている席に案内した。

「すいません、ヒロ－ジェン」アンデンは謝ってすわった。「学園を出るのに、思ったより時間がかかってしまって。それに道もひどい渋滞だったんです。やっぱり正月休みだから」

「迎えの車をよこすように、俺に連絡しておかないからだぞ」ヒロは叱る真似をしてアンデンの頭を小突くと、アンデンの皿に料理を取り分けてやった。ヒロはああ言っていたが、テーブルにはまだたっぷり料理が並んでいる。「試験は終わったんだから、おまえはもう生徒じゃない。自転車やバスで移動する必要はないんだぞ」

「試験終了おめでとう、アンデン」シェイが言った。

「ありがとうございます、シェイ-ジェン」アンデンはきちんと目を合わせずに答えた。

　自分の皿の小さく切り分けられた料理をつついていた祖父が、ふと気づいたようだった。しなびた顔をアンデンのほうへ向けると、突然険しい目になり、射貫くように少年をにらんだ。「つまり、おまえもわしらの一員になったわけか。気の触れた魔女の息子が」

　スープを飲んでいたアンデンは凍りつき、スプーンを持った手を途中で止めた。スプーンを皿に置くと、いやな熱さが喉と顔に這い上がってきた。コール・センは言った。「おまえには母親よりうまく翡翠を扱ってほしいものだ。彼女には確かにグリーンボーンの濃い血が流れていた、そうとも、あれはグリーン・レディー・モンスターだった。しかし、彼女は父親や兄弟たちよりひどいことになった」コール・センはやせた指をアンデンに向けてふった。「ランがおまえをここに連れてきたとき、わしはあいつに言ったんだ。『あの混血児はヤギとトラをかけ合わせたようなものだ――どう成長するかは、誰にもわからん』」

　ヒロが祖父をにらみ、アンデンが縮み上がるほど恐ろしい声で言った。「キーアンラ、おじいさんが休む時間はもう過ぎているんじゃないか？」

　キーアンラはぱっと立ち上がった。「さあ、さあ、コール-ジェン」慌てて老人の車椅子をテーブルから離し、屋敷へ戻ろうと押していく。「もうお休みの時間ですよ」

「翡翠に気をつけるんだぞ、気の触れた魔女の息子よ」コール・センはそう言って去っていった。

テーブルは静まりかえっていた。ヒロが大きくため息をつき、ナプキンをテーブルに放った。「おじいさんは今、調子がよくない」申し訳なさそうにアンデンに説明する。「翡翠の耐性を失うと、大きな影響が出てくるんだ、このへんに」ヒロは頭の横をぽんと叩いた。

アンデンは黙ってうなずいた。今までコール・センにつらく当たられたことは一度もなかった。アンデンが七歳だった頃、コール・センは神さまのように思えたし、つい一年前までは強く達者な人だった。彼はアンデンにこう言ってくれたものだ。「おまえはコール家の一員だ、ぼうず。わしの孫息子たちのように強いグリーンボーンに成長するだろう」

「おじいさんの言うことは気にするな」ヒロは言った。「ほら、アンディ、食え食え。ほかのみんなは、いい加減、辛気臭い顔をするのはやめろ。せっかくの楽しい夜なんだから。アンディの試験は終わったことだし、俺は結婚した。暖かい春はもうすぐだ。大晦日なんだぞ。ほら、一年の計は元旦にありって言うだろ。そんな暗い気分で新年を迎えるもんじゃない」

アンデンは無理やり食べ物を噛んでのみこんだ。気分は最悪だった——自分が来たせいで、雰囲気が悪くなってしまったのだ。アンデンは弱々しいが思いきった笑顔を作った。「結婚おめでとうございます、ヒロ-ジェン。今夜は特にきれいです、ウェン姉さん」

「よし、その調子だ。ありがとよ、アンディ」とヒロ。ウェンはかすかにほほえんだが、アンデンを見つめる顔はひどく心配そうだ。アンデンの向かいにすわるウェンのふたりの兄は、今夜はいちばん楽しんでいないように見える。ケーンとターは、アンデンが来てからひと言もしゃべっていない。しかもちらりとアンデンを見るときのふたりは、ほとんど怒っているようだ。

アンデンはふたりと目を合わせないようにした。命をかけて〈柱〉を守ることが、〈角〉と〈柱の側近〉の役目だ。明日の計画でアンデンが任された仕事を妬むのも、無理はない。

ヒロは言った。「今日、俺たちが用意すべきだったものが何かはわかってるよな? 飴玉だ。俺たちがガキの頃は、毎年、大晦日の夜に飴玉をもらってただろ、シェイ?」しだいに、たどたどしい会話が戻ってきた。アンデンはできるかぎりの速さで食事をかきこんだ。テーブルでの苦痛な時間を長引かせたくない。

キーアンラが皿を片づけに戻ってくると、一家はゆっくりと立ち上がり、食事が終わったことにほっとしつつも立ち去りがたそうにしばらくたたずんだ。シェイがアンデンのところに来て、彼の腕に手を当てた。そのとてもすまなそうな仕草で、アンデンにはシェイが何を謝っているのかわかった。これくらい近いと、シェイの翡翠の力と、かすかにとげとげした不安定なオーラが伝わってくる。バーベキューハウスで向かい合って夕食をとっていたときにはなかった感覚だ。あれはもう遠い昔のことに思える。

「わたしが間違っていたわ」シェイは小さい声で言った。「あなたの話をまともに取り合おうとしなかった。わたし……」

「わかっています、シェイ＝ジェン。そんなこと言わないでください」

「今、あなたがしようとしていることだけれど、ヒロ兄さんがあなたに頼むことに、わたしは反対だった。兄さんと話し合って、あなたを大変な状況に追いこむことになると言ったけれど、兄さんはこれが組織を救う最大のチャンスだと信じて疑わないの。兄さんを説得できなくて、ごめんなさい」

「わかってます」アンデンは答えた。「ぼくが選んだことですから」

ヒロがウェンに何か耳打ちすると、ウェンはうなずいてふたりの兄と帰っていった。〈柱〉は言った。

「一緒に来い、アンディ。なかで話そう」

「荷物はゲストルームに運んでおいたほうがいいですか？」

「そこに置いとけ。あとで運ぼう」ヒロはアンデンを連れて、母屋ではなく道場へ向かった。道場に着いて明かりを点けると、強い光が長方形の板張りの床を照らした。アンデンは一瞬、胸を締めつけられた。前回ここに来たときが、生きているランを見た最後になったのだ。

　ヒロは引き戸を閉めてアンデンと向き合った。夕食の席で見せていたくつろいだ雰囲気は消え、同じくらい見慣れた恐ろしく厳しい表情になっている。一瞬で自分の状態を変えられる従兄に、アンデンは驚いた。

「例の件だが、あれから少し考える時間を持てたはずだ」ヒロは言った。「俺に頼まれたことを本当にやれると思うか？」

　アンデンはうなずいた。急に、これが本当の誓いの瞬間に思えた。これこそ、生まれてからずっと目指してきたことだ。〈柱〉はぼくを頼りにしている。組織の危機に、ぼくだけを頼りにしているのだ。「失望はさせません」

「おまえが失望させるはずがないのはわかっている、アンディ」ヒロは一瞬、つらそうな顔をした。「俺たちには明日の準備があるが、これはちゃんとやらなきゃならない。おまえには組織の代表として、俺の代理として行動してもらいたい。つまり、おまえは無峰会のグリーンボーンになるんだ。卒業式はまだだが、最終試験はすんでいるから、誓いを立てることはできる。宣誓の文句は覚えてるか？　それとも、俺が一緒に言ってやろうか？」

「覚えてます」アンデンは従兄の前で床に膝をつき、組んだ両手を額につけた。そして力強い安定した声で言った。

「組織は我が血であり、〈柱〉はその主人なり。わたしは選ばれ、天から賜った才能を善行と敵を倒すために使うよう訓練を積んできました。どんなに強く多勢であろうと、組織のあらゆる敵と戦います。翡翠の戦士の仲間に加わり、努力を惜しまず全力でつくし、仲間を戦友と呼びます。万一、戦友に不誠実な行動を取ったときは、刀によって命を絶ちます。万一、戦友を助けに駆けつけられなかったときは、刀によって命を絶ちます。万一、私利私欲のために戦友を犠牲にしたときは、刀によって命を絶ちます。天のすべての神々が見守るなかで、わたしは誓います。我が名誉と、我が命と、我が翡翠にかけて」

アンデンはヒロの足元で床に頭をつけた。

ヒロはアンデンを立たせ、抱きしめた。「よう、戦友」

54　バイジェンを見習え

元旦の遅い時間、ヒロとアンデンが車で港湾地区に入り、妨害に遭うことなく〈トゥワイス・ラッキー〉の前に到着したのは、日没の少し前だった。ヒロはアンデンに運転させた。「おまえが帰りに俺の車を傷つける心配がないか、確認しておきたいからな」アンデンは、コール家の古い車でランに運転を教わってからかなり時間がたっていた。しかも従兄の大切な車のハンドルを前にして緊張しまくり、大きなセダンをずっと老女のような速度でのろのろと走らせたものだから、ヒロはからかった。「この〈ドゥシェース・プリザ〉にはすごい馬力があるのに、ペダル式のゴーカートでも漕いでるみたいに運転するんだな」

「ケーンかターに運転を頼めばよかったじゃないですか」とアンデン。

「そんなことできるか。昨夜のふたりの怒りっぷりを見ただろう」

彼らが来ることは予想されていた。のろのろと進んでくる〈ドゥシェース〉の目撃情報は、彼らが港湾地区に近づくより早く相手の耳に入っており、アンデンが〈トゥワイス・ラッキー〉の前に車を停めてエンジンを切ったとき、最初にヒロが見たものは、本当の客がすっかり姿を消した駐車場だった。ゴントの〈ZTヴァラー〉のような大きい黒い車が二、三台、横の空き地に駐車してあるだけで、レストランの入口前には山岳会のグリーンボーンが数人集まっていた。

ヒロは少しのあいだ車内で待った。外の男たちの熱気が〝感知〟できる。それにゴント・アッシュの冷酷なオーラが、〈トゥワイス・ラッキー〉の店内から入口へ向かって黒い岩のように転がってくるのもわかる。何よりもはっきり伝わってくるのは、隣にいる従弟の強い不安と速い脈拍だが、それほどの恐怖心をほとんど顔に出していない少年に、ヒロは感心した。ヒロはアンデンの肩に手を置き、数秒そのままにしてから、車を出た。上着を脱いで助手席に置くと、ドアを閉め、集まっている敵のほうへつかつかと歩いていく。少し置いて、アンデンが車を降りて二十歩後ろからついてくるのを感じた。物音でもわかる。ヒロが〝感知〟するアンデンの脈拍は依然として速い。

ゴント・アッシュは今、ヒロの前に立っていた。革のヴェストを着て、腰に月形刀を下げ、両側に十二人の戦士を従えている。ヒロは少し手前で足を止めた。たがいに憎み合っているにもかかわらず、ふたりの男が直接顔を合わせることは滅多にないので、ゆっくりと数回呼吸するあいだ、ふたりは立ったまま相手を眺めた。ほかに口を開く者も動く者もなく、戦士たちは展開していくやりとりを見つめている。ついに、ヒロが口を開いた。「ここが俺のお気に入りのレストランだってことは、知ってるな」

「その理由がわかったよ」ゴントが低い声で返す。

「あのイカ団子を試したのか？」

「ほとんど毎日食ってる」山岳会の〈角〉は答えた。

ヒロは左目を細め、口を閉じたままにんまりした。

「そいつはうらやましい」居並ぶ山岳会のベテラン戦士に目をやると、何人かが殺された〈拳〉の翡翠を身に着けているのがわかった。「よし、来てやったぞ。アイトゥンにずいぶんひでえことをしてくれたな、くず野郎ども」ヒロは横に唾を吐いた。「俺に〝清廉の刃〟を挑んでくるやつには、誰であろうと敬意を表す。だが、おまえたちは俺の注意を引くためにほかの戦士の尊厳を奪った。どうした、お望みどおり俺の注意を引けたんだぞ」

ゴントがライオンのようにのっしのっしと前に出てくると、警戒のにじむ声で怒鳴った。「もしこれが個人的な名誉の話なら、とっくの昔に俺たちふたりが〝清廉の刃〟で決着をつけていただろう、コール・ジェン。しかし、これは組織間の抗争だ。俺たちは〈角〉で、自分の組織が勝つためにするべきことをしなくちゃならない。そうじゃないか？」ゴントはヒロの周囲を歩きながら、深くくぼんだ目で彼を値踏みしている。「正直、おまえが来るとは思っていなかったよ。おまえにたどりつくには、無峰会のグリーンボーンを最後のひとりまで倒すしかないと思っていた」

「まだ決闘する気があるなら、今ここで受けて立つぞ」ヒロは視線と〝感知〟で敵の〈角〉の動きを追う。

ゴントは鼻を鳴らして低く笑った。「そんな提案はしてない。たった一度の決闘で抗争の勝敗を決める危険を冒すほど、俺は利己的じゃねえ」彼がヒロの前で足を止めると、その巨体がふたりのあいだの空間に大きな影を落とした。「俺たちはふたりとも、最終的に山岳会が無峰会を破るだろうとわかっている。なぜ、おまえのために、忠実な部下たちに命を捨てさせる？　なぜ、たがいにとって重要なこの街をいつまでも苦しませる？　俺がおまえの立場だったら、バイジェンにならって私心を捨てるだろう」

　ヒロは黙っていた。目に見えない痙攣が全身を走る——俺は死にたくない。確かに準備はしてきたが、死にたくはない。この激しい葛藤がゴントに〝感知〟されているのはわかっているが、ヒロは隠そうとしなかった。「そっちはいくつか保証してくれたよな」そう言って、少し後方に立つアンデンのほうをあごでしゃくった。「その保証が守られたか確認するために、従弟を呼んである」

　ゴントは十代の少年に目を向け、手招きした。「こっちに来い、アンデン・エメリー」アンデンは冷静に、だが明らかに気が進まないようすで近づいた。ゴントにもっと近くもっと近くと招かれ、とうとうアンデンはゴントの分厚い大きな手を肩に置かれ、ヒロと向き合う形になった。「おまえの従兄と俺との取り決めで、自分がどういう役割を担っているかわかってるか？」

「こいつはちゃんとわかってる」アンデンがゴントに肩をつかまれているのを見て、ヒロは口元に力をこめた。「決闘が始まれば、こいつは一切手を出さない。こいつは俺を家まで運ぶために来たんだ。俺は完全な体で、すべての翡翠を身に着けたままでいたい。おまえが約束したようにアンデンが無事に戻ってすべてを報告したら、うちの〈日和見〉は組織の支配を放棄する。〈角〉には口頭で話してあるし、〈拳〉全員には、そうなった場合、刀を捨ててそっちの条件をのむようにと記した手紙を渡すことになっている。そっちがこの取り決めをまっとうしたら、〈日和見〉がその手紙を〈拳〉たちに渡す。もし、そっちが取り決めを守らなかった場合は、無峰会のすべての〈拳〉と〈指〉が山岳会を屈服させるため、最後のひとりになるまで戦い抜く。俺たちを滅ぼしたところで、無意味な勝利になるだろう。山岳会は弱体化し、街は廃墟と化す」ヒロの言葉には確固たる説得力があった——嘘偽りのない本心からの言葉だ。「俺たちはふたりとも、そうなる可能性があると知っている。だが、どっちもそこまで利己的じゃないよな、ゴント-ジェン。だから、俺は今ここに立っているわけだ」

うなずいたゴントの目には、嫌々ながらも敬意が浮かんでいた。彼はアンデンを放した。「ここにいるアンデン少年に、危害を加えたり邪魔をしたりすることはないと約束する」

「もうひとつ」ヒロは言った。「とどめはおまえに任せたい。〝清廉の刃〟による決闘を受ける価値のある俺に、おまえはこっちを用意してきた。俺に〝名誉の死〟を受けさせるなら、せめて滅多切りで倒されるのは勘弁してくれ。わかるか、ゴント-ジェン？　俺に戦士としての死をあたえる役は、〈角〉に頼みたい」

少し考えてから、ゴントはかすかにブラックユーモアを利かせてうなずいた。「そいつは光栄だ。謹んで受けてやろう、コール-ジェン」

ヒロはゴントの部下たちに目を走らせた。〈角〉についてきた彼らは、期待でじりじりと近づいていたが、今では近づくのをやめて後ろに下がっている。ヒロの体勢、両肩のたたずまい、両膝の構えが変わったことに気づいたのだろう。ヒロはシャツのボタンをふたつ外して襟元を大きく広げ、鎖骨に沿って長い破線を描くように埋めこまれた翡翠を露わにした。「さあ、来い！」急にじれったくなり、ヒロはタロンナイフを抜いた。柄についたリングを人さし指にかけてくるくる回すと、しっかりつかんで低く構え、経験豊かな戦士らしい攻撃態勢を取った。

「ゴント-ジェン、おまえの部下の誰が最強のナイフの使い手か見せてもらおう！」

＊

アンデンは横へ離れた。ゴントの重苦しい存在感が近くに漂っている。山岳会の三人の男がヒロを取りかこむと、アンデンは声を上げそうになるのをこらえた。体の動きも切りつける動作も速すぎて、ほとんど目で追えない。彼らは優秀な戦士で、〈角〉の許可を得て前に出てきた男たちだ。眉、耳、指、腕、首に翡翠を着けている。柔軟で激しい動きをする。それでも、この価値ある任務に志願したときから、自分たちが死ぬであろうことはちゃんと理解しているに違いない。コール・ヒロシュドンは、タロンナイフの腕を恐れられている戦士だ。アンデンにも今、その理由がわかった。ケコンのタロンナイフは、鉤爪(タロン)の形をした刃渡り十センチほどの両刃のナイフで、切りつけたり、刺したり、引っかけたり、相手の関節を制御したりするのに使う。アンデンはヒロの武器を見たことがあった――柄に三つの翡翠が平らに埋めこまれたもので、最高の月形刀〈ダー・タノーリ〉と同じ鋼でできている。だが、いつの時代もグリーンボーンの典型的な武器である月形刀と違い、タロンナイフは路上の戦いで使われる武器だ。ケコンには簡素で翡翠のついていないタロンナイフがたくさんあり、グリーンボーンの家系に生まれた子どもたちは、ほかの武器に触れるよりずっと早くからタロンナイフの扱いを学ぶ。

ヒロはまるでナイフすら持っていないかのように戦った。自分の手やナイフには目もくれない。右手の攻撃だけに頼ったりはせず、腕に緊張もなければ、自分の武器を意識しすぎるようすもない。タロンナイフの達人にしかできない動きだ。ジグザグに移動し、脇へよけ、ぐるりと回り、敵の攻撃をかわして相手のふところに踏みこむ――だが接触すれば、かならずナイフが敵をとらえる。ひとりの戦士がナイフを高く構えてヒロにかかってきた。ヒロはタロンナイフで男の手首を引っかけ、肘の内側を切り裂いた。さらにもういっぽうの腕へナイフを滑らせ、一気に上へ切り進め、男の首に到達すると、果物の皮でも剝くように周囲をくるりとカットした。

一瞬の出来事だった。素早い攻撃に、男は〝鋼鉄〟を出すのが間に合わず、ナイフで頸部を切り裂かれ、喉からごぼごぼと血をあふれさせて倒れた。ヒロはすでに燃える目で、次の敵に向かっている。次の男も同じだった――ヒロは相手の一撃に対し、流れるような手さばきで立てつづけに三、四回反撃した。次の攻撃はヒロの脇腹に命中し、さらに首の後ろに当たった。ほとんどの人間は、タロンナイフが当たるとすんなり肉が切れるものだが、ヒロの〝鋼鉄〟は、噂のゴントの〝鋼鉄〟と同じくらい――力よりも流動性が――優れていた。〝鋼鉄〟の達人は、翡翠のエネルギーを緊張と解放の軽快なダンスに注ぎこみ、ほぼ無敵の盾を瞬時に変形させ、自身の動きを妨げないようにすることができる。アンデンの呼吸が一瞬止まった――刀がヒロの服を切り裂いたのだ。だが、一滴の血が服を汚しただけだった。ヒロはうなって体勢を立て直し、〝怪力〟をこめた左手で相手の喉を狙った。予想どおり、相手はするりとかわして、〝鋼鉄〟で固めた上半身で拳を受け止める。ヒロはさっと一歩踏み出し、体を低くして、男の大腿動脈に切りつけてから膝の裏にナイフを突き刺した。グリーンボーンの戦士は叫び声を上げて倒れ、ヒロはそれに負けない勝利の雄叫びとともに、ナイフの切先を男の頸椎の隙間に突き立てた。

「おまえたちの相手は時間の無駄だ！」ヒロは軽やかに死体から離れた。その額と首はすっかり汗ばんでいる。「この調子じゃ、ゴント・ジェン、おまえのところのグリーンボーンはすっかりいなくなっちまうぞ！山岳会の〈拳〉との戦いがこんなにちょろいと知っていたら、もっと早くここに来ていたものを！」

ヒロは彼らをあおっている――アンデンは絶望的な気分になった。前に出てきた山岳会の戦士たちは、もうためらってはいない。仲間の死に激昂し、さらに最強の戦士でも複数の敵を相手にすると急速に疲労するとわかって、戦意を駆り立てられている。アンデンは駆けつけたい気持ちをぐっと抑え、その場で動かず、本格的な乱闘になっていくようすを目をそらさずに見守った。ヒロは俊敏な動きで乱闘の中心を避けている。〝跳ね返し〟でふたりの男を後ろへ叩きつけ、三人目に向かう。〝敏捷〟で跳躍し、両側からの同時攻撃をかわしたものの、下へ引き戻された。ヒロは攻撃者に〝チャネリング〟したが、相手の息の根を止める前にべつの男の〝怪力〟で両膝をつかされてしまった。アンデンの呼吸は浅くなり、気持ちは動転していた――黒い服を着たいくつもの体と光るナイフの向こうに消える従兄を見て、拳を握りしめ、手のひらに爪を食いこませる。

床に落ちたヒロのタロンナイフが戦士の集団の足元から滑り出したところで、ゴント・アッシュの声がとどろいた。「もう充分だ!」何人かは戦いに熱くなりすぎて、すぐには指示に従わない。ゴントはもう一度怒鳴り、いっぽうの腕をふって広く浅い〝跳ね返し〟を放ち、部下のグリーンボーンたちをふらつかせた。

山岳会の戦士が離れると、アンデンにも無峰会の〈柱〉の姿が見えた。両手両膝をつき、顔とシャツの背中にだらだらと血を流し、肩を大きく上下させながら荒い息をしている。

アンデンはふと、ヒロが学園に来て、ただおもしろがってアンデンを打ちのめしたときのことを思い出した。あれはアンデンがどんなタイプの人間か、どんなに勝ち目がなくても戦いをあきらめない人間かどうかを試していたのだ。あの日、ヒロはあっさりとアンデンを打ち負かし、大型犬が小型犬を押さえつけて噛みつくようにアンデンをもてあそんだ。あのとき、アンデンはこんな光景を目にするとは想像もしていなかった。コール一族最強の戦士が、彼に対するアンデンのように、敵に対して手も足も出ない状態になるとは。

ゴントがつかつかと前に出た。「もう充分だ」もう一度、怒鳴る。「おまえは今日、グリーンボーンの血を充分に流した、無峰会のコール・ヒロシュドン。おまえには戦士として死ぬ価値がある」ゴントは月形刀の柄に手を伸ばした。その瞬間、ヒロは弾丸のように前に飛び出し、ゴントの腹にタックルした。

ふたりの男は一緒に床に倒れこんだ。ヒロはゴントの顔に唾を吐いた。「俺がまな板の上のアヒルみたいに自分の首をすんなり差し出すと思ったか？　おまえを道連れにしてやる！」そう言うと、束の間起き上がり、残された〝怪力〟をふりしぼって頭蓋骨をぶち割る殴打を放った。

ゴントは〝跳ね返し〟で応戦し、ヒロはふっ飛ばされて仰向けに倒れた。山岳会の戦士たちが駆けつけ、ふたたびヒロを攻撃しようとしたが、ゴントは「手を出すな！」と怒鳴り、ぱっと跳ね起きた。大柄な男にしては驚くほどの〝敏捷〟の力だ。山岳会の〈角〉は大股でヒロのほうへ向かっていく。ヒロはうなりながら転がって立ち上がり、また飛びかかっていく。ゴントは弱った男の突進をかわし、顔を殴りつけた。ヒロは倒れたが、また起き上がり、ゴントもまたヒロを倒す。今度はヒロの脇腹に蹴りが入った。アンデンは震えた——目と喉と胸が燃えるように熱い。そのとき、冷徹な自制心の厚いカーテンの後ろから、ゴントの目に獰猛な復讐心に満たされた光が現れた。「まったく……しつこい……野郎だぜ……おまえは」ひと言ずつうなりながら殴りつける。ヒロはよろけ、倒れこむが、何度でも立ち上がる。「引き際を……知らない……やつめ」

強烈な〝怪力〟で、ゴントはヒロを抱え上げ、その体を一、二メートル先へ放り投げた。ヒロはアスファルトに激突し、今度は起き上がらなかった。ぼろぼろに壊れた人形のように横たわり、胸はぜいぜいとかすれた呼吸でわずかに動いているだけだ。ゴントが月形刀を抜くと、ヒロは頭をそらして叫んだ。「今だ！」アンデンは走った。グリーンボーンたちは誰も彼に注意を向けていない。アンデンは十代の生徒で、この件の証人として呼ばれただけだ。彼が武器を持っているのを見た者もいなければ、かすかな翡翠のオーラにすら気づいた者はいなかった。彼の恐怖と不安は〝感知〟していたが、それは自然なことだ。今、アンデンは全力で走っている。耳のなかで心臓の鼓動がうるさく響く。アンデンは、血を流してうつ伏せになった従兄の体に飛びこんだ。「アンディ」ヒロが囁いて手を伸ばすと、アンデンはヒロの左袖から長く連なる翡翠を引き抜き、自分の拳に巻きつけた。

二日前、ヒロは持っているほぼすべての翡翠を外し、細い紐に通してつなぎ、左の前腕の内側にはりつけて隠せるようにしておいた。タロンナイフを持たない左腕なら、敵の注意を引くことはない。鎖骨に沿って埋めこんである翡翠だけは、誰にでも見える位置にあるので、そのままにしておいた。外した翡翠もすべて肌に触れているから、ヒロのオーラに変化は出ない。今、ヒロの体は翡翠をはぎ取られて激しく震えていた。

翡翠のエネルギーが急激に入りこんできて、アンデンの世界は炸裂した。

まるで、自分の体という檻から飛び出したかのようだ。アンデンはどこにでもいながら、どこにもいない。従兄にかがみこまれていたかと思うと、自分とゴントの姿を上から見下ろしている。かと思うと周囲の人々の体内にいて、彼らの脈拍とうごめく内臓に包まれている。自分の体は奇妙で窮屈な代物――器官、組織、有機物、骨にからみついた肉、皮膚と水分と脳の不思議な組み合わせだ。だが、アンデンははっきりと気づいていた――自分はそれだけではない、それ以上の存在だ。自分は感覚そのものであり、意識のあるエネルギー、自身を自由自在に操れることを知っているエネルギーなのだ。

力と感覚のこれほどの覚醒、これほどの恍惚を、アンデンは想像したこともなかった。

昨夜、ヒロと練習しているとき、アンデンは隠された翡翠をヒロの腕から完全に外さないように引っぱった。翡翠のエネルギーの急激な増加と減退で体力を奪われる危険を冒したくなかったのだ。それでも、アンデンはこれまで経験したことがないほど大量の翡翠に、ぞくぞくするほどの力を感じた。あのときの感覚も、これとはまるで比べものにならない。

「俺が合図を出すまで動くんじゃないぞ」ヒロは言っていた。「もし俺がおまえを呼ぶ前に死んだとしても、まだおまえにチャンスはあるかもしれない。ただし、ゴントが近くにいるときに限る。やつを近くに引きつけなくてはならない」

今、ゴントはすぐそばにいる。アンデンは、男の動きが止まり、すっかり驚愕した瞬間を感じ取った。ヒロは見事に山岳会の〈角〉の注意をすべて自分に——自分だけに——引きつけていた。ゴントの怒りをかきたて、アンデンのほうをふり返る原因になりそうなものをすべて目立たなくしていた。ヒロの合図とアンデンの反応までのわずかな一瞬さえ、ふり向かせないようにしていたのだ。ゴントの握った月形刀がふり下ろされたが、そこにはためらいがあった。白い金属の刃がのろのろと下りてくる。まるで空気ではなく濃厚な蜂蜜を切り進んでいるかのようだ。ゴントの動きが鈍くなったわけではないと気づいたとき、アンデンは笑いだしたい異様な衝動を感じた——時間に対する感覚が鋭くなって、体感を千倍に引き伸ばしていたのだ。

男の翡翠のオーラが、両手でつかめそうなほどありありと感じられる。試しに手のひらを上に向けると、実際より大きくなった自分がエネルギーの流れをつかみ、包みこんで、自分の中心に押しこむのを感じた。ゴントは凍りついたかと思うと、やがて状況を理解し、目に警戒の色を浮かべた。有名な〝鋼鉄〟の力で自分の体を包む。アンデンは自分の探求の力が押し戻されるのを感じ、ゴントの強力なオーラが〝鋼鉄〟を補強して身を守ろうとしているのがわかった。翡翠を連ねた紐を握り、アンデンは立ち上がった。いっぽうの手は突き出したままにして、敵を押しやる。彼の〝チャネリング〟は鉄製の槍のようだった。槍は相手が何重にも巡らせた〝鋼鉄〟の外側を貫いたが、少し手前で突き通せない抵抗に遭い、それ以上進めなくなった。

ゴントは目を剝いている。月形刀を震わせ、全身が麻痺したかのように動くことも反応することもできない。アンデンは不意に熱気がぞくぞくと這い上がってくるのを感じた。ゴントの口と鼻から血が流れ落ち、衝撃とあせりが〝鋼鉄〟を強化する。容赦なく膨張してくる〝鋼鉄〟に、アンデンは押し戻されるのを感じた。もう息ができない。自分のなかで高まる力はすさまじく、目と肺が今にも破裂しそうだ。

絶望的な膠着状態に陥った瞬間、ヒロが強靭な精神力でわずかな力をかき集め、上体を起こした。そしてゴントが脇の鞘からタロンナイフを抜き、男の横っ腹に突き立てた。苦痛の叫びを上げるゴント。「覚えてるか？」ヒロはかすれた声で言った。「バイジェンは敵を倒すために死の世界から戻ってきたんだぞ」

ヒロは床に倒れた。残りの山岳会の戦士たちが〈角〉を助け、アンデンとヒロを八つ裂きにしようと飛び出してきたが、もう遅い。ゴントの脇腹に刺さったタロンナイフは、すでに必要な隙を作っていた。ゴントの注意力と〝鋼鉄〟が揺らぐと、アンデンは〝チャネリング〟に全力を注いだ。体の内側でふくれ上がる耐えがたい力が怒濤のように解放され、敵の体に流れこんでいく。

ゴントの心臓が止まり、肺が動かなくなり、脳の血管が破裂した。アンデンは〝感知〟の力が鮮明に捉える残酷な状況を閉めだすことができず、死の衝撃をともに感じ、敵の体を駆け抜ける破壊の衝撃をひとつ残らず体験した。ゴントは死のうとしている。アンデンも死のうとしている。山岳会の〈角〉が倒れると、アンデンも崩れるように倒れこんだ。口を開けても、まったく声が出ない。やがて死の嵐がやみ、べつの波が襲ってきた——翡翠のエネルギーが逆流してきたのだ。怒れる神ヨーフォーの吸いこんだ息が、勢いよく吐き出されて地球を走り回る台風になるのに似ている。ゴント・アッシュのようなたくましい男を滅ぼして急激に戻ってくるエネルギーは、筆舌につくしがたい。アンデンの頭のなかで、無数の星が光と熱を暴発させた。彼は頭をのけぞらせ、苦悶と恍惚の恐怖のなかで魂の奥底から叫んだ。

アンデンは燃え上がりそうだった。肉体という檻から必死で逃げようとしている、皮膚の下を這うこの過剰なエネルギーを、この恐ろしいたぎりを消費したい。刀をふり上げて突進してくる山岳会の戦士たちが、あふれたエネルギーを〝チャネリング〟する容器にちょうどいい。放出口、貴重な放出口だ。アンデンは彼らに触れる必要すらなかった。檻のなかのネズミの命を消すのと同じくらい簡単だ。アンデンはふたりの男を、歩いている姿勢のままとらえた。ふたりは自分の胸をつかみ、衝撃で目と口を大きく開いた。手から刀が音を立てて地面に落ちる。アンデンは超然とした好奇心と貪欲な喜びを感じながら、死んでいくふたりを眺めた。

残ったグリーンボーンたちは後ずさる。アンデンは彼らの自分に対する恐怖に気づいた。自分の奇妙なくすくす笑いが聞こえる。ぼくは悪魔だ——翡翠のエネルギーと殺戮に酔った、青白い十代の怪物だ。〝ヤギとトラをかけ合わせたらどうなる？〟コール・センは言っていた。答えは、奇妙で恐ろしい生き物だ。

ぞっとして、アンデンは背すじを震わせた。慌てて両手を伸ばし、指を広げて〝跳ね返し〟を放つ。その力は空を切り裂き、三人の男の足をすくって宙に投げ、男たちは床に落ちて転がった。三人はよろけ、足を引きずりながら急いで立ち上がり、血走った警戒の目でアンデンをにらんで逃げていった。残りの戦士もすぐさま、あとにつづく。男たちの足音がとどろいた。

かすかな現実感が、それまで心の暗い片隅で恐怖に膝を抱えていたかのように、アンデンの意識にゆっくりと戻ってきた。ヒロの動かない体が床に横たわり、いくつもの傷から血と命が流れ出している。誰か……助けを呼ばないと……誰かに電話しなくては。アンデンは右手に巻きつけた翡翠の紐を見つめると、自分の眼球をえぐりとろうとするくらい強く悲痛な意志の力で、握りしめた右手を開き、翡翠の連なる紐を落とした。そして立ち上がり、一歩踏み出したところで、世界全体が傾いて突然の暗闇に落ちていった。アンデンは意識を失い、従兄の横でアスファルトに崩れ落ちた。

55 息の根は止まっていない

アンデンは病院で目覚めた。点滴のチューブと静かな電子音を発する機械につながれている。頭が重く、腫れている感じがして、目は目やにで固まっている。喉はひりひりして、肌に触れると痛い。体の表面全体がひとつの大きな傷のようで、病院のベッドの柔らかいマットレスの上で姿勢を変えるだけでも痛む。一瞬、なぜここにいるのかわからなかったが、やがてすべての記憶がいっせいによみがえってきた。パニックで心臓が飛び出しそうになり、アンデンはたちまち全身汗びっしょりになった。

恐怖と翡翠――それも大量の翡翠――を手にした高揚感の記憶が、頭のなかを完全に占拠した。ほかに重要なことなど何もない気がする。白いシーツに横たわる青白い腕を見下ろすと、驚異と切望に胸をつかまれた。ぼくはゴントを倒したんだ――ジャンルーンでもっとも強いグリーンボーンのひとり、山岳会の〈角〉を倒したんだ。あのとき、アンデンは彼の死を自分の死のようにまざまざと感じた。死の苦痛が全身を走ったとき、彼の命のエネルギーが自分のなかに逆流してくるのを心から楽しんだ。とてつもない高揚感だった。アンデンはほかにもふたりの男を殺していた。彼らの死は忘れられないとまではいかないが、満足感のあるものだった。ひょっとすると、あんなに強烈なのは最初の殺人だけなのだろうか？　それとも、殺した相手の力と翡翠の能力で、感じ方に違いが出るのだろうか？

ああ、翡翠！　まさに改悛僧の言っていたとおりだった――翡翠は神々からの賜物だ。天の国からやってきた、人間を神にすることができる石。アンデンはひび割れた唇をなめながら思った。あの翡翠は今どこにあるんだろう？　また身に着けて、あの感覚を味わえるのはいつだろう？

すると、不意に泣きたくなった。

自分は普通の状態ではない、とアンデンはわかっていた。ずっと、こうなるのではないかと恐れていた。強力だが不安定なアーン家の血筋が、外国人の血と翡翠に対する強い感受性と混ざり合って生まれたのが、自分だ。それでも彼はずっと言い聞かされ、自分でも信じていた――学園で厳しい訓練をすれば、この欠陥は克服できる。訓練を積み、翡翠に体を慣らしていくことが、強いだけでなく自分を制御できるグリーンボーンを作り、敵の心臓に手を伸ばして鼓動を止めることに、純粋な感覚的喜びを覚えて高笑いするような怪物にならないようにしてくれる。ヒロはたくさんの殺しを経験してきたが、まだ正気を失ってはいない。

ヒロ！　がばっと起き上がったアンデンは、頭がずきずきした。

看護師が入ってきた。にこりともしない太った女が、アンデンのつながれたモニターの表示を確認する。

「コール‐ジェンはどこですか？」アンデンはしわがれた声で訊ねた。最初、女は答えず、点滴のチューブに薬剤をつないだだけだった。「彼は生きていますか？」

「生きていますよ」看護師の声は、霧の向こうから聞こえてくるようだった。点滴チューブに何が入っているかは知らないが、強い鎮静作用があるのだろう。アンデンはすぐに意識を失った。

ふたたび目覚めたときには、ヒロがベッドのそばにすわっていた。アンデンは彼の姿に息をのんだ。若々しいことで有名な従兄の顔は、皮膚の下から吸い取られ、彼の顔を模したカカシに置き換えられてしまったかのようだった。両目はあざにかこまれ、頬には切り傷を縫った跡があり、いっぽうの手首は添え木で固定されている。そんな状態にもかかわらず、アンデンが目覚めたのを見ると、ヒロはすぐに満面の笑みを浮かべ、くぼんだ目に温かい光を踊らせた。「やったぞ、アンディ」こみ上げてくる愛情に、ヒロはアンデンの上にかがみこみ、てっぺんの髪をつかんで額にキスをした。「山岳会はおまえに恐れをなして逃げていった。おまえが組織を救ったんだ、アンディ。俺の命もだ。このことは絶対に忘れない」

「ぼくたち、どうして……」アンデンは唾をのみこみ、口のなかを湿らせようとした。自分の眼鏡が横のテーブルに置かれているのに気づき、震える手で眼鏡をかける。「ぼくたち、どうして生きてるんですか？　あのあと、どう……？」完全な文章で話すのが難しい。

ヒロは声を上げて笑った。立ち上がり、洗面台で紙コップに水を注ぐ。ここは病院の個室だ、とアンデンは気づいた。ヒロの動きは恐るおそるといった感じで、いつもの気だるい優雅さはなく、まるでばらばらにされてから組み立て直されたばかりで、まだ体のすべてのパーツを信用しているわけではないかのようだ。ヒロは椅子に戻ると、不器用な子どもに教えるように、アンデンの手に水の入った紙コップを当て、指を曲げて握らせてやった。アンデンは震えながら紙コップを口に持っていき、水を飲んだ。組織の〈柱〉がここにすわって、自分をこんなに優しく扱ってくれることに、感謝ときまり悪さを感じる。

「ミスター・ウネが――〈トゥワイス・ラッキー〉の店主だ――発見して、コール家に電話してくれたんだ。そしてシェイがケーンとターに連絡した。ふたりはジャンコ地区の高速道路のすぐ向こうにある建物で待機していたんだ。現場から五分も離れていないところだ」ヒロは休んで息を吸いこみ、どこかの見えない怪我の痛みに顔をしかめたが、笑顔は崩さない。「いいニュースだぞ、アンディ。山岳会が〈角〉とトップのグリーンボーン六人を失ったあと、ケーンとうちの〈拳〉たちが炎のように襲撃した。彼らは一日で港湾地区の残りを取り返した」ヒロの顔は誇らしげに輝いている。「ケーンとシェイが俺たちを病院へ運んだあと、ターがソーゲン地区の残りを勝ち取り、ジュエンの率いる一団がスピアポイント地区に攻めこみ、山岳会の〈指〉どもを大量に倒した。だからもう、素寒貧通りを失う心配はいらない。俺たちは戦況を逆転したんだ。おまえがやったんだ」

アンデンはこの話を理解しようとした。「それって、アイトが負けたってことですか?」

ヒロは首をかしげた。「アンディ、グリーンボーンってのは、死んで初めて負けたことになるんだ。俺たちふたりで、そいつを証明したばかりだろ?」そこで口を引き結んだ。「山岳会は、古くからあるでかい組織だ。俺たちはやつらを痛めつけ、アイトに退却を余儀なくさせた。彼女は新たな〈角〉を任命しなくてはならないだろう――たぶん、ゴントの第一の〈拳〉が引き継ぐことになる。やつはまだ生きているという話だ。山岳会が反撃を再開できるようになるには、いくらか時間がかかるだろう。だが、アイトの息の根が止まったわけじゃない」険しい口調だが、ヒロの目には楽天的な光が踊っている――ランが亡くなってから見られなくなっていたものだ。「とはいえ、俺たちもくたばっちゃいねえ。アンディ」内緒話でもするように、ヒロはアンデンに身を乗り出した。「おまえと俺のふたりで、ゴントを倒した。次はアイトだ」

アンデンはとまどった――なぜ、今、喜ぶのがこんなに難しいんだろう？　ぼくは生きていて、ヒロも生きていて、ゴントは死に、無峰会は優勢に立っている。ほっとするべきだし、ヒロのように明るい気分になるべきところだ。なのに、虚ろで空しい気分だった。アンデンが切望しているのは、勝利や復讐ではなく、ひどくはかない革新的な感覚と力だけだった。大量の翡翠に短時間さらされたことで、翡翠にどんなことができるかという消せない知識が頭に刻みつけられていた。それに比べれば、ほかのことはすべて――一族や組織さえも――色あせて見える。

「ぼくは……ここに来て、どれくらいたつんですか？」アンデンは訊ねた。

「五日だ」アンデンのぎょっとした顔を見て、ヒロはつけたした。「心配するな、ちゃんとよくなる。俺のほうがおまえより墓穴の近くで踊ってたんだぞ。それに、おまえのほうが若いし、体力もある。トゥルー先生が定期的に俺たちを診にきてくれる。俺たちは彼をかかりつけ医にするべきだな」

アンデンは自分の考えを言葉にできるか自信がなかったが、挑戦するしかなかった。「ヒロ……ぼく、なんだかおかしいんです。奇妙で虚ろな感覚で、大事なこともどうでもいいっていう気分なんです。ゴントを殺したとき――すべてが伝わってきました。これまで最悪の経験だったのに、もう一度やりたいんです」

アンデンの声は苦悩で上ずった。「ぼく、どこか悪いんですよね？　病気ですか？　それとも、これが〝渇望〟ですか？」

「馬鹿言え」ヒロは哀れむようにアンデンの肩に手を置き、ため息をついた。「初めてあんなに大量の翡翠を扱ったんだ。しかも、あんな緊迫した状況で。それで、おまえは打ちのめされたんだ。おまえは翡翠の感受性が特別に強い、それは疑いの余地がない。熱を下げ、体をリセットするため、おまえに定期的にＳＮ１を投与してきた。医者の話では、おまえの脳の断層写真はもう正常らしい。だから、もう二、三日投与をつづければ、普段の自分らしい感覚が戻ってくるだろう」ヒロはアンデンを励ますようにぽんと叩いた。

「心配するなって。卒業式まで、まだ一週間ある。それまでには確実に退院してるさ。おまえも俺も、卒業式を逃すことはない」

アンデンは点滴スタンドに目をやり、透明なチューブをたどって腕の内側にテープではりつけられているところまで視線を動かした。「ぼくは今、シャインを投与されてるんですか？」ランを殺した毒が、ぽたりぽたりと自分の静脈に入ってくる。

「そんな不安そうな顔をするな」ヒロは急いで言い、下がったチューブを指ではじいた。「薬は完全に管理されている。危険はない。トゥルー先生がずっとおまえを観察している。退院までには量を減らされているだろうし、先生は投与をつづけるか打ち切るかについて、俺たちと話し合ってもいいと言っている。まだ投薬停止の話が出ないのは、おまえがもうすぐ卒業して自分の翡翠を手に入れることになっているからだ。今のところは、体のために薬という安全マットを使っておいたほうがいい。それがおまえの助けになるはずだ」

アンデンは極度の疲労にまいっていた。枕に頭を預けて目を閉じる。胸が苦しい。彼のなかでまだふくらみつづけている、よくわからない泣きたい気持ちは、出口を見つけられないまま、混乱した切望と血管を這い回る薬物と混ざり合っている。

「今は休め、アンディ」ヒロは優しく声をかけ、それ以上は何も言わなかった。その手はまだアンデンの肩に乗っている。体の接触を通して、従兄の翡翠が放つなじみのあるオーラの鼓動が伝わってくる。かすかで弱い。アンデンの感覚が鈍っているせいか、あるいは、ヒロがすべての翡翠を着けられるほどには回復していないせいだろう。あのときアンデンが握っていた翡翠はすべて――ヒロのものだ。それだけ大量の翡翠を身に着けている彼は、新たな翡翠を獲得しても、もう何も感じない。アンデンはじっと横たわっていたが、まるで感染症にかかったかのように、怒りと嫉妬が全身を駆けめぐっていた。

56 卒業式

近い将来、この街は正月休みの一週間を、新年の組織間抗争として思い出すようになるだろう。多くの人々は、それをコール一族による復讐と解釈した。その解釈にうなずいて賛同する地域もあれば、縁起が悪そうに耳たぶを引っぱる地域もある。各地域が新たな膠着状態を迎える頃までに明らかになったのは、どちらの組織も早急な勝利を手にする気はなさそうだということだった。いっぽう、あらゆる疑いに反して、〝ケコンの炎〟の孫たちは合併を回避し、同時に組織の完全なリーダーシップを固めていった。

コール・ドゥシュロン学園を卒業する八年生――卒業試験は正月休み前に終えているが、試験の結果と卒業式は、縁起のいい一年の始まりまで待たなくてはならない——にとって、休暇後の最初の一週間は学園のキャンパスで過酷な奉仕活動をするのが伝統になっている。宣誓を許されて自分の翡翠を受け取る前に、謙虚さという神の美徳を学ぶ最後の授業を受けるのだ。まだ病院で療養中のアンデンは、同級生たちと一緒に敷石を磨いたり、フェンスの修理や木の剪定をしたり、右も左もわからない一年生を案内したりすることはできなかった。それでもヒロの予想どおり、卒業の二日前にはジャンルーン総合病院を退院できた。そして体力を回復し、今にも雨の降りだしそうな灰色に曇った春の日、卒業式に出席した。

　ゴント・アッシュを倒した戦いで、〈柱〉と一緒にいたのはアンデンだけだったという噂が広まっていた。アンデンが学園の式服を着て集会場に到着し、式の前に整列するみんなに加わろうとすると、歩いていく先々で静けさが広がった。受付ではセイン教官から深々とお辞儀をされた。教官からこれほどの敬意を受けたのは初めてだ。「エメリー。列の最後尾につきなさい。おまえは最後に入場する」それは卒業試験で最高の成績を取ったことを意味する。つまり武術の成績が、予備試験でトップに立ったことと合わせ、平均をわずかに上回っただけの学科の成績を埋め合わせた結果、アンデンは第一級の卒業生になれたのだ。

　アンデンは敬礼して、できつつある列の最後尾へ下がっていった。「トン」と声をかけると、トンは一瞬驚き、組んだ両手を額に当てて敬礼した。「アンデン‐ジェン、元気になった姿を見られてうれしいよ」堅苦しい言い方だった。〈指〉が〈拳〉に話しかけるような口調に、アンデンはどう反応していいかわからず足を止めた。卒業式も終わっていないのに自分をグリーンボーンみたいに扱うトンに、それは違うと言いたかったが、トンがよく考えたうえでそういう言い方をしたのは明らかだ。アンデンは居心地の悪さをぐっとこらえ、ドゥドとパウのほうを向いてうなずくと、ふたりとも敬礼を返した。

アンデンは彼らの後ろにいるロットに目を向けた。心のなかを、ある感情と痛みの暗い影がよぎったが、それだけだった。それ以上の感情が入りこむ隙はない。心のそういう部分は麻痺していた。父親の衝撃的な死以来、ずっと暗く虚ろな目をしているロットは、アンデンに礼儀正しく頭を下げた。「ジェン」

前に向き直ると、アンデンは黒い式服の長い袖のなかで両手を組んだ。二週間におよぶトゥルー医師のグリーンボーン的な治療とSN1の適切な投与が、ヒロの言っていた効果をもたらし、アンデンは身体的には回復したと感じていた。病院で目覚めたとき——翡翠がほしくて錯乱していた状態——よりもだいぶ本来の自分に近い。それでも、今日の卒業式に臨むのは精神的にきつかった。同級生たちだけでなく、組織の人々全員の視線にさらされる覚悟がいる。

「おまえは英雄だぞ、アンディ」ヒロは言っていたが、アンデンはそんなふうには思えなかった。心も体も損傷を受け、自分に自信が持てない。SN1が汚染物質のようにまだ自分の血管を流れていることを考える。みんなには、ぼくのしたことはわかっても、ぼくがどうなってしまったのかはわからない。ぼくは危険な存在になってしまった。怪しげな現代科学の助けを借りてどうにか安定を保っている、揮発性物質のようなものだ。

外で太鼓の音が響くと、コール・ドゥ学園で八年間の訓練を終えた男子百二十六名、女子三十二名の卒業生は、ぞろぞろと集会場を出た。メインの中庭で、低いステージの前にきちんと整列する。ステージに向かって並べられた数百脚の折りたたみ椅子には、卒業生の家族や組織のメンバーがすわっている。

いつ降りだしてもおかしくない雨に備えて設営されたテントの下で、アンデンは同級生たちと一緒に敷石にひざまずいた。リー校長が話しだすと、アンデンは肩越しに観客のほうを見た。コール家の面々はすぐ見つかった。最前列の中央にすわっている。ヒロはオリーヴ色の粋なスーツと、この日のために用意した黒いヴェストに身を包んでいる。状態もずいぶんよくなり、顔にはまだ傷が残っているが、もうやつれてはいない。見るからに上機嫌だ。車で来るあいだ、この数カ月間ほとんど見られなかった明るいのん気さにあふれていた。いっぽうの腕でウェンの肩を抱いている。アンデンが見ていると、ヒロは愛おしそうにウェンを抱き寄せ、強くはないが湿った風から守るように彼女の上着のフードをかぶせてやった。ヒロの反対側の隣にはメイク・ケーンが、ウェンの横には〈日和見〉のシェイがいる。シェイは黒っぽいスカートとブラウス姿で背すじを伸ばしてすわり、真剣に考え事をしているような目をしていたが、アンデンの視線に気づくと、小さくほほえんでくれた。

ステージに注意を戻すと、リー校長が卒業生の最初のグループを前に呼んだ。すべての八年生は卒業試験の前に、将来どんな形で忠誠を誓うか申告しなくてはならず、この十一人の卒業生は改悛僧になることを選んでいた。〈神の帰還寺院〉から来た賢僧が踏み段をのぼってステージに上がり、改悛僧の誓いを司る。十一人の生徒が立ち上がってステージへ行き、みんなの前でひざまずいた。そして生涯を宗教的業務に捧げる文言を唱えると、額を床につけてから、立ち上がって同級生たちの後ろへ行った。次の二十五人は、翡翠の能力を医療に使うと表明した生徒たちだ。前に呼ばれ、これから訓練をつづけることになる生体エネルギー医科大学の医長の前で誓いを立てる。アンデンが脚のしびれにもぞもぞしていると、十八人からなる三番目のグループが呼ばれた。彼らはリー校長の前で、翡翠の訓練を施す名誉ある職業につくことを誓った。来週から教官助手として学園に戻り、いつか技を極めた教官になることを目標に、仕事に励むことになる。

最後は、残りの生徒たちだ。無峰会への奉仕と忠誠を宣言した多くの生徒たちが、ひとかたまりで前へ進み、誓いを立てる。観客と生徒たちに小さなざわめきが広がるなか、組織の〈柱〉が中央通路を堂々と進んで、素早くステージに上がった。ヒロはふり向いて、人々を見渡した。アンデンには、ヒロが喜んでいるように見えた。ざっと百人の新たなグリーンボーンが組織に加入するのだ。その数は卒業生全体の三分の二近くにあたる。何人かは〈招福者〉になるだろうが、大半は〈指〉として働きはじめ、〈角〉であるケーンとその〈拳〉たちの命令に従う。

ヒロが翡翠の戦士の誓いを一行ずつ唱えはじめるのを、誰もが待っていた。卒業生たちは彼のあとについて唱えることになっている。ところが、ヒロはいつまでたっても何も言わない。居心地の悪い沈黙が伸びていき、人々はとまどいの視線を交わしはじめた。リー校長がしびれを切らして咳払いをしたが、ヒロは首をふる。「校長」ヒロはにこやかに、みんなにも聞こえる声で言った。「俺はあの黒い式服を着て下に立っていた頃、この学校に充分感謝をしていませんでした。そこで、この美しい光景をしばらくじっくり見物させてください。俺はもう生徒じゃない。式の進行を遅らせたからといって、校長も俺を殴ることはできないでしょう」観衆がくすくす笑った。ヒロはもう本当の意味で〈柱〉になったんだ、みんなもそのことを知っている――アンデンは思った――それでもヒロは、自分らしさをほとんど失っていない。

「兄弟姉妹のみんな」ヒロは声を張り上げた。「〈柱〉は組織の主人だが、〈柱〉は変わる。それでも仲間は生き残り、つづいていく。君たちは俺に対してと同じ重みで、たがいにもこの誓いを立てることになる。というわけで、グリーンボーンの戦士の誓いを覚えていて、みんなを先導して暗唱できるやつはいるか？」

　これは本来の式の進め方ではないが、ロットが列から一歩前に出ると、リー校長さえ異議を唱えようとはしなかった。「俺がやります、コール・ジェン」

　ヒロはうなずき、少年をステージに招いた。アンデンが胸をどきどきさせながら見つめていると、ロットは落ち着いて三段の踏み段をのぼり、ヒロの前にひざまずいた。ヒロはかがみこんで少年の耳元で何か言ってから下がる。ロットが組んだ両手を額に当てるとき、アンデンには彼の冷たい決然とした表情が垣間見えた。

「組織は我が血であり、〈柱〉はその主人なり」唱えはじめたロットの力強い声が、中庭にはっきりと響きわたる。そして百人の同級生の声が彼の言葉をくり返す——組織は我が血であり、〈柱〉はその主人なり！

　唇を動かして、すでに二週間前に誓った言葉を唱えながら、アンデンはロットの姿から目を離せずにいた。ロットはステージに上がってみんなの前でひざまずき、ヒロの温かいが鋭い視線のもと、組んだ両手を額に当てて目を伏せている。アンデンのなかに混乱した悲しみがこみ上げてきた。ロットがこんなことを望んでいなかったのは、確かだ。彼は父親と同じ血みどろの人生を送ることなど、絶対に望んでいなかった。あの場にいるのは彼ではなく、自分のはずだった。コール家はぼくの家族だ——ぼくはすでに翡翠を持つ価値があることを証明しているし、ぼくがヒロの弟子で組織の新しい強力な戦力であることは、誰もが知っている。それでも、アンデンはロットに代わって悲嘆にくれ、自分がステージに立っていないことを、なぜかひどくありがたく思った。長い超現実的なひとときのなか、ロットはアンデンであり、アンデンはロットだったからだ。新年の夕食のあと、アンデンがコール家の道場で床にひざまずいたとき、ロットと入れ替わっていたような気がする。そして今、アンデンは他人の目を通して自分自身を見ている。血と翡翠と悲劇を見ている。

「我が名誉と、我が命と、我が翡翠にかけて」ロットは締めくくり、額を床につけた。無峰会の新たなグリーンボーンたちが彼の言葉をくり返し、宣誓を終えた。アンデンのときにしたように、ヒロはロットを引っぱって立たせ、抱擁した。いっぽうの手をロットの肩に置き、アンデンには聞こえない声で何か言う。ロットは短くしっかりうなずいてから、ステージを下りて列に戻った。ヒロは両手をさっと組んで敬礼し、声を張り上げ、組織の新しいメンバーたちに宣言した。「おまえたちの誓いを受け入れ、戦友と呼ぶ」

「われわれの血を組織に捧げる！」誰かが叫んだ。ほかにも何人かの声が上がるなか、ヒロはステージを下りた。「無峰会！　無峰会！」誰が声を上げはじめたのかと、アンデンは周囲を見回そうとしたが、リー校長が怒りの目でにらみながら両手を上げて静粛を求めた。すべての卒業生と、校長の厳しい規則のもとで育った多くの聴衆は、反射的に静かになった。

「さて」リー校長は、芝居がかった宣誓と聴衆の反応の両方に少なからず非難をこめて言った。「卒業生たちに翡翠を授与しなくてはなりません。彼らが八年間の大変な努力と修業と訓練の末に勝ち取ったものです」

ステージの奥のテーブルに、小さな木箱の山が四つある。全員の熱い目がセイン教官に向けられるなか、教官は第一の山からひとつの木箱を取ってふたを開けた。「オー・サティンギャ」ふたの内側に書かれた名前を読み上げる。

卒業試験が終わるとすぐ、八年生は全員、訓練用バンドとそこにはめこまれた翡翠を提出していた。今、それぞれの翡翠が永久に返却される。試験の結果次第で、提出したときより翡翠の数は多くなっていたり少なくなっていたりすることもある。テーブルの上のそれぞれの山は、翡翠の訓練での達成度を表している。礼儀正しい拍手のなか、ステージに上がったオー・サティは、チェーンにつけた翡翠をひとつ獲得していた。リー校長は箱からチェーンを取り出し、オーの首にかけた。オーは最下級の〈指〉になるか、数字に明るければ下級〈招福者〉になるだろう。

「ゴロ・ゴルスト」オーが敬礼してステージを下りると、セイン教官が次の卒業生を呼んだ。こうして次々に名前が呼ばれ、第一の山の木箱がなくなると、もっと人数の多いグループの卒業生がひとりずつステージに上がり、それぞれふたつの翡翠を受け取った。卒業する若者たちのなかには、今日授与される翡翠が生涯のうちに身に着ける翡翠のすべてになる者もいる。それ以外の者にとっては、これから増えていく最初の翡翠にすぎない。家に代々伝わる翡翠を受け継いだり、組織の上司から褒美としてあたえられたりして増えていく。もっともほまれ高いのは、決闘や戦いでみずから翡翠を勝ち取ることだ。

三つの翡翠を獲得した、さらに上級の卒業生が整列してステージに並びはじめると、アンデンはほとんど見ていられないほど緊張している自分に気づいた。ドゥドが翡翠を受け取り、パウとトンがつづく。校長の前を通過して反対側にいる同級生たちに合流したとたん、三人とも破顔した。テーブルの上の箱の数はどんどん少なくなっていく。最後の山はトップの生徒たちへの翡翠が入った箱を積み上げたもので、十数個しかない。最大数の四つの翡翠を獲得した生徒たちのものだ。四つといえば、上級の〈指〉か下級の〈拳〉が持つ翡翠の数で、ほとんどのケコン人とほぼすべての外国人にとって、安全に扱える数ではない。

それだけの翡翠を身に着けるのは、いろいろな経験をしてきた今のアンデンなら平気なはずだった。訓練で経験したように、ほんの一瞬、見当識障害を起こすだけのはずだ。けっして〈トゥワイス・ラッキー〉の前で経験したような、強烈で深刻な高揚感に襲われるわけではない。それでも、アンデンの指はかじかんできて、翡翠への切望と本能的な抵抗で胃が締めつけられる。校長が最後のグループの生徒たちを呼びはじめた。称賛の足踏みがひときわ大きく響くなか、ロットがステージに上がって校長に頭を下げた。アンデンには近くの同級生たちがすでにおしゃべりをしているのが聞こえる。たがいを祝福しあい、もらった翡翠をどういう形で身に着けるか相談している。親指用の指輪がいいか、眉ピアスがいいか、もっと思いきった部分のピアスがいいか。テーブルに残された箱はひとつだけになった。

「エメリー・アンデン」セイン教官が呼んだ。

　アンデンが立つと、おしゃべりが止んだ。突然、アンデンは白日夢のなかにいるような気がした。想像上の世界で人目を気にしつつも、自分が実際にそこにいるとは思えないまま何かをしている感覚だ。二本の脚がアンデンを前へ運び、靴が踏み段を踏みしめ、ステージに上がると、誰かの大声が聞こえた。「コール‐ジェン！」

　称賛の足踏みがとどろき、数人の声が最初のひとりをまねる。「コール‐ジェン！」

　ヒロに声援を送っているのだろうと思いながら、アンデンは立ち止まった。だが、自分に向けられた歓声だとわかると、顔がほてってきた――みんなが、ぼくのことをコール家の人間だと言っている。自分のような外国人の血が混ざった孤児を、ランやヒロやシェイと並べてくれている。それは想像しうる最大のお世辞で、アンデンは心を痛めた。なぜなら、真実ではないからだ――ぼくはランやヒロやシェイのような人間じゃない。リー校長が四つの翡翠を連ねた銀のチェーンの入った箱を取ると、アンデンは箱に毒蛇でも入っているかのように後ろへよろけた。

「いや」アンデンは声をもらした。

　リー校長は顔をしかめ、動きを止めた。「『いや』とはどういう意味かね？」

「ぼくは――」アンデンは声を詰まらせる。「翡翠を身に着けたくありません」

アンデンは学園での八年間で、校長が完全に呆気にとられた姿を見たことはなかった。ところが今、校長はすっかり困惑し、白髪交じりのぼさぼさの眉毛は弧を描き、皺だらけの顔は凍りついている。セイン教官と壇上のほかの教職員たちは当惑して顔を見合わせたが、誰も何と言えばいいかわからないようだった。翡翠を受け取るのを拒否する卒業生？ そんな卒業生は前代未聞だ。

茫然とした静けさのあと、信じられないという小さなざわめきが広がりだした。アンデンはどこにも目を向ける勇気がなく、自分の足を見つめた――ぼくは自分の顔に泥を塗り、ヒロとシェイの名誉も汚している。アンデンは恥ずかしさで真っ赤になり、震える両手を組んで額に当て、深々と頭を下げて謝ると、背を向けて何も言わずにステージを下りていった。

＊

混乱と怒りで青ざめているヒロを見るのは、初めてだった。リー校長が卒業式を速やかにぎこちなく締めくくると、〈柱〉はすぐにまっすぐアンデンのところに来た。見守る組織のメンバーたちは、すごい剣幕でやってくるヒロに道を空けた。ヒロの指がアンデンの上腕を鉤爪のようにがっしりつかむ。ヒロは抵抗しない従弟を引っぱってほかの卒業生たちから離れ、ステージの裏へ行き、同級生や多くの静かな視線から少し距離を置いた。そしてアンデンをくるりと回して、向き合った。「いったい、どういうつもりだ？」

アンデンは話そうと口を開けたものの、どう言えばいいのかわからなかった。自分のしたことは説明のしようがない気がする。ヒロの手はまだアンデンの腕を強くつかんでいて、その手から従兄の翡翠のオーラが激怒したスズメバチの群れのようにうなっているのが伝わってくる。「すみません」アンデンはようやく言葉を絞りだした。

「すみませんだと？」ヒロは一瞬、言葉が見つからないようだった。「これはどういうことなんだ、アンディ？　いったいどうしちまった？　おまえは組織の前で、グリーンボーンの戦友全員の前で、自分を笑い者にしたんだぞ。俺を笑い者にしたんだぞ」

アンデンは急に叫んだ。「ぼくはあなたのような人間じゃないんです、ヒロ」顔は苦悩に満ちている。自分に対するあらゆる不安、厳しい訓練と組織への忠誠で抑えこんできたあらゆる疑念、血に染まったバスタブの湯と母親の悲鳴が登場するあらゆる悪夢が、ステージの上のあの小さな箱からどっと現れた瞬間、これまで求めていたものをすべて台無しにする恐ろしいことだという思いさえ凌駕されてしまった気がする。「ぼくは翡翠を持つべき人間じゃない、翡翠を身に着けるべく生まれついた人間じゃないんです。今日から翡翠を身に着けるようになれば、もっともっとほしくなるだけです。ゴントを殺したときに持っていたのと同じくらい、たくさんの翡翠がほしくなるでしょう。ぼくはきっと、気の触れた魔女と呼ばれた母さんよりもひどくなる。そうなるってわかるんです。あなたが何と言おうと、ぼくは自分の血のなかにそれを感じるんです」アンデンはどうにか話せる程度の呼吸しかできなかった。「あなたはぼくにシャインを使わせることはできるかもしれません。ランの命を奪った、あの有害なエスペニアの薬です。けど、それはぼくの望む生き方じゃない。あなたがさせようとしているような人間に、ぼくはなりたくないんです。あんな……あんな……」

「あんな何だ？」ヒロは怒って訊ねる。「グリーンボーンか？　コール家の一員か？」

「武器です」アンデンは消え入りそうな声で答えた。

　ヒロはぎょっとアンデンを放して後ずさった。混ざり合ういくつもの感情――いちばん大きい感情は傷心だ――に困惑して顔をゆがめ、深く傷つけられた驚きで目を見開いている。まるで、アンデンがナイフを出してヒロの頬に切りつけたかのようだ。アンデンはヒロの肩越しに、シェイが近づいてくるのが見えた。その後ろからケーンとウェンもついてくるが、三人は少し距離を置いて足を止め、ヒロの邪魔をするのはひかえた。

〈柱〉は一歩前に出ると、両手を上げて従弟の肩をつかんだ。アンデンはたじろぎ、一瞬、ヒロに今度こそ本当に痛めつけられると思ったが、ヒロは無理に冷静さを保った声でこう言っただけだった。「これは俺の責任だ、アンディ」アンデンを強く揺さぶり、顔を上げさせる。「あの戦いは――おまえにはきつすぎたし、早すぎた。その後、病院にかつぎこまれたことは、ぞっとする経験だっただろう。おまえは自分におびえている。それについちゃ、俺にも責任がある。だが、ああするしかなかった。俺たちにはおまえが必要だったからだ。俺の手では成しとげられなかったし、おまえなしでは組織を救えなかった。俺たちには、まだおまえが必要だ」

　アンデンは恐ろしい罪悪感に顔が焼ける気がした。すると、ヒロが頼みこむような、とがめるような口調で静かに言った。「ついさっき、おまえは自分と俺たちの両方の名誉を汚したが、おまえがそういうつもりでしたわけじゃないことはわかっている。だから、そのことでおまえを責めるつもりはない。さあ、一緒に戻ってリー校長を探そう。そして、おまえの翡翠を受け取ろうじゃないか。この八年間、そのために頑張ってきたんだ。今日のことは忘れよう。今度から、ちゃんとやっていこう。おまえをゆっくり鍛えてやる。おまえはコール家の一員だ、アンディ。グリーンボーンになるべく育てられたんだ」

アンデンは決意が揺らぐのを感じたが、やはり強く首をふった。「ぼくは翡翠に対する感受性が高すぎる。翡翠を持つと、強くなりすぎてしまう。翡翠があると、ぼくは異常なほど殺人を楽しんでしまうんです」アンデンはぐっと感情をのみこんだ。「山岳会はもう、ぼくがどれだけ脅威になるかを知っています。ぼくがひとつでも翡翠を身に着ければ、アイトはあらゆる手段でぼくを殺そうとするでしょう。そうなると、ぼくは生きるためだけに、たくさんの人を殺さなくてはいけなくなる……」必死の思いで、言葉をほとばしらせる。「そして殺すたびに、ぼくはそれを楽しんでしまう。もっともっと殺して、もっともっと翡翠を勝ち取り、最後には世界じゅうのシャインを集めても効かなくなるでしょう。そうなるってわかるんです」

ヒロは両手を上げて制した。「山岳会は何年も前から俺を殺したがっている！　俺たちは、自分たちを狙う死と狂気とともに生きている。それでも、しなければならないことをして、折り合いをつけているんだ！先週の事件で、俺がおまえより少しでも楽だったと思うか？　とてつもない翡翠の離脱症状に襲われて、ほとんど死体のようになっていたが、それでも目覚めれば立派な〈柱〉になっていた」声が大きくなり、ヒロは見るからに努力をして声の大きさを抑えた。「強くなるということは、標的になるということだ。コール家の一員であるということは、標的になるということだ。だが、グリーンボーンは自分の家族と組織にはけっして背を向けない」ヒロの開いた瞳孔に物騒な光が宿っている。「自分のしていることをよく考えてみろ、アンディ」

突然、ふたりの横にシェイが現れた。非難の雰囲気をまとい、決然とした低い声で兄に反論する。「これはアンデンが決めたことよ、ヒロ兄さん。彼は卒業して誓いを立てた。もう、一人前の大人だわ」

「あの誓いは誰に立てたものだと思っている？」ヒロ

は激しく言い返す。「あれは組織の誓いで、〈柱〉に対して忠誠を誓うものだ。その誓いに従って、俺たちは生き、そして死んでいく。アンディ、おまえの言っていることは俺を裏切ることになるんだぞ」ヒロの顔は恐ろしいほどゆがんでいる。「俺がおまえを武器にしたなんて、よく言えたな？　まるで、俺が愛情をかけていないみたいじゃないか。弟のようにじゃなく、ただの道具として扱っているみたいじゃないか。どうして、そんなことが言えるんだ？」ヒロは一歩下がり、目の前の哀れな従弟を殺したい衝動を抑えるのが肉体的苦痛であるかのように、肩を震わせた。その顔と声が急に冷たくよそよそしくなり、軽蔑を漂わせた。

「こんなことをするなら、おまえはもうコール家の人間じゃない」

「兄さん！」シェイがヒロを引っぱたきかねない勢いで声を上げた。「こんなこと、やめて」

「ヒロ－ジェン……」アンデンは懇願した。体が冷たくなっていく。

「俺の目の前から消えろ」それでもアンデンが動かずにいると、ヒロは怒鳴った。「俺の目の前から消えろ！　恩を知らない裏切り者の混血児が。おまえの顔は二度と見たくない！」

アンデンは打ちひしがれて、よろよろと後ずさった。ヒロの激しい怒りに、喉から出かかっていた言葉はことごとくつっかえてしまう。アンデンは背を向けて、走り去った。

＊

どんどん走って、学園のキャンパスから出る。アンデンは卒業式の式服を脱ぎ捨て、薄いシャツとズボン姿で走りつづけた。服を汚しながら、ウィドウ公園の森を方向も考えずにやみくもに駆け抜ける。涙で視界がぼやけ、激しい動きが肺と脚を痛めつけるまで走った。走るのをやめると、つまずいたり木々をかきわけたりしながらさらに進んだ。そうすれば、さっきの出来事から逃げられるかのように。自分の恥を森に捨てていけるかのように。

大通りに出て、どこにいるのかがわかると、また走り出した。墓地の門は参拝時間で開いていた。アンデンは息を切らして墓の散在する丘を半分泣きながらのぼっていき、コール家の墓所のいちばん下にあるランの墓石の前に倒れこんだ。「すみません」震えながら言う。汗でシャツが肌にはりつき、風に吹かれるとひどく冷える。大粒の雨が降りだしていた。水滴がアンデンの眼鏡を流れ、髪を頭にはりつかせる。雨は大理石の墓石にかかって、白っぽい緑色から、もっと暗い汚れた翡翠のような色へと変えていく。「すみません、ラン」アンデンはすわりこんで泣いた。

数分後だろうか、それとも数時間後だろうか、シェイが現れた。持ってきた黒い傘をアンデンに差しかけ、自分は雨にぬれながら彼の横に立ち、家族の最後の安息の場所を見つめた。「ラン兄さんなら、あなたのことを誇りに思ったはずよ、アンデン」シェイは当然のように言った。「ラン兄さんはいつだって、あなたを誇りに思っていたもの」

57 許し

二週間後に船舶通りの〈日和見〉のオフィスに届いた手紙には、差出人が書かれていなかったが、シェイは万年筆の青インクで書かれた堅苦しい垂直の手書き文字を見て、すぐに誰からの手紙かわかった。シェイは机に向かって腰を下ろすと、硬い封筒の隅を指先で引っかいて開け、手紙を読んだ。

親愛なるシェイ・サ

君の信頼を裏切らねばならなかったことをどれだけ後悔しているか、とても言葉では言い表せない。わたしはこれまでずっと、あらゆることにおいてコール・ジェンの命令に従ってきた。それは真実だと、今でも言える。君とヒロはわたしを探しているだろうし、次に会ったら同情も哀れみもかけてはもらえないだろう。

今は、自分の行動に気をつけなさい。ヒロは勝ったと信じているかもしれないが、山岳会は簡単に海に追いやられたりはしない。君のお兄さんと哀れなアンデンの運命を変えてやるために、わたしにできることは何もない。だが君に悪いことが起こると思うと、胸が痛む。だからこれを、君のことを心配する伯父からの警告と考えてほしい――早急にケコン島を出る手配をしたまえ、それも自分の手で。いくらかの金を持って、エスペニアとのコネを使い、組織の誰にも知られないように行動しなさい。優秀な日和見は常に雲行きを読んでいるものだ。

愚かな後悔をこめて

ユン・ドルポン

シェイは椅子をゆっくりと回して眼下の街を眺めた。

高速道路と港の絶え間ない喧騒の上に浮かぶ薄いスモッグのなかに、春の暖かさが浮かんでいる。オフィスのエアコンがカタカタと音を立てて作動した。突然、シェイは自分自身をはっきりと意識した。血と肉と呼吸とオーラが、自分の肉体を形作っている。自分がすわっているこのオフィスは、長いあいだ、今、手に持っている手紙を書いた男のものだった。

シェイと家族は、二、三週間前は無理だろうと思われた一日を生き延びた。無峰会は苦しんできた。まだ苦しんでいるが、それでも粘り強く持ちこたえている——グリーンボーンたちが何百年もそうしてきたように。シェイはもう一度手紙に目を通してから、角をつまんでライターの火に近づけ、灰皿に焼け落ちるのを見つめた。わたしは逃げないわ、ドル、今度は逃げない——そしてあなたを捕まえにいく。

＊

〈トゥワイス・ラッキー〉の七曜日のブランチタイムは、以前ほどにぎわってはいないが、港湾地区が無峰会の縄張りに戻り、街なかでの暴力沙汰が収まったことで、海に近い人気の老舗レストランはふたたび営業を始めていた。シェイとヒロは、ほかの食事客から離れたブース席で向かい合っていた。コール・センの車椅子はテーブルの端につけられている。その横にはキーアンラがすわり、老人の膝の上にナプキンを広げてやっている。ウェンは、今朝はみんなと一緒に来られなかった。彼女は新しい仕事の一環で出張していないときは、ジャンルーン市立大学で週に数回、エスペニア語の授業を受けているのだ。

シェイは自分の皿の横にある祖父の皿に、ソーセージとピクルスを取り分けた。祖父はありがとうというようなことをもごもご言って、孫娘の手をぽんと叩いた。これが、今、シェイの求めているひとときだ——

どうということもない、ささやかな時間。シェイがずっと尊敬と愛情を寄せてきた家長、彼女のことをふたりの兄に劣らないグリーンボーンだと断言してくれた人との思い出だ。コール・センに残された正気の残骸は、ジャンルーンの街の平和なようすと同じくらい、束の間の幻にすぎないかもしれない。だがシェイは、ふたつとも、もろいからこそ大切に思う。

山岳会は規模を縮小し、主要な縄張りであるサマー公園地区、スピアポイント地区といった南部地域の補強に努めている。噂によると、アイト・マダが新たな〈角〉を任命したらしい。ヒロやほとんどの人々が予想していた、ゴントの第一の〈拳〉ウォン・バルではない。アイトはジャンルーン郊外のワイ・ロン寺院学校へ出向き、以前養父に仕えていた戦士のひとり――ノー・スエン――を引き抜いてきたのだ。ノーはこの二年間、ワイ・ロン寺院学校の教官として比較的楽な生活を送っていた。世間的には、それは組織からの報酬だろうと考えられている。アイト・マダを〈柱〉に昇格させるため、全面的に力を貸し、積極的にアイト・イオードの喉を掻っ切ることまでしてみせたのだ。ノーは〝感知〟の達人と言われている。

シェイはもう一度食事を楽しもうと、頭のなかから抗争のことをしばらく閉めだした。テーブルの向かいでは、ヒロがイカ団子の皿をつついている。「こいつが食えるなら、頑張ったかいがあったってもんだ」とヒロは笑っているが、目は笑っていない。明るくふるまおうとしても、妹の目はごまかせない。ヒロはゴントたちに瀕死の状態まで痛めつけられ、それから何週間もたっているのに、まだ定期的にトゥルー医師のもとへ通い、負傷のせいで疲れやすくなっている。だが、彼を苦しめているのはそんなことではなかった。ヒロは常に苦悩と暗い怒りを帯びていて、ことあるごとにそれが怒りや自信喪失に発展する。彼は組織を救ったが、またひとり兄弟同然の存在を失ったのだ。

「あの子を許してあげるべきよ」シェイは言った。「たとえ、あの子がまだ兄さんを許せなくても」こんな言葉が自分の口から出てきたのは皮肉だ。シェイは以前、ヒロとは会いたくもないし口もききたくないと思っていた時期があった。それが今では、ここでテーブルをかこみ、ヒロは組織の〈柱〉で、シェイは〈日和見〉になっている。

　アンデンの件で、シェイは自分の意見をヒロに認めさせることはできなかった。兄は案の定、シェイを見もしないし、さっきの問いかけに返事もしない。それでもシェイは努力をつづけている――まだ時期尚早なだけだ。ランから、シェイがエスペニアへ留学したあと、ヒロは半年間シェイのことを話題にしようとしなかったと聞いたことがある。「あの子がどこにいるか、知りたくない？　どこかで安全にしているかどうかとか？」シェイは少なくとも、お膳立てはしておいた。「いいや」とヒロ。

どんな返事でも、返ってきただけ進歩したと言える。シェイはそれ以上無理強いはしなかった。少し前、打ちひしがれてはいるものの落ち着きを取り戻した従弟を、シェイの母親の別荘の裏にあるビーチに残し、シェイはウェンに話をした。ウェンはケーンに伝え、ケーンが信頼できる護衛をふたり、ひそかにマレニアへ派遣してくれた。

　店主のミスター・ウネがうつむき加減でぎこちなく足を引きずりながら彼らのテーブルにやってきた。左側頭部に分厚いガーゼを当てて包帯を巻いている。店主は小さな黒い木箱を持ち、無理に作った強ばった笑顔は、極度の緊張を隠せていない。「コール・ジェン、何もかもご満足いただいておりますでしょうか？」

　ヒロはふさぎこんだ態度をやめ、店主に待ちかねていたような笑顔を向けた。「ミスター・ウネ、俺がどんなに満足しているかはわかるだろう。なにしろ、お気に入りの場所のひとつに戻ってこられたんだからな」

〈トゥワイス・ラッキー〉の店主は赤面して深くお辞儀をすると、持っていた黒い小箱をヒロの前に置いた。まるで厨房からの特別料理をうやうやしく提供するような仕草だが、その閉じられた箱にはミスター・ウネの左耳が入っている。山岳会に乗り換えたことを、〈柱〉に許してもらうためだ。「わたくしは今後ともコール・ジェンのお役に立ちたいと思っております」

店主の声はわずかに震えている。額をふきながら、シェイとコール・センにも頭を下げ、彼らも巻きこんで懇願した。

ヒロは箱に手を乗せ、そっと脇へ置いた。ミスター・ウネは安堵のあまり、目に見えて体の力を抜いた。箱に触れるのは、〈柱〉が謝罪を受け入れたしるしだ。ヒロは穏やかに言った。「すべて許そう、友人よ。恐ろしい状況で決断を迫られれば、もっとも忠実で献身的な者でも間違いを犯すことがある」

「はい、コール－ジェン」ミスター・ウネは心からうなずき、組んだ両手を額に当てる敬礼を何度もしながら下がっていった。「まったくもって、そのとおりでございます」

シェイは祖父が船を漕ぎはじめているのに気づいた。「キーアンラ、おじいさんを連れて帰ってちょうだい。ヒロとわたしはもう少しここにいるから」

キーアンラはコール・センの口元をナプキンでぬぐうと、車椅子を押してテーブルから離れた。車椅子が店内を通りすぎるあいだ、しばらく人々の話し声がやんだ。組んだ両手をかかげ、老いた〝ケコンの炎〟に敬礼する客もいる。コール・センと世話係が去ると、何人かの客がひとりずつ席を立って、ヒロとシェイの席にやってきた。

「コール－ジェン、われわれは〈トゥワイス・ラッキー〉の近くに住んでいます。ここはわれわれのお気に入りのレストランですが、あの犬どもがのさばっているあいだは、誰ひとり、ここには来ませんでした」ミスター・アケが言った。ふたりの〈指〉の父親だ。「この界隈に平和が戻って、じつにほっとしています」

キノ夫妻――シェイのオフィスで働く〈招福者〉たち――は、シェイの皿の下に封筒を滑らせた。「ミスター・ウネの今月の献金の足しにしてください」夫妻は説明した。「組織が店の窓とカーペットの損害を支援してくれることは存じています」

店内にはっきりと安堵の波が広がった。シーリングファンがかき混ぜている湿った空気は、ケーンたちが見回りをしている港から吹きこんでくるものだ。〈トゥワイス・ラッキー〉の常連客は、店主が頭に包帯を巻いているのを目にしていた。そして今、テーブルでヒロの横に置かれた箱を見て、〈柱〉の情けで店主がふたたび無峰会への支持を認められたことを知り、ほっとしている。組織の〈灯籠持ち〉たちの強固な信頼関係と、エスペニアからの翡翠の収入がある今、シェイはぞっとする楽観を楽しむのを自分に許した。おそらく、アイトの冷酷なヴィジョン――ひとつの組織がジャンルーンを支配する――は現実になるだろう。だが――シェイは誓った――山岳会の〈柱〉が思い描いているような形にはさせない。

ヒロはいつもの気さくな上機嫌に近い態度で、すべての表敬を受けると、やがてこう言った。「どうか、席に戻って食事を楽しんでくれ。妹と俺は仕事の話がある」組織に忠実な者たちは急にできた行列を離れ、それぞれのテーブルへ戻っていった。〈柱〉と〈日和見〉はふたりになると、あとは食事をすませ、組織のことを話し合うだけになった。

エピローグ
いつでもチャンスはある

ベロが最初に行ったとき、墓地にはひとりの男がいた。若い男は長いあいだそこにいたが、ベロがムット――息子のほう――と二度目に墓地に忍びこんだときには、夜の不気味な丘には人っこひとりいなかった。目的の場所は簡単に見つかった。土地の狭さの関係で、ほとんどのケコン人は火葬した遺灰を墓に収める。充分な広さの墓地と大きな大理石の墓石を買える家は多くない。

コール・ランシンワンは、戦争の英雄だった父親の近くに葬られていた。墓石の前には、いろんなものが残されている。組織に忠実な人々が捧げた春の花のブーケ、鮮度保存用ワックスを塗られた鮮やかな果物の鉢、砂の入った小さなうつわに残る線香の燃えさし。大理石に刻まれた名前と日付の下には、あっさりした言葉が二行並んでいるだけだった。

最愛の息子であり兄
組織の柱

ムットは墓に唾を吐き、地面に置かれた供え物を乱暴に蹴散らした。ベロはムットを後ろに引っぱり、声をひそめてたしなめた。

「馬鹿なことをするな。やつらがここを警備するようになってもいいのか？」少年はベロの手をふり払ったが、墓を荒らそうとするのはやめた。両手をポケットに突っこみ、不安でむっつりした顔で、月に照らされた墓地をさっと見回す。なにしろ、墓泥棒は死刑だ。

ベロはしゃがんで、両手を墓石の台石にそって滑らせた。手のひらを草地に押しつけ、頬を地面ぎりぎりまで近づけると、芝生の下の湿った土がつんと匂う。二メートルほど下には、自分が殺した男の死体が横たわっている。死体は翡翠と一緒に埋葬されているはずだ。ベロがもらう権利のある翡翠だ。ベロは充分な量のシャインを安全な場所に隠しておいた。組織間抗争は収まりつつあり、ジャンルーンは今のところ、ほぼ普段の状態に戻っている。これでふたたび、自分の運命をどう切り開いていくか考えられるようになった。

　この街にはいつだってチャンスが転がっている。

謝辞

『翡翠城市』は最初の段階から非常に野心的な企画で、ときどき充分に表現しきれないと頭を抱えることもありました。わたしは大きな困難にも負けず、頭のなかにはっきり見えている世界をページの上に生き生きと描き出す能力が自分にあることを祈っていました。もし、今あなたが手に取っているこの本が成功したら、それは少なからず、わたしがここに至るまでに受けてきた支援のおかげです。

　この小説の草稿を読んだあと、わたしのエージェントのジム・マッカーシーは、書きつづけるべきだと強く勧めてくれただけでなく、洞察力に富んだ役立つ助言をくれました。わたしは彼にこう返信しました。「何もかも、まったくあなたの言うとおりです。わたしはこれをなんとか書きあげたいと思います」そして、わたしたちはこの本を世に出しました。ありがとう、ジム。

『翡翠城市』は、オービット・ブックスのセアラ・グアンという願ってもない優れた人物に関わっていただけました。セアラがこの作品をすぐ〝担当〟してくれただけでなく、楽しいネズミの穴のような夢のなかに転がり落ちて、わたしと一緒に登場人物について考えてくれると知ったとき、わたしはもう安心だとわかりました。こんなに切れ者の編集者の指導を受け、作品に磨きをかけられたことは、この上ない幸運です。

それから、次の方々にもお礼を申し上げます。ティム・ホールマンとアン・クラークは、このシリーズをオービット・ファミリーに加えてくれました。英国の担当編集者ジェニー・ヒルは『翡翠城市』を大西洋の向こうやほかの国々へ導いてくれました。アレックス・レンシッキ、エレン・ライト、ローラ・フィッツジェラルドは、怒濤のマーケティングと宣伝活動をくり広げてくれました。ローレン・パーネピントとリサ・マリー・ポンピリオはこの本を素晴らしいデザインと装丁にしてくれました。グリニ・バーテルズはこの本の出版に際して、あらゆる細部に注意を払ってくれました。ケリー・フローデルは原稿整理編集者としての鋭い目を発揮してくれました。ティム・ポールはわたしの描いたケコンとジャンルーンの大雑把なスケッチを、美しい地図にしてくれました。ほかにも言及すべき方々がいらっしゃるのは間違いありません。皆さん、ありがとうございました。

信頼できる原稿チェック係の皆さんは、なにものにも代えがたい存在です。カーティス・チェン、ヴァネッサ・マクレーラン、キャロリン・オドハーティ、ソーニャ・トマスは、わたしの頭が破裂しそうになるほど修正を求め、この作品をあるべき姿にしてくれました。Viable Paradise（SF・ファンタジーの創作ワークショップ）十八期生のクラスメートたちへ――Slack（業務効率化を図るコミュニケーションツール）での支援と同情、そして初期段階で第一章の原稿を読んで批評してくれた人々にさらにエールを送ってくれたことに、感謝します。アマンダ・ヘルムズ、アナカ・カルトン、ルネ・メルトン、ベンジャミン・C・キニー、スティーヴ

・ロジャーズ、シュヴェタ・サクラー、ジェシー・ステュワート。特にジェシーは、何度か単刀直入に、この作品を完成させるよう励ましてくれました。

次の方々にも感謝します。エリザベス・ベア、ティナ・コノリー、ケイト・エリオット、メアリ・ロビネット・クーアル、ケン・リュウ、スコット・リンチ、フラン・ワイルドの皆さんには、さまざまな助言と協力をいただきました。皆さんはわたしの作家仲間で、集まって昼食をとったり、コンヴェンションで顔を合わせたり、オンライン上で連絡を取り合ったりしています。皆さんからいつもひらめきややる気をもらっています。自分の本が書店の棚に並んでいるのを見ると今でもわくわくしますが、特にポートランドの〈Powell's〉とシアトルの〈University Bookstore〉には、わたしの新刊を置いてくださって感謝しています。

『翡翠城市』は西洋と東洋の影響が混ざり合った物語です。わたしが西洋・東洋の両方に触れることができたのは、父のおかげです。自分がいつからギャング物やカンフー映画の一生のファンになったのかは覚えていませんが、それには父が一役買っていたことは確かです。それから、夫のネイサンにも感謝の言葉を送らなくてはなりません。わたしが必要とするとき、彼はいつでも進んで、かつ危険なほど、厳しい批評家になったり、親身になって話を聞いてくれたりします。最後に、この本をわたしのきょうだいのアーデンに捧げます。彼は望みうる最高のきょうだいです。わたしたちはヒロとシェイよりもずっと仲よくやっています。

そして、読者の方々、皆さんに心からの感謝を捧げます。

解　説

翡翠（ひすい）――緑色に輝く美しい石は、古今東西で聖なる石、不思議な力を持つ石と崇められてきた。その石の魔力を飼い慣らし、限界までおのれの力を高めて戦う人々を描いた物語が本書『翡翠（ひすい）城市』（*Jade City*, 2017）である。

舞台は香港を想起させるような架空の島、ケコン島。ここには、英雄にして無法者であるグリーンボーンの戦士たちが存在する。彼らは幼い頃から戦士としての教育を受け、成長すると翡翠――島のもっとも貴重な天然資源である――を身につけたグリーンボーンとなる。ケコン産の翡翠は強い魔力を秘めており、訓練を積まない人間が触れると自傷行為に及んでしまう。彼らは、翡翠の魔力を手なずけて〝怪力〟〝鋼鉄〟〝敏捷〟〝跳ね返し〟などの技を繰り出すことができた。グリーンボーンの戦士たちはかつて団結し、島を支配していたショター帝国から独立を勝ち取ったという歴史があった。

現在のグリーンボーンの名家はふたつ、〈無峰会〉を仕切るコール家と、〈山岳会〉を仕切るアイト家である。かつてはこのふたつの家は〈一山会〉というひとつの組織だったが、袂を分かって以来、微妙な均衡のもと水面下で勢力争いを続けていた。

本作の中心となる〈無峰会〉は、かつて〝ケコンの炎〟と呼ばれたカリスマ、コール・センが築き上げた組織である。老いて指揮権を譲ってなお、その眼光は鋭い。主人公のヒロは、祖父であるセンに似ていると言われているコール家の次男。喧嘩っ早くて乱暴だが、セクシーで人好きのする愛嬌のある男。彼は、思慮深い長男のラン――無峰会の頂点である〈柱〉――を支える〈角〉、すなわち右腕である。ある日ヒロは〈無峰会〉の根城であるレストラン〈トゥワイス・ラッキー〉でちっぽけな翡翠泥棒を捕まえるが、そこから話が思わぬ方向に転がっていき、ヒロをはじめとするコール家のグリーンボーンたちは思いもよらぬ試練に直面することとなる。家を嫌い、外国人と駆け落ちしたものの運命に操られるように戻ってきてしまう聡明な妹のシェイ、不幸な死に方をした母のため〝気の触れた魔女〟の子だと後ろ指をさされて育ってきた内向的な従弟のアンデン、翡翠の力が及ばないストーンアイの血をひくみずからを呪いながらも、なんとかヒロの力になりたいと願う恋人のウェン……。もがき、戦い、絆を試される彼らの闘いについては、ぜひ本文をお読みいただきたい。

「二十一世紀版ゴッドファーザー×魔術」とうたわれて刊行された本作は、『紙の動物園』で知られるケン・リュウから「スタイリッシュでアクション満載、野心に満ちたファミリーと罪悪感に溢れた恋……すぐれた香港のギャング映画を想起させるような壮大なドラマ」と激賞を浴び、二〇一八年の世界幻想文学大賞を受賞（ヴィクター・ラヴァルの *The Changeling* と同時受賞）。また、ネビュラ賞の長篇部門、ローカス賞のファンタジイ長篇部門にもノミネートされた。

著者フォンダ・リーは一九七九年、カナダ、カルガリーで生まれた。十歳ごろから小説を書き始め、アン・マキャフリイ、アイザック・アシモフ、レイ・ブラッドベリらに影響を受けながら育った、本好きの女の子だった。スタンフォード大学でMBAを取得し、経営コンサルタント・ビジネス戦略家として働いたのち、二〇一五年にYA小説 ***Zeroboxer*** でデビュー。アンドレ・ノートン賞の最終候補となった。シチリアのマフィアや日本のヤクザのノンフィクションやドキュメンタリー、香港のクライム・アクション映画からリサーチをし、二〇一七年に本書を上梓した。現在はオレゴン州ポートランドに家族と住んでいるとのこと。空手とカンフーの有段者で、アクション映画が大好き、エッグベネディクトが大好物だというキュートな一面もある。

本作は〈グリーンボーン・サーガ〉の第一作であり、すでに第二作 ***Jade War*** が本国では二〇一九年七月に刊行済み。ケコン島の外からやってくる脅威に対峙せざるを得なくなったコール家は、新たな厳しい選択を迫られることとなる。ヒロたちの闘いはどう実を結ぶのか、いまから結末が楽しみである。


（編集部）

A HAYAKAWA SCIENCE FICTION SERIES No. 5045

大谷真弓
おおたにまゆみ

1970年生
愛知県立大学外国語学部フランス学科卒
英米文学翻訳家
訳書
『秘密同盟アライアンス』マーク・フロスト
『トム・ハザードの止まらない時間』マット・ヘイグ
『折りたたみ北京　現代中国SFアンソロジー』(共訳)
ケン・リュウ編
(以上早川書房刊) 他多数

この本の型は，縦18.4センチ，横10.6センチのポケット・ブック判です.

〔翡翠城市〕

2019年10月20日印刷　2019年10月25日発行

著者　フォンダ・リー
訳者　大谷真弓
発行者　早川浩
印刷所　株式会社亨有堂印刷所
表紙印刷　株式会社文化カラー印刷
製本所　株式会社川島製本所

発行所　株式会社　早川書房
東京都千代田区神田多町2-2
電話　03-3252-3111
振替　00160-3-47799
https://www.hayakawa-online.co.jp

(乱丁・落丁本は小社制作部宛お送り下さい
送料小社負担にてお取りかえいたします)

ISBN978-4-15-335045-8 C0297
Printed and bound in Japan